한국어와 알타이어
비교어휘(1)

입력 및 편집자들

정　광 김동소 양오진 정승혜 배성우 김양진 이상혁 장향실 김유정
김일환 서형국 신은경 황국정 이화숙 최정혜 박미영 김현주 최창원

제이앤씨
Publishing Corporation

이 연구는 2003년도 학술진흥재단의 지원에 의해 연구 되었음.(KRF-2003-072-AL2002)

〈머리말〉

이 책은 <한국어와 일본어의 비교 어휘>에 뒤이은 것으로 한국어와 알타이어를 비교한 어휘들을 수집 정리한 것이다. 이 책의 편찬에 관여한 집필진들은 2003년부터 3년간 한국 학술진흥재단으로부터 지원을 받은 알타이제어 연구 프로젝트에서 공동으로 참여한 고려대와 대구 가톨릭대학의 연구원들이다. 이 프로젝트 수행의 결과물로서 지난 해 12월에 간행한 <한국어와 일본어의 비교 어휘>는 그동안 일본어와 비교된 한국어 어휘를 수집 정리한 것이다. <한국어와 일본어의 비교 어휘>는 먼저 한국어로 된 표제어에 그동안 논저에서 비교가 된 일본어를 표시하고 그에 해당하는 한국어와 일본어 어휘를 가나다순으로 정리하여 찾아보기 편리하게 한 것이다.

이번에 간행되는 <한국어와 알타이어의 비교 어휘(1)>는 같은 방법으로 한국어와 비교된 알타이제어를 수집 정리한 것으로 역시 한국어를 표제어로 삼고 그와 비교된 알타이제어를 보였다. 다만 앞의 책에서 '한국어', '일본어'와 같은 언어 표시를 'K', 'Ma', 'Mo', 'T'와 같은 약어로 표기하였고 또한 원전에서 제시되지 않은 어휘의 의미를 우리말로 옮길 때에는 의미 앞에 '*' 표시를 하여 원저에 한국어가 제시된 것과 구분하였다.

한국어의 계통에 대한 연구에서 한국어의 알타이어족설이 아직은 가장 세력을 얻고 있다. 그러나 한국어와 자매 관계에 있다고 보이는 알타이제어가 대부분 구소련이나 중국의 영토에서 사용되었기 때문에 옛 냉전시대에는 거의 직접적인 조사 연구가 불가능하였으며 지금에 와서는 어느 정도 조사가 가능해졌지만 이 언어들이 러시아어와 중국어의 강력한 영향을 받게 되어 대부분의 언어가 사멸의 길을 걷고 있다. 따라서 한국어와 알타이제어와의 비교 연구는 더욱 더 사정이 열악해져 간다고 보아야 할 것이다.

이 책은 과거에 연구된 한국어와 알타이어의 비교 연구를 모두 정리하고 그 논저에서 비교된 어휘를 찾아볼 수 있도록 한 것이다. 선학의 연구를 무시하거나 잊어버리고 이미 논의된 사실을 마치 새로운 발견처럼 대서특필하는 요즘의 학문 풍토에서 이러한 작업은 매우 필요하다고 생각한다. 더욱이 한국어의 비교 연구와 같이 과거의 연구가 오늘의 연구보다 여건이 좋았을 경우에 그 때에 논의된 연구를 참고하는 것은 중요한 일이다.

이 책은 그런 의미에서 가치가 있다고 할 수 있으며 이 책으로 인하여 침체된 한국어의 계통연구와 알타이제어와의 비교연구가 다시 부흥하기를 바라는 마음 간절하다.

2008년 8월 10일
집필진을 대표하여 정 광 씀.

〈일러두기〉

이 책은 한국어와 알타이어를 비교한 여러 논저에서 한국어와 알타이어의 어원을 밝히기 위하여 비교·대조한 어휘를 추출하고 그것을 가나다순으로 정리한 것이다. 원저에서의 논술을 최대한 존중하였으나 그 기술 내용을 하나의 체계로 통합하여 수록하기 위하여 다음과 같은 기준으로 원전 자료를 정리하여 배열하였다.

1) 표제어

표제어는 형태와 의미에서 비교 항목으로 선정된 어휘들을 하나의 단위로 묶어서 올린 대표 어휘를 말한다. 표제어는 한국어의 현대어로 표시하되 하나의 비교 항목을 보이는데 필요하다고 인정되면 형태소 단위나 복합 형태라도 하나의 표제어로 삼았다. 이때에도 원저자의 의견을 최대한 반영하였으나 적절하지 않은 표제어가 있을 경우 이를 수정하여 올렸다. 다만 이러한 수정은 되도록 최소화시켰다.

표제어의 배열 방법은 현대 한국어의 자모순에 따라 가나다순으로 배열하였다. 특정한 형태의 어원을 밝혀 적은 원저자의 의도에 따라 표제어를 배열하였으며 어원의 관련성이 공인되지 않은 경우에도 원저자의 의도에 따라 표제어를 배열하였다.

표제어의 표기는 현대 한국어의 표준 표기법에 따랐다. 그러나 구절이 표제어로 선정된 경우에는 띄어쓰기도 하였다. 용언의 경우에는 어미 '-다'를 붙인 형태를 표제어로 하였다. 이것은 독자에게 익숙한 표제어 표기 방식을 취한 것일 뿐 형태나 어원에 관하여 이 책의 집필진이 의도적으로 개입한 것은 아니다.

2) 어휘

어휘는 원저에서 한국어와 알타이어의 어원적 상관관계를 보이려고 예를 든 한국어와 알타이어의 단어들을 말한다. 어휘는 형태와 의미, 언어로 구분된다. 이 책에서는 어휘를 단일한 어휘나 형태소의 경우 이외에도 복합어나 구도 포함된다. 이것은 원저에서 비교 어휘로 기술한 방식을 가감 없이 반영하려는 이 책의 편집의도에 따른 것이다.

어휘의 배열방법은 표제어 아래에 두되 먼저 언어에 따라 즉, 한국어(K), 만주퉁구

스어(Ma), 몽골어(Mo), 튀르크어(T) 순서로 배열하였고 같은 언어에서는 저자의 가나다 순서에 따라 배열하였다. 두 언어에서 어떤 어휘가 어원적으로 긴밀한 상관관계가 있음을 인정하는 것은 원저자의 의견에 따른 것이며 이 책의 집필자와는 아무런 관계가 없다. 혹시 이 책의 집필자와는 상충되는 어원 관계를 가졌더라도 이를 빼거나 고치지 않았으며 어휘의 의미 또한 원저의 내용을 그대로 반영하였다. 원저에 어휘의 의미가 우리말이 아닌 경우에는 우리말로 의미를 옮겨 적었는데 이 경우에는 의미 앞에 '*' 표시를 두어 구분하였다.

어휘의 표기는 원저의 표기를 그대로 답습하였다.

3) 출전

이 책에서 인용한 출전은 발간년도, 저자, 논저명, 쪽수로 구분하여 표시하였다. 또 그 출전은 원저의 초고를 대상으로 하되 정본이 따로 있는 경우에는 초고 이외에 정본도 수록하였다. 다만 동일한 내용이 중복되는 경우 초고를 기준으로 한 번만 기입하였다.

이 책에서 제시하는 출전 정보는 다음과 같다.

(가) 발간년도

출전의 발간년도를 밝혀둔다. 주로 초고의 출전을 명시하되 초고를 구할 수 없을 때에는 이 책의 집필진이 확인한 문헌의 발간년도를 제시한다. 같은 해에 논저가 둘 이상일 경우에는 'ㄱ, ㄴ, ㄷ' 등으로 구분하여 표시한다.

(나) 저자

출전 논저의 저자를 밝혀둔다. 저자의 이름은 원전의 표기에 따르는 것을 원칙으로 하여 한글, 한자, 로마자 등으로 표시하였다.

(다) 논저명

출전 원저의 논저명은 비교대조가 수행된 논문이나 저서의 제목이나 서명을 말하며 약칭이 아니라 전체 명칭을 밝힌다. 다만 본문에서는 저자와 발간년도만 제시하고 전체 논저명은 권말에 참고문헌으로 일괄하여 제시하였다. 논저명도 원저의 것을 그대로 밝혀주는 것을 원칙으로 하였다.

(라) 쪽수

쪽수는 원저가 수록된 학술지의 페이지 수를 말하며 또는 비교·대조된 어휘가 수록된 저서의 페이지 수를 말한다. 원저의 쪽수를 밝히는 것이 원칙이지만 원저의 확보가 어려울 때에는 영인본, 또는 재수록된 문헌의 쪽수를 제시하기도 하였다.

한국어와 알타이어 비교어휘(1)

표제어/어휘		의미	언어	저자	발간년도	쪽수

ㄱ

가(家)

ka	*가(집)	house	K	G. J. Ramstedt	1949	81
ka	*가[家]	family, house	K	G. J. Ramstedt	1949	81
nŭГӑ	*가(집)	house	Mo	G. J. Ramstedt	1949	81
*ga, *gagai	*가(집)	house	Mo	G. J. Ramstedt	1949	81

가(경계)

ka	*가(경계)	border	K	G. J. Ramstedt	1949	81
xajā	*가(경계)	border	Mo	G. J. Ramstedt	1949	81
qaja, qajaga	*가(경계)	border	Mo	G. J. Ramstedt	1949	81

가게

mise	가게		K	김완진	1957	260
*śur[首乙]	*가게	storehouse, treasury	K	Christopher I. Beckwith	2004	112
*śur : ^śuir[首乙]	*가게집	storehouse, treasury	K	Christopher I. Beckwith	2004	136
наɪ(мана	*가게		Ma	Shirokogoroff	1944	88
пῡсэ	*가게	store	Ma	Цинциус	1977	45

가곡

ka-ko-k	가곡		K	이숭녕	1956	186
шоо кумун	*가곡	melody	Ma	Цинциус	1977	427

가깝다

kak'a-b-	가깝다		K	강길운	1981ㄴ	10
kak'a-b-	가깝다		K	강길운	1982ㄴ	16
kak'a-b-	가깝다		K	강길운	1982ㄴ	20
kak'a-b-	가깝다		K	강길운	1982ㄴ	32
kak'ai	가까이		K	강길운	1983ㄴ	134
kachap-/podi-	*가까운	near	K	강영봉	1991	10
ka?kap-	가까이	near	K	김동소	1972	139
kakkap-	가까이	near	K	김동소	1972	139
kas-	가깝다		K	박은용	1974	218
taka-	가깝다		K	박은용	1975	136
kakka	가깝다		K	宋敏	1969	71
*kaw	가깝다	near	K	宋敏	1969	72
kaskav	가깝다	near	K	이용주	1980	102
kaskav-	갓갑ㅇ다	near	K	이용주	1980	84
tapta	*가까이	at the same time as	K	G. J. Ramstedt	1939ㄴ	463
ttawi	*가까이	near	K	G. J. Ramstedt	1939ㄴ	463
kakkapta	*가깝다	to be near	K	G. J. Ramstedt	1949	100
kakkapta	*가깝다	to be near, to be close to	K	G. J. Ramstedt	1949	86
kakkapta	*가깝다	to be near	K	G. J. Ramstedt	1949	99
kap(a)	*가깝다	near	K	Martin, S. E.	1966	200

표제어/어휘	의미		언어	저자	발간년도	쪽수
kap(a)	*가깝다	near	K	Martin, S. E.	1966	203
kap(a)-	*가깝다	near	K	Martin, S. E.	1966	216
kap(a)	*가깝다	near	K	Martin, S. E.	1966	222
hanci	가까이	near	Ma	김동소	1972	139
hala-	가깝다		Ma	박은용	1974	218
daha-	따르다		Ma	박은용	1975	136
hi-tá	*가깝다	a side, an edge, a border	Ma	白鳥庫吉	1914ㄷ	304
kira-lin	*가까운	near to, by	Ma	G. J. Ramstedt	1949	104
дага	*가까이,가깝게, 가까워지다.		Ma	Shirokogoroff	1944	27
[дагадун	*가깝게, 근처에		Ma	Shirokogoroff	1944	27
даг?ал	*가까워지다.		Ma	Shirokogoroff	1944	27
даг?ама	*가까워지다.		Ma	Shirokogoroff	1944	27
дагаliфкан	*가깝게 하다		Ma	Shirokogoroff	1944	27
[дага	*가까이.		Ma	Shirokogoroff	1944	27
далбу	*가까이.		Ma	Shirokogoroff	1944	28
дапкан	*가까이.		Ma	Shirokogoroff	1944	28
[агукáн	*가까이.		Ma	Shirokogoroff	1944	3
[9ι(хкімн'і	*가까이.		Ma	Shirokogoroff	1944	44
[9wухк'і	*가깝게.		Ma	Shirokogoroff	1944	46
[анач'іві	*가까이.		Ma	Shirokogoroff	1944	7
даγа	*가깝다	close	Ma	Цинциус	1977	187
далбъ̌	*가까이	closely	Ma	Цинциус	1977	193
ӡ̌йӡ̌а	*가까이	closely	Ma	Цинциус	1977	256
лаки	*가까이	close	Ma	Цинциус	1977	488
лаӊ(2)	*가까이	close	Ma	Цинциус	1977	492
ögse-	*가깝다	side,nearness	Mo	G. J. Ramstedt	1939ㄴ	460

가난

ibab-	가난하다		K	강길운	1981ㄴ	8
kanan	가난		K	강길운	1982ㄴ	32
kanan	가난		K	강길운	1982ㄴ	36
kanan	가난		K	강길운	1983ㄴ	113
kanan	가난		K	강길운	1983ㄴ	117
pʌ-lʌ	가난하다		K	김사엽	1974	389
*fiatśir[阿珍]	*가난하다	poor	K	Christopher I. Beckwith	2004	112
*ɦatśir : ^atśin [阿珍]	*가난하다	poor	K	Christopher I. Beckwith	2004	121
аткан	*가난한 사람		Ma	Shirokogoroff	1944	11
ав'ılга	*가난한 사람, 불쌍한 사람		Ma	Shirokogoroff	1944	12
[уrӓі(ра	*가난하다.		Ma	Shirokogoroff	1944	136
[уrаіту	*가난하다		Ma	Shirokogoroff	1944	136
уr?еі(ту	*가난한		Ma	Shirokogoroff	1944	136
[ụедаӊе	*가난한		Ma	Shirokogoroff	1944	37
ụогордо	*가난해지다.		Ma	Shirokogoroff	1944	38
ụобоı	*가난한, 불쌍한.		Ma	Shirokogoroff	1944	38
jаɖа	*가난해지다, 궁핍해지다.		Ma	Shirokogoroff	1944	64
оболо-	*가난해지다	get poor	Ma	Цинциус	1977	004
ӡ̌аӊгала	*가난을 겪다	be in need	Ma	Цинциус	1977	249
jaɖaкӯ	*가난한	poor	Ma	Цинциус	1977	337
каɦилча	*가난	poverty	Ma	Цинциус	1977	385
хэурэ	*가난한	poor	Ma	Цинциус	1977	484
мӱḳъj	*가난	need	Ma	Цинциус	1977	552

표제어/어휘	의미		언어	저자	발간년도	쪽수
нʼэксэ	*가난한 사람	poor man	Ma	Цинциус	1977	651
сини-	*가난해지다	become poor	Ma	Цинциус	1977	89
yadaɣu	*가난한	poor	Mo	Poppe, N	1965	198

가늘다

kʌ-nʌl	가늘다		K	김사엽	1974	393
살	線條와 같은 형태		K	신용태	1987	140
kara	가늘다		K	이숭녕	1956	119
koph	가늘다, 아름답다		K	이용주	1980	72
kaŋilda	*가늘다	to be fine, to be small	K	G. J. Ramstedt	1949	94
kaŋida	*가늘다	to be fine, to be small, to be delicate, to be sof	K	G. J. Ramstedt	1949	94
kaŋilda	*가늘다	to be fine, to be small, to be delicate, to be sof	K	G. J. Ramstedt	1949	94
sirgeri	견직물,견포		Ma	신용태	1987	139
sirge	누에실이나 악기의 현		Ma	신용태	1987	139
siremi	삼(麻)을 꼬는 것		Ma	신용태	1987	139
sirembi	실을 꼬는 것		Ma	신용태	1987	139
kangili	*가늘다	to be fine, to be small	Ma	G. J. Ramstedt	1949	94
тамуріріка	*가늘어지다.		Ma	Shirokogoroff	1944	123
[эу_ру_	*가는 선으로 나타내다.		Ma	Shirokogoroff	1944	41
[hʼilімкун	*가는, 얇은.		Ma	Shirokogoroff	1944	55
[нämкун	*가느다란		Ma	Shirokogoroff	1944	90
гʼǣроки	*가늘다, 얇다	thin	Ma	Цинциус	1977	147
гэj сэмэ	*가늘게	thinly	Ma	Цинциус	1977	178
ǯэли биʼи	*가늘다, 잘다, 보드랍다	small, fine, shallow	Ma	Цинциус	1977	283
чарāс	*가늘다	thin	Ma	Цинциус	1977	385
чиӈэмэ	*가는 목이 있다	with thin neck	Ma	Цинциус	1977	397
абдиќўн	*가늘다, 얇다	thin	Ma	Цинциус	1977	5

가다

pɯs-	가다		K	강길운	1981ㄴ	8
ka-	가다		K	강길운	1983ㄱ	23
-r	가다		K	강길운	1983ㄱ	23
ka-	가다		K	강길운	1983ㄴ	116
ka	*가다	go	K	金澤庄三郎	1910	19
ka	*가다	go	K	金澤庄三郎	1910	9
ka	가다		K	김공칠	1989	10
ka-(da)	가다		K	김방한	1976	19
ka-(ta)	가다		K	김방한	1977	7
ka-	가다		K	김방한	1977	7
ka-	가다		K	김방한	1978	9
ka(-ta)	가다		K	김방한	1979	8
ni	行, 往		K	김사엽	1974	380
ka	가다		K	김사엽	1974	441
njə	가다		K	김사엽	1974	476
ka	가다		K	김사엽	1974	478
가다	가다		K	김선기	1978ㅅ	344
니다,녀다	가다	go	K	김해진	1947	10
ka-	가다		K	박은용	1974	231
kam	감		K	이숭녕	1956	110
ka-	가다		K	이용주	1979	113
ka-	*가다	gehen	K	Andre Eckardt	1966	231

표제어/어휘		의미	언어	저자	발간년도	쪽수
ga/가	*가다		K	Arraisso	1896	21
kada	*가다	to go , to move on, to go further	K	G. J. Ramstedt	1949	82
kada	*가다	to go, to move on, to go further, to k continue, to	K	G. J. Ramstedt	1949	82
silgim-gada	*가다	to become cracked, zergehen	K	G. J. Ramstedt	1949	82
kada	*가다	to warp, to be crooked	K	G. J. Ramstedt	1949	83
ka	*가다	pass	K	Hulbert, H. B.	1905	123
ka	*가다	go	K	Kanazawa, S	1910	15
ka	*가다	go	K	Kanazawa, S	1910	7
čibe ga	*집에 가!	go home!	K	Poppe, N	1965	196
*-ka-	가다		Ma	김방한	1977	7
genembi	가다		Ma	김선기	1978ㅅ	346
hur-	가다		Ma	김영일	1986	177
ge-	가다		Ma	박은용	1974	231
unčehen	*밟다	ausgehen	Ma	白鳥庫吉	1914ㄷ	324
alghan	*가다	gehen	Ma	白鳥庫吉	1914ㄷ	325
algan	*가다	gehen	Ma	白鳥庫吉	1914ㄷ	325
teᴘurge-	*허무하게 사라지다	to crumble	Ma	G. J. Ramstedt	1949	82
ŋeŋekējim	*가버리다	having gone	Ma	G. J. Ramstedt	1949	82
ŋeŋekām	*가버리다	having gone	Ma	G. J. Ramstedt	1949	82
ŋeŋekājim	*가버리다	having gone	Ma	G. J. Ramstedt	1949	82
ŋeŋem	*내가 갔다	I went	Ma	Poppe, N	1965	196
ŋeŋe-	*가다	to go	Ma	Poppe, N	1965	196
ŋeŋe-n-ni	*네가 갔다	thou wentst	Ma	Poppe, N	1965	196
д'ilба	*가다, 떠나다.		Ma	Shirokogoroff	1944	31
ес	*가다		Ma	Shirokogoroff	1944	43
енге	*가다		Ma	Shirokogoroff	1944	43
9н9	*가다, 떠나다		Ma	Shirokogoroff	1944	45
г9н(9)	*가다, 떠나다.		Ma	Shirokogoroff	1944	48
гоно	*가다		Ma	Shirokogoroff	1944	50
[hippi	*가!		Ma	Shirokogoroff	1944	55
ıрко	*가다		Ma	Shirokogoroff	1944	63
jокco	*가다, 떠나다.		Ma	Shirokogoroff	1944	65
мукорну	*가다, 움직이다		Ma	Shirokogoroff	1944	87
муку	*가다, 움직이다.		Ma	Shirokogoroff	1944	87
сору	*가 버리다	go away	Ma	Цинциус	1977	130
толо-	*가다	go	Ma	Цинциус	1977	195
haҡ-haҡ	*가라!(개에게 하는 소리)	hark on!(dog's command)	Ma	Цинциус	1977	309
иргэлэ-	*....가지로 가다	go for chaga	Ma	Цинциус	1977	326
hукулва-	*가다	go	Ma	Цинциус	1977	341
jō-	*가다	go	Ma	Цинциус	1977	345
ҡална-	*가다, 떠나다	go, leave	Ma	Цинциус	1977	367
шогно-	*가다	go	Ma	Цинциус	1977	427
хэкдэрэ-	*가다	go, walk	Ma	Цинциус	1977	480
*ga-	가다		Mo	김방한	1977	7
ɣar-	가다	to go out, to come out	Mo	김방한	1978	9
ülemej	*가다	geh	Mo	白鳥庫吉	1914ㄷ	326
xül	*가다	geh	Mo	白鳥庫吉	1914ㄷ	326
xul	*가다	geh	Mo	白鳥庫吉	1914ㄷ	326
xōl	*가다	geh	Mo	白鳥庫吉	1914ㄷ	326
alšixo	*가다	geh	Mo	白鳥庫吉	1914ㄷ	326
*ga-	*나가다, 나오다	to go	Mo	G. J. Ramstedt	1949	83
jabu-ᶾu	*가고	gehend	Mo	G.J. Ramstedt	1952	17
yau̯ōsmin	*내가 갈 때	When I go	Mo	Poppe, N	1965	188

표제어/어휘		의미	언어	저자	발간년도	쪽수
yau̯ōššin	*당신이 갈 때	when thou goest	Mo	Poppe, N	1965	188
yau̯ōs	*그가 갈 때	when he goes	Mo	Poppe, N	1965	188
yaw	*가거라!	go!	Mo	Poppe, N	1965	190
yaw-	*가다	to go	Mo	Poppe, N	1965	190
-z	가다		T	강길운	1983ㄱ	23
kuzuruk	*가다	ausgehen	T	白鳥庫吉	1914ㄷ	324
kuduruk	*가다	ausgehen	T	白鳥庫吉	1914ㄷ	324
jor	*가다	geh	T	白鳥庫吉	1914ㄷ	326
joró	*가다	geh	T	白鳥庫吉	1914ㄷ	326
jür	*가다	geh	T	白鳥庫吉	1914ㄷ	326
juri	*가다	geh	T	白鳥庫吉	1914ㄷ	326
kel	*가다	gehen	T	白鳥庫吉	1914ㄷ	326
kelirem	*가다	le pas	T	白鳥庫吉	1914ㄷ	326
orá	*가다	geh	T	白鳥庫吉	1914ㄷ	326
baran	*가버리다	gone, going	T	G. J. Ramstedt	1949	82
kit-	*가다	to go away	T	Poppe, N	1965	190
kit	*가거라!	go away!	T	Poppe, N	1965	190

가닥

kata-k	가닥		K	박은용	1974	221
hata	가닥		Ma	박은용	1974	221
utax	*두꺼운 밧줄의 가닥들	strands of which thick ropes consist	T	Poppe, N	1965	200

가달

가달	가달		K	이기문	1985	14
kadal	*가달[경주]	a race of barbarian	K	G. J. Ramstedt	1949	84
hadala	가달		Ma	이기문	1985	15
kadal	가달		Ma	이기문	1985	15
xadal	가달		Ma	이기문	1985	15
qadār	가달		Mo	이기문	1985	14
xazār	가달		Mo	이기문	1985	15
gʻadar	가달		Mo	이기문	1985	15
qadār	가달		Mo	이기문	1985	15
qajaɣar	가달		Mo	이기문	1985	15
xadzār	가달		Mo	이기문	1985	15
xaȝʷr	가달		Mo	이기문	1985	15
xaDžār	가달		Mo	이기문	1985	15

가두다

ka-to	가두다		K	김사엽	1974	464
kato-	가두다		K	박은용	1974	225
kadoda	*가두다(/가도다)	to put in prison, to lock up	K	G. J. Ramstedt	1949	84
kadoda	*가두다	to put in prison, to lock up	K	G. J. Ramstedt	1949	84
hori-	가두다		Ma	박은용	1974	225
qadaɣala-	*감옥에 가두다	to put in prison, to lock up(to take care of)	Mo	G. J. Ramstedt	1949	84
qa-	*가두다	to lay in, to pack down, to accept for saving	T	G. J. Ramstedt	1949	84
qala-	*에 놓다	to lay in, to pack down, to accept for saving	T	G. J. Ramstedt	1949	84

가득차다

kam	가득차다		K	김공칠	1989	6

표제어/어휘		의미	언어	저자	발간년도	쪽수
kɛtekhĕ˘-	가득차다	full	K	이용주	1980	84
kạdạgi	*가득히(/가득이)	many	K	G. J. Ramstedt	1949	84
kɛtɛ	*많은	multitude, many, much	Ma	G. J. Ramstedt	1949	84
тау(	*가득 채우다		Ma	Shirokogoroff	1944	124
џалам'іт	*가득 차다.		Ma	Shirokogoroff	1944	35
џал$ум	*가득찬.		Ma	Shirokogoroff	1944	35
тēс-с	*가득	full	Ma	Цинциус	1977	173
толй	*가득차다	full	Ma	Цинциус	1977	195
žалум	*가득찬, 완전한	full, complet	Ma	Цинциус	1977	247
фиӈ сэмэ	*가득차다	fully	Ma	Цинциус	1977	300
jōхи	*가득한	full	Ma	Цинциус	1977	346
чақ би	*가득 차다	full	Ma	Цинциус	1977	379
маʰæ	*가득찬	full	Ma	Цинциус	1977	520
милтърэ	*가득찬	full	Ma	Цинциус	1977	536
силлиһин-	*가득 채우다	stuff smth. (with)	Ma	Цинциус	1977	84-
to:d-	가득차다		T	김영일	1986	179

가뜩

ippa<i˚>	가뜩, 흠씬		K	김완진	1957	258
пирпэли-	*가뜩 부어 넣다	pour	Ma	Цинциус	1977	39

가라(黑)

kara	가라말(검은말)의가라		K	김승곤	1984	242
karamạl	*가라말	a black horse	K	G. J. Ramstedt	1949	96
čhjɛn-kara	*가라말(/전-가라)	a dark coloured horse	K	G. J. Ramstedt	1949	96
karā	가라말(검은말)의가라		Ma	김승곤	1984	242
karā	*어두운	dark (of horses)	Ma	G. J. Ramstedt	1949	96
qaɣa	가라말(검은말)의가라		Mo	김승곤	1984	242
χarl-	*검게되다	to turn black, to darken	Mo	G. J. Ramstedt	1949	96
qaraŋu	*밤	the night	T	G. J. Ramstedt	1949	96
qarar-	*검어지다	to turn black, to darken	T	G. J. Ramstedt	1949	96

가라앉다

karantta	*가라앉다	to be drowned, to sink	K	G. J. Ramstedt	1949	81
karo antta	*가라앉다(/가로앉다)	to be drowned, to sink	K	G. J. Ramstedt	1949	81
karị antta	*가라앉다(/가리앉다)	to be drowned, to sink	K	G. J. Ramstedt	1949	81
kara-antta	*가라앉다	to sink, to settle to the bottom	K	G. J. Ramstedt	1949	96
ka	*강바닥	river bed, river bottom	Ma	G. J. Ramstedt	1949	96
с'іӈаја	*가라앉다.		Ma	Shirokogoroff	1944	115
[с'іӈу	*가라앉히다.		Ma	Shirokogoroff	1944	116
чапа	*가라앉다.		Ma	Shirokogoroff	1944	23
муде	*가라앉다		Ma	Shirokogoroff	1944	86
дири-	*가라앉다	sink	Ma	Цинциус	1977	208
дэсэрэ-	*가라앉히다	sink	Ma	Цинциус	1977	238
hйр-	*가라앉다	sink	Ma	Цинциус	1977	327
ирȳ-	*가라앉다, 잠기다	plunge	Ma	Цинциус	1977	328
чопо-	*가라앉다	sink	Ma	Цинциус	1977	408
экилэ-	*가라앉다	sink	Ma	Цинциус	1977	443
ӭри-	*가라앉다	sink	Ma	Цинциус	1977	464
χā	*강바닥	river bed, river bottom	T	G. J. Ramstedt	1949	96
kā	*강바닥	river bed, river bottom	T	G. J. Ramstedt	1949	96

표제어/어휘		의미		언어	저자	발간년도	쪽수
가라지							
karas	가라지	tares, a kind of panic grass		K	이기문	1958	112
hara	가라지	tares, a kind of panic grass		Ma	이기문	1958	112
가락							
karag	가락			K	강길운	1981ㄱ	30
karag	가락			K	강길운	1981ㄴ	4
karag	가락			K	강길운	1982ㄴ	37
가락	가락			K	고재휴	1940ㄴ	17
활개	가락			K	고재휴	1940ㄴ	18
kʌ-lak	가락			K	김사엽	1974	449
kara	가락			K	이숭녕	1956	135
karak	가락			K	이숭녕	1956	135
karạk	*가락	a pole by which two persons carry a weight, a spin		K	G. J. Ramstedt	1949	96
karak	*가락	a pole by which two persons carry a weight, a spin		K	G. J. Ramstedt	1949	96
Huruk	가락			Ma	이명섭	1962	5
Hurugu	가락			Mo	이명섭	1962	5
가랑이							
karɛŋi	가랭이			K	이숭녕	1956	155
karaŋi	*가랑이	a crotch, a fork		K	G. J. Ramstedt	1949	96
caгda(н-)	*가랑이	crotch		Ma	Цинциус	1977	52
가련하다							
kā-ryẹn hạda*	*가련하다	to be pitiful, to be worthy of pity		K	G. J. Ramstedt	1949	98
kā-ryẹn	*가련[可憐]	what a pity!		K	G. J. Ramstedt	1949	98
ан,гаџ	*가련한, 불쌍한			Ma	Shirokogoroff	1944	8
ӡабча-	*가련하게 여기다, 애석해하다	pity, feel sorry		Ma	Цинциус	1977	240
ӡила-	*가련하게 여기다, 애석해하다	pity, feel sorry		Ma	Цинциус	1977	257
иллан-	*가련하게 여기다, 아쉬워하다	pitty		Ma	Цинциус	1977	309
килни-	*가련하게 여기다, 아쉬워하다	pity		Ma	Цинциус	1977	393
χairala-	*동정하다	to feel pity for, to be graceful		Mo	G. J. Ramstedt	1949	98
χǎrən	*저런!	my poor one!, what a pity		Mo	G. J. Ramstedt	1949	98
χǎrņ	*저런!	my poor one!, what a pity		Mo	G. J. Ramstedt	1949	98
χairaχan	*정중한	the gracious, the benevolent		Mo	G. J. Ramstedt	1949	98
가렵다							
kʌ-lap	가렵다			K	김사엽	1974	459
kariəp	가렵다			K	송민	1965	41
karyö	가렵다			K	宋敏	1969	71
kari-ọp-ta	가렵다			K	이숭녕	1955	17
kǎr¹(u)-	*가렵다	itchy		K	Martin, S. E.	1966	202
kár¹(u)-	*가렵다	itchy		K	Martin, S. E.	1966	211
kár¹(u)-	*가렵다	itchy		K	Martin, S. E.	1966	221
hasalambi	*가렵다	to file, to saw		Ma	白鳥庫吉	1914ㄷ	301
утўна	*가렵다			Ma	Shirokogoroff	1944	147
jōӡo-	*가려워지다, 근질근질하다,	itch		Ma	Цинциус	1977	346
эктэ	*가려움	itch		Ma	Цинциус	1977	444
биктэн-	*가려워지다, 근질근질하다	itch		Ma	Цинциус	1977	81

표제어/어휘		의미	언어	저자	발간년도	쪽수
xūraj	*가렵다	feilen	Mo	白鳥庫吉	1914ㄷ	302
ürükü	*가렵다	sich	Mo	白鳥庫吉	1914ㄷ	302
kalghan	*가렵다	feile	T	白鳥庫吉	1914ㄷ	301

가로

ət-	가로		K	강길운	1981ㄴ	5
əsi	가로		K	김공칠	1989	20
əs	橫		K	김사엽	1974	379
ət	橫		K	김사엽	1974	379
kɐre-	가로		K	박은용	1974	224
əs	가로지르다		K	송민	1966	22
^ü~^i[於]	*가로	crosswise, sideways	K	Christopher I. Beckwith	2004	142
hetu	가로		Ma	박은용	1974	224
талба	*가로로 눕다, 뛰어넘다.		Ma	Shirokogoroff	1944	122
[9в9нкʼi	*가로로, 횡단하여.		Ma	Shirokogoroff	1944	46
lomɓoli	*가로로 놓다.		Ma	Shirokogoroff	1944	80
сэлхэ̄	*가로장, 빗장	crossbar	Ma	Цинциус	1977	140
сэру(н-)	*가로장, 빗장	crossbar	Ma	Цинциус	1977	146
тэксэктикэ̄кӣ	*가로로	across	Ma	Цинциус	1977	229
дэри	*가로질러, 통하여	across, through	Ma	Цинциус	1977	237
эвункӣ	*가로 건너서	across	Ma	Цинциус	1977	435
ög	*가로	to be near	Mo	G. J. Ramstedt	1939ㄴ	460
Karák	*가로	schild	T	白鳥庫吉	1914ㄷ	300

가루

karo	*가루		K	金澤庄三郎	1914	221
kʌ-lʌ	가루		K	김사엽	1974	447
kɐre	가루		K	박은용	1974	219
kʌr	*가루		K	石井 博	1992	92
kɒrɒ	가루	flour	K	宋敏	1969	71
kalgi	가루		K	이숭녕	1956	152
kɐre	가루		K	이숭녕	1956	152
kal-sak-tugi	가루		K	이숭녕	1956	179
kal-sak-tugi	가루		K	이숭녕	1956	180
pun	*가루	Mehl	K	G. J. Ramstedt	1939ㄱ	484
karo	*가루(/가로)	flour	K	G. J. Ramstedt	1949	87
karu	*가루	flour	K	G. J. Ramstedt	1949	87
halu	가루		Ma	박은용	1974	219
xolxá	*가루	mehl	Ma	白鳥庫吉	1914ㄷ	300
kalka	*가루	mehl	Ma	白鳥庫吉	1914ㄷ	300
[бордок,бурдук,	*가루, 밀가루.		Ma	Shirokogoroff	1944	18
[борах	*가루, 분말.		Ma	Shirokogoroff	1944	18
myocola	*가루로 만들다, 갈다.		Ma	Shirokogoroff	1944	87
о̄ва̄дитэмӣ	*가루 반죽	dough	Ma	Цинциус	1977	004
сэду	*가루 반죽	dough	Ma	Цинциус	1977	137
индэ̄-	*가루를 만들다, 빻다	grind, mill	Ma	Цинциус	1977	315
halu	*가루		Mo	金澤庄三郎	1914	221
karakči	*가루	farine	T	白鳥庫吉	1914ㄷ	300
kerak	*가루	farine	T	白鳥庫吉	1914ㄷ	300
karak	*가루	rice flour, meal	T	白鳥庫吉	1914ㄷ	300
un	*가루	Mehl	T	G. J. Ramstedt	1939ㄱ	484

표제어/어휘		의미	언어	저자	발간년도	쪽수
가루다						
kạrp-	가루다	to stand side by side	K	이기문	1958	112
holbo-	연결하다	to link, to make a pair of	Ma	이기문	1958	112
가르다						
karʌ-	가르다		K	강길운	1982ㄴ	32
heči-	헤치다		K	강길운	1982ㄴ	32
tchyökeui	가르다		K	김공칠	1989	7
kal	分		K	김사엽	1974	378
ka-lʌ	分		K	김사엽	1974	378
kalï-	가르다	split	K	이기문	1973	7
kar-ɐ	가르다		K	이숭녕	1956	104
karịda	*가르다	to divide, to cut in parts	K	G. J. Ramstedt	1949	98
kalta	*절반	the half, a part, a split	Ma	G. J. Ramstedt	1949	98
hуптэ-	*가르다	rip up	Ma	Цинциус	1977	351
가르마						
kara	가르마		K	이숭녕	1956	123
хэркэ	*가르마 타는 것	hair parting	Ma	Цинциус	1977	482
가르치다						
가르치	가르치다		K	고재휴	1940ㄴ	17
kʌ-lʌ-čʰim	가르침		K	김사엽	1974	437
arikhida	*아르키다	to tell, to inform, to make known	K	G. J. Ramstedt	1949	13
arikkhida	*아르키다	to tell, to inform, to make known	K	G. J. Ramstedt	1949	13
tatigã-	*가르치다	to teach	Ma	Poppe, N	1965	200
тāн	*가르치다, 배우다		Ma	Shirokogoroff	1944	123
тāт	*가르치다		Ma	Shirokogoroff	1944	124
татira	*가르치다.		Ma	Shirokogoroff	1944	124
[hутkyw	*가르치다.		Ma	Shirokogoroff	1944	57
от-	*가르치다	teach	Ma	Цинциус	1977	27
алавȳ-	*가르치다, 배우다	teach, learn	Ma	Цинциус	1977	28
фун(1)	*가르침	teaching	Ma	Цинциус	1977	303
илди-	*가르치다	point	Ma	Цинциус	1977	308
номлō-	*가르치다	teach	Ma	Цинциус	1977	605
surtal	*가르침, 교리	teaching, doctrine	Mo	Poppe, N	1965	196
hürńäk	*가르치다		T	白鳥庫吉	1914ㄷ	297
가리						
kari	가리	waterfowl, the gray swan	K	宋敏	1969	71
kari	*가리[鳥]	a waterfowl, the gray swan, the wild goose	K	G. J. Ramstedt	1949	97
gasχa	*새	a bird	Ma	G. J. Ramstedt	1949	97
gaw	*고니	swan	Ma	G. J. Ramstedt	1949	97
ororgaliw mādim	*순록	both wild reindeers shall I hunt and tame reindeer	Ma	G. J. Ramstedt	1949	97
gasa	*회색고니	the gray swan, the gra crane	Ma	G. J. Ramstedt	1949	97
bojurgaliw mādim	*순록	both wild reindeers shall I hunt and tame reindeer	Ma	G. J. Ramstedt	1949	97
gag	*고니	swan	Ma	G. J. Ramstedt	1949	97
garu	*고니	swan	Ma	G. J. Ramstedt	1949	97

표제어/어휘		의미	언어	저자	발간년도	쪽수
galūn	*오리	goose	Mo	G. J. Ramstedt	1949	97
qaz	*거위	the goose	T	G. J. Ramstedt	1949	97

가리(積)

nuri-	쌓다	to pile up paddies or grasses	K	이기문	1958	116
kari	*가리[積]	a multitude, a heap	K	G. J. Ramstedt	1949	96
kar-i	*가리[積](/갈-이)	a pile, a heap - of wood, rice, etc.	K	G. J. Ramstedt	1949	96
karida	*가리다[積]	a pile up, to heap, to collect	K	G. J. Ramstedt	1949	97
nora-	쌓다	to pile up woods or grasses	Ma	이기문	1958	116

가리다

ayam	귀마개		K	강길운	1982ㄴ	20
kɐri	가리다		K	김공칠	1989	18
kɒri	가리다		K	宋敏	1969	71
kari-da	가리다		K	이숭녕	1955	15
kariota	*가리다	cover	K	Edkins, J	1896ㄱ	231
karhida	*가리다[辨](/갈하다)	to divide	K	G. J. Ramstedt	1949	97
karida	*가리다[選]	to choose, to select	K	G. J. Ramstedt	1949	97
kăriuda	*가리다	to veil, to hide, to cover	K	G. J. Ramstedt	1949	98
kạrida	*가리다[奄]	to cover, to veil	K	G. J. Ramstedt	1949	98
kailu	*가리다		Ma	白鳥庫吉	1914ㄷ	300
kailun	*가리다		Ma	白鳥庫吉	1914ㄷ	300
*kori-	*가리다	to veil, to hide, to cover	Ma	G. J. Ramstedt	1949	98
dalit-	*가리다, 어둡게 하다	to obscure	Ma	Poppe, N	1965	202
эмилэ-	*가리다	shield	Ma	Цинциус	1977	450
нэмэ-	*가리다, 덮다	cover	Ma	Цинциус	1977	622
kari	*덮개	deckel	T	白鳥庫吉	1914ㄷ	298
karu	*인피	bast	T	白鳥庫吉	1914ㄷ	298
kol	*가리다	birkenbast	T	白鳥庫吉	1914ㄷ	298
kol	*엷은 막	membrane	T	白鳥庫吉	1914ㄷ	298
qoryɣ	*보호	shelter, protection	T	G. J. Ramstedt	1949	98

가리다(辨)

kʌl-hʌj	가리다		K	김사엽	1974	470
kalhai-da	가리다		K	이숭녕	1955	15
kạrida	*가리다[辨]	to divide	K	G. J. Ramstedt	1949	97
kạrida	*나누다	to diveide, to cut into parts	K	G. J. Ramstedt	1949	98
kalgam	*나누다	to divide, to cut into parts	Ma	G. J. Ramstedt	1949	98
kari	*나누다	to divide, to cut into parts	Ma	G. J. Ramstedt	1949	98
xari	*나누다	to divide, to cut into parts	Ma	G. J. Ramstedt	1949	98

가리키다

karik'-	*가리키다	zeigen	K	Andre Eckardt	1966	232
сирба	*가리키다.		Ma	Shirokogoroff	1944	116
нугнı	*가리키다, 지시하다.		Ma	Shirokogoroff	1944	96
самнив-	*가리키다	point to/at	Ma	Цинциус	1977	60
нуӈнй-	*가리키다	show; point	Ma	Цинциус	1977	612

가마(轎)

ka-ma	가마		K	김사엽	1974	464
суrусэр	*가마	litter	Ma	Цинциус	1977	119

표제어/어휘		의미	언어	저자	발간년도	쪽수
сэчэ	*가마	litter	Ma	Цинциус	1977	147
қоацес	*가마, 상어	palanquin	Ma	Цинциус	1977	402
нʼанӡан	*가마	litter	Ma	Цинциус	1977	633

가마(鼎)

kama	가마		K	강길운	1981ㄱ	30
kama	가마		K	강길운	1981ㄴ	7
kama	가마(솥)		K	강길운	1982ㄴ	16
kama	가마(솥)		K	강길운	1982ㄴ	26
ka-ma	가마		K	김사엽	1974	459
kama	가마	dessus de la tête	K	宋敏	1969	71
kama	가마	a pot	K	宋敏	1969	71
kama	기와굽는 가마		K	이용주	1980	72
kama	*가마		K	長田夏樹	1966	93
kama, kamè	*가마	a pot	K	Aston	1879	22
kamä	*가마[鼎]	a brick-kiln, a furnace for baking pottery; a larg	K	G. J. Ramstedt	1949	90
kama	*가마[鼎]	a brick-kiln, a furnace for baking pottery; a larg	K	G. J. Ramstedt	1949	90
оӡилави	*가마솥 주고받기	caldron exchange	Ma	Цинциус	1977	007
оромочи	*가마솥; 큰 냄비	caldron	Ma	Цинциус	1977	24
һарбак	*가마	boiler	Ma	Цинциус	1977	317
чилаүан	*가마	boiler	Ma	Цинциус	1977	393
энʼи	*가마	boiler	Ma	Цинциус	1977	455
симтуӡа	*가마솥; 큰 냄비	caldron	Ma	Цинциус	1977	88

가물다

kʌ-mʌl	가물다		K	김사엽	1974	458
kemer	가물다	dry	K	이용주	1980	100
*kába	가물다	dry	K	이용주	1980	100
kamịda	*가물다	to be dry, to suffer from drought	K	G. J. Ramstedt	1949	92
kamuda	*가물다(/가무다)	to be dry, to suffer from drought	K	G. J. Ramstedt	1949	92
kamuda	*가물다(/가무다:사동)	to cause dry weather	K	G. J. Ramstedt	1949	92
kamulda	*가물다	to be dry, to suffer from drought	K	G. J. Ramstedt	1949	92
kámbálg-	*가물다	dry up	K	Martin, S. E.	1966	200
kámbálgʰ-	*가물다	dry up	K	Martin, S. E.	1966	202
χawṛ	*봄철	the springtime	Mo	G. J. Ramstedt	1949	93

가뭄

kɔmɔl	가뭄	dry up	K	宋敏	1969	71
kamịl	*가뭄	dry weather, dry days, drought	K	G. J. Ramstedt	1949	93
окт(йˉ)	*가뭄	drought	Ma	Цинциус	1977	011
ганда	*가뭄	drought	Ma	Цинциус	1977	139
күран	*가뭄	drought	Ma	Цинциус	1977	435
хʼa(2)	*가뭄	drought	Ma	Цинциус	1977	456

가볍다

kabE-ab-	가볍다		K	강길운	1981ㄴ	8
kabE-ab-/käkab-	가볍다		K	강길운	1982ㄴ	20
sar-	가볍다		K	김공칠	1989	19
ka-pʌj-jap	가볍다		K	김사엽	1974	458
kal-ka-či	가볍다		K	白鳥庫吉	1914ㄷ	294

표제어/어휘	의미		언어	저자	발간년도	쪽수
kapɔyaw/p	가볍다	lightweight	K	宋敏	1969	72
kakapta	가볍다		K	이숭녕	1956	161
kabjöta	가볍다		K	이숭녕	1956	161
kap-sak	가볍게		K	이숭녕	1956	180
kabajapta	*가볍다	to be light	K	G. J. Ramstedt	1949	82
kębjępta	*가볍다	to lack weight	K	G. J. Ramstedt	1949	82
käbjępta	*가볍다	to lack weight	K	G. J. Ramstedt	1949	82
kabajapta	*가볍다	to be light, bo lack weight	K	G. J. Ramstedt	1949	82
kabạjalpke hạda	*가볍게 하다	to mitigate	K	G. J. Ramstedt	1949	82
kabajapta	*가볍다	to be light, to lack weight	K	G. J. Ramstedt	1949	82
ergakō	*가볍다	leicht	Ma	白鳥庫吉	1914ㄷ	294
elagano	*가볍다	attollo	Ma	白鳥庫吉	1914ㄷ	294
elga	*가볍다	leicht	Ma	白鳥庫吉	1914ㄷ	294
elgakō	*가볍다	leicht	Ma	白鳥庫吉	1914ㄷ	294
erga	*가볍다	leicht	Ma	白鳥庫吉	1914ㄷ	294
hargu umiyaha	*가볍다	leicht	Ma	白鳥庫吉	1914ㄷ	294
kawunmukā	*낚시 찌	to be light	Ma	G. J. Ramstedt	1949	82
он'ім, он'ом	*가벼운, 쉬운.		Ma	Shirokogoroff	1944	103
он'імкун	*가벼운, 쉬운.		Ma	Shirokogoroff	1944	103
он'ом	*가벼운 쉬운.		Ma	Shirokogoroff	1944	104
он'омкун	*가벼운 쉬운.		Ma	Shirokogoroff	1944	104
опта́	*가벼운, 쉬운.		Ma	Shirokogoroff	1944	104
ay(та	*가벼운		Ma	Shirokogoroff	1944	11
торгомо	*가볍고 긴 남자 신발		Ma	Shirokogoroff	1944	131
yjiмкун	*가벼운, 쉬운.		Ma	Shirokogoroff	1944	138
ajiмкун	*가벼운		Ma	Shirokogoroff	1944	3
alкa	*가볍게, 약간 빠르게.		Ma	Shirokogoroff	1944	5
кета́р	*가벼운		Ma	Shirokogoroff	1944	70
ojoмкун	*가벼운, 쉬운		Ma	Shirokogoroff	1944	99
сэксɔлэмэ	*가벼운	light	Ma	Цинциус	1977	139
гитэк та-	* (가볍게) 건드리다	touch	Ma	Цинциус	1977	156
читасса-	*가볍게 두드리다	give a dab	Ma	Цинциус	1977	400
полиһин-	*가볍게 두드리다	tap	Ma	Цинциус	1977	41
эн'ймкӯн	*가볍다	light	Ma	Цинциус	1977	455
лур	*가볍게	easy	Ma	Цинциус	1977	512
egyl	*가볍다	leicht	T	白鳥庫吉	1914ㄷ	295
ginjel	*가볍다	leicht	T	白鳥庫吉	1914ㄷ	295
ingyl	*가볍다	leicht	T	白鳥庫吉	1914ㄷ	295
jeenk	*가볍다	leicht	T	白鳥庫吉	1914ㄷ	295
jeini	*가볍다	leicht	T	白鳥庫吉	1914ㄷ	295
jengil	*가볍다	leicht	T	白鳥庫吉	1914ㄷ	295
jenil	*가볍다	leicht	T	白鳥庫吉	1914ㄷ	295
jingil	*가볍다	leicht	T	白鳥庫吉	1914ㄷ	295
jüngil	*가볍다	leicht	T	白鳥庫吉	1914ㄷ	295
ingil	*가볍다	leicht	T	白鳥庫吉	1914ㄷ	295

가쁘다

표제어/어휘	의미		언어	저자	발간년도	쪽수
is-pī	가쁘다		K	김사엽	1974	472
kappịda	*압박을 받다, 피로해지다	to feel oppressed, to be wearied	K	G. J. Ramstedt	1949	96
kappuda	*압박을 받다, 피로해지다	to feel oppressed, to be wearied	K	G. J. Ramstedt	1949	96
qasu-	*압박을 받다, 피로해지다	to feel oppressed, to be wearied	Mo	G. J. Ramstedt	1949	96

표제어/어휘		의미		언어	저자	발간년도	쪽수
가생							
ka-sjęŋ	*가생[家生]		family-settlement, house-office	K	G. J. Ramstedt	1949	99
gašan	*마을		village	Ma	G. J. Ramstedt	1949	99
gašaŋ	*마을		village	Ma	G. J. Ramstedt	1949	99
가슴							
kʌsʌm	가슴			K	강길운	1981ㄱ	31
kasim	가슴	breast		K	김동소	1972	137
kasɛm	가슴	breast		K	김동소	1972	137
kasɛm	가슴	breast		K	이용주	1980	101
kasɛˇm	가슴	breast		K	이용주	1980	80
kasym	*가슴	breast		K	長田夏樹	1966	82
kasạm	*가슴	the breast		K	G. J. Ramstedt	1949	99
kāsăm	*가슴	the breast		K	G. J. Ramstedt	1949	99
kasịm	*가슴	the breast		K	G. J. Ramstedt	1949	99
kasim	*가슴	the breast		K	G. J. Ramstedt	1949	99
*ka	*가(가슴의)	brust		K	G. J. Ramstedt	1949	99
tunggen	가슴	breast		Ma	김동소	1972	137
xava	*가슴	the breast		Ma	G. J. Ramstedt	1949	99
keŋgeri	*가슴	breast, chest		Ma	Poppe, N	1965	160
kęŋgęr	*가슴	breast, chest		Ma	Poppe, N	1965	160
авур	*가슴			Ma	Shirokogoroff	1944	12
т'іңін	*가슴			Ma	Shirokogoroff	1944	128
тінгöн	*가슴			Ma	Shirokogoroff	1944	128
тіңг?ан	*가슴과 흉강			Ma	Shirokogoroff	1944	128
карсін-hікен	*가슴살.			Ma	Shirokogoroff	1944	69
контіра	*가슴			Ma	Shirokogoroff	1944	74
[охон'і, окоңу	*가슴, 우유			Ma	Shirokogoroff	1944	99
овур	*가슴속	bosom		Ma	Циныиус	1977	005
сороптӯн	*가슴	chest		Ma	Циныиус	1977	113
сэлэмэ	*가슴	heart		Ma	Циныиус	1977	141
тиңэн	*가슴	breast		Ma	Циныиус	1977	184
улин	*가슴	chest		Ma	Циныиус	1977	261
алаӟан	*가슴	breast		Ma	Циныиус	1977	29
hикэн	*가슴	chest		Ma	Циныиус	1977	323
чэӟэн	*가슴	chest		Ma	Циныиус	1977	419
кэңтирэ	*가슴	chest		Ma	Циныиус	1977	451
кэрсу	*가슴	chest		Ma	Циныиус	1977	453
χосоптӱ(н-)	*가슴	chest		Ma	Циныиус	1977	472
qa	*가(가슴의)	brust		Mo	G. J. Ramstedt	1949	99
xā	*가슴	the breast		Mo	G. J. Ramstedt	1949	99
χā	*가슴	the bow, the side of the breast, the shoulderpart		Mo	G. J. Ramstedt	1949	99
kęŋgęr	*가슴	breast, chest		Mo	Poppe, N	1965	160
가시							
mi-nïl	가시	barb		K	김공칠	1989	18
nïl	*가시	thorn		K	김공칠	1989	18
kasai	가시			K	박은용	1974	214
kila	침			Ma	박은용	1974	214
c'уң'ім	*가시.			Ma	Shirokogoroff	1944	120
ỹ	*가시, 가시가 나올 수 있는			Ma	Shirokogoroff	1944	135

표제어/어휘		의미	언어	저자	발간년도	쪽수
угучо	*가시가 박히다		Ma	Shirokogoroff	1944	137
уу	*가시가 박히다		Ma	Shirokogoroff	1944	147
огочо	*가시.		Ma	Shirokogoroff	1944	98
була	*가시, 바늘, 침	thorn	Ma	Цинциус	1977	106
габър	*가시가 많은, 찌르는	thorny	Ma	Цинциус	1977	134
hӯнму	*가시	splinter	Ma	Цинциус	1977	348
чајсэ	*가시	thorn	Ma	Цинциус	1977	378
чоӈн'а̄	*가시 돋친 식물	bur	Ma	Цинциус	1977	408
пулту	*가시	splinter	Ma	Цинциус	1977	43
ниӈг'а	*가시	prickle, thorn	Ma	Цинциус	1977	598
нуӄа	*가시	thorn	Ma	Цинциус	1977	608

가시(婦)

kāsi	*가시[婦]	housewife	K	G. J. Ramstedt	1949	99
asi	*여자	woman, wife	Ma	G. J. Ramstedt	1949	99

가열하다

sʌr-	가열하다	roast	K	강길운	1978	41
šara-	가열하다	roast	Mo	강길운	1978	41

가엽다

karyĕn	*가엽다	to be pitiful, to be worthy of pity	K	G. J. Ramstedt	1949	98
xajran	*가엽다	to be pitiful, to be worthy of pity	Ma	G. J. Ramstedt	1949	98
qajran	*가엽다	to be pitiful, to be worthy of pity	T	G. J. Ramstedt	1949	98

가엾다

kɐi	가엾다		K	박은용	1974	217
haji-	친근하다		Ma	박은용	1974	217

가운데

kaontei	가운데	midst	K	김공칠	1988	83
ka-on-tʌj	가운데		K	김사엽	1974	414
c'irɖile	*가운데.		Ma	Shirokogoroff	1944	114
д'илб'ip	*가운의 앞 깃.		Ma	Shirokogoroff	1944	31
дōli	*가운데, 반		Ma	Shirokogoroff	1944	32
доlукін	*가운데의		Ma	Shirokogoroff	1944	32
дулин	*가운데, 중앙	middle	Ma	Цинциус	1977	222

가위

kasikä	가새		K	강길운	1983ㄴ	117
kalkil	가위		K	김공칠	1989	4
ka-zaj	가위		K	김사엽	1974	405
kasä	가위		K	김승곤	1984	242
hasami	가위		K	김완진	1957	257
kɐzai	가위		K	박은용	1974	220
ka-ro	*가위		K	白鳥庫吉	1914ㄷ	301
*kasigai	가위	scissors	K	이기문	1958	112
kawi	가위	scissors	K	이기문	1958	112
kasigä	가위	scissors	K	이기문	1958	112
ka̧ai	가위	scissors	K	이기문	1958	112
ka̧zai < *ka̧sai	가위	scissors	K	이기문	1958	112

표제어/어휘		의미	언어	저자	발간년도	쪽수
kasä	가위	scissors	K	이기문	1958	112
kɛzai	가위		K	이용주	1980	106
kawi	*가위	a pair of scissors	K	G. J. Ramstedt	1949	100
kasä	*가위'의 방언	a pair of scissors	K	G. J. Ramstedt	1949	100
kasä	*가위'의 방언	the scissors	K	G. J. Ramstedt	1949	98
kasai	*가위	scissors	K	G. J. Ramstedt	1949	98
χasa-χa	가위		Ma	김승곤	1984	242
hasa	가위		Ma	박은용	1974	220
ha-tsa	가위	scissors	Ma	이기문	1958	112
hasa-ha	가위	scissors	Ma	이기문	1958	112
hāh-tsɪ-hāh	가위	scissors	Ma	이기문	1958	112
kait	*가위	scissors	Ma	G. J. Ramstedt	1949	100
kait'i	*가위	scissors	Ma	G. J. Ramstedt	1949	100
kipti	*가위	scissors	Ma	G. J. Ramstedt	1949	100
xasa	가위	scissors	Ma	G. J. Ramstedt	1949	98
χasa-χa	*가위	the scissors	Ma	G. J. Ramstedt	1949	99
χaǯa	*가위	the scissors	Ma	G. J. Ramstedt	1949	99
соку	*가위의 손잡이		Ma	Shirokogoroff	1944	117
тіңгіlан	*가위 날의 꺽쇠.		Ma	Shirokogoroff	1944	127
џаваңкі	*가위 등의 손잡이.		Ma	Shirokogoroff	1944	36
[хаџа	*가위		Ma	Shirokogoroff	1944	52
[хöпто	*가위		Ma	Shirokogoroff	1944	54
капч'і	*가위의 손잡이		Ma	Shirokogoroff	1944	68
каптамар	*가위의 날.		Ma	Shirokogoroff	1944	69
к'іптіι(, кіптіι	*가위.		Ma	Shirokogoroff	1944	71
г'аӡан	*가위	scissors	Ma	Цинниус	1977	136
кајик	*가위	scissors, shears	Ma	Цинниус	1977	362
кипти	*가위	scissors	Ma	Цинниус	1977	397
хаӡа	*가위	scissors	Ma	Цинниус	1977	457
нōсминча	*가위	scissors	Ma	Цинниус	1977	606
goril	*가위	a scissors	Mo	白鳥庫吉	1914ㄷ	301
ghulir	*가위	a scissors	Mo	白鳥庫吉	1914ㄷ	301
kypty	*가위	scissors	T	G. J. Ramstedt	1949	100
qapty	*가위	scissors	T	G. J. Ramstedt	1949	100
kyptyi	*가위	scissors	T	G. J. Ramstedt	1949	100

가위눌리다

kawi nullida	*가위눌리다	to have a nightmare, to be possessed of a demon wh	K	G. J. Ramstedt	1949	100
kaw-ka	*목구멍	the throat	Ma	G. J. Ramstedt	1949	100
kawkana-	*소리치다	to scream, toscreech	Ma	G. J. Ramstedt	1949	100
χǎtši	*누르다	to press, to pinch	Mo	G. J. Ramstedt	1949	100

가을

kaïl	가을	autumn	K	김공칠	1988	83
gazar	가을		K	김선기	1976ㄷ	338
가을	가을		K	김선기	1976ㅅ	344
kazar	가을		K	김선기	1976ㅅ	345
ka<i_>l	가을		K	김승곤	1984	241
kɔʒɔl	가을	autumn	K	宋敏	1969	72
kɛʒɛrx	가을		K	이용주	1980	106
lasi̯r	가을		K	長田夏樹	1966	102
kaʒ̇erx	가을		K	長田夏樹	1966	102

표제어/어휘	의미		언어	저자	발간년도	쪽수
kaḥir ḥạda	*수확하다	to harvest	K	G. J. Ramstedt	1949	86
kạịl	*가을	fall, autumn	K	G. J. Ramstedt	1949	86
kạịl	*가을	autumn	K	G. J. Ramstedt	1949	86
kaṣịr	*가을		K	G. J. Ramstedt	1949	86
bolori	가을		Ma	김선기	1976ㄷ	338
bolori	가을		Ma	김선기	1976ㅅ	344
kasi-	가을		Ma	김승곤	1984	241
kasi-	*낙엽지다	the falling of the leaves	Ma	長田夏樹	1966	102
kasi-	*가을	fall, autumn	Ma	G. J. Ramstedt	1949	86
болонʼі	*가을		Ma	Shirokogoroff	1944	17
болорʼі	*가을		Ma	Shirokogoroff	1944	17
боло, боло,	*가을.		Ma	Shirokogoroff	1944	17
болоні	*가을		Ma	Shirokogoroff	1944	17
кагдан	*가을에 풀이 마르지 않는 곳,		Ma	Shirokogoroff	1944	66
монтʼahli	*가을.		Ma	Shirokogoroff	1944	85
сиγэлэсэ	*가을에	in the autumn	Ma	Цинциус	1977	78
боло	*가을	autumn	Ma	Цинциус	1977	92
namur	가을		Mo	김선기	1976ㅅ	344
khohdzur	가을		T	김선기	1976ㄷ	338
khdzɯ	가을		T	김선기	1976ㅅ	344

가장자리

표제어/어휘	의미		언어	저자	발간년도	쪽수
kʌʒ	가장자리		K	강길운	1982ㄴ	23
kʌʒ	가장자리		K	강길운	1982ㄴ	32
il,nal	가장자리, 끝	edge, blade	K	김공칠	1989	18
kasaŋsari	가장자리		K	이숭녕	1956	123
kazaŋsari	가장자리		K	이숭녕	1956	124
čikin	*가장자리	edge	Ma	Poppe, N	1965	198
дилбикə̄	*가장자리 장식 (의복의)	welt	Ma	Цинциус	1977	206
дусихи	*가장자리 장식 (의복의)	welt	Ma	Цинциус	1977	226
дэлбин	*가장자리 장식 (의복의)	welt	Ma	Цинциус	1977	232
ӡугундэ	*가장자리 테를 두르는 것	trimming, edging	Ma	Цинциус	1977	270
ӡэјə̄н	*가장자리	edge	Ma	Цинциус	1977	283
ӡэри(н-)	*가장자리	edge	Ma	Цинциус	1977	285
алиχан	*가장자리 장식 (의복의)	welt	Ma	Цинциус	1977	32
кира(1)	*가장자리, 언저리, 끝, 가	edge	Ma	Цинциус	1977	397
кувə̄	*가장자리, 테		Ma	Цинциус	1977	423
кэрэшмэ	*가장자리 테		Ma	Цинциус	1977	454
χуј(1)	*가장자리		Ma	Цинциус	1977	475
хэтуэ	*가장자리	covering	Ma	Цинциус	1977	483
ламбарҡа	*가장자리	fringe	Ma	Цинциус	1977	490
мујэ	*가장자리	edge	Ma	Цинциус	1977	551
најмисун	*가장자리	cover	Ma	Цинциус	1977	579
more	*가장자리	der Rand	Mo	白鳥庫吉	1915ㄱ	37

가져오다

표제어/어휘	의미		언어	저자	발간년도	쪽수
kirï	가져오다	to bring up	K	김공칠	1989	16
hāh-ćēng-yīn	*가져오다	apporter, amener	Ma	白鳥庫吉	1914ㄷ	302
xači	*가져오다	apporter	Ma	白鳥庫吉	1914ㄷ	302
hačin	*가져오다	apporter	Ma	白鳥庫吉	1914ㄷ	302
ga-ji-	가져오다	to bring	Ma	이기문	1958	111
омду	*가져오다.		Ma	Shirokogoroff	1944	102
[уму	*가져 오다.		Ma	Shirokogoroff	1944	142

표제어/어휘	의미		언어	저자	발간년도	쪽수
[хіна	*가져오다.		Ma	Shirokogoroff	1944	53
[н'уу	*가져오다.		Ma	Shirokogoroff	1944	97
одов	*가져오다		Ma	Shirokogoroff	1944	98
нэму-	*가져오다	bring	Ma	Цинциус	1977	621
kirödxü	*가져오다	to feel an itching sensation	Mo	白鳥庫吉	1914ㄷ	302
ürexe	*가져오다	bringen, holen, erobern	Mo	白鳥庫吉	1914ㄷ	302
xürednap	*가져오다	schleifstein	Mo	白鳥庫吉	1914ㄷ	302
asaraxo	*가져오다	holen, bringen	Mo	白鳥庫吉	1914ㄷ	303
hèratka	*가져오다	holen, bringen	T	白鳥庫吉	1914ㄷ	302
kératka	*가져오다	holen, bringen	T	白鳥庫吉	1914ㄷ	302

가죽

표제어/어휘	의미		언어	저자	발간년도	쪽수
갓	가죽		K	권덕규	1923ㄴ	127
kacok	피부	skin	K	김동소	1972	140
kacuk	피부	skin	K	김동소	1972	140
kazuk	가죽		K	이숭녕	1956	133
katʃ	갗	fur	K	이용주	1980	81
kaʒuk	*가죽	skin, leather	K	G. J. Ramstedt	1949	102
kaʒugi	*가죽	a skin, leather, hide	K	G. J. Ramstedt	1949	102
kažjok	*가죽	a skin, leather, hide	K	G. J. Ramstedt	1949	102
suku	피부	skin	Ma	김동소	1972	140
kačuhi	*가죽	skin, leather	Ma	G. J. Ramstedt	1949	102
пауксе	*가죽 조각으로 만든 큰 공.		Ma	Shirokogoroff	1944	109
сі́чуга	*가죽 채찍, 끈이 달린 막대기.		Ma	Shirokogoroff	1944	114
дäфса	*가죽과 은으로 만든 안장 장식.		Ma	Shirokogoroff	1944	27
[hahoн	*가죽 가방.		Ma	Shirokogoroff	1944	54
ілач'а	*가죽		Ma	Shirokogoroff	1944	59
моңгір	*가죽 자루		Ma	Shirokogoroff	1944	85
нандама	*가죽의.		Ma	Shirokogoroff	1944	90
нанда, нанна	*가죽, 피부.		Ma	Shirokogoroff	1944	90
[нанаці́н	*가죽의, 가죽으로 만든.		Ma	Shirokogoroff	1944	90
[н'éчу	*가공된 가죽.		Ma	Shirokogoroff	1944	91
соикакса	*가죽	skin	Ma	Цинциус	1977	104
су	*가죽	leather	Ma	Цинциус	1977	115
субгу	*가죽	skin	Ma	Цинциус	1977	116
тикикта	*가죽	skin	Ma	Цинциус	1977	178
ʒалгама	*가죽 (한) 조각	piece of hide	Ma	Цинциус	1977	246
өмгэ	*가죽	leather	Ma	Цинциус	1977	30
каʒакса	*가죽	skin	Ma	Цинциус	1977	361
кёкикта	*가죽	skin	Ma	Цинциус	1977	386
кичим	*가죽	skin	Ma	Цинциус	1977	401
куика	*가죽	leather	Ma	Цинциус	1977	424
пэрэңгу	*가죽	leather	Ma	Цинциус	1977	48
мāңан	*가죽	skin	Ma	Цинциус	1977	530
мēта	*가죽	skin	Ma	Цинциус	1977	535
мука	*가죽	skin	Ma	Цинциус	1977	551
мунэксэ	*가죽	skin	Ma	Цинциус	1977	557
xučixu	*가죽	une converture	Mo	白鳥庫吉	1914ㄷ	304

가죽신

표제어/어휘	의미		언어	저자	발간년도	쪽수
kutu	가죽신		K	김공칠	1989	15
kü-sexü	*가죽신	a skin, leather, hide	Mo	白鳥庫吉	1914ㄷ	304

표제어/어휘	의미		언어	저자	발간년도	쪽수

가지

kachi	가지		K	김공칠	1989	11
ka-či	가지		K	김사엽	1974	471
kaji	가지	branch	K	김선기	1968ㄴ	27
kaci	가지		K	박은용	1974	221
kac	가지		K	박은용	1974	228
kati	가지	branch	K	宋敏	1969	72
kazi	가지		K	이숭녕	1956	124
kazaŋui	가지		K	이숭녕	1956	124
kazɛɲi	가지		K	이숭녕	1956	156
kaci	가지		K	이용주	1980	106
kkäǯi	*가지	behind	K	G. J. Ramstedt	1939ㄴ	462
kaǯaŋui	*가지(/가장귀)[枝]	a branch, a limb - of a tree	K	G. J. Ramstedt	1949	101
kaǯi	*가지	a branch, a limb	K	G. J. Ramstedt	1949	101
kaǯi	*가지[枝]	a branch, a limb - of a tree	K	G. J. Ramstedt	1949	101
kadi	*가지	branch	K	Martin, S. E.	1966	202
kadi	*가지	branch	K	Martin, S. E.	1966	206
kadi	*가지	branch	K	Martin, S. E.	1966	215
sekte	작은가지		Ma	김영일	1986	169
gar-	가지		Ma	박은용	1974	228
kačikā-ktẹ	*버드나무	willow, branches of the willows	Ma	G. J. Ramstedt	1949	101
gā	*가지	branch	Ma	Poppe, N	1965	180
gara	*가지	branch, twig	Ma	Poppe, N	1965	180
gar	가지를펴다		Mo	김영일	1986	173
*qači	*가지	a branch, a limb	Mo	G. J. Ramstedt	1949	101

가지(類)

kadzi	종류		K	김방한	1966	347
kaji	*가지	kind of	K	金澤庄三郎	1910	10
kaji	*가지	a sort of	K	金澤庄三郎	1910	19
kaji	*가지	a sort of	K	金澤庄三郎	1910	9
ka-či	가지		K	김사엽	1974	454
kaci	가지	a kind, a class	K	이기문	1958	112
tui	*가지	order,kind	K	G. J. Ramstedt	1939ㄴ	462
kaǯi	*가지[種]	kind, sort	K	G. J. Ramstedt	1949	101
kaji	*가지	a sort of	K	Kanazawa, S	1910	15
kaji	*가지	a sort of	K	Kanazawa, S	1910	7
kaji	*가지	kind of	K	Kanazawa, S	1910	8
hači-n	종류		Ma	김방한	1966	347
hasi	가지		Ma	박은용	1974	221
hacin	가지	a kind, a class	Ma	이기문	1958	112

가지가지

kaji-kaji	가지가지		K	강길운	1981ㄱ	33
kaji-kaji	가지가지		K	강길운	1983ㄱ	30
xuredaxu	*가지가지	to take, to possess	Mo	白鳥庫吉	1914ㄷ	302

가지다

kaji-	가지다		K	강길운	1982ㄴ	27
kaji-	가지다		K	강길운	1983ㄱ	43
kaji	가지다		K	강길운	1983ㄴ	116
kaji-	가지다		K	강길운	1983ㄴ	129

표제어/어휘		의미	언어	저자	발간년도	쪽수
ka-či	가지다		K	김사엽	1974	383
kaci-	가지다		K	박은용	1974	227
gaci-	가지다	to take	K	이기문	1958	111
ka-	가지다	to take	K	이기문	1958	111
*ŋwöj˘l	가지다	hold	K	이용주	1980	100
kaci	가지다	hold	K	이용주	1980	100
katʃĭ	가지다	to hold	K	이용주	1980	83
kachul	*가지다	to take in the hand	K	Aston	1879	23
kada	*가지다(/가다)	to take	K	G. J. Ramstedt	1949	83
kažida	*가지다	to take	K	G. J. Ramstedt	1949	83
gai-	가지다		Ma	박은용	1974	227
gai-	가지다	to take, to take a wife	Ma	이기문	1958	111
ga-	*가지다	to take, to accept, to receive, to get	Ma	G. J. Ramstedt	1949	83
gai-	*가지다	to take, to accept, to receive, to get	Ma	G. J. Ramstedt	1949	83
ga-xurajdaxu	*가지다	to take, to receive, to buy, to get	Ma	G. J. Ramstedt	1949	83
		kind, sort, a branch, a limb	Mo	白鳥庫吉	1914ㄷ	302

가치

kac'i	가치		K	이용주	1979	113
kušal	*가치있다	meritorious	T	Poppe, N	1965	168

가탈

가탈	일이 순하게 진행되지 못하게 방해하는 조건		K	이기문	1978	21
katthar	*가탈	a rough trot	K	G. J. Ramstedt	1949	100
katthal-žida	*가탈지다	to be askew	K	G. J. Ramstedt	1949	100
katthal-ke̱rim	*가탈걸음	a rough trotting gait	K	G. J. Ramstedt	1949	100
katthal	*가탈	a rough trot	K	G. J. Ramstedt	1949	100
katarči	*경주마	the trotter (horse)	Ma	G. J. Ramstedt	1949	100
qatara-	가탈		Mo	이기문	1978	21
qajyr-	*돌다	to turn aside, to turn back	T	G. J. Ramstedt	1949	100
qajyr-yl-	*뒤틀리다	to warp, to cast	T	G. J. Ramstedt	1949	100
qairyl-	*뒤틀리다	to warp, to cast	T	G. J. Ramstedt	1949	100
qair-	*돌다	to turn aside, to turn back	T	G. J. Ramstedt	1949	100
qadyt-	*뒤바꾸다	umkehren	T	G. J. Ramstedt	1949	100
qadyr-	*비틀다	drehn, verdrehen	T	G. J. Ramstedt	1949	100
qajyš-	*뒤틀리다	to warp, to cast	T	G. J. Ramstedt	1949	100

각

kak	*각[各]	each, every	K	G. J. Ramstedt	1949	86
тамгі	*각각의		Ma	Shirokogoroff	1944	122
таңгн'ін	*각각의, 모든		Ma	Shirokogoroff	1944	123
тεк'ін	*각각의, 그런.		Ma	Shirokogoroff	1944	126
ēмаваl	*각각의.		Ma	Shirokogoroff	1944	43
томэ	*각각	every	Ma	Цинциус	1977	197
бакла	*각각의, 개별적인	separate	Ma	Цинциус	1977	67
keblekü	*각	via	Mo	白鳥庫吉	1914ㄷ	321

간

*kəb	간		K	강길운	1981ㄱ	32

표제어/어휘		의미	언어	저자	발간년도	쪽수
kəb	간		K	강길운	1981ㄴ	4
*kəb	간		K	강길운	1982ㄴ	22
*kəb	간		K	강길운	1982ㄴ	27
kan	*간	liver	K	강영봉	1991	10
kan	간	liver	K	김동소	1972	139
gan	간	liver	K	김선기	1968ㄱ	46
kān	간	liver	K	이용주	1980	80
kān	간	liver	K	이용주	1980	95
kanzañ	*간장	liver	K	長田夏樹	1966	83
fahūn	간	liver	Ma	김동소	1972	139
fahun	간	liver	Ma	김선기	1968ㄱ	46
āxī	*간	liver	Ma	Poppe, N	1965	26
aкʻiмaлду	*간장(肝臟)		Ma	Shirokogoroff	1944	4
aлıгaн	*간장(肝臟)		Ma	Shirokogoroff	1944	5
[гʔaкiн	*간		Ma	Shirokogoroff	1944	52
[хaкiн	*간		Ma	Shirokogoroff	1944	53
[хāкiн	*간		Ma	Shirokogoroff	1944	53
hāкiн	*간		Ma	Shirokogoroff	1944	54
iлiгʔɛн	*간장(肝臟)		Ma	Shirokogoroff	1944	60
cуллу	*간장(肝臟)	liver	Ma	Цинциус	1977	125
икэдиуи	*간	liver	Ma	Цинциус	1977	302
элигэн	*간장	liver	Ma	Цинциус	1977	447
ху̀дан	*간	liver	Ma	Цинциус	1977	475
намусла	*간(송아지,돼지닭 등의)	liver	Ma	Цинциус	1977	582
elige	간	liver	Mo	김선기	1968ㄱ	46
helige	간	liver	Mo	김선기	1968ㄱ	47
eli-ken	*간	liver	Mo	Johannes Rahder	1959	44
xelïx	*간	liver	Mo	Johannes Rahder	1959	44
bair	간	liver	T	김선기	1968ㄱ	46
baγïr	간		T	이숭녕	1956	83

간(間)

sai	간격	interval	K	김공칠	1989	15
kan	*간[間]	interval, space between	K	G. J. Ramstedt	1949	93
[cʻiгⱃilä	*간격, 휴지		Ma	Shirokogoroff	1944	114
cэу-ни	*간격	space; interval	Ma	Цинциус	1977	147
ӭлгъ	*간격	interval	Ma	Цинциус	1977	446
caja	*간격, 틈	space, interval	Ma	Цинциус	1977	55
сигдилӭ	*간격	interval	Ma	Цинциус	1977	76

간죽

kan	*간죽	pipe	K	G. J. Ramstedt	1949	93
gamša	*파이프	the pipe	Ma	G. J. Ramstedt	1949	93
kansa	*파이프	the pipe	Ma	G. J. Ramstedt	1949	93
ganča	*파이프	pipe	Ma	G. J. Ramstedt	1949	93
gančaruk	*파이프지갑	a purse for the pipe	Ma	G. J. Ramstedt	1949	93
ganza	*담뱃대	tabacco-pipe	Mo	G. J. Ramstedt	1949	93
qaŋza	*담뱃대	the pipe	T	G. J. Ramstedt	1949	93
kansa	*담뱃대	the pipe	T	G. J. Ramstedt	1949	93

갈고리

ka-ko-li	갈구리		K	김사엽	1974	465

표제어/어휘		의미	언어	저자	발간년도	쪽수
karkuri	갈구리		K	宋敏	1969	72
kalgori	*갈고리	a hook, a curved stick	K	G. J. Ramstedt	1949	89
karguri	*갈고리(/갈구리)	a hook, a curved stick	K	G. J. Ramstedt	1949	89
gurgi	갈고리		Ma	박은용	1974	239
омутé	*갈고리.		Ma	Shirokogoroff	1944	103
[xöxö	*갈고리		Ma	Shirokogoroff	1944	54
обō	*갈고리	hook	Ma	Цинциус	1977	004
ōγат	*갈고리	hook	Ma	Цинциус	1977	005
ōқо	*갈고리	hook	Ma	Цинциус	1977	010
гаһгу	*갈고리	hook	Ma	Цинциус	1977	140
гоко	*갈고리	hook	Ma	Цинциус	1977	158
тасýма	*갈고리	hook	Ma	Цинциус	1977	170
xalkirxaj	*갈고리	a hook	Mo	白鳥庫吉	1914ㄷ	292
xalkiruxaj	*갈고리	glisser	Mo	白鳥庫吉	1914ㄷ	292

갈기

kar-ki	*갈기		K	小倉進平	1934	26
kal-ki	*갈기		K	이숭녕	1956	154
dēlin	*갈기	mane	Ma	Poppe, N	1965	198
delün	*갈기	mane	Ma	Poppe, N	1965	198
delun	*갈기	mane	Ma	Poppe, N	1965	201
dēlin	*갈기	mane	Ma	Poppe, N	1965	201
dēlin	*갈기	mane	Ma	Poppe, N	1965	203
ciel	*갈기.		Ma	Shirokogoroff	1944	114
олмин	*갈기	mane	Ma	Цинциус	1977	15
дэлин	*갈기	mane	Ma	Цинциус	1977	232
асин	*갈기 (말)	fringe, bang (of horse-hair)	Ma	Цинциус	1977	56
Kilγasun	*갈기	crinière	Mo	小倉進平	1934	26
del	*갈기	mane	Mo	Poppe, N	1965	178
del	*갈기	mane	Mo	Poppe, N	1965	198
del	*갈기	mane	Mo	Poppe, N	1965	201
del	*갈기	mane	Mo	Poppe, N	1965	203
yāl	*갈기	mane	T	Poppe, N	1965	179
*dāl	*갈기	mane	T	Poppe, N	1965	179
sāl	*갈기 밑의 지방충	the fat-layer under the mane	T	Poppe, N	1965	179
śilxe	*갈기	mane	T	Poppe, N	1965	198
yel	*갈기	mane	T	Poppe, N	1965	198
yälä	*갈기	mane	T	Poppe, N	1965	201
sāl	*갈기 밑의 지방 충	fat layer under the mane	T	Poppe, N	1965	202
yāl	*갈기	mane	T	Poppe, N	1965	202
yil	*갈기	mane	T	Poppe, N	1965	203
siäl	*갈기	mane	T	Poppe, N	1965	203
śilxe	*갈기	mane	T	Poppe, N	1965	203

갈기다

kalgi-	갈기다		K	강길운	1982ㄴ	26
tar-gi	자르다		K	박은용	1974	212
kalgida	*갈기다	to shave off	K	G. J. Ramstedt	1949	89
kar-gi	자르다		Ma	박은용	1974	212
xalaso	*갈기다	messer im grütel	Mo	白鳥庫吉	1914ㄷ	290

표제어/어휘		의미	언어	저자	발간년도	쪽수

갈다

tak	갈다		K	김공칠	1989	8
kʌl	갈다		K	김사엽	1974	387
kɔl	갈다	whet, grind	K	宋敏	1969	72
kal-da	갈다		K	이숭녕	1955	15
kāda	*갈다[磨]	to grind, to smash, to pulverize	K	G. J. Ramstedt	1949	87
kallida	*갈리다[磨]	to be ground, to be reduced to powder, to be hurt	K	G. J. Ramstedt	1949	87
kalda	*갈다[磨]	to rub, to polish, to file	K	G. J. Ramstedt	1949	87
kalda	*갈다[磨]	to grind, to smash, to pulverize	K	G. J. Ramstedt	1949	87
kāda	*갈다[磨]	to rub, to polish, to file	K	G. J. Ramstedt	1949	87
kalda	*갈다	to grind	K	G. J. Ramstedt	1949	87
kalda	*갈다[磨]	to rub	K	G. J. Ramstedt	1949	89
hirhumbi	*갈아내다	to grind, to file, to rub, to polist	Ma	白鳥庫吉	1914ㄷ	302
koti-	*갈다	to sharpen (metal tools), to file and whet one's t	Ma	G. J. Ramstedt	1949	127
qarʒa-	*폭발하다	to grind(to burst)	Ma	G. J. Ramstedt	1949	87
qarʒa-	*파열하다	to burst, to be crushed, to fall in small bits	Ma	G. J. Ramstedt	1949	87
garla-	*갈다	to crush, to annihilate, to cut in small parts, to	Ma	G. J. Ramstedt	1949	87
garmila-	*갈다	to crush, to annihilate, to cut in small parts, to	Ma	G. J. Ramstedt	1949	87
garmi-	*갈다	to crush, to annihilate, to cut in small parts, to	Ma	G. J. Ramstedt	1949	87
дуру	*갈다, 뾰족하게 하다.		Ma	Shirokogoroff	1944	34
[h'ey	*갈다, 깎다.		Ma	Shirokogoroff	1944	55
к'ilr'iɡi	*갈다, 갈고 닦다.		Ma	Shirokogoroff	1944	71
лакадар	*갈다, 깎다		Ma	Shirokogoroff	1944	79
сул-	*갈다; 뾰족하게 하다	sharpen	Ma	Цинциус	1977	123
кӫлй-	*갈다, 갈고 닦다	rub, keen	Ma	Цинциус	1977	388
чилдум-	*갈아서 닿다	grind(about bar)	Ma	Цинциус	1977	393
хисχа-	*갈고 닦다	to grind	Ma	Цинциус	1977	466
нику-	*갈아 가루로 만들다	grind	Ma	Цинциус	1977	591
xujalieme	*갈다	to grind, to file, to rub, to polish	Mo	白鳥庫吉	1914ㄷ	292
xapkak	*갈다	ueberzug	Mo	白鳥庫吉	1914ㄷ	296
qaru-	*갈아내다, 평평하게하다	to file, to rub(to rub off, to smooth)	Mo	G. J. Ramstedt	1949	87
qaz-	*문지르다	to rub	T	G. J. Ramstedt	1949	88

갈다(耕)

kal	갈다		K	김사엽	1974	460
고르다	고르다		K	김해진	1947	10
meulka-răi	*갈다	pflügen	K	白鳥庫吉	1914ㄷ	297
kalgä	*갖다(/갈아)[耕]	the spade	K	G. J. Ramstedt	1949	88
pat-kari	*밭갈이	the tilling of the soil, the farming, the farmer	K	G. J. Ramstedt	1949	88
pat-k	*갈다[耕]	to plough	K	G. J. Ramstedt	1949	88
pakkarikkun	*밭갈이꾼	the farmer	K	G. J. Ramstedt	1949	88
kar-	*갈다[耕]	to dig, to till	K	G. J. Ramstedt	1949	88
kalda	*갈다[耕]	to plough	K	G. J. Ramstedt	1949	88
kāda	*갈다[耕]	to plough	K	G. J. Ramstedt	1949	88
karä	*갈다(/갈아)[耕]	the spade	K	G. J. Ramstedt	1949	88
muke gargan	*갈다	pflügen	Ma	白鳥庫吉	1914ㄷ	297

표제어/어휘	의미		언어	저자	발간년도	쪽수
χoruj-	*가래로 갈다	to dig, to work with a spade	T	G. J. Ramstedt	1949	88
χas-	*갈다	to dig	T	G. J. Ramstedt	1949	88
χaryj-	*가래로 갈다	to dig, to work with a spade	T	G. J. Ramstedt	1949	88
qaz-	*갈다	to dig	T	G. J. Ramstedt	1949	88

갈다(替)

kʌl	갈다		K	김사엽	1974	460
ker-	갈다		K	박은용	1974	218
k'al-čilhä-	*갈다	die veränderung	K	白鳥庫吉	1914ㄷ	291
k'al-ćum	*갈다	sich verändern	K	白鳥庫吉	1914ㄷ	291
kɔl	갈다	change, replace	K	宋敏	1969	72
kạr-	갈다	to change, to alternate	K	이기문	1958	112
kal-da	갈다		K	이숭녕	1955	17
kallida	*갈리다[換]	to be replaced, resoled, renewed	K	G. J. Ramstedt	1949	88
kalda	*갈다[換]	to change - an office, to renew	K	G. J. Ramstedt	1949	88
kāda	*갈다(/가다)[換]	to change - an office, to renew	K	G. J. Ramstedt	1949	88
kár-	*갈다	change	K	Martin, S. E.	1966	202
kár-	*갈다	change	K	Martin, S. E.	1966	209
kár-	*갈다	change	K	Martin, S. E.	1966	221
hala-mbi	교대하다		Ma	김방한	1966	347
hala-	갈다		Ma	박은용	1974	218
guweleku	*갈다	to change	Ma	白鳥庫吉	1914ㄷ	292
hala-	갈다	to change, to alternate	Ma	이기문	1958	112
hāh-lâh-piôh	갈다	to change, to alternate	Ma	이기문	1958	112
χalan	*변화	the change	Ma	G. J. Ramstedt	1949	88
χala-	*바꾸다	to change, to alternate, to renew	Ma	G. J. Ramstedt	1949	88
kala-	*갱신하다	to ameliorate, to renew, to resole	Ma	G. J. Ramstedt	1949	88
xujaliüiletkü	*갈다	to change-as office, to renew	Mo	白鳥庫吉	1914ㄷ	292
aralžiku	*갈다	to change	Mo	白鳥庫吉	1914ㄷ	292
qala-	갈다	to change, to alternate	Mo	이기문	1958	112
χalān	*갈다	to change - of the officers in service, of the nig	Mo	G. J. Ramstedt	1949	88
χalɒ-	*갈다	to change, to alternate	Mo	G. J. Ramstedt	1949	88
kèirak	*갈다	change	T	白鳥庫吉	1914ㄷ	291

갈대

ke	갈대		K	김공칠	1989	9
tot	*갈대	dumpfer laut	K	白鳥庫吉	1914ㄷ	288
toi-a-či	*갈대	leer	K	白鳥庫吉	1914ㄷ	288
so-a-či	*갈대	ruisean	K	白鳥庫吉	1914ㄷ	288
kai-ul	*갈대	aushöhlung an bäumen	K	白鳥庫吉	1914ㄷ	288
so	*갈대	rivière	K	白鳥庫吉	1914ㄷ	288
kol	*갈대	ruisean	K	白鳥庫吉	1914ㄷ	289
tal	*갈대	Reeds	K	白鳥庫吉	1916ㄱ	177
kōl	*갈대	a kind of tall grass, reeds	K	G. J. Ramstedt	1949	121
kōl	*골[葎]	a kind of tall grass, reeds	K	G. J. Ramstedt	1949	121
kal	*갈대	a kind of tall grass, reeds	K	G. J. Ramstedt	1949	121
kalttä	*갈[갈대]	reeds	K	G. J. Ramstedt	1949	87
kaltä	*갈[갈대]	reeds	K	G. J. Ramstedt	1949	87
kāl	*갈대	reeds	K	G. J. Ramstedt	1949	87
kōl	*골	reeds	K	Poppe, N	1965	180
kal	*갈대	reed	K	Rahder, J.	1956	10
holo	*갈대	virga	Ma	白鳥庫吉	1914ㄷ	289

표제어/어휘		의미	언어	저자	발간년도	쪽수
holgoxta	*갈대	rohr	Ma	白鳥庫吉	1914ㄷ	289
darhuwa	*갈대	Rohr, Schilf	Ma	白鳥庫吉	1916ㄱ	177
ulhu darhuwa	*갈대	Rohr, Schilf	Ma	白鳥庫吉	1916ㄱ	177
ulχu	*갈대	a kind of tall grass, reeds	Ma	G. J. Ramstedt	1949	121
ulχu	*갈대	the reeds	Ma	G. J. Ramstedt	1949	121
xali	*습지, 저지	reeds(swamp, lowland)	Ma	Rahder, J.	1956	11
ul	*갈대	reed	Ma	Rahder, J.		
колосун	*갈대.		Ma	Shirokogoroff	1944	73
кулосок	*갈대		Ma	Shirokogoroff	1944	77
авӯлақта	*갈대	reed	Ma	Цинциус	1977	10
҄урби	*갈대	reed	Ma	Цинциус	1977	173
дар҄ ан	*갈대	reed	Ma	Цинциус	1977	199
тэӊ	*갈대	cane	Ma	Цинциус	1977	236
улгукта	*갈대	cane	Ma	Цинциус	1977	258
žurgadaj	*갈대	Schilfrohr	Mo	白鳥庫吉	1916ㄱ	177
χulsṇ	*갈대	a kind of tall grass, reeds	Mo	G. J. Ramstedt	1949	121
χulsṇ	*갈대	the reeds	Mo	G. J. Ramstedt	1949	121
qulusun	*갈대	a kind of tall grass, reeds	Mo	G. J. Ramstedt	1949	121
χulusun	*갈대	a kind of tall grass, reeds	Mo	G. J. Ramstedt	1949	121
qulusun	골	reeds	Mo	Poppe, N	1965	180
xala-	*갈대	reed	Mo	Rahder, J.	1956	10
yt	*갈대	aushöhlung an bäumen	T	白鳥庫吉	1914ㄷ	288
öt	*갈대	a calf	T	白鳥庫吉	1914ㄷ	288
öt	*갈대	a kind of tall-grass, reeds	T	白鳥庫吉	1914ㄷ	288
qašak	*갈대	reeds	T	G. J. Ramstedt	1949	87

갈라지다

kkuöit-	*갈라지다	zu brechen	K	白鳥庫吉	1914ㄷ	318
kalla-ȝida	*갈라지다	to be separated, divided	K	G. J. Ramstedt	1949	98
näcīli	*갈라지다, 나뉘다.		Ma	Shirokogoroff	1944	109
[hyjä	*갈라지다		Ma	Shirokogoroff	1944	56
дэлпэргэ-	*갈라지다, 트다	crack, chap	Ma	Цинциус	1977	233

갈래

kaj	갈래		K	김사엽	1974	461
kara	갈림		K	박은용	1974	229
karar̯	갈래	ramification	K	이기문	1958	111
karạ	갈래	ramification	K	이기문	1958	111
kallä	*갈래	a branch	K	G. J. Ramstedt	1949	98
gar-	가르다		Ma	박은용	1974	229
gar-gan	나뭇가지	ramification of a tree or stream	Ma	이기문	1958	111
hãh-rh	나뭇가지	ramification of a tree or stream	Ma	이기문	1958	111
налан	*갈래	crotch	Ma	Цинциус	1977	312

갈리다

kallida	*갈리다[分]	to be separated, divided	K	G. J. Ramstedt	1949	98
urbalga	*갈리다	verwechseln	Mo	白鳥庫吉	1914ㄷ	292
ularil	*갈리다	to be grounded	Mo	白鳥庫吉	1914ㄷ	292

갈마들다

kalmad<ǐ>da	*갈마들다	to try one and then another, to employ by turns	K	G. J. Ramstedt	1949	90

표제어/어휘		의미	언어	저자	발간년도	쪽수
maḏilda	*마딜다[마디를 만들다]	to build links	K	G. J. Ramstedt	1949	90
maḏii	*마디	a link, a paragraph	K	G. J. Ramstedt	1949	90
kalmaḏilda	*갈마들다	to try one and then another, to employ by turns	K	G. J. Ramstedt	1949	90
madä	*마다[節]	a link, a paragraph	K	G. J. Ramstedt	1949	90
ularixu	*갈마들다	to be replaced, to be refilled	Mo	白鳥庫吉	1914ㄷ	292

갈매기

표제어/어휘		의미	언어	저자	발간년도	쪽수
kal-mə-ki	갈매기		K	김사엽	1974	459
kar	갈매기		K	박은용	1974	214
kar-ma-ki	*갈매기		K	小倉進平	1934	26
kɔlmyёki	갈매기	seagull	K	宋敏	1969	72
kɒrmyöki	갈매기	seagull	K	宋敏	1969	72
karumegi	*갈매기	a sea-gull	K	G. J. Ramstedt	1949	90
karịmẹgi	*갈매기	a sea-gull	K	G. J. Ramstedt	1949	90
kalmagi	*갈매기	a sea-gull	K	G. J. Ramstedt	1949	90
kălmo	*갈매기	gull	K	Martin, S. E.	1966	202
kálmo	*갈매기	gull	K	Martin, S. E.	1966	211
kálmo	*갈매기	gull	K	Martin, S. E.	1966	221
kálmo	*갈매기	gull	K	Martin, S. E.	1966	225
kila	갈매기		Ma	박은용	1974	214
Kelae	*갈매기	Lachmöwe	Ma	小倉進平	1934	26
[cap	*갈매기.		Ma	Shirokogoroff	1944	111
сукс'у	*갈매기.		Ma	Shirokogoroff	1944	119
бадара	*갈매기.		Ma	Shirokogoroff	1944	12
таңгура	*갈매기.		Ma	Shirokogoroff	1944	123
амгате	*갈매기.		Ma	Shirokogoroff	1944	6
амгате, амгате	*갈매기.		Ma	Shirokogoroff	1944	6
кулáр	*갈매기.		Ma	Shirokogoroff	1944	76
дасуку	*갈매기	seagull	Ma	Цинциус	1977	201
умңэ̄тй	*갈매기	gull	Ma	Цинциус	1977	268
уңгуру	*갈매기	gull	Ma	Цинциус	1977	278
hокто	*갈매기	gull	Ma	Цинциус	1977	331
қадӣтйва	*갈매기 일종	kind of see gull	Ma	Цинциус	1977	360
қēвара	*갈매기	gul	Ma	Цинциус	1977	386
чин	*갈매기	gull	Ma	Цинциус	1977	395
чӯби гасха	*갈매기	gull	Ma	Цинциус	1977	410
кулук	*갈매기	gul	Ma	Цинциус	1977	429
э̄нчу	*갈매기	gull	Ma	Цинциус	1977	455
лачавкӣ	*갈매기	gul	Ma	Цинциус	1977	496
сар	*갈매기	gull	Ma	Цинциус	1977	64
баликсит	*갈매기	seagull	Ma	Цинциус	1977	71

갈보

표제어/어휘		의미	언어	저자	발간년도	쪽수
갈보	갈보		K	고재휴	1940ㄱ	7
흐르	교미		K	고재휴	1940ㄱ	8
골리	정욕		K	고재휴	1940ㄱ	8
헐레	교미		K	고재휴	1940ㄱ	8
꼴리	정욕		K	고재휴	1940ㄱ	8
개라메	열망		Ma	고재휴	1940ㄱ	8
개란	애정		Ma	고재휴	1940ㄱ	8
구웰메	정을 표함		Ma	고재휴	1940ㄱ	8
구웰쿠	첩		Ma	고재휴	1940ㄱ	8

표제어/어휘	의미		언어	저자	발간년도	쪽수
코리싸	정욕에 불타오름		Mo	고재휴	1940ㄱ	8
쿠야리에메	갈보		Mo	고재휴	1940ㄱ	8

갈비

표제어/어휘	의미		언어	저자	발간년도	쪽수
kʌlbi	갈빗대		K	강길운	1983ㄴ	111
kalbi	갈비		K	강길운	1983ㄴ	126
kalbi	늑골		K	김방한	1966	347
ka-rak	갈비	pflügen	K	白鳥庫吉	1914ㄷ	297
kalbi	*갈비	Rippe	K	Andre Eckardt	1966	232
kalbi	*갈비[肋]	the ribs	K	G. J. Ramstedt	1949	89
karbi	*갈비[肋]	the ribs	K	G. J. Ramstedt	1949	89
kalbi	*갈비	ribs	K	Poppe, N	1965	163
halba	臂胛骨		Ma	김방한	1966	347
kalbika	*어깨뼈	the shoulder-blade	Ma	G. J. Ramstedt	1949	89
χalbaχa	*어깨뼈	the shoulderblade	Ma	G. J. Ramstedt	1949	89
kalbin	*갈비	the freshy parts on both sides of the stomach	Ma	G. J. Ramstedt	1949	89
kalbi	*갈비	the freshy parts on both sides of the stomach	Ma	G. J. Ramstedt	1949	89
suvēŋ	*짧은 갈비	short ribs	Ma	Poppe, N	1965	160
qalbi, galbin	*배 양쪽 면의 살 부분	fleshy sides on both sides of the abdomen	Ma	Poppe, N	1965	163
тутэри эбчи	*갈빗대	ribs	Ma	Цинциус	1977	224
ӯлина	*갈비 뼈	rib	Ma	Цинциус	1977	261
алиӈн'а	*갈비뼈	rib	Ma	Цинциус	1977	33
subi	*갈비뼈	side	Mo	Poppe, N	1965	160
qazy	*갈비	the fat on the stomach	T	G. J. Ramstedt	1949	89

갈색

표제어/어휘	의미		언어	저자	발간년도	쪽수
kal	갈색		K	이숭녕	1955	14
[хутаha	*갈색의.		Ma	Shirokogoroff	1944	54
гулакāн	*갈색의, 밤색의 (털빛)	brown, fulvous	Ma	Цинциус	1977	169
курин	*갈색	brown	Ma	Цинциус	1977	437
лунимэ	*갈색	brown	Ma	Цинциус	1977	510

갈서다

표제어/어휘	의미		언어	저자	발간년도	쪽수
kạlsẹda	*갈서다	to go side by side, to act reciprocally	K	G. J. Ramstedt	1949	90
kurča	*함께	joined, united, unitedly, together, all	Ma	G. J. Ramstedt	1949	90

갈외

표제어/어휘	의미		언어	저자	발간년도	쪽수
갈외	갈외		K	고재휴	1940ㄴ	18
골해	도적질 함		Ma	고재휴	1940ㄴ	18
글하	賊人		Ma	고재휴	1940ㄴ	18
글함비	도적질 함		Ma	고재휴	1940ㄴ	18
쿠라개라	절적		Mo	고재휴	1940ㄴ	18
쿨악해	절적		Mo	고재휴	1940ㄴ	18
쿨악후	도적질		Mo	고재휴	1940ㄴ	18
카락	盜倫		T	고재휴	1940ㄴ	18
카락지	盜人		T	고재휴	1940ㄴ	18
쿨아야지	도적질을 함		T	고재휴	1940ㄴ	18

표제어/어휘		의미	언어	저자	발간년도	쪽수
갉다						
갈그	갉다		K	고재휴	1940ㄱ	12
kʌlk	갉다		K	김사엽	1974	463
kalk-	갉다	gratter	K	宋敏	1969	72
kɔlk	갉다	gratter	K	宋敏	1969	72
ḳirk-	긁다	to scratch	K	이기문	1958	113
kark-	갉다	to scrape	K	이기문	1958	113
kākta	*갉다	to scrape, to peel, to smooth	K	G. J. Ramstedt	1949	89
kalkta	*갉다	to scrape, to peel, to smooth	K	G. J. Ramstedt	1949	89
kalkta	*갉다	to scrape, to peel, to smooth off	K	G. J. Ramstedt	1949	89
kerki-	긁다	to scratch with chopsticks, to scrape on the fiyoo	Ma	이기문	1958	113
karka-	젓가락으로 긁다	to scratch with chopsticks, to scrape on the fiyoo	Ma	이기문	1958	113
karka-	*갉다	to scrape, to peel, to smooth off	Ma	G. J. Ramstedt	1949	89
karka-	*갉다	to smooth or scrape something with a wooden scrape	Ma	G. J. Ramstedt	1949	89
кэлэ-	*갉아뚫다		Ma	Цинциус	1977	447
н'эки-	*갉다, 쏠다	gnaw	Ma	Цинциус	1977	651
쿨납	갉다		Mo	고재휴	1940ㄱ	12
글납	갉다		Mo	고재휴	1940ㄱ	12
gxelgexe	*갉다	to try one and the another	Mo	白鳥庫吉	1914ㄷ	292
gäv-	*갉다, 씹다	to gnaw, chew	T	Poppe, N	1965	200
감(督)						
kam-kwan	*감관	an overseer of public work	K	G. J. Ramstedt	1949	90
kam-gun	*감군	an officer	K	G. J. Ramstedt	1949	90
kam-li	*감리[督]	a superintendent	K	G. J. Ramstedt	1949	90
kam	*감[督]	the inspector, to supervise	K	G. J. Ramstedt	1949	90
qam	*무당	the shaman	T	G. J. Ramstedt	1949	90
감개						
kaŋä	*감개	a spool	K	G. J. Ramstedt	1949	94
фамχa	*감개	reel	Ma	Цинциус	1977	298
감곽						
kam-kwak	*해초의 일종	a kind of seaweed	K	G. J. Ramstedt	1949	92
kamgwak	*해초의 일종	a kind of seaweed	K	G. J. Ramstedt	1949	92
χamχūl	*미역	a wild bushlike plant on the prairies	Mo	G. J. Ramstedt	1949	92
χamχɒg‘	*미역	a wild bushlike plant on the prairies	Mo	G. J. Ramstedt	1949	92
감다						
kam	감다		K	김사엽	1974	391
kol-čŏ-ri-	감다		K	白鳥庫吉	1914ㄷ	322
kam-	감다	wind around	K	宋敏	1969	72
kamda	*감다	to wind around	K	G. J. Ramstedt	1949	91
kāmda	*감다	to wind	K	G. J. Ramstedt	1949	91
kamda	*감다	to wind around	K	G. J. Ramstedt	1949	91
kamdan	감다		Ma	김승곤	1984	241
hurgimbi	*감다	umdrehen	Ma	白鳥庫吉	1914ㄴ	173
морк'i	*감다, 꼬다.		Ma	Shirokogoroff	1944	86

표제어/어휘		의미	언어	저자	발간년도	쪽수
тум-	*감다	reel	Ma	Цинциус	1977	212
дуктэ-	*감다, 비틀다, 꼬다	wind, twist	Ma	Цинциус	1977	220
учй-	*감다	reel	Ma	Цинциус	1977	296
japty-	*감다, 싸다	wind round	Ma	Цинциус	1977	343
k̄apca-	*감다, 묶다	bandage, bind up, tie up	Ma	Цинциус	1977	376
χaja-	*감다, 둘러감다	twist	Ma	Цинциус	1977	458
χaлги-	*감다	to wind	Ma	Цинциус	1977	460
мотки-	*감다, 비틀다	twist	Ma	Цинциус	1977	547
xama-	감다		Mo	김승곤	1984	241
qama-	*감다	to wind around	Mo	G. J. Ramstedt	1949	91

감다(눈을)

표제어/어휘		의미	언어	저자	발간년도	쪽수
kʌm-	눈을 감다		K	강길운	1982ㄴ	27
kem	눈을 감다		K	박은용	1974	211
감다	눈동자 따위를 덮어 보이지 않게 하다		K	신용태	1987	135
kamgida	*감다[閉]	to shut the eyes	K	G. J. Ramstedt	1949	91
kamda	*감다[閉]	to close - the eyes	K	G. J. Ramstedt	1949	91

감추다

표제어/어휘		의미	언어	저자	발간년도	쪽수
kam-	감추다	to hide	K	김공칠	1989	18
kalm	감추다		K	김사엽	1974	451
kʌm-čʰo	감추다		K	김사엽	1974	456
kʌm-čʰo	감추다		K	김사엽	1974	465
karm	감추다		K	박은용	1974	212
komčhuda	*감추다	to hide, to conceal	K	G. J. Ramstedt	1949	123
kạmčhuda	*감추다	to hide, to conceal	K	G. J. Ramstedt	1949	91
kạmčhoda	*감추다	to hide, to conceal	K	G. J. Ramstedt	1949	91
kạmịrida	*감추다(/가무르다)	to hide, to conceal, to deceive	K	G. J. Ramstedt	1949	92
kạmčhoda	*감추다	to hide, to conceal, to deceive	K	G. J. Ramstedt	1949	92
kamčhōda,	*감추다	to hide, to conceal, to seclude	K	G. J. Ramstedt	1949	92
kämịrida	*감추다	to hide, to conceal	K	G. J. Ramstedt	1949	92
komčhuda	*감추다	to hide, to conceal, to deceive	K	G. J. Ramstedt	1949	92
komčhuida	*감추다	to hide oneself, to be purposely hidden	K	G. J. Ramstedt	1949	92
kamčhuda	*감추다	to hide, to conceal, to deceive	K	G. J. Ramstedt	1949	92
karma	보호하다		Ma	박은용	1974	212
koro	*감추다	to be black	Ma	白鳥庫吉	1914ㄷ	322
gama-	*감추다	to hide, to conceal, to seclude	Ma	G. J. Ramstedt	1949	92
kumte-	*감추다	to hide, to conceal	Ma	G. J. Ramstedt	1949	92
kömüri-	*감추다	to hide, to conceal	Mo	G. J. Ramstedt	1949	92

감탄사

표제어/어휘		의미	언어	저자	발간년도	쪽수
ap'ul-sa	감탄사		K	강길운	1983ㄱ	29
ap'ul-sa	아뿔싸		K	강길운	1983ㄴ	106
era	에라!		K	강길운	1983ㄴ	133
тор-тар	*감탄사.		Ma	Shirokogoroff	1944	131
бор-бор	*감탄사의 일종.		Ma	Shirokogoroff	1944	18
вуй	* (감탄사) 이런!		Ma	Цинциус	1977	131
сэнсэршэ-	*감탄하여 칭찬하다	admire	Ma	Цинциус	1977	143
илэ	*감탄사	oh!	Ma	Цинциус	1977	311
нила	*감탄사	kind of exclamation	Ma	Цинциус	1977	323

표제어/어휘		의미	언어	저자	발간년도	쪽수
парӕн-	*감탄하다	admire	Ma	Цинциус	1977	34
бӣ	* (감탄사) 서라!		Ma	Цинциус	1977	79
авакка	* (감탄사. 실망)		Ma	Цинциус	1977	8
бōно	* (감탄사. 소리 내 부름)		Ma	Цинциус	1977	94

감투

kamt'o	감투		K	박은용	1974	212
kamtho	감투	a horsehair cap worn by officials	K	이기문	1958	113
kamthu	*감투	a horsehair cap worn by officials	K	G. J. Ramstedt	1949	92
kamtu	감투		Ma	박은용	1974	212
kamtu	투구 속에 쓰는 간단한 모자	a soft cap worn under the helm	Ma	이기문	1958	113
kamtun	두건	a piece of cloth wound around the head	Ma	이기문	1958	113
kamtun	*감투	a piece of cloth wound around the head	Ma	G. J. Ramstedt	1949	92
kamtu	*감투	a soft cap worn under the helm	Ma	G. J. Ramstedt	1949	92

갑옷

kabos	갑옷		K	김공칠	1989	9
kab-ot	*갑옷	a coat of mail, armour	K	G. J. Ramstedt	1949	95
coldʒi	*갑옷.		Ma	Shirokogoroff	1944	117
вачан	*갑옷의 부분	part of amour	Ma	Цинциус	1977	130
даjмэj хуру	*갑옷	armor	Ma	Цинциус	1977	191
туḳтума уḳсин	*갑옷	armour	Ma	Цинциус	1977	209
ʒэвлэ	*갑옷	armor	Ma	Цинциус	1977	281
куjак	*갑옷, 방탄복	armour	Ma	Цинциус	1977	424

값

kap	*값	value	K	金澤庄三郞	1910	19
kap	*값	value	K	金澤庄三郞	1910	9
kaps	값		K	김사엽	1974	460
kap	값		K	송민	1973	52
kap	값	price	K	宋敏	1969	72
kap	사다		K	宋敏	1969	72
kap	*값	price	K	Aston	1879	27
kap	*값	value	K	Edkins, J	1895	407
kap	*값	value	K	Kanazawa, S	1910	15
kap	*값	value	K	Kanazawa, S	1910	7
kapx-	*값	buy	K	Martin, S. E.	1966	200
kapx-	*값	buy	K	Martin, S. E.	1966	202
kapx-	*값	buy	K	Martin, S. E.	1966	205
kapx-	*값	buy	K	Martin, S. E.	1966	215
sali	*값	price	Ma	G. J. Ramstedt	1949	217
[таман	*값		Ma	Shirokogoroff	1944	122
[д'a	*값이 싼.		Ma	Shirokogoroff	1944	27
куда	*값, 돈.		Ma	Shirokogoroff	1944	76
куда	*값을 매기다		Ma	Shirokogoroff	1944	76
ʒри	*값	prise	Ma	Цинциус	1977	464

강

mai	강		K	강길운	1983ㄱ	28
買	강		K	강길운	1983ㄱ	28

표제어/어휘		의미	언어	저자	발간년도	쪽수
kʌrʌm	강		K	강길운	1983ㄱ	37
kʌrʌm	강		K	강길운	1983ㄱ	43
kʌrʌm	강		K	강길운	1983ㄱ	47
kʌrʌm	호수,강		K	강길운	1983ㄴ	111
kʌrʌm	호수,강		K	강길운	1983ㄴ	113
koj	곶		K	강길운	1983ㄴ	115
kʌrʌm	호수, 강		K	강길운	1983ㄴ	116
kʌrʌm	호수		K	강길운	1983ㄴ	130
kʌrʌm	호수		K	강길운	1983ㄴ	135
nɛ/kaŋ	*강	river	K	강영봉	1991	11
nɛ	내		K	김공칠	1988	196
kara, karam	강	river	K	김공칠	1989	16
kaŋ	강	river	K	김동소	1972	140
kelem	강		K	김동소	1972	149
kʌrʌm	강		K	김방한	1978	16
kʌ-lʌm	강		K	김사엽	1974	461
gɛ	적은 강	river	K	김선기	1968ㄱ	27
toraŋ	적은 강	river	K	김선기	1968ㄱ	27
koraŋ	적은 강	river	K	김선기	1968ㄱ	27
garam	강	river	K	김선기	1968ㄱ	27
mari	강	river	K	김선기	1968ㄱ	27
karam	가람		K	김승곤	1984	242
heu-röipat-	*강	fluss	K	白鳥庫吉	1914ㄴ	170
*걸, *갈	강		K	徐廷範	1985	239
k<ậ>rạm	강	river	K	이기문	1958	111
kᴇreˇm	가람	lake	K	이용주	1980	82
*káša	강	river	K	이용주	1980	99
kᴇrem	강	river	K	이용주	1980	99
kañ	*강	river	K	長田夏樹	1966	83
kaŋ	*강[江]	large river	K	G. J. Ramstedt	1949	94
kaŋ	*강	large river	K	G. J. Ramstedt	1949	94
karam	*강	river	K	G. J. Ramstedt	1949	96
goy(em),	*강	river	K	Johannes Rahder	1959	66
giyang	강	river	Ma	김동소	1972	140
ula	강		Ma	김선기	1976ㅁ	334
ka	강바닥		Ma	김승곤	1984	242
garimbi	*강	fluss	Ma	白鳥庫吉	1914ㄴ	170
garingga	*강	fluss	Ma	白鳥庫吉	1914ㄴ	170
amúr	*강	Fluss	Ma	白鳥庫吉	1915ㄱ	38
gola	河身		Ma	徐廷範	1985	239
golo	강	river-bed	Ma	송민	1966	22
golo	하천 바닥	a river-bed	Ma	이기문	1958	111
bir	*강	a river	Ma	Aston	1879	26
hākan	*강	river	Ma	Poppe, N	1965	26
hākin	*강	river	Ma	Poppe, N	1965	26
paka	*강	river	Ma	Poppe, N	1965	26
x'ai	*강	river	Ma	Poppe, N	1965	26
xaxin	*강	river	Ma	Poppe, N	1965	26
xaki	*강	river	Ma	Poppe, N	1965	26
pa	*강	river	Ma	Poppe, N	1965	26
faxun	*강	river	Ma	Poppe, N	1965	26
[уʌга	*강.		Ma	Shirokogoroff	1944	140
rõл	*강.		Ma	Shirokogoroff	1944	50
[окат	*강.		Ma	Shirokogoroff	1944	99

표제어/어휘		의미	언어	저자	발간년도	쪽수
гʻaн	*강	river	Ma	Цинциус	1977	140
орус	*강	river	Ma	Цинциус	1977	25
ули	*강	river	Ma	Цинциус	1977	260
унʻи	*강	river	Ma	Цинциус	1977	277
йнла	*강	river	Ma	Цинциус	1977	334-
jэнз̄	*강	river	Ma	Цинциус	1977	355
амур	*강	river	Ma	Цинциус	1977	40
эңнʻэ	*강	river	Ma	Цинциус	1977	457
мурў	*강	river	Ma	Цинциус	1977	559
бира	*강	river	Ma	Цинциус	1977	84
γriqan	강		Mo	김방한	1978	16
gool	강	river	Mo	김선기	1968ㄱ	27
bira	강	river	Mo	김선기	1968ㄱ	27
goroga	강	river	Mo	김선기	1968ㄱ	27
muren	강		Mo	김선기	1976ㅁ	334
garam	시내		Mo	김승곤	1984	242
gol	강.강골짜기,중심부,가운데		Mo	김승곤	1984	243
čulge	시내		Mo	박시인	1970	160
müren	강		Mo	박시인	1970	160
urusxal	*강	fluss	Mo	白鳥庫吉	1914ㄴ	170
urutxal	*강	fluss	Mo	白鳥庫吉	1914ㄴ	170
urusxu	*강		Mo	白鳥庫吉	1914ㄴ	170
urusxu	*강	fluss	Mo	白鳥庫吉	1914ㄴ	170
ghorixon	*강	fluss	Mo	白鳥庫吉	1914ㄷ	289
ghoroxa	*강	fluss	Mo	白鳥庫吉	1914ㄷ	289
gool	*강	fluss	Mo	白鳥庫吉	1914ㄷ	289
múru	*강	Fluss	Mo	白鳥庫吉	1915ㄱ	38
müren	*강	fleuve, rivière, torrent	Mo	白鳥庫吉	1915ㄱ	38
gol	강		Mo	徐廷範	1985	239
yoriqan	시내	brook, rivulet	Mo	이기문	1958	111
garim, garam	*강	river	Mo	G. J. Ramstedt	1949	96
aken darja	강		T	김선기	1976ㅁ	334
murän	*강	Fluss	T	白鳥庫吉	1915ㄱ	38
göl	*호수		T	徐廷範	1985	239
qaŋ	*강	large river(river)	T	G. J. Ramstedt	1949	94
qaŋ ügüz	*강바닥	river	T	G. J. Ramstedt	1949	94

강아지

표제어/어휘		의미	언어	저자	발간년도	쪽수
kang-achi	*강아지		K	金澤庄三郎	1960	2
kaŋazi	강아지		K	이숭녕	1956	121
soŋegi	강아지		K	이숭녕	1956	122
kaŋ-sɛŋi	새끼개		K	이숭녕	1956	182
kaŋaži	*강아지	a dog, a puppy	K	G. J. Ramstedt	1949	85
käaži	*강아지(/가아지)	a dog, a puppy	K	G. J. Ramstedt	1949	85
niyahan	강아지		Ma	김방한	1979	20
köjöči	*강아지	a welp, a puppy dog	Ma	G. J. Ramstedt	1949	85
kāčikān	*강아지	a puppy, a welp	Ma	G. J. Ramstedt	1949	85
качʻiкан,	*강아지.		Ma	Shirokogoroff	1944	66
[качʻixaн	*강아지		Ma	Shirokogoroff	1944	66
качикāн	*강아지	puppy	Ma	Цинциус	1977	385
нʻаχан	*강아지	puppy	Ma	Цинциус	1977	628
jarik	*강아지	a dog, a puppy	T	白鳥庫吉	1914ㄷ	287
jarok	*개	a pup	T	白鳥庫吉	1914ㄷ	287

표제어/어휘		의미	언어	저자	발간년도	쪽수
강아지풀						
kara-c	강아지풀		K	박은용	1974	219
hara	강아지풀		Ma	박은용	1974	219
강의 용						
kaŋnui	*강의 용	the river-dragon, the river-god	K	G. J. Ramstedt	1949	95
kānui	*강의 용	the river-dragon, the river-god	K	G. J. Ramstedt	1949	95
kalu	*강의 용	the river-dragon, the river-god	Ma	G. J. Ramstedt	1949	95
강철						
kand'er	*강철(/강털)	steel	K	G. J. Ramstedt	1949	95
kaŋӡel	*강철	steel	K	G. J. Ramstedt	1949	95
kander	*강철(/강떨)	steel	K	G. J. Ramstedt	1949	95
ga	*강철	steel	Ma	G. J. Ramstedt	1949	95
gandi	*강철	fire steel	Ma	G. J. Ramstedt	1949	95
gaŋ	*강철	steel	Ma	G. J. Ramstedt	1949	95
болот	*강철.		Ma	Shirokogoroff	1944	17
ган, ган	*강철.		Ma	Shirokogoroff	1944	47
катан	*강철		Ma	Shirokogoroff	1944	70
уклэт	*강철	steel	Ma	Цинциус	1977	253
ӡомичи-	*강철로 덮다	cover with steel	Ma	Цинциус	1977	264
강탈하다						
hu-ri-	*강탈하다	räuber	K	白鳥庫吉	1914ㄷ	299
elben	*강탈하다	mit einem schilde versehen	Ma	白鳥庫吉	1914ㄷ	299
xyrrekta	*강탈하다		Ma	白鳥庫吉	1914ㄷ	299
kalkangga	*강탈하다	volen	Ma	白鳥庫吉	1914ㄷ	300
hulhambi	*강탈하다	schimmel mit schwarzer mähne	Ma	白鳥庫吉	1914ㄷ	300
бултıта	*강탈하다, 빼앗다 .		Ma	Shirokogoroff	1944	20
xalighun	*강탈하다	vol	Mo	白鳥庫吉	1914ㄷ	300
xalighu	*강탈하다	to veil, to cover, to hide	Mo	白鳥庫吉	1914ㄷ	300
xalxalaxu	*강탈하다	volen	Mo	白鳥庫吉	1914ㄷ	300
강하다						
kut-	강함		K	강길운	1983ㄱ	30
ku'=	강하다		K	강길운	1983ㄴ	115
kut=	강한		K	강길운	1983ㄴ	117
i-reuihă-	*강한	pouvoir	K	白鳥庫吉	1914ㄴ	182
kut syöi ta	*강하다	to be vigorous, to be strong, to be robust	K	白鳥庫吉	1915ㄱ	19
kaŋ	*강[强]	to be stiff, to be firm, to be strong	K	G. J. Ramstedt	1949	94
kaŋ hạda	*강하다	to be steep, to be sloping	K	G. J. Ramstedt	1949	94
kaŋ hạda	*강하다	to be stiff, to be firm, to be strong	K	G. J. Ramstedt	1949	94
kaŋii	*강하게(/강히)	strength, vigour, endurance	K	G. J. Ramstedt	1949	94
(ni)ke(t)wu-, qatv-	*강한	strong	K	Johannes Rahder	1959	68
irun	*강한	kleiner bergrücken	Ma	白鳥庫吉	1914ㄴ	182
i-ran	*강한	pouvoir	Ma	白鳥庫吉	1914ㄴ	182
kaŋki	*강한	strong, hard, rigid, vigorous, persevering	Ma	G. J. Ramstedt	1949	94
kaŋki-w-	*강하게 하다	to make strong, to strengthen	Ma	G. J. Ramstedt	1949	94
букуyı	*강하게.		Ma	Shirokogoroff	1944	19

표제어/어휘		의미		언어	저자	발간년도	쪽수
булду	*강하게, 완전하게.			Ma	Shirokogoroff	1944	19
букуli	*강하게, 세게).			Ma	Shirokogoroff	1944	19
дуоli	*강한, 센.			Ma	Shirokogoroff	1944	34
манді	*강하게, 힘들게			Ma	Shirokogoroff	1944	82
[маңа	*강한			Ma	Shirokogoroff	1944	82
буку	*강하다	strong		Ma	Цинциус	1977	105
бэки	*강하다, 단단하다	strong		Ma	Цинциус	1977	123
таң: таң сэмэ	*강하게	hard		Ma	Цинциус	1977	161
тēң- тēң	*강하게	strongly		Ma	Цинциус	1977	173
гэддэи	*강하다, 단단하다	strong		Ma	Цинциус	1977	177
титкӯн	*강하게	strongly		Ma	Цинциус	1977	189
далхи	*강한 애착, 편애	predilection		Ma	Цинциус	1977	194
дйңакӯ	*강하다, 단단하다	strong		Ma	Цинциус	1977	207
ӡэкихэ	*강하다	strong		Ma	Цинциус	1977	283
хири	*강하게	hard strong		Ma	Цинциус	1977	466
ңэсэ-	*강하게 하다	fortify		Ma	Цинциус	1977	672
бипкъ	*강하다, 단단하다	strong		Ma	Цинциус	1977	84
aghola	*강한	dominer		Mo	白鳥庫吉	1914ㄴ	182
erkekekü	*강한	stark		Mo	白鳥庫吉	1914ㄴ	183
erxe	*강한	stark		Mo	白鳥庫吉	1914ㄴ	183
erke	*강한	stark		Mo	白鳥庫吉	1914ㄴ	183
erxešilexe	*강한	stark		Mo	白鳥庫吉	1914ㄴ	183
hèr	*강한	robustous		T	白鳥庫吉	1914ㄴ	182
kèr	*강한	robustous		T	白鳥庫吉	1914ㄴ	182
kèr	*강한	stark		T	白鳥庫吉	1914ㄴ	182
kurgan	*강한	dominer		T	白鳥庫吉	1914ㄴ	182

갖다

kachu-l	갖다	to take in the hand		K	宋敏	1969	72
[нгӧнӧ	*갖다주다, 가져오다.			Ma	Shirokogoroff	1944	92
jəhə-	*갖다, 잡다	take		Ma	Цинциус	1977	356

같다

kʌt-hʌ-	같다			K	강길운	1982ㄴ	23
kʌt-hʌ-	같다			K	강길운	1982ㄴ	27
əb-	같은			K	강길운	1983ㄴ	107
kathaʌ-	같다			K	강길운	1983ㄴ	111
kʌt-hʌ-	같다			K	강길운	1983ㄴ	120
əb-	같은			K	강길운	1983ㄴ	125
kʌt-hʌ-	같다			K	강길운	1983ㄴ	138
kät	*같다	be same		K	金澤庄三郎	1910	13
kät	*같다	be same		K	金澤庄三郎	1910	9
ta-hop	같다			K	김사엽	1974	429
kʌt-h	같다			K	김사엽	1974	447
*ket-	같다			K	박은용	1974	228
ket	같다			K	박은용	1974	232
kǎttǎn	같다	like		K	宋敏	1969	72
kǎttǎn	같다			K	宋敏	1969	72
kǎtta	같다	to be like, to be the same as, to resemble		K	宋敏	1969	72
kat	같다			K	宋敏	1969	72
kɔth-	같다			K	宋敏	1969	72
köt	같다			K	宋敏	1969	72

표제어/어휘		의미	언어	저자	발간년도	쪽수
kăttăn	*같다	like	K	Aston	1879	27
kạtta	*같다	to be like, to be the same as, to resemble	K	G. J. Ramstedt	1949	99
katta	*같다	to be like, to be the same as	K	G. J. Ramstedt	1949	99
kăt	*같다	be same	K	Kanazawa, S	1910	10
kăt	*같다	be same	K	Kanazawa, S	1910	6
gese	같다		Ma	박은용	1974	232
gažiyu	*같다	gleichheit	Ma	白鳥庫吉	1914ㄷ	303
gažu	*같다	allein	Ma	白鳥庫吉	1914ㄷ	303
gažim-	*같다	allein	Ma	白鳥庫吉	1914ㄷ	303
gese	*같다	zusammen	Ma	白鳥庫吉	1914ㄷ	303
găčin	*~와 같은	of the same kind as …, like a …	Ma	G. J. Ramstedt	1949	101
gēčin	*~와 같은	of the same kind as …, like a …	Ma	G. J. Ramstedt	1949	101
адалй	*같다	same	Ma	Цинциус	1977	14
тэрэӈ	*같다	equal	Ma	Цинциус	1977	240
ӯулэхэн	*같음, 동일성	sameness	Ma	Цинциус	1977	274
син	*같은; 바로 그...	the same	Ma	Цинциус	1977	88
gansa	*같다	zugleich	Mo	白鳥庫吉	1914ㄷ	303
atsaraxo	*같다		Mo	白鳥庫吉	1914ㄷ	303
ačaraxŭ	*같다	allein	Mo	白鳥庫吉	1914ㄷ	303
acernap	*같다	allein	Mo	白鳥庫吉	1914ㄷ	303
gansara	*같다	zusammen	Mo	白鳥庫吉	1914ㄷ	303
asernam	*같다	allein	Mo	白鳥庫吉	1914ㄷ	303
gansa	*같다	zusammen	Mo	白鳥庫吉	1914ㄷ	303
gakca	*같다	gleichsam	Mo	白鳥庫吉	1914ㄷ	303
gaksa	*같다	to be alike, to be the same, to resemble	Mo	白鳥庫吉	1914ㄷ	303
asarnam	*같다	allein	Mo	白鳥庫吉	1914ㄷ	303
mọlkē	*같다	lung	Mo	G. J. Ramstedt	1939ㄴ	461
qat	*같다	to be like, to be the same as	T	G. J. Ramstedt	1949	99

같이

표제어/어휘		의미	언어	저자	발간년도	쪽수
kat-	*같이	zusammenfugen	K	白鳥庫吉	1914ㄷ	303
ūe	*같이	to be like	K	G. J. Ramstedt	1939ㄴ	460
jẹp	*같이	similar to,as,like	K	G. J. Ramstedt	1939ㄴ	461
katthi	*같이	together	K	G. J. Ramstedt	1949	100
kathi	*같이	together	K	G. J. Ramstedt	1949	100
katčhi	*같이	together	K	G. J. Ramstedt	1949	100
kačhi	*같이	alike, sameness, identify, similarity	K	G. J. Ramstedt	1949	99
kạtčhi	*같이	alike, sameness, identify, similarity	K	G. J. Ramstedt	1949	99
kẹli	*함께	together with	Ma	G. J. Ramstedt	1949	85
kāli	*함께	together with	Ma	G. J. Ramstedt	1949	85
gẹli	*함께	together with	Ma	G. J. Ramstedt	1949	85
gali	*함께	together with	Ma	G. J. Ramstedt	1949	85
cулчар'e	*같이 살다, 섞이다.		Ma	Shirokogoroff	1944	119
умуконду	*같이.		Ma	Shirokogoroff	1944	142
умунду	*같이.		Ma	Shirokogoroff	1944	142
[rö̃cö	*같이.		Ma	Shirokogoroff	1944	51
гэсэ	*같이	together	Ma	Цинциус	1977	182
hōp-(2)	*같이 살다	live together	Ma	Цинциус	1977	333
caca	*같이, 함께	together	Ma	Цинциус	1977	67

표제어/어휘		의미	언어	저자	발간년도	쪽수
갚다						
kapʰ	갚다		K	김사엽	1974	385
kar	갚다		K	박은용	1974	214
kaph-	갚다	repay	K	宋敏	1969	72
karu	갚다		Ma	박은용	1974	214
개						
kahi	개		K	강길운	1983ㄱ	28
kahi	개		K	강길운	1983ㄱ	29
kɛ	*개	dog	K	강영봉	1991	8
kɛ	개	dog	K	김동소	1972	137
kai	개		K	김방한	1976	21
ka-hi	개		K	김방한	1977	8
gai	개		K	김방한	1978	11
gai	개		K	김선기	1968ㄱ	12
gai	개	dog	K	김선기	1968ㄱ	30
gae	개	dog	K	김선기	1968ㄴ	27
gahi	개		K	김선기	1977ㄹ	24
gahi	개		K	김선기	1977ㄹ	353
개	개		K	박은용	1975	54
kang-a-či	*개	chien	K	白鳥庫吉	1914ㄷ	288
kai-a-či	*개	chien	K	白鳥庫吉	1914ㄷ	288
kai	*개	chien	K	白鳥庫吉	1914ㄷ	288
kahi	개		K	이숭녕	1956	121
kahĭ	가히	dog	K	이용주	1980	80
*ŋiŋi	개	dog	K	이용주	1980	99
kaxi	개	dog	K	이용주	1980	99
kä	*개	dog	K	長田夏樹	1966	82
kä	*개	dog	K	G. J. Ramstedt	1949	84
kä	*개(/가)	dog	K	G. J. Ramstedt	1949	84
kại	*개(/가이)	another, a second one, alternatingly	K	G. J. Ramstedt	1949	85
indahūn	개	dog	Ma	김동소	1972	137
indaxūn	개		Ma	김방한	1976	21
inaxki	개		Ma	김방한	1976	21
enda	개		Ma	김방한	1976	21
nenaxin	개		Ma	김방한	1976	21
ninaxɨ	개		Ma	김방한	1976	21
ŋen	개		Ma	김방한	1976	21
ŋinakin	개		Ma	김방한	1976	21
nainda	개		Ma	김방한	1976	21
iŋau	개		Ma	김방한	1976	21
inäda	개		Ma	김방한	1976	21
indahun	개		Ma	김방한	1978	11
ŋinakin	개		Ma	김방한	1978	12
ŋinda	개		Ma	김방한	1978	12
indahun	개		Ma	김방한	1978	12
ŋen	개		Ma	김방한	1978	12
indahun	개	dog	Ma	김선기	1968ㄱ	30
indahum	개	dog	Ma	김선기	1968ㄴ	30
indahun	개		Ma	김선기	1977ㄹ	24
kācikān	개		Ma	김승곤	1984	241
nénakin	*개	hund	Ma	白鳥庫吉	1914ㄷ	288

표제어/어휘		의미	언어	저자	발간년도	쪽수
niŋkin	*개	hund	Ma	白鳥庫吉	1914ㄷ	288
nínnakin	*개	hund	Ma	白鳥庫吉	1914ㄷ	288
jendola	*개	hund	Ma	白鳥庫吉	1914ㄷ	288
ninakin	*개	hund	Ma	白鳥庫吉	1914ㄷ	288
nénaki	*개	hund	Ma	白鳥庫吉	1914ㄷ	288
nänakin	*개	hund	Ma	白鳥庫吉	1914ㄷ	288
inakin	*개	hund	Ma	白鳥庫吉	1914ㄷ	288
ginákin	*개	hund	Ma	白鳥庫吉	1914ㄷ	288
inaje	*개	hund	Ma	白鳥庫吉	1914ㄷ	288
inake	*개	hund	Ma	白鳥庫吉	1914ㄷ	288
inaki	*개	hund	Ma	白鳥庫吉	1914ㄷ	288
ninákin	*개	hund	Ma	白鳥庫吉	1914ㄷ	288
ginakin	*개	hund	Ma	白鳥庫吉	1914ㄷ	288
indó	*개	hund	Ma	白鳥庫吉	1914ㄷ	288
inakki	*개	hund	Ma	白鳥庫吉	1914ㄷ	288
inaxì	*개	hund	Ma	白鳥庫吉	1914ㄷ	288
inda	*개	hund	Ma	白鳥庫吉	1914ㄷ	288
enda	*개	hund	Ma	白鳥庫吉	1914ㄷ	288
indá	*개	hund	Ma	白鳥庫吉	1914ㄷ	288
indahun	*개	hund	Ma	白鳥庫吉	1914ㄷ	288
gìna	*개	hund	Ma	白鳥庫吉	1914ㄷ	288
iнакʼiн	*개		Ma	Shirokogoroff	1944	60
нʼiнакʼiн	*개		Ma	Shirokogoroff	1944	93
нʼjiҋo	*개		Ma	Shirokogoroff	1944	94
тija	*개	dog	Ma	Цинциус	1977	176
қабари индаҳун	*개	dog	Ma	Цинциус	1977	357
хʼан	*개	dog	Ma	Цинциус	1977	461
лиҋгучи	*개	dog	Ma	Цинциус	1977	498
ҋинакин	*개	dog	Ma	Цинциус	1977	661
noqai	개		Mo	김방한	1978	11
nogai	개		Mo	김선기	1968ㄱ	12
nohai	개		Mo	김선기	1977ㄹ	24
nokai	개	hund	Mo	白鳥庫吉	1914ㄷ	288
nokoi	개	hund	Mo	白鳥庫吉	1914ㄷ	288
nógho	개	hund	Mo	白鳥庫吉	1914ㄷ	288
köpek	개		T	강길운	1983ㄱ	28
it	개	dog	T	김선기	1968ㄱ	30
it	개		T	김선기	1977ㄹ	24
jaruk	*개	a dog	T	白鳥庫吉	1914ㄷ	287
itergan	*개	hund	T	白鳥庫吉	1914ㄷ	288
adaï	*개	hund	T	白鳥庫吉	1914ㄷ	288
it	*개	hund	T	白鳥庫吉	1914ㄷ	288
gída	*개	hund	T	白鳥庫吉	1914ㄷ	288
ét	*개	hund	T	白鳥庫吉	1914ㄷ	288
et	*개	hund	T	白鳥庫吉	1914ㄷ	288
adei	*개	hund	T	白鳥庫吉	1914ㄷ	288
adaí	*개	hund	T	白鳥庫吉	1914ㄷ	288
adai	*개	hund	T	白鳥庫吉	1914ㄷ	288
eda	*개	hund	T	白鳥庫吉	1914ㄷ	288
qančyq	*암캐	a bitch	T	G. J. Ramstedt	1949	84

개구리

표제어/어휘		의미	언어	저자	발간년도	쪽수
kägori	개구리		K	강길운	1982ㄴ	25

표제어/어휘		의미	언어	저자	발간년도	쪽수
kägori	개구리		K	강길운	1982ㄴ	27
kägori	개구리		K	강길운	1982ㄴ	35
kaikori	개구리		K	김공칠	1989	11
mëguri	개구리	frog	K	김공칠	1989	16
kegori	개구리	frog	K	김공칠	1989	18
kaj-ko-li	개구리		K	김사엽	1974	460
kɛ-go rak-či	개구리		K	이숭녕	1956	183
ke-gu-rɛŋi	개구리		K	이숭녕	1956	184
kɛ-gu-raŋi	개구리		K	이숭녕	1956	184
ke-gu-raŋi	개구리		K	이숭녕	1956	184
[баһа	*개구리.		Ma	Shirokogoroff	1944	12
в'epa	*개구리		Ma	Shirokogoroff	1944	148
wepa	*개구리		Ma	Shirokogoroff	1944	148
[бӏlзанкі	*개구리		Ma	Shirokogoroff	1944	15
9рак'і 9р9к'і	*개구리.		Ma	Shirokogoroff	1944	45
kæ̃ңaǯa	*개구리	frog	Ma	Цинциус	1977	388
кутуyэ	*개구리	toad	Ma	Цинциус	1977	440
эрэкй	*개구리	frog	Ma	Цинциус	1977	466
хои	*개구리	toad	Ma	Цинциус	1977	468
лайхама	*개구리	toad	Ma	Цинциус	1977	487
баγа	*개구리	frog	Ma	Цинциус	1977	61

개다

pălk	개다		K	김공칠	1989	7
kaj	개다		K	김사엽	1974	402
gai	개다		K	김선기	1976ㄹ	329
개다	개다		K	김선기	1978ㄴ	322
kaj-	개다		K	박은용	1974	228
kay	개다	clear up	K	宋敏	1969	72
käda	*개다[清]	to clear up - as the weather	K	G. J. Ramstedt	1949	85
kạida	*개다[清](/개이다?)	to clear up - as the weather	K	G. J. Ramstedt	1949	85
keda	*개다[清]	to clear up - as the weather	K	G. J. Ramstedt	1949	85
gala	비가 개다		Ma	김선기	1976ㄹ	329
geŋgijen abka	개다		Ma	김선기	1978ㄴ	322
gala-	개다		Ma	박은용	1974	228
kemun	*개다	to clear off-as the weather	Ma	白鳥庫吉	1914ㄷ	287
xem	*개다		Mo	白鳥庫吉	1914ㄷ	287
xemžăr	*개다		Mo	白鳥庫吉	1914ㄷ	287
xemžĭ	*개다	sich aufheitern	Mo	白鳥庫吉	1914ㄷ	287
käm	*개다	measure	T	白鳥庫吉	1914ㄷ	287

개똥벌레

panteui	개똥벌레		K	김공칠	1989	7
ǯoǯaкта	*개똥벌레	glow-worm	Ma	Цинциус	1977	261

개미

kaj-a-mi	개미		K	김사엽	1974	479
[т'ергоlд'і	*개미.		Ma	Shirokogoroff	1944	125
йриктэ	*개미	ant	Ma	Цинциус	1977	327
черголǯи	*개미	ant	Ma	Цинциус	1977	388
этъргэн	*개미	ant	Ma	Цинциус	1977	471
сӣноно	*개미	ant	Ma	Цинциус	1977	89

표제어/어휘	의미		언어	저자	발간년도	쪽수
개암						
kayam	개암		K	강길운	1982ㄴ	27
kayam	개암		K	강길운	1982ㄴ	37
kä-am	개암	filbert, wild chestnut	K	宋敏	1969	72
[асімна	*개암나무.		Ma	Shirokogoroff	1944	10
c'icка	*개암나무		Ma	Shirokogoroff	1944	116
c'icх'амкура	*개암나무		Ma	Shirokogoroff	1944	116
c'ic'iк	*개암나무의 열매,		Ma	Shirokogoroff	1944	116
hipк'i	*개암나무		Ma	Shirokogoroff	1944	55
сувукичй	*개암나무	hazel	Ma	Цинциус	1977	117
тулакāн	*개암나무	hazel tree	Ma	Цинциус	1977	210
개울						
kaiur	*개울		K	金澤庄三郎	1914	220
kaiur	*개울		K	金澤庄三郎	1914	221
kaiur	*개울		K	金澤庄三郎	1914	222
kaiul	개울		K	宋敏	1969	72
개울	개울		K	이원진	1940	14
갈	개울		K	이원진	1940	14
갈	개울		K	이원진	1951	14
개울	개울		K	이원진	1951	14
Kalo	개울		Ma	권덕규	1923ㄴ	126
kolo	*개울		Ma	金澤庄三郎	1914	222
Kalo	개울		Ma	이명섭	1962	5
[б'ар'ахтан	*개울.		Ma	Shirokogoroff	1944	14
[б'олак	*개울.		Ma	Shirokogoroff	1944	17
булак, болак	*개울.		Ma	Shirokogoroff	1944	19
бу_кта	*개울.		Ma	Shirokogoroff	1944	19
[irӧн	*개울.		Ma	Shirokogoroff	1944	58
jyкта	*개울, 실개천		Ma	Shirokogoroff	1944	65
эjē	*개울	stream	Ma	Цинциус	1977	440
Kol	개울		Mo	권덕규	1923ㄴ	126
kol	*개울		Mo	金澤庄三郎	1914	220
kolo	*개울		Mo	金澤庄三郎	1914	221
hali	*개울		Mo	金澤庄三郎	1914	221
kol	*개울		Mo	金澤庄三郎	1914	222
noxai	*개울	hund	Mo	白鳥庫吉	1914ㄷ	288
Kol	개울		Mo	이명섭	1962	5
개천						
개	개천		K	권덕규	1923ㄴ	129
돌ㅎ	개천		K	김공칠	1980	94
kai	개천		K	김공칠	1989	4
käl	*개천	bach	K	白鳥庫吉	1914ㄷ	289
kal	*개천	fluss	K	白鳥庫吉	1914ㄷ	289
góli	*개천	bach	Ma	白鳥庫吉	1914ㄷ	289
бylap	*개천		Ma	Shirokogoroff	1944	19
cejim	*개천	small river	Ma	Цинциус	1977	69
gol	*개천	bach	Mo	白鳥庫吉	1914ㄷ	289
개흙						
kwäḥirgi	*개흙(/과흙이)	clay	K	G. J. Ramstedt	1949	85

표제어/어휘		의미	언어	저자	발간년도	쪽수
kähịk	*개흙	clay	K	G. J. Ramstedt	1949	85
čowi	*진흙	soft ground, clay	Ma	G. J. Ramstedt	1949	85

거

kę̄	*거[El]	large, great	K	G. J. Ramstedt	1949	102
kān	*황제	emperor	Ma	G. J. Ramstedt	1949	102
χān	*대왕	the Grand-khan	Mo	G. J. Ramstedt	1949	102

거기

kəgɪ	거기		K	강길운	1983ㄴ	119
tyə̄yəi	뎌에	there	K	이용주	1980	85
tyə̄ŋəi	거기	there	K	이용주	1980	96
-kĭc, ganka	*거기	there	K	Johannes Rahder	1959	64
таду	*거기서		Ma	Shirokogoroff	1944	121
таlā	*거기서, 거기로.		Ma	Shirokogoroff	1944	122
[чаɪ(дада	*거기		Ma	Shirokogoroff	1944	22
iɲela	*거기, 저기.		Ma	Shirokogoroff	1944	59
[н'ан ані	*거기에서.		Ma	Shirokogoroff	1944	90

거드름

kę̄dịṛịm	*거드름	self-complacency, self-importance, conceited compo	K	G. J. Ramstedt	1949	103
говџар'ікан'	*거드름 피우다.		Ma	Shirokogoroff	1944	51

거루

kёru < *kelräу	*거루	boat, ship	K	G. J. Ramstedt	1928	73
gela, gella	*큰 배	a large boat	Ma	G. J. Ramstedt	1928	73

거르다

kösu	거르다		K	김공칠	1989	14
kəl	거르다		K	김사엽	1974	394
kə-lï	거르다		K	김사엽	1974	448
kəl	거르다		K	김사엽	1974	448
kёlï	거르다		K	宋敏	1969	73
köl	거르다		K	宋敏	1969	73
kẹṛi-	거르다	to filter	K	이기문	1958	112
kẹlgi-	거르다	to filter	K	이기문	1958	112
kŏră-da	거르다		K	이숭녕	1955	15
keš-	*거르다	filter it	K	Martin, S. E.	1966	202
keš-	*거르다	filter it	K	Martin, S. E.	1966	214
keš-	*거르다	filter it	K	Martin, S. E.	1966	223
kūfa	*거르다	umgebung	Ma	白鳥庫吉	1914ㄷ	314
herge-	거르다	to filter	Ma	이기문	1958	112
here-	거르다	to filter	Ma	이기문	1958	112
Herembi	거르다		Ma	최학근	1959ㄱ	44
Hergebumbi	뜬 것을 거르게 하다		Ma	최학근	1959ㄱ	44
хэрэ-	*거르다 받다	filter	Ma	Цинциус	1977	482
alxum	*거르다	un pas	Mo	白鳥庫吉	1914ㄷ	326

표제어/어휘		의미	언어	저자	발간년도	쪽수
거름						
kə-ïm	거름		K	김사엽	1974	448
거름	거름		K	이원진	1940	17
거름	거름		K	이원진	1951	17
kūfa	*거름	to fertilize, to manure	Ma	白鳥庫吉	1914ㄷ	314
xalgán	*거름	sortir	Ma	白鳥庫吉	1914ㄷ	325
[нё налкан	*거름의, 비료의.		Ma	Shirokogoroff	1944	91
нонōм	*거름	muck	Ma	Цинциус	1977	606
сипкэ	*거름	dung	Ma	Цинциус	1977	93
거리						
kẹri	*거리[街]	street, road, throughfare	K	G. J. Ramstedt	1949	109
ilaŋgeri	*사이	between	Ma	G. J. Ramstedt	1949	107
он	*거리	distance	Ma	Цинциус	1977	18
ӡэггэ дуэлэн'ӕ	*거리	distance	Ma	Цинциус	1977	282
уста	*거리	distance	Ma	Цинциус	1977	291
거리다						
gẹrida	*-거리다	ending in verbs derived from onomatopoeic expressi	K	G. J. Ramstedt	1949	107
kẹrida	*-거리다	ending in verbs derived from onomatopoeic expressi	K	G. J. Ramstedt	1949	107
ke-	*하다	to do, to intend to, to say	Ma	G. J. Ramstedt	1949	107
ke-	*거리다	to do, to make	Mo	G. J. Ramstedt	1949	108
ki-	*거리다	to do, to make	Mo	G. J. Ramstedt	1949	108
kyn-	*하다	to do	T	G. J. Ramstedt	1949	108
거미						
kəmɪ	거미		K	강길운	1983ㄴ	108
kəmɪ	거미		K	강길운	1983ㄴ	117
kömeui	*거미	spider	K	金澤庄三郞	1910	10
kə-mïj	거미		K	김사엽	1974	451
kemʉ	거미		K	박은용	1974	222
kẹm<iˇ>i	거미	a spider	K	宋敏	1969	72
kŭmo	거미	a spider	K	宋敏	1969	72
kömui	거미		K	宋敏	1969	72
kömïi	거미		K	宋敏	1969	72
kömeui	거미		K	宋敏	1969	72
kẹm<iˇ>i	거미	dark spots on the face	K	宋敏	1969	72
kɔme?l	거미	a spider	K	宋敏	1969	72
kë'mïy	거미		K	宋敏	1969	72
거미	거미		K	이원진	1940	14
거미	거미		K	이원진	1951	14
kŭmo	거미	a spider	K	Aston	1879	22
kẹmϳii	*거미	a spider	K	G. J. Ramstedt	1949	105
kẹmϳii-čuri	*거미줄	web	K	G. J. Ramstedt	1949	105
kẹmϳiӡuri	*거미줄	web	K	G. J. Ramstedt	1949	105
kömeui	*거미	spider	K	Kanazawa, S	1910	8
kɔmo	*거미	spider	K	Martin, S. E.	1966	201
kɔmo	*거미	spider	K	Martin, S. E.	1966	202
kɔmo	*거미	spider	K	Martin, S. E.	1966	219
kɔmo	*거미	spider	K	Martin, S. E.	1966	225

표제어/어휘	의미		언어	저자	발간년도	쪽수
helme	거미		Ma	박은용	1974	222
kubun	*거미줄치다	manure, fertilizer	Ma	白鳥庫吉	1914ㄷ	314
kumi-kĕn	*곤충	insect	Ma	G. J. Ramstedt	1949	105
kumkę	*이	a louse	Ma	G. J. Ramstedt	1949	105
атāк'I	*거미.		Ma	Shirokogoroff	1944	11
тэңэjэ	*거미	spider	Ma	Цинциус	1977	237
атакй	*거미	spider	Ma	Цинциус	1977	57

거북이

*Kam	거북		K	강길운	1982ㄱ	178
kəbug	거북		K	강길운	1982ㄴ	22
kəbub	거북		K	강길운	1982ㄴ	27
köpuk	거북이		K	김공칠	1989	6
kə-pok	거북		K	김사엽	1974	459
kɔpuk	거북	tortue	K	宋敏	1969	72
kɔpup	거북		K	宋敏	1969	72
këpok	거북	tortoise	K	宋敏	1969	72
kopak	거북		K	宋敏	1969	72
köpup	거북		K	이숭녕	1956	160
köpuk	거북		K	이숭녕	1956	160
köpup	거북이		K	이용주	1980	72
kepup	*거북		K	長田夏樹	1966	81
kampye	*거북	tortoise	K	Martin, S. E.	1966	200
kampye	*거북	tortoise	K	Martin, S. E.	1966	202
kampye	*거북	tortoise	K	Martin, S. E.	1966	214
kampye	*거북	tortoise	K	Martin, S. E.	1966	216
qayilan	*거북이	turtle	Ma	Poppe, N	1965	160
кавila	*거북이.		Ma	Shirokogoroff	1944	70
вамба	*거북이	turtle	Ma	Цинциус	1977	130
ryj	*거북이	turtle	Ma	Цинциус	1977	168
аjан	*거북이	turtle	Ma	Цинциус	1977	21
jуван	*거북이	turtle	Ma	Цинциус	1977	350
каjлã	*거북이	turtle	Ma	Цинциус	1977	362
эjхумэ	*거북이	turtle	Ma	Цинциус	1977	440
хабил	*거북이	turtle	Ma	Цинциус	1977	457
xabil	*거북이	turtle	Mo	Poppe, N	1965	160

거세한 말

악대말			K	최기호	1995	94
atan	거세한말		Mo	김승곤	1984	245
aɣta mori			Mo	최기호	1995	94

거스리다

kkeu-ri	*거스리다	to transgress, to disobey, to oppose, to go contra	K	白鳥庫吉	1914ㄷ	328
hultta	*거스리다	antwort	K	白鳥庫吉	1914ㄷ	329
kot	*거스리다	antwort	K	白鳥庫吉	1914ㄷ	330
kö-čyök	*거스리다	antwort	K	白鳥庫吉	1914ㄷ	330
kaltarambi	*거스리다	without change	Ma	白鳥庫吉	1914ㄷ	329
kaltashon	*거스리다	als ersatz	Ma	白鳥庫吉	1914ㄷ	329
xalxalaxu	*거스리다	astonishing	Mo	白鳥庫吉	1914ㄷ	328
ilikü	*거스리다	anstatt	Mo	白鳥庫吉	1914ㄷ	329

표제어/어휘		의미	언어	저자	발간년도	쪽수
xosighu	*거스리다	antwort	Mo	白鳥庫吉	1914ㄷ	330
xosighun	*거스리다	antwort	Mo	白鳥庫吉	1914ㄷ	330
ičun	*거스리다	fur	T	白鳥庫吉	1914ㄷ	330
ötrü	*거스리다	vergelten	T	白鳥庫吉	1914ㄷ	330
ötürü	*거스리다	wegen	T	白鳥庫吉	1914ㄷ	330
üč	*거스리다	fur	T	白鳥庫吉	1914ㄷ	330
ötrü	*거스리다	begegnen	T	白鳥庫吉	1914ㄷ	330
üčün	*거스리다	wegen	T	白鳥庫吉	1914ㄷ	330
učura	*거스리다	to oppose, to resist	T	白鳥庫吉	1914ㄷ	330
učur	*거스리다	fur	T	白鳥庫吉	1914ㄷ	330
üž	*거스리다	fur	T	白鳥庫吉	1914ㄷ	330
ušen	*거스리다	wie oben	T	白鳥庫吉	1914ㄷ	330
učramak	*거스리다	gegenuber	T	白鳥庫吉	1914ㄷ	330

거슬다

kə-sïl	거슬다		K	김사엽	1974	382
дэур	*거슬러, 반하여	contray to	Ma	Цинциус	1977	239

거울

kə-u-lu	거울		K	김사엽	1974	466
kaŋami	거울		K	김완진	1957	258
kö-ul	*거울	a mirror, a looking-glass	K	白鳥庫吉	1915ㄱ	12
gäräl	*거울	spiegel	Ma	白鳥庫吉	1915ㄱ	12
б'iliќý	*거울.		Ma	Shirokogoroff	1944	15
булуку, булуќ'I	*거울.		Ma	Shirokogoroff	1944	20
räpäl	*거울.		Ma	Shirokogoroff	1944	47
ічач'івун	*거울		Ma	Shirokogoroff	1944	57
ічехун	*거울		Ma	Shirokogoroff	1944	57
неыкерē	*거울	mirror	Ma	Цинциус	1977	588
gёrёl	*거울	spiegel	Mo	白鳥庫吉	1915ㄱ	12
gerel	*거울	spiegel	Mo	白鳥庫吉	1915ㄱ	12
közgü	거울		T	이숭녕	1956	80

거위

거위	거위		K	김선기	1977ㄷ	359
geju	거위		K	김선기	1977ㄷ	359
gero	巨老		K	김선기	1977ㄷ	359
kəru	거위		K	박은용	1974	230
köit-	*거위	sich spalten	K	白鳥庫吉	1914ㄷ	318
kö-u	*거위	graser wasservogel	K	白鳥庫吉	1914ㄷ	319
*ķeru	*거위	goose	K	이기문	1958	111
ķeyu	*거위	goose	K	이기문	1958	111
kö-sɛŋi	거위		K	이숭녕	1956	182
kesani	*게사니	a goose	K	G. J. Ramstedt	1949	111
ķeu	*거위	a goose	K	G. J. Ramstedt	1949	111
ķeju	*거위	a goose	K	G. J. Ramstedt	1949	111
garu	거위		Ma	박은용	1974	230
kyktura	*거위	der schwan	Ma	白鳥庫吉	1914ㄷ	319
kyktuuri	*거위	der schwan	Ma	白鳥庫吉	1914ㄷ	319
kuku	*거위	schwan	Ma	白鳥庫吉	1914ㄷ	319
kūk	*거위	schwan	Ma	白鳥庫吉	1914ㄷ	319
käku	*거위	schwan	Ma	白鳥庫吉	1914ㄷ	319

표제어/어휘		의미	언어	저자	발간년도	쪽수
gakarambi	*거위	der schwan	Ma	白鳥庫吉	1914ㄷ	319
gagx	*거위	schwan	Ma	白鳥庫吉	1914ㄷ	319
gag	*거위	schwan	Ma	白鳥庫吉	1914ㄷ	319
garu	거위	heavenly goose, swan	Ma	이기문	1958	111
ha-lu	거위	heavenly goose, swan	Ma	이기문	1958	111
hāh-rh-wēn	거위	heavenly goose, swan	Ma	이기문	1958	111
[ербег'і	*거위		Ma	Shirokogoroff	1944	43
[гаlаф	*거위		Ma	Shirokogoroff	1944	47
ilarli	*거위		Ma	Shirokogoroff	1944	59
іңга н'ун'ак'l	*거위		Ma	Shirokogoroff	1944	61
[нігllіја	*거위의 일종.		Ma	Shirokogoroff	1944	91
[неңін ербет	*거위의 일종.		Ma	Shirokogoroff	1944	91
н'умн'ак'і	*거위		Ma	Shirokogoroff	1944	96
н'уңак'і,	*거위.		Ma	Shirokogoroff	1944	96
бумбэчэ	*거위	goose	Ma	Цинциус	1977	110
галав	*거위	goose	Ma	Цинциус	1977	138
илагли	*거위, 기러기속	goose	Ma	Цинциус	1977	304
ниглиј	*거위, 기러기	goose	Ma	Цинциус	1977	589
нэңэн	*거위, 기러기	goose	Ma	Цинциус	1977	623
н'уңн'акӣ	*거위	goose	Ma	Цинциус	1977	646
сӣкса	*거위, 기러기	goose	Ma	Цинциус	1977	70
galagu	거위		Mo	김선기	1977ㄷ	359
xagaluxu	*거위	der schwan	Mo	白鳥庫吉	1914ㄷ	319
xagalaxu	*거위	der schwan	Mo	白鳥庫吉	1914ㄷ	319
kū	*거위	kuckkuck	T	白鳥庫吉	1914ㄷ	319
kugu	*거위	kuckkuck	T	白鳥庫吉	1914ㄷ	319
kuba	*거위	kuckkuck	T	白鳥庫吉	1914ㄷ	319
ku	*거위	schwan	T	白鳥庫吉	1914ㄷ	319
kugn	*거위	kuckkuck	T	白鳥庫吉	1914ㄷ	319
qaz	거위	goose	T	이기문	1958	111
gāz	*거위	goose	T	Poppe, N	1965	177
xās	*거위	goose	T	Poppe, N	1965	177
gāz	*거위	goose	T	Poppe, N	1965	178
xās	*거위	goose	T	Poppe, N	1965	178
xur	*거위	goose	T	Poppe, N	1965	178
*qār	*거위	goose	T	Poppe, N	1965	178

거인

kę-in	*거인	a giant	K	G. J. Ramstedt	1949	102
гоrцао лиңгуи	*거인	giant	Ma	Цинциус	1977	162
лэри мараёҟо	*거인	giant	Ma	Цинциус	1977	519
маңӣ	*거인	giant	Ma	Цинциус	1977	530

거적

kö-čok	거적		K	이숭녕	1956	185
дерес'ун	*거적, 방석	bast mat, matting	Ma	Цинциус	1977	237
ҙиҙири	*거적, 방석	bast mat, matting	Ma	Цинциус	1977	256
ušun	*거적	zahlen	T	白鳥庫吉	1914ㄷ	330

거절하다

kodowari	거절		K	김완진	1957	259
[mälзä	*거절하다.		Ma	Shirokogoroff	1944	81

표제어/어휘		의미	언어	저자	발간년도	쪽수
эктэ̄-	*거절하다	refuse	Ma	Цинциус	1977	444
э̄лкэ	*거절	refuse	Ma	Цинциус	1977	448
кэрэ-	*거절하다	reject	Ma	Цинциус	1977	454
мэ̄лз̌э-	*거절하다	reject	Ma	Цинциус	1977	566

거지

표제어/어휘		의미	언어	저자	발간년도	쪽수
kəji	거지		K	강길운	1983ㄴ	108
kəji	거지		K	강길운	1983ㄴ	117
그-치	거지		K	강길운	1987	20
거러지	거러다		K	고재휴	1940ㄱ	8
걸걸	거러지		K	고재휴	1940ㄱ	8
걸덕걸덕	거러지		K	고재휴	1940ㄱ	8
끼룩거리	거러지		K	고재휴	1940ㄱ	9
köröŋbɛɲi	거렁뱅이		K	이숭녕	1956	125
ач'ımбоje	*거지.		Ma	Shirokogoroff	1944	1
гег?ату	*거지		Ma	Shirokogoroff	1944	48
гē̄гото	*거지	beggar	Ma	Цинциус	1977	145
гуиринча	*거지	beggar	Ma	Цинциус	1977	168
лō̄скама	*거지	ragamuffin	Ma	Цинциус	1977	505
글엔쎌남	걸식함		Mo	고재휴	1940ㄱ	8
글엔쎌납	걸식함		Mo	고재휴	1940ㄱ	8
꾸일인지	거러지		Mo	고재휴	1940ㄱ	8
꾸일인질코	걸식함		Mo	고재휴	1940ㄱ	8
꾸일카	거러지		Mo	고재휴	1940ㄱ	8
꾸일카	걸식, 청원		Mo	고재휴	1940ㄱ	9
jüp	*거지	to look at eagerly, to desire	T	白鳥庫吉	1914ㄷ	315
jipek	*거지	a beggar	T	白鳥庫吉	1914ㄷ	315

거짓

표제어/어휘		의미	언어	저자	발간년도	쪽수
kə-čoes	거짓		K	김사엽	1974	477
kə-čʌt	거짓		K	김사엽	1974	477
kəcʉ	거짓		K	박은용	1974	225
ke̜ǯit	*거짓	false, untrue	K	G. J. Ramstedt	1949	111
kḛ̄ǯit	*거짓	false, untrue	K	G. J. Ramstedt	1949	111
kē̜ǯippuri	*거짓말	lies, falsehood	K	G. J. Ramstedt	1949	111
keǯippuräṛi ha̜gi	*거짓말	to lie	K	G. J. Ramstedt	1949	111
kē̜ǯippurǎ	*거짓말	lies, falsehood	K	G. J. Ramstedt	1949	111
kē̜ǯinmal	*거짓말	lies, falsehood	K	G. J. Ramstedt	1949	111
kē̜ǯippure̜ɲi	*거짓말	lies, falsehood	K	G. J. Ramstedt	1949	111
arisu ha̜da	거짓되다	to play false, to make a pretence	K	G. J. Ramstedt	1949	13
holo	거짓		Ma	박은용	1974	225
kē̜ī-	*잘못하다	to err	Ma	G. J. Ramstedt	1949	111
ke̜j-	*잘못하다	to err	Ma	G. J. Ramstedt	1949	111
ke̜j-, kē̜ī-	*잘못하다	false, untrue	Ma	G. J. Ramstedt	1949	111
keji-č-	*배신하다	to betray, to deceive, to cause confusion, to misl	Ma	G. J. Ramstedt	1949	111
ke̜jī-t-	*배신하다	to betray, to deceive, to cause confusion, to misl	Ma	G. J. Ramstedt	1949	111
kōču-či-	*속이다	to deceive	Ma	G. J. Ramstedt	1949	111
argada-	*거짓되다	to outwit, to use craft	Ma	G. J. Ramstedt	1949	13
arga	*거짓되다	stratagem, craft	Ma	G. J. Ramstedt	1949	13
мэкэ(1)	*거짓	lie	Ma	Цинциус	1977	566
abugha	*거짓	spion	Mo	白鳥庫吉	1914ㄴ	162

표제어/어휘		의미	언어	저자	발간년도	쪽수
gatsixu	*거짓	false, untrue	Mo	白鳥庫吉	1914ㄷ	330
ičün	*거짓	luge	T	白鳥庫吉	1914ㄷ	330
öte	*거짓	an empty rice bag	T	白鳥庫吉	1914ㄷ	330
ötrü	*거짓	luge	T	白鳥庫吉	1914ㄷ	330
üčün	*거짓	luge	T	白鳥庫吉	1914ㄷ	330
ötemek	*거짓	luge	T	白鳥庫吉	1914ㄷ	330
ar-	*거짓되다	to deceive, to cheat, to be cunning	T	G. J. Ramstedt	1949	13

거짓말

kur	거짓말		K	강길운	1983ㄱ	36
nuk-/kəlləci-	*거짓말하다	to lie	K	강영봉	1991	10
kur-	거짓말하다	to tell a lie	K	이기문	1958	112
kö-čit-pu-rεŋi	거짓말		K	이숭녕	1956	184
kecys	*거짓말		K	長田夏樹	1966	107
kẹčhim-čjaŋ-sịrẹpta	*거추장스럽다(/거침장스럽다)	to be burdensome	K	G. J. Ramstedt	1949	102
holo	거짓말	a lie, a falsehood	Ma	이기문	1958	112
[oloкʼет'i	*거짓말하다, 속이다.		Ma	Shirokogoroff	1944	101
бajapкa	*거짓말하다, 자만하다, 경솔하게 말하다.		Ma	Shirokogoroff	1944	13
ylaкчʼiн	*거짓말		Ma	Shirokogoroff	1944	139
ylokiтʼi	*거짓말하다		Ma	Shirokogoroff	1944	141
yл$ок	*거짓말, 거짓		Ma	Shirokogoroff	1944	141
yлoкi, oloкʼi,	*거짓말하다.		Ma	Shirokogoroff	1944	141
кyлeмбy	*거짓말하다, 속이다.		Ma	Shirokogoroff	1944	76
таkā-	*거짓말을 하다	lie	Ma	Цинциус	1977	153
yлэ̄к	*거짓말	lie	Ma	Цинциус	1977	265
кочут-	*거짓말 하다	lie	Ma	Цинциус	1977	420
кэрэмй-	*거짓말 하다	slander	Ma	Цинциус	1977	454
мyша-	*거짓말하다	lie	Ma	Цинциус	1977	562
igid	거짓말		T	김영일	1986	167
igide-	거짓말하다		T	김영일	1986	167
ötnemek	*거짓말		T	白鳥庫吉	1914ㄷ	330

거칠다

siru	거친	rough, difficult	K	강길운	1978	42
ör	거칠다		K	김공칠	1989	6
kol-kkim-öi	*거칠은	rauh	K	白鳥庫吉	1914ㄷ	322
kat-č'it kat č'it hä	*거칠거칠하다	to be rough, to be uneven	K	白鳥庫吉	1915ㄱ	19
kat-t'al	*거친 뿌리	a rough root	K	白鳥庫吉	1915ㄱ	19
kətĭr	거칠다		K	辛 容泰	1987	139
kəčil	*거침		K	村山七郎	1963	27
kuət-wi	*거침		K	村山七郎	1963	27
kẹčhida	*거칠다	to be rough, to be uneven	K	G. J. Ramstedt	1949	108
kẹčhilda	*거칠다	to be rough, to be uneven	K	G. J. Ramstedt	1949	108
kẹčhiropta	*거칠다(/거치롭다)	to be rough, to be uneven	K	G. J. Ramstedt	1949	108
kufè	*거칠은	spinnen	Ma	白鳥庫吉	1914ㄷ	314
бардама	*거친		Ma	Shirokogoroff	1944	14
ӡaкпала	*거칠다, 난폭하다	rough, rude	Ma	Цинциус	1977	244
корколи	*거친	rough	Ma	Цинциус	1977	415
ш'ирӯ	*거칠다	rough	Ma	Цинциус	1977	426
кyр-кyр ō̄jӥ	*거친	rough	Ma	Цинциус	1977	437

표제어/어휘		의미	언어	저자	발간년도	쪽수
кэдэрги	*거친	rough	Ma	Цинциус	1977	443
кэлкэмэ	*거친	rough	Ma	Цинциус	1977	446
эндэри сэндэри	*거칠게	grainy	Ma	Цинциус	1977	454
хōjан	*거친	rough	Ma	Цинциус	1977	468
моχори соχори	*거칠게	roughly	Ma	Цинциус	1977	544
širüün	*거친	rough, difficult	Mo	강길운	1978	42

거품

표제어/어휘		의미	언어	저자	발간년도	쪽수
kəp'ɯm(id)	거품		K	강길운	1987	27
pɐi<pɐni	거품		K	김공칠	1989	20
kehpum	거품		K	김공칠	1989	20
köhpeum	거품		K	김공칠	1989	6
kə-pʰum	거품		K	김사엽	1974	479
kep'ɥr	거품		K	박은용	1974	214
kəp'um	거품		K	박은용	1974	224
Kong-I	*거품	dammerung	K	白鳥庫吉	1914ㄷ	323
kö-p'eum	*거품	schaum	K	白鳥庫吉	1914ㄷ	324
kophum	거품		K	宋敏	1969	72
pɐkhum	거품	foam	K	이기문	1958	110
pɐgum	거품	foam	K	이기문	1958	110
kɐphǐm	거품	bubble, foam	K	이기문	1958	112
kok'üm	거품		K	이숭녕	1956	160
köp'um	거품		K	이숭녕	1956	160
kephum	*거품		K	長田夏樹	1966	107
kofor	거품		Ma	박은용	1974	214
hofun	거품		Ma	박은용	1974	224
xućkō	*거품	schaum	Ma	白鳥庫吉	1914ㄷ	323
henčeko	*거품	blasen vom regen	Ma	白鳥庫吉	1914ㄷ	323
hongko	*거품	schaum	Ma	白鳥庫吉	1914ㄷ	323
xenumi	*거품	foam, froth, scum	Ma	白鳥庫吉	1914ㄷ	323
obonggi	*거품이 일다	welle	Ma	白鳥庫吉	1914ㄷ	324
hofun	*거품	schaum	Ma	白鳥庫吉	1914ㄷ	324
xóiexsa	*거품	welle	Ma	白鳥庫吉	1914ㄷ	324
fuka	거품	foam	Ma	이기문	1958	110
hofun	거품	bubble, foam	Ma	이기문	1958	112
c'illā	*거품이 일다		Ma	Shirokogoroff	1944	115
чавíкса	*거품.		Ma	Shirokogoroff	1944	23
[xoico	*거품		Ma	Shirokogoroff	1944	53
kōсу	*거품이 일다		Ma	Shirokogoroff	1944	75
kōсу, koнyн,	*거품.		Ma	Shirokogoroff	1944	75
ōвда-	*거품으로 덮다	scum	Ma	Цинциус	1977	004
тэпӯ̃ксэ	*거품	foam	Ma	Цинциус	1977	238
уруму	*거품	scum	Ma	Цинциус	1977	288
искэ̄	*거품	buble	Ma	Цинциус	1977	331
човӣкса	*거품	foam	Ma	Цинциус	1977	402
kōсун	*거품	foam	Ma	Цинциус	1977	417
пӯқа(н-)	*거품	bubble	Ma	Цинциус	1977	42
кэбгэхит-/ч-	*거품을 내다	make bubbles	Ma	Цинциус	1977	442
xojco	*거품	foam	Ma	Цинциус	1977	468
афути	*거품	foam	Ma	Цинциус	1977	59
симӯ̃н-	*거품을 내다	bubble up	Ma	Цинциус	1977	88
xôxür	*거품	welle	Mo	白鳥庫吉	1914ㄷ	324
xôsô	*거품	welle	Mo	白鳥庫吉	1914ㄷ	324

표제어/어휘		의미	언어	저자	발간년도	쪽수
kügesün	*거품	welle	Mo	白鳥庫吉	1914ㄷ	324
xôxôn	*거품	welle	Mo	白鳥庫吉	1914ㄷ	324
moxo	*거품	mousse, émoussé	Mo	白鳥庫吉	1915ㄱ	27
moxoghaxu	*거품	émousser; couper la parole à qu., le rèduire à ne	Mo	白鳥庫吉	1915ㄱ	27
moxoghu 27	*거품	mousse, émoussé; épuisé, accablé	Mo		白鳥庫吉	1915ㄱ
makur	*거품	mousse, émousse, rond, dont on a coupé les angles	Mo	白鳥庫吉	1915ㄱ	37
moxor	*거품	mousse, émousse, rond, dont on a coupé les angles	Mo	白鳥庫吉	1915ㄱ	37
kögesün	거품	foam	Mo	이기문	1958	112
kögäsün	*거품		Mo	長田夏樹	1966	107
kögēsün	*거품	foam	Mo	Poppe, N	1965	193
kögesün	*거품	foam	Mo	Poppe, N	1965	198
köpük	거품		T	강길운	1987	27
köfök	*거품	schaum	T	白鳥庫吉	1914ㄷ	324
köbök	*거품	schaum	T	白鳥庫吉	1914ㄷ	324
köpük	*거품	wasserblase	T	白鳥庫吉	1914ㄷ	324
köbik	거품	Schaum, Geifer	T	이기문	1958	112
köpik	거품	Schaum, Geifer	T	이기문	1958	112
köpük	거품	foam	T	이기문	1958	112
köpük	거품	Schaum, Geifer	T	이기문	1958	112
kăpăk	*거품	foam	T	Poppe, N	1965	198
köpük	*거품	foam	T	Poppe, N	1965	198
köpük	*거품	foam	T	Poppe, N	1965	200

걱정

simpal	걱정		K	김완진	1957	262
д'ікту	*걱정하다.		Ma	Shirokogoroff	1944	31
џуд́о	*걱정시키다.		Ma	Shirokogoroff	1944	39
морго	*걱정하다.		Ma	Shirokogoroff	1944	85
гу́бгаргин-	*걱정하다	worry, be anxious	Ma	Цинциус	1977	165
тэвсэ-	*걱정하다	worry	Ma	Цинциус	1977	225
hивйн-	*걱정하다	worry	Ma	Цинциус	1977	321
hитачил-	*걱정하다	worry	Ma	Цинциус	1977	328
ишиганил-	*걱정하다	worry	Ma	Цинциус	1977	336
hус-	*걱정하다	worry	Ma	Цинциус	1977	355
χοκсо-	*걱정되다	be concerned	Ma	Цинциус	1977	469
хэчичэ-	*걱정하다	worry	Ma	Цинциус	1977	484
марнивча-	*걱정하다	worry	Ma	Цинциус	1977	532
мэ̄мбэ-	*걱정하다	get worried	Ma	Цинциус	1977	567
ата фата ачабу-	*걱정하다	worry, be anxious	Ma	Цинциус	1977	58
богби́-	*걱정하다	worry, be anxious	Ma	Цинциус	1977	87
боқу́тна-	*걱정하다	worry, be anxious	Ma	Цинциус	1977	91

건너다

kənnə-	건너다		K	강길운	1983ㄱ	30
kən-nə	渡, 涉		K	김사엽	1974	377
kət-	건너다		K	박은용	1974	224
konno	건너다		K	宋敏	1969	73
kënnëda	*건너다	to pass over a river	K	G. J. Ramstedt	1928	75
hetu-	건너다		Ma	박은용	1974	224

표제어/어휘	의미		언어	저자	발간년도	쪽수
адалбу,äдалбу,9	*강을 건너게 하다.		Ma	Shirokogoroff	1944	1
пур	*건너서, 지나서.		Ma	Shirokogoroff	1944	109
тӣса	*강을 건너다, (사슴 따위가)헤엄치다.		Ma	Shirokogoroff	1944	128
да.у	*건너다, 통과하다.		Ma	Shirokogoroff	1944	29
9д9l	*강을 건네주다		Ma	Shirokogoroff	1944	44
9т9	*건너다.		Ma	Shirokogoroff	1944	46
[xi:тihiн	*강을 건너다		Ma	Shirokogoroff	1944	53
hɛдɛl	*강을 건너가다		Ma	Shirokogoroff	1944	55
[ämнiкi	*건너서, 횡단하여.		Ma	Shirokogoroff	1944	7
олō-	* (개천 등을) 걸어서 건너다	wade	Ma	Цинциус	1977	15
дāγ-	*건너다, 넘다	get across	Ma	Цинциус	1977	187
jэн-	*건너다	cross	Ma	Цинциус	1977	354
шепту	*건너서	over	Ma	Цинциус	1977	425
шэту-	*강을 건너다	swim over the river	Ma	Цинциус	1977	432
kečegü	*뛰어난, 매우, 어려운	surpassing, very, difficult	Mo	G. J. Ramstedt	1928	75
χectscū	*뛰어난, 매우, 어려운	surpassing, very, difficult	Mo	G. J. Ramstedt	1928	75
ketsü	*뛰어난, 매우, 어려운	surpassing, very, difficult	Mo	G. J. Ramstedt	1928	75
käč-	*건너다	to pass over a river	T	G. J. Ramstedt	1928	75

건조하다

mellw-/kwal-	*건조한	dry	K	강영봉	1991	8
kkol-ttakhä-	건조한	grob	K	白鳥庫吉	1914ㄷ	322
χari-	*굽다	to fry, to scorch	Ma	G. J. Ramstedt	1949	122
тiннга	*건조한, 마른, 가느다란.		Ma	Shirokogoroff	1944	128
галга	*건조한.(날씨 따위가).		Ma	Shirokogoroff	1944	47
онн'ō-	*건조되다	get dried	Ma	Цинциус	1977	21
илкэрй	*건조한	dry	Ma	Цинциус	1977	309
hиктилэ̄лэ̄	*건조하다	dry	Ma	Цинциус	1977	323
килтирэ̄	*건조하다	dry	Ma	Цинциус	1977	393
χūrǎ	*건조한	dry	Mo	G. J. Ramstedt	1949	122

건지다

kəri-	건지다		K	박은용	1974	223
here-	건지다		Ma	박은용	1974	223

걷다

kət-	말다		K	박은용	1974	223
köt ta	*걷다	to gather up, to fold up, to fold up, to roll back	K	白鳥庫吉	1915ㄱ	11
kęt-	걷다	to fold up, to roll up	K	이기문	1958	112
kętčhida	*걷다	to be rolled up, to be lifted up (curtains), to pa	K	G. J. Ramstedt	1949	109
hete-	말다		Ma	박은용	1974	223
hete-	걷다, 접다	to fold up, to roll up	Ma	이기문	1958	112
тэпкэн-	*걷다	roll up	Ma	Цинциус	1977	237
ликпа-	*걷어올리다		Ma	Цинциус	1977	498
kötür-	들다	to lift up	Mo	이기문	1958	112
kötr-	*걷어 올리다	aufheben, heben und anbinden	Mo	G. J. Ramstedt	1949	109
kil	*걷다	schreiten	T	白鳥庫吉	1914ㄷ	326
ker	*걷다	schreiten	T	白鳥庫吉	1914ㄷ	326
kil	*걷다	schritt	T	白鳥庫吉	1914ㄷ	326

표제어/어휘	의미		언어	저자	발간년도	쪽수
xor	*가다	schritt	T	白鳥庫吉	1914ㄷ	326
kil	*걷다	schreiten	T	白鳥庫吉	1914ㄷ	326
kötür-	들다	to lift up	T	이기문	1958	112
kötür-	*걸어 올리다	aufheben, heben und anbinden	T	G. J. Ramstedt	1949	109

걷다(步)

표제어/어휘	의미		언어	저자	발간년도	쪽수
kərɯm	걸음,보행		K	강길운	1983ㄴ	107
kərɯm	걸음		K	강길운	1983ㄴ	117
kərɯma	걸음		K	강길운	1983ㄴ	118
ked-	걷다		K	강길운	1983ㄴ	118
čəbək-čəbək	저벅저벅		K	강길운	1983ㄴ	129
kənir	산책하다		K	강길운	1983ㄴ	137
köt	*걷다	walk	K	金澤庄三郎	1910	9
kʌt-	걷다	walk	K	김동소	1972	141
kət	걷다		K	김사엽	1974	462
gə:d	걷다	walk	K	김선기	1968ㄱ	41
gər	걷다	walk	K	김선기	1968ㄱ	41
kət-	보행		K	박은용	1974	230
kël/t	걷다	walk	K	宋敏	1969	73
kŭl-ăm	걷다	walking	K	宋敏	1969	73
keɾim	*걸음	a step	K	G. J. Ramstedt	1949	107
ketta	*걷다	to walk	K	G. J. Ramstedt	1949	107
kŏl-	걷다		K	이숭녕	1955	15
kŏt-	걷다		K	이숭녕	1955	15
kət-	걷다		K	이용주	1979	113
kə˘t- ~r-	걷다	to walk	K	이용주	1980	82
ket	걷다	walk	K	이용주	1980	99
*gädü	걷다	walk	K	이용주	1980	99
kŏt-	*걷다	gehen	K	Andre Eckardt	1966	233
kŭlăm	*걸음	walking	K	Aston	1879	25
keṭṭa	*걷다[步]	to go on foot, to walk	K	G. J. Ramstedt	1949	109
keṭṭa	*걷다	to go on foot, to walk	K	G. J. Ramstedt	1949	109
keḷlida	*걸리다[使步]	to lead, to conduct	K	G. J. Ramstedt	1949	109
keṛim	*걸음	a step, a pace	K	G. J. Ramstedt	1949	109
tan	*걷다	walk	K	Hulbert, H. B.	1905	123
köt	*걷다	walk	K	Kanazawa, S	1910	7
kar¹-	*걷다	walk	K	Martin, S. E.	1966	202
kaš-/kal-/kat-	*걷다	walk	K	Martin, S. E.	1966	202
kaš-/kal-/kat-	*걷다	walk	K	Martin, S. E.	1966	206
kal-/kat-/kaš-	*걷다	walk	K	Martin, S. E.	1966	210
kar¹-	*걷다	walk	K	Martin, S. E.	1966	211
kaš-/kal-/kat-	*걷다	walk	K	Martin, S. E.	1966	212
kaš-/kal-/kat-	*걷다	walk	K	Martin, S. E.	1966	216
kar¹-	*걷다	walk	K	Martin, S. E.	1966	216
okso-	걷다	walk	Ma	김동소	1972	141
garda	걷다	walk	Ma	김선기	1968ㄱ	41
gar-	달리다		Ma	박은용	1974	230
xúdni	*밟다	fuss	Ma	白鳥庫吉	1914ㄷ	324
algan	*가다	fuss	Ma	白鳥庫吉	1914ㄷ	325
kong-ko-ro morin	*밟다	fuss	Ma	白鳥庫吉	1914ㄷ	325
kongor	*밟다	fuss	Ma	白鳥庫吉	1914ㄷ	325
algán	*밟다	fuss	Ma	白鳥庫吉	1914ㄷ	325
konggoro	*밟다	fuss	Ma	白鳥庫吉	1914ㄷ	325

표제어/어휘		의미	언어	저자	발간년도	쪽수
girkukta	*걸어가다	a step, a pace	Ma	白鳥庫吉	1914ㄷ	325
gerani-m	*가다	to go on foot, to walk	Ma	G. J. Ramstedt	1949	109
[ɲуlме	*걸어서		Ma	Shirokogoroff	1944	109
[бörдігі	*걸어서		Ma	Shirokogoroff	1944	16
бодо	*걷다, 가다, 헤매다		Ma	Shirokogoroff	1944	16
ок.со-	*걷다; 가다	step	Ma	Цинциус	1977	011
тиргӣ-	*걸어가다	go on foot	Ma	Цинциус	1977	187
тӯ-	*걷다	step	Ma	Цинциус	1977	202
дӯрэ̄-	*걸어서 가다	go on foot	Ma	Цинциус	1977	226
ӡэлэгэ-	*걸어서 넘다	step over	Ma	Цинциус	1977	284
алχун	*걸음	step	Ma	Цинциус	1977	33
јавкан	*걸어서	on foot	Ma	Цинциус	1977	337
нада-	*걸어가다	walk	Ma	Цинциус	1977	576
gidkider	걷다	walk	Mo	김선기	1968ㄱ	41
halgan	걸음,발		Mo	김영일	1986	173
garnap	*밟다	fuss	Mo	白鳥庫吉	1914ㄷ	325
xangal	*밟다	fuss	Mo	白鳥庫吉	1914ㄷ	325
xonggor morin	*밟다	fuss	Mo	白鳥庫吉	1914ㄷ	325
garap	*밟다	fuss	Mo	白鳥庫吉	1914ㄷ	325
garnam	*밟다	fuss	Mo	白鳥庫吉	1914ㄷ	326
alxuxu	*밟다	fuss	Mo	白鳥庫吉	1914ㄷ	326
iřeldnäp	*밟다	fuss	Mo	白鳥庫吉	1914ㄷ	326
irgixu	*밟다	fuss	Mo	白鳥庫吉	1914ㄷ	326
köl	*밟다	fuss	Mo	白鳥庫吉	1914ㄷ	326
kül	*가다	fuss	Mo	白鳥庫吉	1914ㄷ	326
kúli	*밟다	fuss	Mo	白鳥庫吉	1916ㄴ	322
žirughalaxu	*빠른 걸음으로 달려가다	ambler	Mo	G. J. Ramstedt	1949	109
gelderi	*천천히 걷다	to go on foot, to walk	Mo	Poppe, N	1965	192
alqu	*걷다	step	Mo	Poppe, N	1965	192
alqu-	*걷다	to pace, to step	Mo	Poppe, N	1965	192
śuran	*걸어서	on foot	T	Poppe, N	1965	198

걷다(收)

kata	걷다		K	박은용	1974	217
kət-	걷다		K	박은용	1974	222
kẹduda	*거두다	to gather	K	G. J. Ramstedt	1949	109
kẹtta	*걷다[收]	to gather up, to complete	K	G. J. Ramstedt	1949	109
hadu	걷다		Ma	박은용	1974	217
hede-	걷다		Ma	박은용	1974	222

걸어차다

səl	걸어치우다		K	김사엽	1974	441
паска	*걸어차다.		Ma	Shirokogoroff	1944	109
соɣуна	*걸어차다		Ma	Shirokogoroff	1944	117
соңг'і	*걸어차다,		Ma	Shirokogoroff	1944	118
соңг'іту	*걸어차다.		Ma	Shirokogoroff	1944	118
іткулу	*걸어차다.		Ma	Shirokogoroff	1944	64
мумурэ-	*걸어차다	kick	Ma	Цинциус	1977	556

걸다

kər-	걸다		K	강길운	1982ㄴ	19
kər-	걸다		K	강길운	1982ㄴ	35

표제어/어휘	의미		언어	저자	발간년도	쪽수
kəl	걸다		K	김사엽	1974	465
kal-ko-ri	*걸다	ein knoten	K	白鳥庫吉	1914ㄷ	293
kol-heui	*걸다	to turn round	K	白鳥庫吉	1914ㄷ	326
kël	걸다	hang	K	宋敏	1969	73
kẹda	*걸다[懸]	to hook on, to fasten, to hang up, to contract	K	G. J. Ramstedt	1949	104
kerida	*걸이다[使懸]	to make fasten, to let hang on	K	G. J. Ramstedt	1949	104
kerguda	*걸구다[使懸]	to make fasten, to let hang on	K	G. J. Ramstedt	1949	104
kergida	*걸기다[使懸]	to make fasten, to let hang on	K	G. J. Ramstedt	1949	104
kellida	*걸리다[被懸]	to be fastened, hooked or hanged, etc., to be boun	K	G. J. Ramstedt	1949	104
kẹlda, kẹda	*걸다	to put in or to put on, to use, to hang up, to con	K	G. J. Ramstedt	1949	104
kẹlda	*걸다[弄]	to be a brawler, to be rough tongued	K	G. J. Ramstedt	1949	104
kẹlda	*걸다[懸]	to hook on, to fasten, to hang up, to contract	K	G. J. Ramstedt	1949	104
kẹlda	*걸다[懸]	to hang on	K	G. J. Ramstedt	1949	105
kẹlda	*걸다[懸]	to hang on, to hook on	K	G. J. Ramstedt	1949	105
kalǧ-	걸다	hang	K	Martin, S. E.	1966	202
kalǧ-	걸다	hang	K	Martin, S. E.	1966	211
kalǧ-	걸다	hang	K	Martin, S. E.	1966	216
hulašandumbi	*걸다	anhängen	Ma	白鳥庫吉	1914ㄷ	292
káxola	*걸다	haken	Ma	白鳥庫吉	1914ㄷ	293
ogža	*걸다	haken	Ma	白鳥庫吉	1914ㄷ	293
ölgú	*걸다	haken	Ma	白鳥庫吉	1914ㄷ	293
ólža	*걸다	schlüssel	Ma	白鳥庫吉	1914ㄷ	293
χerči-	*걸다	to tie around, to wind up, to reel	Ma	G. J. Ramstedt	1949	104
χergi-	*걸다	to tie around, to wind up, to reel	Ma	G. J. Ramstedt	1949	104
χergi-če	*걸다	to tie around, to wind up, to reel	Ma	G. J. Ramstedt	1949	104
galī-	*걸다	to put in or to put on, to use, to hang up, to con	Ma	G. J. Ramstedt	1949	104
тарга	*걸다.		Ma	Shirokogoroff	1944	124
уlгана	*걸다		Ma	Shirokogoroff	1944	140
уlра	*걸다		Ma	Shirokogoroff	1944	140
rokolo	*걸다		Ma	Shirokogoroff	1944	50
loko, lyk'i, lyko,	*걸다, 달아 매다		Ma	Shirokogoroff	1944	80
сэӡэкй	*걸이	hanger	Ma	Цинциус	1977	137
тауа-	*걸다	catch on	Ma	Цинциус	1977	149
тикэрэ-	*걸다	catch on	Ma	Цинциус	1977	180
токотчй-	*걸다, 달다	hang	Ma	Цинциус	1977	193
даора-	*걸리다, 다치다, 자극하다	be caught	Ma	Цинциус	1977	197
шōлипкāн-	*걸다	hang up	Ma	Цинциус	1977	427
хаси-	*걸다	hang up	Ma	Цинциус	1977	464
лимдирэн-	*걸다	hang	Ma	Цинциус	1977	498
локо-	*걸다	hang	Ma	Цинциус	1977	501
лэӈгэрэ	*걸리다	be hooked	Ma	Цинциус	1977	517
xalturitai	*걸다	anhaken	Mo	白鳥庫吉	1914ㄷ	292
xatirnap	*걸다	anhängen	Mo	白鳥庫吉	1914ㄷ	292
kalternam	*걸다	a hook	Mo	白鳥庫吉	1914ㄷ	292
kelmadm	*걸다	fanhaken	Mo	白鳥庫吉	1914ㄷ	293
ulgü	*걸리다	zubinden	Mo	白鳥庫吉	1914ㄷ	293
ölgötéj	*걸다	to hook	Mo	白鳥庫吉	1914ㄷ	293
elgükü	*걸리다	hooked	Mo	白鳥庫吉	1914ㄷ	293

표제어/어휘		의미	언어	저자	발간년도	쪽수
elgügür	*걸다	haken	Mo	白鳥庫吉	1914ㄷ	293
ölgür	*걸다	to hook, to fasten, to hang up, to contract	Mo	白鳥庫吉	1914ㄷ	293
kerēn	*연결	the binding, the joint, connection	Mo	G. J. Ramstedt	1949	104
xaldaxa	*걸다	to put in or to put on, to use, to hang up, to con	Mo	G. J. Ramstedt	1949	104
kerē	*연결	the binding, the joint, connection	Mo	G. J. Ramstedt	1949	104
ker-	*묶다	to bind together, to unite, to join	Mo	G. J. Ramstedt	1949	104
ketsə	*연결	connection, order	Mo	G. J. Ramstedt	1949	104
ilbäk	*걸다	haken	T	白鳥庫吉	1914ㄷ	293
ilmäk	*걸다	haken	T	白鳥庫吉	1914ㄷ	293
ilgis	*걸다	schlüssel	T	白鳥庫吉	1914ㄷ	293
il	*걸다	fanhaken	T	白鳥庫吉	1914ㄷ	293
ilin	*걸다	fanhaken	T	白鳥庫吉	1914ㄷ	293
as-	*걸다	to hang	T	Poppe, N	1965	192

걸레

표제어/어휘		의미	언어	저자	발간년도	쪽수
kęlle	*걸레	a cloth duster, wash-rag	K	G. J. Ramstedt	1949	105
учуну	*걸레	duster	Ma	Цинциус	1977	297
чумда	*걸레	duster	Ma	Цинциус	1977	414

검다(黑)

표제어/어휘		의미	언어	저자	발간년도	쪽수
kəm-	검다		K	강길운	1981ㄴ	9
kəm-	검다		K	강길운	1982ㄴ	23
kəm-	검다		K	강길운	1982ㄴ	27
kəm-	*검정	black	K	강영봉	1991	8
kəmul	검다		K	김공칠	1989	5
kʌm-	검은	black	K	김동소	1972	136
kïmïl	검다		K	김방한	1980	13
kəm	검다		K	김사엽	1974	449
gəm	검다	black	K	김선기	1968ㄱ	36
kəməh	검다	black	K	김선기	1968ㄱ	36
검다	검다		K	김선기	1978ㄹ	353
kəm	*검다		K	大野晋	1975	52
가라	검다		K	박시인	1970	110
kara	검다		K	박시인	1970	442
kom-tă-rai	*검다	dürr	K	白鳥庫吉	1914ㄷ	323
kkömčo-	*검정	schwarz	K	白鳥庫吉	1914ㄷ	323
kam-	*검정	soot	K	白鳥庫吉	1914ㄷ	323
ka-ra	*검정		K	小倉進平	1934	26
감다	검다		K	신용태	1987	134
kom-zöŋ	검정		K	이숭녕	1956	185
kom-	검다	black	K	이용주	1980	83
kəm-	검다	black	K	이용주	1980	95
kem~kam	검다	black	K	이용주	1980	99
*kuru	검다	black	K	이용주	1980	99
kəmuwl	*검다		K	村山七郎	1963	27
kəmmut	*검다		K	村山七郎	1963	27
këmïn	*검다	dark, black	K	G. J. Ramstedt	1928	72
kęmda	*검다[黑]	to be black	K	G. J. Ramstedt	1949	91
kŭm	*검다		K	Hulbert, H. B.	1905	117
sahaliyan	검은	black	Ma	김동소	1972	136
sahalijan	검다		Ma	김선기	1978ㄹ	353

표제어/어휘		의미	언어	저자	발간년도	쪽수
hala	검다		Ma	박시인	1970	442
kurrē	*검게 되다	schwarz werden	Ma	白鳥庫吉	1914ㄷ	310
kurča	*검정	schwarz	Ma	白鳥庫吉	1914ㄷ	310
kurčalambi	*검정	schwarz	Ma	白鳥庫吉	1914ㄷ	310
kurčan	*검정	schwarz	Ma	白鳥庫吉	1914ㄷ	310
kurčanambi	*검정	schwarz	Ma	白鳥庫吉	1914ㄷ	310
kurrī	*검정	schwarzgrau	Ma	白鳥庫吉	1914ㄷ	310
kuang-tu-ri	*검댕	to be black	Ma	白鳥庫吉	1914ㄷ	323
онг?'i	*검게 하다		Ma	Shirokogoroff	1944	103
[eihlын'a	*검은		Ma	Shirokogoroff	1944	42
кара	*검은		Ma	Shirokogoroff	1944	69
кара мal	*검은		Ma	Shirokogoroff	1944	69
комномо	*검은		Ma	Shirokogoroff	1944	73
конгнор'iн,	*검은		Ma	Shirokogoroff	1944	73
кopila	*검게 변하다		Ma	Shirokogoroff	1944	74
[н'iлчiн'a	*검은		Ma	Shirokogoroff	1944	92
чилэл-	*검게 하다	blacken	Ma	Цинциус	1977	394
конꙏнорйн	*검은	black	Ma	Цинциус	1977	413
чургй(1)	*검댕	burnt	Ma	Цинциус	1977	416
сакарйн	*검은, 흑색의	black	Ma	Цинциус	1977	56
ноꙏгорiн	*검은, 흑색의	black	Ma	Цинциус	1977	606
kara	*검다		Mo	金澤庄三郎	1914	221
hara	검다	black	Mo	김선기	1968ㄱ	36
kara	검다		Mo	박시인	1970	110
qara	검다		Mo	박시인	1970	442
örgonep	*검정	anhäufen	Mo	白鳥庫吉	1914ㄷ	308
xorčighitoxu	*검정	schwarzlich	Mo	白鳥庫吉	1914ㄷ	310
karlanam	*검정	schwarz	Mo	白鳥庫吉	1914ㄷ	310
xarlanap	*검정	schwarz	Mo	白鳥庫吉	1914ㄷ	310
xirtejxü	*검정	schwarz	Mo	白鳥庫吉	1914ㄷ	310
xudalčilaxu	*검다	schward,dunkel	Mo	白鳥庫吉	1914ㄷ	330
chara	*검정		Mo	小倉進平	1934	26
ha-ra	*검정		Mo	小倉進平	1934	26
isu	*검댕	soot	Mo	Poppe, N	1965	203
kara	검다	black	T	김선기	1968ㄱ	36
kürä	*검정	schwaz	T	白鳥庫吉	1914ㄷ	297
kürö	*검정	schwaz	T	白鳥庫吉	1914ㄷ	297
kyrzä	*검정	to point out, to indicate	T	白鳥庫吉	1914ㄷ	297
korī	*검정	schwaz	T	白鳥庫吉	1914ㄷ	298
ka-ra	*검정		T	小倉進平	1934	26
kara	*검정		T	小倉進平	1934	26
qara	*검은색	black	T	Poppe, N	1965	195
qarala-	*검게 하다	to blacken	T	Poppe, N	1965	195

검사하다

kĕm-sa-kwan	*검사관	an inspector, an examiner	K	G. J. Ramstedt	1949	105
kĕm hạda	*검하다[檢]	to consider, to compare	K	G. J. Ramstedt	1949	105
амта	*검사하다, 냄새를 맡다.		Ma	Shirokogoroff	1944	7

겁내다

tu-li	겁내다		K	김사엽	1974	469
a+wlika	*겁이 많은(사람이나 동물에 대하여).		Ma	Shirokogoroff	1944	12

표제어/어휘	의미		언어	저자	발간년도	쪽수
ңголок'i	*겁 많은, 비겁한, 겁쟁이.		Ma	Shirokogoroff	1944	92
ноlo	*겁내다. 무서워하다		Ma	Shirokogoroff	1944	94
оло-	*겁내다	get scared	Ma	Цинциус	1977	15
хэнтэн'æ̃	*겁이 많은	timid	Ma	Цинциус	1977	481

것

ke	것		K	강길운	1982ㄴ	19
kəs	것		K	강길운	1982ㄴ	22
kas/kəs	것		K	강길운	1982ㄴ	26
kəs	것		K	강길운	1983ㄴ	106
kə	것		K	강길운	1983ㄴ	120
kəs	것		K	강길운	1983ㄴ	120
kət	것		K	김사엽	1974	447
kas	것		K	김사엽	1974	463
köt	*것	a thing, an affair	K	白鳥庫吉	1915ㄱ	10
köt	것		K	宋敏	1969	73
kŭs	것		K	宋敏	1969	73
kës	것	thing	K	宋敏	1969	73
kŏs	*것	Ding, Sache	K	Andre Eckardt	1966	232
kŭs	*것	thing	K	Aston	1879	22
kẹt	*것	things	K	G. J. Ramstedt	1949	79
kẹt	*물건	die Sache	K	G.J. Ramstedt	1952	24
kes	*것	thing	K	Martin, S. E.	1966	202
kes	*것	thing	K	Martin, S. E.	1966	212
kes	*것	thing	K	Martin, S. E.	1966	214
kes	*것	thing	K	Martin, S. E.	1966	221
kẹt	*것	thing	K	Poppe, N	1965	194
kẹse	*것에	at the thing	K	Poppe, N	1965	194
kẹsi	*것이	the thing	K	Poppe, N	1965	194
xači	*것	art, gattung	Ma	白鳥庫吉	1915ㄱ	10
hacin	*것	art, gewohnheit, anschein, glied, abteilung, stand	Ma	白鳥庫吉	1915ㄱ	10
ojocко	*것; 물건	thing	Ma	Цинциус	1977	009
zöže	*것	sache	Mo	白鳥庫吉	1915ㄱ	10
zöši	*것	sache	Mo	白鳥庫吉	1915ㄱ	10

겉

pat	겉		K	김사엽	1974	430
kəs-čʰ	겉		K	김사엽	1974	467
koč	겉		K	이숭녕	1956	134
köptegi	껍데기		K	이숭녕	1956	178
ūssaram	*겉에	outside	K	G. J. Ramstedt	1939ㄴ	460
ūnni	*겉	alike,together with	K	G. J. Ramstedt	1939ㄴ	460
kat	*겉으로	by the side of,on the outside of	K	G. J. Ramstedt	1939ㄴ	461
kẹnmojaŋ	*겉면	the outward form	K	G. J. Ramstedt	1949	108
pakkẹt	*바깥	the outside	K	G. J. Ramstedt	1949	108
pakkat	*바깥	the outside	K	G. J. Ramstedt	1949	108
kẹʒoge	*겉(/거저게)	the exterior, the outside	K	G. J. Ramstedt	1949	108
kẹʒẹge	*겉(/거저게)	the exterior, the outside	K	G. J. Ramstedt	1949	108
kẹdoŋi	*겉(/거도니)	the exterior, the outside	K	G. J. Ramstedt	1949	108
kẹt	*겉	the exterior, the outside	K	G. J. Ramstedt	1949	108
kẹnmjẹn	*겉면	the outward form	K	G. J. Ramstedt	1949	108
hida	*겉	a cobbler, a shoemaker	Ma	白鳥庫吉	1914ㄷ	304

표제어/어휘		의미	언어	저자	발간년도	쪽수
9ркуril	*걸에, 위에.		Ma	Shirokogoroff	1944	46

걸치

kẹtčhi	*걸(/거치)	a straw bag or mat used as a blanket for an animal	K	G. J. Ramstedt	1949	108
ködrgə	*덮개	a mantle	Mo	G. J. Ramstedt	1949	108
käzir-	*껍질을 벗기다	a mantle	T	G. J. Ramstedt	1949	108

게

kẹ, kē	게	a crab	K	김공칠	1989	12
ke	게	crab	K	宋敏	1969	73
kẹi	게	a crab, a crayfish	K	宋敏	1969	73
kē	*게[蟹]	a crab, a crayfish	K	G. J. Ramstedt	1949	102
kẹi	*게[蟹]	a crab, a crayfish	K	G. J. Ramstedt	1949	102
kani	*게	crab	K	Martin, S. E.	1966	202
kani	*게	crab	K	Martin, S. E.	1966	207
kani	*게	crab	K	Martin, S. E.	1966	212
kani	*게	crab	K	Martin, S. E.	1966	216
kiakta	*게	shellfish	Ma	G. J. Ramstedt	1949	102
kaikari	*게	shell, shellfish	Ma	G. J. Ramstedt	1949	102
käkta	*게	shell, shellfish	Ma	G. J. Ramstedt	1949	102
ҡapĩaҳa и гурун	*게 자리 (십이지궁)	Cancer (sign of the Zodiac)	Ma	Цинциус	1977	141
паҥҳaj	*게자리	cancer	Ma	Цинциус	1977	34
сампа	*게	crab	Ma	Цинциус	1977	60

게으르다

kəj-ïl-lï	게으르다		K	김사엽	1974	412
kəiʉr	게으르다		K	박은용	1974	223
k'eun	*게으르다	qui a du degout pour le travail	K	白鳥庫吉	1914ㄷ	317
k'o	*게으르다	nachlassigkeit	K	白鳥庫吉	1914ㄷ	317
kit-peu-	*게으르다	enfoncer	K	白鳥庫吉	1914ㄷ	317
seu-ikol	*게으르다	faulenzen	K	白鳥庫吉	1914ㄷ	317
seu-l	*게으르다	nachlassig	K	白鳥庫吉	1914ㄷ	317
kẹiǧiři- < *kẹiǧiři	게으르다	to be lazy	K	이기문	1958	112
kegiři-	게으르다	to be lazy	K	이기문	1958	112
heole-	게으르다		Ma	박은용	1974	223
heoledembi	*게으름피우다	laziness, indolende	Ma	白鳥庫吉	1914ㄷ	318
heolen	게으른	lazy	Ma	이기문	1958	112
[бал	*게으름 피우다.		Ma	Shirokogoroff	1944	13
ба(+н,	*게으른, 둔한		Ma	Shirokogoroff	1944	14
[адмеу))на	*게으른.		Ma	Shirokogoroff	1944	2
дoлoнге	*게으른.		Ma	Shirokogoroff	1944	32
кас'iн	*게으른.		Ma	Shirokogoroff	1944	69
äнäлга	*게으른		Ma	Shirokogoroff	1944	7
ӡалāр	*게으르다	laze, idle	Ma	Цинциус	1977	246
jанỳ	*게으르다	lazy	Ma	Цинциус	1977	341
энӭл-	*게으르다	be lazy	Ma	Цинциус	1977	455
ландā	*게으르다	lazy	Ma	Цинциус	1977	491
xalan	*게으름	faul	Mo	白鳥庫吉	1914ㄷ	318
xadaxu	*게으름	trage	Mo	白鳥庫吉	1914ㄷ	318
hai	*게으르다	nachlassig sein	T	白鳥庫吉	1914ㄷ	317
kizän	*게으르다	to be idle, to be lazy	T	白鳥庫吉	1914ㄷ	318

표제어/어휘		의미	언어	저자	발간년도	쪽수
irenerben	*게으름	faul	T	白鳥庫吉	1914ㄷ	318

겔겔하다

| kȩl kȩl hada | *겔겔하다 | to wander here and there | K | G. J. Ramstedt | 1949 | 103 |
| kȩj- | *길을 잃다 | to go astray, to stroll | Ma | G. J. Ramstedt | 1949 | 103 |

겨

kiuri	*겨, 밀기울	the shorts from wheat, bran	K	G. J. Ramstedt	1949	114
xabxak	*겨	hülle	Mo	白鳥庫吉	1914ㄷ	296
xabxalaxu	*겨	kleie	Mo	白鳥庫吉	1914ㄷ	296
kig	*겨, 밀기울	the shorts from wheat, bran	Mo	G. J. Ramstedt	1949	114

겨드랑이

kyəd-ɯr-aŋ	겨드랑이		K	강길운	1982ㄴ	26
kyəd-ɯr-aŋ	겨드랑이		K	강길운	1982ㄴ	32
du	*겨드랑이	for,before,in the presence of, under the eyes of;	Ma	G. J. Ramstedt	1939ㄴ	96
оҥоҥi	*겨드랑이		Ma	Shirokogoroff	1944	104
[cyry	*겨드랑이, 품		Ma	Shirokogoroff	1944	119
[огоҥi	*겨드랑이 밑		Ma	Shirokogoroff	1944	98
о	*겨드랑이	armpits	Ma	Цинциус	1977	003
оүоҥй	*겨드랑이	armpits	Ma	Цинциус	1977	006
cyry	*겨드랑이	armpit	Ma	Цинциус	1977	119
jo!оҥдо-	*겨드랑이 잡다		Ma	Цинциус	1977	348
аша	*겨드랑이 밑	armpit	Ma	Цинциус	1977	60

겨레

kyəre	겨레		K	강길운	1980	18
kyəre	겨레		K	강길운	1981ㄱ	31
kyəre	겨레		K	강길운	1983ㄱ	47
ul	겨레		K	김공칠	1989	15
kjə-lʌj	겨레		K	김사엽	1974	402
kjərəi	겨레		K	박은용	1974	217
kyö-röi	*겨레	relatives, relations	K	白鳥庫吉	1915ㄱ	21
kyöröi	겨레		K	宋敏	1969	73
kyöre	겨레		K	宋敏	1969	73
kyȩre	겨레	relatives	K	이기문	1958	112
kyȩrai	겨레	relatives	K	이기문	1958	112
kjȩre	*겨레	relatives, relations	K	G. J. Ramstedt	1949	110
kjȩrē	*겨레	relatives, relations	K	G. J. Ramstedt	1949	110
falga	겨레		Ma	김선기	1977ㅂ	321
hala	종족		Ma	徐廷範	1985	248
hala	겨레	a clan name, relatives	Ma	이기문	1958	112
xala	겨레	relatives	Ma	이기문	1958	112
kāla	겨레	relatives	Ma	이기문	1958	112
kala	겨레	relatives	Ma	이기문	1958	112
kalan/hala/Xala	겨레		Ma	최학근	1959ㄴ	101
kui	겨레		Mo	김선기	1977ㅂ	321
kara	종족		Mo	徐廷範	1985	247
yala	종족		Mo	徐廷範	1985	248
haran/qadun	겨레		Mo	최학근	1959ㄴ	101
kel-ki-	*묶다	relatives, relations	Mo	G. J. Ramstedt	1949	110

표제어/어휘	의미		언어	저자	발간년도	쪽수
kayaš	겨레		T	강길운	1980	18
kayas	친척		T	徐廷範	1985	248
gadaš/qadyn	겨레		T	최학근	1959ㄴ	101

겨루다

kəu-	대적하다		K	강길운	1980	21
kʌlp	겨루다		K	김사엽	1974	456
kjə-lo	겨루다		K	김사엽	1974	457
kyör-u ta	*겨루다	to match, to oppose	K	白鳥庫吉	1915ㄱ	22
göğüs-le-	대적하다		T	강길운	1980	21

겨우

aj-ja-la	겨우		K	김사엽	1974	382
серан	*겨우, 간신히.		Ma	Shirokogoroff	1944	113
умун адікарті	*겨우 하나.		Ma	Shirokogoroff	1944	142
адікарті	*겨우, 간신히.		Ma	Shirokogoroff	1944	2
r9lä(	*겨우, 간신히		Ma	Shirokogoroff	1944	48
кälтäр, каlтар	*겨우, 간신히.		Ma	Shirokogoroff	1944	67
араı(	*겨우		Ma	Shirokogoroff	1944	9
аранті	*겨우, 간신히.		Ma	Shirokogoroff	1944	9
бусирэ	*겨우겨우	hardly	Ma	Цинциус	1977	115
ǯукэ(3)	*겨우	hardly	Ma	Цинциус	1977	272
кубдур-кубдур	*겨우	hardly	Ma	Цинциус	1977	421
эвэǯэкин	*겨우	hardly	Ma	Цинциус	1977	436
энэңэн	*겨우	hardly	Ma	Цинциус	1977	455
араj	*겨우	hardly	Ma	Цинциус	1977	48
л'ан	*겨우	hardly	Ma	Цинциус	1977	491
мушухури	*겨우	hardly	Ma	Цинциус	1977	562
нэňйлэ	*겨우	hardly	Ma	Цинциус	1977	626

겨울

kyəǯ-ɯr	겨울		K	강길운	1983ㄱ	48
tur	겨울		K	강길운	1983ㄴ	114
tor	겨울		K	강길운	1983ㄴ	122
tur	겨울		K	강길운	1983ㄴ	130
kjə-ïl	겨울		K	김사엽	1974	396
겨울	겨울		K	김선기	1976ㅅ	345
kjesur	겨울		K	김선기	1976ㅅ	346
kyö-ul	겨울	winter	K	白鳥庫吉	1915ㄱ	23
kjezyr	겨울		K	이용주	1980	106
kjeżyr	겨울		K	長田夏樹	1966	102
kyŏul	*겨울	Winter	K	Andre Eckardt	1966	233
kjȩil	*겨울	winter	K	G. J. Ramstedt	1949	103
kjȩul	*겨울	winter	K	G. J. Ramstedt	1949	103
kjȩul, kjȩil	*겨울	winter	K	G. J. Ramstedt	1949	103
kyëïr, kyëar	*겨울	winter	K	Johannes Rahder	1959	48
tuweri	겨울		Ma	김선기	1976ㅅ	346
kēldi	*추운	cold	Ma	長田夏樹	1966	102
kēldi	*추운	winter	Ma	G. J. Ramstedt	1949	103
kēldi	*찬	cold	Ma	G. J. Ramstedt	1949	103
tuɣȩnī	*겨울	winter	Ma	Poppe, N	1965	26
tu'e'erin(t'uh-'óh-*겨울		winter	Ma	Poppe, N	1965	26

표제어/어휘		의미	언어	저자	발간년도	쪽수
tūgū	*겨울	winter	Ma	Poppe, N	1965	26
tùę	*겨울	winter	Ma	Poppe, N	1965	26
tuvę	*겨울	winter	Ma	Poppe, N	1965	26
tuӶʷeni	*겨울	winter	Ma	Poppe, N	1965	26
tuveri<*tüeri	*겨울	winter	Ma	Poppe, N	1965	26
tuę	*겨울	winter	Ma	Poppe, N	1965	26
тігані	*겨울		Ma	Shirokogoroff	1944	126
[т'ӳгун'і	*겨울		Ma	Shirokogoroff	1944	132
[тугäні	*겨울		Ma	Shirokogoroff	1944	132
[т'уг'ені	*겨울		Ma	Shirokogoroff	1944	132
[тугоні	*겨울		Ma	Shirokogoroff	1944	132
туг?а, туг?ан'і,	*겨울		Ma	Shirokogoroff	1944	132
туг?ан'і, тугані	*겨울.		Ma	Shirokogoroff	1944	132
туг?сніп	*겨울에		Ma	Shirokogoroff	1944	132
тугар	*겨울에		Ma	Shirokogoroff	1944	135
туумкук	*겨울 동안		Ma	Shirokogoroff	1944	68
кандак	*겨울철		Ma	Shirokogoroff	1944	68
тӳӳэ	*겨울에	in winter	Ma	Цинциус	1977	204
ebul	겨울		Mo	김선기	1976ㅅ	346
keisi	겨울		T	김선기	1976ㅅ	346
qïš	겨울		T	이숭녕	1956	83
qiš	*겨울		T	長田夏樹	1966	102
zyš	*겨울	winter	T	長田夏樹	1966	102
qyš	*겨울	winter	T	G. J. Ramstedt	1949	103
qïš	*겨울	winter	T	Poppe, N	1965	195
qïš	*겨울	winter	T	Poppe, N	1965	33
xĕl	*겨울	winter	T	Poppe, N	1965	33

겨자

kję-čą	*겨자	mustard	K	G. J. Ramstedt	1949	102
бэjгувэ	*겨자	mustard	Ma	Цинциус	1977	120
тақан	*겨자	mustard	Ma	Цинциус	1977	153
kiži	*겨자	mustard	T	G. J. Ramstedt	1949	102

겪다

kjək	겪다		K	김사엽	1974	394
kjəs-kï	겪다		K	김사엽	1974	430
kjękki hạda	*겪다	to feast	K	G. J. Ramstedt	1949	103
kjękta	*겪다	to experience, to suffer, to undergo, to entertain	K	G. J. Ramstedt	1949	103
χisχa-	*지나치다	to pass by or through, to touch, to press oneself	Ma	G. J. Ramstedt	1949	103

견디다

chhăm	견디다		K	김공칠	1989	4
kjən-tʌj	견디다		K	김사엽	1974	446
kjęndăda	*견디다	to endure, to support, to bear, to be equal	K	G. J. Ramstedt	1949	106
kjęndjida	*견디다	to endure	K	G. J. Ramstedt	1949	106
kjęn-gaŋ hạda	*건강하다	to be strong	K	G. J. Ramstedt	1949	106
tạj-	*대다[至]	to reach	K	G. J. Ramstedt	1949	106
tęj-	*대다[至]	to reach	K	G. J. Ramstedt	1949	106
tịj-	*대다[至]	to reach	K	G. J. Ramstedt	1949	106

표제어/어휘		의미	언어	저자	발간년도	쪽수
kjẹn	*견[堅]	hard, firm, steady	K	G. J. Ramstedt	1949	106
[9hімaнчiр	*견뎌내다.		Ma	Shirokogoroff	1944	44
сови-	*견디다	stand, bear	Ma	Цинциус	1977	103
тунду-	*견뎌내다	bear	Ma	Цинциус	1977	213
али-(2)	*견디다, 지탱하다	withstand, stand	Ma	Цинциус	1977	32

견주다

kjən-čo	견주다		K	김사엽	1974	413
kjənci-	견주다		K	박은용	1974	222
hence-	견주다		Ma	박은용	1974	222

결

kjəl	결		K	김사엽	1974	455
kyöl	*결	the grain-of wood, stone etc.	K	白鳥庫吉	1915ㄱ	20
kyöl	*물결	a wave	K	白鳥庫吉	1915ㄱ	20
tol-gjẹl	*돌결	the lines in a stone	K	G. J. Ramstedt	1949	104
mul-gjẹl	*물결	wave	K	G. J. Ramstedt	1949	104
kjẹl	*결	line, wave	K	G. J. Ramstedt	1949	104
kjẹl	*결-건	wave, the grain - of woods, stone, etc.	K	G. J. Ramstedt	1949	104
kjel-gẹn	*결-건	line in stone, wood, etc.	K	G. J. Ramstedt	1949	105
kjẹl	*결-건	wave of temper, anger, disliking	K	G. J. Ramstedt	1949	105
kira	*문지방	threshold	Ma	G. J. Ramstedt	1949	104
kira-ŋan	*결	with stripes or lines	Ma	G. J. Ramstedt	1949	104
xirgen	결	line, wave	Ma	G. J. Ramstedt	1949	104
xergen	*선	lines or figures (in wood), figure, picture, mark	Ma	G. J. Ramstedt	1949	105

결(머리)

kkịl	*결(머리)	hair of the head	K	G. J. Ramstedt	1949	115
kukulu	*결(머리)	hair of the head	Ma	G. J. Ramstedt	1949	115
kilgasun	*결(머리)	hair of the head	Mo	G. J. Ramstedt	1949	115
qyl	*결(머리)	hair of the head	T	G. J. Ramstedt	1949	115
kyl, kögül	*결(머리)	hair of the head	T	G. J. Ramstedt	1949	115

결실

k'am-pu-gi	깜부기		K	최학근	1959ㄱ	49
ure	과실을 맺다/성숙하다		Ma	최학근	1959ㄱ	49
urembi	익다/결실하다		Ma	최학근	1959ㄱ	49
ures	과실/씨		Mo	최학근	1959ㄱ	49
üre	과실		Mo	최학근	1959ㄱ	49

결코

horak horak	결코		K	강길운	1982ㄴ	26
kyəlk'o	결코	결코	K	강길운	1982ㄴ	26
kyəlk'o	결코	결코	K	강길운	1982ㄴ	28
õкiнкát	*결코 …하지 않는다.		Ma	Shirokogoroff	1944	100
õкiтi	*결코 …하지 않는다.		Ma	Shirokogoroff	1944	100
окматбаl	*결코 …하지 않는다.		Ma	Shirokogoroff	1944	100
оҥкат	*결코, 아무리해도.		Ma	Shirokogoroff	1944	104
ок'iду	*결코 …하지 않는다.		Ma	Shirokogoroff	1944	99
окiдуккät	*결코 …하지 않는다.		Ma	Shirokogoroff	1944	99

표제어/어휘	의미		언어	저자	발간년도	쪽수
котон(2)	*결코, 아무리해도	in any way	Ma	Цинциус	1977	419

결혼하다

표제어/어휘	의미		언어	저자	발간년도	쪽수
a-ok	*결혼하다	falsch	K	白鳥庫吉	1914ㄴ	162
asinei	*그는 결혼을 하게 된다	irre leiten	Ma	白鳥庫吉	1914ㄴ	163
cála	*결혼식.		Ma	Shirokogoroff	1944	110
cāpiнте	*결혼식을 하다		Ma	Shirokogoroff	1944	112
cāp'iн	*결혼식.		Ma	Shirokogoroff	1944	112
[хуптун	*결혼식.		Ma	Shirokogoroff	1944	54
кур'iм, корум	*결혼식.		Ma	Shirokogoroff	1944	78
кур'iмда	*결혼식을 하다.		Ma	Shirokogoroff	1944	78
куру	*결혼식		Ma	Shirokogoroff	1944	78
тусу-	*결혼하다	get merry	Ma	Цинциус	1977	223
yjõ-	*결혼시키다	make get merry	Ma	Цинциус	1977	252
jэксин	*결혼식	wedding	Ma	Цинциус	1977	353
цаjсэ	*결혼식 간판	wedding signboard	Ma	Цинциус	1977	373
курим	*결혼식	wedding	Ma	Цинциус	1977	437
сал	*결혼식에 거행하는 의식	part of a wedding ceremony	Ma	Цинциус	1977	57
gerle-	*결혼하다	to marry	Mo	Poppe, N	1965	191

경계하다

표제어/어휘	의미		언어	저자	발간년도	쪽수
keŋge hặda	*경어하다	a caution, to warn, to counsel	K	G. J. Ramstedt	1949	106
kjeŋ-kje hặda	*경계하다	a caution, to warn, to counsel	K	G. J. Ramstedt	1949	106
koru	*경계하다	take warning	Ma	Johannes Rahder	1959	70
тэгбэсэ-	*경계하다	guard	Ma	Цинциус	1977	226
мйнта-	*경고 조심 시키다	be careful	Ma	Цинциус	1977	537

경골

표제어/어휘	의미		언어	저자	발간년도	쪽수
kjeŋ-kol	*경골	the shinbone, the thighbone	K	G. J. Ramstedt	1949	106
kjeŋ-kol	*경골[鯨骨]	whale-bone	K	G. J. Ramstedt	1949	106
[кŏнчан	*경골, 종아리.		Ma	Shirokogoroff	1944	75
кумá	*경골, 종아리		Ma	Shirokogoroff	1944	77
суду	*경골, 정강이뼈	shinbone	Ma	Цинциус	1977	120
иŋэрз̄	*경골, 종아리	shin	Ma	Цинциус	1977	297
кŏнчэн	*경골, 종아리	shin	Ma	Цинциус	1977	420
хин гираӈги	*경골	shin	Ma	Цинциус	1977	466
н'уӈй	*경골(脛骨)	shinbone	Ma	Цинциус	1977	646

경시하다

표제어/어휘	의미		언어	저자	발간년도	쪽수
ka-ppunhă-	*경시하다	rendre plus léger	K	白鳥庫吉	1914ㄷ	295
ka-pa-yap-	*경시하다	leicht von tracht	K	白鳥庫吉	1914ㄷ	295
xüjgen	*경시하다	légèreté	Mo	白鳥庫吉	1914ㄷ	295
xüngen	*경시하다	leicht von gewicht	Mo	白鳥庫吉	1914ㄷ	295
xüngelxe	*경시하다	leicht von tracht	Mo	白鳥庫吉	1914ㄷ	295
ženul	*경시하다	leicht von tracht	T	白鳥庫吉	1914ㄷ	295

경작지

표제어/어휘	의미		언어	저자	발간년도	쪽수
tal ho	*경작지		K	白鳥庫吉	1916ㄱ	178
tal ho či a-nin tta	*경작지		K	白鳥庫吉	1916ㄱ	178
tarimbi	*경작지	das Feld bauen, pflanzen, säen, ackern	Ma	白鳥庫吉	1916ㄱ	178

표제어/어휘		의미	언어	저자	발간년도	쪽수
tári, tarriaré,	*경작지	säen	Ma	白鳥庫吉	1916ㄱ	178
tatlare	*경작지	säen	Ma	白鳥庫吉	1916ㄱ	178
tari	*경작지	säen	Ma	白鳥庫吉	1916ㄱ	178
tarikui	*경작지	säen	Ma	白鳥庫吉	1916ㄱ	178
tarim	*경작지	säen	Ma	白鳥庫吉	1916ㄱ	178
tarrán	*경작지	säen	Ma	白鳥庫吉	1916ㄱ	178
уси(н-)	*경작지	tillage	Ma	Цинциус	1977	291
tarixu	*경작지	säen	Mo	白鳥庫吉	1916ㄱ	178
tarixu	*경작지	semer, laborer une terre	Mo	白鳥庫吉	1916ㄱ	178
tarya	*경작지	les graiss, le blé, la moisson, recolte, le champ	Mo	白鳥庫吉	1916ㄱ	178
taryalang	*경작지	terrain, champ, terre labourable	Mo	白鳥庫吉	1916ㄱ	178
taramak	*경작지	säen, ausstreuen, kämmen	T	白鳥庫吉	1916ㄱ	178
tarik	*경작지	Saat, Saatfeld	T	白鳥庫吉	1916ㄱ	178
tarakči	*경작지	Ausstreuer, säemann, Ackersmann	T	白鳥庫吉	1916ㄱ	178
tarajer	*경작지	flacher Raum	T	白鳥庫吉	1916ㄱ	178
targat	*경작지	zerstreuen	T	白鳥庫吉	1916ㄱ	178
tari	*경작지	Grütze, Saat	T	白鳥庫吉	1916ㄱ	178
daralmak	*경작지	sich streuen	T	白鳥庫吉	1916ㄱ	178
tarla	*경작지	Saatfeld	T	白鳥庫吉	1916ㄱ	178
taramak	*경작지	ausbreiten, ausstreuen, säen	T	白鳥庫吉	1916ㄱ	178
tara	*경작지	zerstreuen, aussäen	T	白鳥庫吉	1916ㄱ	178
tarimak	*경작지	säen, ausstreuen	T	白鳥庫吉	1916ㄱ	178
târîrben	*경작지	säen	T	白鳥庫吉	1916ㄱ	178
tarîrben, târîrben	*경작지	säen, kämmen	T	白鳥庫吉	1916ㄱ	178
tarlak	*경작지	Acker	T	白鳥庫吉	1916ㄱ	178
fıra	*경작지	Saat	T	白鳥庫吉	1916ㄱ	178

곁

kyət'	곁		K	강길운	1982ㄴ	32
kyöt	*곁	side	K	金澤庄三郎	1910	9
kjətʰ	傍, 側		K	김사엽	1974	378
kjətʰ	곁		K	김사엽	1974	430
ka	*곁	nahe	K	白鳥庫吉	1914ㄷ	305
kat-kap-	*곁	neben	K	白鳥庫吉	1914ㄷ	305
kyöt hăi	*옆에	at the side, near	K	白鳥庫吉	1915ㄱ	23
kyöt	*옆	the side, a support, a friend	K	白鳥庫吉	1915ㄱ	23
kyëch	곁	side	K	宋敏	1969	73
kyöt	곁		K	宋敏	1969	73
kyet̮	곁	the side	K	이기문	1958	112
kat*e	*곁에	friend,supporter	K	G. J. Ramstedt	1939ㄴ	461
kăthă	*곁으로	to the side of, towarda, near	K	G. J. Ramstedt	1939ㄴ	461
kakkapta	*곁	by the side of,on the outside of	K	G. J. Ramstedt	1939ㄴ	461
ket̮	*곁	the exterior, the outside	K	G. J. Ramstedt	1949	108
kjet̮	*곁	the side, a support, a friend	K	G. J. Ramstedt	1949	109
kjet̮	*곁	the side, a friend	K	G. J. Ramstedt	1949	109
kjekkan	*곁간	a side room	K	G. J. Ramstedt	1949	109
kjennun	*곁눈	a side glance	K	G. J. Ramstedt	1949	109
kjet̮	*곁	side, support, friend	K	G. J. Ramstedt	1949	110
kyöt	*곁	side	K	Kanazawa, S	1910	7
hidaku	*곁	cote	Ma	白鳥庫吉	1914ㄷ	304
heturi	*곁	seite	Ma	白鳥庫吉	1914ㄷ	305

표제어/어휘		의미	언어	저자	발간년도	쪽수
hetu	*곁	seite	Ma	白鳥庫吉	1914ㄷ	305
hanči	*곁	seite	Ma	白鳥庫吉	1914ㄷ	305
hošo	*곁에	the side, a support, a friend	Ma	白鳥庫吉	1914ㄷ	305
hetu	*옆	Seite, Seitengebäude; zur Seite, Seitwärts; quer;	Ma	白鳥庫吉	1915ㄱ	24
hošo	*옆	Seite, Weltgegend; Ecke; Vierecke; Zimmer	Ma	白鳥庫吉	1915ㄱ	24
hetu	곁	the side, the width	Ma	이기문	1958	112
k, kt, gt	*곁	the exterior, the outside	Ma	G. J. Ramstedt	1949	108
kje, gje	*곁	the side, a friend	Ma	G. J. Ramstedt	1949	109
xatsū	*곁	seite	Mo	白鳥庫吉	1914ㄷ	305
gazer	*곁	nebengeschäft	Mo	白鳥庫吉	1914ㄷ	305
gazar	*곁	neben	Mo	白鳥庫吉	1914ㄷ	305
gazar	*곁	neben	Mo	白鳥庫吉	1914ㄷ	305
gazar	*옆	Seite	Mo	白鳥庫吉	1915ㄱ	24
hažigu	*옆	die rechte oder linke Seite eines Gegenstandes	Mo	白鳥庫吉	1915ㄱ	24
xazü	*옆	Seite	Mo	白鳥庫吉	1915ㄱ	24
xažû	*옆	Seite	Mo	白鳥庫吉	1915ㄱ	24
gazer	*옆	Seite	Mo	白鳥庫吉	1915ㄱ	24
keltegei	*곁	the side, a friend	Mo	G. J. Ramstedt	1949	109
qyt	곁		T	김승곤	1984	243
qat	가까움,곁		T	김영일	1986	172
kedermen	*곁	to be near, to be close, to be nigh	T	白鳥庫吉	1914ㄷ	304
keš	*곁	cote	T	白鳥庫吉	1914ㄷ	304
kat	*곁	seite	T	白鳥庫吉	1914ㄷ	305
kati	*곁	seite	T	白鳥庫吉	1914ㄷ	305
kantas	*곁	seite	T	白鳥庫吉	1914ㄷ	305
kat	*옆에	neben, bei, hinzu, Schicht, Lage, Fach, Falte	T	白鳥庫吉	1915ㄱ	24
kat	*옆에	neben, dabei; hinzu	T	白鳥庫吉	1915ㄱ	24
katj	*옆에	neben, bei, hinzu, Schicht, Lage, Fach, Falte	T	白鳥庫吉	1915ㄱ	24
kidar	*옆	seitwärts	T	白鳥庫吉	1915ㄱ	24
qat	*곁	beside,apud	T	G. J. Ramstedt	1939ㄴ	461
käkkä	*곁	the side, a friend	T	G. J. Ramstedt	1949	109
käkkä	*곁	beside, in a line with, in a row, together with, b	T	G. J. Ramstedt	1949	110

곁눈질하다

nemu	곁눈질하다		K	김공칠	1989	15
йламаў-	*곁눈질하다	squint	Ma	Цинциус	1977	305
кујинчэ-	*곁눈질로 보다	to be mown	Ma	Цинциус	1977	424

계곡

골	계곡		K	권덕규	1923ㄴ	126
呑	계곡		K	辛 容泰	1987	132
谷	계곡		K	辛 容泰	1987	132
tan	계곡	valley	K	이기문	1963	101
^tan[旦]	*계곡	valley	K	Christopher I. Beckwith	2004	110
^tʰən[呑]	*계곡	valley	K	Christopher I. Beckwith	2004	110
^tʰən[呑]	*계곡	valley	K	Christopher I.	2004	115

표제어/어휘		의미	언어	저자	발간년도	쪽수
*tan	*계곡	valley	K	Beckwith Christopher I.	2004	115
^tan[且]	*계곡	valley	K	Beckwith Christopher I.	2004	115
Holo	계곡		Ma	권덕규	1923ㄴ	126
капч'iн	*계곡, 좁은 길		Ma	Shirokogoroff	1944	68
налдiн	*계곡, 골짜기.		Ma	Shirokogoroff	1944	89
дō(2)	*계곡	valley	Ma	Цинциус	1977	210
ӡэбӡу	*계곡	valley	Ma	Цинциус	1977	280
камнй	*계곡, 협곡	gorge	Ma	Цинциус	1977	370
шилки	*계곡	valley	Ma	Цинциус	1977	426

고개(嶺)

kokai	*고개	hill	K	金澤庄三郎	1910	10
kokai	고개		K	김공칠	1989	10
či=шɪ	고개		K	김공칠	1989	20
ko-kaj	고개		K	김사엽	1974	454
kogai	고개		K	이숭녕	1956	100
kogai	고개		K	이숭녕	1956	166
mon-daŋ	고개		K	이숭녕	1956	177
kkokttä	*꼭대기	a mountain top	K	G. J. Ramstedt	1949	119
koktä	*꼭대기	a mountain top	K	G. J. Ramstedt	1949	119
kkoktagi	*꼭대기	a mountain top	K	G. J. Ramstedt	1949	119
kok-t̯agi	*꼭대기	a mountain top	K	G. J. Ramstedt	1949	119
kogä	*고개[峴]	a pass, the peak of hill, the back of a neck	K	G. J. Ramstedt	1949	119
kokai	*고개	hill	K	Kanazawa, S	1910	8
gugdu	*고개	a hill	Ma	G. J. Ramstedt	1949	119
gugda	*높은	high	Ma	G. J. Ramstedt	1949	119
hэгнэк	*고개	mountain crossing	Ma	Цинциус	1977	360

고기

kogi	고기		K	강길운	1981ㄱ	30
kogi	고기		K	강길운	1982ㄴ	21
kogi	고기		K	강길운	1982ㄴ	27
sel/kweki	*고기	meat	K	강영봉	1991	10
gogi	고기	meat	K	김선기	1968ㄱ	32
kalbi	갈비		K	김승곤	1984	241
koki	고기	meat	K	이용주	1980	101
kokǐ	고기	meat	K	이용주	1980	81
kokǐ	고기	meat	K	이용주	1980	95
kogi	*고기	meat	K	長田夏樹	1966	82
gali	고기	meat	Ma	김선기	1968ㄱ	32
kalbi	위의양쪽의고기		Ma	김승곤	1984	241
таwla	*고기 찌꺼기, 오랫동안 삶은 고기		Ma	Shirokogoroff	1944	125
тili	*고기 가루, 말려서 빻은 고기.		Ma	Shirokogoroff	1944	127
уlда, уllā, оlда	*고기.		Ma	Shirokogoroff	1944	140
уlдi	*고기.		Ma	Shirokogoroff	1944	140
уl'о(+	*고기		Ma	Shirokogoroff	1944	141
уlla	*고기		Ma	Shirokogoroff	1944	141
[уlö	*고기		Ma	Shirokogoroff	1944	141
уliнун	*고기.		Ma	Shirokogoroff	1944	141

표제어/어휘	의미		언어	저자	발간년도	쪽수
обих'аjали	*고기	meat	Ma	Цинциус	1977	004
суɣулэн	*고기	meat	Ma	Цинциус	1977	119
сэмсэ	*고기	meat	Ma	Цинциус	1977	141
типтун	*고기	meat	Ma	Цинциус	1977	186
дӯта	*고기	meat	Ma	Цинциус	1977	226
тэкэвун	*고기	meat	Ma	Цинциус	1977	230
уллэ	*고기	meat	Ma	Цинциус	1977	262
ӡуjэхэн jали	*고기	meat	Ma	Цинциус	1977	271
унда jали	*고기	meat	Ma	Цинциус	1977	273
ӡэдуктэ	*고기 (한) 조각	piece of meat	Ma	Цинциус	1977	282
ихида jали	*고기	meat	Ma	Цинциус	1977	299
фэртэн	*고기	meat	Ma	Цинциус	1977	305
ja+ли	*고기	meat	Ma	Цинциус	1977	340
jey	*고기	meat	Ma	Цинциус	1977	345
кики	*고기	meat	Ma	Цинциус	1977	392
кирбас	*고기 조각	piece of meat	Ma	Цинциус	1977	398
шару	*고기	meat	Ma	Цинциус	1977	425
кукурэ	*고기	meat	Ma	Цинциус	1977	427
шудачан jали	*고기	meat	Ma	Цинциус	1977	429
м'аха+	*고기	meat	Ma	Цинциус	1977	522
миооцзы	*고기	meat	Ma	Цинциус	1977	537
сыламачйн	*고기	meat	Ma	Цинциус	1977	82
силӡа	*고기	meat	Ma	Цинциус	1977	84-
mixa	고기	meat	Mo	김선기	1968ㄱ	32
maxa	고기	meat	Mo	김선기	1968ㄱ	32
goʃi	고기	meat	T	김선기	1968ㄱ	32

고니

koni	백조		K	강길운	1980	21
koni	백조		K	박은용	1974	237
鵠	고니		K	辛 容泰	1987	132
古衣	고니		K	辛 容泰	1987	132
koni	*고니[鵠]	a swan	K	G. J. Ramstedt	1949	123
kon	*곤[鵠]	a swan	K	G. J. Ramstedt	1949	123
gon	거위 우는 소리		Ma	박은용	1974	237
укс'i, оксi, пуксi	*고니.		Ma	Shirokogoroff	1944	138
[xyr'i	*고니		Ma	Shirokogoroff	1944	54
[hуксi, хуксi, уксе	*고니		Ma	Shirokogoroff	1944	56
χun tsen	*고니	a swan	Mo	G. J. Ramstedt	1949	123
χun	*고니	a swan	Mo	G. J. Ramstedt	1949	123
kuǧu	백조		T	강길운	1980	21

고대

kō-ri	*고리[古]	old rules	K	G. J. Ramstedt	1949	126
ylиɲraja	*고대의, 선조의, 조상.		Ma	Shirokogoroff	1944	140
ēси	*고대의	ancient	Ma	Цинциус	1977	30
ирэктэ	*고대, 옛	Ancient	Ma	Цинциус	1977	329

고두리

kotori	*고두리살		K	金澤庄三郞	1914	220
Koduri	*고두리	a blunt pointed object	K	G. J. Ramstedt	1949	119
koduri	*고두리	a blunt pointed object	K	G. J. Ramstedt	1949	119

표제어/어휘		의미	언어	저자	발간년도	쪽수
kotori	*고두리살		Mo	金澤庄三郎	1914	220
kustuk	*화살	a club-like arrow, an arrow with a thick end of wo	Mo	G. J. Ramstedt	1949	119
goduli	*화살	an arrow with a wooden head	T	G. J. Ramstedt	1949	119
kustuk	*나무촉 화살	an arrow with wooden head	T	G. J. Ramstedt	1949	119
qosty	*타봉	a club-like arrow, an arrow with a thick end of wo	T	G. J. Ramstedt	1949	119

고등어

samb(a)	*고등어	mackerel	K	Martin, S. E.	1966	200
samb(a)	*고등어	mackerel	K	Martin, S. E.	1966	211
samb(a)-	*고등어	mackerel	K	Martin, S. E.	1966	215
samb(a)-	*고등어	mackerel	K	Martin, S. E.	1966	222
тэулэ	*고등어	mackerel	Ma	Цинциус	1977	241

고라니

korani	고라니		K	박은용	1974	239
korani	고라니	large deer	K	이기문	1958	112
koranni	고라니	large deer	K	이기문	1958	112
korani	*고라니	derer, the wild reindeer	K	G. J. Ramstedt	1949	125
koranni	*고라니	derer, the wild reindeer	K	G. J. Ramstedt	1949	125
gūran	고라니		Ma	박은용	1974	239
guran	Saiga 영양	the Saiga-antelope	Ma	이기문	1958	112
gūran	큰 사슴	large deer (male)	Ma	이기문	1958	112
guran	*고라니	the Saiga-antelope, the wild goat	Ma	G. J. Ramstedt	1949	125
огбӱэ	*고라니	elk	Ma	Цинциус	1977	005
тōкӣ	*고라니	elk	Ma	Цинциус	1977	191
нинā	*고라니 새끼	elk	Ma	Цинциус	1977	587
н'ӳтукӭн	*고라니	elk	Ma	Цинциус	1977	649
guran	*영양	the antelope	Mo	이기문	1958	112
guran	고라니		T	김승곤	1984	243

고라말

고라말	고라말		K	권덕규	1923ㄴ	129
Kora	고라말		Ma	권덕규	1923ㄴ	129
Kora	고라말		Ma	이명섭	1962	7
Hara	고라말		Mo	권덕규	1923ㄴ	129
Hara	고라말		Mo	이명섭	1962	7

고랑

ko-laŋ	고랑		K	김사엽	1974	450
k'oraŋ	고랑	brook	K	김선기	1968ㄴ	27
고랑	고랑		K	김선기	1976ㅁ	334
koraŋ	고랑		K	宋敏	1969	73
köraŋ	고랑		K	이숭녕	1956	99
küraŋ	고랑		K	이숭녕	1956	99
kêraŋ	고랑		K	이숭녕	1956	99
koraŋ	고랑		K	이숭녕	1956	99
koraŋ	*고랑	fetters, shackles, stocks, a rope to bind a crimin	K	G. J. Ramstedt	1949	125
birgan	고랑		Ma	김선기	1976ㅁ	334
goroga	고랑		Mo	김선기	1976ㅁ	334

표제어/어휘		의미	언어	저자	발간년도	쪽수
kirtü	*고랑을 만들다	zierate einschneiden	Mo	白鳥庫吉	1914ㄷ	307
kirtükü	*고랑을 만들다	furchen	Mo	白鳥庫吉	1914ㄷ	307
alkanam	*고랑	to strain, to filter	Mo	白鳥庫吉	1914ㄷ	326

고랑고랑

korang	기침소리		K	박은용	1974	215
korang	기침소리		Ma	박은용	1974	215

고래

korä	고래		K	강길운	1983ㄱ	28
korä	고래		K	강길운	1983ㄱ	30
고래	고래		K	고재휴	1940ㄱ	10
korai	고래		K	김공칠	1989	6
korai	고래		K	김방한	1976	22
korai	고래		K	김방한	1977	9
korʌi	고래		K	김방한	1978	12
ko-lʌj	고래		K	김사엽	1974	453
kara	고래		K	박은용	1974	211
kö-räm	*고래	wallfisch	K	白鳥庫吉	1914ㄷ	325
korai	고래		K	宋敏	1969	73
갈임	고래		Ma	고재휴	1940ㄱ	10
kalimu	고래		Ma	김방한	1977	9
kalima	고래		Ma	김방한	1977	9
kalimu	고래		Ma	김방한	1978	12
ken'a	고래		Ma	김방한	1979	19
kalema	고래		Ma	김방한	1979	19
kalim	고래		Ma	김방한	1979	19
kalima	고래		Ma	김방한	1979	19
kalimu	고래		Ma	김방한	1979	19
kali	고래		Ma	박은용	1974	211
geran	*고래	wallfisch	Ma	白鳥庫吉	1914ㄷ	325
geranam	*고래	wallfisch	Ma	白鳥庫吉	1914ㄷ	325
iroldon	*고래	a whale	Ma	白鳥庫吉	1914ㄷ	325
ĸалим	*고래.		Ma	Shirokogoroff	1944	67
калим	*고래	Whale	Ma	Цинциус	1977	366
қау,т'а	*고래	whale	Ma	Цинциус	1977	385
качикта	*고래 일종		Ma	Цинциус	1977	385
малтар	*고래	whale	Ma	Цинциус	1977	524
kalimu	고래		Mo	김방한	1977	9
kalimu	고래		Mo	김방한	1978	12
garxu	*고래	wallfisch	Mo	白鳥庫吉	1914ㄷ	325

고르다

korε-	순수하다		K	박은용	1974	238
kkö-ri-	*고르다	wetteifern	K	白鳥庫吉	1914ㄷ	328
koroda	*고르다	to adjust, to harmonize, to blend	K	G. J. Ramstedt	1949	126
koruda	*고르다	to be alike, to be even, to be adjusted	K	G. J. Ramstedt	1949	126
korō	*고루	alike, equal, equally	K	G. J. Ramstedt	1949	126
korįda	*고르다	to be alike, to be even, to be adjusted	K	G. J. Ramstedt	1949	126
kolkoro	*골고루	equally, alike	K	G. J. Ramstedt	1949	126

표제어/어휘	의미		언어	저자	발간년도	쪽수
gulu	순수하다		Ma	박은용	1974	238
с'ін'ма	*고르다.		Ma	Shirokogoroff	1944	116
arka	*고르다	equally, all alike	T	白鳥庫吉	1914ㄷ	327

고르다(耕田)

tarho-	고르다		K	박은용	1975	161
tari-	밭갈다		Ma	박은용	1975	161
hуми	*고르게	steady	Ma	Цинциус	1977	347-5

고름

korom	고름		K	김공칠	1989	18
kolim	고름	pus	K	김동소	1972	139
kolom	고름	pus	K	김동소	1972	139
kolmda	*곪다	to gather sa a boil or abscess	K	G. J. Ramstedt	1949	126
korim-čip	*고름집	the body of an abscess	K	G. J. Ramstedt	1949	126
korom	*고름	pus	K	G. J. Ramstedt	1949	126
komda	*곪다	to gather sa a boil or abscess	K	G. J. Ramstedt	1949	126
korim	*고름	pus	K	G. J. Ramstedt	1949	126
niyaki	고름	pus	Ma	김동소	1972	139
бун'акса	*고름, 고름덩이.		Ma	Shirokogoroff	1944	20
бурipа	*고름, 고름덩이		Ma	Shirokogoroff	1944	21
н'акса	*고름		Ma	Shirokogoroff	1944	89
н'jаксі	*고름		Ma	Shirokogoroff	1944	94
пила	*고름	pus	Ma	Цинциус	1977	38
хэјэ	*고름	pus	Ma	Цинциус	1977	480

고름(옷)

korom	고름	ties of a dress	K	이기문	1958	112
korhom	고름	ties of a dress	K	이기문	1958	112
korim	고름	ties of a dress	K	이기문	1958	112
gūran	고름	ties of a dress, cord or string used in packing	Ma	이기문	1958	112

고리

찌	고리,팔찌		K	강길운	1983ㄱ	46
ci	고리,팔찌		K	강길운	1983ㄱ	46
kori	고리		K	강길운	1983ㄴ	117
kori	고리		K	강길운	1983ㄴ	135
kori	고리		K	김공칠	1989	9
korhii	고리		K	김승곤	1984	244
korhoi	고리		K	박은용	1974	239
kö-reu-	*고리	ring	K	白鳥庫吉	1914ㄷ	326
ko-rang	*고리	ring	K	白鳥庫吉	1914ㄷ	326
ko-ri	*고리	ring	K	白鳥庫吉	1914ㄷ	326
kul-	*고리	to book, to pasten, to hang up, to contract	K	白鳥庫吉	1914ㄷ	326
kku-ri	*고리	ring	K	白鳥庫吉	1914ㄷ	326
korhoi	고리	a metal ring	K	이기문	1958	111
karji	*고리(/가리)	a metal ring	K	G. J. Ramstedt	1949	126
korhji	*고리[環]	a metal ring	K	G. J. Ramstedt	1949	126
kori	*고리[環]	a metal ring	K	G. J. Ramstedt	1949	126
gorgi	고리		Ma	김승곤	1984	244

표제어/어휘		의미	언어	저자	발간년도	쪽수
gəlefts	*고리	ring	Ma	白鳥庫吉	1914ㄷ	326
horolim	*고리	bogen	Ma	白鳥庫吉	1914ㄷ	326
orolim	*고리	bogen	Ma	白鳥庫吉	1914ㄷ	326
gəlefto	*고리	ring	Ma	白鳥庫吉	1914ㄷ	326
muheren	*고리	Ring, Rad, Betrad der Buddhisten, Kranz	Ma	白鳥庫吉	1915ㄱ	36
gorgi	*고리	a ring or buckle on the end of a strap, belt, etc.	Ma	G. J. Ramstedt	1949	126
hйркӳ	*고리	loop	Ma	Цинциус	1977	327
hуpка	*고리	loop	Ma	Цинциус	1977	352
nojacka	*고리	collar	Ma	Цинциус	1977	40
alxu	*고리	armband	Mo	白鳥庫吉	1914ㄷ	326
alxo	*고리	armband	Mo	白鳥庫吉	1914ㄷ	326
alxa	*고리	a metal ring	Mo	白鳥庫吉	1914ㄷ	326
maškenam	*고리로 만들다	winden, drehen	Mo	白鳥庫吉	1915ㄱ	37
muškenap	*고리로 만들다	winden, drehen	Mo	白鳥庫吉	1915ㄱ	37
maškenap	*고리로 만들다	winden, drehen	Mo	白鳥庫吉	1915ㄱ	37
gorgi	고리	a metal ring	Mo	이기문	1958	111
bögüldürge	*채찍의 끝에 있는 고리	loop at the end of a whip	Mo	Poppe, N	1965	200

고무

komn	고무		K	김완진	1957	259
гоммо	*고무	eraser, rubber	Ma	Цинциус	1977	160

고삐

kot-pi	*고삐	a halter	K	白鳥庫吉	1915ㄱ	10
kadamar	*고삐	zügel	Ma	白鳥庫吉	1915ㄱ	10
hadala	*고삐	zaum, zügel	Ma	白鳥庫吉	1915ㄱ	10
сона(цавка)н'	*고삐를 매어 데려가다		Ma	Shirokogoroff	1944	118
т'iдар	*고삐, 삼발이		Ma	Shirokogoroff	1944	126
дiлава	*고삐		Ma	Shirokogoroff	1944	31
laнто	*고삐		Ma	Shirokogoroff	1944	79
[нёhу	*고삐		Ma	Shirokogoroff	1944	91
дэлбэг	*고삐	ribbons, reins	Ma	Цинциус	1977	232
ӡилӳуа	*고삐	reins	Ma	Цинциус	1977	257
утинни	*고삐	halter	Ma	Цинциус	1977	294
инман	*고삐		Ma	Цинциус	1977	316
нокто	*고삐	halter	Ma	Цинциус	1977	604
босу	*고삐	ribbons, reins	Ma	Цинциус	1977	97
χaӡar	*고삐	zügel	Mo	白鳥庫吉	1915ㄱ	10
χazar	*고삐	zügel	Mo	白鳥庫吉	1915ㄱ	10
kazar	*고삐	zügel	Mo	白鳥庫吉	1915ㄱ	10
χaӡagar	*고삐	de travers, bride	Mo	白鳥庫吉	1915ㄱ	10
burontog	*낙타의 가죽 고삐나 끈	a leather rein or leash of a camel	Mo	Poppe, N	1965	159
hazar	*고삐	zügel	T	白鳥庫吉	1915ㄱ	10
kazar	*고삐	zügel	T	白鳥庫吉	1915ㄱ	10
hasar	*고삐	zügel	T	白鳥庫吉	1915ㄱ	10
burunduq	*낙타의 가죽 고삐나 끈	a leather rein or leash of a camel	T	Poppe, N	1965	159

고사

kosə̣	*고사[高士]	an eminent person, a virtous scholar	K	G. J. Ramstedt	1949	127

표제어/어휘		의미	언어	저자	발간년도	쪽수
kusa-gɪn	*지도자	the chief, the leader, the commander, the highest	Ma	G. J. Ramstedt	1949	127

고양이

표제어/어휘		의미	언어	저자	발간년도	쪽수
koi	*고양이		K	金澤庄三郎	1914	220
kʌni	鬼尼, 계림유사		K	김선기	1977ㄹ	358
koi	고양이		K	김선기	1977ㄹ	358
koini	鬼尼, 계림유사		K	김선기	1977ㄹ	358
kojɛŋi	고양이		K	김선기	1977ㄹ	358
konɛgi	고양이		K	김선기	1977ㄹ	358
konɛŋi	고양이		K	김선기	1977ㄹ	358
nabi	고양이		K	김선기	1977ㄹ	358
고양이	고양이		K	김선기	1977ㄹ	358
koi	고양이		K	박은용	1974	214
koi	*고양이	hauskatze	K	白鳥庫吉	1914ㄷ	318
köi-eu-rӑ-	*고양이	a cat	K	白鳥庫吉	1914ㄷ	318
köi-eu-rӑm	*고양이	hauskatze	K	白鳥庫吉	1914ㄷ	318
köi-eu-rӑm p'eui-	*고양이	hauskatze	K	白鳥庫吉	1914ㄷ	318
ko-yang-I	*고양이	hauskatze	K	白鳥庫吉	1914ㄷ	318
koi	*고양이	a cat	K	白鳥庫吉	1915ㄱ	13
ko-yang-i	*고양이	a cat	K	白鳥庫吉	1915ㄱ	13
kojaŋ	고양이		K	이숭녕	1956	108
koi	고양이		K	이숭녕	1956	108
konegi	고양이		K	이숭녕	1956	153
koni	고양이		K	이숭녕	1956	153
kojaŋi	고양이		K	이숭녕	1956	154
koi	고양이		K	이숭녕	1956	154
kesi-ke	고양이		Ma	박은용	1974	214
kesike	*고양이	hauskatze	Ma	白鳥庫吉	1914ㄷ	318
hūh-sú-lú	*고양이	hauskatze	Ma	白鳥庫吉	1914ㄷ	318
kaká	*고양이	hauskatze	Ma	白鳥庫吉	1914ㄷ	318
kaka	*고양이	hauskatze	Ma	白鳥庫吉	1914ㄷ	318
keké	*고양이	hauskatze	Ma	白鳥庫吉	1914ㄷ	318
kaka	*고양이	hauskatze	Ma	白鳥庫吉	1915ㄱ	13
kaka'	*고양이	hauskatze	Ma	白鳥庫吉	1915ㄱ	13
keke	*고양이	hauskatze	Ma	白鳥庫吉	1915ㄱ	13
kokśa	*고양이	hauskatze	Ma	白鳥庫吉	1915ㄱ	13
kiska	*고양이	hauskatze	Ma	白鳥庫吉	1915ㄱ	13
χexe	*고양이	hauskatze	Ma	白鳥庫吉	1915ㄱ	13
kyska	*고양이	hauskatze	Ma	白鳥庫吉	1915ㄱ	13
kyksa	*고양이	hauskatze	Ma	白鳥庫吉	1915ㄱ	13
χēxē	*고양이	cat	Ma	Poppe, N	1965	160
кӣка	*고양이		Ma	Shirokogoroff	1944	67
суӡакӣ	*고양이	cat	Ma	Цинциус	1977	120
уjури	*고양이	cat	Ma	Цинциус	1977	252
хӯхӯ	*고양이	cat	Ma	Цинциус	1977	481
малахи	*고양이	cat	Ma	Цинциус	1977	523
мӧда(2)	*고양이	cat	Ma	Цинциус	1977	542
нинури	*고양이	cat	Ma	Цинциус	1977	598
mi-ḥui	*고양이		Mo	金澤庄三郎	1914	220
mery	고양이		Mo	김선기	1977ㄹ	358
migui	고양이		Mo	김선기	1977ㄹ	358
mis	고양이		Mo	김선기	1977ㄹ	358

표제어/어휘		의미		언어	저자	발간년도	쪽수
xalzan mori	*고양이			Mo	白鳥庫吉	1914ㄷ	294
xalirxai	*고양이	a cat		Mo	白鳥庫吉	1914ㄷ	318
keke	*고양이	hauskatze		Mo	白鳥庫吉	1914ㄷ	318
keké	*고양이	hauskatze		Mo	白鳥庫吉	1914ㄷ	318
keké	*고양이	hauskatze		Mo	白鳥庫吉	1915ㄱ	13
kẹkẹ	*고양이	cat		Mo	Poppe, N	1965	160
kedi	고양이			T	김선기	1977ㄹ	358
mušik	고양이			T	김선기	1977ㄹ	358
hurun	*고양이	hauskatze		T	白鳥庫吉	1914ㄷ	318
argaš	*고양이	hauskatze		T	白鳥庫吉	1914ㄷ	318

고요하다

koioihi	고요히			K	이숭녕	1956	164
c'ikiprí	*고요해지다, 조용해지다.			Ma	Shirokogoroff	1944	114
убди	*고요하다	windless		Ma	Цинциус	1977	243
jyнгэ	*고요한, 평화로운	peaceful		Ma	Цинциус	1977	351
нэн-	*고요한 상태이다	be calm		Ma	Цинциус	1977	626
н'умън	*고요한 상태이다	calm		Ma	Цинциус	1977	646
ry_la	*고용하다, 일하다.			Ma	Shirokogoroff	1944	51
[кylyhy	*고용하다, 임대하다			Ma	Shirokogoroff	1944	77
кylycy	*고용하다, 임대하다			Ma	Shirokogoroff	1944	77
наɪ(м'i	*고용하다.			Ma	Shirokogoroff	1944	88
тургундэ̄	*고용하다	hire		Ma	Цинциус	1977	219
наjмы̄	*고용하는 것	hire		Ma	Цинциус	1977	579

고을

puri	고을	town		K	강길운	1978	42
*Koβur	고을			K	강길운	1982ㄱ	180
kor	*골	village		K	金澤庄三郎	1910	10
koeur	*고을	village		K	金澤庄三郎	1910	9
kol	고을			K	김공칠	1989	10
kʌ-βʌl	고을			K	김사엽	1974	446
*kera	마을			K	박은용	1974	231
kki-rukkki-rukhä-	*고을	lieu		K	白鳥庫吉	1914ㄷ	316
tan	고을			K	송민	1966	22
koeur	고을			K	宋敏	1969	73
koul	고을			K	宋敏	1969	73
koïl	고을			K	宋敏	1969	73
kor	골	valley		K	이기문	1958	111
khor	고을			K	이병도	1956	9
*na : ^naw [欂] ~ Beckwith	*고을	province, prefecture		K	Christopher I.	2004	132
keu ol	*고을	city		K	Edkins, J	1895	409
koeur	*고을	village		K	Kanazawa, S	1910	7
kor	*골	village		K	Kanazawa, S	1910	8
gaša	마을			Ma	박은용	1974	231
kala	*고을	die gegend		Ma	白鳥庫吉	1914ㄷ	316
or	고을	town		Mo	강길운	1978	42
hoto	*고을	city		Mo	Edkins, J	1895	409
bor	고을	town		T	강길운	1978	42
kovuš	고을			T	강길운	1982ㄱ	180

표제어/어휘		의미	언어	저자	발간년도	쪽수
고장나다						
maŋgaji-	고장나다		K	강길운	1983ㄴ	125
[r?ajyнʼча	*고장난		Ma	Shirokogoroff	1944	52
обдов	*고장이 나다		Ma	Shirokogoroff	1944	97
hajўn-	*고장나다	break	Ma	Цинциус	1977	309
hyjam-	*고장나다	break	Ma	Цинциус	1977	337
ботйн-	*고장이 있다	be out of order	Ma	Цинциус	1977	97
고지						
koči	*고지[高地]	upland	K	G. J. Ramstedt	1949	127
kʼipaiм	*고지, 높은 곳 (언덕).		Ma	Shirokogoroff	1944	71
апунтүк	*고지대	high place	Ma	Цинциус	1977	47
고추						
고초	고추		K	이원진	1940	14
고초	고추		K	이원진	1951	14
rʼoo(1)	*고추	pepper	Ma	Цинциус	1977	160
фусэри	*고추	pepper	Ma	Цинциус	1977	304
чинӡʼó	*고추	pepper	Ma	Цинциус	1977	396
ху rʼōo	*고추	pepper	Ma	Цинциус	1977	475
고치						
ko-tʰi	고치		K	김사엽	1974	460
kotʼi	고치		K	박은용	1974	235
goci-	실뽑다		Ma	박은용	1974	235
고치다						
koč'l-	고치다		K	강길운	1983ㄴ	137
ko-tʰi	고치다		K	김사엽	1974	412
сагана	*고치다.		Ma	Shirokogoroff	1944	110
саңана	*고치다		Ma	Shirokogoroff	1944	111
уду	*고치다, 수선하다.		Ma	Shirokogoroff	1944	136
даса	*고치다, 치료하다		Ma	Shirokogoroff	1944	29
ц'акʼi	*고치다, 수정하다.		Ma	Shirokogoroff	1944	35
[liнкʼi	*고치다		Ma	Shirokogoroff	1944	80
номос	*고치다, 수리하다.		Ma	Shirokogoroff	1944	95
таку-	*고치다	repair	Ma	Цинциус	1977	155
ӡэуэт-/ч-	*고치다, 수리하다	repair	Ma	Цинциус	1977	282
ут-/ч-	*고치다	repare	Ma	Цинциус	1977	293
кала-	*고치다	rectify, correct, reform	Ma	Цинциус	1977	364
нэмэсин-	*고치다	fix	Ma	Цинциус	1977	622
고프다						
kol-phɔ	고프다	be empty	K	宋敏	1969	73
kophuda	*고프다	to be hungry	K	G. J. Ramstedt	1949	124
pä-kophuda	*배고프다	to be hungry	K	G. J. Ramstedt	1949	124
kophida	*고프다	to be hungry	K	G. J. Ramstedt	1949	124
kŏbdarul-	*굶주리게 하다	to famish	Ma	G. J. Ramstedt	1949	124
kŏw-daril-	*굶주리게 하다	to famish	Ma	G. J. Ramstedt	1949	124
öl	*고프다	wird sterben	Mo	G. J. Ramstedt	1939ㄴ	92

표제어/어휘		의미	언어	저자	발간년도	쪽수
고해						
kohai	고해		K	宋敏	1969	73
jōṝa	*고행자, 난행자	religious ascetic	Ma	Цинциус	1977	345
곡식						
neu-čeun kok-sik	*곡식		K	白鳥庫吉	1916ㄴ	324
i-run kök-sik	*곡식		K	白鳥庫吉	1916ㄴ	324
koptak	곡식		K	이숭녕	1956	177
kop-tak-či	곡식		K	이숭녕	1956	177
napurɛgi	*곡식		K	村山七郎	1963	27
napət	*곡식		K	村山七郎	1963	27
*miŋpar ~ ^miŋbuar [仍伐]	*곡식	grain	K	Christopher I. Beckwith	2004	131
ilegū tariyan	*곡식		Mo	白鳥庫吉	1916ㄴ	324
nunži tariyan	*곡식		Mo	白鳥庫吉	1916ㄴ	324
neunži	*곡식	enfent qui semble être touzours de même taille,	Mo	白鳥庫吉	1916ㄴ	324
곡조						
karak	곡조		K	강길운	1982ㄴ	20
kok-tjo	*곡조	a tune, an air	K	G. J. Ramstedt	1949	120
kok-tjo	*곡조	a tune, an air	K	G. J. Ramstedt	1949	120
kög	*곡조	a tune, a melody	Mo	G. J. Ramstedt	1949	120
kögǯi	*곡조	a tune, a melody	Mo	G. J. Ramstedt	1949	120
kög	*음악	tune, music	T	Poppe, N	1965	165
곤충						
kon-čhjuŋ	*곤충	crawling insects	K	G. J. Ramstedt	1949	123
haвaтāр'i	*곤충		Ma	Shirokogoroff	1944	55
[joн'	*곤충, 벌레		Ma	Shirokogoroff	1944	65
кум'iкal	*곤충.		Ma	Shirokogoroff	1944	77
чймэчйлдӯн	*곤충	insect	Ma	Цинциус	1977	395
кумикэн	*곤충	insect	Ma	Цинциус	1977	430
xoroxai	*곤충	ver, insect; en général poissons, amphibies	Mo	白鳥庫吉	1915ㄱ	17
xorxoj	*곤충	Wurm	Mo	白鳥庫吉	1915ㄱ	17
xoroxoj	*곤충	Wurm	Mo	白鳥庫吉	1915ㄱ	17
korkoi	*곤충	Wurm	Mo	白鳥庫吉	1915ㄱ	17
xorxoi	*곤충	Wurm	Mo	白鳥庫吉	1915ㄱ	17
kurd	*곤충	Wurm	T	白鳥庫吉	1915ㄱ	17
kurt	*곤충	der Wurm, die Made, Larve, Raupe, das Insekt	T	白鳥庫吉	1915ㄱ	17
kurtun	*곤충	Wurm	T	白鳥庫吉	1915ㄱ	17
qoŋuz	*기는 곤충	crawling insects, worms, beetle	T	G. J. Ramstedt	1949	123
qomuz	*기는 곤충	crawling insects, worms, beetle	T	G. J. Ramstedt	1949	123
곧						
iɯk'o	이윽고		K	강길운	1983ㄴ	110
iɯk'o	이윽고		K	강길운	1983ㄴ	118
inä	죽시		K	강길운	1983ㄴ	127
inä	이내		K	강길운	1983ㄴ	138

표제어/어휘		의미	언어	저자	발간년도	쪽수
iɯk'o	이윽고		K	강길운	1983ㄴ	138
kos	곧	just, exactly	K	宋敏	1969	73
kos	*곧	just, exactly	K	Aston	1879	27
kot	*곧	the sheath, case, shell, pod	K	G. J. Ramstedt	1949	127
kot	*곧	at once, immediately	K	G. J. Ramstedt	1949	127
турга	*곧, 빨리.		Ma	Shirokogoroff	1944	134
турган	*곧		Ma	Shirokogoroff	1944	134
тургун	*곧, 금방.		Ma	Shirokogoroff	1944	134
[тургандi	*곧.		Ma	Shirokogoroff	1944	134
[умухк'ат	*곧		Ma	Shirokogoroff	1944	142
9рдат	*곧, 지금, 당장.		Ma	Shirokogoroff	1944	45
[готуран	*곧, 빨리.		Ma	Shirokogoroff	1944	52
iчаксiмдак	*곧, 금방		Ma	Shirokogoroff	1944	57
iмакдар	*곧, 금방.		Ma	Shirokogoroff	1944	60
соп-п	*곧, 즉시	immediately	Ma	Цинциус	1977	112
таи	*곧, 바로	straight	Ma	Цинциус	1977	151
тас	*곧, 즉시	right away	Ma	Цинциус	1977	169
дартаj	*곧	soon	Ma	Цинциус	1977	200
чир сэмэ	*곧	soon	Ma	Цинциус	1977	400
чур	*곧 바로	straight	Ma	Цинциус	1977	416
нэ (3)	*곧, 즉각, 즉시	at once, instantly	Ma	Цинциус	1977	614
сибша	*곧, 잠시 後	soon	Ma	Цинциус	1977	74

곧다

na, nat	곧다		K	김공칠	1989	7
goda	곧다		K	김선기	1968ㄴ	24
kot-	곧다		K	박은용	1974	235
kot ta	*곧다	to be straight, to be perpendicular	K	白鳥庫吉	1915ㄱ	11
kot-	곧다	to be straight	K	이기문	1958	111
kot-	곧다	straight	K	이용주	1980	84
kodi	*곧이	rightly	K	G. J. Ramstedt	1949	127
kotčhiu	*곧추	upright, perpendicular	K	G. J. Ramstedt	1949	127
kotta	*곧다	to be straight, to be all right, to be in good ord	K	G. J. Ramstedt	1949	127
godo-	곧다		Ma	박은용	1974	235
godo-hon	곧은	straight, perpendicular	Ma	이기문	1958	111
[тонно	*곧은		Ma	Shirokogoroff	1944	130
[нунi	*곧은, 직선의.		Ma	Shirokogoroff	1944	96
бусимэ	*곧다	straight	Ma	Цинциус	1977	115
говiткӣ	*곧장, 똑바로, 솔직히	straight on	Ma	Цинциус	1977	157
гунмин	*곧다	straight	Ma	Цинциус	1977	173
тонно	*곧다	straight	Ma	Цинциус	1977	197
нэчин	*곧은, 일직선의	straight	Ma	Цинциус	1977	626
нуннэ	*곧은	straight	Ma	Цинциус	1977	666
чиʒihун	*곧은, 일직선의, 똑바로 선	straight	Ma	Цинциус	1977	79

곧추

kot-č'yu	*곧추	upright, perpendicular	K	白鳥庫吉	1915ㄱ	11
kotčhu	*곧추	upright, perpendicular	K	G. J. Ramstedt	1949	127
ɣйлоа-ɣйлоа	*곧추 서서	on end, upright	Ma	Цинциус	1977	151
лундэрг(ō⁻)	*곧추 서서	upright	Ma	Цинциус	1977	510
лумбулэ	*곧추 서서, 위로 뻗쳐	upright	Ma	Цинциус	1977	510

표제어/어휘	의미		언어	저자	발간년도	쪽수

골

표제어/어휘	의미		언어	저자	발간년도	쪽수
kor	골짜기		K	강길운	1982ㄴ	21
kor	골짜기		K	강길운	1982ㄴ	27
kor	*골		K	金澤庄三郎	1914	221
kor	*골		K	金澤庄三郎	1914	222
tɛn	골		K	김공칠	1989	9
kōl	골		K	김방한	1977	20
kōl	골		K	김방한	1978	18
kol	골		K	김사엽	1974	392
kōl	골짜기		K	김승곤	1984	243
골	谷		K	김용태	1990	10
kor	골		K	박은용	1974	224
kor	골짜기		K	宋敏	1969	73
kol	골짜기	valley	K	宋敏	1969	73
kol	골짜기		K	宋敏	1969	73
ton	골		K	유창균	1960	21
kor	골	a mountain valley, a furrow, a tile gutter in a ro	K	이기문	1958	112
kol	*골(계곡)		K	村山七郎	1963	31
kōl	*골[谷]	a valley, a street, a lane, a hollow	K	G. J. Ramstedt	1949	121
kōl	*골	valley, street	K	Poppe, N	1965	180
hulu	*골		Ma	金澤庄三郎	1914	222
holo	골		Ma	김용태	1990	10
holo	골		Ma	박은용	1974	224
holo	골	valley	Ma	이기문	1958	111
holo	골	a mountain valley, a furrow, a tile gutter in a ro	Ma	이기문	1958	112
kuile-ku	골	a last, a dress-model	Ma	이기문	1958	114
hulu	*골		Mo	金澤庄三郎	1914	221
gool	골	n'vev, valley, centre	Mo	김방한	1977	20
gool	골	river, vally, centre	Mo	김방한	1978	18
g°ol	*강	river, river valley, the centre, the centre of the	Mo	G. J. Ramstedt	1949	121
gool	*골	river, valley, centre	Mo	Poppe, N	1965	180
qol	골	river basin	T	김방한	1977	20
qol	*골	river basin	T	Poppe, N	1965	180

골내다

표제어/어휘	의미		언어	저자	발간년도	쪽수
kolnäda	*골내다	to become angry	K	G. J. Ramstedt	1949	121
kol	*골	anger	K	G. J. Ramstedt	1949	121
kol-k-kime	*골(/골 김에)	anger, passion, temper	K	G. J. Ramstedt	1949	121
kolläda	*골 나다	to become angry	K	G. J. Ramstedt	1949	121
koroda-	*골내다	to be angry	Ma	G. J. Ramstedt	1949	121
koron	*독약	poison	Ma	G. J. Ramstedt	1949	121
koron	*골	poison	Ma	G. J. Ramstedt	1949	121
korotu-	*화나게 하다	to irritate, to make angry	Ma	G. J. Ramstedt	1949	121
koroda-	*화나다	to be angry	Ma	G. J. Ramstedt	1949	121
qor	*골	poison, anger, pain	Mo	G. J. Ramstedt	1949	121
qorola	*고통을 주다	to poison, to give pain, to cause grief	Mo	G. J. Ramstedt	1949	121
qoron	*골	poison, anger, pain	Mo	G. J. Ramstedt	1949	121
qorus-	*고통받다	to hurt, to afflict, to feel pain, to be a poison	Mo	G. J. Ramstedt	1949	121

표제어/어휘		의미	언어	저자	발간년도	쪽수
qoroda-	*고통을 주다	to poison, to give pain, to cause grief	Mo	G. J. Ramstedt	1949	121

골다

koda	*고다[減]	to wither, to slacken, to become dry (the grass in	K	G. J. Ramstedt	1949	121
kolda	*고다(/골다)[減]	to wither, to slacken, to become dry (the grass in	K	G. J. Ramstedt	1949	121
kolda	*시들다	to wither, to slacken, to become dry, to shrivel	K	G. J. Ramstedt	1949	121
olgī-	*건조하다	to dry	Ma	G. J. Ramstedt	1949	122
olgo-	*건조하게 되다	to be dry, to become dry	Ma	G. J. Ramstedt	1949	122
olgon	*건조한	dried, dry	Ma	G. J. Ramstedt	1949	122
olχon	*건조한	dried, dry	Ma	G. J. Ramstedt	1949	122
quruɣ	*마른잎	dry	T	G. J. Ramstedt	1949	122
qur-	*마르다	to become dry	T	G. J. Ramstedt	1949	122

골수

kor	골수		K	강길운	1981ㄴ	5
уман	*골수		Ma	Shirokogoroff	1944	141
[умін	*골수		Ma	Shirokogoroff	1944	142
уӈг?он	*골수		Ma	Shirokogoroff	1944	143
абсалан	*골수가 들어있는 뼈	marrowbone	Ma	Цинциус	1977	6

골짜기

tan	골짜기		K	강길운	1979	9
kappi/kap	골짜기		K	김공칠	1989	19
tʌn	골짜기		K	김사엽	1974	426
kolt'a	*골짜기	valley paddy-field	K	白鳥庫吉	1914ㄷ	320
kol	*골짜기	vallem habeus	K	白鳥庫吉	1914ㄷ	321
kol	골짜기		K	숭민	1965	43
kōl	골짜기		K	숭민	1966	22
t'ən	골짜기		K	辛 容泰	1987	140
tuən	골짜기		K	辛 容泰	1987	140
且	골짜기		K	辛 容泰	1987	140
頓	골짜기		K	辛 容泰	1987	140
呑	골짜기		K	辛 容泰	1987	140
tan	골짜기		K	辛 容泰	1987	140
甲	골짜기		K	辛 容泰	1987	141
t'ən	골짜기		K	辛 容泰	1987	141
呑	골짜기		K	辛 容泰	1987	141
tan	골짜기		K	辛 容泰	1987	141
且	골짜기		K	辛 容泰	1987	141
頓	골짜기		K	辛 容泰	1987	141
tuən	골짜기		K	辛 容泰	1987	141
且 tan	골짜기		K	이근수	1982	17
köl	골짜기		K	이숭녕	1956	99
kol	골짜기		K	이숭녕	1956	99
*tan : ^tan [且] ~ ^t ͯ ən[頓] ~ ^t ͪ ən	*골짜기	valley	K	Christopher I. Beckwith	2004	136
kōl	*골짜기	a valley, a street, a lane, a hallow	K	G. J. Ramstedt	1949	121
kōrä	*골짜기[谷]	valley, dale	K	G. J. Ramstedt	1949	125

표제어/어휘		의미	언어	저자	발간년도	쪽수
kō-rjē	*고래[谷]	ancient ceremonies	K	G. J. Ramstedt	1949	126
kura	*골짜기	valley	K	Martin, S. E.	1966	202
kura	*골짜기	valley	K	Martin, S. E.	1966	209
kura	*골짜기	valley	K	Martin, S. E.	1966	217
kura	*골짜기	valley	K	Martin, S. E.	1966	223
tan	모래톱		Ma	강길운	1979	9
xolo	골짜기,물길,고랑		Ma	김승곤	1984	243
koloi	골짜기,물길,고랑		Ma	김승곤	1984	243
golo	골짜기		Ma	김승곤	1984	243
holo	골짜기		Ma	송민	1966	22
Holo	골짜기		Ma	이명섭	1962	5
golo	*골짜기	dale between two mauntains, the land between two r	Ma	G. J. Ramstedt	1949	121
koloi	*골짜기	valley, channel, ditch	Ma	G. J. Ramstedt	1949	125
xolo	*골짜기	valley, channel, ditch	Ma	G. J. Ramstedt	1949	125
c'iлki	*골짜기		Ma	Shirokogoroff	1944	115
туккуэ	*골짜기	ravine	Ma	Цинциус	1977	207
элэн	*골짜기	gorge	Ma	Цинциус	1977	30
gol	골짜기		Mo	김승곤	1984	243
gool	골짜기		Mo	김승곤	1984	243
gōl	*골짜기	die niederung	Mo	白鳥庫吉	1914ㄷ	289
xurāga	*골짜기	der bach	Mo	白鳥庫吉	1914ㄷ	289
xugurnap	*골짜기	faire des moule	Mo	白鳥庫吉	1914ㄷ	320
kakaлenam	*골짜기	moule	Mo	白鳥庫吉	1914ㄷ	320
xagarnap	*골짜기	thal	Mo	白鳥庫吉	1914ㄷ	320
xaxarnap	*골짜기	thal	Mo	白鳥庫吉	1914ㄷ	320
xoxolnap	*골짜기	a block on which caps are made	Mo	白鳥庫吉	1914ㄷ	320
xoxornap	*골짜기	a broad open valley between mountains	Mo	白鳥庫吉	1914ㄷ	320
g‹ol	*강의 골짜기	river, river valley	Mo	G. J. Ramstedt	1949	121
gool	*강의 골짜기	river, river valley	Mo	G. J. Ramstedt	1949	121
xōlå	*협곡	gorge, throat, a narrow passage or valley between	Mo	G. J. Ramstedt	1949	125
kagla	*골짜기	moule	T	白鳥庫吉	1914ㄷ	320
kol	*골짜기	vallis	T	白鳥庫吉	1914ㄷ	321

골풀

kor	골풀		K	박은용	1974	239
gur-	골풀		Ma	박은용	1974	239

곰

koma	곰	bear	K	강길운	1978	41
koma	곰		K	강길운	1982ㄴ	26
곰	곰		K	권덕규	1923ㄴ	128
kom	*곰	bear	K	金澤庄三郞	1910	10
kongmok	곰		K	김공칠	1989	19
komi	곰		K	김공칠	1989	6
koma	곰		K	김방한	1980	13
kumuk	곰		K	김방한	1980	13
kom	곰		K	김사엽	1974	451
kom	*곰		K	大野晋	1975	52
nɔ-p'ɛŋ-i	곰		K	박은용	1974	113
nɔ-p'e	곰		K	박은용	1974	113

표제어/어휘	의미		언어	저자	발간년도	쪽수
koma	곰		K	송민	1965	43
koŋ	곰		K	송민	1966	22
koma	곰		K	송민	1966	22
kōm	곰		K	송민	1973	55
kom	곰	the bear	K	宋敏	1969	73
kom	곰	bear	K	宋敏	1969	73
kom	곰		K	宋敏	1969	73
kom	곰		K	유창균	1960	21
kom	곰	bear	K	이기문	1963	102
kom	*곰		K	長田夏樹	1966	115
kungmu	*곰		K	村山七郎	1963	27
kom	*곰		K	村山七郎	1963	27
*kəwm : ^kəwŋ(m)-	*곰	a bear	K	Aston	1879	22
		bear	K	Christopher I. Beckwith	2004	124
kōm	*곰	bear	K	G. J. Ramstedt	1926	27
kōm	*곰	Bär	K	G. J. Ramstedt	1939ㄱ	485
kōm	*곰	the bear	K	G. J. Ramstedt	1949	122
kom	*곰	bear	K	Kanazawa, S	1910	8
kuma	*곰	bear	K	Martin, S. E.	1966	201
kuma	*곰	bear	K	Martin, S. E.	1966	202
kuma	*곰	bear	K	Martin, S. E.	1966	217
kuma	*곰	bear	K	Martin, S. E.	1966	223
kūwa	곰	bear	Ma	강길운	1978	41
lefu	곰		Ma	김선기	1976ㄱ	327
lefu	곰		Ma	박은용	1974	113
kuma	곰	the great sel	Ma	송민	1966	22
атіркан,га	*곰		Ma	Shirokogoroff	1944	11
атірку	*곰		Ma	Shirokogoroff	1944	11
сагдікікан	*곰		Ma	Shirokogoroff	1944	110
[сäпуäку	*곰		Ma	Shirokogoroff	1944	111
соптаран	*곰		Ma	Shirokogoroff	1944	118
бакаја	곰.		Ma	Shirokogoroff	1944	13
вāгана, wагана	*곰		Ma	Shirokogoroff	1944	148
агакакун	*곰		Ma	Shirokogoroff	1944	2
[дер'ікан	*곰		Ma	Shirokogoroff	1944	30
[амаха	*곰		Ma	Shirokogoroff	1944	6
коӈнор'јо	*곰		Ma	Shirokogoroff	1944	74
[коӈнора	*곰		Ma	Shirokogoroff	1944	74
ман'і	*곰		Ma	Shirokogoroff	1944	82
модуе	*곰		Ma	Shirokogoroff	1944	84
н'уката	*곰		Ma	Shirokogoroff	1944	96
соӈго	*곰고기	bear's meat	Ma	Цинциус	1977	111
галга	*곰	bear	Ma	Цинциус	1977	138
гојӂима	*곰	bear	Ma	Цинциус	1977	158
тӣлэ	*곰	bear	Ma	Цинциус	1977	181
тэри	*곰 가죽	family of bear	Ma	Цинциус	1977	202
дӣлтӭр	*곰	bear	Ma	Цинциус	1977	207
дичи-	*곰과 놀다	play with a bear	Ma	Цинциус	1977	209
дэрикэн	*곰	bear	Ma	Цинциус	1977	237
удувэн	*개미 잡아 먹는 곰	ant-bear	Ma	Цинциус	1977	248
уӈгули	*곰	bear	Ma	Цинциус	1977	251
уксукэ	*곰	bear	Ma	Цинциус	1977	254
ӡэлэј	*곰	bear	Ma	Цинциус	1977	284

표제어/어휘	의미		언어	저자	발간년도	쪽수
hомо̄тй	*곰	bear	Ma	Цинциус	1977	332
hумэj	*곰	bear	Ma	Цинциус	1977	347
hэпэтэ	*곰	bear	Ma	Цинциус	1977	368
қобъ̆лан	*곰	bear	Ma	Цинциус	1977	402
корко	*곰	bear	Ma	Цинциус	1977	415
кӗлэӈэ	*곰	bear	Ma	Цинциус	1977	420
посел	*곰	bear	Ma	Цинциус	1977	42
по̄ти	*곰의 일종	kind of a bear	Ma	Цинциус	1977	42
ку̇ӊамду̇	*곰	bear	Ma	Цинциус	1977	433
куӈку	*곰	bear	Ma	Цинциус	1977	433
кути	*곰	bear	Ma	Цинциус	1977	440
кэ̄ки	*곰	bear	Ma	Цинциус	1977	445
хаjан	*곰 새끼	bear	Ma	Цинциус	1977	458
хеjегда	*곰의	bear	Ma	Цинциус	1977	465
хогдоу̇ ӡасйн	*곰	bear	Ma	Цинциус	1977	467
мэ̄мэчэ	*곰	bear	Ma	Цинциус	1977	568
накита	*곰 가죽	bear skin	Ma	Цинциус	1977	579
ӊамэнди	*곰	bear	Ma	Цинциус	1977	657
сē	*곰	bear	Ma	Цинциус	1977	69
сйӡ \ a	*곰의 새끼	bear cub	Ma	Цинциус	1977	79
udege	곰		Mo	김선기	1976ㄱ	327
ayū	*곰	bear	Mo	Poppe, N	1965	159
ihe	곰		T	김선기	1976ㄱ	327
kara	*곰	schwarzspecht	T	白鳥庫吉	1914ㄷ	310
ayu	*곰	bear	T	Poppe, N	1965	159

곰팡이

kom	곰팡이		K	강길운	1982ㄴ	19
kom	곰팡이		K	강길운	1982ㄴ	27
kom(p'ang)	곰팡이		K	김공칠	1989	11
kom	곰팡이		K	김사엽	1974	460
kom	곰팡이	phangi	K	宋敏	1969	73
kom	*곰팡이		K	長田夏樹	1966	115
kom	*곰팡이		K	長田夏樹	1966	116
kwɔmbyi	*곰팡이	mildew	K	Martin, S. E.	1966	200
kwɔmbyi	*곰팡이	mildew	K	Martin, S. E.	1966	202
kwɔmbyi	*곰팡이	mildew	K	Martin, S. E.	1966	213
kwɔmbyi	*곰팡이	mildew	K	Martin, S. E.	1966	216
hуӊна	*곰팡이	mold	Ma	Цинциус	1977	349
нинчун	*곰팡이가 나는	musty, mouldy	Ma	Цинциус	1977	598
ӈйла-	*곰팡나다	mould	Ma	Цинциус	1977	661

곱

kop	곱		K	김승곤	1984	243
kop-čjęl	*곱절[倍]	as much again, the double	K	G. J. Ramstedt	1949	124
kop	*곱[倍]	as much again, (so many) times	K	G. J. Ramstedt	1949	124
qop	곱		T	김승곤	1984	243
kopytys	*두손	both hands, double handful	T	G. J. Ramstedt	1949	124

곱다

kob-	곱다		K	강길운	1981ㄱ	33
ari'-tab-	곱다		K	강길운	1981ㄴ	7

표제어/어휘	의미		언어	저자	발간년도	쪽수
sʼok	곱다		K	강길운	1983ㄱ	31
sir	곱다		K	강길운	1983ㄱ	31
kob	곱다		K	강길운	1983ㄴ	115
곱	곱다		K	권덕규	1923ㄴ	128
kop	*곱다	fair, beautiful	K	金澤庄三郎	1910	10
kop	*곱다	fair;fine	K	金澤庄三郎	1910	19
kop	*곱다	fair;fine	K	金澤庄三郎	1910	9
kop	*곱다		K	金澤庄三郎	1914	220
kop	*곱다		K	金澤庄三郎	1914	221
kop	곱다		K	김사엽	1974	452
ko-	곱다		K	박은용	1974	224
kop-	곱다		K	송민	1973	52
kop-	곱다		K	송민	1973	55
kŏpta	*곱다[麗]	to be pretty, to be beautiful	K	G. J. Ramstedt	1949	124
kopta	*곱다[麗]	to be smooth	K	G. J. Ramstedt	1949	124
kop	*곱다	fair;fine	K	Kanazawa, S	1910	15
kop	*곱다	fair;fine	K	Kanazawa, S	1910	7
kop	*곱다	fair, beautiful	K	Kanazawa, S	1910	8
kop-	*곱다	love	K	Martin, S. E.	1966	199
kop-	*곱다	love	K	Martin, S. E.	1966	202
kop-	*곱다	love	K	Martin, S. E.	1966	218
Guwa	곱다		Ma	권덕규	1923ㄴ	128
hojo-	곱다		Ma	박은용	1974	224
Guwa	곱다		Ma	이명섭	1962	5
kowa	곱다		Mo	金澤庄三郎	1914	220
huwa	곱다		Mo	金澤庄三郎	1914	221
kõas	*예쁜	beautiful, pretty	T	G. J. Ramstedt	1949	124

곳

표제어/어휘	의미		언어	저자	발간년도	쪽수
kod	곳		K	강길운	1982ㄴ	21
kod	곳		K	강길운	1982ㄴ	27
pa	곳		K	金澤庄三郎	1914	221
kot	곳		K	김계원	1967	17
kot	곳		K	김공칠	1989	15
tʌ	곳		K	김사엽	1974	417
kos	곳		K	김사엽	1974	449
kos	곳		K	김사엽	1974	466
pa	곳		K	文和政		177
	곳		K	박은용	1975	54
kot	*곳	a place, a spot	K	白鳥庫吉	1915ㄱ	9
kos	가	place	K	宋敏	1969	71
kot	곳		K	宋敏	1969	74
kot	곳	place	K	宋敏	1969	74
kot	곳	a place, a locality	K	이기문	1958	113
bara	곳		K	이기문	1971	432
kot(d)	곳		K	이숭녕	1956	104
kot(d)	곳		K	이숭녕	1956	125
kos	*곳	place	K	Aston	1879	27
got	*곳	thing	K	Edkins, J	1895	409
kot	*곳[所]	place, locality, site	K	G. J. Ramstedt	1949	127
txe	*곳	place	K	Martin, S. E.	1966	204
txexe	*곳	place	K	Martin, S. E.	1966	204
to	*곳	place	K	Martin, S. E.	1966	205

표제어/어휘		의미	언어	저자	발간년도	쪽수
txe	*곳	place	K	Martin, S. E.	1966	205
txe	*곳	place	K	Martin, S. E.	1966	214
txexe	*곳	place	K	Martin, S. E.	1966	214
pa	*곳		Ma	金澤庄三郎	1914	222
buga	곳		Ma	이기문	1971	432
bua	곳		Ma	이기문	1971	432
ba	곳		Ma	이기문	1971	432
кilepa бya	*곳, 장소.		Ma	Shirokogoroff	1944	71
pa	*곳		Mo	金澤庄三郎	1914	221
qota	주거지	inhabited place, town, city	Mo	이기문	1958	113
qotan	주거지	inhabited place, town, city	Mo	이기문	1958	113
hereg	*곳	thing	Mo	Edkins, J	1895	409
ku	*곳	a place	Mo	Johannes Rahder	1959	31

공

kōŋ	*공	a ball	K	G. J. Ramstedt	1949	124
такқаптỳ	*공	ball	Ma	Цинциус	1977	154
пақа(н-)	*공	ball	Ma	Цинциус	1977	31
чумбуктэ	*공	ball	Ma	Цинциус	1977	414
хин'эвкэн	*공	ball	Ma	Цинциус	1977	466
мумуху	*공	ball	Ma	Цинциус	1977	556
коŋtoB	*공	a ball	Mo	G. J. Ramstedt	1949	124
коntoB	*공	a ball	Mo	G. J. Ramstedt	1949	124

공(空)

kōlda	*골다[空]	to be empty	K	G. J. Ramstedt	1949	123
koŋ	*공[空]	an empty thing, what costs nothings, zero	K	G. J. Ramstedt	1949	123
koŋa	*빈	empty, hollow	Ma	G. J. Ramstedt	1949	123
koŋdo	*빈	empty, hollow	Ma	G. J. Ramstedt	1949	123

공동

koŋ	*공[公]	a duke, an ancient degree of nobility; a title of	K	G. J. Ramstedt	1949	123
koŋki	*공동	a cavity, a hollowness	Ma	G. J. Ramstedt	1949	123
ниру (1)	공동(空洞)	hollow, cavity	Ma	Цинциус	1977	600

공주

koŋǯu	*공주[公主]	the King's daughter, the Emperor's daughter	K	G. J. Ramstedt	1949	124
koŋčui	*공주[公主]	princess, lady	K	G. J. Ramstedt	1949	124
с'анǯу	*공주	princess	Ma	Цинциус	1977	61
qončui	*공주	the princess	T	G. J. Ramstedt	1949	124
qunčuy	*공주	princess	T	Poppe, N	1965	165

곳

kuč	곳		K	김완진	1965	83
koč	곳		K	송민	1965	43
суǯэн	*곳, 갑(岬)	cape	Ma	Цинциус	1977	120
тусэхэ	*곳	cape	Ma	Цинциус	1977	223
шуликā	*곳	cape	Ma	Цинциус	1977	429

표제어/어휘		의미	언어	저자	발간년도	쪽수

과거

kɯje	그제		K	강길운	1983ㄴ	118
nyəp'	옛		K	강길운	1983ㄴ	130
arä	요전에		K	강길운	1983ㄴ	133
-다-	과거		K	강길운	1987	12
-더-	과거		K	강길운	1987	12
ʒидагā	*과거	the past	Ma	Цинциус	1977	256
kicä	*과거	past	T	Johannes Rahder	1959	45

과녁

kwan-hjək	과녁		K	김사엽	1974	478
[тур̌к'ı	*과녁에 명중하다.		Ma	Shirokogoroff	1944	134
таткй-	*과녁에 맞다	hit the target	Ma	Цинциус	1977	171
тимй-	*과녁에 맞다	hit the target	Ma	Цинциус	1977	182
тоjōн	*과녁	target	Ma	Цинциус	1977	191
аja-	*과녁을 세우다	stand a target	Ma	Цинциус	1977	20
уда	*과녁	target	Ma	Цинциус	1977	248

과일

jerɯm	*과일	fruit	K	강영봉	1991	9
туб'іre	*과일		Ma	Shirokogoroff	1944	132
улури	*과일명	name of a fruit	Ma	Цинциус	1977	264
фафаха	*과일명	name of a fruit	Ma	Цинциус	1977	299
фубисэ	*과일명	name of a fruit	Ma	Цинциус	1977	301
пуданаj	*과일 일종의 총칭	kind of a fruit	Ma	Цинциус	1977	42
намгин	*과일 하나의 총칭	a name of a fruit	Ma	Цинциус	1977	581

관

*kobor	관	coffin	K	이기문	1958	112
kor	관	coffin	K	이기문	1958	112
^aip [押]	*관	tube	K	Christopher I. Beckwith	2004	121
habo	안쪽 관	inner coffin	Ma	이기문	1958	112
habor-ho	바깥쪽 관	outer coffin	Ma	이기문	1958	112
[гаʜса	*관, 파이프, 도관.		Ma	Shirokogoroff	1944	47
ʒусхэ	*관(管)	lengths, strings	Ma	Цинциус	1977	278
kōрчак	*관	coffin	Ma	Цинциус	1977	416
хаy	*관	coffin	Ma	Цинциус	1977	464
хобо	*관	coffin	Ma	Цинциус	1977	467
саpʐо	*관(管)	pipe	Ma	Цинциус	1977	65

관(冠)

ma-heu-rai	*관		K	白鳥庫吉	1915ㄱ	25
máxhala	*관	Hut	Ma	白鳥庫吉	1915ㄱ	25
mâ-hī-lâh	*관	Hut	Ma	白鳥庫吉	1915ㄱ	25
mahala	*관	Wintermütze	Ma	白鳥庫吉	1915ㄱ	25
mághala	*관	Hut	Ma	白鳥庫吉	1915ㄱ	25
maghalá	*관	Hut	Ma	白鳥庫吉	1915ㄱ	25
máxala	*관	Hut	Mo	白鳥庫吉	1915ㄱ	25
malgaj	*관	Hut	Mo	白鳥庫吉	1915ㄱ	25
malagaj	*관	Hut	Mo	白鳥庫吉	1915ㄱ	25

표제어/어휘	의미		언어	저자	발간년도	쪽수
mághala	*관	Hut	Mo	白鳥庫吉	1915ㄱ	25

관장하다

keze	관장하다		K	박은용	1974	211
kada	관장하다		Ma	박은용	1974	211

관형사형

-r	관형사형어미		K	강길운	1987	6
-r	관형사형어미		T	강길운	1987	6
-n	관형사형		K	강길운	1987	7
-Vr	관형사형어미		T	강길운	1987	6
-n	관형사형		T	강길운	1987	7

광채

kă-ăm	*광채	glanz	K	白鳥庫吉	1914ㄷ	287
galga oho	*광채	glanz	Ma	白鳥庫吉	1914ㄷ	287
gereke	*광채	glanz	Ma	白鳥庫吉	1914ㄷ	287
kemžigür	*광채	glanz	Mo	白鳥庫吉	1914ㄷ	287
kem	*광채	to clear off-as the weather	Mo	白鳥庫吉	1914ㄷ	287

괘자

k'u-ri-mɛ	괘자		K	박은용	1974	111
ku-ru-mɛ	괘자		K	박은용	1974	111
k'u-ru-mɛ	괘자		K	박은용	1974	111
k'u-ru-mɛ-gi	괘자		K	박은용	1974	111
k'ul-lu-mɛ	괘자		K	박은용	1974	111
hu-ru-m	괘자		K	박은용	1974	111
kurume	괘자		Ma	박은용	1974	111

괴다

kö-	괴다		K	강길운	1983ㄴ	116
kö-	괴다		K	강길운	1983ㄴ	116
kʌp	괴다		K	김사엽	1974	425
koi-	아끼다		K	박은용	1974	237
kö	졸아들다	boil down, distil	K	宋敏	1969	74
koy	사랑하다	be loved	K	宋敏	1969	74
köida	*괴다	to ferment	K	G. J. Ramstedt	1949	120
koi-i-da	*괴다	to ferment	K	G. J. Ramstedt	1949	120
gosi-	아끼다		Ma	박은용	1974	237
χ<¯ö>rməG	*거품음료	a foaming drink	Mo	G. J. Ramstedt	1949	120

괴이다

köida	*괴이다	to ferment	K	G. J. Ramstedt	1949	120
koi-i-da	*괴이다	to ferment	K	G. J. Ramstedt	1949	120
*qoji-ra	*거품이 이는 음료		Mo	G. J. Ramstedt	1949	120
χōrməg	*거품이 이는 음료		Mo	G. J. Ramstedt	1949	120

교환하다

kos.<i˘>ĭ.	교환하다		K	김완진	1957	259
ӡуγӭт-/ч-	*교환하다	exchange	Ma	Цинциус	1977	270

표제어/어휘		의미	언어	저자	발간년도	쪽수

구

ku-	*구[口]	to say with feelings of ho	K	G. J. Ramstedt	1949	127
gu-ldi-	*논의하다	to discuss, to talk over together	Ma	G. J. Ramstedt	1949	128
kŭr	*말	word, talk	Mo	G. J. Ramstedt	1949	128
kŭn	*말	word, talk	Mo	G. J. Ramstedt	1949	128
kŭnde-	*말하다	to talk, to discuss	Mo	G. J. Ramstedt	1949	128
kŭneldü-	*논의하다	to discuss	Mo	G. J. Ramstedt	1949	128

구(九)

*doku	구		K	강길운	1979	9
ahu	아홉		K	박시인	1970	95
jəɣин	*구	nine	Ma	Цинциус	1977	352
унмі	*9월, 손등.		Ma	Shirokogoroff	1944	144
бог?'іні	*9월.		Ma	Shirokogoroff	1944	16
h'ipá	*9-10개월 된 큰 사슴.		Ma	Shirokogoroff	1944	55
jer?'ін, jejiн, jeriн, *아홉. ijeriн, д'уɣін			Ma	Shirokogoroff	1944	65
jer'iч'i	*9번째의		Ma	Shirokogoroff	1944	65
унму	*9월	September	Ma	Цинциус	1977	274
ниjpa	*9월	november	Ma	Цинциус	1977	590
dokuz	구		T	강길운	1979	9
tăkhăr	구		T	최학근	1959ㄱ	46
toquz	*구(아홉)	nine	T	Poppe, N	1965	33
tăxxăr	*구(아홉)	nine	T	Poppe, N	1965	33

구경하다

| kugjəŋ | 景致를 흥미롭게 보는 일 | | K | 이규창 | 1979 | 19 |
| улдэ- | *구경하다 | view | Ma | Цинциус | 1977 | 260 |

구구

| kuku | 닭부르는 소리 | | K | 박은용 | 1974 | 238 |
| gugu | 닭부르는 소리 | | Ma | 박은용 | 1974 | 238 |

구김살

kugjimssal	*구김살	a wrinkle, a crumple	K	G. J. Ramstedt	1949	128
kukurę	*말린고기	dried meat	Ma	G. J. Ramstedt	1949	128
kukurę-	*고기를 말리다	to dry meat	Ma	G. J. Ramstedt	1949	128

구더기

kudegi	구더기		K	이숭녕	1956	178
kudŏgi	*구더기	Wurm	K	Andre Eckardt	1966	233
kŭidęgi	*구더기	a gnat, a mosquito	K	G. J. Ramstedt	1949	129
сэкки	*구더기	worm	Ma	Цинциус	1977	138
чириңэ	*구더기	grub	Ma	Цинциус	1977	400
пэнтэ	*구더기	worm	Ma	Цинциус	1977	47
kуlікан	*구더기, 유충.		Ma	Shirokogoroff	1944	76

구두

| ku-tu | 구두 | | K | 김사엽 | 1974 | 452 |
| ku-du | 구두 | | K | 김승곤 | 1984 | 244 |

표제어/어휘		의미	언어	저자	발간년도	쪽수
kus.<i˘>	구두		K	김완진	1957	260
kudu	구두	botte, chaussure	K	宋敏	1969	74
kussi̥	*구쓰	shoes	K	G. J. Ramstedt	1949	128
kudu	*구두	shoes	K	G. J. Ramstedt	1949	128
kussi̥	*구쓰	foreign shoes	K	G. J. Ramstedt	1949	132
gulxa	구두		Ma	김승곤	1984	244
gulχa	*구두	boots	Ma	G. J. Ramstedt	1949	128
hahjy̆k	*구두	shoe	Ma	Цинциус	1977	319
пачи	*구두	shoes	Ma	Цинциус	1977	36
пондо	*구두	shoes	Ma	Цинциус	1977	41
gosn̥	구두		Mo	김승곤	1984	244
gotohoŋ	구두		Mo	김승곤	1984	244
gutusun	구두		Mo	김승곤	1984	244
gutul	구두		Mo	김승곤	1984	244
gotal	구두		Mo	김승곤	1984	244
gosn̥	*구두	boots	Mo	G. J. Ramstedt	1949	128

구럭

kurök	구럭		K	이숭녕	1956	137
ton-gurẹgi	*똥구러기	a purse-proud	K	G. J. Ramstedt	1949	131
anǯiŋgurē	*앉은구러	a cripple, a lame one, etc.	K	G. J. Ramstedt	1949	131
kẹp-kurẹgi	*겁꾸러기	a coward, a poltroon	K	G. J. Ramstedt	1949	131
pap-kurẹgi	*밥꾸러기	a glutton	K	G. J. Ramstedt	1949	131
pirẹŋgurē	*비렁구러	a beggar	K	G. J. Ramstedt	1949	131
pirẹŋgurẹgi	*비렁구러기	a beggar	K	G. J. Ramstedt	1949	131
kurẹgi	*구러기	a sack, a bag	K	G. J. Ramstedt	1949	131
kurgẹ	*고함소리	the bellows	Ma	G. J. Ramstedt	1949	131
ŋkurā	*동식물명 어미	ending in names of plants and also of some animals	Ma	G. J. Ramstedt	1949	131

구렁

kuröng	*구렁	hollow	K	金澤庄三郞	1910	10
kö-ri	*구렁	valley paddy-field	K	白鳥庫吉	1914ㄷ	320
kulhöng	구렁		K	宋敏	1969	74
kuröng	구렁		K	宋敏	1969	74
kurxeň	*이랑		K	長田夏樹	1966	114
kuröng	*구렁	hollow	K	Kanazawa, S	1910	8
xolo	*이랑		Ma	長田夏樹	1966	114
kebkegür	*구렁	winkel	Mo	白鳥庫吉	1914ㄷ	321

구렁말

kul-höng măl	*구렁말		K	白鳥庫吉	1915ㄱ	14
ku-le mo-rin	*구렁말		Ma	白鳥庫吉	1915ㄱ	14

구렁이

ku-ləŋ-i	구렁이		K	김사엽	1974	452
kul höng-i	*구렁이	a serpent Trigonocephalus Bloomhoffi	K	白鳥庫吉	1915ㄱ	17
ku-röng-i	*구렁이	a serpent Trigonocephalus Bloomhoffi	K	白鳥庫吉	1915ㄱ	17
kureñi	구렁이	snake	K	이용주	1980	100
*küli	구렁이	snake	K	이용주	1980	100

표제어/어휘		의미	언어	저자	발간년도	쪽수
ŋiŋ-guri	*능구리	a yellow spotted serpent	K	G. J. Ramstedt	1949	132
ŋiŋgureŋi	*능구렁이	a yellow spotted serpent	K	G. J. Ramstedt	1949	132
kureŋi	*구렁이	a serpent - the Trigonocephalus Bloomhoffii	K	G. J. Ramstedt	1949	132
kulin	*거머리	a worm, a leech	Ma	G. J. Ramstedt	1949	132
kulikān	*거머리	a worm, a leech	Ma	G. J. Ramstedt	1949	132
kuli	*뱀	a snake, a serpent	Ma	G. J. Ramstedt	1949	132

구르다

kur-	구르다		K	강길운	1981ㄴ	9
kur-	구르다		K	강길운	1982ㄴ	18
kur-	구르다		K	강길운	1982ㄴ	27
kul-, kuru	구르다	to roll	K	김공칠	1989	16
kĭ-ul-ĭ	구르다		K	김사엽	1974	446
kur	구르다		K	박은용	1974	215
kur-	구르다		K	박은용	1974	238
kul-	*구르다	rollen	K	Andre Eckardt	1966	233
kuṛida	*구르다	to stamp with the foot, to strike the foot on the	K	G. J. Ramstedt	1949	132
kur	구르다		Ma	박은용	1974	215
guri-	구르다		Ma	박은용	1974	238
xideri	구르다		Ma	白鳥庫吉	1914ㄷ	326
омкар'i	*구르다, 뒹굴다.		Ma	Shirokogoroff	1944	102
moxoŕenap	*구르다	rollen	Mo	白鳥庫吉	1915ㄱ	37
mukurnam	*구르다	rollen	Mo	白鳥庫吉	1915ㄱ	37
moxarnap	*구르다	rollen	Mo	白鳥庫吉	1915ㄱ	37

구름

kurum	구름		K	강길운	1981ㄴ	5
huri-	흐리다		K	강길운	1982ㄴ	18
kuru-m	구름		K	강길운	1982ㄴ	18
huri-	흐리다		K	강길운	1982ㄴ	27
kurum	구름		K	강길운	1982ㄴ	27
kuru-m	구름		K	강길운	1982ㄴ	35
huri-	흐리다		K	강길운	1982ㄴ	35
kurum	구름		K	강길운	1982ㄴ	37
kurwm	*구름	cloud	K	강영봉	1991	8
kurăm	*구름	cloud	K	金澤庄三郎	1910	10
kurum	구름		K	김공칠	1988	198
kulïm	구름	colud(of weather)	K	김동소	1972	137
kulum-	구름	colud(of weather)	K	김동소	1972	137
ku-lom	구름		K	김사엽	1974	451
gurum	구름	cloud	K	김선기	1968ㄱ	29
구룸	구름		K	김선기	1976ㄹ	330
kurăm	구름		K	宋敏	1969	74
kuram	구름		K	宋敏	1969	74
kurum	구름		K	宋敏	1969	74
kulɔm	구름	claud	K	宋敏	1969	74
kurum	구름	cloud	K	이용주	1980	101
kŭtum	구름	cloud	K	이용주	1980	81
kurym	*구름	clould	K	長田夏樹	1966	83
kurum	*구름		K	Arraisso	1896	21
kuṛim	*구름[雲]	cloud	K	G. J. Ramstedt	1949	132

표제어/어휘		의미	언어	저자	발간년도	쪽수
kuṛim-kkin	*구름[雲]	cloudy	K	G. J. Ramstedt	1949	132
kurăm	*구름	cloud	K	Kanazawa, S	1910	8
kulmo	*구름	cloud	K	Martin, S. E.	1966	201
kulmo	*구름	cloud	K	Martin, S. E.	1966	202
kulmo	*구름	cloud	K	Martin, S. E.	1966	211
kulmo	*구름	cloud	K	Martin, S. E.	1966	217
kulmo	*구름	cloud	K	Martin, S. E.	1966	223
kulmo	*구름	cloud	K	Martin, S. E.	1966	225
tugi	구름	colud(of weather)	Ma	김동소	1972	137
[тӗгач'ilȋкан	*구름에 덮인, 흐린.		Ma	Shirokogoroff	1944	125
[тӯгачȋн	*구름.		Ma	Shirokogoroff	1944	132
тӯксу, туксӧ	*구름		Ma	Цинциус	1977	208
тӯксу	*구름	cloud	Ma	Цинциус	1977	651
н'эктэ	*구름	cloud	Ma	Цинциус	1977	418
egyle	구름	cloud	Mo	김선기	1968ㄱ	29
egule	구름		Mo	김선기	1976ㄹ	330
bulut	구름		T	김선기	1976ㄹ	331
kara	*구름	bär	T	白鳥庫吉	1914ㄷ	310

구릉

*käma	구릉		K	강길운	1982ㄴ	25
*käma	구릉		K	강길운	1982ㄴ	27
kaŋni	*구릉	a hill, a mound	K	G. J. Ramstedt	1949	94
kamnikā	*구릉	hill, rock	Ma	G. J. Ramstedt	1949	94
kamnigan	*구릉	one who lives between hills or in a rocky country	Ma	G. J. Ramstedt	1949	94
kamni	*구릉	hill, rock	Ma	G. J. Ramstedt	1949	94

구리

구리	구리		K	고재휴	1940ㄱ	5
kuri	*구리		K	金澤庄三郎	1914	220
kuri	구리		K	박은용	1974	215
ku-ri	*구리	copper, brass	K	白鳥庫吉	1915ㄱ	15
kuri	*구리[銅]	copper, brass; cast iron	K	G. J. Ramstedt	1949	132
kuri	*구리	copper	K	Johannes Rahder	1959	59
hamu	구리		Ma	김선기	1977ㄴ	382
kuler	구리		Ma	김승곤	1984	244
kure	구리		Ma	박은용	1974	215
gáoli	*구리	Kupper	Ma	白鳥庫吉	1915ㄱ	15
ghóile	*구리	Kupper	Ma	白鳥庫吉	1915ㄱ	15
goli	*구리	Kupper	Ma	白鳥庫吉	1915ㄱ	15
gôli	*구리	Messing	Ma	白鳥庫吉	1915ㄱ	15
gôl'i	*구리	Messing	Ma	白鳥庫吉	1915ㄱ	15
kuleṛ	*광석	ore	Ma	G. J. Ramstedt	1949	132
kuleṛmẹ	*금속	metallic	Ma	G. J. Ramstedt	1949	132
ч'ip'iкта	*구리.		Ma	Shirokogoroff	1944	25
[ray(li	*구리		Ma	Shirokogoroff	1944	47
алтан	*구리		Ma	Shirokogoroff	1944	5
rawli	*구리		Ma	Shirokogoroff	1944	48
[зäт	*구리		Ma	Shirokogoroff	1944	41
тэуси	*구리	copper	Ma	Цинциус	1977	242
чйриктэ	*구리	(red)copper	Ma	Цинциус	1977	399
чучин	*구리	copper	Ma	Цинциус	1977	418

표제어/어휘		의미		언어	저자	발간년도	쪽수
шэнту	*구리	copper		Ma	Цинциус	1977	431
고아린	구리			Mo	고재휴	1940ㄱ	5
구리	구리			Mo	고재휴	1940ㄱ	5
huril	*구리			Mo	金澤庄三郎	1914	220
kaoli	*구리			Mo	金澤庄三郎	1914	220
bagasu	구리			Mo	김선기	1977ㄴ	382
küler	구리			Mo	김승곤	1984	244
kürel	구리			Mo	김승곤	1984	244
gûle	*구리	Messing		Mo	白鳥庫吉	1915ㄱ	15
gûle	*구리	Messing		Mo	白鳥庫吉	1915ㄱ	15
guli	*구리	yellow copper		Mo	白鳥庫吉	1915ㄱ	15
고라	구리			T	고재휴	1940ㄱ	5
고리	구리			T	고재휴	1940ㄱ	5
쿨갼	구리			T	고재휴	1940ㄱ	6
고린	구리			T	고재휴	1940ㄱ	6
굴라린	구리			T	고재휴	1940ㄱ	6
puku	구리			T	김선기	1977ㄴ	382
gübre	구리			T	김선기	1977ㄴ	382
kolo	*구리	Messing		T	白鳥庫吉	1915ㄱ	15
kola	*구리	Messing		T	白鳥庫吉	1915ㄱ	15
altan	*구리	copper		T	Johannes Rahder	1959	60

구리다

ku-li	구리다			K	김사엽	1974	453
ku-ri ta	*구리다	to stink, to emit a foul adour		K	白鳥庫吉	1915ㄱ	16
kuli	구리다	be smelly		K	宋敏	1969	74
kuri-	구리다	to be of bad odor		K	이기문	1958	114
kori-	구리다	to be of bad odor		K	이기문	1958	114
kolongso	암내	order of the armpits		Ma	이기문	1958	114
ül'ĕxe	*냄새 맡다	to smell		Mo	白鳥庫吉	1915ㄱ	16

구린내

고리	구리다, 고리다, 구리구리하다, 고리고리하다			K	고재휴	1940ㄱ	7
구리	구리다, 고리다, 구리구리하다, 고리고리하다			K	고재휴	1940ㄱ	7
ku-rin nai	*구린내	a foul odour, a disagreable smell		K	白鳥庫吉	1915ㄱ	16
골무숨	口中臭氣			Mo	고재휴	1940ㄱ	7

구멍

ceč	구멍			K	강길운	1979	9
kud	구멍			K	강길운	1981ㄱ	32
aku-ŋi	아궁이			K	강길운	1982ㄴ	16
akü	입구			K	강길운	1982ㄴ	16
tu'urh-	뚫다			K	강길운	1983ㄴ	114
tɯlβ-	뚫다			K	강길운	1983ㄴ	125
ku-mo	구멍			K	김사엽	1974	451
kum-ki	구멍			K	김사엽	1974	481
ku möng	*구멍	a hole		K	白鳥庫吉	1915ㄱ	14
ku-mök	*구멍	a hole		K	白鳥庫吉	1915ㄱ	14
ku-mu	*구멍	a hole		K	白鳥庫吉	1915ㄱ	14
ku-nyök	*구멍	a hole		K	白鳥庫吉	1915ㄱ	15

표제어/어휘	의미		언어	저자	발간년도	쪽수
ku-nyöng	*구멍	a hole	K	白鳥庫吉	1915ㄱ	15
keui ku-mu	*목구멍	a hole	K	白鳥庫吉	1915ㄱ	15
sik kumu	*목구멍	a hole	K	白鳥庫吉	1915ㄱ	15
ku-töng-i	*구덩이, 옹덩이	a pit, a hole in the ground	K	白鳥庫吉	1915ㄱ	18
kut	*구덩이, 옹덩이	a pit, a hole in the ground	K	白鳥庫吉	1915ㄱ	18
kappi	구멍		K	송민	1966	22
kumk/ku'mu	구멍	hole	K	宋敏	1969	74
kumo	구멍	hole	K	宋敏	1969	74
穴	구멍		K	辛 容泰	1987	132
甲比	구멍		K	辛 容泰	1987	132
kum-ęŋ	구멍	hole	K	이기문	1958	114
kumu	구멍	hole	K	이기문	1958	114
kumu	구멍		K	이숭녕	1956	103
komaŋ	구멍		K	이숭녕	1956	103
kumŏŋ	구멍		K	이숭녕	1956	103
kum-u	구멍		K	이숭녕	1956	133
kumök	구멍		K	이숭녕	1956	133
kuŋ-göŋ	구멍		K	이숭녕	1956	186
kuŋ-gaŋ	구멍		K	이숭녕	1956	186
구무	구멍		K	이원진	1940	14
구무	구멍		K	이원진	1951	14
^kaippi[甲比]	*구멍	cavern, cave, hole	K	Christopher I. Beckwith	2004	110
^kaip[甲]	*구멍	cavern, cave, hole	K	Christopher I. Beckwith	2004	110
^tsitsi[濟次]	*구멍	hole	K	Christopher I. Beckwith	2004	111
^kaɨpi[甲比]	*구멍	cavern, cave, hole	K	Christopher I. Beckwith	2004	115
^kaɨp[甲]	*구멍	cavern, cave, hole	K	Christopher I. Beckwith	2004	115
*kaɨp : ^kaɨp [甲] ~ *kaɨpi ~ ^kaɨppi	*구멍	cave, cavern, hole	K	Christopher I. Beckwith	2004	122
*tsitsi : ^tsitsi ~ ^tseytsi ~	*구멍	hole, cave	K	Christopher I. Beckwith	2004	139
kunyŭng	*구멍	hole	K	Hulbert, H. B.	1905	123
kumbo	*구멍	hole	K	Martin, S. E.	1966	200
kuma, kumwɔ	*구멍	hole	K	Martin, S. E.	1966	201
kuma, kumwɔ	*구멍	hole	K	Martin, S. E.	1966	202
kumbo	*구멍	hole	K	Martin, S. E.	1966	202
kuma, kumwɔ	*구멍	hole	K	Martin, S. E.	1966	216
kumbo	*구멍	hole	K	Martin, S. E.	1966	217
kuma, kumwɔ	*구멍	hole	K	Martin, S. E.	1966	217
kumbo	*구멍	hole	K	Martin, S. E.	1966	218
kuma, kumwɔ	*구멍	hole	K	Martin, S. E.	1966	223
komongé	*구멍	Hals	Ma	白鳥庫吉	1915ㄱ	15
kumdulembi	*구멍	leer sein, hohl sein, aushöhlen	Ma	白鳥庫吉	1915ㄱ	15
oṅgolo	*구멍	hohl	Ma	白鳥庫吉	1915ㄱ	15
kumdu	*구멍	leer, hohl, eitel	Ma	白鳥庫吉	1915ㄱ	15
koṅílma	*구멍	wüste, leer	Ma	白鳥庫吉	1915ㄱ	15
komogá	*구멍	Hals	Ma	白鳥庫吉	1915ㄱ	15
kóma	*구멍	Hals	Ma	白鳥庫吉	1915ㄱ	15
hôhon	*구멍	wüste, leer	Ma	白鳥庫吉	1915ㄱ	15
géun	*구멍	wüste, leer	Ma	白鳥庫吉	1915ㄱ	15

표제어/어휘		의미	언어	저자	발간년도	쪽수
gēˊun	*구멍	wüste, leer	Ma	白鳥庫吉	1915ㄱ	15
oṅgol	*구멍	hohl	Ma	白鳥庫吉	1915ㄱ	15
gén	*구멍	wüste, leer	Ma	白鳥庫吉	1915ㄱ	15
omón	*구멍	Grube, Loch, Höhle	Ma	白鳥庫吉	1915ㄱ	15
koŋdi	구멍	hole	Ma	이기문	1958	114
koŋdu	구멍	hole	Ma	이기문	1958	114
kumdu	빈	hollow	Ma	이기문	1958	114
koŋde	구멍	hole	Ma	이기문	1958	114
[вулачік	*구멍		Ma	Shirokogoroff	1944	148
ч'онк'і	*구멍.		Ma	Shirokogoroff	1944	25
lупука	*구멍.		Ma	Shirokogoroff	1944	79
[lохтоко	*구멍.		Ma	Shirokogoroff	1944	80
ог?'і	*구멍.		Ma	Shirokogoroff	1944	99
уläча	*구멍		Ma	Shirokogoroff	1944	139
уlтäка	*구멍		Ma	Shirokogoroff	1944	141
саҥгар	*구멍		Ma	Shirokogoroff	1944	111
лупукта	*구멍		Ma	Shirokogoroff	1944	81
лópока	*구멍		Ma	Shirokogoroff	1944	80
ан,гара	*구멍		Ma	Shirokogoroff	1944	8
[чондохо	*구멍		Ma	Shirokogoroff	1944	25
[хаҥhар	*구멍.		Ma	Shirokogoroff	1944	53
топока	*구멍		Ma	Shirokogoroff	1944	130
сōна	*구멍	hole; opening	Ma	Цинциус	1977	110
тэуҥку	*구멍	hole	Ma	Цинциус	1977	242
ун	*구멍	flute	Ma	Цинциус	1977	273
уҥи	*구멍	aperture	Ma	Цинциус	1977	278
уҥулу	*구멍	hole	Ma	Цинциус	1977	280
jэпэ	*구멍	hole	Ma	Цинциус	1977	355
чаjjо	*구멍	hole	Ma	Цинциус	1977	378
қобмилˊа	*구멍	cavern	Ma	Цинциус	1977	402
чонҗохо	*구멍	hole	Ma	Цинциус	1977	407
чопкӣ	*구멍	hole	Ma	Цинциус	1977	408
чуҥгун	*구멍	cavity	Ma	Цинциус	1977	415
шуҥку	*구멍	cavity	Ma	Цинциус	1977	429
эjхи	*구멍	hole	Ma	Цинциус	1977	440
кэнҗи	*구멍	hollow	Ma	Цинциус	1977	450
лōдэкӭ	*구멍	hole	Ma	Цинциус	1977	501
луҥту	*구멍	hole	Ma	Цинциус	1977	511
мэгди	*구멍	crack	Ma	Цинциус	1977	563
мэҥгӭлэ	*구멍	hole	Ma	Цинциус	1977	569
нˊунмэк	*구멍	hole	Ma	Цинциус	1977	646
xomiraxu	*구멍	faire un cavité;percer, perferer	Mo	白鳥庫吉	1915ㄱ	15
xudak	*구멍	puits	Mo	白鳥庫吉	1915ㄱ	18
xuduk	*구멍	puits	Mo	白鳥庫吉	1915ㄱ	18
xûšen	*구멍	Begräbnissplatz	Mo	白鳥庫吉	1915ㄱ	18
delik	구멍		T	강길운	1979	9
kömbe	*구멍	vergraben	T	白鳥庫吉	1915ㄱ	15
gömmek	*구멍	(wie Cag.)	T	白鳥庫吉	1915ㄱ	15
hömärmen	*구멍	begraben	T	白鳥庫吉	1915ㄱ	15
ḱömärmen	*구멍	begraben	T	白鳥庫吉	1915ㄱ	15
komdé	*구멍	Grab	T	白鳥庫吉	1915ㄱ	15
kömerben	*구멍	begraben	T	白鳥庫吉	1915ㄱ	15
kömle	*구멍	Versteck, Lauerplatz der Jäger	T	白鳥庫吉	1915ㄱ	15
kömmek	*구멍	begraben, vergraben, verstecken	T	白鳥庫吉	1915ㄱ	15

표제어/어휘		의미	언어	저자	발간년도	쪽수
kümärmen	*구멍	begraben	T	白鳥庫吉	1915ㄱ	15
küṅde	*구멍	hohl	T	白鳥庫吉	1915ㄱ	15
köm	*구멍	vergraben	T	白鳥庫吉	1915ㄱ	15

구석

kusəg(id)	구석		K	강길운	1987	27
kus	구석	corner	K	이기문	1958	112
kus-ęk	구석	corner	K	이기문	1958	112
ku-sök	구석		K	이숭녕	1956	180
hošo	구석	corner	Ma	이기문	1958	112
нawкан, наука	*구석에 몰리다.		Ma	Shirokogoroff	1944	91
угол	*구석.		Ma	Shirokogoroff	1944	136
болон	*구석, 모퉁이	corner	Ma	Цинциус	1977	93
уггу(н-)	*구석	corner	Ma	Цинциус	1977	244
ӡохон	*구석, 모퉁이	corner	Ma	Цинциус	1977	262
ӡофохо	*구석, 모퉁이	corner	Ma	Цинциус	1977	266
чото	*구석	corner	Ma	Цинциус	1977	409
bulung	구석		Mo	김영일	1986	168
bulungna-	구석에 숨다		Mo	김영일	1986	168
köše	구석		T	강길운	1987	27

구슬

kusɯr	구슬		K	강길운	1983ㄱ	30
kusɯr	구슬		K	강길운	1983ㄴ	114
kusɯr	구슬		K	강길운	1983ㄴ	117
구슬	구슬		K	고재휴	1940ㄱ	6
keusăr	*구슬	bead	K	金澤庄三郎	1910	10
kusi	구슬		K	김공칠	1989	19
kusɯl	구슬		K	김공칠	1989	9
ku-sʌl	구슬		K	김사엽	1974	453
kusʉ-	구슬		K	박은용	1974	239
kos	구슬		K	숑민	1966	22
kuswl	구슬		K	숑민	1966	22
kuseul	구슬		K	宋敏	1969	74
keusăr	구슬		K	宋敏	1969	74
kusïl	구슬		K	宋敏	1969	74
kusịr	보석	a gem, a jewel	K	이기문	1958	111
sịr	유리	glass	K	이기문	1958	111
kuswl	*구슬		K	村山七郎	1963	28
kusi	*구슬		K	村山七郎	1963	28
kusịl	*구슬	beads, pearls	K	G. J. Ramstedt	1949	132
keusăr	*구슬	bead	K	Kanazawa, S	1910	8
gu	구슬		Ma	박은용	1974	239
gu	보석	a gem, a jewel	Ma	이기문	1958	111
sil	유리	glass	Ma	이기문	1958	111
[гереча	*구슬.		Ma	Shirokogoroff	1944	52
[н'ihá	*구슬		Ma	Shirokogoroff	1944	92
ори	*구슬 장식품	beads	Ma	Цинциус	1977	23
улэптин	*구슬	beads	Ma	Цинциус	1977	266
japи	*구슬	bead	Ma	Цинциус	1977	343
чикти	*구슬	beads	Ma	Цинциус	1977	392
чурикта	*구슬	beads	Ma	Цинциус	1977	416
мунчукэ	*구슬	beads	Ma	Цинциус	1977	557

표제어/어휘		의미	언어	저자	발간년도	쪽수
캇	구슬		Mo	고재휴	1940ㄱ	6
갓	구슬		Mo	고재휴	1940ㄱ	6

구역

kuyək	구역		K	강길운	1982ㄴ	21
koïl	*구역	district, town	Mo	Johannes Rahder	1959	31
ayïmar	*구역	section,district	Mo	Pelliot, P	1925	254

구유

kus	구유		K	김방한	1966	347
*kušu	구유		K	박은용	1974	226
ku-yu	*구유		K	白鳥庫吉	1915ㄱ	20
ku-yu	*구유	a manger, a trough	K	白鳥庫吉	1915ㄱ	20
*kusi	구유	manger	K	이기문	1958	113
kuzi	구유	manger	K	이기문	1958	113
kusu	구유	manger	K	이기문	1958	113
kusi	구유	manger	K	이기문	1958	113
huju	馬槽		Ma	김방한	1966	347
huju	구유		Ma	박은용	1974	226
hužn	*구유		Ma	白鳥庫吉	1915ㄱ	20
Krippe	*구유		Ma	白鳥庫吉	1915ㄱ	20
huju	구유	manger	Ma	이기문	1958	113

구지(입)

고지	구지(입)		K	고재휴	1940ㄴ	19
구지	구지(입)		K	고재휴	1940ㄴ	19
고작	인간이 집거하고 물산지인 시장		K	고재휴	1940ㄴ	19
겔에	허		Mo	고재휴	1940ㄴ	19
겔엔	언어		Mo	고재휴	1940ㄴ	19
겔엔	허		Mo	고재휴	1940ㄴ	19
겔엠	허		Mo	고재휴	1940ㄴ	19
겔에	허		Mo	고재휴	1940ㄴ	19

국

Kuk	*국		K	G. J. Ramstedt	1949	129
[татам'i	*국		Ma	Shirokogoroff	1944	124
c'ilá	*국, 육수		Ma	Shirokogoroff	1944	114
japy(1)	*국	soup	Ma	Цинциус	1977	344
чоло(1)	*국	soup	Ma	Цинциус	1977	405
шашан	*국	soup	Ma	Цинциус	1977	425
шасиχан	*국	soup	Ma	Цинциус	1977	425
мого	*국	soup	Ma	Цинциус	1977	542

국(根源)

kuk	*국	base, origin	K	G. J. Ramstedt	1949	129
kök	*근원	origin, root, base, bottom, principle; original, b	T	G. J. Ramstedt	1949	129

국자

čak.u	국자		K	김완진	1957	257
čya	*자	Schaufel	K	白鳥庫吉	1916ㄱ	169

표제어/어휘		의미	언어	저자	발간년도	쪽수
čun	*국자	Schaufel	Ma	白鳥庫吉	1916ㄱ	169
čo	*국자	Schaufel	Ma	白鳥庫吉	1916ㄱ	169
čan	*국자	Schaufel	Ma	白鳥庫吉	1916ㄱ	169
čiú	*국자	Schaufel	Ma	白鳥庫吉	1916ㄱ	169
čō	*국자	Schaufel	Ma	白鳥庫吉	1916ㄱ	169
онто	*국자, 남비.		Ma	Shirokogoroff	1944	104
[куолá	*국자, 주걱.		Ma	Shirokogoroff	1944	78
[укан	*국자.		Ma	Shirokogoroff	1944	138
ивкэн	*국자	scoop	Ma	Цинциус	1977	295
өмивун	*국자	scoop	Ma	Цинциус	1977	30
бурахта	*국자, 주걱, 남비	dipper, bucket	Ma	Цинциус	1977	111
žаўлй	*국자, 주걱, 남비	dipper, bucket	Ma	Цинциус	1977	254
žоқси	*국자, 주걱, 남비	dipper, bucket	Ma	Цинциус	1977	262
кɵпjэнэ	*국자	scoop	Ma	Цинциус	1977	420
маша	*국자	scoop	Ma	Цинциус	1977	533
баүирчи	*국자	scoop	Ma	Цинциус	1977	62
сйол	*국자	scoop	Ma	Цинциус	1977	92
χomuja	*국자	a ladle	T	G. J. Ramstedt	1949	91
χamyja	*국자	a ladle	T	G. J. Ramstedt	1949	91

군

표제어/어휘		의미	언어	저자	발간년도	쪽수
kun	*군		K	金澤庄三郎	1914	221
kjo-gun	*교군[轎軍]	a palanquin-bearer, (one of the) bearers, etc.	K	G. J. Ramstedt	1949	130
kjogun-gun	*교군꾼[轎軍-]	a palanquin-bearer, (one of the) bearers, etc.	K	G. J. Ramstedt	1949	130
il-gun	*일꾼	worker, labourer	K	G. J. Ramstedt	1949	130
kun	*-꾼	man, worker; people, the man	K	G. J. Ramstedt	1949	130
tē-kun	*유랑자	a vagabond, etc.	Ma	G. J. Ramstedt	1949	130
maŋikün	*거인	a giant	Ma	G. J. Ramstedt	1949	130
kǔn	*남자	man	Mo	G. J. Ramstedt	1949	130
inijigün	*어린형제	the younger one, the younger brothers	T	G. J. Ramstedt	1949	130
iniŋün	*어린형제	the younger one, the younger brothers	T	G. J. Ramstedt	1949	130

군대

표제어/어휘		의미	언어	저자	발간년도	쪽수
kun-tai	*군대	minister of war	K	G. J. Ramstedt	1949	130
[c'api	*군대, 부대.		Ma	Shirokogoroff	1944	112
чоӈа+	*군대	troops	Ma	Цинциус	1977	402
ши(б)	*군대	troops	Ma	Цинциус	1977	425
sü	*군대	Heer	T	G.J. Ramstedt	1952	25
süŋ	*군대의	des Heeres	T	G.J. Ramstedt	1952	25

군사

표제어/어휘		의미	언어	저자	발간년도	쪽수
kur	군사		K	강길운	1977	14
kunsa	兵卒		K	이규창	1979	19
kuren	군사		Ma	강길운	1977	14

굳다

표제어/어휘		의미	언어	저자	발간년도	쪽수
kud-	굳다		K	강길운	1983ㄱ	29
kud-	굳다		K	강길운	1983ㄴ	119

표제어/어휘		의미	언어	저자	발간년도	쪽수
kut	*굳다	hard	K	金澤庄三郎	1910	9
kud-	굳다		K	김방한	1978	16
kut	굳다		K	김사엽	1974	462
굿-	굳다		K	김선기	1979ㄷ	371
kut	*굳다	to be hard, to be solid, to be firm	K	白鳥庫吉	1915ㄱ	19
kŭtŭ-n	굳다	hard	K	宋敏	1969	74
kut	굳다	hard	K	宋敏	1969	74
kut	굳다	dur, solide	K	宋敏	1969	74
kut	굳다		K	宋敏	1969	74
kat	굳다		K	宋敏	1969	74
kut-	굳다	to be solid	K	이기문	1958	114
pañxa	굳다		K	이용주	1980	106
kŭtŭn	굳다	hard	K	Aston	1879	27
*kutsi : ^gutsi [仇次]	*굳은; 정직한	solid, thick; honest, sincere	K	Christopher I. Beckwith	2004	128
kutta	*굳다[堅]	to be hard, to be solid, to be firm	K	G. J. Ramstedt	1949	132
kut hạda	*굳하다[堅]	to be strong, to be solid	K	G. J. Ramstedt	1949	132
kutthida	*굳히다	to harden	K	G. J. Ramstedt	1949	132
kusseda	*굳세다	to be strong, to be solid	K	G. J. Ramstedt	1949	132
kuǯi	*굳이	firmly, solidly	K	G. J. Ramstedt	1949	132
kudi	*굳이	firmly, solidly	K	G. J. Ramstedt	1949	132
kutčhida	*굳히다	to harden	K	G. J. Ramstedt	1949	132
kuḍirẹ-ǯida	*구드러지다	to become hard, to be solid	K	G. J. Ramstedt	1949	132
kutta	*굳다[惡]	to be bad, to be sub-normal	K	G. J. Ramstedt	1949	133
kut	*굳다	hard	K	Kanazawa, S	1910	7
kwat(a)-	*굳다	hard	K	Martin, S. E.	1966	202
kwat(a)-	*굳다	hard	K	Martin, S. E.	1966	206
kwat(a)-	*굳다	hard	K	Martin, S. E.	1966	216
kwat(a)-	*굳다	hard	K	Martin, S. E.	1966	222
maŋga	굳다	hard	Ma	김선기	1978ㄷ	345
hatan	굳다	hard	Ma	김선기	1978ㄷ	345
kata	*굳은	hart, zäh	Ma	白鳥庫吉	1915ㄱ	19
katan	*굳은	hart, zäh	Ma	白鳥庫吉	1915ㄱ	19
katun	강한	strong, robust	Ma	이기문	1958	114
katan	강한	stiff, strong	Ma	이기문	1958	114
kata	강	stiff, strong	Ma	이기문	1958	114
kudẹlu-	*물가로 가다	to step ashore	Ma	G. J. Ramstedt	1949	133
kudẹ	*사막	dry land, terra firma	Ma	G. J. Ramstedt	1949	133
kuči-rẹ-	*두려워사다	to be inferior, to be afraid	Ma	G. J. Ramstedt	1949	133
küdür	강하다		Mo	김방한	1978	16
hatagu	굳다	hard	Mo	김선기	1978ㄷ	345
katu	*굳다	fest	Mo	白鳥庫吉	1915ㄱ	19
xataxu	*굳다	dessécher, secher peu à peu; devenir ferme, dur; d	Mo	白鳥庫吉	1915ㄱ	19
xatangguxaxu	*굳다	rendre ferm, rendre solide; fortifier, l'affermer,	Mo	白鳥庫吉	1915ㄱ	19
xatan	*굳다	fort, spiriteux; solide, ferm, dur; méchant	Mo	白鳥庫吉	1915ㄱ	19
xatagu	*굳다	dur, roide, solide; fort, fort et solide; constant	Mo	白鳥庫吉	1915ㄱ	19
xatang	*굳다	fort, spiriteux; solide, ferm, dur; méchant	Mo	白鳥庫吉	1915ㄱ	19
xatu	*굳다	fest	Mo	白鳥庫吉	1915ㄱ	20
küdür	강한	stiff, strong	Mo	이기문	1958	114

표제어/어휘		의미	언어	저자	발간년도	쪽수
qata-	굳다		Mo	이숭녕	1956	89
kŏdĕ	*단계	step, prairie, dry land	Mo	G. J. Ramstedt	1949	133
küdγ	*두꺼운	hard, thick	Mo	G. J. Ramstedt	1949	133
katik	굳다	hard	T	김선기	1978ㄷ	345
caraŋ	굳다	hard	T	김선기	1978ㄷ	345
khat-ta	굳다		T	김선기	1979ㄷ	372
katan	*굳은	hart	T	白鳥庫吉	1915ㄱ	20
kaťı	*굳은	(wie oben)	T	白鳥庫吉	1915ㄱ	20
katék	*굳은	hart	T	白鳥庫吉	1915ㄱ	20
katimak	*굳은	hart werden	T	白鳥庫吉	1915ㄱ	20
kati	*굳은	(wie oben)	T	白鳥庫吉	1915ㄱ	20
katik	*굳은	(wie oben)	T	白鳥庫吉	1915ㄱ	20
katik	*굳은	gestockte Milch, saure Milch	T	白鳥庫吉	1915ㄱ	20
katik	*굳은	hart, fest, sehr, schnell	T	白鳥庫吉	1915ㄱ	20
katiklamak	*굳은	befestigen, stark machen, hart machen	T	白鳥庫吉	1915ㄱ	20
ḱıtlan	*굳은	fest, hart, werden	T	白鳥庫吉	1915ㄱ	20
ḱıt	*굳은	fest, eng, selten	T	白鳥庫吉	1915ㄱ	20
ḱıda	*굳은	hart, fest, sehr, stark	T	白鳥庫吉	1915ㄱ	20
katkak	*굳은	gehärtet, fest, gedörrt	T	白鳥庫吉	1915ㄱ	20
katirmak	*굳은	hart machen, strocken lassen	T	白鳥庫吉	1915ㄱ	20
kst-	굳다		T	이숭녕	1956	89
qat-	굳다		T	이숭녕	1956	89
kötöχ	*마르다	dry, dried up	T	G. J. Ramstedt	1949	133

굴

kul	굴	hole, cave	K	宋敏	1969	74
kul	굴	cave	K	宋敏	1969	74
kul	*굴	Hoehle	K	Andre Eckardt	1966	233
kul	*굴	hole, cave	K	Aston	1879	25
kūl	*굴	a cave, a cavern	K	G. J. Ramstedt	1949	129
kūdẹŋi	*구덩이	hole	K	G. J. Ramstedt	1949	129
kur-	*굴	cave	K	Martin, S. E.	1966	202
kwalgʰyi	*굴	oyster	K	Martin, S. E.	1966	202
kur-	*굴	cave	K	Martin, S. E.	1966	209
kwalğyi	*굴	oyster	K	Martin, S. E.	1966	211
kwalğyi	*굴	oyster	K	Martin, S. E.	1966	213
kwalğyi	*굴	oyster	K	Martin, S. E.	1966	216
kur-	*굴	cave	K	Martin, S. E.	1966	217
kēŋgil-mẹ	*빈	empty	Ma	G. J. Ramstedt	1949	129
авдун,	*굴, 동굴.		Ma	Shirokogoroff	1944	12
cöwý	*굴, 둥지.		Ma	Shirokogoroff	1944	118
[нōкоι(	* (곰 따위가 사는) 굴.		Ma	Shirokogoroff	1944	94
тоики	*굴	hole	Ma	Цинциус	1977	191
тэми	*굴	burrow	Ma	Цинциус	1977	233
умдэк	*굴	hole	Ma	Цинциус	1977	267
jэ̄ру	*굴	burrow, hole	Ma	Цинциус	1977	356
корō̃н	*굴	hole	Ma	Цинциус	1977	416
χοχон	*굴	den	Ma	Цинциус	1977	469
хуjэ	*굴	hole	Ma	Цинциус	1977	476

굴다

kul	굴다		K	宋敏	1969	74

표제어/어휘		의미	언어	저자	발간년도	쪽수
kulda	*굴다	to roll	K	G. J. Ramstedt	1949	129
kullida	*굴리다	to wallow	K	G. J. Ramstedt	1949	129
kūda	*굴다	to roll	K	G. J. Ramstedt	1949	129
kurbu-	*실패	to roll one self, to reel, to tumble	Ma	G. J. Ramstedt	1949	129
kurdun	*바퀴	the wheel, the wheel of reincarnations or of this	Ma	G. J. Ramstedt	1949	129
körwɛ̄-	*실패	to roll one self, to reel, to tumble	Mo	G. J. Ramstedt	1949	129

굴뚝

표제어/어휘		의미	언어	저자	발간년도	쪽수
nupta	*굴뚝		K	宮崎道三郎	1906	26
スサロ	*굴뚝		K	宮崎道三郎	1906	7
kulttok	굴뚝		K	김공칠	1989	9
kūlttuk	굴뚝		K	김승곤	1984	244
kur-	굴뚝		K	박은용	1974	227
kul-ttuk	*굴뚝	a chimney, a flue	K	白鳥庫吉	1915ㄱ	14
kultok	굴뚝		K	송민	1965	41
kultok	굴뚝		K	宋敏	1969	74
kur-ttuk	굴뚝	chimney	K	이기문	1958	113
kur	굴뚝	chimney	K	이기문	1958	113
kul-tuŋ	굴뚝		K	이숭녕	1956	178
kūlttuk	*굴뚝	a chimney	K	G. J. Ramstedt	1949	129
tosi	*굴뚝		Ma	宮崎道三郎	1906	7
kumun	*굴뚝		Ma	宮崎道三郎	1906	9
tono	연기를 내보내기 위한 지붕의 구멍		Ma	김방한	1979	18
xulan	굴뚝		Ma	김승곤	1984	244
hūla-	굴뚝		Ma	박은용	1974	227
gólʒón	*굴뚝	Ofen	Ma	白鳥庫吉	1915ㄱ	14
gólʒō	*굴뚝	Oeffnung für das Holz in Herde	Ma	白鳥庫吉	1915ㄱ	14
hū-la	*굴뚝	Schornstein	Ma	白鳥庫吉	1915ㄱ	14
kulla	*굴뚝	Schornstein	Ma	白鳥庫吉	1915ㄱ	14
hūlan	*굴뚝	Schornstein	Ma	白鳥庫吉	1915ㄱ	14
hūlan	굴뚝	chimney	Ma	이기문	1958	113
kula	굴뚝	chimney	Ma	이기문	1958	113
kolan	굴뚝	chimney	Ma	이기문	1958	113
kola	굴뚝	chimney	Ma	이기문	1958	113
xulan	*굴뚝	a chimney	Ma	G. J. Ramstedt	1949	129
[колан	*굴뚝		Ma	Shirokogoroff	1944	73
xogholai	*굴뚝	Ouverture pour la fumée, tuyau de chemnée sur le t	Mo	白鳥庫吉	1915ㄱ	14
örxö	*굴뚝	Schornstein	Mo	白鳥庫吉	1915ㄱ	14
ürxe	*굴뚝	Schornstein	Mo	白鳥庫吉	1915ㄱ	14
xoghola	*굴뚝	Ouverture pour la fumée, tuyau de chemnée sur le t	Mo	白鳥庫吉	1915ㄱ	14
kolumtan	*굴뚝	Heerd	T	白鳥庫吉	1915ㄱ	14

굴레

표제어/어휘		의미	언어	저자	발간년도	쪽수
굴레	굴레		K	고재휴	1940ㄱ	11
hurəi	굴레		K	박은용	1974	216
kul-löi	*굴레	a bridle, a halter	K	白鳥庫吉	1915ㄱ	16
ku-röi	*굴레	a bridle	K	白鳥庫吉	1915ㄱ	16
kulle	*굴레	a bridle, a halter	K	G. J. Ramstedt	1949	129
kure	*굴레	a bridle, a halter	K	G. J. Ramstedt	1949	129
hadala	굴레		Ma	박은용	1974	216

표제어/어휘	의미		언어	저자	발간년도	쪽수
xalá	*굴레	Hundegurt	Ma	白鳥庫吉	1915ㄱ	16
alá	*굴레	Halsriemen der Hunde(zum Auspann gehörend)	Ma	白鳥庫吉	1915ㄱ	16
hala	*굴레	Halsriemen der Hunde(zum Auspann gehörend)	Ma	白鳥庫吉	1915ㄱ	16
hala	*굴레	Hundegurt	Ma	白鳥庫吉	1915ㄱ	16
фэлэку	*굴레	bridle	Ma	Цинциус	1977	304
чумбур	*굴레	bridle	Ma	Цинциус	1977	414
글게	차를 끄는 가축이나 도구		Mo	고재휴	1940ㄱ	11
글겐	운반, 숭용의 가축류		Mo	고재휴	1940ㄱ	11
xöllexö	*버팀대, 꺽쇠, 굽은 자루	auspannen	Mo	白鳥庫吉	1915ㄱ	16
külkü	*버팀대, 꺽쇠, 굽은 자루	anspaunen	Mo	白鳥庫吉	1915ㄱ	16
xüllüxü	*버팀대, 꺽쇠, 굽은 자루	auspannen	Mo	白鳥庫吉	1915ㄱ	16
külüg	*굴레	ein dauerhaftes Pferd	Mo	白鳥庫吉	1915ㄱ	16
külghen	*굴레	ein Reit-oder Lasttier; jedes Transportmittel	Mo	白鳥庫吉	1915ㄱ	16
külghekü	*굴레	anspannen lassen	Mo	白鳥庫吉	1915ㄱ	16
külghe	*굴레	der Anspann, das Geschirrdazu	Mo	白鳥庫吉	1915ㄱ	16
köllexü	*버팀대, 꺽쇠, 굽은 자루	auspannen	Mo	白鳥庫吉	1915ㄱ	16
xöllöxö	*버팀대, 꺽쇠, 굽은 자루	auspannen	Mo	白鳥庫吉	1915ㄱ	16
külbüri	*굴레	die Femerstangen eines Wagens	Mo	白鳥庫吉	1915ㄱ	16
걸욱	우마운반용에 사용하는 것		T	고재휴	1940ㄱ	11
걸익	우마운반용에 사용하는 것		T	고재휴	1940ㄱ	11
글	굴레		T	고재휴	1940ㄱ	11
höllärmen	*버팀대, 꺽쇠, 굽은 자루	anspannen	T	白鳥庫吉	1915ㄱ	16
kölük	*굴레	Reit-und Fahrzeug als Pferd, Kamel, Esel, Schiff	T	白鳥庫吉	1915ㄱ	16
kölüi	*버팀대, 꺽쇠, 굽은 자루	anspannen	T	白鳥庫吉	1915ㄱ	16
kölö	*운반수단	Vorspann, Transportmittel	T	白鳥庫吉	1915ㄱ	16
köllärmen	*버팀대, 꺽쇠, 굽은 자루	anspannen	T	白鳥庫吉	1915ㄱ	16
kölerben	*버팀대, 꺽쇠, 굽은 자루	anspannen	T	白鳥庫吉	1915ㄱ	16
küll'	*버팀대, 꺽쇠, 굽은 자루	anspannen	T	白鳥庫吉	1915ㄱ	16
kölik	*굴레	Reit-und Fahrzeug als Pferd, Kamel, Esel, Schiff	T	白鳥庫吉	1915ㄱ	16

굶다

표제어/어휘	의미		언어	저자	발간년도	쪽수
kurm-	굶다		K	강길운	1981ㄱ	32
juri-	굶주리다		K	강길운	1983ㄱ	36
kulm-	굶다		K	강길운	1983ㄴ	114
korh-	곯다,주리다		K	강길운	1983ㄴ	115
korh-	주리다		K	강길운	1983ㄴ	116
kulm-	굶다		K	강길운	1983ㄴ	116
kulm-	주리다,굶다		K	강길운	1983ㄴ	126
kulam-	주리다		K	강길운	1983ㄴ	131
korh-	곯다,주리다		K	강길운	1983ㄴ	133
cʉri	굶다	to starve	K	김공칠	1989	17
ɥүлбʼіні	*굶다, 굶어서 허약해지다.		Ma	Shirokogoroff	1944	40
[ʊʼебімһі	*굶다		Ma	Shirokogoroff	1944	37
вара	*굶다		Ma	Shirokogoroff	1944	148
бултахкан	*굶어 죽어가는.		Ma	Shirokogoroff	1944	20
[омуттін	*굶주린, 가난한.		Ma	Shirokogoroff	1944	103
[зämy	*굶주림		Ma	Shirokogoroff	1944	41

표제어/어휘		의미	언어	저자	발간년도	쪽수
укти-	*굶다	starve	Ma	Цинциус	1977	254
улбин-	*굶다	starve	Ma	Цинциус	1977	258
услэ-	*굶다	starve	Ma	Цинциус	1977	291
jуjу-	*굶다	hungry	Ma	Цинциус	1977	350
симит-/ч-	*굶다	go hungry	Ma	Цинциус	1977	87
āc	굶주림		T	김영일	1986	172
āc-	굶주리다		T	김영일	1986	172
āč	*굶주림	hunger	T	Poppe, N	1965	192

굼벵이

kumböŋi	굼벵이		K	이숭녕	1956	92
нимнан.	*굼벵이 (사람)	slow-witted person	Ma	Цинциус	1977	594

굽

pai-kkup	*배꼽	the navel	K	G. J. Ramstedt	1949	131
päkkop	*배꼽	the navel	K	G. J. Ramstedt	1949	131
kī	*배꼽	the navel	Mo	G. J. Ramstedt	1949	131
kīsņ	*배꼽	the navel	Mo	G. J. Ramstedt	1949	131

굽다

egub-	에굽다		K	강길운	1983ㄴ	107
egub-	구부러지다		K	강길운	1983ㄴ	120
kuma	굽다		K	김공칠	1989	15
kup	굽다		K	김사엽	1974	391
kop	굽다		K	김사엽	1974	451
kup	굽다		K	김사엽	1974	451
kup	굽다		K	김사엽	1974	480
kus-	굽다		K	박은용	1974	226
*kuku-	굽다		K	박은용	1974	238
kup-	굽다		K	송민	1973	52
kup-	굽다	être courbé, voûté	K	宋敏	1969	74
迂	굽어 멀리 돌다		K	辛 容泰	1987	134
汚	옴폭 파인 옹덩이		K	辛 容泰	1987	134
kopčhju	*곱추	a hunchback	K	G. J. Ramstedt	1949	131
kuḅire-ǯida	*구부러지다(/구브러지다)	to be crooked, to be bent in, to be bowed over	K	G. J. Ramstedt	1949	131
kuphi-ǯeŋ haḍa	*구부정하다	to bend, to bow forward	K	G. J. Ramstedt	1949	131
kuphịsim haḍa	*구프심하다	to bend, to bow forward	K	G. J. Ramstedt	1949	131
kuphịre-ǯida	*구프러지다	to be crooked, to be bent in, to be bowed over	K	G. J. Ramstedt	1949	131
kuḅirida	*구부리다(/구브리다)	to bend, to bow forward	K	G. J. Ramstedt	1949	131
kupta	*굽다[曲]	to be crooked, to be bent in, to be bowed over	K	G. J. Ramstedt	1949	131
kopta	*곱다[曲]	to bend, to bend the fingers, to count on the fing	K	G. J. Ramstedt	1949	131
kopčhu	*곱추	a hunchback	K	G. J. Ramstedt	1949	131
kuphịrida	*구프리다	to bend, to bow forward	K	G. J. Ramstedt	1949	131
koḅirida	*고브리다	to curve, to bend over	K	G. J. Ramstedt	1949	131
koḅire-ǯida	*고브러지다	to bend, to bend the fingers, to count on the fing	K	G. J. Ramstedt	1949	131
koḅil koḅil hada	*고불고불하다[曲]	to be bent, to be zigzag	K	G. J. Ramstedt	1949	131
kophịrida	*고프리다	to curve, to bend over	K	G. J. Ramstedt	1949	131

표제어/어휘		의미	언어	저자	발간년도	쪽수
kuphida	*굽히다	to bend, to bow forward	K	G. J. Ramstedt	1949	131
kob-, kub-	굽은	bent, curved	K	Johannes Rahder	1959	71
huju-	굽다		Ma	박은용	1974	226
gugu-	굽다		Ma	박은용	1974	238
kupikę	*낮은 언덕	a hillock, an elevation	Ma	G. J. Ramstedt	1949	131
kop	*굽다	bending	Ma	G. J. Ramstedt	1949	77
лйптў-	*굽다, 기울다	bend	Ma	Цинциус	1977	499
алйңй	*굽다, 기울어지다	lop-sided	Ma	Цинциус	1977	33
r9y(ɥaky	*굽은, 휘어진.		Ma	Shirokogoroff	1944	48
bükri	*굽은	bent	T	Poppe, N	1965	200

굽다(炙)

kūi	*구이	broiled meat; baked food	K	G. J. Ramstedt	1949	131
kupta	*굽다[炙]	to roast, to broil	K	G. J. Ramstedt	1949	131
kubi	*구이	broiled meat; baked food	K	G. J. Ramstedt	1949	131
kūpta	*굽다[炙]	to roast, to broil	K	G. J. Ramstedt	1949	131
далга-	*굽다	fry	Ma	Цинциус	1977	193
аладў-	*굽다	roast	Ma	Цинциус	1977	29
чэрэ-	*굽다	grill	Ma	Цинциус	1977	422
була-	*굽다, 구워내다 (빵, 과자 등)	bake	Ma	Цинциус	1977	106
k<˘ö>	*석탄	coal, soot, scorched things	Mo	G. J. Ramstedt	1949	131

굽이

kubi	굽이		K	강길운	1981ㄱ	32
ku-pʌj	굽이		K	김사엽	1974	453
?kïm	굽이		K	이용주	1980	73
тоγoj	*굽이	winding	Ma	Цинциус	1977	190

굽히다

kup-pʰi	굽히다		K	김사엽	1974	454
кімңіpr'i	*굽히다, 움직이다.		Ma	Shirokogoroff	1944	71
соно-	*굽히다	stoop	Ma	Цинциус	1977	111
дōлдй-	*굽히다, 꺾다	bend, curve	Ma	Цинциус	1977	215
дэрин-	*굽히다, 숙이다	bend down	Ma	Цинциус	1977	237

굿

kut	*굿	sorcerer's practices, magic	K	白鳥庫吉	1915ㄱ	19
kus	굿	cérémonie	K	宋敏	1969	74
kut	*굿	sorcerer's practise, magic	K	G. J. Ramstedt	1949	132
hutu	굿		Ma	박은용	1974	226
kasaté	*굿	schamanieren, jedcch nur von den Todtenschamanen g	Ma	白鳥庫吉	1915ㄱ	19
kasaterá	*굿	schamanieren, jedcch nur von den Todtenschamanen g	Ma	白鳥庫吉	1915ㄱ	19
kasátyi	*굿	schamanieren, jedcch nur von den Todtenschamanen g	Ma	白鳥庫吉	1915ㄱ	19
Kutu	굿		Ma	이숭녕	1953	134
Kutuci	굿		Ma	이숭녕	1953	134
xutu	굿		Ma	이숭녕	1953	134
kutu	*운	happiness, fortune	Ma	G. J. Ramstedt	1949	132
kutuči	*굿	fortunate	Ma	G. J. Ramstedt	1949	132
χutu	*혼	the soul of a departed, a ghost	Ma	G. J. Ramstedt	1949	132

표제어/어휘		의미	언어	저자	발간년도	쪽수
qutug	굿		Mo	이숭녕	1953	134
qut	굿		T	이숭녕	1953	134
kutta	놀래다		T	이숭녕	1953	134
kutta-	*두렵게하다	to afrighten	T	G. J. Ramstedt	1949	132
kuttan-	*두렵다	to be afrightened, spired	T	G. J. Ramstedt	1949	132

굿하다

kut hǎ ta	*굿하다	sorcerer's practices, magic	K	白鳥庫吉	1915ㄱ	19
такот-/ч-	*굿하다	perform shaman's ritual	Ma	Цинциус	1977	154
ӯн'и-	*굿하다	conjure	Ma	Цинциус	1977	277

궁

kuŋ	*궁[宮]	palace	K	G. J. Ramstedt	1949	130
kuŋ-tai	*궁	the minister of the imperial household	K	G. J. Ramstedt	1949	130
kuŋgeri	*고층건물	high office-building, chancery	Ma	G. J. Ramstedt	1949	130
гун	*궁전	palace	Ma	Цинциус	1977	172
ordo	*궁궐	palais	Mo	Pelliot, P	1925	259

궁글다

kum	속이 비다		K	박은용	1974	215
kum	비다		Ma	박은용	1974	215

궁둥이

kuŋduŋi	*궁둥이	the rump	K	G. J. Ramstedt	1949	130
kundu-ki	*선미	the rump	Ma	G. J. Ramstedt	1949	130
kuŋnuki	*선미	the rump	Ma	G. J. Ramstedt	1949	130
χoŋsun	*선미	the aft, the rump	Ma	G. J. Ramstedt	1949	130
умэкӣ	*궁둥이	hip	Ma	Цинциус	1977	272
haн	*궁둥이	hip	Ma	Цинциус	1977	315
χondɒsŋ	*기미	the aft, the rump	Mo	G. J. Ramstedt	1949	130
χondɒsχɒ	*기미	the aft, the rump	Mo	G. J. Ramstedt	1949	130

궁사

주몽	궁사		K	김태종	1936	365
멍아	궁사		Ma	김태종	1936	365

궂다

kuj-(id)	궂다		K	강길운	1987	27
məč	궂다		K	김사엽	1974	392
gud	궂다		K	김선기	1968ㄴ	24
궂다	*나쁜	bad	K	김선기	1978ㅁ	352
oshon	*나쁜	bad	Ma	김선기	1978ㅁ	352
ehe	*나쁜	bad	Ma	김선기	1978ㅁ	353
hargis	*나쁜	bad	Mo	김선기	1978ㅁ	352
magu	*나쁜	bad	Mo	김선기	1978ㅁ	353
kötü	궂다		T	강길운	1987	27
katik	*나쁜	bad	T	김선기	1978ㅁ	352
jaman	*나쁜	bad	T	김선기	1978ㅁ	353

표제어/어휘		의미	언어	저자	발간년도	쪽수
귀						
kwi	*귀	ear	K	강영봉	1991	8
kui	*귀	ear	K	金澤庄三郎	1910	18
kui	*귀	ear	K	金澤庄三郎	1910	9
kui	귀		K	김공칠	1988	192
kui	귀		K	김공칠	1989	10
kwi	귀	ear	K	김동소	1972	137
kuj	귀		K	김사엽	1974	386
gui	귀	ear	K	김선기	1968ㄱ	23
귀	귀		K	김선기	1976ㅇ	359
kui	*귀		K	大野晋	1975	88
クイ	*귀		K	大野晋	1975	88
kus	귀		K	박은용	1974	225
kui	*귀	the ear	K	白鳥庫吉	1915ㄱ	13
kui	귀		K	송민	1973	36
kui	귀		K	宋敏	1969	74
tuiʦgi	귀		K	이숭녕	1956	178
kŭi	귀	ear	K	이용주	1980	80
kŭi	귀	ear	K	이용주	1980	95
kui	귀	ear	K	이용주	1980	99
kü	*귀	ear	K	長田夏樹	1966	82
kui	*귀	the ear; the eye of a needle; a corner, an angle,	K	G. J. Ramstedt	1949	128
kwi	*귀		K	Hulbert, H. B.	1905	116
kui	*귀	ear	K	Johannes Rahder	1959	43
kui	*귀	ear	K	Kanazawa, S	1910	15
kui	*귀	ear	K	Kanazawa, S	1910	7
šan	귀	ear	Ma	김동소	1972	137
šan	귀		Ma	김선기	1976ㅇ	359
hošo	귀		Ma	박은용	1974	225
galbingga	*귀	beinhörig	Ma	白鳥庫吉	1915ㄱ	13
korat	*귀	Ohr	Ma	白鳥庫吉	1915ㄱ	13
korot	*귀	Ohr	Ma	白鳥庫吉	1915ㄱ	13
gálbi	*귀	beinhörig	Ma	白鳥庫吉	1915ㄱ	13
sēn	*귀	ear	Ma	Poppe, N	1965	179
seã	*귀	ear	Ma	Poppe, N	1965	179
šan	*귀	ear	Ma	Poppe, N	1965	179
дэлби	*귀	ear	Ma	Цинциус	1977	232
дэрдэхун	*귀	ear	Ma	Цинциус	1977	237
корокто	*귀	ear	Ma	Цинциус	1977	416
сēн	귀	ear	Ma	Цинциус	1977	70
ciki	귀	ear	Mo	김선기	1968ㄱ	23
ciki	귀		Mo	김선기	1976ㅇ	359
do-dongog	*귀	ear	Mo	Johannes Rahder	1959	43
ciken	*귀	ear	Mo	Johannes Rahder	1959	43
čikin	*귀	ear	Mo	Poppe, N	1965	198
kulak	*귀	das Ohr	T	白鳥庫吉	1915ㄱ	13
kulgāx	*귀	das Ohr	T	白鳥庫吉	1915ㄱ	13
귀먹다						
mǝk-	귀먹다		K	박은용	1974	264
mai-	귀먹다		Ma	박은용	1974	264
коӈго	*귀먹은		Ma	Shirokogoroff	1944	73

표제어/어휘		의미	언어	저자	발간년도	쪽수
кугі(кі	*귀먹은.		Ma	Shirokogoroff	1944	76
дулдукй-	*귀먹은	deaf	Ma	Цинциус	1977	222
дуту	*귀먹은	deaf	Ma	Цинциус	1977	226
žигэјэн	*귀먹은	deaf	Ma	Цинциус	1977	256
кујкй	*귀먹은	deaf	Ma	Цинциус	1977	425
хоӈгŏ	*귀먹은	deaf	Ma	Цинциус	1977	471
маjгу	*귀먹은	deaf person	Ma	Цинциус	1977	521

귀부인

hanim	귀부인		K	김선기	1977ㅁ	354
н'аӈсэ	*귀부인	lady, madam	Ma	Цинциус	1977	634
eši	*여왕, 왕비	empress	Mo	Poppe, N	1965	159
hanïm	귀부인		T	김선기	1977ㅁ	354
iši	*귀부인	lady	T	Poppe, N	1965	159

귀신

kəs	귀신		K	강길운	1983ㄱ	30
kəs	귀신		K	강길운	1983ㄴ	106
kusin	신		K	강길운	1983ㄴ	115
kusin	신		K	강길운	1983ㄴ	117
kəs	귀신		K	강길운	1983ㄴ	117
кумту	*귀신	spirit	Ma	Цинциус	1977	431
мусун	*귀신	spirit	Ma	Цинциус	1977	561
мӭлкэн	*귀신	spirit	Ma	Цинциус	1977	567

귀족

tại	*귀족	the armpit, under the arms, the bosom	K	G. J. Ramstedt	1939ㄴ	96
kappan	*귀족	a noble of the first rank	K	G. J. Ramstedt	1949	95
χafan	*귀족	a noble of the first rank, a governor, a mandarin	Ma	G. J. Ramstedt	1949	95
atatch'e	*귀족	ecuyer	Mo	Pelliot, P	1925	253
nnoyan	*귀족의	noble	Mo	Pelliot, P	1925	259
ti-gi	*귀족	The Nobles	T	G. J. Ramstedt	1939ㄴ	96

그

kɯ	그		K	강길운	1981ㄱ	32
kɯ	그		K	강길운	1983ㄴ	116
kɯ	그		K	강길운	1983ㄴ	119
kɯ	그	he	K	강영봉	1991	9
keu	*그	this	K	金澤庄三郎	1910	31
chyö	그		K	김공칠	1989	7
cʌ	그가	he	K	김동소	1972	138
kɨ	그가	he	K	김동소	1972	138
kɯ	그		K	김방한	1979	8
čə	그		K	김사엽	1974	431
kï	그		K	김사엽	1974	466
gɯ	그	that	K	김선기	1968ㄱ	43
gə	그	that	K	김선기	1968ㄱ	43
ge	중칭(단수지시대명사)		K	박시인	1970	63
kïy	그	that	K	宋敏	1969	74
kü	그		K	이숭녕	1956	94

표제어/어휘	의미		언어	저자	발간년도	쪽수
kɯˇ	그	he	K	이용주	1980	84
keu	*그	that (2rd person)	K	Aston	1879	52
kị	*그	that	K	G. J. Ramstedt	1949	114
kẹnē	*그네[彼]	you, that	K	G. J. Ramstedt	1949	114
kēnē	*그네[彼]	you, that	K	G. J. Ramstedt	1949	114
kē	*게	there, you there, you	K	G. J. Ramstedt	1949	114
kịgịi	*그기	there	K	G. J. Ramstedt	1949	114
kịman	*그만[그만큼]	that amount, that much	K	G. J. Ramstedt	1949	114
kịne	*그네[彼]	you, that	K	G. J. Ramstedt	1949	114
koman tuda	*그만두다(고만두다)	to leave it at that much, to cease	K	G. J. Ramstedt	1949	114
kịnedịl kịnene	*그네들, 그네네[彼]	you, that(pl.)	K	G. J. Ramstedt	1949	114
kịge	*그게	there	K	G. J. Ramstedt	1949	114
koman	*고만[그만큼]	that amount, that much	K	G. J. Ramstedt	1949	114
konom	*고 놈	that fellow, he there	K	G. J. Ramstedt	1949	114
녀느	*남		K	Miller, R. A. 김방한 역	1980	10
i	그가	he	Ma	김동소	1972	138
tere	중칭(단수지시대명사)		Ma	박시인	1970	63
nua	*3인칭 대명사		Ma	Miller, R. A. 김방한 역	1980	10
ńoańi	*3인칭 대명사		Ma	Miller, R. A. 김방한 역	1980	10
noŋˀan	*3인칭 대명사		Ma	Miller, R. A. 김방한 역	1980	10
nuŋan	*3인칭 대명사		Ma	Miller, R. A. 김방한 역	1980	10
nuŋaⁿnuaⁿ	*3인칭 대명사		Ma	Miller, R. A. 김방한 역	1980	10
nōni	*3인칭 대명사		Ma	Miller, R. A. 김방한 역	1980	10
nān	*3인칭 대명사		Ma	Miller, R. A. 김방한 역	1980	10
i	*그	he	Ma	Poppe, N	1965	191
inde	*그에게	he(dative-locative)	Ma	Poppe, N	1965	191
ini	*그의	he(genitive)	Ma	Poppe, N	1965	191
jū-n	*그의 집	his house	Ma	Poppe, N	1965	192
ogda-ni	*그의 보트	his boat	Ma	Poppe, N	1965	192
i	*그	he	Ma	Poppe, N	1965	194
тар	*그	that	Ma	Цинциус	1977	164
нуӈан	* (3인칭 단수 남성) 그는(가)	he	Ma	Цинциус	1977	611
tere	중칭(단수지시대명사)		Mo	박시인	1970	63
axa-ń	*그의 형	his elder brother	Mo	Poppe, N	1965	192
inu	*그의	his	Mo	Poppe, N	1965	194
shou	중칭(단수지시대명사)		T	박시인	1970	63
qulunu	*그의 망아지	his foal	T	Poppe, N	1965	191
atï	*그의 말	his horse	T	Poppe, N	1965	191
evi	*그의 집	his house	T	Poppe, N	1965	191
evinde	*그의 집에서	in his house	T	Poppe, N	1965	194
ona	*그에게	to him	T	Poppe, N	1965	194
onun	*그의	of his	T	Poppe, N	1965	194
o	*그	he	T	Poppe, N	1965	194
evi	*그의 집	his house	T	Poppe, N	1965	194

표제어/어휘		의미	언어	저자	발간년도	쪽수
그네						
kur	그네		K	박은용	1974	215
ḳiɲii	*그네[鞦韆]	a swing - the national amusement for Tano of the 5	K	G. J. Ramstedt	1949	118
ḳiɲii	*그네	a swing	K	G. J. Ramstedt	1949	118
kūdar	그네		Ma	박은용	1974	215
ginilkẹ̄	*흔들다	to swing, to sway to and fro - as the trees in a s	Ma	G. J. Ramstedt	1949	118
ginil-	*흔들다	to swing, to sway to and fro - as the trees in a s	Ma	G. J. Ramstedt	1949	118
ginil-, ginilkẹ̄-	*그네	a swing	Ma	G. J. Ramstedt	1949	118
чикэлрукэн	*그네	swing	Ma	Цинциус	1977	392
qudurɣa	그네		Mo	이숭녕	1967	289
그늘						
kʌ-nʌl	그늘		K	김사엽	1974	464
	그늘		K	김선기	1976ㄷ	337
pochi	그늘		K	송민	1965	38
sebderi	그늘		Ma	김선기	1976ㄷ	338
умул гэ	*그늘	shadow	Ma	Цинциус	1977	270
haн'ан	*그늘	shadow	Ma	Цинциус	1977	315
хэлмэ	*그늘	shadow	Ma	Цинциус	1977	481
симңун	*그늘	shade	Ma	Цинциус	1977	87
seguder	그늘		Mo	김선기	1976ㄷ	337
그늘다						
ḳiɲida	*보살피다	to take care of, to look after	K	G. J. Ramstedt	1949	118
ḳiɲilda	*보살피다	to take care of, to look after	K	G. J. Ramstedt	1949	118
ḳiɲirida	*보살피다	to take care of, to look after	K	G. J. Ramstedt	1949	118
kunesun	*식량	provisions, food for the journey	Ma	G. J. Ramstedt	1949	118
kümsṇ	*식량	provisions, food for the journey	Mo	G. J. Ramstedt	1949	118
그들						
cʌhii	그들	they	K	김동소	1972	141
kitil	그들	they	K	김동소	1972	141
ge-der	중칭(복수지시대명사)		K	박시인	1970	63
ce	그들	they	Ma	김동소	1972	141
nuŋar-tan	그들		Ma	김승곤	1984	248
nuŋar-tin	그들		Ma	김승곤	1984	248
tese	중칭(복수지시대명사)		Ma	박시인	1970	63
н'уңгартін	*그들		Ma	Shirokogoroff	1944	96
[нуңонін	*그들을		Ma	Shirokogoroff	1944	96
чэ(1)	*그들	they	Ma	Цинциус	1977	418
tede	중칭(복수지시대명사)		Mo	박시인	1970	63
shounla	중칭(복수지시대명사)		T	박시인	1970	63
bäglär-i	*그들의 공주들	their princes	T	Poppe, N	1965	191
budun-i	*그들의 민족	their people	T	Poppe, N	1965	192
그러나						
taga	그러나		K	김승곤	1984	240
9ран	*그러나, 하지만.		Ma	Shirokogoroff	1944	45

표제어/어휘	의미		언어	저자	발간년도	쪽수
ласараı	*그런데, 그러나		Ma	Shirokogoroff	1944	79

그렇게

표제어/어휘	의미		언어	저자	발간년도	쪽수
kürön	그렇게		K	이숭녕	1956	129
kük	그렇게		K	이숭녕	1956	147
i-rŭ-k'e	*그렇게	thus	K	Hulbert, H. B.	1905	121
оų'ipr'i	*그렇게, 그러한.		Ma	Shirokogoroff	1944	98
танун	*그렇게, 그런 식으로.		Ma	Shirokogoroff	1944	123
тарџе	*그렇게, 그런 식으로.		Ma	Shirokogoroff	1944	124
те	*그렇게, 그런 식으로.		Ma	Shirokogoroff	1944	125
ōнгнан	*그렇게.		Ma	Shirokogoroff	1944	103
такандокун	*그렇게.		Ma	Shirokogoroff	1944	122
таlіт	*그렇게.		Ma	Shirokogoroff	1944	122
[тарі	*그렇게.		Ma	Shirokogoroff	1944	124
[тäʒа.	*그렇게.		Ma	Shirokogoroff	1944	121
туr'i	*그렇게		Ma	Shirokogoroff	1944	132
[туrі	*그렇게		Ma	Shirokogoroff	1944	132
тоrі	*그렇게		Ma	Shirokogoroff	1944	129

그루

표제어/어휘	의미		언어	저자	발간년도	쪽수
kï-lï	그루		K	김사엽	1974	460
keu-reu	*그루		K	白鳥庫吉	1916ㄴ	324
ḳirgẹri	*그루(/글거리)	a second crop - the same year	K	G. J. Ramstedt	1949	118
ḳiru	*그루	a second crop - the same year	K	G. J. Ramstedt	1949	118
ḳirg-i	*그루(/글기)	a second crop - the same year	K	G. J. Ramstedt	1949	118
ḳirū	*그루	a second crop	K	G. J. Ramstedt	1949	118
ulhu	*그루	flusskraut	Ma	白鳥庫吉	1914ㄷ	289
goorsu	*그루	tuyau de plume, parille, tige	Mo	白鳥庫吉	1916ㄴ	324
goorsun	*그루	tuyau de plume, parille, tige	Mo	白鳥庫吉	1916ㄴ	324
χūrsu	*그루	tuyau de plume, parille, tige	Mo	白鳥庫吉	1916ㄴ	324
küz	*가을	a second crop	T	G. J. Ramstedt	1949	118

그루터기

표제어/어휘	의미		언어	저자	발간년도	쪽수
kï-lï-h	그루터기		K	김사엽	1974	452
modōko	*그루터기	stumpt	Ma	白鳥庫吉	1915ㄱ	36
мугдєкан	*그루터기		Ma	Shirokogoroff	1944	86
тууучэк	*그루터기	stub	Ma	Цинциус	1977	204
мугдэкӭн	*그루터기	stub	Ma	Цинциус	1977	549
нэлгэ	*그루터기	snag	Ma	Цинциус	1977	619
сараха	*그루터기	stump	Ma	Цинциус	1977	64

그르다

표제어/어휘	의미		언어	저자	발간년도	쪽수
kïlï-	그르다	be mistaken	K	宋敏	1969	74
kɔrɔ-	*그르다	wrong	K	Martin, S. E.	1966	203
kɔrɔ-	*그르다	wrong	K	Martin, S. E.	1966	219
urgonap	*그르다	schwarz	Mo	白鳥庫吉	1914ㄷ	308

그릇

표제어/어휘	의미		언어	저자	발간년도	쪽수
kɯrɯs	그릇		K	강길운	1983ㄱ	48
kɯrɯ	그릇		K	김방한	1978	33
kï-lïs	그릇		K	김사엽	1974	387

표제어/어휘		의미	언어	저자	발간년도	쪽수
kĭ-lĭs	그릇		K	김사엽	1974	473
koro	*그릇	to falsify, to pervert	Ma	白鳥庫吉	1914ㄷ	308
[торукā	*그릇, 식기.		Ma	Shirokogoroff	1944	131
[тirä	*그릇, 식기		Ma	Shirokogoroff	1944	126
туңӡ \ a	*그릇	vessel	Ma	Цинциус	1977	215
jаңте	*그릇	dishes	Ma	Цинциус	1977	343
қарпаӊӣ	*그릇	dishes	Ma	Цинциус	1977	382
китиjа	*그릇	dish	Ma	Цинциус	1977	400
қoдӱрпӱ(н-)	*그릇	bucket, haven	Ma	Цинциус	1977	403
кōмба	*그릇	bucket, haven	Ma	Цинциус	1977	408
кōнди	*그릇	bucket, haven	Ma	Цинциус	1977	409
кор	*그릇	dishes	Ma	Цинциус	1977	414
кеӊгөлә	*그릇	dish	Ma	Цинциус	1977	420
кугдика	*그릇	dish	Ma	Цинциус	1977	423
куккэ	*그릇	vessel	Ma	Цинциус	1977	426
кулумух	*그릇	vessel	Ma	Цинциус	1977	429
кэвуӊэ	*그릇	vessel	Ma	Цинциус	1977	442
хуjӊгэ малу	*그릇	vessel	Ma	Цинциус	1977	475
лӭу	*그릇	dish	Ma	Цинциус	1977	519
мисан	*그릇	dishes	Ma	Цинциус	1977	539
моноро	*그릇	cup	Ma	Цинциус	1977	545
моро	*그릇	cup	Ma	Цинциус	1977	546
сӣχа(н-)	*그릇	vessel	Ma	Цинциус	1977	80

그릇되다

kɔrɔ-	*그릇되다	wrong	K	Martin, S. E.	1966	210
yaŋil-	그릇치다		T	이숭녕	1956	85

그리고

jəŋ/to	그리고	and	K	강영봉	1991	8
ka	그리고		Ma	김승곤	1984	240
ka	*그리고	and, but, and so	Ma	G. J. Ramstedt	1949	81
to	그리고역시		T	김승곤	1984	253

그리다

kĭ-li	그리다		K	김사엽	1974	465
k̦irida	*그리다	to sketch	K	G. J. Ramstedt	1949	118
он'о-	*그리다	draw	Ma	Цинциус	1977	20
амна-	*그리다	draw	Ma	Цинциус	1977	38
сай-	*그리다	draw	Ma	Цинциус	1977	54
χоала-	*그림 그리다	to draw	Ma	Цинциус	1977	467

그리워하다

kĭ-li	그리워하다		K	김사엽	1974	446
булӣ-	*그리워하다, 애수에 잠기다	be sad, be bored, long for	Ma	Цинциус	1977	107

그림

koi-ro-om	*그림	bild	K	白鳥庫吉	1914ㄷ	322
kol-t'eul-li-	*그림	bild	K	白鳥庫吉	1914ㄷ	322
kol-lai-	*그림	bild	K	白鳥庫吉	1914ㄷ	322
kol-t'angmök-	*그림	bild	K	白鳥庫吉	1914ㄷ	322

표제어/어휘		의미	언어	저자	발간년도	쪽수
keulim	그림		K	宋敏	1969	74
ķirim	*그림	a picture, a sketch, a drawing	K	G. J. Ramstedt	1949	118
hγγaк	*그림	picture	Ma	Цинциус	1977	337
ніруǯа+н	*그림	drawing	Ma	Цинциус	1977	600
барҟала	*그림	picture, drawing	Ma	Цинциус	1977	75
xabči	*그림	to sketch, to draw, to picture	Mo	白鳥庫吉	1914ㄷ	306
xar	*그림	a cloud	Mo	白鳥庫吉	1914ㄷ	310
xorodaxu	*그림	bild	Mo	白鳥庫吉	1914ㄷ	322
xorosxaxu	*그림	to be troublesome, to be annoying	Mo	白鳥庫吉	1914ㄷ	322

그림자

표제어/어휘		의미	언어	저자	발간년도	쪽수
Kɯri-me	그림자		K	강길운	1982ㄴ	24
Kɯri-me	그림자		K	강길운	1982ㄴ	34
keri	그림자		K	김공칠	1989	15
kĭ-li-maj	그림자		K	김사엽	1974	464
*kɯrime	그림자		K	박은용	1974	222
ķiŗimẹi	그림자	shadow	K	이기문	1958	112
ķiŗimẹi	그림자	shadow	K	이기문	1958	112
kĭrïmwy	그림자		K	이용주	1979	113
kĭriməy	그림자		K	이용주	1979	113
kĭrimcəy	그림자		K	이용주	1979	113
ķirimǯa	*그림자	a shadow, a reflexion	K	G. J. Ramstedt	1949	118
helme-	그림자		Ma	박은용	1974	222
helmen	그림자	shadow	Ma	이기문	1958	112
сімгун, с'імгу	*그림자		Ma	Shirokogoroff	1944	115
эксу	*그림자	shadowgraph	Ma	Цинциус	1977	443
ӈумни	*그림자	shadow	Ma	Цинциус	1977	666
xabčik	*그림자	a picture, a sketch	Mo	白鳥庫吉	1914ㄷ	306

그물

표제어/어휘		의미	언어	저자	발간년도	쪽수
kɯmɯr	그물		K	강길운	1983ㄱ	37
kɯmɯr	그물		K	강길운	1983ㄱ	42
kɯmɯr	그물		K	강길운	1983ㄴ	112
kɯmur	그물		K	강길운	1983ㄴ	117
ko	그물코		K	강길운	1983ㄴ	117
mɯr	물		K	강길운	1987	17
kɯmur	그물	net	K	김공칠	1988	83
kĭmul	그물	net	K	김공칠	1988	83
sa-to	그물		K	김사엽	1974	443
kĭ-mul	그물		K	김사엽	1974	479
cur	그물		K	石井 博	1992	92
[муӈха	*그물		Ma	Shirokogoroff	1944	87
на	*그물.		Ma	Shirokogoroff	1944	88
аɖіl	*그물. 거미줄		Ma	Shirokogoroff	1944	2
тэмти	*그물	net	Ma	Цинциус	1977	234
уǯа(2)	*그물	net	Ma	Цинциус	1977	249
чēӈе	*그물	net	Ma	Цинциус	1977	387
чиǯа(н-)	*그물	net	Ma	Цинциус	1977	390
ҳадÿраҟ̇	*그물	net	Ma	Цинциус	1977	457
х'алу	*그물	net	Ma	Цинциус	1977	460
хэру(1)	*그물	net	Ma	Цинциус	1977	482
маг̇да(н-)	*그물	net	Ma	Цинциус	1977	520
н'отто	*그물	net	Ma	Цинциус	1977	644

표제어/어휘		의미	언어	저자	발간년도	쪽수
адил	*그물, 망	net	Ma	Цинциус	1977	15
дајхан	*그물, 망	net	Ma	Цинциус	1977	190
алга(1)	*그물, 망	net	Ma	Цинциус	1977	30
аңа(2)	*그물, 망	net	Ma	Цинциус	1977	45
бавā	*그물, 망	net	Ma	Цинциус	1977	61

그믐

kĭ-mĭm	그믐		K	김사엽	1974	421
kumum	그믐		K	宋敏	1969	74
ķiṃiṃ pam	*그믐밤	a dark night, a night without moon	K	G. J. Ramstedt	1949	117
ķiṃiṃ	*그믐	the last day of a morth	K	G. J. Ramstedt	1949	117
ķiṃiṃnal	*그믐날	the last day of a morth	K	G. J. Ramstedt	1949	117
ķiṃiṃ	*그믐	the last day of the month	K	G. J. Ramstedt	1949	117
ķiṃiṃbam	*그믐밤	a dark night, a night without moon	K	G. J. Ramstedt	1949	117
kumulḝ-	*입다	to dress, to cast clothes upon oneself	Ma	G. J. Ramstedt	1949	117
kumu-	*덮다	to cover oneself	Ma	G. J. Ramstedt	1949	117
kumnä-	*난다	to embrace	Ma	G. J. Ramstedt	1949	117
kumu-	*덮다	the last day of the month	Ma	G. J. Ramstedt	1949	117

그을다

kɯsɯr-	그을리다		K	강길운	1982ㄴ	24
kɯsɯr-	그을리다		K	강길운	1982ㄴ	27
kĭ-zĭl	그을리다		K	김사엽	1974	451
kĭ-zĭl	그을다		K	김사엽	1974	397
kömöŋ	그을다		K	이숭녕	1956	116
sus	그을음		K	이용주	1980	72
џаӈга	*그을림		Ma	Shirokogoroff	1944	36
9lда	*그을음, 석탄, 숯		Ma	Shirokogoroff	1944	44
соlоптан	*그을음.		Ma	Shirokogoroff	1944	117
kō	*그을음.		Ma	Shirokogoroff	1944	72
[нӯкса	*그을음		Ma	Shirokogoroff	1944	96
[нокс'а	*그을음		Ma	Shirokogoroff	1944	94
нув-	*그을음이 끼다	become sooty; be soot-covered	Ma	Цинциус	1977	607
гй-	*그을다, 그을음을 내다	smoke	Ma	Цинциус	1977	147
пун'а	*그을리는	smoky	Ma	Цинциус	1977	43
иӈун	*그을음	soot	Ma	Цинциус	1977	334
ку	*그을음	soot	Ma	Цинциус	1977	421
куруӈ'ук	*그을음	soot	Ma	Цинциус	1977	438
хорхй	*그을음	soot	Ma	Цинциус	1977	471
хумэсикэ	*그을음	soot	Ma	Цинциус	1977	477
xara	*그을음	a black spot-caused by smoke	Mo	白鳥庫吉	1914ㄷ	310
xara	*그을음	russ	T	白鳥庫吉	1914ㄷ	310
kärämäs	*그을음	to wish to see, to desire to look upon	T	白鳥庫吉	1914ㄷ	311

그저께

kɯjək'ɪ	그저께		K	강길운	1982ㄴ	24
kɯjək'ɪ	그저께		K	강길운	1982ㄴ	32
küčököi	그저께		K	이숭녕	1956	145
kĭ-čəj	그제		K	김사엽	1974	456
kuičöi	그제		K	이숭녕	1956	92

표제어/어휘		의미	언어	저자	발간년도	쪽수
canaŋgi	그저께		Ma	김선기	1977ㅂ	323
urdzi	그저께		Mo	김선기	1977ㅂ	323

그치다

kuǔ-	그치다		K	강길운	1983ㄱ	42
kuǔč-	그치다		K	강길운	1983ㄴ	112
kuǔč-	그치다		K	강길운	1983ㄴ	116
kĭčʰ	그치다		K	김사엽	1974	427
kér	*그치다	cease, stop	T	白鳥庫吉	1914ㄷ	311

근원

äjar	근원		K	강길운	1977	14
t'ə/t'ʌr	터, 근원		K	강길운	1982ㄴ	20
t'ʌr	근원		K	강길운	1982ㄴ	23
pər	근원		K	김공칠	1988	193
pölphan	근원		K	김공칠	1989	7
덜	근원		K	김선기	1976ㄴ	329
тіканін	*근원, 나뭇가지의 뿌리.		Ma	Shirokogoroff	1944	127
teri	derigu1n		Mo	김선기	1976ㄴ	329

근처

əgü	어귀		K	강길운	1983ㄴ	137
іста	*근처에, 거의.		Ma	Shirokogoroff	1944	63
туlучар'і	*근처에.		Ma	Shirokogoroff	1944	133

글

keul	글		K	김공칠	1989	6
kĭl-βal	글월		K	김사엽	1974	396
kĭl-wal	글월		K	김사엽	1974	396
kʉr	글자		K	박은용	1974	223
kĭl	*글		K	大野晋	1975	52
keu-răt	*글월	character writing	K	白鳥庫吉	1914ㄷ	306
ken-rim	*글자	to read, to read the classics	K	白鳥庫吉	1914ㄷ	306
keul	글		K	宋敏	1969	74
kĭl	글		K	宋敏	1969	74
kul	글		K	宋敏	1969	74
ḳir	글	a letter	K	이기문	1958	112
글	글		K	이탁	1946ㄱ	13
글	글		K	이탁	1946ㄷ	17
kwl	*글		K	村山七郎	1963	27
kwr	*글		K	村山七郎	1963	27
her-	금		Ma	박은용	1974	223
her-gen	글	a letter	Ma	이기문	1958	112
hasima	*글귀	chinese characters	Ma	白鳥庫吉	1914ㄷ	306
[дукун	*글자, 문자		Ma	Shirokogoroff	1944	33
xoroxoj	*글	a shadow, a reflexien	Mo	白鳥庫吉	1914ㄷ	306

글썽

kʉr-	글썽		K	박은용	1974	231
kül-söŋ gül söŋ	글썽글썽		K	이숭녕	1956	181
gele-	머금다		Ma	박은용	1974	231

표제어/어휘		의미	언어	저자	발간년도	쪽수
글쎄						
ḳi̯lše	*글쎄	a reply denoting uncertainty, doubt, neither one t	K	G. J. Ramstedt	1949	116
ḳiṛe̯lsē	*글쎄	so it has the occasion to be	K	G. J. Ramstedt	1949	116
ḳi̯lsē	*글쎄	a reply denoting uncertainty, doubt, neither one t	K	G. J. Ramstedt	1949	116
ty̆j-cē	*글쎄	well	Ma	Цинциус	1977	206
긁다						
kɯlg-	긁다		K	강길운	1982ㄴ	17
kɯlg-	긁다		K	강길운	1982ㄴ	24
kɯlg-	긁다		K	강길운	1982ㄴ	36
tɯk-tɯk	거칠게긁는모양		K	강길운	1983ㄴ	109
keurk	*긁다	scratch	K	金澤庄三郎	1910	9
ki̇̀lk-	할퀴다	scratch	K	김동소	1972	140
ki̇̀lk	긁다		K	김사엽	1974	465
kɯra	긁다		K	박은용	1974	212
keul	*긁다	to compose~in chinese characters, to write a compo	K	白鳥庫吉	1914ㄷ	306
keul-čul	*긁다	souiller	K	白鳥庫吉	1914ㄷ	306
keul-keui	*긁다	to rake, to scratch, to scrape	K	白鳥庫吉	1914ㄷ	306
keul-pang	*긁다	to scratch, to lear	K	白鳥庫吉	1914ㄷ	306
kulk	긁다		K	宋敏	1969	74
keurk	긁다		K	宋敏	1969	74
ki̇̀rk	긁다		K	宋敏	1969	74
kɯ가-	긁다	to scratch	K	이용주	1980	83
kurk-	긁다	to scratch	K	이용주	1980	96
ḳi̯kta	*긁다	to rake, to scratch, to scrape	K	G. J. Ramstedt	1949	115
ḳi̯lkta, ḳi̯lta, ḳi̯kta	*긁다	to rake, to scratch, to scrpae	K	G. J. Ramstedt	1949	115
ḳi̯lkta	*긁다	to rake, to scratch, to scrape	K	G. J. Ramstedt	1949	115
keurk	*긁다	scratch	K	Kanazawa, S	1910	7
kǎlk-	*긁다	scratch	K	Martin, S. E.	1966	202
kálk-	*긁다	scratch	K	Martin, S. E.	1966	203
kálk-	*긁다	scratch	K	Martin, S. E.	1966	210
kálk-	*긁다	scratch	K	Martin, S. E.	1966	221
šo-	할퀴다	scratch	Ma	김동소	1972	140
ušambi	긁다		Ma	김동소	1972	145
wašambi	긁다		Ma	김동소	1972	145
elga	*긁다	kratzen	Ma	白鳥庫吉	1914ㄷ	307
qarqa-	*긁다, 바이올린을 켜다	to scratch, to play violin	Ma	Poppe, N	1965	198
ohi	*긁다, 가렵다, 머리를 빗다.		Ma	Shirokogoroff	1944	99
oh'iмaт'	*긁다, 가렵다, 머리를 빗다		Ma	Shirokogoroff	1944	99
ед	*긁다, 빗다		Ma	Shirokogoroff	1944	42
cylr'i	*긁다.		Ma	Shirokogoroff	1944	119
усакт, усатк	*긁다.		Ma	Shirokogoroff	1944	146
мāзi	*긁다		Ma	Shirokogoroff	1944	81
ӡy̆лу-	*긁다, 대패질하다	scrape	Ma	Цинциус	1977	273
тэпки-	*긁다	scratch	Ma	Цинциус	1977	237
утуни-	*긁다	scratch	Ma	Цинциус	1977	294
камдат-	*긁다	to scratch	Ma	Цинциус	1977	370
чй-	*긁다	scrape	Ma	Цинциус	1977	388
чип-	*긁다	scrape	Ma	Цинциус	1977	398
чирчй-	*긁다	scrape	Ma	Цинциус	1977	400

표제어/어휘		의미	언어	저자	발간년도	쪽수
mãӡɪ-	*긁다	scratch	Ma	Цинциус	1977	520
xörö	*긁다	to rake, to scratch, to scrpae	Mo	G. J. Ramstedt	1949	115
köГε	*긁다	to rake, to scratch, to scrpae	Mo	G. J. Ramstedt	1949	115
kɪr-	긁다		T	김영일	1986	174

긁히다

kɯlk-/kokcu-	*긁다	to scratch	K	강영봉	1991	11
karka-	*긁히다	to scratch	Ma	G. J. Ramstedt	1949	88
фэри	*긁힌 자국	graze	Ma	Цинциус	1977	305

금

kum	금	limit	K	宋敏	1969	74
kum	*금	limit	K	Aston	1879	21
k<ï>m nada	*금 나다[裂]	to spread apart, to split, to crack	K	G. J. Ramstedt	1949	117
k<ï>m	*금[線,裂]	a crack, a crease	K	G. J. Ramstedt	1949	117
k<ï>m kada	*금가다	to be cracked - as crackle ware	K	G. J. Ramstedt	1949	117
k<ï>mgada	*금가다	to be cracked - as crackle ware	K	G. J. Ramstedt	1949	117
kɰ gi-	*분할하다	to split up	Ma	G. J. Ramstedt	1949	117
kɰ ji-	*분할하다	to split up	Ma	G. J. Ramstedt	1949	117
[хаур	*금이 가다.		Ma	Shirokogoroff	1944	53
қарӡа-	*금이 가다	cast, chop	Ma	Цинциус	1977	381
кидинукэн-	*금이 가다	break, go snap	Ma	Цинциус	1977	391
н'иӈ-	*금을 긋다 (새기다)	notch	Ma	Цинциус	1977	638
саӈ-	*금을 새기다	make notches	Ma	Цинциус	1977	61
сара-	*금을 새기다	notch	Ma	Цинциус	1977	64
jaмту(н-)	*금 (가는)	crack	Ma	Цинциус	1977	340

금(金)

asi	금		K	강길운	1977	14
*āsi	황금		K	강길운	1979	13
asi	금		K	강길운	1983ㄱ	29
ķim	*금[金]	metal, gold	K	G. J. Ramstedt	1949	116
ķim	*금[價]	the price, the value	K	G. J. Ramstedt	1949	116
aisin	금		Ma	강길운	1977	14
aišen	황금		Ma	강길운	1979	13
aisen	황금		Ma	강길운	1979	13
aisin	황금		Ma	강길운	1979	13
aicin	금		Ma	김선기	1976ㄴ	329
ginli	*가치	the price, the value	Ma	G. J. Ramstedt	1949	116
taman	*가격	price	Ma	G. J. Ramstedt	1949	116
алтан	*금의, 금빛의.		Ma	Shirokogoroff	1944	5
собин	*금괴(金塊)	bar	Ma	Цинциус	1977	103
гина	*금	gold	Ma	Цинциус	1977	152
ajсин	*금	gold	Ma	Цинциус	1977	22
фэjгин	*금	gold	Ma	Цинциус	1977	304
алтан	*금	gold	Ma	Цинциус	1977	33
кэмус	*금	gold	Ma	Цинциус	1977	448
alta	금		Mo	강길운	1977	14
altan	금		Mo	김선기	1976ㄴ	329
altun	금		T	강길운	1977	14
atwn	금		T	김선기	1976ㄴ	329
kümüs	*귀한 금속	precious metal	T	G. J. Ramstedt	1949	116

표제어/어휘		의미	언어	저자	발간년도	쪽수
금지하다						
asə-	아서다		K	강길운	1981ㄱ	32
fafula-	*금지하다	to forbid	Ma	Poppe, N	1965	160
faful-	*금지하다	to forbid	Mo	Poppe, N	1965	160
вақала-	*금지하다	forbid, prohibit	Ma	Цинциус	1977	129
дарилӯ-	*금지하다	forbid, prohibit	Ma	Цинциус	1977	200
чалча-	*금지하다	prohibit	Ma	Цинциус	1977	382
нӱрӯт-/ч-	*금지하다	prohibit	Ma	Цинциус	1977	613
нув-	*금하다	forbid	Ma	Цинциус	1977	607
급하다						
tagɯp-hʌ-	다급하다		K	강길운	1983ㄴ	122
ḳip ḥạda	*급하다	to be quick, to be hasty	K	G. J. Ramstedt	1949	118
ḳip hi	*급히	quickly	K	G. J. Ramstedt	1949	118
ḳip ḳip ḥạda	*급급하다	to be in great hurry	K	G. J. Ramstedt	1949	118
olin'ɥi	*급히, 조급하게.		Ma	Shirokogoroff	1944	101
һэлин	*급함	hurry	Ma	Цинциус	1977	364
сох	*급히, 서둘러서	hastily	Ma	Цинциус	1977	105
сақсимэ	*급히, 서둘러서	in a hurry	Ma	Цинциус	1977	57
기다						
kiĭ	기다		K	김사엽	1974	403
ḳiida	*기다[伏]	to creep, to crawl	K	G. J. Ramstedt	1949	115
ḳiida	*기다	to go on all fours	K	G. J. Ramstedt	1949	115
k<ï˘>da	*기다[伏]	to go on all fours	K	G. J. Ramstedt	1949	115
ḳi<i˘>da	*기다[伏]	to go on all fours	K	G. J. Ramstedt	1949	115
боӈита-	*기다, 기어다니다	creep, crawl	Ma	Цинциус	1977	94
тимикта-	*기다, 기어가다	creep	Ma	Цинциус	1977	182
бол-jон-	*기다, 기어다니다	creep, crawl	Ma	Цинциус	1977	92
туту-	*기다	creep	Ma	Цинциус	1977	223
gŭ-	*뛰다	to leap, to run	Mo	G. J. Ramstedt	1949	115
küi lä-ŋ	*기다	to go on all fours	T	G. J. Ramstedt	1949	115
기다리다						
kidɯri-	기다리다		K	강길운	1981ㄴ	8
ki-tʌ-li	기다리다		K	김사엽	1974	390
kituri	기다리다		K	박은용	1974	214
kidạrida	*기다리다	to wait	K	G. J. Ramstedt	1949	111
kidurguda	*기다리다(/기둘구다)	to await, to expect	K	G. J. Ramstedt	1949	111
kidạrida	*기다리다	to await, to expect	K	G. J. Ramstedt	1949	111
сақi	*기다리다, 배려하다.		Ma	Shirokogoroff	1944	110
[alaч	*기다리다.		Ma	Shirokogoroff	1944	4
алаɣmila	*기다리다.		Ma	Shirokogoroff	1944	4
амта	*기다리다.		Ma	Shirokogoroff	1944	7
ōнмъ̄т-/ч-	*기다리다	wait	Ma	Цинциус	1977	19
тонто-	*기다리다	wait	Ma	Цинциус	1977	197
о-птат-/ч-	*기다리다	wait	Ma	Цинциус	1977	23
һэрӯ	*기다리다	wait	Ma	Цинциус	1977	370
э̄ксит-/ч-	*기다리다	wait	Ma	Цинциус	1977	443
экэрэкэ-	*기다리다	wait	Ma	Цинциус	1977	444
эурэчи-	*기다리다	wait	Ma	Цинциус	1977	471
küd-	*기다리다	to wait	T	G. J. Ramstedt	1949	111

표제어/어휘		의미	언어	저자	발간년도	쪽수

기대다

kidä-	기대다		K	강길운	1983ㄴ	113
kodä-	기대다		K	강길운	1983ㄴ	138
kīdäda	*기대다	to lean, to depend on	K	G. J. Ramstedt	1949	112
турга	*기대다		Ma	Shirokogoroff	1944	134
буктурӯ-	*기대다, 기초를 두다	lean, base upon	Ma	Цинциус	1977	105
сукулэ-	*..에 기대다	abut on	Ma	Цинциус	1977	123
тӯнин-	*기대다	lean	Ma	Цинциус	1977	213
тутаманча-	*기대다	lean elbows	Ma	Цинциус	1977	223
чиви-	*기대다	lean	Ma	Цинциус	1977	389
полдопйн-	*…에 기대다	lean one's elbows	Ma	Цинциус	1977	40
зјэнчи-	*기대다	recline against	Ma	Цинциус	1977	442
эрту-	*기대다	lean on	Ma	Цинциус	1977	465
сйпа-	*..에 기대다	lean against	Ma	Цинциус	1977	92

기둥

kid	기둥		K	강길운	1982ㄴ	17
kid	기둥		K	강길운	1982ㄴ	18
kid	기둥		K	강길운	1983ㄱ	30
kid	기둥		K	강길운	1983ㄴ	117
karä	서까래		K	강길운	1983ㄴ	120
tшlpo	들보		K	강길운	1983ㄴ	123
ki-toŋ	기둥		K	김사엽	1974	405
kidoŋ	기둥		K	이숭녕	1956	98
kid/kit	기둥		K	이숭녕	1956	98
тог?о́lга(н)	*기둥, 북극성		Ma	Shirokogoroff	1944	129
баг?а̄на	*기둥		Ma	Shirokogoroff	1944	12
iкдäр	*기둥		Ma	Shirokogoroff	1944	58
iнбеı(	*기둥		Ma	Shirokogoroff	1944	61
ic'тоlба	*기둥		Ma	Shirokogoroff	1944	63
тургу	*기둥을 세우다		Ma	Shirokogoroff	1944	134
тургö	*기둥을 세우다		Ma	Shirokogoroff	1944	134
лёдӯнга	*기둥들	columns	Ma	Цинциус	1977	496
сэргэ	*기둥	pillar	Ma	Цинциус	1977	145
туру(1)	*기둥	post	Ma	Цинциус	1977	221
дэуǯэ	*기둥	post, pole	Ma	Цинциус	1977	239
хочӯку	*기둥	column	Ma	Цинциус	1977	472
хуǯиэӈку	*기둥	column	Ma	Цинциус	1977	475
саlкамча	*기둥	pillar	Ma	Цинциус	1977	58
сйуа(н-)	*기둥	pillar	Ma	Цинциус	1977	76
tajaχ	*기둥	a staff, a stick to lean on	T	G. J. Ramstedt	1949	112

기러기

kirö-ki	*기러기	wild goose	K	金澤庄三郞	1910	9
kiröki	*기러기		K	金澤庄三郞	1914	220
kiriki	기러기		K	김공칠	1989	6
ki-lə-ki	기러기		K	김사엽	1974	458
giregi	기러기		K	김선기	1977ㄷ	355
kö-ru-	*기러기	gans	K	白鳥庫吉	1914ㄷ	315
ki-rök-l	*기러기	swan	K	白鳥庫吉	1914ㄷ	315
köreum	*기러기	gans	K	白鳥庫吉	1914ㄷ	315
kala-ki	기러기		K	宋敏	1969	75

표제어/어휘		의미	언어	저자	발간년도	쪽수
kïïryöki	기러기		K	宋敏	1969	75
kirö-ki	기러기		K	宋敏	1969	75
kirok	기러기		K	宋敏	1969	75
ḵireḵi	기러기	a wild goose	K	이기문	1958	114
ḵiryeḵ	기러기	a wild goose	K	이기문	1958	114
ḵireḵi	기러기	a wild goose	K	이기문	1958	114
ḵiryeḵi	기러기	a wild goose	K	이기문	1958	114
kirögi	기러기		K	이숭녕	1956	157
kïïryöki	기러기		K	이용주	1980	72
kalaki	*기러기	a wild goose	K	Aston	1879	25
kirö-ki	*기러기	wild goose	K	Kanazawa, S	1910	7
ni-ongnijaha	기러기		Ma	김선기	1977ㄷ	355
xupe	*기러기	a wild goose	Ma	白鳥庫吉	1914ㄷ	314
xupa	*기러기	grober	Ma	白鳥庫吉	1914ㄷ	314
kilahūn	갈매기	sea-gull	Ma	이기문	1958	114
kalöku	*기러기		Mo	金澤庄三郎	1914	220
kegere	기러기		Mo	김선기	1977ㄷ	355
ipek	*기러기	a beggar a mendicant	T	白鳥庫吉	1914ㄷ	315
īp	*기러기	oie	T	白鳥庫吉	1914ㄷ	315
ipkin	*기러기	oie	T	白鳥庫吉	1914ㄷ	315
iplik	*기러기	gans	T	白鳥庫吉	1914ㄷ	315
iplenmek	*기러기	gans	T	白鳥庫吉	1914ㄷ	315

기르다

표제어/어휘		의미	언어	저자	발간년도	쪽수
kirï	기르다	to bring up, domesticate	K	김공칠	1989	18
čʰi	기르다		K	김사엽	1974	460
kirida	*기르다	to bring up, to tame	K	G. J. Ramstedt	1949	113
kiḷṭida	*기르다	to be tame, to become domesticated	K	G. J. Ramstedt	1949	113
kiḷṭirida	*기르다	to domesticate - animals	K	G. J. Ramstedt	1949	113
yja	*기르다, 키우다, 먹이다.		Ma	Shirokogoroff	1944	137
бaлдira	*기르다.		Ma	Shirokogoroff	1944	13
[ihÿp	*기르다.		Ma	Shirokogoroff	1944	58

기름

표제어/어휘		의미	언어	저자	발간년도	쪽수
kirɯm	기름, 비게		K	강길운	1982ㄴ	17
kirɯm	기름, 비게		K	강길운	1982ㄴ	27
kirɯm	기름, 비게		K	강길운	1982ㄴ	34
kirɯm	기름, 비게		K	강길운	1982ㄴ	35
걸다	기름		K	고재휴	1940ㄱ	7
기름	기름		K	고재휴	1940ㄱ	7
기름디다	기름		K	고재휴	1940ㄱ	7
kirem	기름	oil, fat	K	김공칠	1988	83
kilim	지방	grease	K	김동소	1972	138
ma-raŋ-gu	기름		K	박은용	1974	113
kiuɯˇm	기름	fat	K	이용주	1980	81
kirŭm	기름	fat	K	이용주	1980	95
kirem	기름	grease	K	이용주	1980	99
*gážu	기름	grease	K	이용주	1980	99
kirym	*지방	grease	K	長田夏樹	1966	82
Kirum	*기름		K	Arraisso	1896	21
kireum	*fat		K	Hulbert, H. B.	1905	120
nimenggi	지방	grease	Ma	김동소	1972	138

표제어/어휘	의미		언어	저자	발간년도	쪽수
simura	기름		Ma	김방한	1977	15
imeŋgi	기름		Ma	김방한	1977	15
simeŋgi	기름		Ma	김방한	1977	15
nimenŋgi	기름		Ma	김방한	1977	15
simse	기름		Ma	김방한	1977	15
imukčen	기름		Ma	김방한	1977	15
imučče	기름		Ma	김방한	1977	15
imukčen	기름		Ma	김방한	1978	26
nimeŋgi	기름		Ma	김방한	1978	26
imeŋgi	기름		Ma	김방한	1978	26
hāh-rh-wēn	*기름	fett	Ma	白鳥庫吉	1914ㄷ	315
garu	*기름	fett	Ma	白鳥庫吉	1914ㄷ	315
galaf	*기름	wilder swan	Ma	白鳥庫吉	1914ㄷ	315
бурги	*기름진, 뚱뚱한, 살찐		Ma	Shirokogoroff	1944	21
[соктоу	*기름, 지방.		Ma	Shirokogoroff	1944	117
далаҥ	*기름, 지방	fat, grease	Ma	Цинциус	1977	193
иһэлкэ̄н	*기름 많은	greesy, fat	Ma	Цинциус	1977	334
콜공	기름		Mo	고재휴	1940ㄱ	7
골공	기름		Mo	고재휴	1940ㄱ	7
galaghun	*기름	fett	Mo	白鳥庫吉	1914ㄷ	315
karú	*기름	fett	Mo	白鳥庫吉	1914ㄷ	315
galú	*기름	fett	Mo	白鳥庫吉	1914ㄷ	315
galaghu	*기름	fett	Mo	白鳥庫吉	1914ㄷ	315
karaú	*기름	fett	Mo	白鳥庫吉	1914ㄷ	315

기뻐하다

표제어/어휘	의미		언어	저자	발간년도	쪽수
kül-	기쁘다		K	강길운	1977	15
pak-	기뻐하다	to be glad	K	강길운	1978	42
kit-kĭ	기뻐하다		K	김사엽	1974	378
kkiruktäi-	*기뻐하다		K	白鳥庫吉	1914ㄷ	316
koenko-ol	*기뻐하다	gluck	K	白鳥庫吉	1914ㄷ	317
ko-eul	*기뻐하다	das gluck	K	白鳥庫吉	1914ㄷ	317
kippuda	*기쁘다	to be glad, to be happy, to be delighted	K	G. J. Ramstedt	1949	113
kippịda	*기쁘다	to be glad, to be happy, to be delighted	K	G. J. Ramstedt	1949	113
kikkẹpta	*기껍다	to be glad, to be happy, to be delighted	K	G. J. Ramstedt	1949	113
kitta	* 다	to cheer up	K	G. J. Ramstedt	1949	113
galī	*기뻐하다	das gluck	Ma	白鳥庫吉	1914ㄷ	316
kuwi	*기뻐하다	to be glad, to be happy	Ma	白鳥庫吉	1914ㄷ	317
kutu	*기뻐하다	sich freuen	Ma	白鳥庫吉	1914ㄷ	317
kowi	*기뻐하다	selig	Ma	白鳥庫吉	1914ㄷ	317
kotu	*기뻐하다	selig	Ma	白鳥庫吉	1914ㄷ	317
kesi	*기뻐하다	glucklich	Ma	白鳥庫吉	1914ㄷ	317
kasiki	*기뻐하다	gluck	Ma	白鳥庫吉	1914ㄷ	317
huturi	*기뻐하다	gluck	Ma	白鳥庫吉	1914ㄷ	317
golo	*기뻐하다	der segen	Ma	白鳥庫吉	1914ㄷ	317
kyse	*기뻐하다	to be glad, to be joyful	Ma	白鳥庫吉	1914ㄷ	317
kysé	*기쁘다	wie oben	Ma	白鳥庫吉	1914ㄷ	317
kẹsẹ-	*기쁘다	to be glad	Ma	G. J. Ramstedt	1949	113
kẹhẹ-	*기쁘다	to be glad	Ma	G. J. Ramstedt	1949	113
caw	*기뻐하다, 웃다, 즐거워하다.		Ma	Shirokogoroff	1944	112

표제어/어휘		의미	언어	저자	발간년도	쪽수
ӈгомпо	*기뻐하다, 즐거워하다.		Ma	Shirokogoroff	1944	92
ургунч'il	*기뻐하다, 축하하다		Ma	Shirokogoroff	1944	145
[чухö	*기뻐하다.		Ma	Shirokogoroff	1944	26
ургігді	*기뻐하다		Ma	Shirokogoroff	1944	145
[урунца	*기뻐하다		Ma	Shirokogoroff	1944	146
сов'іӈ	*기쁨, 즐거움.		Ma	Shirokogoroff	1944	118
ургундä	*기쁨, 즐거움.		Ma	Shirokogoroff	1944	145
н'эли	*기쁜	glad	Ma	Цинциус	1977	652
урӯн	*기쁨	joy	Ma	Цинциус	1977	288
агда-	*기뻐하다	be glad	Ma	Цинциус	1977	12
такда-	*…을 기뻐하다	be delighted with	Ma	Цинциус	1977	153
чухэти-	*기뻐하다	be glad	Ma	Цинциус	1977	412
саӈгу-	*기뻐하다	be glad	Ma	Цинциус	1977	62
уӽалён-	*기쁘다	be glad	Ma	Цинциус	1977	253
bayar	*기뻐하다	to be glad	Mo	강길운	1978	42
kešik	*기뻐하다	gluck	Mo	白鳥庫吉	1914ㄷ	317
xutuk	*기뻐하다	gluck	Mo	白鳥庫吉	1914ㄷ	317
xišik	*기뻐하다	gluck	Mo	白鳥庫吉	1914ㄷ	317
xešik	*기뻐하다	gluck	Mo	白鳥庫吉	1914ㄷ	317
orōn	*기뻐하다	der segen	Mo	白鳥庫吉	1914ㄷ	317
oron	*기뻐하다	der segen	Mo	白鳥庫吉	1914ㄷ	317
kesik	*기뻐하다	gluck	Mo	白鳥庫吉	1914ㄷ	317
bajarlaqu	*기뻐하다	sich freuen	Mo	G.J. Ramstedt	1952	23
gül-	기쁘다		T	강길운	1977	15
oron	*기뻐하다	der segen	T	白鳥庫吉	1914ㄷ	317
kut	*기뻐하다	gluck	T	白鳥庫吉	1914ㄷ	317

기생

| kīsäӈ | *기생[妓生] | a dancing girl, a prostitute | K | G. J. Ramstedt | 1949 | 113 |
| gise | *매춘부 | a loose woman, a streetwalker | Ma | G. J. Ramstedt | 1949 | 113 |

기술자

| paci- | 기술자 | | K | 박은용 | 1974 | 241 |
| faksi | 기술자 | | Ma | 박은용 | 1974 | 241 |

기와

kiwa	기와		K	김공칠	1989	6
ki-wa	기와		K	김사엽	1974	461
개와	기와		K	김해진	1947	13
kaua	기와		K	宋敏	1969	75
kiwa	기와		K	宋敏	1969	75
кован	*기와	tile, quadrel	Ma	Цинциус	1977	402

기울다

kibur	기울이다	to incline	K	강길운	1978	41
kip	기울다		K	김사엽	1974	422
ki-ul	기울다		K	김사엽	1974	460
kiurę-čhida	*기울어지다	to lean something over, to bend over, to incline	K	G. J. Ramstedt	1949	114
kiut hạda	*기웃하다	to be sloping	K	G. J. Ramstedt	1949	114
kiurida	*기울이다	to lean something over, to bend over, to incline	K	G. J. Ramstedt	1949	114

표제어/어휘		의미	언어	저자	발간년도	쪽수
kiurę-thęrida	*기울어트리다	to lean something over, to bend over, to incline	K	G. J. Ramstedt	1949	114
kiulda, kiuda	*기울다	to be bent sideways	K	G. J. Ramstedt	1949	114
kiulda	*기울다	to lean, to incline, to slant	K	G. J. Ramstedt	1949	114
kiuda	*기울다(/기우다)	to lean, to incline, to slant	K	G. J. Ramstedt	1949	114
kiurę-ǯida	*기울어지다	to lean, to incline, to slant	K	G. J. Ramstedt	1949	114
kelfi-	기울이다	to incline	Ma	강길운	1978	41
ōлчаргу-	*기울다	lean	Ma	Цинциус	1977	16
эшэ-	*기울다	bevel	Ma	Цинциус	1977	471
jəлдəргэ-	*기울어지다	tilt, list	Ma	Цинциус	1977	354
дýраш'и	*기울어진	inclined to	Ma	Цинциус	1977	225
эндэр	*기울이다	inclined	Ma	Цинциус	1977	454
мйҡojɾā	*기울이다		Ma	Цинциус	1977	536
kelberi	기울이다	to incline	Mo	강길운	1978	41
kewī-	*기울다	to be bent sideways	Mo	G. J. Ramstedt	1949	114
kebi-ji-	*기울다	to be bent sideways	Mo	G. J. Ramstedt	1949	114

기원

asi	기원		K	강길운	1982ㄴ	16
fuǯuri	*기원	origin	Ma	Poppe, N	1965	201
дэрэн	*기원, 시초	source, origin	Ma	Цинциус	1977	238
hiǯa'ur	*기원	origin	Mo	Poppe, N	1965	201
huǯa'ur	*기원	origin	Mo	Poppe, N	1965	201
iǯaɣur	*기원	origin	Mo	Poppe, N	1965	201

기이다

kʉs-	기이다		K	박은용	1974	233
gida-	기이다		Ma	박은용	1974	233

기장

ki-čaŋ	기장		K	김사엽	1974	455
kizaŋ	기장		K	이숭녕	1956	185
kicañ	기장		K	이용주	1980	105
kicang	*기장	millet	K	Johannes Rahder	1959	41
qavuz	*기장의 겨	chaff of millet	T	Poppe, N	1965	200

기직

ciçirk	기	straw mat	K	이기문	1958	113
jijiri	기직	straw mat	Ma	이기문	1958	113

기초

baji	기초		K	강길운	1977	15
дā	*기초의, 근본, 토대.		Ma	Shirokogoroff	1944	26
тэɣэр	*기초	foundation	Ma	Цинциус	1977	228
haт	*기초	basement	Ma	Цинциус	1977	318
baja	기초		Mo	강길운	1977	15

기침

čʌč'E-om	재채기		K	강길운	1983ㄴ	111
kichim	*기침		K	Arraisso	1896	20

표제어/어휘	의미		언어	저자	발간년도	쪽수
[(ea)hí	*기침.		Ma	Shirokogoroff	1944	42
cʼiмкʼi	*기침하다.		Ma	Shirokogoroff	1944	115
cʼiмкʼi	*기침		Ma	Shirokogoroff	1944	115
фучихʼа-	*기침하다	cough	Ma	Цинциус	1977	304
најта-	*기침하다	coffing	Ma	Цинциус	1977	579
симки-	*기침하다	cough	Ma	Цинциус	1977	87

기회

jim	기회		K	강길운	1983ㄱ	31
čim	기회		K	강길운	1983ㄴ	110
čiman-hʌ-	기회		K	강길운	1983ㄴ	126
apra	*가능성, 기회	possibility, chance	Ma	Цинциус	1977	49
дуᐧтмон-	*기회를 이용하다	use opportunity	Ma	Цинциус	1977	226

길

kir	길		K	강길운	1981ㄴ	5
kir	길		K	강길운	1982ㄴ	17
kir	길		K	강길운	1982ㄴ	17
kir	길		K	강길운	1982ㄴ	18
kir	길		K	강길운	1982ㄴ	27
kir	길		K	강길운	1982ㄴ	34
cil	*길	road	K	강영봉	1991	11
cil	길	road	K	김공칠	1989	17
kil	길	path	K	김동소	1972	139
kil	길		K	김사엽	1974	387
kil	길		K	김사엽	1974	411
čil	길		K	김사엽	1974	424
gor	길	path	K	김선기	1968ㄱ	28
gir	길	path	K	김선기	1968ㄱ	28
gar	길	path	K	김선기	1968ㄱ	28
gar	길	road	K	김선기	1968ㄴ	25
gil	길		K	김선기	1977ㄷ	355
kil	*길	gehen	K	白鳥庫吉	1914ㄷ	314
kǐr(h)	길	road	K	이용주	1980	81
kirx	길	path	K	이용주	1980	99
kil	*길	way, road, means	K	G. J. Ramstedt	1949	112
kil	*길[路]	way, road, stripe	K	G. J. Ramstedt	1949	112
jugūn	길	path	Ma	김동소	1972	139
gol	길	path	Ma	김선기	1968ㄱ	28
gol	길		Ma	김선기	1977ㄷ	355
golmin	길		Ma	김선기	1977ㄷ	355
ʒugurma	좁은길		Ma	김영일	1986	170
hotoran	길		Ma	김영일	1986	170
hotorag-	길을 닦다		Ma	김영일	1986	170
čil	*길	gehen	Ma	白鳥庫吉	1914ㄷ	314
girin	*길	way, road, means	Ma	G. J. Ramstedt	1949	112
[уʼеһурма	*길		Ma	Shirokogoroff	1944	37
октоког	*길.		Ma	Shirokogoroff	1944	100
окторон	*길.		Ma	Shirokogoroff	1944	100
[һокто	*길.		Ma	Shirokogoroff	1944	55
окто	*길.		Ma	Shirokogoroff	1944	100
[оуа	*길.		Ma	Shirokogoroff	1944	98
[һōōтʼ[рiн	*길.		Ma	Shirokogoroff	1944	56

표제어/어휘		의미	언어	저자	발간년도	쪽수
ȳliɥa	*길거리.		Ma	Shirokogoroff	1944	140
ajaн	*길	way	Ma	Цинциус	1977	20
түргэ̄	*길	road	Ma	Цинциус	1977	219
ивгашэл	*길	path	Ma	Цинциус	1977	295
hoкто	*길	road	Ma	Цинциус	1977	331
mød	길	path	Mo	김선기	1968ㄱ	28
mør	길	path	Mo	김선기	1968ㄱ	28
gir	길	path	Mo	김선기	1968ㄱ	28
kargui	*길	weg	Mo	白鳥庫吉	1914ㄷ	314
sjort	*길	weg	T	白鳥庫吉	1914ㄷ	314
sjür	*길	weg	T	白鳥庫吉	1914ㄷ	314
joruk	*길	weg	T	白鳥庫吉	1914ㄷ	314
jorik	*길	sitte	T	白鳥庫吉	1914ㄷ	314
jor	*길	weg	T	白鳥庫吉	1914ㄷ	314
t'orirben	*길	weg	T	白鳥庫吉	1914ㄷ	314
jol	*길	weg	T	白鳥庫吉	1914ㄷ	314
jorimak	*길	weg	T	白鳥庫吉	1914ㄷ	314

길다

표제어/어휘		의미	언어	저자	발간년도	쪽수
kir-	길다		K	강길운	1983ㄱ	22
kir-	길다		K	강길운	1983ㄴ	116
kir-	길다		K	강길운	1983ㄴ	130
huri-huri	키가 큰 모양		K	강길운	1983ㄴ	133
cil-	*긴	long	K	강영봉	1991	10
kil-	긴	long	K	김동소	1972	139
kai-	긴	long	K	김동소	1972	139
kil-(ta)	길다		K	김방한	1976	19
kil-(ta)	길다		K	김방한	1977	6
kil-	길다		K	김방한	1978	9
kil(-ta)	길다		K	김방한	1979	8
kil	길다		K	김사엽	1974	414
gar	길다	long	K	김선기	1968ㄱ	34
gir	길다	long	K	김선기	1968ㄱ	34
gir	길다		K	김선기	1968ㄴ	24
kir-	길다		K	박은용	1974	236
čyang-ryïng-san	*길다	lang	K	白鳥庫吉	1914ㄷ	313
kinčeung-säing	*길다	lang	K	白鳥庫吉	1914ㄷ	313
čeung-säing	*길다	lang	K	白鳥庫吉	1914ㄷ	313
kil	길다		K	이숭녕	1956	147
kīr-	길다	long	K	이용주	1980	83
kir	길다	long	K	이용주	1980	99
*tśupu[主夫]	*긴	long	K	Christopher I. Beckwith	2004	111
*namey	*길다	long	K	Christopher I. Beckwith	2004	133
*namey : ^nˈəymey[內米]	*길다	long	K	Christopher I. Beckwith	2004	133
kīn čimsäŋ	*긴 짐승	the long animal	K	G. J. Ramstedt	1949	13
kil-	*길다	be long	K	Johannes Rahder	1959	40
or(a)-	*길다	long	K	Martin, S. E.	1966	198
golmin	긴	long	Ma	김동소	1972	139
gol-	길다		Ma	박은용	1974	236
xusuxá	*길다		Ma	白鳥庫吉	1914ㄷ	312

표제어/어휘		의미	언어	저자	발간년도	쪽수
mŏnŏm	*길다	lang	Ma	白鳥庫吉	1914ㄷ	313
nonim	*길다	lang	Ma	白鳥庫吉	1914ㄷ	313
nońim	*길다	lang	Ma	白鳥庫吉	1914ㄷ	313
gonóm	*길다	lang	Ma	白鳥庫吉	1914ㄷ	313
golo	*길다	langsam	Ma	白鳥庫吉	1914ㄷ	314
golmin	*긴	long, extended	Ma	G. J. Ramstedt	1949	121
ŋonim	*긴	long, extended	Ma	G. J. Ramstedt	1949	121
ʒabdar	*긴	long, snake, a long coat	Ma	G. J. Ramstedt	1949	13
ŋonim	*긴, 길이	long, length	Ma	Poppe, N	1965	195
ңöним	*긴	long	Ma	Цинциус	1977	664
hurtu	길다		Mo	김방한	1978	30
purtu	길다		Mo	김방한	1978	30
Sdur	긴	long	Mo	김방한	1978	30
urtu	길다		Mo	김방한	1978	30
fudur	길다		Mo	김방한	1978	30
fuDur	긴	long	Mo	김방한	1978	30
urtu	긴	long	Mo	김방한	1978	30
golmin	길다	long	Mo	김선기	1968ㄱ	34
utu	*길다	to be long	Mo	白鳥庫吉	1914ㄷ	313
orto	*길다	lang	Mo	白鳥庫吉	1914ㄷ	313
urtu	*길다	lang	Mo	白鳥庫吉	1914ㄷ	313
uta	*길다	long	Mo	白鳥庫吉	1914ㄷ	313
urtu	*긴	long	Mo	Poppe, N	1965	157
urtu	*긴	long	Mo	Poppe, N	1965	198
hurtu	*긴	long	Mo	Poppe, N	1965	198
fudur	*긴	long	Mo	Poppe, N	1965	198
urtu	*긴	long	Mo	Poppe, N	1965	202
fudur	*긴	long	Mo	Poppe, N	1965	202
urtu	*긴	long	Mo	Poppe, N	1965	203
enni	*길다	lang	T	白鳥庫吉	1914ㄷ	313
ustata	*길다	lang	T	白鳥庫吉	1914ㄷ	313
üsún	*길다	lang	T	白鳥庫吉	1914ㄷ	313
sjol	*길다	langsam	T	白鳥庫吉	1914ㄷ	314
orox	*길다	langsam	T	白鳥庫吉	1914ㄷ	314
orok	*길다		T	白鳥庫吉	1914ㄷ	314
vărăm	*길게 지속되는	long lasting	T	Poppe, N	1965	157
uzun	*긴	long	T	Poppe, N	1965	157
uzun	*긴	long	T	Poppe, N	1965	198
vărăm	*긴	long	T	Poppe, N	1965	198
vărăm	*긴	long	T	Poppe, N	1965	202
uzun	*긴	long	T	Poppe, N	1965	202
vărăm	*긴	long	T	Poppe, N	1965	203
uhun	*긴	long	T	Poppe, N	1965	203
uzun	*긴	long	T	Poppe, N	1965	203

길마머리

mondahoi	*길마머리		K	金澤庄三郎	1914	220
möndaka	*길마머리		Mo	金澤庄三郎	1914	220

길이

kirökči	길이		K	이숭녕	1956	147
kille	*길이[永]	from time immemorial, always,	K	G. J. Ramstedt	1949	112

표제어/어휘		의미	언어	저자	발간년도	쪽수
		constantly				
kiręk	*기럭[長]	the length	K	G. J. Ramstedt	1949	112
kkiri	*-끼리	among	K	G. J. Ramstedt	1949	112
kirękči	*기럭지[長]	the length	K	G. J. Ramstedt	1949	112
woṅemi	*길이	lange	Ma	白鳥庫吉	1914ㄷ	313
golmin	*길이	the length	Ma	白鳥庫吉	1914ㄷ	313
woṅrmi	*길이	lange	Ma	白鳥庫吉	1914ㄷ	313
да	*길이 단위(1сажень = 2.134m).		Ma	Shirokogoroff	1944	26
саџ'ен'i	*길이 단위(2.i34 미터).		Ma	Shirokogoroff	1944	110
ун'ака	*길이 단위(손가락 1~3 개 길이).		Ma	Shirokogoroff	1944	143
[кумна	*길이 단위.		Ma	Shirokogoroff	1944	77
а(нга	* (길이 단위)손바닥 혹은 손가락 4개 길이		Ma	Shirokogoroff	1944	8
оңоптiк	*길이.		Ma	Shirokogoroff	1944	104
гонiм'iн	*길이		Ma	Shirokogoroff	1944	50
iча(+	*길이단위(약 0.5m).		Ma	Shirokogoroff	1944	57
īчан	*길이단위(약 0.5m)		Ma	Shirokogoroff	1944	57
iч'он	*길이단위(약 0.5m.		Ma	Shirokogoroff	1944	57
[iечан	*길이단위(약 0.5m.		Ma	Shirokogoroff	1944	57
делiм	*길이의 단위.		Ma	Shirokogoroff	1944	30
туриктэ	*길이의 단위	measure of length	Ma	Цинциус	1977	219
t̄ороша	* (길이의 척도)	measure of length	Ma	Цинциус	1977	162
саhāн	*길이; 척도(법)	linear measure	Ma	Цинциус	1977	68
сӯ	*길이	length	Ma	Цинциус	1977	115
диңки	*길이	length	Ma	Цинциус	1977	207
хэрэличу	*길이	distance	Ma	Цинциус	1977	482
hарган	*길이 단위	measure of length	Ma	Цинциус	1977	317
чах̌ā	*길이 단위	elbow(measure of length)	Ma	Цинциус	1977	378
чй	*길이 단위	measure of length	Ma	Цинциус	1977	388
хэибби	*길이 단위	measure of length	Ma	Цинциус	1977	480
маифа	*길이 단위	measure of length	Ma	Цинциус	1977	521
миркиктэлгэ	*길이 단위	measure of length	Ma	Цинциус	1977	538
моңло	*길이 단위	measure of length	Ma	Цинциус	1977	545
aršim	*길이의 단위	arshin, a measure of length	Mo	Poppe, N	1965	159
wórum	*길이	to be long-usually of objects	T	白鳥庫吉	1914ㄷ	313
hara	*길이	lange	T	白鳥庫吉	1914ㄷ	313
aršïm	*길이의 단위	arshin, a measure of length	T	Poppe, N	1965	159

김

kīm	*김	steam, vapor	K	G. J. Ramstedt	1949	112
kimuli	*김	steam, vapor	T	G. J. Ramstedt	1949	112

깁다

cip-	깁다		K	박은용	1975	202
jife-	깁다		Ma	박은용	1975	202
с'ep	*깁다, 바느질하다.		Ma	Shirokogoroff	1944	112
дала	*깁다, 바느질하다.		Ma	Shirokogoroff	1944	28
тӯмча	*깁다.		Ma	Shirokogoroff	1944	133
yli	*깁다		Ma	Shirokogoroff	1944	140
[yliџан	*깁다		Ma	Shirokogoroff	1944	140

표제어/어휘		의미	언어	저자	발간년도	쪽수

깃

kit	깃	a coat collar	K	김공칠	1989	13
kit	깃	a coat collar	K	宋敏	1969	75
kidot	*깃옷	clothes made of unwashed and unstrached cloth	K	G. J. Ramstedt	1949	114
kīt	*깃[옷깃]	un washed and unstarched cloth	K	G. J. Ramstedt	1949	114
kit	*깃	a coat collar	K	G. J. Ramstedt	1949	114
kit	*깃[옷깃]	a coat collar	K	G. J. Ramstedt	1949	114
kikkęt	*깃것	clothes made of unwashed and unstrached cloth	K	G. J. Ramstedt	1949	114
улхун	*깃	collar	Ma	Цинциус	1977	261
элкэн	*깃	collar	Ma	Цинциус	1977	448

깃털

kis	깃털	feather	K	김동소	1972	137
cis	깃털	feather	K	김동소	1972	137
cis	*깃털	feather	K	강영봉	1991	9
ʧĭs	깃	feather	K	이용주	1980	80
*kʷana	깃	feather	K	이용주	1980	99
cich	깃	feather	K	이용주	1980	99
thel	*깃털	feather	K	長田夏樹	1966	82
dethe	깃털	feather	Ma	김동소	1972	137
[депултö	*깃털		Ma	Shirokogoroff	1944	30
[jeнyра	*깃털		Ma	Shirokogoroff	1944	65
лолур	*깃	feather	Ma	Цинциус	1977	503
оргон	*깃털	feather	Ma	Цинциус	1977	23
фунгала	*깃털	feather	Ma	Цинциус	1977	303
ф'эн(стрелы)	*깃털	feathering	Ma	Цинциус	1977	304
чÿө	*깃털	feather	Ma	Цинциус	1977	415
ширэку	*깃털	feather	Ma	Цинциус	1977	426
шоогэ	*깃털	feather	Ma	Цинциус	1977	427

깊다

puksi	깊다		K	김공칠	1989	19
kipʰ	깊다		K	김사엽	1974	398
ki-rămči-	*깊다	tief	K	白鳥庫吉	1914ㄷ	315
ki-răm	*깊다	tief	K	白鳥庫吉	1914ㄷ	315
poksa	깊다		K	송민	1966	22
kiph-	깊다	deep	K	宋敏	1969	75
poksa	깊은	deep	K	이기문	1963	102
pok-si	깊다		K	유창균	1960	22
kip'-	*깊다	tief	K	Andre Eckardt	1966	232
^puk[伏]	*깊다	deep	K	Christopher I. Beckwith	2004	108
*puk[伏]	*깊다	deep	K	Christopher I. Beckwith	2004	109
^puk[伏]	*깊다	deep	K	Christopher I. Beckwith	2004	111
*puk : ^buk[伏]	*깊다	deep	K	Christopher I. Beckwith	2004	135
noptįiri	*놉드리	a high paddy-field	K	G. J. Ramstedt	1949	113
kiphi	*깊이	depth, deeply, carefully	K	G. J. Ramstedt	1949	113

표제어/어휘		의미	언어	저자	발간년도	쪽수
kipta	*깊다	to be deep, to be profound	K	G. J. Ramstedt	1949	113
kipta	*깊다	to be deep, to be profound	K	G. J. Ramstedt	1949	113
kīpta	*깁다	to mend, to darn, to stitch	K	G. J. Ramstedt	1949	113
kīpta	*깁다	to stitch	K	G. J. Ramstedt	1949	113
kipṭiri	*깁드리	a wet low paddy-field	K	G. J. Ramstedt	1949	113
kipxa-	*깊다	deep	K	Martin, S. E.	1966	200
kipxa-	*깊다	deep	K	Martin, S. E.	1966	202
kipxa-	*깊다	deep	K	Martin, S. E.	1966	205
kipxa-	*깊다	deep	K	Martin, S. E.	1966	212
kipxa-	*깊다	deep	K	Martin, S. E.	1966	223
kib	*깊다	to be deep, to be profound	Ma	G. J. Ramstedt	1949	113
[hунтi	*깊은		Ma	Shirokogoroff	1944	56
[hунта	*깊은		Ma	Shirokogoroff	1944	56
сунгта, сонгта	*깊은		Ma	Shirokogoroff	1944	120
сунта	*깊은		Ma	Shirokogoroff	1944	120
сӯ+нкта	*깊이, 깊은		Ma	Shirokogoroff	1944	120
сунгта, сунта,	*깊이.		Ma	Shirokogoroff	1944	120
сунгта	*깊은	deep	Ma	Цинциус	1977	128
шумин	*깊다	deep	Ma	Цинциус	1977	429
korgon	*깊다	la profondeur	Mo	白鳥庫吉	1914ㄷ	315
günzege	*깊다	tief	Mo	白鳥庫吉	1914ㄷ	315
günzegej	*깊다	tief	Mo	白鳥庫吉	1914ㄷ	315
günzejgej	*깊다	tief	Mo	白鳥庫吉	1914ㄷ	315
xorgon	*깊다	tief	Mo	白鳥庫吉	1914ㄷ	315
gün	*깊다	tief	Mo	白鳥庫吉	1914ㄷ	315

까마귀

kere	까마귀	crow	K	강길운	1978	42
kamacei	까마귀		K	김공칠	1989	4
ka-ma-koj	까마귀		K	김사엽	1974	458
까마귀	까마귀		K	김선기	1977ㄷ	357
kamagui	*까마귀	a crow, a raven	K	G. J. Ramstedt	1949	91
galha	까마귀		Ma	김선기	1977ㄷ	358
[акмалмáчiн	*까마귀		Ma	Shirokogoroff	1944	4
гāк'i (кāк'i)	*까마귀		Ma	Shirokogoroff	1944	46
кäрie	*까마귀		Ma	Shirokogoroff	1944	69
yli	*까마귀		Ma	Shirokogoroff	1944	140
кэре	*까마귀	raven	Ma	Цинциус	1977	453
кэукэ	*까마귀	raven	Ma	Цинциус	1977	456
χолон гахa	*까마귀	raven	Ma	Цинциус	1977	470
keriye	까마귀	crow	Mo	강길운	1978	42
kerije	까마귀		Mo	김선기	1977ㄷ	358
karga	까마귀	crow	T	강길운	1978	42
karga	까마귀		T	김선기	1977ㄷ	358

까맣다

kaman	까맣다		K	이숭녕	1956	116
чибама	*까맣다	black	Ma	Цинциус	1977	388

까지

skʌ-či	까지		K	김사엽	1974	389
imamttäkkeз̌uη	*이맘때까지(/이맘때꺼정)	until now, even now	K	G. J. Ramstedt	1949	101

표제어/어휘		의미	언어	저자	발간년도	쪽수
kkęǯi	*-까지	till, even to	K	G. J. Ramstedt	1949	101
kkąǯi	*까지	till, even to -	K	G. J. Ramstedt	1949	101
imamttä-kkęt	*이맘때껏	until now, even now	K	G. J. Ramstedt	1949	101
kkąǯi	*-까지	till, even to	K	G. J. Ramstedt	1949	101
guč	*까지	till, even to -	Ma	G. J. Ramstedt	1949	101
[ʒyllö	*...전에, ...까지.		Ma	Shirokogoroff	1944	41
öptsŭn	*까지	till	Mo	G. J. Ramstedt	1939ㄴ	461

까치

까치	까치		K	권덕규	1923ㄴ	128
kachi	까치		K	김공칠	1989	4
ka-čʰi	까치		K	김사엽	1974	464
가치	까치		K	김선기	1977ㄷ	351
ka'chi	까치		K	宋敏	1969	75
kach'ichyak	까치		K	宋敏	1969	75
kač'ičak	까치		K	宋敏	1969	75
kka'chi	까치		K	宋敏	1969	75
katsxá	*까치	magpie	K	Martin, S. E.	1966	202
katsxá	*까치	magpie	K	Martin, S. E.	1966	204
katsxá	*까치	magpie	K	Martin, S. E.	1966	208
katsxá	*까치	magpie	K	Martin, S. E.	1966	215
katsxá	*까치	magpie	K	Martin, S. E.	1966	221
[сад'ira	*까치.		Ma	Shirokogoroff	1944	110
саҭ'а,	*까치		Ma	Shirokogoroff	1944	110
гуимо	*까치	magpie	Ma	Цинциус	1977	168
ʒони	*까치	magpie	Ma	Цинциус	1977	264
пампаи	*까치	magpie	Ma	Цинциус	1977	33
қақсаҳа	*까치	magpie	Ma	Цинциус	1977	363
бајбула	*까치	magpie	Ma	Цинциус	1977	66
ä'üdänči	*까치		Mo	宮崎道三郎	1930	265
šäʒgai	*까치	magpie	Mo	Poppe, N	1965	157
sayïzɣan	*까치	magpie	T	Poppe, N	1965	157

깎다

skak'	깎다		K	김사엽	1974	431
kas-k	깎다		K	김사엽	1974	449
[hoнгhi	*깎다, 자르다, 베다.		Ma	Shirokogoroff	1944	56
ȳc	*깎다.		Ma	Shirokogoroff	1944	146
кисȳ-	*깎다	scrape	Ma	Цинциус	1977	400

깔다

skʌl	깔다		K	김사엽	1974	440
kkalda	*깔다	to spread out - as a mat	K	G. J. Ramstedt	1949	88
kkāda	*깔다(/까다)	to spread out - as a mat	K	G. J. Ramstedt	1949	88
qal-q-	*깔다	to spread itself, to rise (the dough)	T	G. J. Ramstedt	1949	89

깔때기

kal-tagu	깔때기		K	이숭녕	1956	180
таҟу́(н-)	*깔때기	funnel	Ma	Цинциус	1977	155
йндо	*깔때기	funnel, crater	Ma	Цинциус	1977	315
пэуʒэ	*깔때기		Ma	Цинциус	1977	519
май	*깔때기		Ma	Цинциус	1977	520

표제어/어휘		의미	언어	저자	발간년도	쪽수
깨끗						
kas	깨끗		K	박은용	1974	232
gete-	깨끗		Ma	박은용	1974	232
깨끗하다						
assari	깨끗이		K	김완진	1957	257
kạis-kạis hạda	*깨끗하다(/?깻깻하다)	to be clear, to be fine	K	G. J. Ramstedt	1949	85
käkkät hạda	*깨끗하다(/?갓갓하다)	to be clear, to be fine	K	G. J. Ramstedt	1949	85
käkkịt hạda	*깨끗하다	to be clear, to be fine	K	G. J. Ramstedt	1949	85
akira-mu	*깨끗이하다	make clear	Ma	Johannes Rahder	1959	45
ку.рӱ-курӱ	*깨끗이.		Ma	Shirokogoroff	1944	78
џ'ilry	*깨끗하게 하다, 청소하다.		Ma	Shirokogoroff	1944	37
тос'i	*깨끗하게 하다, 청소하다.		Ma	Shirokogoroff	1944	131
какс'a	*깨끗하게 하다.		Ma	Shirokogoroff	1944	67
[арівун	*깨끗한, 순결한.		Ma	Shirokogoroff	1944	9
ачука	*깨끗한, 정돈된.		Ma	Shirokogoroff	1944	1
болгукан	*깨끗한, 좋은		Ma	Shirokogoroff	1944	17
[ipac	*깨끗한		Ma	Shirokogoroff	1944	62
jaĺбактан	*깨끗한		Ma	Shirokogoroff	1944	64
[н'ỵлдеку	*깨끗한		Ma	Shirokogoroff	1944	96
ару_н	*깨끗한		Ma	Shirokogoroff	1944	10
сиjэлгэ-	*깨끗하게 쓸어내다	clean out	Ma	Цинциус	1977	80
эки-	*깨끗하게 하다	clear	Ma	Цинциус	1977	442
ґагǯа(н-)	*깨끗하다	clean	Ma	Цинциус	1977	135
гиӈгэ	*깨끗하다	clean	Ma	Цинциус	1977	153
гэгǯэ(н-)	*깨끗하다	clean	Ma	Цинциус	1977	177
дучама	*깨끗하다	clean	Ma	Цинциус	1977	227
чибама	*깨끗하다	clean	Ma	Цинциус	1977	388
чэбэр	*깨끗하다	tidy	Ma	Цинциус	1977	419
χанǯа	*깨끗하다	clear	Ma	Цинциус	1977	461
аривун	*깨끗하다	clean	Ma	Цинциус	1977	50
тапӱ-тапӱ	*깨끗이	cleanly	Ma	Цинциус	1977	164
jōӈсохо	*깨끗이	clean, completely	Ma	Цинциус	1977	347
чэлбэлӥ	*깨끗이	cleanly	Ma	Цинциус	1977	420
болтӱ-болтӱ	*깨끗이	it is clean	Ma	Цинциус	1977	93
мэрбэмэ	*깨끗한	clean	Ma	Цинциус	1977	571
깨다						
k'E-	깨다		K	강길운	1983ㄴ	119
skʌj	깨다		K	김사엽	1974	442
howaitambi	*깨뜨리다	zu brechen	Ma	白鳥庫吉	1914ㄷ	318
курапчанкат	*깨다, 부수다.		Ma	Shirokogoroff	1944	78
курбэл-	*깨드리다	break	Ma	Цинциус	1977	435
солло-	*깨뜨리다	break	Ma	Цинциус	1977	107
hỵлтэ-	*깨뜨리다	break through	Ma	Цинциус	1977	346
нэлтурэ̄	*깨뜨리다	break	Ma	Цинциус	1977	620
н'апчӱ-	*깨뜨리다	break	Ma	Цинциус	1977	635
бургӥ)	*깨뜨리다, 때려부수다	crash, defeat, divide	Ma	Цинциус	1977	112
коксоγо-	*깨다, 뜯다	break	Ma	Цинциус	1977	405
бэγиктэ-	*깨다, 부수다	break, tear	Ma	Цинциус	1977	119
ишэ-	*깨다, 부수다	break	Ma	Цинциус	1977	336
jаӈу-	*깨다, 부수다	break	Ma	Цинциус	1977	343
қалбал-	*깨다, 부수다	break	Ma	Цинциус	1977	365

표제어/어휘		의미	언어	저자	발간년도	쪽수
калга-	*깨다, 부수다	break	Ma	Цинциус	1977	365
каӊтарā-	*깨다, 부수다	break	Ma	Цинциус	1977	375
капу-	*깨다, 부수다	break	Ma	Цинциус	1977	377
кимбо-	*깨다, 부수다	break	Ma	Цинциус	1977	394
колки-	*깨다, 부수다	break	Ma	Цинциус	1977	407
бēлду-	*깨다, 부수다	break, tear	Ma	Цинциус	1977	79
боγо-	*깨다, 부수다	break	Ma	Цинциус	1977	87
тус-	*깨다	break	Ma	Цинциус	1977	222
hукӯ-	*깨다	crush	Ma	Цинциус	1977	341
jэ̄н-	*깨다	break	Ma	Цинциус	1977	354
камуj)	*깨다	break	Ma	Цинциус	1977	371
қиӊдъл-	*깨다	break	Ma	Цинциус	1977	396
киӊэт-/ч-	*깨다	break	Ma	Цинциус	1977	396
эв	*깨다	break	Ma	Цинциус	1977	434
хувала-	*깨다	break	Ma	Цинциус	1977	473
лаӊā-	*깨다	break	Ma	Цинциус	1977	492
balba-	깨다		Mo	김영일	1986	179
balbci-	깨뜨리다		Mo	김영일	1986	179

깨물다

nəhɯr-	깨물다		K	강길운	1982ㄴ	30
kɛmur	깨물다	bite	K	김선기	1968ㄱ	20
kaimul	깨물다		K	宋敏	1969	75
ḱiḱi	*깨물다		Ma	Shirokogoroff	1944	71
коӊгна, коӊо	*깨물다, 물다, 갈아먹다.		Ma	Shirokogoroff	1944	73
[чекаhан	*깨물다.		Ma	Shirokogoroff	1944	23
омубуро	*깨지다, 떨어지다.		Ma	Shirokogoroff	1944	102
сэтэ-	*깨지다, 부서지다	crack	Ma	Цинциус	1977	147
биӡа-	*깨지다, 부서지다	break up, burst	Ma	Цинциус	1977	81
кикпэ	*깨진	broken	Ma	Цинциус	1977	392
там-	*깨지다	break	Ma	Цинциус	1977	158
шақана-	*깨지다	burst	Ma	Цинциус	1977	423
кэпкэргэ-	*깨지다	break	Ma	Цинциус	1977	452
нугдурга-	*깨지다	break	Ma	Цинциус	1977	608
xab	깨물다	bite	Mo	김선기	1968ㄱ	20
ebdere-	*깨지다	to go to pieces, to break	Mo	Poppe, N	1965	193
ebde-	*깨지다	to break	Mo	Poppe, N	1965	193
kʰab	*깨물다	bite	T	김선기	1968ㄱ	20

꺼리다

muiu	꺼리다		K	김공칠	1989	6
skə-li	꺼리다		K	김사엽	1974	455
os kö-ri	*꺼리다	avoir feur	K	白鳥庫吉	1914ㄷ	327
ko-ro-	*꺼리다	erschrecken	K	白鳥庫吉	1914ㄷ	328
ko-roro	*꺼리다	erschrecken	K	白鳥庫吉	1914ㄷ	328
ko-ro	*꺼리다	erschrecken	K	白鳥庫吉	1914ㄷ	328
köri	꺼리다		K	宋敏	1969	75
kkẹrida	*꺼리다	to avoid, to shun, to dread	K	G. J. Ramstedt	1949	118
kkịrida	*꺼리다	to avoid, to shun	K	G. J. Ramstedt	1949	118
kkịrida	*꺼리다(/끄리다)	to avoid, to shun, to dread	K	G. J. Ramstedt	1949	118
golbon	*꺼리다	avoir en horreur	Ma	白鳥庫吉	1914ㄷ	327
gölannam	*꺼리다	to avoid, to shun, to dread	Ma	白鳥庫吉	1914ㄷ	328
gelkattem	*꺼리다	ich erschrecke	Ma	白鳥庫吉	1914ㄷ	328

표제어/어휘		의미	언어	저자	발간년도	쪽수
golombi	*꺼리다	to avoid, to shun, to dread	Ma	白鳥庫吉	1914ㄷ	328
néli	*꺼리다	vermeiden	Ma	白鳥庫吉	1914ㄷ	328
oldum	*꺼리다	sich furchten	Ma	白鳥庫吉	1914ㄷ	328
olom	*꺼리다	sich furchten	Ma	白鳥庫吉	1914ㄷ	328
olrem	*꺼리다	sich gramen	Ma	白鳥庫吉	1914ㄷ	328
gelembi	*꺼리다	to anert	Ma	白鳥庫吉	1914ㄷ	328
pučujuli	*꺼리다	to avoid, to shun	Ma	G. J. Ramstedt	1949	118
ölgöxö	*꺼리다	equally, all alike	Mo	白鳥庫吉	1914ㄷ	327
ülgekü	*꺼리다		Mo	白鳥庫吉	1914ㄷ	327
ülgöxo	*꺼리다	avoir de laversion	Mo	白鳥庫吉	1914ㄷ	327
ürgänäm	*꺼리다	sich furchten	Mo	白鳥庫吉	1914ㄷ	328
ailga	*꺼리다	erschrecken	Mo	白鳥庫吉	1914ㄷ	328
ainap	*꺼리다	sich gramen	Mo	白鳥庫吉	1914ㄷ	328
ürgenep	*꺼리다	sich furchten	Mo	白鳥庫吉	1914ㄷ	328
xaligharaxu	*꺼리다	furchten	Mo	白鳥庫吉	1914ㄷ	328
xalighaxu	*꺼리다	furchten	Mo	白鳥庫吉	1914ㄷ	328
xalusxu	*꺼리다	ich erschrecke	Mo	白鳥庫吉	1914ㄷ	328
ainam	*꺼리다	sich gramen	Mo	白鳥庫吉	1914ㄷ	328
korkmak	*꺼리다	sich schützen	T	白鳥庫吉	1914ㄷ	328
koruk	*꺼리다	sich schützen	T	白鳥庫吉	1914ㄷ	328
korukmak	*꺼리다	to frighten	T	白鳥庫吉	1914ㄷ	328
kura	*꺼리다	sieh furchten	T	白鳥庫吉	1914ㄷ	328
kurat	*꺼리다	to abhor	T	白鳥庫吉	1914ㄷ	328
kurukmak	*꺼리다	to frighten	T	白鳥庫吉	1914ㄷ	328

꺼지다

skə-či	꺼지다		K	김사엽	1974	455
sīw-	*꺼지다	to go out(fire)	Ma	Poppe, N	1965	203
[x'iy	*꺼지다		Ma	Shirokogoroff	1944	53
sönü-	*꺼지다	to be extinguished	Mo	Poppe, N	1965	201
sönü-	*꺼지다	to be extinguished	Mo	Poppe, N	1965	203
sōn-	*꺼지다	to be extinguished	T	Poppe, N	1965	203

꺾다

seul	꺾다		K	김공칠	1989	7
kkękta	*꺾다	to break - as a stick, to silence in argument	K	G. J. Ramstedt	1949	103
gag	*꺾다	to break, to smash	Ma	白鳥庫吉	1914ㄷ	319
cococи-	*꺾다	break off	Ma	Цинциус	1977	114
ỳлрѣл-	*꺾다	break off	Ma	Цинциус	1977	262

껍질

kəp'ɯr	거풀		K	강길운	1983ㄴ	107
həmɯr	허물		K	강길운	1983ㄴ	108
həmɯr	허물		K	강길운	1983ㄴ	119
ponɪ	속껍질		K	강길운	1983ㄴ	124
kʌphul	나무껍질	bark(of a tree)	K	김동소	1972	136
kkʌpcil	나무껍질	bark(of a tree)	K	김동소	1972	136
gəpur	껍질	skin	K	김선기	1968ㄱ	31
ka-ri-u-	*껍질	rinde	K	白鳥庫吉	1914ㄷ	299
kă-ri t'i-	*껍질	rinde	K	白鳥庫吉	1914ㄷ	299
këpcil	껍질		K	宋敏	1969	75

표제어/어휘		의미	언어	저자	발간년도	쪽수
kap	껍질		K	이숭녕	1956	160
kak	껍질		K	이숭녕	1956	160
kepcir	껍질	bark	K	이용주	1980	101
kəptʃir	겁질	bark	K	이용주	1980	81
qkepcil	*나무껍질	bark	K	長田夏樹	1966	82
notho	나무겁질	bark(of a tree)	Ma	김동소	1972	136
hulha	*껍질	rinde	Ma	白鳥庫吉	1914ㄷ	299
köl-li-	*껍질들	schinden	K	白鳥庫吉	1914ㄷ	299
köl-	*껍질들	schinden	K	白鳥庫吉	1914ㄷ	293
köl-	*껍질들	schinden	K	白鳥庫吉	1914ㄷ	293
köl soi	*껍질들	schinden	K	白鳥庫吉	1914ㄷ	293
карин	*껍질	eggshell	Ma	Цинциус	1977	381
шухури	*껍질	glume	Ma	Цинциус	1977	429
хасхуран	*껍질	bark	Ma	Цинциус	1977	464
хӭр	*껍질	bark	Ma	Цинциус	1977	482
муку	*껍질	cover	Ma	Цинциус	1977	552
xalisun	*껍질	rinde	Mo	白鳥庫吉	1914ㄷ	299
arasu	*껍질	rinde	Mo	白鳥庫吉	1914ㄷ	299
arasun	*껍질	rinde	Mo	白鳥庫吉	1914ㄷ	299
xalisu	*껍질		Mo	白鳥庫吉	1914ㄷ	299
arisun	*껍질	rinde	Mo	白鳥庫吉	1914ㄷ	299
xučilgha	*껍질	hülle	Mo	白鳥庫吉	1914ㄷ	304
xilusa	*껍질들	schinden	Mo	白鳥庫吉	1914ㄷ	293
örko	*껍질들	a hook, a door faster	Mo	白鳥庫吉	1914ㄷ	293
ilbĭktä	*껍질들	schinden	T	白鳥庫吉	1914ㄷ	293
kabu dzak	껍질	skin	T	김선기	1968ㄱ	31
kapuk	*껍질	the skin, the bark, the covering, the chaff	T	白鳥庫吉	1914ㄷ	296
káery	*껍질	rinde	T	白鳥庫吉	1914ㄷ	299
kair	*껍질	rinde	T	白鳥庫吉	1914ㄷ	299
kairy	*껍질	rinde	T	白鳥庫吉	1914ㄷ	299

꼬다

kkoda	*꼬다	to twist together, to plait, to join	K	G. J. Ramstedt	1949	119
xu-	*꼬다	to twist together (strings, ropes), to plait, to t	Ma	G. J. Ramstedt	1949	119
huku-sin-	*꼬다	to turn around, to twist, to twine	Ma	G. J. Ramstedt	1949	119
huku-mi	*뒤집다	I turn round, invert	Ma	G. J. Ramstedt	1949	119
елчахачи	*꼬다, 엮다		Ma	Shirokogoroff	1944	42
тамко	*꼬다		Ma	Shirokogoroff	1944	123

꼬리

k'oŋji	꽁지		K	강길운	1983ㄴ	109
konji	꽁지		K	강길운	1983ㄴ	120
k'ori	꼬리		K	강길운	1983ㄴ	120
리	꼬리		K	강길운	1987	23
kkori	꼬리	tail	K	김공칠	1989	18
kkoli	꼬리	tail	K	김동소	1972	141
sko-li	尾子, 尾		K	김사엽	1974	376
kori	꼬리	tail	K	김선기	1968ㄱ	31
리	꼬리		K	김선기	1977ㄴ	377
꼬리	꼬리		K	김선기	1977ㄴ	377
skori	꼬리		K	김선기	1977ㄴ	377

표제어/어휘		의미	언어	저자	발간년도	쪽수
kop-	*꼬리	hinterteil	K	白鳥庫吉	1914ㄷ	324
kko-ri	*꼬리	hinten	K	白鳥庫吉	1914ㄷ	327
ʔkori	꼬리		K	이숭녕	1956	123
koreŋi	꼬리		K	이숭녕	1956	155
ʔkori	꼬리		K	이숭녕	1956	155
kol+aŋ-dɛŋi	꼬리		K	이숭녕	1956	179
skorĭ	ㅅ고리	tail	K	이용주	1980	80
skori	꼬리	tail	K	이용주	1980	95
qkori	*꼬리	tail	K	長田夏樹	1966	82
tsxyori	*꼬리	tail	K	Martin, S. E.	1966	204
tsxyori	*꼬리	tail	K	Martin, S. E.	1966	208
tsxyori	*꼬리	tail	K	Martin, S. E.	1966	209
tsxyori	*꼬리	tail	K	Martin, S. E.	1966	212
tsxyori	*꼬리	tail	K	Martin, S. E.	1966	218
uncehen	꼬리	tail	Ma	김동소	1972	141
gidacan	蓋尾		Ma	김선기	1977ㄴ	380
xafa	*꼬리	hinterer	Ma	白鳥庫吉	1914ㄷ	324
xapa	*꼬리	hintern	Ma	白鳥庫吉	1914ㄷ	324
erga	*꼬리	ruckwart	Ma	白鳥庫吉	1914ㄷ	327
ura	*꼬리	rucken	Ma	白鳥庫吉	1914ㄷ	327
köri	*꼬리	hinten	Ma	白鳥庫吉	1914ㄷ	327
ogho	*꼬리	hinterteil	Ma	白鳥庫吉	1914ㄷ	327
cȳl	*꼬리.		Ma	Shirokogoroff	1944	119
[xoyy'i	*꼬리.		Ma	Shirokogoroff	1944	54
ıpr'i, ipri, ıргач'ін	*꼬리.		Ma	Shirokogoroff	1944	62
ıргач'ін	*꼬리		Ma	Shirokogoroff	1944	62
[iı(ri , iri	*꼬리		Ma	Shirokogoroff	1944	58
ipr'ija	*꼬리.		Ma	Shirokogoroff	1944	62
iprilін	*꼬리		Ma	Shirokogoroff	1944	62
iprінди	*꼬리		Ma	Shirokogoroff	1944	62
сол	*꼬리	tail	Ma	Цинциус	1977	106
табха	*꼬리	tail	Ma	Цинциус	1977	148
ибири	*꼬리	tail	Ma	Цинциус	1977	295
ирги	*꼬리	tail	Ma	Цинциус	1977	325
hоjпон	*꼬리	tail	Ma	Цинциус	1977	330
патй	*꼬리	tail	Ma	Цинциус	1977	35
қоттивкй	*꼬리	tail	Ma	Цинциус	1977	419
кэмдиэхэ	*꼬리	tail	Ma	Цинциус	1977	447
хабуүэ	*꼬리	tail	Ma	Цинциус	1977	457
хэпкй	*꼬리	tale	Ma	Цинциус	1977	482
н'йргукй	*꼬리	tail	Ma	Цинциус	1977	639
segyl	꼬리	tail	Mo	김선기	1968ㄱ	31
segul	꼬리		Mo	김선기	1977ㄴ	377
segul	꼬리		Mo	김선기	1977ㄴ	379
goa	*꼬리	hinterer	Mo	白鳥庫吉	1914ㄷ	324
gowai	*꼬리	hintern	Mo	白鳥庫吉	1914ㄷ	324
se'ül	*꼬리	tail	Mo	Poppe, N	1965	161
kuyruk	꼬리		T	강길운	1987	23
kuiruk	꼬리		T	김선기	1977ㄴ	377
kuiruk	꼬리		T	김선기	1977ㄴ	379
tuguri	蓋尾		T	김선기	1977ㄴ	380
kötän	*꼬리	the tail	T	白鳥庫吉	1914ㄷ	324
art	*꼬리	the tail	T	白鳥庫吉	1914ㄷ	327

표제어/어휘		의미		언어	저자	발간년도	쪽수
꼬이다							
kkoida	*꼬이다		to swarm	K	G. J. Ramstedt	1949	120
*buqu	*사람들이 모이다		to form a crowd or a group	Mo	G. J. Ramstedt	1949	120
buχul	*덩어리		a heap, a haystack	Mo	G. J. Ramstedt	1949	120
buχul	*군인의 무리		a company of soldiers, a group of an army	Mo	G. J. Ramstedt	1949	120
buqul	*덩어리		a heap, a haystack	Mo	G. J. Ramstedt	1949	120
buχol	*덩어리		a heap, a haystack	Mo	G. J. Ramstedt	1949	120
*buqu	*사람들이 모이다		to form a crowd or a group	T	G. J. Ramstedt	1949	120
budun	*다수의 무리		a nation, a great group of people	T	G. J. Ramstedt	1949	120
buqun	*다수의 무리		a nation, a great group of people	T	G. J. Ramstedt	1949	120
꼬치							
kot-čʰi	꼬치			K	김사엽	1974	453
kutsyi	*꼬치		skewer	K	Martin, S. E.	1966	202
kutsyi	*꼬치		skewer	K	Martin, S. E.	1966	208
kutsyi	*꼬치		skewer	K	Martin, S. E.	1966	213
чʼiручеı(	*꼬치고기.			Ma	Shirokogoroff	1944	25
чокчомун	*꼬치고기.			Ma	Shirokogoroff	1944	25
коҥоjo	*꼬치 고기		gudgeon	Ma	Цинциус	1977	413
гуткэн	*꼬치고기		pike	Ma	Цинциус	1977	175
ǯачӣн	*꼬치고기		pike	Ma	Цинциус	1977	254
꼬투리							
kothori	*꼬투리		a pod, a shell	K	G. J. Ramstedt	1949	127
суқǯи	*꼬투리		pods	Ma	Цинциус	1977	122
꼭							
kkok hǎ ta	*꼭 하다		to be firm	K	白鳥庫吉	1915ㄱ	8
kkok	*꼭		firmly, hand	K	白鳥庫吉	1915ㄱ	8
kkok	*꼭		just, exactly, firmly, hard	K	G. J. Ramstedt	1949	120
kkok	*꼭		just, exactly, firmly, hard	K	G. J. Ramstedt	1949	120
fuχali	*꼭		in all, totally	Ma	G. J. Ramstedt	1949	120
fuχali	*모두		in all, totally	Ma	G. J. Ramstedt	1949	120
ogoqatu	*꼭		exactly, just	Mo	G. J. Ramstedt	1949	120
ooqatu	*꼭		exactly, just	Mo	G. J. Ramstedt	1949	120
бата-да	*꼭, 반드시, 틀림없이		without fail, certainly	Ma	Цинциус	1977	77
꼭대기							
örö	꼭대기		peak	K	강길운	1978	42
syur	꼭대기		peak, plateau	K	강길운	1978	43
kol-tʼong	*꼭대기		anhäufen	K	白鳥庫吉	1914ㄷ	320
ko-rang-I	*꼭대기		austeigen	K	白鳥庫吉	1914ㄷ	320
ku-röng	*꼭대기		ciel	K	白鳥庫吉	1914ㄷ	320
kol-čak-I	*꼭대기		aufsteigen	K	白鳥庫吉	1914ㄷ	320
kol-ćǎi	*꼭대기		aufwerfen	K	白鳥庫吉	1914ㄷ	320
ko-kai	*꼭대기		a pit, the bet of a stream	K	白鳥庫吉	1914ㄷ	320
kol	*꼭대기		aufsteigen	K	白鳥庫吉	1914ㄷ	320
kkoktaki	꼭대기		the top, the highest part of a thing	K	이기문	1958	111
kkoktäki	꼭대기		the top, the highest part of a thing	K	이기문	1958	111
kkoktagi	*꼭대기		a mountain top	K	G. J. Ramstedt	1949	119

표제어/어휘	의미		언어	저자	발간년도	쪽수
kkokttä	*꼭대기	a mountain top	K	G. J. Ramstedt	1949	119
koktä	*꼭대기	a mountain top	K	G. J. Ramstedt	1949	119
kok-tạgi	*꼭대기	a mountain top	K	G. J. Ramstedt	1949	119
taigari	*대가리	the head	K	G. J. Ramstedt	1949	120
kkoktagi	*꼭대기	the peak, the summit, the top	K	G. J. Ramstedt	1949	120
tagari	*대가리	the head	K	G. J. Ramstedt	1949	120
gugda	*꼭대기	hoch	Ma	白鳥庫吉	1914ㄷ	320
gundan	*꼭대기	hoch	Ma	白鳥庫吉	1914ㄷ	320
gudán	*꼭대기	hoch	Ma	白鳥庫吉	1914ㄷ	320
gutkai	*꼭대기	hoch	Ma	白鳥庫吉	1914ㄷ	320
kukda	*꼭대기	hoch	Ma	白鳥庫吉	1914ㄷ	320
gugdá	*꼭대기	hoch	Ma	白鳥庫吉	1914ㄷ	320
gúgda	*꼭대기	hoch	Ma	白鳥庫吉	1914ㄷ	320
gukda	*꼭대기	hoch	Ma	白鳥庫吉	1914ㄷ	320
okdymio	*꼭대기	in die höhe werfen	Ma	白鳥庫吉	1914ㄷ	320
gógda	*꼭대기	hoch	Ma	白鳥庫吉	1914ㄷ	320
gukdu	언덕	a hill, a hillock	Ma	이기문	1958	111
gud	높은	hoch	Ma	이기문	1958	111
gogda	높은	hoch	Ma	이기문	1958	111
gugda	높은	hoch	Ma	이기문	1958	111
gukdu-hun	고지	an elevation	Ma	이기문	1958	111
poroni	*꼭대기	summit	Ma	Poppe, N	1965	179
horon	*꼭대기	top	Ma	Poppe, N	1965	179
xoo	*머리 꼭대기	parietal bones, the top of the head	Ma	Poppe, N	1965	179
porŏ	*꼭대기	top	Ma	Poppe, N	1965	179
hорон	*꼭대기, 정상.		Ma	Shirokogoroff	1944	56
[сінкölтöн	*꼭대기		Ma	Shirokogoroff	1944	116
[тенмік	*꼭대기.		Ma	Shirokogoroff	1944	125
[суrepä	*꼭대기		Ma	Shirokogoroff	1944	119
угучанк'I	*꼭대기		Ma	Shirokogoroff	1944	137
оɣата	*꼭대기	top	Ma	Цинциус	1977	005
сувэрэ̄	*꼭대기	top	Ma	Цинциус	1977	118
тӯ	*꼭대기	top	Ma	Цинциус	1977	202
турук	*꼭대기	top	Ma	Цинциус	1977	221
чймэ	*꼭대기	top	Ma	Цинциус	1977	395
човко	*꼭대기	top	Ma	Цинциус	1977	402
чолгон	*꼭대기	top	Ma	Цинциус	1977	404
oroy	꼭대기	peak	Mo	강길운	1978	42
šil	꼭대기	peak, plateau	Mo	강길운	1978	43
oktargoi	*꼭대기	hoch	Mo	白鳥庫吉	1914ㄷ	320
öndün	*꼭대기	hoch	Mo	白鳥庫吉	1914ㄷ	320
öndör	*꼭대기	hoch	Mo	白鳥庫吉	1914ㄷ	320
önder	*꼭대기	hoch	Mo	白鳥庫吉	1914ㄷ	320
ghundúr	*꼭대기	hoch	Mo	白鳥庫吉	1914ㄷ	320
horai	*머리 꼭대기	top of the head	Mo	Poppe, N	1965	179
ser	꼭대기	peak, plateau	T	강길운	1978	43
극	꼭대기		T	고재휴	1940ㄱ	12
그가	꼭대기		T	고재휴	1940ㄱ	12
üksek	*꼭대기	höhe	T	白鳥庫吉	1914ㄷ	320
oklamak	*꼭대기	hoch	T	白鳥庫吉	1914ㄷ	320
ökis	*꼭대기	hoch	T	白鳥庫吉	1914ㄷ	320
akari	*꼭대기	hoch	T	白鳥庫吉	1914ㄷ	320
okar	*꼭대기	hoch	T	白鳥庫吉	1914ㄷ	320
akmak	*꼭대기	hoch	T	白鳥庫吉	1914ㄷ	320

표제어/어휘		의미	언어	저자	발간년도	쪽수
egiz	*꼭대기	hoch	T	白鳥庫吉	1914ㄷ	320
ekis	*꼭대기	hoch	T	白鳥庫吉	1914ㄷ	320
igit	*꼭대기	hoch	T	白鳥庫吉	1914ㄷ	320
jokalmak	*꼭대기	hoch	T	白鳥庫吉	1914ㄷ	320
jokaru	*꼭대기	hoch	T	白鳥庫吉	1914ㄷ	320
jokunči	*꼭대기	hoch	T	白鳥庫吉	1914ㄷ	320
jokuš	*꼭대기	hoch	T	白鳥庫吉	1914ㄷ	320
ögünek	*꼭대기	erhöhung	T	白鳥庫吉	1914ㄷ	320
agmak	*꼭대기	hoch	T	白鳥庫吉	1914ㄷ	320

꼭지

k'okci	꼭지		K	강길운	1982ㄴ	21
k'okci	꼭지		K	강길운	1982ㄴ	28
kok-či	꼭지		K	김사엽	1974	395
top	*꼭지	Knopf	K	G. J. Ramstedt	1939ㄱ	481
goho-	갈고리		Ma	박은용	1974	235
topti	*꼭지	Knopf	Ma	G. J. Ramstedt	1939ㄱ	481
topči	*꼭지	Knopf	Mo	G. J. Ramstedt	1939ㄱ	481
ükis	*꼭지	the peak, the summit, the top	T	白鳥庫吉	1914ㄷ	320
top	*꼭지	Ball, Kugel	T	G. J. Ramstedt	1939ㄱ	481

꼴

skol	꼴		K	김사엽	1974	463
ʔkol	꼴		K	이숭녕	1956	143
kkol	*꼴	forage, pasture	K	G. J. Ramstedt	1949	121
kkol	*꼴[草]	forage, pasture	K	G. J. Ramstedt	1949	121
guran	*초원	grass-covered plain with small bushes	Ma	G. J. Ramstedt	1949	121

꼴딱하다

kkolttak hạda	*꼴딱하다	to swallow	K	G. J. Ramstedt	1949	122
kol-	*꼴딱하다	to gulp	Ma	G. J. Ramstedt	1949	122

꼿꼿하다

kot kot hạda	*꼿꼿하다	to stand erect, to be perpendicular	K	G. J. Ramstedt	1949	127
godohon	*꼿꼿한, 똑바로	aufrecht, gerade	Ma	白鳥庫吉	1915ㄱ	11

꽁지

kkong-či	*밟다	fuss	K	白鳥庫吉	1914ㄷ	324
xoitu	*꽁지	schwanz	Mo	白鳥庫吉	1914ㄷ	324

꽃

kocaŋ	*꽃	flower	K	강영봉	1991	9
koc	꽃		K	김공칠	1988	193
kkoch	꽃	flower	K	김동소	1972	138
koc	꽃	flower	K	김동소	1972	138
kot	꽃		K	김사엽	1974	404
koc	꽃	flower	K	김선기	1968ㄴ	28
koč	꽃		K	송민	1965	43
koč	꽃		K	송민	1973	55
koc	꽃		K	宋敏	1969	75
kotchi	꽃		K	宋敏	1969	75

표제어/어휘		의미	언어	저자	발간년도	쪽수
kot	꽃		K	宋敏	1969	75
koc(h)	꽃	flower	K	宋敏	1969	75
kos	꽃		K	宋敏	1969	75
koč	꽃		K	이숭녕	1956	103
kozaŋ	꽃		K	이숭녕	1956	103
koc-soŋi	꽃송이		K	이숭녕	1956	182
koc	꽃	flower	K	이용주	1980	100
*kʷaná	꽃	flower	K	이용주	1980	100
kotʃ	곶	flower	K	이용주	1980	81
koc	*꽃		K	長田夏樹	1966	81
kkot < koč	*꽃	a flower	K	G. J. Ramstedt	1928	72
kkoč	*꽃	Blume	K	G. J. Ramstedt	1939ㄱ	485
pur-kothi	*풀꽃[-少]	a spark of fire	K	G. J. Ramstedt	1949	127
mur-kothi	*물꽃[-少]	a drop of water	K	G. J. Ramstedt	1949	127
kot	*꽃[少]	any little bit, a crumb	K	G. J. Ramstedt	1949	127
kkoct	*꽃	Blume	K	G.J. Ramstedt	1952	24
ilha	꽃	flower	Ma	김동소	1972	138
iaga	꽃		Ma	김동소	1972	144
ila-	꽃이피다		Ma	김승곤	1984	239
bongkono-	봉오리맺다		Ma	김영일	1986	171
ilha	꽃		Ma	김영일	1986	171
bongko	꽃봉오리		Ma	김영일	1986	171
ilhana-	꽃피다		Ma	김영일	1986	171
χoči-si-	*문지르다	to scrape	Ma	G. J. Ramstedt	1949	127
kotlan	*매우 작은	very small	Ma	G. J. Ramstedt	1949	127
[цäцăk	*꽃		Ma	Shirokogoroff	1944	21
улактіка	*꽃		Ma	Shirokogoroff	1944	139
hiбэкки	*꽃	flower	Ma	Цинциус	1977	321
чэчэк	*꽃	flower	Ma	Цинциус	1977	422
кэкӯкӭ	*꽃	flower	Ma	Цинциус	1977	445
alagcigud	*꽃		Mo	김선기	1968ㄴ	28
aläk	*꽃	blume	Mo	白鳥庫吉	1914ㄴ	157
alak	*꽃들	blume	Mo	白鳥庫吉	1914ㄴ	157

꾀

kkoi	*꾀	a trick, a plan, a stratagem	K	G. J. Ramstedt	1949	120
kkoi ida	*꾀이다	to allure, to seduce, to lead astray	K	G. J. Ramstedt	1949	120
kkoi kkoiro	*꾀꾀로	by every means	K	G. J. Ramstedt	1949	120
kkoi	*꾀	a trick, a plan, a stratagem	K	G. J. Ramstedt	1949	120
kojiči-	*꾀다	to seduce, to use tricks	Ma	G. J. Ramstedt	1949	120
kojiči-	*속임	to seduce, to use tricks	Ma	G. J. Ramstedt	1949	120
aprá4'i	*꾀 많은, 교활한		Ma	Shirokogoroff	1944	9
мон'о	*꾀 많은, 사기꾼, 원숭이, 똑똑한.		Ma	Shirokogoroff	1944	85
aprá	*꾀, 교활, 간교.		Ma	Shirokogoroff	1944	9
*köjin	*계획		Mo	G. J. Ramstedt	1949	120
*köi	*계획		Mo	G. J. Ramstedt	1949	120
*köji	*계획		Mo	G. J. Ramstedt	1949	120
kojid-	*계획하다	planen	Mo	G. J. Ramstedt	1949	120

꾀꼬리

kos-ko-li	꾀꼬리		K	김사엽	1974	474
кулдуді, кулдук'I	*꾀꼬리.		Ma	Shirokogoroff	1944	76

표제어/어휘		의미	언어	저자	발간년도	쪽수

꾸미다

pi-zï	扮		K	김사엽	1974	379
sku-mi	꾸미다		K	김사엽	1974	463
уди-	*꾸미다	adorn	Ma	Цинциус	1977	248
эj-	*꾸미다	caparison	Ma	Цинциус	1977	439
нупту	*꾸밈, 장식	ornament	Ma	Цинциус	1977	613

꾸중하다

ku-čit	꾸짖다		K	김사엽	1974	440
ku-čič	꾸짖다		K	김사엽	1974	440
kučuŋ	꾸중		K	이숭녕	1956	113
kku-čyung hă ta	*꾸중하다	to glame, to scold, to raprimand, to reprsach	K	白鳥庫吉	1915ㄱ	18
kku či-răm	*꾸지람	scolding, a reprimand	K	白鳥庫吉	1915ㄱ	17
kku-či-răm hă ta	*꾸지람하다	to reprimand, to scold	K	白鳥庫吉	1915ㄱ	17
kku-čit ta	*꾸짖다	to blame, to reproach, to reprove harshly	K	白鳥庫吉	1915ㄱ	17
kkužitta	*꾸짖다	to blame, to scold, to reprove harshly	K	G. J. Ramstedt	1949	133
kkužjuŋ hạda	*꾸중하다	to blame, to scold, to reprove harshly	K	G. J. Ramstedt	1949	133
gósole	*꾸짖다	schimpfen, schmählen	Ma	白鳥庫吉	1915ㄱ	18
gosulei	*꾸짖다	Schimpf, Spott	Ma	白鳥庫吉	1915ㄱ	18
kosol'ei	*꾸짖다	Schimpf, Spott	Ma	白鳥庫吉	1915ㄱ	18
gasóli	*꾸짖다	Schimpf, Spott	Ma	白鳥庫吉	1915ㄱ	18
gasóli	*꾸짖다	schimpfen, schmählen	Ma	白鳥庫吉	1915ㄱ	18
сэлэ-	*꾸짖다	reprove	Ma	Цинциус	1977	141
н'ауӊда-	*꾸짖다	scold	Ma	Цинциус	1977	636

꿀

pör	*꿀		K	金澤庄三郎	1914	219
pör	*꿀		K	金澤庄三郎	1914	220
kkul	*꿀	honey, foreign syrap	K	白鳥庫吉	1915ㄱ	13
kkul	*꿀	honey	K	G. J. Ramstedt	1949	129
kkur	*꿀	honey	K	G. J. Ramstedt	1949	129
ukuli-	*들러붙다	to stick to, to be glutinous	Ma	G. J. Ramstedt	1949	129
кӯ̈ксу	*꿀	honey	Ma	Цинциус	1977	386
мэриктикӯ̈н	*꿀	honey	Ma	Цинциус	1977	571
pal	*꿀		Mo	金澤庄三郎	1914	219
pal	*꿀		Mo	金澤庄三郎	1914	220
bal	꿀	honey, mead	Mo	김선기	1968ㄴ	27

꿀벌

kkul-pyöl	*꿀벌	honey bee	K	白鳥庫吉	1915ㄱ	13
сороптун	*꿀벌.		Ma	Shirokogoroff	1944	118
иӊирē	*꿀벌	bee	Ma	Цинциус	1977	321
jотила	*꿀벌	bee	Ma	Цинциус	1977	348
хапину	*꿀벌		Ma	Цинциус	1977	462
мукчэӊэ̄	*꿀벌	bee	Ma	Цинциус	1977	553
фэӊ	*꿀벌	bee	Ma	Цинциус	1977	304
ara	*꿀벌	Biene	T	白鳥庫吉	1915ㄱ	14

표제어/어휘		의미	언어	저자	발간년도	쪽수
âr	*꿀벌	Biene	T	白鳥庫吉	1915ㄱ	14
ar	*꿀벌	Biene	T	白鳥庫吉	1915ㄱ	14

꿈

표제어/어휘		의미	언어	저자	발간년도	쪽수
meju	꿈	felicitous	K	강길운	1978	41
k'um	꿈		K	강길운	1983ㄱ	30
k'um	꿈		K	강길운	1983ㄴ	109
k;um	꿈		K	강길운	1983ㄴ	117
kkum kkuda	*꿈꾸다	to dream	K	G. J. Ramstedt	1949	129
kkum	*꿈	the dream	K	G. J. Ramstedt	1949	129
hukuļę-	*자다	to sleep	Ma	G. J. Ramstedt	1949	130
туlк'їн	*꿈		Ma	Shirokogoroff	1944	133
тоlк'їн	*꿈		Ma	Shirokogoroff	1944	130
тоlк'ї, тоlк'ї,	*꿈꾸다.		Ma	Shirokogoroff	1944	130
туlк'ї	*꿈꾸다		Ma	Shirokogoroff	1944	133
туlк'їч'ї	*꿈꾸다		Ma	Shirokogoroff	1944	133
толкин	*꿈	dream	Ma	Цинциус	1977	195
ətəвкит-/ч-	*꿈을 꾸다	dream	Ma	Цинциус	1977	470
mes'ud	꿈	felicitous	T	강길운	1978	41

꿰매다

표제어/어휘		의미	언어	저자	발간년도	쪽수
kkjʌmä-	꿰매다	sew	K	김동소	1972	140
kkwemɛ-	꿰매다	sew	K	김동소	1972	140
holbo-	꿰매다	sew	Ma	김동소	1972	140

꿩

표제어/어휘		의미	언어	저자	발간년도	쪽수
skwəŋ	꿩		K	김사엽	1974	457
skueñ	*꿩		K	長田夏樹	1966	112
^tawr[刀(臘)]	*꿩	pheasant	K	Christopher I. Beckwith	2004	110
*tawr	*꿩	pheasant	K	Christopher I. Beckwith	2004	121
(A) (k)kwëng	*꿩	pheasant	K	Johannes Rahder	1959	42
фуӊкан	*꿩.		Ma	Shirokogoroff	1944	46
ко+рго	*꿩.		Ma	Shirokogoroff	1944	74
[оӊоlчан	*꿩처럼 생긴 새의 일종..		Ma	Shirokogoroff	1944	104
ҭабишара	*꿩	pheasant	Ma	Цинциус	1977	134
ӡи ги	*꿩	pheasant	Ma	Цинциус	1977	255
ўргўма	*꿩	pheasant	Ma	Цинциус	1977	283
х'ан	*꿩	pheasant	Ma	Цинциус	1977	461
б'аӊгидэj	*꿩	pheasant	Ma	Цинциус	1977	72
jaковкӣ	*꿩 비슷한 아름다운 새		Ma	Цинциус	1977	339
qïrqavul	*꿩	pheasant	T	Johannes Rahder	1959	43

꿰다

표제어/어휘		의미	언어	저자	발간년도	쪽수
koc	꿰다		K	김공칠	1988	193
улгэ-	*꿰다	string	Ma	Цинциус	1977	259
аlбе-	*꿰다	pass through	Ma	Цинциус	1977	30

꿰매다

표제어/어휘		의미	언어	저자	발간년도	쪽수
k'wemä	꿰매다		K	강길운	1982ㄴ	19

표제어/어휘	의미		언어	저자	발간년도	쪽수
nubi	꿰매다		K	김공칠	1989	7
тулу́	*꿰매다, 달다.		Ma	Shirokogoroff	1944	133
тāв-	*꿰매다	stitch on	Ma	Цинциус	1977	148
н'эчэ-	*꿰매다	patch up	Ma	Цинциус	1977	655

끄다

pskï	끄다		K	김사엽	1974	449
kkę-ǯida	*꺼지다	to extinguish (v.t.), to go out	K	G. J. Ramstedt	1949	115
kkịda	*끄다	to extinguish (v.t.), to go out	K	G. J. Ramstedt	1949	115
kkịda	*끄다(불)	to put out a fire	K	G. J. Ramstedt	1949	115
sī-	*끄다	to extinguish	Ma	Poppe, N	1965	201
sī-	*끄다	to extinguish	Ma	Poppe, N	1965	203
ükü-	*끄다	to put out a fire	Mo	G. J. Ramstedt	1949	115
sön-	*끄다	to extinguish	T	Poppe, N	1965	201

끄덕끄덕

kɯs-	조아리다		K	박은용	1974	223
hete-	조아리다		Ma	박은용	1974	223

끄덩이

kkịl	*끌[髮]	the hair	K	G. J. Ramstedt	1949	115
kkịdęŋi	*끄덩이	the hair	K	G. J. Ramstedt	1949	115
kękęl	*머리	the hair of the head, the hair hanging down over t	Ma	G. J. Ramstedt	1949	115
kökḷ	*앞머리	the hair of the head, the hair hanging down over t	Mo	G. J. Ramstedt	1949	115

끄르다

끌러놓다	끄르다		K	김선기	1979ㄷ	369
kɯrɯ-	끄르다		K	박은용	1974	238
kkịllę-ǯida	*끌러지다	to become unfastened	K	G. J. Ramstedt	1949	116
kkịllịda	*끌리다[被解]	to unfasten, to loosen	K	G. J. Ramstedt	1949	116
kịllę-ǯida	*끌러지다	to get loose	K	G. J. Ramstedt	1949	118
kịrịda	*끄르다	to unfasten, to loosen	K	G. J. Ramstedt	1949	118
kịrịda	*끄르다	to unfasten, to loosen	K	G. J. Ramstedt	1949	118
kkịllịda	*끌리다[被解]	to get loose	K	G. J. Ramstedt	1949	118
kkịllịda	*끌리다[被解]	to unfasten, to loosen	K	G. J. Ramstedt	1949	118
kkịrịda	*끄르다	to unfasten, to loosen	K	G. J. Ramstedt	1949	118
gule-	끄르다		Ma	박은용	1974	238
gule-ǯe-	*느슨해지다	to get loose or unfastened (a parcel, a knot, a bu	Ma	G. J. Ramstedt	1949	116
gurę-	*느슨해지다	to get loose or unfastened (a parcel, a knot, a bu	Ma	G. J. Ramstedt	1949	116
guręr-gę-	*느슨해지다	to get loose (a knot, the wrapping)	Ma	G. J. Ramstedt	1949	118
gurę-gę	*끄르다	to unfasten, to loosen	Ma	G. J. Ramstedt	1949	118
taha	끄르다		Mo	김선기	1979ㄷ	369

끈

skïn	끈		K	김사엽	1974	399
korä	수갑		K	김승곤	1984	244
himu	끈		K	김완진	1957	257

표제어/어휘		의미	언어	저자	발간년도	쪽수
kkịn	*끈	a string, a cord	K	G. J. Ramstedt	1949	117
maŋ-kkịn	*맨끈	head-band	K	G. J. Ramstedt	1949	117
ụ'eнгa	*끈, 밧줄.		Ma	Shirokogoroff	1944	37
кojipr'iн	*끈, 밧줄.		Ma	Shirokogoroff	1944	72
yh'i	*끈, 사슴의 끈		Ma	Shirokogoroff	1944	137
ụaг?'iлaн	*끈, 허리띠.		Ma	Shirokogoroff	1944	35
сукса	*끈		Ma	Shirokogoroff	1944	119
уркон	*끈		Ma	Shirokogoroff	1944	146
[räЗägäн, гäЗäн	*끈		Ma	Shirokogoroff	1944	46
олбō	*끈; 가는 밧줄	cord	Ma	Цинциус	1977	012
сӯксэ	*끈	ties	Ma	Цинциус	1977	122
супилги	*끈	ties	Ma	Цинциус	1977	129
тāмй	*끈	tie	Ma	Цинциус	1977	159
туңа	*끈	lace	Ma	Цинциус	1977	215
угдэ	*끈	rope	Ma	Цинциус	1977	244
ултэпту(н-)	*끈	tie	Ma	Цинциус	1977	263
ургаптин	*끈	band	Ma	Цинциус	1977	283
урэмэ	*끈	strap	Ma	Цинциус	1977	289
утаhун	*끈	cord	Ma	Цинциус	1977	293
имэннэ	*끈	string	Ma	Цинциус	1977	314
hйлъп̌н	*끈	tie	Ma	Цинциус	1977	323
jэнту	*끈	lace	Ma	Цинциус	1977	354
чалаγ	*끈	strap	Ma	Цинциус	1977	380
шилиптин	*끈	ties	Ma	Цинциус	1977	426
эрй	*끈	stud	Ma	Цинциус	1977	463
пэтири	*끈	rope	Ma	Цинциус	1977	48
мисхан	*끈	cord	Ma	Цинциус	1977	539
н'онто	*끈	lace	Ma	Цинциус	1977	643
olaŋ	안장의끈		Mo	김승곤	1984	244
büci	끈		Mo	김영일	1986	168

끊다

k'ɯnh-	끊다		K	강길운	1981ㄱ	33
kʌЗ-	베다		K	강길운	1983ㄴ	115
k'ɯnh-	끊다		K	강길운	1983ㄴ	116
k'ɯnh-	끊다		K	강길운	1983ㄴ	117
kʌЗ-	베다,자르다		K	강길운	1983ㄴ	119
pʌri-	바르다,베다		K	강길운	1983ㄴ	126
s'əhɯr-	썰다		K	강길운	1983ㄴ	128
tteut, teu	끊다		K	김공칠	1989	8
kkinh-	베다	cut	K	김동소	1972	137
mu-či	끊다		K	김사엽	1974	385
k'ïnh	끊다		K	김사엽	1974	455
lakca-	베다	cut	Ma	김동소	1972	137
lashalambi	끊다		Ma	김동소	1972	143
он'о	*끊어지다, 깨지다.		Ma	Shirokogoroff	1944	104
мэмэкэт-/ч	*끊어지다	break off	Ma	Цинциус	1977	567
süre-	자꾸 끊다		T	김영일	1986	178
sür-	끊다		T	김영일	1986	178

끌

skïl	끌		K	김사엽	1974	408
keul-uöl	*끌	a comb, a rake	K	白鳥庫吉	1914ㄷ	306

표제어/어휘	의미		언어	저자	발간년도	쪽수
kkät	끌		K	宋敏	1969	75
kkäl	끌		K	宋敏	1969	75
ypri	*끌.		Ma	Shirokogoroff	1944	145
[чохауӈ	*끌.		Ma	Shirokogoroff	1944	25
ихи	*끌	chisel	Ma	Цинциус	1977	334
шусин	*끌	chisel	Ma	Цинциус	1977	430

끌다

kɯӡ	끌다		K	강길운	1981ㄱ	32
hyə	끌다		K	강길운	1981ㄴ	10
kɯӡ-	끌다		K	강길운	1983ㄱ	48
ik'ɯr-	이끌다		K	강길운	1983ㄴ	109
ik'ɯr-	이끌다		K	강길운	1983ㄴ	110
kɯӡ-	끌다		K	강길운	1983ㄴ	116
kɯӡ-	끌다		K	강길운	1983ㄴ	118
k'ɯt'	끌다		K	강길운	1983ㄴ	118
ik'ɯr-	이끌다		K	강길운	1983ㄴ	119
ik'ɯr-	이끌다		K	강길운	1983ㄴ	130
pöt	끌다		K	김공칠	1989	7
ppai	끌다		K	김공칠	1989	7
kkïil-	글어당기다	pull	K	김동소	1972	139
kkïl-	글어당기다	pull	K	김동소	1972	139
kïs	끌다		K	김사엽	1974	401
uša-	글어당기다	pull	Ma	김동소	1972	139
суӈг'i	*끌다, 끌어내다.		Ma	Shirokogoroff	1944	120
с'імџа	*끌다, 빨아 먹다.		Ma	Shirokogoroff	1944	115
таӈ'ча	*끌다, 움직이다.		Ma	Shirokogoroff	1944	123
[уji	*끌다.		Ma	Shirokogoroff	1944	138
тā	*끌다		Ma	Shirokogoroff	1944	121
тāн	*끌다		Ma	Shirokogoroff	1944	123
олбин-	*끌다	drag	Ma	Цинциус	1977	012
олдо-	*끌다	drag	Ma	Цинциус	1977	13
ир-(2)	*끌다	drag	Ma	Цинциус	1977	323
нӯлти-	*끌다	tug	Ma	Цинциус	1977	610
нихиj-	*끌다, 당기다	pull	Ma	Цинциус	1977	601
тэмгэ-	*끌어당기다	drag	Ma	Цинциус	1977	233
уӈкела-	*끌어당기다	draw	Ma	Цинциус	1977	278

끓다

kạlhi-da	끓이다		K	이숭녕	1955	15
kkịllida	*끓리다	to cook, to boil	K	G. J. Ramstedt	1949	116
kkịltha	*끓다	to boil	K	G. J. Ramstedt	1949	116
puɡil puɡil hạda	*부글부글하다	to boil, to bubble	K	G. J. Ramstedt	1949	116
hẹkul-gi-	*끓다	to warm up, to heat	Ma	G. J. Ramstedt	1949	116
hẹku	*열	heat, hot	Ma	G. J. Ramstedt	1949	116
hẹkul-	*끓다	to become hot, to explode	Ma	G. J. Ramstedt	1949	116
awyp	*끓다, 연기를 내다.		Ma	Shirokogoroff	1944	12
[хуįд	*끓다		Ma	Shirokogoroff	1944	54
џагда	*끓다		Ma	Shirokogoroff	1944	34
ното	*끓이다.		Ma	Shirokogoroff	1944	95
локто(а)	*끓이다		Ma	Shirokogoroff	1944	80
уiліфко(т)	*끓이다		Ma	Shirokogoroff	1944	137
уімна	*끓이다, 끓다		Ma	Shirokogoroff	1944	137

표제어/어휘		의미	언어	저자	발간년도	쪽수
hуjу-	*끓다	boil	Ma	Цинциус	1977	337
хэтэ-	*끓다	boil	Ma	Цинциус	1977	483
cӯ-	*끓어서 증발하다	boil away	Ma	Цинциус	1977	115
cӯл-	*끓어오르다	boil up	Ma	Цинциус	1977	124
бужу-	*끓이다, 삶다	boil	Ma	Цинциус	1977	103

끝

표제어/어휘		의미	언어	저자	발간년도	쪽수
kɯt'	끝		K	강길운	1982ㄴ	24
kɯt'	끝		K	강길운	1982ㄴ	27
글	끝		K	김공칠	1980	93
kï-či	끝		K	김사엽	1974	404
skït	끝		K	김사엽	1974	432
kʌ-čaŋ	끝		K	김사엽	1974	465
kkeutmar-öi	*끝	edge	K	白鳥庫吉	1914ㄷ	312
kent-čyö-ra	*끝	fertig	K	白鳥庫吉	1914ㄷ	312
kẹt*ịro	*끝	end,aft,tail	K	G. J. Ramstedt	1939ㄴ	461
kẹt*e	*끝	end,aft,tail	K	G. J. Ramstedt	1939ㄴ	461
kẹt	*끝	end,aft,tail	K	G. J. Ramstedt	1939ㄴ	461
katč*l	*끝	to the side of, towarda, near	K	G. J. Ramstedt	1939ㄴ	461
kkịt	*끝	the end, a point, an extremity	K	G. J. Ramstedt	1949	119
kịt	*끝(/긏)	the end, the last limit	K	G. J. Ramstedt	1949	119
kịtčida	*그치다	to stop, to cease, to finish	K	G. J. Ramstedt	1949	119
kkịt	*끝	the end	K	G. J. Ramstedt	1949	119
magam kithi	*마감끝	the last end	K	G. J. Ramstedt	1949	119
kịtthida	*그치다	to stop, to cease, to finish	K	G. J. Ramstedt	1949	119
kent	*끝		K	Hulbert, H. B.	1905	117
otorén	*끝	enden	Ma	白鳥庫吉	1914ㄷ	312
џапка	*끝, 가장자리.		Ma	Shirokogoroff	1944	36
купін	*끝, 가장자리.		Ma	Shirokogoroff	1944	78
[мōдáн	*끝, 끝부분.		Ma	Shirokogoroff	1944	84
ıpi	*끝, 모서리.		Ma	Shirokogoroff	1944	62
[сувäрä	*끝, 변두리, 땅의 돌출부.		Ma	Shirokogoroff	1944	120
мунан	*끝.		Ma	Shirokogoroff	1944	87
сугундун	*끝		Ma	Shirokogoroff	1944	119
токанін	*끝		Ma	Shirokogoroff	1944	129
сит	*끝, 끝부분	end of smth.	Ma	Цинциус	1977	99
ēлгэ	*끝 부분	end	Ma	Цинциус	1977	30
дувэ̄	*끝	end	Ma	Цинциус	1977	218
тэтэ	*끝	end	Ma	Цинциус	1977	241
ужан	*끝	end	Ma	Цинциус	1977	250
hоои	*끝	end	Ma	Цинциус	1977	333
hули	*끝	end	Ma	Цинциус	1977	345
чикин	*끝	end	Ma	Цинциус	1977	391
мудан	*끝	end	Ma	Цинциус	1977	550
мӱча	*끝	end	Ma	Цинциус	1977	561
баӊту	*끝	end	Ma	Цинциус	1977	72
adag	*끝	end	Mo	Johannes Rahder	1959	42
adag	*끝	end, the lower course of a river	Mo	Poppe, N	1965	200
ker	*끝	to stop, to cease, to finish	T	白鳥庫吉	1914ㄷ	311
köt	*끝	the end	T	G. J. Ramstedt	1949	119

끼다

표제어/어휘		의미	언어	저자	발간년도	쪽수
k'l-	끼다		K	강길운	1983ㄴ	118

표제어/어휘		의미	언어	저자	발간년도	쪽수
pski	끼다		K	김사엽	1974	405
ski	끼다		K	김사엽	1974	406
pki	끼다		K	김사엽	1974	466
kkak-či kki ta	*깍지 끼다	to crash the hands firmly	K	白鳥庫吉	1915ㄱ	8
kkiŭda	*끼우다	to insert, to be attached to	K	G. J. Ramstedt	1949	111
kkida	*끼다	to fit into, to place between	K	G. J. Ramstedt	1949	111
fixe-	*끼다	to fit into, to place between	Ma	G. J. Ramstedt	1949	111
hiki-	*끼다	to hook on, to place in between	Ma	G. J. Ramstedt	1949	111

끼어들다

kkidjilda	*끼들다	to help, to assist	K	G. J. Ramstedt	1949	112
kkidjida	*끼들다	to help, to assist	K	G. J. Ramstedt	1949	112
лэргу-	*끼어들다. 간섭하다	interfere	Ma	Цинциус	1977	519

표제어/어휘	의미		언어	저자	발간년도	쪽수
ㄴ						

나

na	나		K	강길운	1981ㄱ	32
na	나		K	강길운	1983ㄱ	25
na	나		K	강길운	1983ㄴ	127
na	나		K	김공칠	1989	14
O	나		K	김공칠	1989	4
a	나		K	김공칠	1989	9
na	나	I	K	김동소	1972	138
na	나	I	K	김방한	1976	20
na	나		K	김방한	1978	10
na	나		K	김방한	1979	8
na	나		K	김사엽	1974	414
na	나		K	김사엽	1974	468
uri	나	I	K	김선기	1968ㄱ	19
na	1인칭대명사(단수)		K	박시인	1970	63
nai	나		K	宋敏	1969	75
na	나		K	宋敏	1969	75
nax	나	I	K	이용주	1980	101
na	나	I	K	이용주	1980	84
na	*나	ich	K	Andre Eckardt	1966	234
na	*나[我]	I	K	G. J. Ramstedt	1949	156
na	*나	I	K	Poppe, N	1965	194
bi	나	I	Ma	김동소	1972	138
minde	나에게	to me	Ma	김선기	1978ㄱ	327
bi	내가	I	Ma	김선기	1978ㄱ	327
minci	내게서	from me	Ma	김선기	1978ㄱ	327
mini	나의	my	Ma	김선기	1978ㄱ	327
minde	내게	to me	Ma	김선기	1978ㄱ	327
minbe	나를	me	Ma	김선기	1978ㄱ	327
bi	1인칭대명사(단수)		Ma	박시인	1970	63
bi	*나	ich	Ma	G.J. Ramstedt	1952	27
min	*나의	ich(G)	Ma	G.J. Ramstedt	1952	27
miɲi	*나의	ich(G)	Ma	G.J. Ramstedt	1952	27
jū-w	*나의 집	my house	Ma	Poppe, N	1965	192
ogda-i	*나의 보트	my boat	Ma	Poppe, N	1965	192
б'i	*나		Ma	Shirokogoroff	1944	15
[h'il	*나		Ma	Shirokogoroff	1944	55
б'iвal	*나		Ma	Shirokogoroff	1944	15
би	*나	I	Ma	Цинциус	1977	79
na-	일인칭 대명사 사격형 어근		Mo	김방한	1978	10
bida	나	I	Mo	김선기	1968ㄱ	19
namagi	나를	me	Mo	김선기	1978ㄱ	327
namaluga	나랑	with me	Mo	김선기	1978ㄱ	327
namadaaca	내게서	from me	Mo	김선기	1978ㄱ	327
nama-bar	나를	me	Mo	김선기	1978ㄱ	327
nadur	내게	to me	Mo	김선기	1978ㄱ	327
nadur	나에게	to me	Mo	김선기	1978ㄱ	327
mnada-bar	나를	me	Mo	김선기	1978ㄱ	327

표제어/어휘		의미	언어	저자	발간년도	쪽수
minu	나의	my	Mo	김선기	1978ㄱ	327
bi	내가	I	Mo	김선기	1978ㄱ	327
namaaca	내게서	from me	Mo	김선기	1978ㄱ	327
bi	1인칭대명사(단수)		Mo	박시인	1970	63
nanda	*나에게	to me	Mo	G. J. Ramstedt	1949	156
bi	*나	ich	Mo	G.J. Ramstedt	1952	25
minu	*나의	mein	Mo	G.J. Ramstedt	1952	25
axa-mni	*나의 형	my elder brother	Mo	Poppe, N	1965	192
ben	내가		T	김선기	1978ㄱ	327
benim	나의		T	김선기	1978ㄱ	327
beni	나를		T	김선기	1978ㄱ	327
bende	내게		T	김선기	1978ㄱ	327
bana	나에게		T	김선기	1978ㄱ	327
benden	내게서		T	김선기	1978ㄱ	327
biz	1인칭대명사(단수)		T	박시인	1970	63
sir	*나	schmerzt	T	G. J. Ramstedt	1939ㄴ	93
budun-ïm	*나의 민족	my people	T	Poppe, N	1965	191
oɣlan-ïm	*나의 아들들	my sons	T	Poppe, N	1965	191
evim	*나의 집	my house	T	Poppe, N	1965	191
mindä	*나한테	at me, by me	T	Poppe, N	1965	195
mindäräk	*나한테 더 가까이(비교격)	closer by me	T	Poppe, N	1965	195
mən	*1인칭 단수 서술격 접미사	the predicative suffix of the 1st p. sing.	T	Poppe, N	1965	196

나가다

naga-	나가다		K	강길운	1981ㄱ	33
naga-	외출하다		K	강길운	1983ㄴ	106
naga-	나가다		K	강길운	1983ㄴ	130
na	나가다		K	김사엽	1974	415
jy	*나가다, 나타나다, 시작하다.		Ma	Shirokogoroff	1944	65
ат9	*나가다, 지치다, 죽다, 끊다.		Ma	Shirokogoroff	1944	11
туｌду	*나가다.		Ma	Shirokogoroff	1944	133
jуват	*나가다.		Ma	Shirokogoroff	1944	65
ijy	*나가다		Ma	Shirokogoroff	1944	58
чэ(2)	*나가라!	go away!	Ma	Цинциус	1977	419
турку	*나가다	go out	Ma	Цинциус	1977	221
jў-	*나가다	exit	Ma	Цинциус	1977	348
эӊй-	*나가다	go out	Ma	Цинциус	1977	457
ногбин-	*나가다	go out	Ma	Цинциус	1977	601
öc-	나가다		T	김영일	1986	174
öcük-	나가버리다		T	김영일	1986	174

나누다

руәгш-	분배		K	강길운	1980	18
karʌ-	가르다		K	강길운	1983ㄴ	113
karʌ	분파		K	강길운	1983ㄴ	117
karʌ-	가르다		K	강길운	1983ㄴ	117
nʌn-ho	나누다		K	김사엽	1974	452
nən	나누다		K	박은용	1975	157
pag, pak	*나누다	divide	K	Hulbert, H. B.	1905	120
den-	나누다		Ma	박은용	1975	157
ков'ет, ковіт	*나누다, 구분하다.		Ma	Shirokogoroff	1944	75
укча	*나누다, 분리하다		Ma	Shirokogoroff	1944	138

표제어/어휘		의미	언어	저자	발간년도	쪽수
[ɲорiч	*나누다.		Ma	Shirokogoroff	1944	109
коⱱi	*나누다		Ma	Shirokogoroff	1944	75
давалдйн-	*나누어지다, 갈라지다	divide into, separate, part	Ma	Цинциус	1977	186
ɲосiрбура	*나눠주다.		Ma	Shirokogoroff	1944	109
äкса	*나눠지다, 갈라지다.		Ma	Shirokogoroff	1944	4
борй-	*나누다, 분리하다, 분배하다	divide	Ma	Цинциус	1977	95
war-	나누다		T	강길운	1980	18
böl-	나누다		T	김영일	1986	174
bölük-	구분하다		T	김영일	1986	174

나라

표제어/어휘		의미	언어	저자	발간년도	쪽수
urne	나라	country	K	강길운	1978	41
나라	나라		K	권덕규	1923ㄴ	127
na-la	나라		K	김사엽	1974	411
구려	나라		K	김선기	1976ㄴ	324
nara	나라		K	김승곤	1984	247
溝婁	나라		K	박은용	1974	114
nara	나라	the state, the country	K	宋敏	1969	75
nu	땅	land, country	K	이기문	1958	115
nei	땅	land, country	K	이기문	1958	115
nara	나라	country	K	이기문	1958	115
na	나라	land, earth	K	이기문	1971	431
na	나라	land, earth	K	이기문	1971	431
na	나라	land, earth	K	이기문	1971	431
*pïy : ^pïy [不] *나라 bïy ~ ^mïy [未]		country, nation	K	Christopher I. Beckwith	2004	135
nara	*나라	the state, the country, the kingdom; the king, the	K	G. J. Ramstedt	1949	161
naraŋ	*나란[國]	the state, the land	K	G. J. Ramstedt	1949	161
tại	*데[處]	palce	K	G. J. Ramstedt	1949	161
gurun	나라		Ma	김선기	1976ㄴ	325
na	땅		Ma	김승곤	1984	247
gurun	나라		Ma	박은용	1974	114
na	땅	land, country	Ma	이기문	1958	115
na	나라	land, earth	Ma	이기문	1971	431
na	*나라	the land, the country, earth, field	Ma	G. J. Ramstedt	1949	161
na-ku	*장소	with the place	Ma	G. J. Ramstedt	1949	161
oron	나라	country	Mo	강길운	1978	41
ulus	나라		Mo	김선기	1976ㄴ	325
iklim	나라		T	김선기	1976ㄴ	325
jurd	나라		T	김선기	1976ㄴ	325

나루

표제어/어휘		의미	언어	저자	발간년도	쪽수
narʌ	나루	river, ferry	K	강길운	1978	41
noro	나루		K	강길운	1983ㄱ	27
nʌrʌ	나루		K	강길운	1983ㄴ	111
nʌrʌ	나루		K	강길운	1983ㄴ	114
nʌrʌ	나루		K	강길운	1983ㄴ	120
nʌrʌ	나루		K	강길운	1983ㄴ	127
naru	나루		K	김방한	1976	20
nɐre	나루		K	박은용	1975	153
nʌl	*나루		K	石井 博	1992	93
na gu	나루		K	이숭녕	1956	165

표제어/어휘		의미	언어	저자	발간년도	쪽수
nere	나루		K	이숭녕	1956	165
*ʊ~*wəy~*ʊy:	*나루	ford	K	Christopher I.	2004	141
^ʊ[烏]~^ywi[唯]~				Beckwith		
daru-n	나루		Ma	박은용	1975	153

나룻

na-rot	*나룻	The beard, the whiskers	K	白鳥庫吉	1914ㄱ	144
nar-os	*나룻		K	白鳥庫吉	1914ㄱ	144
narot	*나룻	the whiskers, the beard	K	G. J. Ramstedt	1949	162
nurikté, nurúkte	*나룻	Haar, Haarflechte	Ma	白鳥庫吉	1914ㄱ	144
ńurekté, ńérekte	*나룻	Haar, Haarflechte	Ma	白鳥庫吉	1914ㄱ	144
nirukté						
nukta	*나룻	Haar, Haarflechte	Ma	白鳥庫吉	1914ㄱ	144
ńukta	*나룻	Haar, Haarflechte	Ma	白鳥庫吉	1914ㄱ	144
ńuktá	*나룻	Haar, Haarflechte	Ma	白鳥庫吉	1914ㄱ	144
nukta, núktańe,	*나룻	Haar, Haarflechte	Ma	白鳥庫吉	1914ㄱ	144
nukta, núktańe,	*나룻	Haar	Ma	白鳥庫吉	1914ㄱ	144
nuxta						
nukté	*나룻	Haar, Haarflechte	Ma	白鳥庫吉	1914ㄱ	144
ńurit	*나룻	Haar, Haarflechte	Ma	白鳥庫吉	1914ㄱ	144
ńukte	*나룻	Haar, Haarflechte	Ma	白鳥庫吉	1914ㄱ	144
ńurikta	*나룻	Haar, Haarflechte	Ma	白鳥庫吉	1914ㄱ	144
ńurikta, nukta	*나룻	Haar, Haarflechte	Ma	白鳥庫吉	1914ㄱ	144
núrit	*나룻	Haar, Haarflechte	Ma	白鳥庫吉	1914ㄱ	144
ńurít	*나룻	Haar, Haarflechte	Ma	白鳥庫吉	1914ㄱ	144
ńurítta	*나룻	Haar, Haarflechte	Ma	白鳥庫吉	1914ㄱ	144
ńurigda	*털투성이의	hairy, hirsute	Ma	G. J. Ramstedt	1949	162
ńurigdi	*털투성이의	hairy, hirsute	Ma	G. J. Ramstedt	1949	162
ńuriktę	*털	hair - of the human skin	Ma	G. J. Ramstedt	1949	162
ńurit	*나룻	beard, hair	Ma	G. J. Ramstedt	1949	162

나룻배

ko-ra	*나룻배	fahrzeug	K	白鳥庫吉	1914ㄷ	329
kö-ru	*나룻배	kahn	K	白鳥庫吉	1914ㄷ	329
kö-sä-ri-	*나룻배	a small boat attachde to a junk	K	白鳥庫吉	1914ㄷ	329
gella	*나룻배	schiff	Ma	白鳥庫吉	1914ㄷ	329
kadurambi	*나룻배	fahrzeug	Ma	白鳥庫吉	1914ㄷ	329
xalkena	*나룻배	schiff	Ma	白鳥庫吉	1914ㄷ	329
gela	*나룻배	schiff	Ma	白鳥庫吉	1914ㄷ	329
TO(M	*나룻배, 뗏목		Ma	Shirokogoroff	1944	130
TOMHO	*나룻배.		Ma	Shirokogoroff	1944	130
jalajlgaxa	*나룻배	grossen handelboot	Mo	白鳥庫吉	1914ㄷ	329
xaltirxaj	*나룻배	grossen handelboot	Mo	白鳥庫吉	1914ㄷ	329
xalkiruxaj	*나룻배	festboot mit zahlreichen	Mo	白鳥庫吉	1914ㄷ	329
		ruderpinnen				
gilügen	*나룻배	fahrzeug	Mo	白鳥庫吉	1914ㄷ	329
karap	*나룻배	schiff	T	白鳥庫吉	1914ㄷ	329
kéreb	*나룻배	schiff	T	白鳥庫吉	1914ㄷ	329

나르다

nalï	나르다	carry, convey	K	宋敏	1969	75
narïda	*나르다	to move, to remove, to carry from	K	G. J. Ramstedt	1949	161

표제어/어휘		의미	언어	저자	발간년도	쪽수
		one place to ano				
noš-	*나르다	carry	K	Martin, S. E.	1966	206
noš-	*나르다	carry	K	Martin, S. E.	1966	212
noš-	*나르다	carry	K	Martin, S. E.	1966	220
noš-	*나르다	carry	K	Martin, S. E.	1966	223
ga-na-	*나르다	to take away	Ma	이기문	1958	111
ǰugū-	*나르다	to transport	Ma	Poppe, N	1965	179
ǰū-	*나르다	to transport	Ma	Poppe, N	1965	179
тук-(1)	*나르다	carry	Ma	Цинциус	1977	206
орпйчй	*나르다	carry	Ma	Цинциус	1977	25
ȝō	*나르다	to transport	Mo	Poppe, N	1965	179
ǰüge-	*나르다	to transport	Mo	Poppe, N	1965	179
yük	*짐	load	T	Poppe, N	1965	180

나른하다

nʌ-lon-hʌ	나른하다		K	김사엽	1974	408
narin hạda	*나른하다	to be fine or slender	K	G. J. Ramstedt	1949	161
nalgin hạda	*나른하다(/날근하다)	to be fine, to be slender, to be thin; to be weary	K	G. J. Ramstedt	1949	161
nalssin hạda	*나른하다(/날씬하다)	to be fine, to be slender, to be thin; to be weary	K	G. J. Ramstedt	1949	161
narχun	*얇은	thin, fine, narrow	Ma	G. J. Ramstedt	1949	162
nara-	*나른하다	to become meagre, thin, tired, weary - said polite	Ma	G. J. Ramstedt	1949	162

나막신

nam-uk-sin	나막신		K	이숭녕	1956	142
nam-ok-sin	나막신		K	이숭녕	1956	142
nam-ak-sin	나막신		K	이숭녕	1956	142
cytχa	*나막신	clogs	Ma	Цинциус	1977	131

나무

kar	나무	tree	K	강길운	1978	41
namo	나무		K	강길운	1983ㄱ	30
kɯrɯ	그루		K	강길운	1983ㄴ	114
kori	버들의일중		K	강길운	1983ㄴ	117
kɯru	그루		K	강길운	1983ㄴ	118
namo	나무		K	강길운	1983ㄴ	120
sorɯrɯ	소나무		K	강길운	1983ㄴ	128
čaŋ-	나무하다		K	강길운	1983ㄴ	128
čak	나무		K	강길운	1983ㄴ	128
čɯmge	큰나무		K	강길운	1983ㄴ	129
naŋgi	나무		K	강길운	1983ㄴ	134
naŋgu	나무		K	강길운	1983ㄴ	134
kori	버들의한종류		K	강길운	1983ㄴ	135
kyẹi	나무		K	김공칠	1989	19
namo	나무	tree	K	김동소	1972	141
namu	나무	tree	K	김동소	1972	141
namg	나무	tree	K	김선기	1968ㄱ	33
namagu	나무	tree	K	김선기	1968ㄱ	33
namu	나무	tree	K	김선기	1968ㄱ	33
namg i	나무		K	김선기	1968ㄴ	20

표제어/어휘		의미	언어	저자	발간년도	쪽수
mu-tʼu	나무		K	박은용	1974	113
namu	*나무	A tree; a plant; wood	K	白鳥庫吉	1914ㄱ	147
斤乙	나무		K	辛 容泰	1987	132
木	나무		K	辛 容泰	1987	132
namu	나무		K	이숭녕	1956	118
neŋguari	덜 탄 나무		K	이숭녕	1956	124
namo	나무		K	이숭녕	1956	142
namo~namk	나무	tree	K	이용주	1980	101
namo	나모	tree	K	이용주	1980	81
namo	나무	tree	K	이용주	1980	95
namu	*나무	tree	K	長田夏樹	1966	82
*kir[斤]	*나무	tree, wood	K	Christopher I. Beckwith	2004	111
*kir[斤]	*나무	tree, wood	K	Christopher I. Beckwith	2004	114
*kir : ^kin ~ [斤] ~ *kir ~ ^kinir	*나무	tree, wood	K	Christopher I. Beckwith	2004	126
*miŋkir : ^miŋkin [仍斤]	*동백나무	scholar tree, Sophora japonica	K	Christopher I. Beckwith	2004	131
namak	*나무	tree	K	G. J. Ramstedt	1954	12
namu	*나무	tree	K	Hulbert, H. B.	1905	121
moo	나무	tree	Ma	김동소	1972	141
moo	나무		Ma	박은용	1974	113
kë	*나무	wood, trees of any kind	Ma	Johannes Rahder	1959	29
gol(o)	*나무	tree, trunk, log	Ma	Johannes Rahder	1959	29
moo	*나무	tree	Ma	Poppe, N	1965	179
mō	*나무	tree	Ma	Poppe, N	1965	179
*mō	*나무	tree	Ma	Poppe, N	1965	179
mōma	*나무로 된	wooden	Ma	Poppe, N	1965	195
mō	*나무	wood	Ma	Poppe, N	1965	195
mō	*나무	tree	Ma	Poppe, N	1965	202
цokta	*나무		Ma	Shirokogoroff	1944	38
[гекіта	*나무		Ma	Shirokogoroff	1944	52
н'ерва	*나무		Ma	Shirokogoroff	1944	91
турпикэ	*나무	trees	Ma	Цинциус	1977	221
опкоро	*나무	tree	Ma	Цинциус	1977	22
экэнэнчэ	*나무	tree	Ma	Цинциус	1977	444
луглукэ	*나무	tree	Ma	Цинциус	1977	506
мō	*나무	tree	Ma	Цинциус	1977	540
сēвакса	*나무	tree	Ma	Цинциус	1977	69
čилтан	*나무	tree	Ma	Цинциус	1977	85
modo	*나무	tree	Mo	김선기	1968ㄱ	33
kanoung	*나무	tree	Mo	Johannes Rahder	1959	29
modun	*나무	wood	Mo	Poppe, N	1965	179
*mōdun	*나무	tree	Mo	Poppe, N	1965	179
mod	*나무	wood	Mo	Poppe, N	1965	179
mōd	*나무	tree	Mo	Poppe, N	1965	179
mōdi	*나무	tree	Mo	Poppe, N	1965	179
mōdi	*나무	wood	Mo	Poppe, N	1965	179
mōdi	*나무	wood	Mo	Poppe, N	1965	202
mōd	*나무	tree	Mo	Poppe, N	1965	202
ağač	나무	tree	T	강길운	1978	41

표제어/어휘		의미	언어	저자	발간년도	쪽수
나무껍질						
gəbdag	나무껍질		K	김선기	1968ㄱ	33
гʼапи	*나무껍질	bark	Ma	Цинциус	1977	141
дэллэ	*나무껍질	bark	Ma	Цинциус	1977	233
kaba dzak	나무껍질		T	김선기	1968ㄱ	33
나무라다						
na-mʌ-la	나무라다		K	김사엽	1974	413
namurada	*나무라다	to blame, to scold, to reprimand	K	G. J. Ramstedt	1949	160
mõ-lča-t-	*나무라다	to blame	Ma	G. J. Ramstedt	1949	160
나물						
na-mul	나물		K	김사엽	1974	414
nʌ-mʌl	나물		K	김사엽	1974	445
nari	나물		K	송민	1965	39
nɔmɔlh	나물	greens	K	宋敏	1969	75
namul	나물		K	宋敏	1969	75
naṃaṛ	나물	raw vegetables	K	이기문	1958	115
namu	나물	raw vegetables	Ma	이기문	1958	115
나비						
napu	*나비		K	石井 博	1992	93
nabɛi	나비		K	이숭녕	1956	105
бyлбy.кó	*나비		Ma	Shirokogoroff	1944	19
kõllɛкан	*나비		Ma	Shirokogoroff	1944	73
лõрдо	*나비		Ma	Shirokogoroff	1944	80
9рбāкаı(	*나비		Ma	Shirokogoroff	1944	45
булбундõ	*나비	butterfly	Ma	Цинциус	1977	106
олдокē	*나비	buterfly	Ma	Цинциус	1977	13
гургēчй	*나비	butterfly	Ma	Цинциус	1977	174
гэфэхэ	*나비	butterfly	Ma	Цинциус	1977	183
дõқъл	*나비	butterfly	Ma	Цинциус	1977	212
дӯтӯни	*나비	butterfly	Ma	Цинциус	1977	227
коколдок	*나비	butterfly	Ma	Цинциус	1977	405
колдокē	*나비	butterfly	Ma	Цинциус	1977	407
кõнʼи	*나비	butterfly	Ma	Цинциус	1977	410
лоҳто(4)	*나비	butterfly	Ma	Цинциус	1977	504
лорукй	*나비	butterfly	Ma	Цинциус	1977	505
нʼӯчакāнчă	*나비	butterfly	Ma	Цинциус	1977	650
авава	*나비	butterfly	Ma	Цинциус	1977	8
фо	*나비 그물	butterfly net	Ma	Цинциус	1977	300
나쁘다						
wä-	나쁜	나쁜(접두사)	K	강길운	1982ㄴ	25
wä-	나쁜	나쁜(접두사)	K	강길운	1982ㄴ	33
nes-	*나쁜	bad	K	강영봉	1991	8
mak	나쁘다		K	김공칠	1989	6
nappi-	나쁜	bad	K	김동소	1972	136
naʔpi-	나쁜	bad	K	김동소	1972	136
kuč	나쁘다		K	김사엽	1974	482
keu-rat	*나쁜	schlecht	K	白鳥庫吉	1914ㄷ	309
keu-rat-ći-	*나쁜	für schlecht halten	K	白鳥庫吉	1914ㄷ	309

표제어/어휘		의미	언어	저자	발간년도	쪽수
keul-lö-či-	*나쁘게 생각하다	für schlecht halten	K	白鳥庫吉	1914ㄷ	309
keu-rä-	*나쁘게 생각하다	für schlecht halten	K	白鳥庫吉	1914ㄷ	309
ehe	나쁜	bad	Ma	김동소	1972	136
erku	*나쁜	schlecht	Ma	白鳥庫吉	1914ㄷ	309
örüpčukokun	*나쁜	schlecht	Ma	白鳥庫吉	1914ㄷ	309
erúpču	*나쁜	schlecht	Ma	白鳥庫吉	1914ㄷ	309
örü	*나쁜	schlecht	Ma	白鳥庫吉	1914ㄷ	309
mari	*나쁜	mal	Ma	白鳥庫吉	1915ㄱ	36
kaňali	*나쁜	bad	Ma	G. J. Ramstedt	1949	94
kaneli	*나쁜	bad	Ma	G. J. Ramstedt	1949	94
ęrü	*악, 불운, 재해, 나쁜	evil, bad luck, disaster, evil, bad	Ma	Poppe, N	1965	195
ýca	*나쁘게		Ma	Shirokogoroff	1944	146
џадагаӈка	*나쁜		Ma	Shirokogoroff	1944	34
[могутli	*나쁜		Ma	Shirokogoroff	1944	84
[äру_мä, äру_	*나쁜		Ma	Shirokogoroff	1944	10
окки(н-)	*나쁜	bad	Ma	Цинциус	1977	010
ониӈкй	*나쁜	bad	Ma	Цинциус	1977	19
гуjэм	*나쁘다	bad	Ma	Цинциус	1977	169
гэʰэ	*나쁘다	bad	Ma	Цинциус	1977	183
уса	*나쁘다	bad	Ma	Цинциус	1977	290
hajama	*나쁘다	bad	Ma	Цинциус	1977	308
чуки	*나쁘다	bad	Ma	Цинциус	1977	411
эхэлэ	*나쁘다	bad	Ma	Цинциус	1977	444
эрӯ	*나쁘다	bad	Ma	Цинциус	1977	465
maɣu	*나쁜	bad	Mo	Poppe, N	1965	195
maɣu inu	*그의 악	his evil	Mo	Poppe, N	1965	195
karak	*나쁘게 생각하다	false, untrue	T	白鳥庫吉	1914ㄷ	309
kargamak	*나쁘게 생각하다	für schlecht halten	T	白鳥庫吉	1914ㄷ	309
kara	*나쁘게 생각하다	für schlecht halten	T	白鳥庫吉	1914ㄷ	309
kalmak	*나쁘게 생각하다	für schlecht halten	T	白鳥庫吉	1914ㄷ	309
artaq	*나쁘다	spoiled, evil, bad	T	Poppe, N	1965	158

나에게

na-ge	1인칭대명사의 격(格)		K	박시인	1970	64
min-de	1인칭대명사의 격(格)		Ma	박시인	1970	64
na-dur	1인칭대명사의 격(格)		Mo	박시인	1970	64
béña	1인칭대명사의 격(格)		T	박시인	1970	64

나의

na-i	1인칭대명사의 격(格)		K	박시인	1970	64
min-i	1인칭대명사의 격(格)		Ma	박시인	1970	64
[ıнeнн'i	*나의 어머니		Ma	Shirokogoroff	1944	61
min-u	1인칭대명사의 격(格)		Mo	박시인	1970	64
minu-qai	*나의 것	mine	Mo	Johannes Rahder	1959	35
bénim	1인칭대명사의 격(格)		T	박시인	1970	64

나이

na-hi	나이		K	김사엽	1974	417
nā	나이의방언		K	김승곤	1984	246
nah	*나이		K	石井 博	1992	93
nah	나이		K	송민	1973	39
nah	나이		K	송민	1973	40

표제어/어휘	의미		언어	저자	발간년도	쪽수
nahi	나이		K	宋敏	1969	75
neŋi	나이		K	이숭녕	1956	155
nasi	나이		K	이숭녕	1956	155
nasaŋi	나이		K	이숭녕	1956	155
nā	*나이(/나)	age	K	G. J. Ramstedt	1949	157
насо чі, насу чі	*나이.		Ma	Shirokogoroff	1944	91
бар	*나이		Ma	Shirokogoroff	1944	14
нанун	*나이	age	Ma	Цинциус	1977	587
nesun	나이		Mo	김승곤	1984	246

나직

naǯu	*낮우[低]	low, inferior	K	G. J. Ramstedt	1949	162
nạppuda	*나쁘다	to be small	K	G. J. Ramstedt	1949	162
naǯak	*나 [低]	low, inferior	K	G. J. Ramstedt	1949	162
naǯik	*나직[低]	low, in a low voice	K	G. J. Ramstedt	1949	162
naǯik hạda	*나직하다	to be low, to be interior	K	G. J. Ramstedt	1949	162
naǯiri njẹgida	*낮으리 여기다	to dispise, to look on with contemp	K	G. J. Ramstedt	1949	162
naǯo	*낮오[低]	low, inferior	K	G. J. Ramstedt	1949	162
nīčẹ	*작은	little, small	Ma	G. J. Ramstedt	1949	163
nisuma	*작은	little, small	Ma	G. J. Ramstedt	1949	163

나체

pǝrgǝ-	나체		K	강길운	1981ㄴ	10
н'арбакин	*나체의	naked	Ma	Цинциус	1977	635
н'илбър	*나체의	naked	Ma	Цинциус	1977	638
н'олахин	*나체의	naked	Ma	Цинциус	1977	643
н'учакин	*나체의	naked	Ma	Цинциус	1977	650

낚시

naks-	낚다		K	강길운	1983ㄴ	106
naks-	*낚시		K	石井 博	1992	93
[орбат	*낚시.		Ma	Shirokogoroff	1944	104
[ч'ін,іт	*낚시.		Ma	Shirokogoroff	1944	24
дага	*낚시.		Ma	Shirokogoroff	1944	27
[дärä_	*낚시		Ma	Shirokogoroff	1944	27
оlдомо	*낚시하다.		Ma	Shirokogoroff	1944	100
[какоlідана	*낚시하다		Ma	Shirokogoroff	1944	67
баіна	*낚시하다, 사냥하다.		Ma	Shirokogoroff	1944	13
йрга	*낚시	fishing	Ma	Цинциус	1977	324
һэјэм	*낚시	fishing	Ma	Цинциус	1977	335
хаојаў	*낚시	fishing	Ma	Цинциус	1977	462
хасчў-	*낚시 하다	fishing	Ma	Цинциус	1977	464
тӯкичи-	*낚시하다	fish	Ma	Цинциус	1977	207
умбут-/ч-	*낚시하다	fish	Ma	Цинциус	1977	267
чинэпчу-	*낚시하다	fish	Ma	Цинциус	1977	397

난초

*śayk : ^siayk [昔]	*난초	orchid	K	Christopher I. Beckwith	2004	136
лан илга	*난초	orchid	Ma	Цинциус	1977	491

표제어/어휘		의미	언어	저자	발간년도	쪽수

난폭하다

arappo	난폭하다		K	김완진	1957	257
ker-	난폭하다		K	박은용	1974	221
hata-	난폭하다		Ma	박은용	1974	221

날(生)

nʌl	날생		K	김사엽	1974	412
nal	*날	uncooked	K	白鳥庫吉	1914ㄱ	143
nal-köt	*날것	what is law, what is uncooked	K	白鳥庫吉	1914ㄱ	143
naᴤr	날	raw, uncooked	K	이기문	1958	116
nalkẹt	*날것	what is raw	K	G. J. Ramstedt	1949	159
nal-kkẹt	*날것	what is raw	K	G. J. Ramstedt	1949	159
nal-ȝ̌a	*날자[生]	what is raw	K	G. J. Ramstedt	1949	159
nal	*날-[生]	raw, uncooked	K	G. J. Ramstedt	1949	159
olokša	*날	roh, unreif	Ma	白鳥庫吉	1914ㄱ	143
ulákča	*날	nass	Ma	白鳥庫吉	1914ㄱ	143
ulapkún	*날	roh, unreif	Ma	白鳥庫吉	1914ㄱ	143
ulápkun	*날	roh, unreif	Ma	白鳥庫吉	1914ㄱ	143
ulapkun	*날	roh, unreif	Ma	白鳥庫吉	1914ㄱ	143
jelo	*날	roh, unreif	Ma	白鳥庫吉	1914ㄱ	143
ńalon, ńalúm	*날	roh, unreif	Ma	白鳥庫吉	1914ㄱ	143
niyar-hūn	신선한	fresh	Ma	이기문	1958	116
ńalun	날	fresh, uncooked	Ma	이기문	1958	116
nealun	날	fresh, uncooked	Ma	이기문	1958	116
ńalun	날(생)		Mo	김승곤	1984	247
nilūn	날(생)		Mo	김승곤	1984	247
nilagun	날(생)		Mo	김승곤	1984	247
noituń	*날	feucht, roh	Mo	白鳥庫吉	1914ㄱ	143
noitoń	*날	feucht, roh	Mo	白鳥庫吉	1914ㄱ	143
noituń	*날	nass	Mo	白鳥庫吉	1914ㄱ	143
noitoń	*날	nass	Mo	白鳥庫吉	1914ㄱ	143
nilagun	날	raw, fresh	Mo	이기문	1958	116
nilūn	*날	rae, fresh (uncooked), bloody	Mo	G. J. Ramstedt	1949	159
ül	*날	nass, roh, feucht	T	白鳥庫吉	1914ㄱ	143
ÿöl	*날	nass, roh, feucht	T	白鳥庫吉	1914ㄱ	143

날(刃)

nʌl	날		K	김사엽	1974	407
nal	날		K	김사엽	1974	462
naᴤr	날	blade	K	이기문	1958	115
nal	*날[刃]	the edge, the blade	K	G. J. Ramstedt	1949	159
náh-rh-ĥûng	날카로운	thin, keen	Ma	이기문	1958	115
nar-hūn	날카로운	thin, keen	Ma	이기문	1958	115
iri	* (칼의) 날, 가장자리	edge	Ma	Poppe, N	1965	201
ири	*날	edge	Ma	Цинциус	1977	327
хэн'э	*날	edge	Ma	Цинциус	1977	481
аүат	*날(칼 등), 뾰족한 끝	edge, nig	Ma	Цинциус	1977	12
гилинэ	*날(칼 등), 뾰족한 끝	edge, nig	Ma	Цинциус	1977	151
irmeg	*날카로운 날	sharp edge	Mo	Poppe, N	1965	201

날(日)

| nac/nal | *날 | day | K | 강영봉 | 1991 | 8 |

표제어/어휘		의미	언어	저자	발간년도	쪽수
날	날		K	권덕규	1923ㄴ	126
nar	*날		K	金澤庄三郎	1914	220
nar	날		K	金澤庄三郎	1914	222
nal	날		K	김방한	1978	6
nal	*날	The sun, day, the weather	K	白鳥庫吉	1914ㄱ	144
nal	*날	sun	K	Edkins, J	1896ㄴ	365
nal	*날[日]	the sun, the day, the weather	K	G. J. Ramstedt	1949	159
nal	*날	day	K	Poppe, N	1965	138
njultán	*해	die Sonne	Ma	白鳥庫吉	1914ㄱ	144
nári	*해	die Sonne	Ma	白鳥庫吉	1914ㄱ	144
núltan	*해	die Sonne	Ma	白鳥庫吉	1914ㄱ	144
Nara	날		Mo	권덕규	1923ㄴ	126
nara	날		Mo	徐廷範	1985	244
narun	날		Mo	徐廷範	1985	244
nara	*날	sun	Mo	Edkins, J	1896ㄴ	365
nara	*해	sun	Mo	Poppe, N	1965	138

날개

표제어/어휘		의미	언어	저자	발간년도	쪽수
nɛlkɛ	날개	wing	K	김동소	1972	141
nalkɛ	날개	wing	K	김동소	1972	141
於支	날개		K	김동소	1972	146
nʌl-kaj	날개		K	김사엽	1974	420
nargɛ	날개	feathes	K	김선기	1968ㄱ	29
nalda	날다		K	김승곤	1984	247
neˇrkăi	날개	wing	K	이용주	1980	81
asha	날개	wing	Ma	김동소	1972	141
na-	날개로퍼덕이다		Ma	김승곤	1984	247
aca(кʼi	*날개		Ma	Shirokogoroff	1944	10
[ahʼikʼi	*날개.		Ma	Shirokogoroff	1944	3
лапура+	*날개.		Ma	Shirokogoroff	1944	79
далаптʼi , далапцʼI	*날개		Ma	Shirokogoroff	1944	28
доктila	*날개		Ma	Shirokogoroff	1944	32
набдал-	*날개 치다	wave wings	Ma	Цинциус	1977	575
чэм-	*날개를 접다	furl wings	Ma	Цинциус	1977	420
на-	*날개를 흔들다	wave wings	Ma	Цинциус	1977	573
дэктэннэ	*날개	wing	Ma	Цинциус	1977	231
hуpaкй	*날개	wing	Ma	Цинциус	1977	352
кутар	*날개	wing	Ma	Цинциус	1977	440
асакй	*날개	wing	Ma	Цинциус	1977	54
xyner	날개	feathes	Mo	김선기	1968ㄱ	29

날다

표제어/어휘		의미	언어	저자	발간년도	쪽수
nʌlä	날개		K	강길운	1983ㄴ	111
nʌr-	날다		K	강길운	1983ㄴ	111
nʌr-	날다		K	강길운	1983ㄴ	120
nal-/tʼɯ-	*날다	to fly	K	강영봉	1991	9
nel-	날다	fly	K	김동소	1972	138
nal-	날다	fly	K	김동소	1972	138
nʌl	날다		K	김방한	1978	31
nʌl	날다		K	김방한	1978	32
nʌl	날다		K	김사엽	1974	416
nar	날다	fly	K	김선기	1968ㄱ	41
nər-	날다		K	박은용	1975	157

표제어/어휘		의미	언어	저자	발간년도	쪽수
nɔ	날다	fly	K	宋敏	1969	75
ner-	나ㅏㄹ다	to fly	K	이용주	1980	83
*tožu	날다	fly	K	이용주	1980	99
ner	날다	fly	K	이용주	1980	99
nal	날다	fly	K	Edkins, J	1895	409
naḷlida	*날리다	to scatter, to spread, to flutter	K	G. J. Ramstedt	1949	159
naḷčhida	*날치다[飛散]	to scatter, to spread, to flutter	K	G. J. Ramstedt	1949	159
naḍa	*날다(/나다)[飛]	to fly	K	G. J. Ramstedt	1949	159
naḷda	*날다[飛]	to fly	K	G. J. Ramstedt	1949	159
deye-	날다	fly	Ma	김동소	1972	138
deye-	날다		Ma	박은용	1975	157
na-	*퍼덕거리다	to flap with the wings	Ma	G. J. Ramstedt	1949	159
apr'i	*날다.		Ma	Shirokogoroff	1944	9
дäi(lίφκα	*날리다		Ma	Shirokogoroff	1944	27
сэгдэ-	*날다	fly	Ma	Цинциус	1977	136
дэγ-	*날다	fly	Ma	Цинциус	1977	228
пйлуэн-	*날다	fly	Ma	Цинциус	1977	38
dedbderi	날다	fly	Mo	김선기	1968ㄱ	41
nisu	날다	fly	Mo	김선기	1968ㄱ	41
nisehu	*날다	fly	Mo	Edkins, J	1895	409

날카롭다

표제어/어휘		의미	언어	저자	발간년도	쪽수
nelkhap-	날카로운	sharp	K	김동소	1972	140
nalkhalop-	날카로운	sharp	K	김동소	1972	140
ner	날카롭다		K	박은용	1975	153
ne˘rkav-	날카롭다	sharp	K	이용주	1980	84
ne˘rkav-	날카롭다	sharp	K	이용주	1980	96
ča	*날카롭게하다	schaerfen	K	Andre Eckardt	1966	229
nalkharopta	*날카롭다	to be sharp, to have an edge	K	G. J. Ramstedt	1949	159
nalkhapta	*날캄다	to be sharp, to have an edge	K	G. J. Ramstedt	1949	159
dacūn	날카로운	sharp	Ma	김동소	1972	140
dacun	날카롭다		Ma	박은용	1975	153
cyl	*날카롭게 하다.		Ma	Shirokogoroff	1944	119
омär, омір, ömіr	*날카로운.		Ma	Shirokogoroff	1944	102
hйвз̄	*날카롭게 하다	sharpen	Ma	Цинциус	1977	321
шуру)	*날카롭게 하다	sharpen	Ma	Цинциус	1977	430
дạ̌κaвлй	*날카롭다	sharp	Ma	Цинциус	1977	191
чукчума	*날카롭다	sharp	Ma	Цинциус	1977	412
чусирйпчу	*날카롭다	penetrating	Ma	Цинциус	1977	417
чэм-чэм биз	*날카롭다	sharp	Ma	Цинциус	1977	420
эмэр	*날카롭다	sharp	Ma	Цинциус	1977	453

낡다

표제어/어휘		의미	언어	저자	발간년도	쪽수
nalk-	낡은	old	K	김동소	1972	139
nelk-	낡은	old	K	김동소	1972	139
nʌlk	낡다		K	김사엽	1974	395
nʌlk	낡다		K	김사엽	1974	411
다	낡다	old	K	김선기	1978ㄷ	344
*gʷuńu	낡은	old	K	이용주	1980	100
nerkem	낡은	old	K	이용주	1980	100
fereke	낡은	old	Ma	김동소	1972	139
eberekebi	낡다	old	Ma	김선기	1978ㄷ	344
duruhabi	낡다	old	Ma	김선기	1978ㄷ	344

표제어/어휘		의미	언어	저자	발간년도	쪽수
сомкʼi	*낡다, 닳아서 떨어지다.		Ma	Shirokogoroff	1944	118
гороптi	*낡다, 오래되다.		Ma	Shirokogoroff	1944	51
бэчэнэ	*낡다, 늙다	old	Ma	Цинциус	1977	127
агипти	*낡다, 늙다	old	Ma	Цинциус	1977	13
munudzi	낡다	old	Mo	김선기	1978ㄷ	344
dorododzil	낡다	old	Mo	김선기	1978ㄷ	344
akeil din šašibdu	낡다	old	T	김선기	1978ㄷ	344
eski	낡은		T	김영일	1986	172
eski-	낡다		T	김영일	1986	172

남

표제어/어휘		의미	언어	저자	발간년도	쪽수
urut	남	south	K	강길운	1978	41
kudä	남	south	K	강길운	1978	42
ma	남쪽		K	강길운	1981ㄱ	32
*sebe	남쪽		K	강길운	1982ㄴ	28
*sebe	남쪽		K	강길운	1982ㄴ	34
Chulerki	*남쪽		Ma	金澤庄三郎	1914	217
tirga-kākin	*남쪽	the South	Ma	G. J. Ramstedt	1949	86
[холгʼiда	*남쪽.		Ma	Shirokogoroff	1944	53
џʼylrʼiт	*남쪽에서, 남쪽의.		Ma	Shirokogoroff	1944	40
џʼylaвy	*남쪽의.		Ma	Shirokogoroff	1944	40
конгор	*남	south	Ma	Цинциус	1977	411
онохó : на+ру	*남(쪽); 남방	south	Ma	Цинциус	1977	19
пунэлэ	*남, 남방	south	Ma	Цинциус	1977	43
urd	남	south	Mo	강길운	1978	41
öbör	남		Mo	강길운	1978	41
ömön	*남쪽, 앞		Mo	金澤庄三郎	1914	217
jenub	남		T	강길운	1978	41
güney	남	south	T	강길운	1978	42
xotoi	*남쪽, 남하하다	South, move down	T	Johannes Rahder	1959	54

남다

표제어/어휘		의미	언어	저자	발간년도	쪽수
pʼuji-	남아있다		K	강길운	1983ㄴ	137
nömu	*남다		K	金澤庄三郎	1914	220
namer-	남다		K	김공칠	1988	199
nam	남다	to be left over	K	김공칠	1988	83
nam	남다		K	김사엽	1974	408
ki-tʰi	남기다		K	김사엽	1974	408
nam-	남다		K	박은용	1975	151
nam	남다		K	宋敏	1969	76
naᶆgida	*남기다	to leave over and above, to have more, to add	K	G. J. Ramstedt	1949	160
naᶆda	*남다	to remain, to be over and above	K	G. J. Ramstedt	1949	160
naᶆda	*남다	to remain, to be over and above	Ma	G. J. Ramstedt	1949	160
sulap-	뒤에 남다		Ma	김영일	1986	176
sula-	뒤에 남기다		Ma	김영일	1986	176
cylaп	*남다		Ma	Shirokogoroff	1944	119
ylaп	*남다		Ma	Shirokogoroff	1944	139
дото, дота, дута	*남기다, 버리다.		Ma	Shirokogoroff	1944	33
амā на	*남기다, 버리다		Ma	Shirokogoroff	1944	6
yliда	*남기다		Ma	Shirokogoroff	1944	140
yloпкa	*남기다		Ma	Shirokogoroff	1944	141
[ӗман	*남기다		Ma	Shirokogoroff	1944	43

표제어/어휘		의미	언어	저자	발간년도	쪽수
[cola	*남기다		Ma	Shirokogoroff	1944	117
[тіні	*남기다		Ma	Shirokogoroff	1944	128
сулā-	*남기다, 두다	leave	Ma	Цинциус	1977	124
олтов-	*남기다; 두고 가다	leave	Ma	Цинциус	1977	16
дота-	*남다	stay, remain	Ma	Цинциус	1977	217
кари-	*남다	leave over, stay on	Ma	Цинциус	1977	381
neme-	*남다	to be too many(much)	Mo	강길운	1978	41
nömö	*남다		Mo	金澤庄三郎	1914	220
nemā	남다	to be too many(much)	T	강길운	1978	41
qal	*남아라!	remain!	T	Poppe, N	1965	190
qal-	*남다	to remain	T	Poppe, N	1965	190

남동생

aza, azi	남동생	younger brother	K	김공칠	1989	16
нокун, ноку	*남동생, 여동생.		Ma	Shirokogoroff	1944	94
[hȳwy	*남동생, 여동생		Ma	Shirokogoroff	1944	97

남비

nampi	남비		K	宋敏	1969	76
lampi	남비	a frying pan	K	宋敏	1969	76
калан	*남비		Ma	Shirokogoroff	1944	67

남자

pusuji	남자	man	K	강길운	1978	42
senai	*남자	man	K	강영봉	1991	10
namca	*남자	man(male human)	K	김동소	1972	139
senahä	*남자	man(male human)	K	김동소	1972	139
namcin	남자		K	김동소	1972	148
ɛbi	남자	man	K	김선기	1968ㄱ	25
namtʃin	남진	man	K	이용주	1980	79
namza	*남자	man	K	長田夏樹	1966	82
haha	남자	man(male human)	Ma	김동소	1972	139
haha	남자		Ma	김선기	1977ㅁ	354
нʼipai, нʼipali	*남자, 수컷.		Ma	Shirokogoroff	1944	93
ниравӣ	*남자, 남성	man, male	Ma	Цинциус	1977	598
büstey	남자	man	Mo	강길운	1978	42
ebe	남자	man	Mo	김선기	1968ㄱ	25
ere	남자		Mo	김선기	1977ㅁ	354
air	남자		T	김선기	1977ㅁ	354

남자생식기

pul	남자생식기		K	최학근	1959ㄱ	49
byrraka/berakta	남자생식기		Ma	최학근	1959ㄱ	49
fursun	남자생식기		Ma	최학근	1959ㄱ	49
ushe	남자생식기	semence	Ma	최학근	1959ㄱ	49
böltegen	남자생식기	testicule	Mo	최학근	1959ㄱ	49
oroxu	*남자의 성기	männliches	Mo	白鳥庫吉	1914ㄴ	171

남편

səban/nampjən	*남편	husband	K	강영봉	1991	10
namphjʌn-	남편	husband	K	김동소	1972	138

표제어/어휘	의미		언어	저자	발간년도	쪽수
ciapi	남편	husband	K	김동소	1972	138
syā'ōŋ	샤옹	husband	K	이용주	1980	80
kuza	*남편, 사람	vir, homo	K	Johannes Rahder	1959	36
eigen	남편	husband	Ma	김동소	1972	138
бojiн,г'i	*남편.		Ma	Shirokogoroff	1944	16
эдй	*남편	husband	Ma	Цинциус	1977	437
эjгэн	*남편	husband	Ma	Цинциус	1977	440

납

nab	납		K	강길운	1983ㄱ	27
nap	*납	lead	K	金澤庄三郎	1910	11
nap	납		K	김공칠	1989	7
nap	납		K	김방한	1978	11
nap	납		K	김사엽	1974	412
nap	*납		K	大野晋	1975	52
nap	*납	Lead	K	白鳥庫吉	1914ㄱ	144
nap	납		K	송민	1965	38
nap	납	plumbum, lead	K	宋敏	1969	76
nap	납		K	宋敏	1969	76
nab	*납		K	村山七郎	1963	28
*namur : ^nǝymur[乃勿]	*납	lead(metal)	K	Christopher I. Beckwith	2004	133
nap	*납[鑞]	plumbum, lead	K	G. J. Ramstedt	1949	160
nap	*납	lead	K	Kanazawa, S	1910	8
tarčan	납		Ma	김방한	1977	8
tarčan	납		Ma	김방한	1978	11
ńeṅgol	*납	Blei	Ma	白鳥庫吉	1914ㄱ	144
ciм'iнec	*납		Ma	Shirokogoroff	1944	115
cв'iнeц	*납		Ma	Shirokogoroff	1944	120
тoгoкa	*납		Ma	Shirokogoroff	1944	129
[тȳ3a	*납		Ma	Shirokogoroff	1944	132
тȳ3a	*납	lead	Ma	Цинциус	1977	205
qorroljin	납		Mo	김방한	1977	8
qorɣoljin	납		Mo	김방한	1978	11

낫

sal	*낫		K	宮崎道三郎	1906	12
nat	*낫	sickle	K	金澤庄三郎	1910	11
nat	낫		K	김공칠	1989	9
kyəm	낫		K	김공칠	1989	9
nat	낫		K	김사엽	1974	413
nat	낫		K	김승곤	1984	247
nat	낫		K	송민	1973	55
nat	낫		K	宋敏	1969	76
nat	낫	a sickle	K	宋敏	1969	76
nas	낫		K	宋敏	1969	76
nat	낫		K	이용주	1980	106
nat	*낫	a hatchet, a sickle	K	G. J. Ramstedt	1928	72
bï-gak	*낫	sickle	K	G. J. Ramstedt	1928	81
nat	*낫	Sichel	K	G. J. Ramstedt	1939ㄱ	485
nat	*낫	a sickle	K	G. J. Ramstedt	1949	162
nat	*낫	sickle	K	Kanazawa, S	1910	8
nas(a)	*낫	hatchet	K	Martin, S. E.	1966	215

표제어/어휘		의미	언어	저자	발간년도	쪽수

낫다

표제어/어휘		의미	언어	저자	발간년도	쪽수
naʒ-	낫다		K	강길운	1982ㄴ	36
naʒ-	낫다		K	강길운	1983ㄴ	113
naʒ-	낫다		K	강길운	1983ㄴ	127
naʒ-	낫다		K	강길운	1983ㄴ	130
naʒ-	낫다		K	강길운	1983ㄴ	133
nïl	낫다		K	김사엽	1974	390
nas	낫다		K	김사엽	1974	391
nas	낫다		K	김사엽	1974	412
nas-	낫다		K	송민	1973	39
nat	낫다		K	宋敏	1969	76
na(s)	낫다	get/be better	K	宋敏	1969	76
na-o	*낫다	good	K	Hulbert, H. B.	1905	121
nap-	*낫다	better	K	Martin, S. E.	1966	199
nas(a)	*낫다	hatchet	K	Martin, S. E.	1966	206
nap-	*낫다	better	K	Martin, S. E.	1966	206
nas(a)	*낫다	hatchet	K	Martin, S. E.	1966	212
nas(a)	*낫다	hatchet	K	Martin, S. E.	1966	222
naka	*나은	well, excellent	Ma	G. J. Ramstedt	1949	162

낮

표제어/어휘		의미	언어	저자	발간년도	쪽수
nat	*낮	day	K	金澤庄三郎	1910	11
nac	낮	day(opposite of night)	K	김동소	1972	137
nač	낮		K	김사엽	1974	399
nas	낮		K	김사엽	1974	399
nərum	낮		K	徐廷範	1985	241
nət	낮		K	徐廷範	1985	241
nyŭlŭm	낮	summer	K	宋敏	1969	76
nat	낮		K	宋敏	1969	76
nač	낮		K	이숭녕	1956	168
nac	낮	day	K	이용주	1980	101
năʧ	낮	day	K	이용주	1980	81
nat/낫	*낮		K	Arraisso	1896	21
nat	*낮	daytime	K	Edkins, J	1895	409
naʒo	*나조[夕]	twilight	K	G. J. Ramstedt	1949	162
naʒu	*나조[夕]	twilight	K	G. J. Ramstedt	1949	162
naʒe	*낮	a day time, during the day	K	G. J. Ramstedt	1949	162
nat	*낮	the day - in contrast to night; noon, midday	K	G. J. Ramstedt	1949	162
kuźal, kolxa-l, halia-l	*낮	day	K	Johannes Rahder	1959	65
nat	*낮	day	K	Kanazawa, S	1910	8
inenggi	낮	day(opposite of night)	Ma	김동소	1972	137
окуlда	*낮 더위.		Ma	Shirokogoroff	1944	100
ɪнаӊі	*낮, 날.		Ma	Shirokogoroff	1944	61
[ɪнäӊī	*낮, 날.		Ma	Shirokogoroff	1944	61
ɪнäӊ	*낮, 날.		Ma	Shirokogoroff	1944	61
тіргä	*낮		Ma	Shirokogoroff	1944	128
uder	*낮	daytime	Mo	Edkins, J	1895	409
sajyn	*여름	summer	T	G. J. Ramstedt	1949	162

표제어/어휘		의미	언어	저자	발간년도	쪽수
낮다						
nʌč-	낮다		K	강길운	1983ㄴ	120
nʌč	낮다		K	김사엽	1974	401
nǎt-čʼota	*낮추다	To lower, to let down	K	白鳥庫吉	1914ㄱ	144
nǎ-čǎkhǎta	*나직하다	To be low, to be inferior	K	白鳥庫吉	1914ㄱ	144
nǎ-rita	*내리다	To come down, to descend	K	白鳥庫吉	1914ㄱ	144
nǎt-ta	*낮다	To be low, to be inferior	K	白鳥庫吉	1914ㄱ	144
nač-ta	낮다		K	이숭녕	1956	114
nač-	*낮다	zu Grunde gehen	K	Andre Eckardt	1966	234
nɑtta	*낮다	to be low	K	G. J. Ramstedt	1949	162
тӭбъмкун	*낮다	low	Ma	Цинциус	1977	201
ирэсхун	*낮다	Low	Ma	Цинциус	1977	329
нэмкӭн	*낮다	low	Ma	Цинциус	1977	621
қамн'аӈа	*낮은	low	Ma	Цинциус	1977	370
нэjумкӯн	*낮은	low	Ma	Цинциус	1977	616
нэктэкӯн	*낮은	low	Ma	Цинциус	1977	617
9ргeн, ärгeн	*낮은		Ma	Shirokogoroff	1944	45
[кутокан'i	*낮은		Ma	Shirokogoroff	1944	79
[наптар	*낮은		Ma	Shirokogoroff	1944	90
нiцар'iн , нiцарiн	*낮은		Ma	Shirokogoroff	1944	92
н'октá	*낮은		Ma	Shirokogoroff	1944	94
нӧкта	*낮은		Ma	Shirokogoroff	1944	95
nabtagar	*낮은	low	Mo	Poppe, N	1965	199
낯						
nač	낯		K	강길운	1982ㄴ	23
nač	낯		K	강길운	1982ㄴ	30
nat	*낯		K	金澤庄三郎	1914	220
nʌčʰ	낯		K	김사엽	1974	459
nec'	낯		K	박은용	1975	157
nach	*낯		K	石井 博	1992	93
dere	낯		Ma	박은용	1975	157
nur	*낯		Mo	金澤庄三郎	1914	220
낳다						
nah	낳다		K	김사엽	1974	385
nah	낳다		K	김사엽	1974	472
낳-	낳다		K	김선기	1979ㄷ	369
nah-	낳다		K	송민	1973	39
nattha	*낳다	to bear, to bring forth	K	G. J. Ramstedt	1949	162
keming	*낳다	give birth	K	Johannes Rahder	1959	62
bandzi-ha	낳다		Ma	김선기	1979ㄷ	369
tagg	낳다		Ma	김선기	1979ㄷ	370
бан'у̣'iбу	*낳다, 만들다.		Ma	Shirokogoroff	1944	14
н'ipailā	*낳다.		Ma	Shirokogoroff	1944	93
нaтaгирга-	*낳다	deliver	Ma	Цинциус	1977	318
нуӈки-	*낳다	deliver	Ma	Цинциус	1977	349
tagu-di	낳다		T	김선기	1979ㄷ	369
내(川)						
nä	내		K	강길운	1981ㄴ	6
nä	내		K	강길운	1982ㄴ	25

표제어/어휘		의미	언어	저자	발간년도	쪽수
nä	내		K	강길운	1982ㄴ	30
mai	내		K	김방한	1980	13
mi	내		K	김방한	1980	13
na	내		K	김방한	1980	14
na-li	내		K	김사엽	1974	414
nä	*내[川]	a brook	K	G. J. Ramstedt	1949	158
nä	*내[臭]	a smell, a stink	K	G. J. Ramstedt	1949	158
sinä	*시내[川]	a brook	K	G. J. Ramstedt	1949	158
nä	*내	brook	K	G. J. Ramstedt	1949	158
nämul	*냇물	a brook	K	G. J. Ramstedt	1949	158
아	내	stream	Ma	안자산	1922	208
nã	*시내	a brook	Ma	G. J. Ramstedt	1949	158
jакта	*내, 시냇물	stream	Ma	Цинциус	1977	339
물	내	stream	Mo	안자산	1922	207
무렌	내	stream	Mo	안자산	1922	208

내기하다

tə-nï	내기하다		K	김사엽	1974	464
мэктэ-	*내기 하다	make a bet	Ma	Цинциус	1977	565
упчу-	*내기하다	argue	Ma	Цинциус	1977	281

내내

nai-nai	내내	again and again	K	宋敏	1969	76
nai-nai	*내내[永永]	again and again	K	G. J. Ramstedt	1949	158
nān	*다시	again, anew	Ma	G. J. Ramstedt	1949	159
ńān	*다시	again, anew	Ma	G. J. Ramstedt	1949	159

내리다

nʌri-	내리다		K	강길운	1982ㄴ	23
nʌri-	내리다		K	강길운	1982ㄴ	33
öru	내리다		K	김공칠	1989	14
nʌ-li	내리다		K	김사엽	1974	453
närida	*내리다	to come down, to descend	K	G. J. Ramstedt	1949	161
nạrida	*내리다	to come down, to descend	K	G. J. Ramstedt	1949	161
nạrida	*내리다	to come down, to descend	K	G. J. Ramstedt	1949	161
närję-gada	*내려가다	to come down, to descend	K	G. J. Ramstedt	1949	161
närję-oda	*내려오다	to come down, to descend	K	G. J. Ramstedt	1949	161
nēlā	*아래	under	Ma	G. J. Ramstedt	1949	161
*nē	*아랫부분	the under part	Ma	G. J. Ramstedt	1949	161
*nē	*아랫부분	the underpart, the beneath	Ma	G. J. Ramstedt	1949	161
nēgi-dā	*아랫부분	the underside, the foot (of a mountain, etc.)	Ma	G. J. Ramstedt	1949	161
nēgu	*아래쪽	the lower	Ma	G. J. Ramstedt	1949	161
nēlï	*아래로	along the underside	Ma	G. J. Ramstedt	1949	161
ŋēlï	*아래로	along the underside	Ma	G. J. Ramstedt	1949	161
ŋēgu	*아래쪽	the lower	Ma	G. J. Ramstedt	1949	161
н'еск'ино	*내리다, 내려가다.		Ma	Shirokogoroff	1944	91
[г'ir	*내리다.		Ma	Shirokogoroff	1944	126
тйн-	*내리다	take down	Ma	Цинциус	1977	183
урпирга-	*내리다	come down	Ma	Цинциус	1977	286
уфара-	*내리다	let down	Ma	Цинциус	1977	295
сиппарга	*내리다	come down	Ma	Цинциус	1977	93

표제어/어휘	의미		언어	저자	발간년도	쪽수
내부						
an	내부		K	강길운	1981ㄴ	5
ǯугдулэмэ	*내부의, 안의	inner	Ma	Цинциус	1977	269
dō	*내부	insides	Ma	Цинциус	1977	209
ic	내부,비밀		T	김영일	1986	170
ič	내부		T	이숭녕	1956	84
내장						
pɛsəl	*내장	guts	K	강영봉	1991	9
u'уlду	*내장(심장, 폐, 허)		Ma	Shirokogoroff	1944	40
уріk'ін	*내장.		Ma	Shirokogoroff	1944	145
[hухін	*내장.		Ma	Shirokogoroff	1944	56
зулду	*내장		Ma	Shirokogoroff	1944	41
c'іlукта, сіlукта	*가는 내장, 부낭.		Ma	Shirokogoroff	1944	115
духа	*내장	internal organs	Ma	Цинциус	1977	220
baɣarsuq	내장		T	이숭녕	1956	83
냄새						
ne	냄새		K	김공칠	1989	4
naj-om	냄새		K	김사엽	1974	410
mathɯ-	*냄새말다	to smell	K	강영봉	1991	11
nɛmsɛmath-	냄새말다	smell	K	김동소	1972	140
nɛmat-	냄새말다	smell	K	김동소	1972	140
nɐi	냄새		K	이숭녕	1956	124
nè	냄새	smell	K	宋敏	1969	76
nè	*내	smell	K	Aston	1879	24
nä-amsä	*냄새	a smell	K	G. J. Ramstedt	1949	9
nēpta	*냅다	to smell - as smoke	K	G. J. Ramstedt	1949	158
näamsä	*내암새[臭]	a smell, a stink	K	G. J. Ramstedt	1949	158
nä näda	*내 나다	to emit a stench	K	G. J. Ramstedt	1949	158
nä nada	*내 나다	to stench	K	G. J. Ramstedt	1949	158
nä	*내[煙]	smoke	K	G. J. Ramstedt	1949	158
nä	*내	smell, odour	K	G. J. Ramstedt	1949	158
nä	*내	smell	K	G. J. Ramstedt	1949	9
wangkiya-	냄새말다	smell	Ma	김동소	1972	140
ńūha	*매연	soot	Ma	G. J. Ramstedt	1949	158
ńū-ksa	*매연	soot	Ma	G. J. Ramstedt	1949	158
ńuli	*향기	smoke	Ma	G. J. Ramstedt	1949	158
nuli	*향기	smoke	Ma	G. J. Ramstedt	1949	158
ńūsa	*매연	soot	Ma	G. J. Ramstedt	1949	158
октó	*냄새 말다.		Ma	Shirokogoroff	1944	100
н'ім'іч'іні	*냄새 말다.		Ma	Shirokogoroff	1944	93
rori	*냄새 말다.		Ma	Shirokogoroff	1944	50
ryprela	* (개 따위가) 냄새를 맡다.		Ma	Shirokogoroff	1944	52
вā, ван, ван	*냄새, 악취		Ma	Shirokogoroff	1944	148
hун	*냄새.		Ma	Shirokogoroff	1944	56
ван	*냄새		Ma	Shirokogoroff	1944	148
wǎ	*냄새		Ma	Shirokogoroff	1944	148
уо	*냄새		Ma	Shirokogoroff	1944	144
нго	*냄새		Ma	Shirokogoroff	1944	92
унгутін	*냄새		Ma	Shirokogoroff	1944	143
[унімгін	*냄새		Ma	Shirokogoroff	1944	143

표제어/어휘	의미		언어	저자	발간년도	쪽수
уну	*냄새		Ma	Shirokogoroff	1944	144
ун'імкан	*냄새를 맡다		Ma	Shirokogoroff	1944	143
уңга	*냄새를 맡다		Ma	Shirokogoroff	1944	143
саңкта	*냄새를 맡다		Ma	Shirokogoroff	1944	111
унӯ	*냄새를 맡다		Ma	Shirokogoroff	1944	144
[мол	*냄새를 풍기다.		Ma	Shirokogoroff	1944	85
оңго	*냄새를 풍기다		Ma	Shirokogoroff	1944	103
ңго	*냄새를 풍기다		Ma	Shirokogoroff	1944	92
мэңкуму-	*냄새를 맡다	smell	Ma	Цинциус	1977	570
таγа-	*냄새를 맡다	smell	Ma	Цинциус	1977	150
hун'ңуктэ-	*냄새를 맡다	smell	Ma	Цинциус	1977	349
унңӯ	*냄새	smell	Ma	Цинциус	1977	274
ңō	*냄새	smell	Ma	Цинциус	1977	663
amza-	*맛보다	to try the taste	T	G. J. Ramstedt	1949	10

냉이

표제어/어휘	의미		언어	저자	발간년도	쪽수
naɲi	냉이		K	김공칠	1989	5
na-zi	냉이		K	김사엽	1974	413
nas	냉이		K	宋敏	1969	76
nazi < *nasi	냉이	the shepherd's purse	K	이기문	1958	115
niyajiba	냉이	the shepherd's purse	Ma	이기문	1958	115

너

표제어/어휘	의미		언어	저자	발간년도	쪽수
ji	너		K	강길운	1981ㄱ	32
ji	너		K	강길운	1981ㄴ	6
kwәre	너		K	강길운	1981ㄴ	6
nә	너		K	강길운	1981ㄴ	6
ji	너		K	강길운	1982ㄴ	20
kwәre	너		K	강길운	1982ㄴ	20
nә	너		K	강길운	1982ㄴ	22
nә	너		K	강길운	1982ㄴ	31
či	너		K	강길운	1983ㄴ	110
ŋyanä	자네,너		K	강길운	1983ㄴ	121
cʰyanä	너		K	강길운	1983ㄴ	129
nö	*너	you	K	金澤庄三郎	1910	31
nʌ	너	thou	K	김동소	1972	141
nә	너		K	김사엽	1974	414
nimJa	너	thou	K	김선기	1968ㄱ	19
Ji:	너	thou	K	김선기	1968ㄱ	19
Je	너	thou	K	김선기	1968ㄱ	19
ne	2인칭대명사(단수)		K	박시인	1970	63
너	너		K	박은용	1975	54
č'ǎ-nöi	*너	you-used to inferior	K	白鳥庫吉	1916ㄱ	149
č'ǎ-näi	*자네	you-used between intimate friends	K	白鳥庫吉	1916ㄱ	149
č'ǎ-nöi-nöi	*너	you-among intimate friends or to inferior	K	白鳥庫吉	1916ㄱ	149
č'ǎ-kya	*자갸	you	K	白鳥庫吉	1916ㄱ	149
nö	너		K	宋敏	1969	76
nǔ	너	you	K	宋敏	1969	76
no	너		K	宋敏	1969	76
nәp-	너	thou	K	이용주	1980	84
*nä	너	thou	K	이용주	1980	99
nex	너	thou	K	이용주	1980	99

표제어/어휘		의미	언어	저자	발간년도	쪽수
너	너		K	이원진	1940	17
너	너		K	이원진	1951	17
nǔ	*너	you	K	Aston	1879	24
si	너	thou	Ma	김동소	1972	141
sinci	네게서	from you	Ma	김선기	1978ㄱ	325
sini	너의	your	Ma	김선기	1978ㄱ	329
si	네가	you	Ma	김선기	1978ㄱ	329
simbe	너를	you	Ma	김선기	1978ㄱ	329
sinde	너에게	to you	Ma	김선기	1978ㄱ	329
si	2인칭대명사(단수)		Ma	박시인	1970	63
si, šĭ, sĭ	*너	du	Ma	白鳥庫吉	1916ㄱ	150
hi	*너	du	Ma	白鳥庫吉	1916ㄱ	150
si	*너	du	Ma	白鳥庫吉	1916ㄱ	150
ši, sĭ	*너	du	Ma	白鳥庫吉	1916ㄱ	150
si, tyi	*너	du	Ma	白鳥庫吉	1916ㄱ	150
χi	*너	du	Ma	白鳥庫吉	1916ㄱ	150
ši 150		*너	du	Ma	白鳥庫吉	1916ㄱ
hin	*너의	du(G)	Ma	G.J. Ramstedt	1952	27
hi	*너	du	Ma	G.J. Ramstedt	1952	27
ci	너	thou	Mo	김선기	1968ㄱ	19
ta	네가		Mo	김선기	1978ㄱ	329
tanu	너의		Mo	김선기	1978ㄱ	329
ci	네가		Mo	김선기	1978ㄱ	329
cimadur	너에게		Mo	김선기	1978ㄱ	329
cinu	너의		Mo	김선기	1978ㄱ	329
simbe	너를		Mo	김선기	1978ㄱ	329
tan-ača	네게서		Mo	김선기	1978ㄱ	329
tandur	너에게		Mo	김선기	1978ㄱ	329
tani	너를		Mo	김선기	1978ㄱ	329
tan-luga	너랑		Mo	김선기	1978ㄱ	329
tanoijar	너로		Mo	김선기	1978ㄱ	329
simasa	네게서		Mo	김선기	1978ㄱ	329
ci	2인칭대명사(단수)		Mo	박시인	1970	63
ši, še, či, če	*너	du	Mo	白鳥庫吉	1916ㄱ	150
či	*너	du	Mo	白鳥庫吉	1916ㄱ	150
senin	너의		T	김선기	1978ㄱ	329
sinden	네게서		T	김선기	1978ㄱ	329
senin	너를		T	김선기	1978ㄱ	329
sende	너에게		T	김선기	1978ㄱ	329
sen	네가		T	김선기	1978ㄱ	329
sena	너에게		T	김선기	1978ㄱ	329
sén	2인칭대명사(단수)		T	박시인	1970	63
sin, sen	*너	du	T	白鳥庫吉	1916ㄱ	150
sin-du	*너에게	dir	T	G.J. Ramstedt	1952	25
si	*너	du	T	G.J. Ramstedt	1952	25
üläsik-iŋ	*너의 편	thy part, part of thee	T	Poppe, N	1965	191

너구리

표제어/어휘		의미	언어	저자	발간년도	쪽수
nęŋuri	너구리	badger	K	이기문	1958	115
nękuri	너구리	badger	K	이기문	1958	115
yasi	*너구리		K	村山七郎	1963	28
nęguri	*너구리	a badger	K	G. J. Ramstedt	1949	163

표제어/어휘		의미		언어	저자	발간년도	쪽수
thjo	*오소리	badger		K	G. J. Ramstedt	1949	163
ḥilk-thjo	*검은담비	sable		K	G. J. Ramstedt	1949	163
nękē	검은담비	sable		Ma	이기문	1958	115
ńękę̄	검은담비	sable		Ma	이기문	1958	115
nioheri	늑대를 닮은 짐승의 이름	name of an animal resembling a wolf		Ma	이기문	1958	115
niohe	늑대를 닮은 짐승의 이름	wolf		Ma	이기문	1958	115
nękę̄	*너구리	sable		Ma	G. J. Ramstedt	1949	163
ńękę̄	*너구리	sable		Ma	G. J. Ramstedt	1949	163
elɓ'ira	*너구리			Ma	Shirokogoroff	1944	42
јаңдако	*너구리			Ma	Цинциус	1977	341
јōвāрэ	*너구리	badger		Ma	Цинциус	1977	345
калӟану	*너구리	badger		Ma	Цинциус	1977	366
элбиγ	*너구리	racoon		Ma	Цинциус	1977	445
наypy	*너구리	raccoon dog		Ma	Цинциус	1977	587
noqai	개	a dog		Mo	이기문	1958	115

너무

nöm ta	*넘다	to run over		K	白鳥庫吉	1916ㄴ	326
nöm-či ta	*넘치다	to overflow, to go to excess		K	白鳥庫吉	1916ㄴ	326
nö-mu	*너무	too much, too		K	白鳥庫吉	1916ㄴ	326
(nún)-kih	*너무	zunehmen		Ma	白鳥庫吉	1916ㄴ	326
nemembi	*너무	hinzufügen, vermehren, zunehmen		Ma	白鳥庫吉	1916ㄴ	326
nämäm	*너무	vermehren		Ma	白鳥庫吉	1916ㄴ	326
nonggimbi	*너무	hinzufügen, vermehren, zunehmen, dazu nehmen, häuf		Ma	白鳥庫吉	1916ㄴ	326
nén (nún) kîh-lâh	*너무	vermehren		Ma	白鳥庫吉	1916ㄴ	326
nememe	*너무	immer mehr		Ma	白鳥庫吉	1916ㄴ	326
nemekü	*너무	ajouter, suppléer, augumenter, dire quelque chose		Mo	白鳥庫吉	1916ㄴ	326
nenexe	*너무	ajouter, suppléer, augumenter, dire quelque chose		Mo	白鳥庫吉	1916ㄴ	326
nēmexe	*너무	ajouter, suppléer, augumenter, dire quelque chose		Mo	白鳥庫吉	1916ㄴ	326
ńemārmen	*너무	hinzufügen		T	白鳥庫吉	1916ㄴ	326

너비

| nöbökči | 너비 | | | K | 이숭녕 | 1956 | 146 |
| дороқпу́ | *너비 | width | | Ma | Цинциус | 1977 | 217 |

너희

nʌhii	너희	ye		K	김동소	1972	141
nehi	2인칭대명사(복수)			K	박시인	1970	63
nəhɯi	너희	ye		K	이용주	1980	84
suwe	너희	ye		Ma	김동소	1972	141
suwende	너희의			Ma	김선기	1978ㄱ	330
suwende	너희에게			Ma	김선기	1978ㄱ	330
suwembe	너희를			Ma	김선기	1978ㄱ	330
suwenci	너희에게서			Ma	김선기	1978ㄱ	330
suwe	너희가			Ma	김선기	1978ㄱ	330
suwe	2인칭대명사(복수)			Ma	박시인	1970	63

표제어/어휘		의미	언어	저자	발간년도	쪽수
cȳ	*너희들, 당신.		Ma	Shirokogoroff	1944	118
[hy_	*너희들, 당신들		Ma	Shirokogoroff	1944	56
[hyнн'i	*너희들의, 당신의		Ma	Shirokogoroff	1944	56
tähä	*너희들의.		Ma	Shirokogoroff	1944	123
ta	너희가		Mo	김선기	1978ㄱ	330
tani	너희에게		Mo	김선기	1978ㄱ	330
tandar	너희에게		Mo	김선기	1978ㄱ	330
tanasa	너희를		Mo	김선기	1978ㄱ	330
tanu	너희의		Mo	김선기	1978ㄱ	330
ta	2인칭대명사(복수)		Mo	박시인	1970	63
sizde	너희에게		T	김선기	1978ㄱ	330
siz	너희가		T	김선기	1978ㄱ	330
sizden	너희를		T	김선기	1978ㄱ	330
sizin	너희의		T	김선기	1978ㄱ	330
sizin	너희에게		T	김선기	1978ㄱ	330
siz	2인칭대명사(복수)		T	박시인	1970	63

널

nər	널		K	강길운	1982ㄴ	31
ner	널빤지		K	이용주	1980	105
удэкй	*널	board	Ma	Цинциус	1977	249
ундэхэ̄	*널	board	Ma	Цинциус	1977	273
фаних'ан	*널	board	Ma	Цинциус	1977	298
hйсъқ	*널	board	Ma	Цинциус	1977	328
чилэхи	*널	plank	Ma	Цинциус	1977	394
шаӈйвун	*널	board	Ma	Цинциус	1977	424

널다

nẹr-	널다	to spread out, to hang out	K	이기문	1958	115
nerki-	펴다	to unroll, to unfold	Ma	이기문	1958	115

넓다

nərɯ-	너르다		K	강길운	1983ㄴ	132
pöröng	넓다		K	김공칠	1989	7
nʌli-	넓은	wide	K	김동소	1972	141
nʌlp-	넓은	wide	K	김동소	1972	141
nə-lĭ	넓다		K	김사엽	1974	398
nəp-	넓다		K	박은용	1975	154
nərʉ	넓다		K	박은용	1975	155
nəp-	넓다		K	송민	1973	52
nëp	넓다	wide	K	宋敏	1969	76
nɔlp	넓다	être étendu	K	宋敏	1969	76
nopui	넓다		K	宋敏	1969	76
nöp	넓다		K	宋敏	1969	76
nöb	넓다		K	이숭녕	1956	146
nep, (nerp)	넓다	wide	K	이용주	1980	102
nəp-	넓다	wide	K	이용주	1980	84
nẹlbi	*넓이	the breadth	K	G. J. Ramstedt	1949	163
nẹlbun	*넓다(/넓은)	broad	K	G. J. Ramstedt	1949	163
nẹlda-	*넓다	to be broad, to be wide (the dress)	K	G. J. Ramstedt	1949	163
nẹlpta	*넓다	to be broad, to be wide (the dress)	K	G. J. Ramstedt	1949	163
nẹlbun	*넓은	broad	K	G. J. Ramstedt	1949	163

표제어/어휘		의미	언어	저자	발간년도	쪽수
nelb-	*넓다	wide	K	Martin, S. E.	1966	200
nelb	*넓다	wide	K	Martin, S. E.	1966	207
nelb-	*넓다	wide	K	Martin, S. E.	1966	211
nelb-	*넓다	wide	K	Martin, S. E.	1966	214
onco	넓은	wide	Ma	김동소	1972	141
defe	폭		Ma	박은용	1975	154
dəli	넓다		Ma	박은용	1975	155
xyṅǵél	*넓이	breit	Ma	白鳥庫吉	1915ㄱ	5
ilbun	*넓이	breadth	Ma	G. J. Ramstedt	1949	163
9ңго	*넓은, 광대한.		Ma	Shirokogoroff	1944	45
[haңa	*넓은		Ma	Shirokogoroff	1944	54
авам	*넓은		Ma	Shirokogoroff	1944	11
ургун	*넓은		Ma	Shirokogoroff	1944	145
[албiн	*넓은		Ma	Shirokogoroff	1944	5
кантама	*넓은		Ma	Shirokogoroff	1944	68
ан,а	*넓은		Ma	Shirokogoroff	1944	7
кат'i халбаlцi	*넓은		Ma	Shirokogoroff	1944	70
канта	*넓이		Ma	Shirokogoroff	1944	68
вардама	*넓다	wide	Ma	Цинциус	1977	130
адан	*넓다	wide	Ma	Цинциус	1977	14
дйвэн	*넓다	wide	Ma	Цинциус	1977	203
дэлфин	*넓다	wide	Ma	Цинциус	1977	233
тэриӊ	*넓다	roomy	Ma	Цинциус	1977	239
ургун	*넓다	wide	Ma	Цинциус	1977	283
албин	*넓다	wide	Ma	Цинциус	1977	30
эмӊэ	*넓다	wide	Ma	Цинциус	1977	450
нэлэрйн	*넓다	wide, broad	Ma	Цинциус	1977	620
авам	*넓다	wide	Ma	Цинциус	1977	8
дэлэуэj	*넓다, 광범위하다	broad, wide	Ma	Цинциус	1977	233
гуjэхй	*넓다, 광활하다	spacious	Ma	Цинциус	1977	169
дӭмӊэ	*넓다, 광활하다	spacious	Ma	Цинциус	1977	234
чилди-	*넓어지다	expand	Ma	Цинциус	1977	393
мӭнли-	*넓어지다	be distributed in breadth	Ma	Цинциус	1977	569
ончо	*넓은	wide	Ma	Цинциус	1977	20
калбин	*넓은	wide	Ma	Цинциус	1977	365
хугди	*넓은	wide	Ma	Цинциус	1977	474
gen	*넓이	breit	T	白鳥庫吉	1915ㄱ	5
kin	*넓이	breit	T	白鳥庫吉	1915ㄱ	5
keng	*넓이	breit	T	白鳥庫吉	1915ㄱ	5
in	*넓이	breit	T	白鳥庫吉	1915ㄱ	5
king	*넓이	breit	T	白鳥庫吉	1915ㄱ	5
kyangi	*넓이	breit	T	白鳥庫吉	1915ㄱ	5

넘기다

표제어/어휘		의미	언어	저자	발간년도	쪽수
samčhida	*삼키다	to swallow	K	G. J. Ramstedt	1949	164
samkhida	*삼키다	to swallow	K	G. J. Ramstedt	1949	164
nẹmguda	*넘기다(/넘구다)	to swallow	K	G. J. Ramstedt	1949	164
nuŋge-	*삼키다	to swallow	Ma	G. J. Ramstedt	1949	164
nimgẹ-	*삼키다	to swallow	Ma	G. J. Ramstedt	1949	164
nimmma-	*삼키다	to swallow	Ma	G. J. Ramstedt	1949	164
nimŋẹ-	*삼키다	to swallow	Ma	G. J. Ramstedt	1949	164

표제어/어휘		의미	언어	저자	발간년도	쪽수
넘다						
nəmta	넘다	overflow	K	김공칠	1988	83
kənnə	넘다		K	김공칠	1989	5
nəm	넘다		K	김사엽	1974	448
nəm-	넘다		K	박은용	1975	153
nöm ta	*넘다	So run over; to pass beyond	K	白鳥庫吉	1914ㄱ	148
nẹm-	넘다	to run over, to pass beyond	K	이기문	1958	115
nam-	넘다	to run over, to pass beyond	K	이기문	1958	115
nẹmda	*넘다	to pass beyond, to be too much, to run over	K	G. J. Ramstedt	1949	163
nẹmẹ	*너머	over, beyond	K	G. J. Ramstedt	1949	163
nẹmgida	*넘기다	to carry over, to transfer beyond	K	G. J. Ramstedt	1949	163
nẹmda	*넘다	to be over, to be left, to be too much	K	G. J. Ramstedt	1949	163
debe-	넘다		Ma	박은용	1975	153
nemembi	*넘다		Ma	白鳥庫吉	1914ㄱ	148
nonggimbi	*넘다		Ma	白鳥庫吉	1914ㄱ	148
nemeχen	*넘는	adding	Ma	G. J. Ramstedt	1949	164
k'irak'iнo	*넘어가다, 건너가다.		Ma	Shirokogoroff	1944	71
хуэли-	*넘다, 건너다	pass	Ma	Цинциус	1977	479
тулдун-	*넘어가다	cross over	Ma	Цинциус	1977	210
həдə̄-	*넘어가다	cross over	Ma	Цинциус	1977	360
nenexe	*넘다	ajouter	Mo	白鳥庫吉	1914ㄱ	148
nemexe	*넘다	ajouter	Mo	白鳥庫吉	1914ㄱ	148
nemekü	*넘다	ajouter, suppléer, augmenter, dire quelque chose d	Mo	白鳥庫吉	1914ㄱ	148
neme-	*더해지다, 넘다	to be added, to go over	Mo	G. J. Ramstedt	1949	163
ńemārmen	*넘다	hinzufügen	T	白鳥庫吉	1914ㄱ	148
넣다						
nyəh-	넣다		K	강길운	1983ㄴ	133
nəh	넣다		K	김사엽	1974	474
넣-	넣다		K	김선기	1979ㄷ	369
nẹttha	*넣다	to put in, to place inside	K	G. J. Ramstedt	1949	164
ïwu	이끌어넣다		Ma	김영일	1986	177
dunnẹdu nẹmi	*묻다	laying it on the ground, in the earth; to bury	Ma	G. J. Ramstedt	1949	164
nẹ-	*넣다	to lay, to place, to leave somewhere	Ma	G. J. Ramstedt	1949	164
нама	*넣다, 놓다		Ma	Shirokogoroff	1944	89
iiфкан	*넣다		Ma	Shirokogoroff	1944	58
тав'i	*넣다		Ma	Shirokogoroff	1944	125
[тöвуji	*넣다		Ma	Shirokogoroff	1944	132
копокон-	*넣다, 자리잡다	to fit into sm	Ma	Цинциус	1977	414
дй-	*넣다, 투자하다	include, inset	Ma	Цинциус	1977	202
sokmak	*넣다		T	김선기	1979ㄷ	369
irtä	*넣다	miethling	T	白鳥庫吉	1914ㄴ	178
넷						
ne	넷		K	강길운	1981ㄴ	7
ne	넷		K	강길운	1982ㄴ	18
neh	넷		K	강길운	1983ㄱ	25

표제어/어휘	의미		언어	저자	발간년도	쪽수
neh	넷		K	강길운	1983ㄱ	46
nwis/jesəs/jes	*넷	four	K	강영봉	1991	9
nes	네개	four	K	김동소	1972	138
nei	넷		K	김방한	1968	270
nei	넷		K	김방한	1968	271
nei	넷		K	김방한	1977	7
nəi	넷		K	김방한	1978	10
nəi	넷		K	김방한	1980	20
nëj-h	四		K	김사엽	1974	379
nit	넷		K	김선기	1968ㄴ	37
ni	넷		K	김선기	1968ㄴ	37
nes	넷		K	김선기	1968ㄴ	37
neog	넷		K	김선기	1968ㄴ	37
ne	넷		K	김선기	1968ㄴ	37
na	넷		K	김선기	1968ㄴ	37
nag	넷		K	김선기	1977	10
neg	넷		K	김선기	1977	10
네ㅎ	넷	four	K	김선기	1977ㅇ	329
nəi	넷		K	박은용	1975	158
nɔk	*넷		K	小倉進平	1950	720
nɔi-sa-rem	*네 사람		K	小倉進平	1950	720
nɔ-p'un	*네 분		K	小倉進平	1950	720
net	*넷		K	小倉進平	1950	720
nɔ-tɔs ri	*넷		K	小倉進平	1950	720
nɔih	*넷		K	小倉進平	1950	720
nɔi-mo-čin	*넷		K	小倉進平	1950	720
nɔi	*넷		K	小倉進平	1950	720
nɔ	*넷		K	小倉進平	1950	720
kⵏ nɔi-hⵏn	*넷		K	小倉進平	1950	720
nɔis	*넷		K	小倉進平	1950	720
nɔk-sɐ	*넷		K	小倉進平	1950	720
nɔ-tɔs sa-rem	*너댓 사람		K	小倉進平	1950	720
nɔ-tɔs čip	*너댓 집		K	小倉進平	1950	720
nɔ-tɔs ča	*넷		K	小倉進平	1950	720
nɔk-ter	*넷		K	小倉進平	1950	720
nɔk-rian	*넷		K	小倉進平	1950	720
nɔ-tɔs tiɔm	*넷		K	小倉進平	1950	720
neix~nek	넷	four	K	이용주	1980	100
*döyü	넷	four	K	이용주	1980	100
nə	네	four	K	이용주	1980	85
nəi(h)	넷	four	K	이용주	1980	96
duin	네개	four	Ma	김동소	1972	138
duin	넷		Ma	김방한	1968	271
duin	넷		Ma	김선기	1977	10
dügün	넷		Ma	김선기	1977	10
dugun[dygyn]	넷	four	Ma	김선기	1977ㅇ	329
duin	넷	four	Ma	김선기	1977ㅇ	329
dui	넷		Ma	박은용	1975	158
duin	넷		Ma	최학근	1964	582
dīn	넷		Ma	최학근	1964	582
digin	넷		Ma	최학근	1964	582
digən	넷		Ma	최학근	1964	582
duin	넷		Ma	최학근	1971	754
두이	넷	four	Ma	홍기문	1934ㄱ	216

표제어/어휘		의미	언어	저자	발간년도	쪽수
두인	넷	four	Ma	홍기문	1934ㄱ	216
디긴	넷	four	Ma	홍기문	1934ㄱ	216
진	넷	four	Ma	홍기문	1934ㄱ	216
데겐	넷	four	Ma	홍기문	1934ㄱ	216
диуин	*넷	four	Ma	Цинциус	1977	204
turpön	*넷		Mo	金澤庄三郎	1914	220
dörben	넷		Mo	김방한	1968	271
dörbe	넷		Mo	김선기	1977	10
durube	넷		Mo	김선기	1977	10
durben	넷	four	Mo	김선기	1977ㅇ	329
dörwö	넷		Mo	최학근	1964	582
dörben	넷		Mo	최학근	1964	582
durbōn	넷		Mo	최학근	1964	582
tört	넷		T	김방한	1968	271
tört	넷		T	김선기	1977	10
torte	넷	four	T	김선기	1977ㅇ	329
dügün	넷		T	최학근	1964	582
düört	*넷	four	T	Poppe, N	1965	177
tüört	*넷	four	T	Poppe, N	1965	177
tävattä	*넷	four	T	Poppe, N	1965	178
tüört	*넷	four	T	Poppe, N	1965	178
*tört	*넷	four	T	Poppe, N	1965	178

녀다

jej	녀다		K	김선기	1968ㄱ	41
jabu	녀다		Ma	김선기	1968ㄱ	41
jabu	녀다		Mo	김선기	1968ㄱ	41

노

no	노끈		K	강길운	1982ㄴ	21
no	노끈		K	강길운	1982ㄴ	30
no	줄	rope	K	김동소	1972	140
no	노	corde	K	宋敏	1969	76
nox	노끈	rope	K	이용주	1980	100
*nakʷa	노끈	rope	K	이용주	1980	100
no(h)	노	rope	K	이용주	1980	81
futa	줄	rope	Ma	김동소	1972	140

노란

kora	노란	yellow	K	강길운	1978	42
syo-ra(召羅)	*노랗다		K	金澤庄三郎	1939	3
nulu-	노란	yellow	K	김동소	1972	141
nolah-	노란	yellow	K	김동소	1972	141
norah	노랗다	yellow	K	김선기	1968ㄱ	35
siragy	黃葉		K	김선기	1968ㄱ	35
noraŋ	노랗다		K	이숭녕	1956	115
nore	노랗다		K	이숭녕	1956	158
noraŋ	노란		K	이숭녕	1956	127
nury	노란	yellow	K	이용주	1980	101
nurɯ̆-	누르다	yellow	K	이용주	1980	83
kuər	*노랑	yellow	K	Christopher I. Beckwith	2004	250

표제어/어휘		의미	언어	저자	발간년도	쪽수
*kweyru[桂囊]	*노랑	yellow	K	Christopher I. Beckwith	2004	126
^zuər[骨]	*노랑	yellow	K	Christopher I. Beckwith	2004	126
kora	*노랑	yellow	K	Johannes Rahder	1959	59
kongkol	*노랑	yellow	K	Johannes Rahder	1959	60
kŭlan	노란	yellow	Ma	강길운	1978	42
suwayan	노란	yellow	Ma	김동소	1972	142
suwajan	노랗다	yellow	Ma	김선기	1968ㄱ	35
ku-	*노랑, 금	yellow(metal), gold	Ma	Johannes Rahder	1959	59
c'epra	*노란		Ma	Shirokogoroff	1944	113
[сулбаһа	*노란		Ma	Shirokogoroff	1944	119
c'iӈар'iн, c'iн'ар'iн	*노란색의.		Ma	Shirokogoroff	1944	115
холиги	*노란 색	yellow	Ma	Цинциус	1977	469
фуjан	*노란색	yellow	Ma	Цинциус	1977	302
игȝама	*노랗다	yellow	Ma	Цинциус	1977	297
goŋyor	*노란	yellow	Mo	강길운	1978	42
sira	*노랗다	yellow	Mo	김선기	1968ㄱ	35
siro	*노랗다	yellow	Mo	김선기	1968ㄱ	35
sira	*노란색		Mo	金澤庄三郎	1939	3
sira	*노랑	yellow	Mo	Johannes Rahder	1959	60
nariji	노랗다	yellow	T	김선기	1968ㄱ	35
ara-g-	*노랑	yellow	T	Johannes Rahder	1959	60

노래

표제어/어휘		의미	언어	저자	발간년도	쪽수
norä	노래		K	강길운	1982ㄴ	20
ninano	노래		K	강길운	1982ㄴ	20
norä	노래		K	강길운	1982ㄴ	31
ninano	노래		K	강길운	1982ㄴ	31
ninano	노래		K	강길운	1982ㄴ	36
norä	노래		K	강길운	1982ㄴ	36
動動	노래		K	강길운	1983ㄱ	31
tuŋ-tuŋ	노래		K	강길운	1983ㄱ	31
norE	노래		K	강길운	1983ㄴ	115
tuŋ-tuŋ	노래		K	강길운	1983ㄴ	115
nilliri	닐리리		K	강길운	1983ㄴ	130
nolä	노래		K	강길운	1983ㄴ	130
ur-	새가 울다		K	강길운	1987	27
pulɯ-	*노래하다	to sing	K	강영봉	1991	11
norä	노래하다, 지저귀다	song	K	김공칠	1989	18
nolɛha-	노래하다	sing	K	김동소	1972	140
nolɛhe-	노래하다	sing	K	김동소	1972	140
nor'äipɯɯ-	노래브르다	to sing	K	이용주	1980	82
nwor-	*노래하다	sing	K	Martin, S. E.	1966	207
nwor-	*노래하다	sing	K	Martin, S. E.	1966	209
nwor-	*노래하다	sing	K	Martin, S. E.	1966	216
ucule-	노래하다	sing	Ma	김동소	1972	140
кāн	*노래하다, 춤추다, 굿하다.		Ma	Shirokogoroff	1944	58
ɟopola	*노래하다.		Ma	Shirokogoroff	1944	33
ɟ'анда	*노래하다.		Ma	Shirokogoroff	1944	36
pil	*노래 부르다		Ma	Shirokogoroff	1944	63
кан	*노래		Ma	Shirokogoroff	1944	58
ȝəвəj	*노래	song	Ma	Цинциус	1977	228

표제어/어휘		의미	언어	저자	발간년도	쪽수
учӯн'	*노래	song	Ma	Цинциус	1977	297
hāн	*노래	song	Ma	Цинциус	1977	314
уӈа-	*노래 부르다	sing	Ma	Цинциус	1977	278
лэjэ-	*노래 하다	sing	Ma	Цинциус	1977	515
hэγэ-	*노래를 부르다	sing	Ma	Цинциус	1977	360
шули-	*노래를 부르다	sing	Ma	Цинциус	1977	429
ipo	*노래를 부르다, 예언하다,		Ma	Shirokogoroff	1944	63
давлā-	*노래부르다	sing	Ma	Цинциус	1977	186
даха(вф)ка-	*노래부르다	sing	Ma	Цинциус	1977	191
ǯāндā-	*노래부르다	sing	Ma	Цинциус	1977	249
ǯара-	*노래부르다	sing	Ma	Цинциус	1977	252
haγā-	*노래부르다	sing	Ma	Цинциус	1977	308
оγ̌т-/ч-	*노래하다	sing	Ma	Цинциус	1977	005
тӣн-	*노래하다	sing	Ma	Цинциус	1977	183
икэ̄-	*노래하다	sing	Ma	Цинциус	1977	301
jаӈкуӈ̌	*노래하다	sing	Ma	Цинциус	1977	342
кочинǯа-	*노래하다	sing	Ma	Цинциус	1977	419
öt-	노래부르다		T	강길운	1987	27
saira-	*새가 노래하다	to sing(the birds), to chirp	T	G. J. Ramstedt	1949	218
sāra	*새가 노래하다	to sing(the birds), to chirp	T	G. J. Ramstedt	1949	218

노루

표제어/어휘		의미	언어	저자	발간년도	쪽수
노루	노루		K	권덕규	1923ㄴ	128
no-lo	노루		K	김사엽	1974	407
kosaya	노루		K	송민	1966	22
nuru	노루	cerf	K	宋敏	1969	76
norgi	노루		K	이숭녕	1956	153
norɐ	노루		K	이숭녕	1956	153
*kʊsi : ^kʊsi [古斯] ~	*노루	roe-deer	K	Christopher I. Beckwith	2004	129
noru	*노루	a roe deer	K	G. J. Ramstedt	1949	172
noru	*노루	a deer, a river-deer	K	G. J. Ramstedt	1949	172
noro	*노루(/노로)	a deer, a river-deer	K	G. J. Ramstedt	1949	172
nạrạ	*노루(/)	a deer, a river-deer	K	G. J. Ramstedt	1949	172
nuru	*노루(/누루)	a deer, a river-deer	K	G. J. Ramstedt	1949	172
oroči	*양치기	the reindeer-keeper, the Orochon-tribe	Ma	G. J. Ramstedt	1949	172
oron	*길든 순록	the tame reindeer	Ma	G. J. Ramstedt	1949	172
oron	*길들인 순록	the tame reindeer	Ma	G. J. Ramstedt	1949	172
oronči	*양치기	the reindeer-keeper, the Orochon-tribe	Ma	G. J. Ramstedt	1949	172
туртас	*노루	roe	Ma	Цинциус	1977	221

노부인

표제어/어휘		의미	언어	저자	발간년도	쪽수
mama	어머니, 노파, 할머니, 천연두, 존칭의 인칭접미사		K	박은용	1980	215
Mama	아버님, 할머님, 노파		Ma	박은용	1980	218
Mamacā	노부인, 노파, 여자, 첩		Ma	박은용	1980	218
Māma	아버님(존경의 뜻이 내포)		Ma	박은용	1980	218
Mama	노부인, 노파, 첩, 여자		Ma	박은용	1980	218
Mama	노부인, 노파, 조모, 여자, 첩		Ma	박은용	1980	218
Mama	노부인, 노파, 여자, 첩		Ma	박은용	1980	218
Mama	어머님, 조모, 노파의 애칭		Ma	박은용	1980	218

표제어/어휘		의미	언어	저자	발간년도	쪽수
mama	조모, 노파	Grossmutter	T	박은용	1980	218
mämä	조모, 노파	Brust der Mutter	T	박은용	1980	218
büyülk-ana(anne) 218			조모	T	박은용	1980
mama	조모, 노파	Brust der Mutter	T	박은용	1980	218
mama	조모, 노파	ein altes Weib	T	박은용	1980	218
mama	부인	Frau	T	박은용	1980	218
mama	조모, 노파	Mutter	T	박은용	1980	218

노새

노새	노새		K	방종현	1939	529
гихинту лорин	*노새	mule	Ma	Цинциус	1977	149
томоту лорин	*노새	mule	Ma	Цинциус	1977	196
тэрмэ лорин	*노새	mule	Ma	Цинциус	1977	239
ӡэмэту лорин	*노새	mule	Ma	Цинциус	1977	285
лӧс	*노새	mule	Ma	Цинциус	1977	505
老殺	노새		Mo	방종현	1939	529

노을

nu-gu-ri	노을		K	이숭녕	1956	160
nu-ɲu-ri	노을		K	이숭녕	1956	160
nu-bu-ri	노을		K	이숭녕	1956	160
nōl	*노을	a red sky, rde clouds	K	G. J. Ramstedt	1949	171
ӈap'екун	*노을		Ma	Shirokogoroff	1944	90
h'ilдaн	*노을		Ma	Shirokogoroff	1944	55
ylaӈa	*노을이 빨갛게 되다.		Ma	Shirokogoroff	1944	139

노자

noja	*노자	your worship; Sir	K	G. J. Ramstedt	1949	135
nojon	*선생님	Sir, Seigneur	Ma	G. J. Ramstedt	1949	136
loje	*선생님	Sir, Chief; Nojan	Ma	G. J. Ramstedt	1949	136
лооцӟы	*노자		Ma	Цинциус	1977	504

녹

nok	*녹[綠]	green, blue	K	G. J. Ramstedt	1949	136
nogan	*초록	green, grass	Ma	G. J. Ramstedt	1949	136
nŏgӡa	*초록	green, blue	Ma	G. J. Ramstedt	1949	136
ńogӡa	*초록	green, blue	Ma	G. J. Ramstedt	1949	136
ńoχon	*초록	green, blue	Ma	G. J. Ramstedt	1949	136
ńukӡa	*초록	green, blue	Ma	G. J. Ramstedt	1949	136
ńowanǵan	*초록	green, blue	Ma	G. J. Ramstedt	1949	136
nogān	*녹색	green, grass	Mo	G. J. Ramstedt	1949	136

녹다

sorɯɯ	녹는모양		K	강길운	1983ㄴ	128
nog-	녹다		K	강길운	1983ㄴ	131
sorɯɯ	녹는모양		K	강길운	1983ㄴ	138
nok	녹다		K	김공칠	1989	12
nok	녹다		K	김사엽	1974	417
녹-	녹다		K	김선기	1979ㄷ	371
녹-	녹다		K	김선기	1979ㄷ	372

표제어/어휘	의미		언어	저자	발간년도	쪽수
tuhe-ke	녹다		Ma	김선기	1979ㄷ	372
ylyr'i	*녹다		Ma	Shirokogoroff	1944	141
[ӯнӓн	*녹다		Ma	Shirokogoroff	1944	143
ӯн-	*녹다	thaw	Ma	Цинциус	1977	273
ун'у-	*녹다	thaw	Ma	Цинциус	1977	277
hуʌу-	*녹다	thaw	Ma	Цинциус	1977	346
чӯм-	*녹다	thaw	Ma	Цинциус	1977	413
нэв-	* (강얼음이) 녹다	break up	Ma	Цинциус	1977	615
н'эмпэрэ-	*녹다	thaw	Ma	Цинциус	1977	652
н'эӈти-	*녹다	melt	Ma	Цинциус	1977	654
nukcibe	녹다		Mo	김선기	1979ㄷ	371
una-ba	녹다		Mo	김선기	1979ㄷ	372
tušub khatti	녹다		T	김선기	1979ㄷ	372

녹대(고삐)

표제어/어휘	의미		언어	저자	발간년도	쪽수
녹대	녹대		K	이기문	1985	12
noktä	*고삐'의 방언	a halter	K	G. J. Ramstedt	1949	171
longto	녹대		Ma	이기문	1985	12
eite	녹대		Ma	이기문	1985	12
nokto	녹대		Ma	이기문	1985	13
nogta	*고삐	a halter	Ma	G. J. Ramstedt	1949	171
dörübči	녹대		Mo	이기문	1985	12
noɤto	녹대		Mo	이기문	1985	12
noGʦo	녹대		Mo	이기문	1985	13
nokθ	녹대		Mo	이기문	1985	13
nog'tɒ	녹대		Mo	이기문	1985	13

놀다

표제어/어휘	의미		언어	저자	발간년도	쪽수
nor-	놀다		K	강길운	1983ㄱ	43
nor-	놀다		K	강길운	1983ㄴ	130
nor-	놀다		K	강길운	1983ㄴ	131
nol-	*놀다	to play	K	강영봉	1991	10
nol-	놀다	play	K	김동소	1972	139
nölda	놀다	to take leisure	K	宋敏	1969	76
nol-	놀다	play	K	宋敏	1969	76
norä	놀다	chant	K	이용주	1980	83
nōr-	놀다	to play	K	G. J. Ramstedt	1949	171
nori	*놀이	game, sport	K	G. J. Ramstedt	1949	171
nōrä	*노래	a song, a chant	K	G. J. Ramstedt	1949	171
nollida	*놀리다	to sport, to play, to provide amusement	K	G. J. Ramstedt	1949	171
nōlda	*놀다	to take leisure, to amuse oneself	K	G. J. Ramstedt	1949	171
nōda	*놀다(/노다)	to take leisure, to amuse oneself	K	G. J. Ramstedt	1949	171
nōri̭m	*노름	gaming, gambling	K	G. J. Ramstedt	1949	171
nōlda	*놀다	to take leisure, to amuse oneself	K	G. J. Ramstedt	1949	171
efi-	놀다	play	Ma	김동소	1972	139
[hороко	*놀다, 운동하다.		Ma	Shirokogoroff	1944	56
муӈга	*놀다		Ma	Shirokogoroff	1944	87
[ϑwi	*놀다		Ma	Shirokogoroff	1944	46
[д'уral	*놀이		Ma	Shirokogoroff	1944	33
у'аʌ$она	*놀이		Ma	Shirokogoroff	1944	35
[ejyral	*놀이		Ma	Shirokogoroff	1944	42
[hорокон, орокон	*놀이		Ma	Shirokogoroff	1944	56

표제어/어휘		의미	언어	저자	발간년도	쪽수
он'окот-/ч-	*놀다	play	Ma	Цинциус	1977	20
эвӣ-	*놀다	play	Ma	Цинциус	1977	434
э̄риэн-	*놀다	play	Ma	Цинциус	1977	465
мэлтэнэл-	*놀다	play	Ma	Цинциус	1977	567
бајķӯнъ̆-	*놀다	play	Ma	Цинциус	1977	66
naγad-	*놀다	to play	Mo	Poppe, N	1965	196
oyna-	*놀다	to play	T	Poppe, N	1965	201

놀라다

nolla-	놀라다		K	강길운	1983ㄱ	30
nolla-	놀라다		K	강길운	1983ㄴ	127
hnolla-	놀라다		K	강길운	1983ㄴ	131
odöröku	놀라다		K	김공칠	1989	14
nol-la	놀라다		K	김사엽	1974	468
sos<i_>ra-ʒida	소스라지다		K	김승곤	1984	252
[нгаlевi	*놀라다, 무서워하다.		Ma	Shirokogoroff	1944	91
нголо, нгolo	*놀라다, 무서워하다		Ma	Shirokogoroff	1944	92
[coci	*놀라다		Ma	Shirokogoroff	1944	118
бакалḍi	*놀라다		Ma	Shirokogoroff	1944	13
[замна	*놀라다		Ma	Shirokogoroff	1944	41
гаι(ка	*놀라다		Ma	Shirokogoroff	1944	46
нгаla	*놀라다		Ma	Shirokogoroff	1944	92
аlдон,га	*놀라운		Ma	Shirokogoroff	1944	5
гилка-	* (놀라서 심장이) 두근거리다	miss a beat	Ma	Цинциус	1977	151
ǯик ō-	* (놀라서 심장이) 두근거리다	miss a beat	Ma	Цинциус	1977	256
rajka-	*놀라다	be surprised	Ma	Цинциус	1977	136
ǯйвэ̄-	*놀라다	be surprised	Ma	Цинциус	1977	255
албан-	*놀라다	be surprised	Ma	Цинциус	1977	30
инса-	*놀라다	got scared	Ma	Цинциус	1977	318
jōн	*놀라다	be surprised	Ma	Цинциус	1977	347
каγанча-	*놀라다	be frightened	Ma	Цинциус	1977	359
мэндэ̄лэ̄-	*놀라다	be taken aback	Ma	Цинциус	1977	568
бодоли-	*놀라다	be afraid	Ma	Цинциус	1977	88
болго	*놀라다	be afraid	Ma	Цинциус	1977	92
hürgü-	*놀라다	to be frightened	Mo	Poppe, N	1965	203
ürgü	*놀라다	to be frightened	Mo	Poppe, N	1965	203
taŋ	놀라움		T	이숭녕	1956	83
hürküt-	*놀라게 하다	to frighten	T	Poppe, N	1965	203

높다

nob-	높다		K	강길운	1981ㄱ	30
nob-	높다		K	강길운	1981ㄴ	10
nob-	높다		K	강길운	1982ㄴ	19
nob-	높다		K	강길운	1982ㄴ	30
undu	높다		K	강길운	1983ㄱ	23
onje	높이		K	강길운	1987	26
nop	*높다	high	K	金澤庄三郎	1910	11
nopʰ	높다		K	김사엽	1974	429
nopta	높다		K	김승곤	1984	248
*tər	높다		K	박은용	1974	124
no	높다		K	박은용	1975	156
nopph-	*높다		K	石井 博	1992	93
nopʰ-	높다		K	송민	1973	52

표제어/어휘		의미	언어	저자	발간년도	쪽수
nopʰ-	높다		K	송민	1973	55
nopta	높다	to be high	K	宋敏	1969	76
nop	높다		K	宋敏	1969	76
nop	높다		K	宋敏	1969	77
tal-	높다		K	이숭녕	1956	140
nop-ci-mak	높지막		K	이숭녕	1956	187
^tar [達] ~ ^tarir[達乙]	*높은	high	K	Christopher I. Beckwith	2004	136
nophida	*높이다	to make high, to elevate; to esteem, to honour	K	G. J. Ramstedt	1949	171
nopta	*높다	to be high, to be elevated	K	G. J. Ramstedt	1949	171
nophi	*높이	highly, the height	K	G. J. Ramstedt	1949	171
nop	*높다	high	K	Kanazawa, S	1910	8
undu	높은		Ma	강길운	1977	14
ten	*높다		Ma	金澤庄三郎	1939	2
dɛ-n	높다		Ma	박은용	1974	124
dergi	윗쪽		Ma	박은용	1974	124
dele	윗쪽		Ma	박은용	1974	124
дэлва	머리		Ma	박은용	1974	125
дили	머리		Ma	박은용	1974	125
дыл	머리		Ma	박은용	1974	125
дыли	머리		Ma	박은용	1974	125
дэл	머리		Ma	박은용	1974	125
дэл	머리, 두개골		Ma	박은용	1974	125
дели	머리		Ma	박은용	1974	125
дэли	머리		Ma	박은용	1974	125
de-	높다		Ma	박은용	1975	156
nofi	*귀족	honoured person, lordship, Sir	Ma	G. J. Ramstedt	1949	171
ugītmer	*더 높은	higher	Ma	Poppe, N	1965	203
nac'eka	*높은		Ma	Shirokogoroff	1944	109
гугда, гогда	*높은		Ma	Shirokogoroff	1944	51
[hoпpyди	*높은		Ma	Shirokogoroff	1944	56
[нанім	*높은		Ma	Shirokogoroff	1944	90
гугда	*높다	high	Ma	Цинциус	1977	166
тйбаӈ \ а	*높은	high	Ma	Цинциус	1977	174
лэӈтэкэ̄н	*높이	height	Ma	Цинциус	1977	517
öndör	높은		Mo	강길운	1977	14
höndür	*높다	high	Mo	Poppe, N	1965	162
köteli	*높은	in die Höhe gehoben, hoch	T	白鳥庫吉	1915ㄱ	11
höndür	*높다	high	T	Poppe, N	1965	162

놓다

noh-	놓다		K	강길운	1983ㄴ	113
noh-	놓다		K	강길운	1983ㄴ	131
noh-	놓다		K	강길운	1983ㄴ	131
peri	놓다		K	김공칠	1989	10
noh	놓다		K	김사엽	1974	403
noh	놓다		K	김사엽	1974	470
놓-	놓다		K	김선기	1979ㄷ	369
noh-	놓다		K	송민	1973	39
noh-	놓다		K	宋敏	1969	77
noh-	놓다	put aside	K	宋敏	1969	77
nyoğ-	*놓다	release	K	Martin, S. E.	1966	204

표제어/어휘		의미	언어	저자	발간년도	쪽수
nogʰ-	*놓다	release	K	Martin, S. E.	1966	204
nyoğ-	*놓다	release	K	Martin, S. E.	1966	206
noğ-	*놓다	release	K	Martin, S. E.	1966	206
nox	*놓다	put aside	K	Martin, S. E.	1966	207
noğ-	*놓다	release	K	Martin, S. E.	1966	207
nox-	*놓다	put aside	K	Martin, S. E.	1966	218
nyoğ-	*놓다	release	K	Martin, S. E.	1966	218
н'іпті	*놓다, 기대놓다.		Ma	Shirokogoroff	1944	93
саīва	*놓다.		Ma	Shirokogoroff	1944	110
тоwу	*놓다.		Ma	Shirokogoroff	1944	131
онҷоγон	*놓다; 두다	put	Ma	Цинциус	1977	20-06
кампӣ-	*놓다, 넣다	to put	Ma	Цинциус	1977	371
киста-	*놓다, 넣다	fold	Ma	Цинциус	1977	399
тэв-	*놓다	put	Ma	Цинциус	1977	224
хукси-	*놓다	put	Ma	Цинциус	1977	476
лапки-	*놓다	put in	Ma	Цинциус	1977	493
tahalije	놓다		Mo	김선기	1979ㄷ	369
sok	놓다		T	김선기	1979ㄷ	369

놓치다

noh-čhi-	놓치다		K	김방한	1978	39
noh-čʰi	놓치다		K	김사엽	1974	411
џолувкон	*놓치다.		Ma	Shirokogoroff	1944	38
эңут-/ч-	*놓치다	overlook	Ma	Цинциус	1977	458
алда-\	*놓치다, 빠뜨리다	lose, miss	Ma	Цинциус	1977	31

뇌

kor	뇌		K	강길운	1983ㄱ	47
noi	*뇌[腦]	brains	K	G. J. Ramstedt	1949	171
nōbjeŋ	*노병	brain disease	K	G. J. Ramstedt	1949	171
noi-pjeŋ	*뇌병	brain disease	K	G. J. Ramstedt	1949	171
*ňо	*머리	the head, the foremost	Ma	G. J. Ramstedt	1949	171
[ɪrö	*뇌.		Ma	Shirokogoroff	1944	58
[мені	*뇌.		Ma	Shirokogoroff	1944	83
дӱʰи	*뇌	brain	Ma	Цинциус	1977	220
йкӭрӣ	*뇌	brain	Ma	Цинциус	1977	302
фэхи	*뇌	brain	Ma	Цинциус	1977	304
иргэ	*뇌	brain	Ma	Цинциус	1977	326
hурка	*뇌	brain	Ma	Цинциус	1977	353
типу	*뇌(腦)	brain	Ma	Цинциус	1977	186
baš	*머리	head	T	G. J. Ramstedt	1949	171

누구

nu	누구		K	강길운	1981ㄱ	30
nu	누구		K	강길운	1981ㄱ	32
nu	누구		K	강길운	1981ㄴ	6
nu	누구		K	강길운	1983ㄴ	115
nu	누구		K	강길운	1983ㄴ	127
nu	누구		K	김공칠	1989	14
idure	누구		K	김공칠	1989	14
nui	누구		K	김공칠	1989	7
nuku	누구	who?	K	김동소	1972	141

표제어/어휘		의미	언어	저자	발간년도	쪽수
nuko	누구	who?	K	김동소	1972	141
nu(-ku)	누구		K	김방한	1979	8
nu	누구		K	김사엽	1974	429
nu:	누구		K	김선기	1968ㄱ	43
nugu	누구		K	김선기	1968ㄱ	43
nu-ku	*누구	Who, Whose, Someone	K	白鳥庫吉	1914ㄱ	149
nui	*누구	Who, Whose, Someone	K	白鳥庫吉	1914ㄱ	149
nu-ka	*누구	Who, Whose, Someone	K	白鳥庫吉	1914ㄱ	149
nu	*누구		K	石井 博	1992	93
nui	누구		K	이숭녕	1956	93
nu	누구		K	이용주	1979	113
nŭ	누	who	K	이용주	1980	84
nŭ	누구	who?	K	이용주	1980	95
*tä	누구	who	K	이용주	1980	99
nu	누구	who	K	이용주	1980	99
nuiga	*누가	who	K	G. J. Ramstedt	1949	81
we	누구	who?	Ma	김동소	1972	141
weiŋge	누구		Ma	김선기	1968ㄱ	44
îri	*누구	wer	Ma	白鳥庫吉	1914ㄱ	149
we	*누구	wer	Ma	白鳥庫吉	1914ㄱ	149
ṅui	*누구	wer, welcher, was	Ma	白鳥庫吉	1914ㄱ	149
nî, ńî	*누구	wer	Ma	白鳥庫吉	1914ㄱ	149
ṅi	*누구	wer	Ma	白鳥庫吉	1914ㄱ	149
ni	*누구	wer	Ma	白鳥庫吉	1914ㄱ	149
xámača	*누구	welcher?, was für ein?	Ma	白鳥庫吉	1915ㄱ	1
jému	*누구	welcher?, was für ein?	Ma	白鳥庫吉	1915ㄱ	1
êma	*누구	welcher?, was für ein?	Ma	白鳥庫吉	1915ㄱ	1
aini	*누구	wie? auf welche Art?	Ma	白鳥庫吉	1915ㄱ	1
hámmaca	*누구	welcher?, was für ein?	Ma	白鳥庫吉	1915ㄱ	1
*yay	*누구, 무엇	who, what	Ma	Poppe, N	1965	179
xay-	*누구, 무엇	who, what	Ma	Poppe, N	1965	179
ēkun	*누구, 무엇	who, what	Ma	Poppe, N	1965	179
yak	*누구, 무엇	who, what	Ma	Poppe, N	1965	179
yaw	*누구, 무엇	who, what	Ma	Poppe, N	1965	179
jūlwar	*누군가에게 속하는 집	houses which belong to oneself	Ma	Poppe, N	1965	192
[ноҳгнон	*누구		Ma	Shirokogoroff	1944	95
ууун	*누가	who?	Ma	Цинциус	1977	247
ӈӣ	*누구	who	Ma	Цинциус	1977	660
kenei ki	누구		Mo	김선기	1968ㄱ	44
jūn	*누구	wer	Mo	白鳥庫吉	1914ㄱ	149
ju	*누구	was	Mo	白鳥庫吉	1914ㄱ	149
jun	*누구	was	Mo	白鳥庫吉	1914ㄱ	149
jūn	*누구	wer	Mo	白鳥庫吉	1915ㄱ	1
xën	*누구	wer	Mo	白鳥庫吉	1915ㄱ	1
xeṅ	*누구	wer	Mo	白鳥庫吉	1915ㄱ	1
ken	*누구	wer	Mo	白鳥庫吉	1915ㄱ	1
xen	*누구	wer	Mo	白鳥庫吉	1915ㄱ	1
yaɣun	*누구, 무엇	who, what	Mo	Poppe, N	1965	179
yan	*누구, 무엇	who, what	Mo	Poppe, N	1965	179
kimniŋ ki	누구		T	김선기	1968ㄱ	44
nêmä, nime, nô	*누구	was	T	白鳥庫吉	1914ㄱ	149
käm	*누구	wer?	T	白鳥庫吉	1915ㄱ	1
kum	*누구	wer	T	白鳥庫吉	1915ㄱ	1
kim	*누구	wer	T	白鳥庫吉	1915ㄱ	1

표제어/어휘		의미	언어	저자	발간년도	쪽수
kèm	*누구	wer	T	白鳥庫吉	1915ㄱ	1
kem	*누구	wer?	T	白鳥庫吉	1915ㄱ	1

누더기

nudegi	누더기		K	이숭녕	1956	178
тэвдукэ̄	*누더기	rags	Ma	Цинциус	1977	225
чобто	*누더기	rags	Ma	Цинциус	1977	401
н'амкачйн	*누더기	tatter	Ma	Цинциус	1977	632
ңондокй	*누더기	tatter	Ma	Цинциус	1977	664
žamā	누더기		Mo	이숭녕	1956	88
jamaulq	누더기		T	이숭녕	1956	88
žamauly	누더기		T	이숭녕	1956	88
jamɣ	누더기		T	이숭녕	1956	88

누룩

nurɯg	누룩		K	강길운	1983ㄴ	120
nu-ruk	*누룩	Yeast for fermenting liquor	K	白鳥庫吉	1914ㄱ	150
nuruk	누룩	yeast-a preparation of wheat used in making spritu	K	이기문	1958	116
nu-ruk	누룩		K	이숭녕	1956	183
nure	*누룩		Ma	白鳥庫吉	1914ㄱ	150
nú-liéh	*누룩	Wein	Ma	白鳥庫吉	1914ㄱ	150
nure	기장으로 만든 술	alcoholic liquor-made of millet	Ma	이기문	1958	116
nerekü	*누룩	faire de l'ean-de-vin, distiller	Mo	白鳥庫吉	1914ㄱ	150
neremel	*누룩	distille	Mo	白鳥庫吉	1914ㄱ	150
nerülхü	*누룩	to distil liquor	Mo	白鳥庫吉	1914ㄱ	150

누르다

nurɯ-	누르다		K	강길운	1980	14
nurɯ-	누르다		K	강길운	1982ㄴ	21
nurɯ-	누르다		K	강길운	1982ㄴ	33
ku	누르다		K	김방한	1980	13
kol	누르다		K	김방한	1980	13
kul	누르다		K	김방한	1980	13
nurï	누르다		K	김방한	1980	15
那論義	누르다		K	김방한	1980	21
nu-lï	누르다		K	김사엽	1974	457
či-či ta	*누르다	peser, presser	K	白鳥庫吉	1916ㄴ	325
ap	*누르다	to press down	K	G. J. Ramstedt	1949	13
nurịda	*누르다	to press down	K	G. J. Ramstedt	1949	13
nūrịda	*누르다	to press down, to squeeze, to subject, to repress	K	G. J. Ramstedt	1949	173
nūrịda	*누르다	to press down, to squeeze, to crush	K	G. J. Ramstedt	1949	173
ẹmnurịda	*엄누르다	to press down, to squeeze, to subject, to repress	K	G. J. Ramstedt	1949	173
táttakā	*누르다	Drücker an der Flinte	Ma	白鳥庫吉	1916ㄴ	325
apki-	*누르다	to suppress, to strangle	Ma	G. J. Ramstedt	1949	13
п'еча	*누르다.		Ma	Shirokogoroff	1944	109
[т'ін'і	*누르다.		Ma	Shirokogoroff	1944	128
тіcc'i	*누르다.		Ma	Shirokogoroff	1944	128
тῑрä	*누르다.		Ma	Shirokogoroff	1944	128

표제어/어휘		의미	언어	저자	발간년도	쪽수
гида-	*누르다, 압박하다	press	Ma	Цинциус	1977	149
динэ-	*누르다, 압박하다	press	Ma	Цинциус	1977	207
чилка-	*누르다	press	Ma	Цинциус	1977	393
моколо-	*누르다	press	Ma	Цинциус	1977	543
мурӯ-	*누르다	press	Ma	Цинциус	1977	559
тохин	*누름; 압박	press(ure)	Ma	Цинциус	1977	192
kisa-	*누르다, 압박하다	to press, to oppress	Mo	Poppe, N	1965	192
mülga-	누르다		T	강길운	1980	14

누리다

nūrida	*누리다	to enjoy - as a blessing	K	G. J. Ramstedt	1949	173
nūrida	*누리다	to enjoy - as a blessing	K	G. J. Ramstedt	1949	173
ńuraldä-	*기뻐하다, 즐기다	to be glad, to enjoy	Ma	G. J. Ramstedt	1949	173
ńuraldä-	*누리다	to be glad, to enjoy	Ma	G. J. Ramstedt	1949	173

누비다

nupi	*누비다	quilting	K	金澤庄三郎	1910	11
nupi-	누비다	to quilt, to stitch in rows	K	이기문	1958	113
nipi-	누비다	to quilt, to stitch in rows	K	이기문	1958	113
xo, nupi	누비다	sew	K	이용주	1980	102
nupi	*누비다	quilting	K	Kanazawa, S	1910	8
nup(y)-	*누비다	sew	K	Martin, S. E.	1966	200
nup(y)	*누비다	sew	K	Martin, S. E.	1966	207
nup(y)-	*누비다	sew	K	Martin, S. E.	1966	213
nup(y)-	*누비다	sew	K	Martin, S. E.	1966	217
ufi-	바느질하다	to stitch, to sew	Ma	이기문	1958	113
ifi-	바느질하다	to stitch, to sew	Ma	이기문	1958	113

누에

tor	누에	silkworm	K	강길운	1978	43
цан ум'аҳа	*누에	silkworm	Ma	Цинциус	1977	373-3
б'ӧо	*누에 유충	silkworm larva, track, caterpillar	Ma	Цинциус	1977	95-07
torγa	누에	silkworm	Mo	강길운	1978	43

누이

nu	누이	elder sister	K	김공칠	1988	83
nu	누이		K	김사엽	1974	481
nu-ĭj	누이		K	김사엽	1974	481
nubi	누이		K	김선기	1968ㄴ	30
nui	누이		K	김선기	1968ㄴ	30
nubi	누이		K	김선기	1977ㅁ	356
nubɛ	누이		K	김선기	1977ㅁ	356
nuŋu	누이		K	김선기	1977ㅁ	356
nuibi	누이		K	김선기	1977ㅁ	356
누이	누이		K	김선기	1977ㅁ	356
nêsaŋ	누나		K	김완진	1957	260
nu-na	*누나	A sister	K	白鳥庫吉	1914ㄱ	148
nu-eui	*누이	A sister-of a brother	K	白鳥庫吉	1914ㄱ	149
누의	누이	sister	K	홍기문	1934ㄹ	253
nu-nim	*누님	sister (of a brother)	K	G. J. Ramstedt	1949	172
nu	*누이'의 방언	sister	K	G. J. Ramstedt	1949	172
nuę	*누이	sister (of a brother)	K	G. J. Ramstedt	1949	172

표제어/어휘		의미	언어	저자	발간년도	쪽수
nuji	*누이	sister (of a brother)	K	G. J. Ramstedt	1949	172
nuna	*누나	sister (of a brother)	K	G. J. Ramstedt	1949	172
čjē-čjē	*누나	an older sister	K	G. J. Ramstedt	1949	26
non	누이		Ma	김선기	1968ㄴ	31
gege	姉		Ma	김선기	1977ㅁ	356
non	妹		Ma	김선기	1977ㅁ	356
nou	*누이	jüngerer schwester	Ma	白鳥庫吉	1914ㄱ	149
nökun	*누이	jüngerer Bruder, acuh in der Bedeutung; jüngere Sc	Ma	白鳥庫吉	1914ㄱ	149
nakún	*누이	jüngerer Bruder, acuh in der Bedeutung; jüngere Sc	Ma	白鳥庫吉	1914ㄱ	149
nika	*누이	jüngerer Bruder, acuh in der Bedeutung; jüngere Sc	Ma	白鳥庫吉	1914ㄱ	149
néu, neu, néudima	*누이	jüngerer Bruder, acuh in der Bedeutung; jüngere Sc	Ma	白鳥庫吉	1914ㄱ	149
nekún, neghún	*누이	jüngerer Bruder, acuh in der Bedeutung; jüngere Sc	Ma	白鳥庫吉	1914ㄱ	149
niduń, nokun	*누이	jüngerer Bruder, acuh in der Bedeutung; jüngere Sc	Ma	白鳥庫吉	1914ㄱ	149
neu	*누이	jüngerer Bruder, acuh in der Bedeutung; jüngere Sc	Ma	白鳥庫吉	1914ㄱ	149
nun	*누이	jüngerer Bruder, acuh in der Bedeutung; jüngere Sc	Ma	白鳥庫吉	1914ㄱ	149
nakum	*누이	jüngerer Bruder, acuh in der Bedeutung; jüngere Sc	Ma	白鳥庫吉	1914ㄱ	149
noúgu	*누이	jüngerer Bruder, acuh in der Bedeutung; jüngere Sc	Ma	白鳥庫吉	1914ㄱ	149
näkun, näku	*누이	jüngerer Bruder, acuh in der Bedeutung; jüngere Sc	Ma	白鳥庫吉	1914ㄱ	149
nekín	*누이	jüngerer Bruder, acuh in der Bedeutung; jüngere Sc	Ma	白鳥庫吉	1914ㄱ	149
nekún	*누이	jüngerer Bruder, acuh in der Bedeutung; jüngere Sc	Ma	白鳥庫吉	1914ㄱ	149
nekún, neghu	*누이	jüngerer Bruder, acuh in der Bedeutung; jüngere Sc	Ma	白鳥庫吉	1914ㄱ	149
nykun	*누이	jüngerer Bruder, acuh in der Bedeutung; jüngere Sc	Ma	白鳥庫吉	1914ㄱ	149
nuku	*누이	jüngerer Bruder, acuh in der Bedeutung; jüngere Sc	Ma	白鳥庫吉	1914ㄱ	149
nu	*누이	jüngerer Bruder, acuh in der Bedeutung; jüngere Sc	Ma	白鳥庫吉	1914ㄱ	149
nakkukin, nakuiltin	*누이	jüngerer Bruder, acuh in der Bedeutung; jüngere Sc	Ma	白鳥庫吉	1914ㄱ	149
gege	*누이		Ma	長田夏樹	1964	110
eyun	*누이		Ma	長田夏樹	1964	110
너커	누이	sister	Ma	홍기문	1934ㄹ	253
논	손아랫누이	sister	Ma	홍기문	1934ㄹ	253
누후	누이	sister	Ma	홍기문	1934ㄹ	253
ак'ін	*누나, 언니.		Ma	Shirokogoroff	1944	4
[егму	*누나, 언니.		Ma	Shirokogoroff	1944	42
о.гд9ка	*누나, 언니		Ma	Shirokogoroff	1944	98
о.го.ч'ä	*누나, 언니		Ma	Shirokogoroff	1944	98
[hoнат	*누이		Ma	Shirokogoroff	1944	56
окіндігу	*누이		Ma	Shirokogoroff	1944	99

표제어/어휘		의미	언어	저자	발간년도	쪽수
nuh	*여동생	little sister	Ma	G. J. Ramstedt	1949	172
nuŋai	*여동생	little sister	Ma	G. J. Ramstedt	1949	172
duiben	누이	sister	Mo	김선기	1968ㄴ	30
ukin dengui	누이		Mo	김선기	1977ㅁ	356
ukui	姉		Mo	김선기	1977ㅁ	356
охин дуу	*누이		Mo	長田夏樹	1964	119
эгч	*누나		Mo	長田夏樹	1964	119
aigeci si	姉		T	김선기	1977ㅁ	356

눈(目)

표제어/어휘		의미	언어	저자	발간년도	쪽수
nuk'ar/nunk'ar	눈		K	강길운	1982ㄴ	19
nunkar	눈		K	강길운	1983ㄴ	112
nun	*눈	eye	K	강영봉	1991	9
nun	눈	eye	K	김동소	1972	137
nun	*눈	eye	K	大野晋	1975	88
nun	*눈	The eye	K	白鳥庫吉	1914ㄱ	149
nŭn	눈	eye	K	이용주	1980	80
nun	눈	eye	K	이용주	1980	99
nun	*눈	eye	K	長田夏樹	1966	82
nun	*눈	eye, sight	K	G. J. Ramstedt	1949	10
nun	*눈[眼]	the eye	K	G. J. Ramstedt	1949	172
nunńmul	*눈물[涙]	tears	K	G. J. Ramstedt	1949	172
nunči	*눈치	the intension	K	G. J. Ramstedt	1949	172
nunmul	*눈물[涙]	tears	K	G. J. Ramstedt	1949	172
nun	*눈	eye	K	Poppe, N	1965	180
yasa	눈	eye	Ma	김동소	1972	137
níde, nídé	*눈	die Auge	Ma	白鳥庫吉	1914ㄱ	149
ńundun	*눈	the eye	Ma	G. J. Ramstedt	1949	172
ēca	*눈	eye	Ma	Цинциус	1977	291-07
н'ундун	*눈	eye	Ma	Цинциус	1977	646-08
ni	눈	eye	Mo	김선기	1968ㄱ	17
ńude	*눈	Auge	Mo	白鳥庫吉	1914ㄱ	150
ńydun	*눈	Auge	Mo	白鳥庫吉	1914ㄱ	150
ńüden	*눈	Auge	Mo	白鳥庫吉	1914ㄱ	150
ńudeṅ	*눈	Auge	Mo	白鳥庫吉	1914ㄱ	150
níde, ńúdu	*눈	Auge	Mo	白鳥庫吉	1914ㄱ	150
ńideṅ	*눈	Auge	Mo	白鳥庫吉	1914ㄱ	150
nidun	*눈	Auge	Mo	白鳥庫吉	1914ㄱ	150
nüdṇ	*눈	the eye	Mo	G. J. Ramstedt	1949	172

눈(雪)

표제어/어휘		의미	언어	저자	발간년도	쪽수
nun	*눈	snow	K	강영봉	1991	11
nun	눈	snow	K	김공칠	1989	17
nun	눈	snow	K	김동소	1972	140
nun	*눈	Snow	K	白鳥庫吉	1914ㄱ	149
*düŋü	눈	snow	K	이용주	1980	100
nun	눈	snow	K	이용주	1980	100
nūn	눈	snow	K	이용주	1980	81
nūn	*눈	Schnee	K	G. J. Ramstedt	1939ㄱ	482
nūn-pāl	*눈발[雪]	a snow flake	K	G. J. Ramstedt	1949	172
nūn	*눈[雪]	snow	K	G. J. Ramstedt	1949	172
nūn paŋul	*눈 방울[雪]	a snow flake	K	G. J. Ramstedt	1949	172
nūn sẹgi	*눈 세기[雪闢]	the thawing of the snow	K	G. J. Ramstedt	1949	172

표제어/어휘		의미	언어	저자	발간년도	쪽수
nūn	*눈	snow	K	Poppe, N	1965	180
nimanggi	눈	snow	Ma	김동소	1972	140
semana-	눈오다		Ma	김영일	1986	171
ininíhin	*눈	Schnee	Ma	白鳥庫吉	1914ㄱ	149
ininipču	*눈	Schnee	Ma	白鳥庫吉	1914ㄱ	149
ininíšim	*눈	Schnee	Ma	白鳥庫吉	1914ㄱ	149
inkani	*눈	Schnee	Ma	白鳥庫吉	1914ㄱ	149
ińńanna	*눈	Schnee	Ma	白鳥庫吉	1914ㄱ	149
ińin	*눈	Schnee	Ma	白鳥庫吉	1914ㄱ	149
ińynlán	*눈	Schnee	Ma	白鳥庫吉	1914ㄱ	149
ininigdy	*눈	Schnee	Ma	白鳥庫吉	1914ㄱ	149
nimánada	*눈	Schnee	Ma	白鳥庫吉	1914ㄱ	149
nimanggi	*눈	Schnee	Ma	白鳥庫吉	1914ㄱ	149
nuńdé	*눈	Schnee	Ma	白鳥庫吉	1914ㄱ	149
inyńá	*눈	Schnee	Ma	白鳥庫吉	1914ㄱ	149
ininík	*눈	Schnee	Ma	白鳥庫吉	1914ㄱ	149
inigday	*눈	Schnee	Ma	白鳥庫吉	1914ㄱ	149
iníń	*눈	Schnee	Ma	白鳥庫吉	1914ㄱ	149
inenipšu	*눈	Schnee	Ma	白鳥庫吉	1914ㄱ	149
ineghindý	*눈	Schnee	Ma	白鳥庫吉	1914ㄱ	149
iginin	*눈	Schnee	Ma	白鳥庫吉	1914ㄱ	149
luńä	*눈	Schnee	Ma	G. J. Ramstedt	1939ㄱ	482
luńi-	*젖은 눈	to fall - of wet snow	Ma	G. J. Ramstedt	1949	173
ńuńę-	*눈내리다	to snow	Ma	G. J. Ramstedt	1949	173
luńę	*젖은 눈	wet snow	Ma	G. J. Ramstedt	1949	173
ńuńę	*내리는 눈	the falling snow	Ma	G. J. Ramstedt	1949	173
сумy	*눈	snow	Ma	Цинциус	1977	126
тиүэн	*눈	snow	Ma	Цинциус	1977	176
ōн'ир	*눈	snow	Ma	Цинциус	1977	20
ӡалка	*눈	snow	Ma	Цинциус	1977	246
haγa)	*눈	snow	Ma	Цинциус	1977	308
ирпи	*눈	snow	Ma	Цинциус	1977	328
алунти	*눈	snow	Ma	Цинциус	1977	34
кившим	*눈	snow	Ma	Цинциус	1977	390
кок	*눈	snow	Ma	Цинциус	1977	404
лабсан	*눈	flakes of a snow	Ma	Цинциус	1977	485
лафæ	*눈	snow	Ma	Цинциус	1977	495
лӯн'э	*눈	wet snow	Ma	Цинциус	1977	510
лэкэр	*눈	snow	Ma	Цинциус	1977	516
мajипкан	*눈	snow	Ma	Цинциус	1977	522
сатарак	*눈	snow	Ma	Цинциус	1977	68
сиҥилгэн	*눈	snow	Ma	Цинциус	1977	90
burku-	눈이오다		Mo	김영일	1986	173
burku	가루눈		Mo	김영일	1986	173
kar	*눈	Schnee	T	白鳥庫吉	1915ㄱ	23
ior	*눈	Schnee	T	白鳥庫吉	1915ㄱ	23

눈물

nun-mur	*눈물	tear	K	金澤庄三郎	1910	11
nun-mur	눈물		K	김공칠	1989	10
nun-mïl	눈물		K	김사엽	1974	411
nun-mur	눈물		K	宋敏	1969	77
nunmïl	눈물		K	宋敏	1969	77

표제어/어휘		의미	언어	저자	발간년도	쪽수
nunsmïl	눈물		K	이용주	1979	113
nunmïl	눈물		K	이용주	1980	73
nun-mur	*눈물	tear	K	Kanazawa, S	1910	8
jasi nake	눈물		Ma	김선기	1977ㄴ	383
н'амукта	*눈물		Ma	Shirokogoroff	1944	90
бэрхэ	*눈물	tears	Ma	Цинциус	1977	127-02
χоjō	*눈물	tear	Ma	Цинциус	1977	468-25
nidun nu nilbusu	눈물		Mo	김선기	1977ㄴ	383
nilbusun	*눈물	tear, spittel	Mo	Poppe, N	1965	193
khodzy niŋ jaši	눈물		T	김선기	1977ㄴ	383

눈보라

표제어/어휘		의미	언어	저자	발간년도	쪽수
pora (nun-pora)	(눈)보라	snow storm	K	이기문	1958	107
buran	(눈)보라	snow storm	Ma	이기문	1958	107
burkun	*눈보라	blizzard	Ma	Poppe, N	1965	201
[коɳура	*눈보라, 폭풍.		Ma	Shirokogoroff	1944	74
сӯрган	*눈보라.		Ma	Shirokogoroff	1944	120
[еден	*눈보라		Ma	Shirokogoroff	1944	42
тōраɣ	*눈보라	snow-storm	Ma	Цинциус	1977	199
тэɣиктэ-	*눈보라	snowstorm	Ma	Цинциус	1977	226
пали	*눈보라	snowstorm	Ma	Цинциус	1977	32
hуɣун	*눈보라	blizzard	Ma	Цинциус	1977	337
hунɳō	*눈보라	snowstorm	Ma	Цинциус	1977	348
кујэ	*눈보라	snowstorm	Ma	Цинциус	1977	425
buran	*눈보라	snow-storm	T	Poppe, N	1965	201

눈부시다

표제어/어휘		의미	언어	저자	발간년도	쪽수
nun-pʌ-si	눈부시다		K	김사엽	1974	388
pʌ-si-pʌ-zʌ	눈부시다		K	김사엽	1974	388
hатипчу	*눈부시다	dazzling	Ma	Цинциус	1977	319
миан-	*눈부시다	blind eyes	Ma	Цинциус	1977	535

눋다

표제어/어휘		의미	언어	저자	발간년도	쪽수
nut	눋다		K	김사엽	1974	448
nutta	눋다		K	김승곤	1984	249
nul/t	눋다	scorch	K	宋敏	1969	77
nut	*눋(다)	charcoal	K	G. J. Ramstedt	1949	173
nutta	*눋다	to burn - as cloth before a fire	K	G. J. Ramstedt	1949	173
nur(u)-	*눋다	scorch	K	Martin, S. E.	1966	207
nyor¹-	*눋다	scorch	K	Martin, S. E.	1966	207
nur(u)-	*눋다	scorch	K	Martin, S. E.	1966	209
nyor¹-	*눋다	scorch	K	Martin, S. E.	1966	211
nur(u)-	*눋다	scorch	K	Martin, S. E.	1966	217
nyor¹-	*눋다	scorch	K	Martin, S. E.	1966	219
nur(u)	*눋다	scorch	K	Martin, S. E.	1966	222
nyor¹-	*눋다	scorch	K	Martin, S. E.	1966	223
ńure-m	눋다		Ma	김승곤	1984	249
ńu-ksę	*검댕	soot	Ma	G. J. Ramstedt	1949	173
ńusę	*검댕	soot	Ma	G. J. Ramstedt	1949	173
ńurękin	*뜨거운	hot	Ma	G. J. Ramstedt	1949	173
lur-g<ɹ>-w-	*타다	to burn, to char down	Ma	G. J. Ramstedt	1949	173
ńurę-m	*뜨겁다	to get hot, to be red hot or burnt	Ma	G. J. Ramstedt	1949	173

표제어/어휘		의미	언어	저자	발간년도	쪽수
눕다						
nu-p	*눕다	lay oneself down	K	金澤庄三郎	1910	11
nup-	눕다	lie	K	김동소	1972	139
nup	눕다		K	김사엽	1974	409
ča-nup	눕다		K	김사엽	1974	443
nupta	눕다		K	김승곤	1984	248
nu-ö-ċi ta	*눕다	to sleep	K	白鳥庫吉	1914ㄱ	150
nu-i ta	*누이다	to lay down; to put down on the side	K	白鳥庫吉	1914ㄱ	150
nup to	*눕다	To lie down; to be bedfast	K	白鳥庫吉	1914ㄱ	150
nuw/p	눕다		K	宋敏	1969	77
nupta	눕다	to lie down	K	宋敏	1969	77
nu	눕다	to be lying down	K	宋敏	1969	77
nuβ-	눕다		K	이용주	1979	113
nup-	눕다		K	이용주	1979	113
nuv	눕다	lie	K	이용주	1980	101
nuvə˘is-	누워 있다	to lie	K	이용주	1980	82
누우	눕다		K	이원진	1940	18
누우	눕다		K	이원진	1951	18
nu	*눕다	to be lying down	K	Aston	1879	24
nupta	*눕다	lie down	K	G. J. Ramstedt	1949	173
nupta	*눕다	to lie down, to be bed bound	K	G. J. Ramstedt	1949	173
njpta	*눕다(/늡다)	to lie down, to be bed bound	K	G. J. Ramstedt	1949	173
njbida	*누이다(/니비다)	to law down, to put down	K	G. J. Ramstedt	1949	173
nuida	*누이다	to law down, to put down	K	G. J. Ramstedt	1949	173
nu-p	*눕다	lay oneself down	K	Kanazawa, S	1910	8
nup-	*눕다	lie down	K	Martin, S. E.	1966	199
nup-	*눕다	lie down	K	Martin, S. E.	1966	206
nup-	*눕다	lie down	K	Martin, S. E.	1966	217
dedu-	*눕다	lie	Ma	김동소	1972	139
nahan	*눕다	Ruhebett	Ma	白鳥庫吉	1914ㄱ	150
nam	*눕다	ruhig	Ma	白鳥庫吉	1914ㄱ	150
nahalambi	*눕다	auf dem Bett liegen	Ma	白鳥庫吉	1914ㄱ	150
nińā-	*눕다	to lie down	Ma	G. J. Ramstedt	1949	173
[декci	*눕다.		Ma	Shirokogoroff	1944	30
тото	*눕다		Ma	Shirokogoroff	1944	129
укла	*눕다		Ma	Shirokogoroff	1944	138
укула	*눕다		Ma	Shirokogoroff	1944	139
[hукälä	*눕다		Ma	Shirokogoroff	1944	56
угла	*눕다		Ma	Shirokogoroff	1944	136
гичусин-	*눕다	lie	Ma	Цинциус	1977	156
тоγо-	*눕다	lie	Ma	Цинциус	1977	190
кучирз̄-	*눕다	lay down	Ma	Цинциус	1977	441
хулбэпин-	*눕다	lay on one side	Ma	Цинциус	1977	476
та	*누워	down!	Ma	Цинциус	1977	148
учучэ-	*누워 있다	lie	Ma	Цинциус	1977	297
hукл з̄-	*누워 있다	lie	Ma	Цинциус	1977	340
дэсчи-	*누워있다	lie	Ma	Цинциус	1977	238
тэссэ-	*누워있다	lie	Ma	Цинциус	1977	241

느끼다						
nĭkki	느끼다	feel	K	宋敏	1969	77
nutki	느끼다		K	宋敏	1969	77

표제어/어휘		의미	언어	저자	발간년도	쪽수
ӡэсун-	*느끼다	feel	Ma	Цинциус	1977	286
кумдилдӣ-	*느끼다	feel	Ma	Цинциус	1977	430
мэдэ-	*느끼다	feel	Ma	Цинциус	1977	563
нил-	*느끼다	feel, sense	Ma	Цинциус	1977	592
sez-	*느끼다	to feel	T	Poppe, N	1965	157
säz-	*느끼다	to feel	T	Poppe, N	1965	198

느릅나무

neureum	느릅나무		K	김공칠	1989	11
nï-lïm	느릅나무		K	김사엽	1974	410
hэдэптэ	*느릅나무	elm	Ma	Цинциус	1977	360
кајлаhун	*느릅나무	elm	Ma	Цинциус	1977	362
лакамавун	*느릅나무	elm	Ma	Цинциус	1977	488

느리다

kumt'ш-	굼뜨다		K	강길운	1983ㄴ	109
kumt'ш-	굼뜨다		K	강길운	1983ㄴ	119
neurit	느리다		K	김공칠	1989	7
nʌl-oj	느리다		K	김사엽	1974	407
nï-lïj	느리다		K	김사엽	1974	409
nurit	느리다		K	宋敏	1969	77
nor-	*느리다	slow	K	Martin, S. E.	1966	206
arakūkān	*느린, 조금	slow, a little bit	Ma	Poppe, N	1965	202
áрукун	*느린, 조용한.		Ma	Shirokogoroff	1944	10
олкі+	*느린.		Ma	Shirokogoroff	1944	101
удаı	*느린		Ma	Shirokogoroff	1944	135
биргэшэ-	*느릿느릿 걷다	drag oneself along	Ma	Цинциус	1977	84
лата	*느린	slow	Ma	Цинциус	1977ㄴ	495
манда	*느린	slow	Ma	Цинциус	1977	527

늑골

k'ęt	*늑골	end,aft,tail	K	G. J. Ramstedt	1939ㄴ	461
оптіл$а	*늑골		Ma	Shirokogoroff	1944	104
оφтіla, оφтілó	*늑골.		Ma	Shirokogoroff	1944	98

늑대

n<ī>ktä	*늑대	a wild boar, a wild pig	K	G. J. Ramstedt	1949	169
gusxę̄	*늑대	wolf	Ma	Poppe, N	1965	160
[д'іркоңго	*늑대.		Ma	Shirokogoroff	1944	31
[хоуұ'ілкан	*늑대.		Ma	Shirokogoroff	1944	54
амгач'ін	*늑대.		Ma	Shirokogoroff	1944	6
ландаска	*늑대.		Ma	Shirokogoroff	1944	79
[маата	*늑대.		Ma	Shirokogoroff	1944	81
мō ӧмӧінін	*늑대.		Ma	Shirokogoroff	1944	84
[н'еу))леку	*늑대.		Ma	Shirokogoroff	1944	91
гуско, гуска	*늑대		Ma	Shirokogoroff	1944	52
окс'а	*늑대	wolf	Ma	Цинциус	1977	010
гускэ	*늑대	wolf	Ma	Цинциус	1977	175
тӱлгэ	*늑대	wolf	Ma	Цинциус	1977	210
улэ	*늑대	wolf	Ma	Цинциус	1977	264
утиңэ	*늑대	wolf	Ma	Цинциус	1977	294
чинукај	*늑대	wolf	Ma	Цинциус	1977	396

표제어/어휘		의미	언어	저자	발간년도	쪽수
чипкакӯ	*늑대	wolf	Ma	Цинциус	1977	399
н'иҥгу	*늑대	wolf	Ma	Цинциус	1977	639
н'эуӯр	*늑대	wolf	Ma	Цинциус	1977	650
сивигᷟ	*늑대	wolf	Ma	Цинциус	1977	75
guskę	*늑대	wolf	Mo	Poppe, N	1965	160

늘

nir	항상		K	박은용	1975	153
daru-hai	항상		Ma	박은용	1975	153
та сэмэ	*늘, 항상, 언제나	always	Ma	Цинциус	1977	170-08

늘다5

nɯr-	늘어나다		K	강길운	1983ㄴ	131
n<i_>lda	늘다		K	김승곤	1984	248
nịlda	*늘다[增]	to be stretching or elastic, to be enlargened	K	G. J. Ramstedt	1949	170
nịruda	*늘이다(/늘우다)	to stretch	K	G. J. Ramstedt	1949	170
nịru	*늘[常]	constantly, always	K	G. J. Ramstedt	1949	170
nịrida	*늘이다	to stretch	K	G. J. Ramstedt	1949	170
n<ī_>l	*늘[常]	constantly, continuingly	K	G. J. Ramstedt	1949	170
nịlda	*늘다	to be stretched, to be enlarged	K	G. J. Ramstedt	1949	170
nil-bu-	*늘다		Ma	김승곤	1984	248
nil-bu-	*뻗다, 크게 하다	to stretch out, to enlarge	Ma	G. J. Ramstedt	1949	170
nil-bu-	*뻗치다	to stretch out, to enlarge	Ma	G. J. Ramstedt	1949	170
arbiji-	증가하다		Mo	김영일	1986	170
ükli-	증가하다		T	김영일	1986	166

늘리다

nɯri-	늘리다		K	강길운	1982ㄴ	24
nɯri-	늘리다		K	강길운	1982ㄴ	30
nɯri-	늘리다		K	강길운	1982ㄴ	36
nǐ-li	늘리다		K	김사엽	1974	408
m'ita	*늘리다, 증가시키다.		Ma	Shirokogoroff	1944	83
'ін	*늘어나다, 펴지다		Ma	Shirokogoroff	1944	49
иӷбиуа-	*늘어나다; 길어지다	stretch	Ma	Цинциус	1977	637
нэвлᷟ-	*늘리다	increase	Ma	Цинциус	1977	358
сӯн-	*늘어나다	stretch	Ma	Цинциус	1977	126
омак-	*늘어나다	stretch	Ma	Цинциус	1977	196

늘이다

ūnҥī-	*늘이다	to stretch	Ma	Poppe, N	1965	201
ūnҥī-	*늘이다	to stretch	Ma	Poppe, N	1965	203
элэ-	*늘이다	stretch	Ma	Цинциус	1977	232
нэјэ-	*늘이다	stretch	Ma	Цинциус	1977	458
un-	*늘이다	to stretch	Mo	Poppe, N	1965	201
un-	*늘이다	to stretch	Mo	Poppe, N	1965	203
un-	*늘이다	to stretch	T	Poppe, N	1965	201
un-	*늘이다	to stretch	T	Poppe, N	1965	203

늙다

ïls	늙다		K	김사엽	1974	409

표제어/어휘		의미	언어	저자	발간년도	쪽수
nïls	늙다		K	김사엽	1974	470
늙다	늙다	old	K	김선기	1978ㄷ	344
öl-lök	*늙은		K	白鳥庫吉	1914ㄴ	157
nïk-	늙다	get old	K	宋敏	1969	77
ṇilgin-i	*늙은이	an old person	K	G. J. Ramstedt	1949	170
ṇikta	*늙다	to be old - of living things, plants	K	G. J. Ramstedt	1949	170
ṇilkta	*늙다	to be old - of living things, plants	K	G. J. Ramstedt	1949	170
ṇiltta	*늙다	to be old - of living things, plants	K	G. J. Ramstedt	1949	170
ṇilkta	*늙다	to be old - of living things	K	G. J. Ramstedt	1949	170
sakda	늙다	old	Ma	김선기	1978ㄷ	344
nulgi	*부인, 여주인	the wife, the hostess	Ma	G. J. Ramstedt	1949	170
nulgiči	*유부남	a married man, one with a wife	Ma	G. J. Ramstedt	1949	170
nulgī	*부인	the wife, the hostess	Ma	G. J. Ramstedt	1949	170
sagdī	*늙은, 노인	old, old man, oldster	Ma	Poppe, N	1965	195
сагдан	*늙다		Ma	Shirokogoroff	1944	110
чон,гна, чан,iнача̄	*늙다		Ma	Shirokogoroff	1944	25
[гауд'ı	*늙은, 오래 된.		Ma	Shirokogoroff	1944	52
сагдi	*늙은, 오래된, 낡은,		Ma	Shirokogoroff	1944	110
ajıпты, arıпты	*늙은, 헤진, 낡은.		Ma	Shirokogoroff	1944	4
уту	*늙다	old	Ma	Цинциус	1977	294
һатапты	*늙다	old	Ma	Цинциус	1977	318
һолокто	*늙다	old	Ma	Цинциус	1977	332
сагдй	*늙은	old	Ma	Цинциус	1977	52
kuksin	늙다	old	Mo	김선기	1978ㄷ	344
utegus	늙다	old	Mo	김선기	1978ㄷ	344
kari	늙다	old	T	김선기	1978ㄷ	344

능금

ṇiŋgim	*능금	the apple	K	G. J. Ramstedt	1949	135
ṇiŋgum	*능금	the apple	K	G. J. Ramstedt	1949	135
alma	*사과	the apple	T	G. J. Ramstedt	1949	135

늦다

nɯj-	늦다		K	강길운	1983ㄱ	27
nɯj-	늦다		K	강길운	1983ㄱ	37
nïč	늦다		K	김사엽	1974	469
늦다	*늦다	late	K	김선기	1978ㅁ	357
nocyi	*늦다	late	K	Martin, S. E.	1966	206
nocyi	*늦다	late	K	Martin, S. E.	1966	208
nocyi	*늦다	late	K	Martin, S. E.	1966	213
nocyi	*늦다	late	K	Martin, S. E.	1966	220
manda	*늦은	late	Ma	김선기	1978ㅁ	358
hadzagai	*늦은	late	Mo	김선기	1978ㅁ	358
аманди	*늦다.		Ma	Shirokogoroff	1944	6
[џаду	*늦다.		Ma	Shirokogoroff	1944	88
gahal	늦은	late	T	김선기	1978ㅁ	340
kic	*늦은	late	T	Johannes Rahder	1959	45
käc	*늦은	late	T	Johannes Rahder	1959	45

늪

nɯp	늪		K	강길운	1980	14
nup'	늪		K	강길운	1981ㄴ	6

표제어/어휘	의미		언어	저자	발간년도	쪽수
mɯp'	늪		K	강길운	1982ㄴ	24
mɯp'	늪		K	강길운	1982ㄴ	34
neup	늪		K	김공칠	1989	7
nïpʰ	늪		K	김사엽	1974	409
nüb	늪		K	박시인	1970	160
nïph	늪		K	宋敏	1969	77
nup	늪		K	宋敏	1969	77
nop	늪		K	宋敏	1969	77
ṇip	*늪	a lake, a pond	K	G. J. Ramstedt	1949	170
nup	*늪	a lake, a pond; a brook	K	G. J. Ramstedt	1949	170
ṇip	*늪	a lake, a pond	K	G. J. Ramstedt	1949	170
nɔmpxa	*늪	marsh	K	Martin, S. E.	1966	200
nɔmpxa	*늪	marsh	K	Martin, S. E.	1966	204
nɔmpxa	*늪	marsh	K	Martin, S. E.	1966	206
nɔmpxa	*늪	marsh	K	Martin, S. E.	1966	219
nɔmpxa	*늪	marsh	K	Martin, S. E.	1966	223
ńẹpkẹkẹ̄	*시내	a brook	Ma	G. J. Ramstedt	1949	170
ńẹpkẹ	*시내	a brook	Ma	G. J. Ramstedt	1949	170
ńẹpkẹ̄-ptin	*물쥐	the name of some animal living in the water; a wat	Ma	G. J. Ramstedt	1949	170
nẹwkẹki	*깊은	deep (in the lake)	Ma	G. J. Ramstedt	1949	170
ńẹpkẹ	*시내	a brook	Ma	G. J. Ramstedt	1949	170
ńẹpkẹkẹ̄	*시내	a brook	Ma	G. J. Ramstedt	1949	170
χali	*늪	swamp, lowland	Ma	G. J. Ramstedt	1949	87
[телбік	*늪.		Ma	Shirokogoroff	1944	125
[тілбік	*늪.		Ma	Shirokogoroff	1944	127
[ер'ем'ет	*늪.		Ma	Shirokogoroff	1944	43
булэ̄	*늪	swamp, marsh	Ma	Цинциус	1977	109
дэвгэ̄	*늪	swamp, marsh	Ma	Цинциус	1977	227
утун	*늪	moor	Ma	Цинциус	1977	294
hōj	*늪	moor	Ma	Цинциус	1977	330
човй	*늪	swamp	Ma	Цинциус	1977	402
путэ	*늪	marsh	Ma	Цинциус	1977	45
салаʰа	*늪	marsh	Ma	Цинциус	1977	57
nor	늪		Mo	박시인	1970	160
goroxa	*늪	pasture, forage	Mo	白鳥庫吉	1914ㄷ	289
gorxon	*늪	der sumpf	Mo	白鳥庫吉	1914ㄷ	289
memba	늪		T	강길운	1980	14
lǎbi	*늪	marsh	T	G. J. Ramstedt	1949	170
saz	*늪	swamp	T	Poppe, N	1965	198
šur	*늪	swamp	T	Poppe, N	1965	198

님

nim	*님	Master; mistress; my love-used in songs; an honorf	K	白鳥庫吉	1914ㄱ	149
nim	*님	Herr	K	Andre Eckardt	1966	234
son-nim	*손님	a (honourable) guest	K	G. J. Ramstedt	1949	167
aba-nim	*아바님	the father	K	G. J. Ramstedt	1949	167
nin	*님	expresses esteem or veneration and is used affixed	K	G. J. Ramstedt	1949	167
nimʒa	*임자	the Master, the Mistress, the owner, my commander,	K	G. J. Ramstedt	1949	167
nim	*-님	expresses esteem or veneration	K	G. J. Ramstedt	1949	167

표제어/어휘		의미	언어	저자	발간년도	쪽수
		and is used affixed				
imǯa	*임자	the Master, the Mistress, the owner, my commander,	K	G. J. Ramstedt	1949	167
hję̄ŋ-nim	*형님	the elder brother	K	G. J. Ramstedt	1949	167
hānạnim	*하나님	God	K	G. J. Ramstedt	1949	167
hānạl-nim	*하날님	God	K	G. J. Ramstedt	1949	167
ẹmẹnim	*어머님	the mother	K	G. J. Ramstedt	1949	167
njuṅa	*님	Herr	Ma	白鳥庫吉	1914ㄱ	149
uṅiú	*님	Herr	Ma	白鳥庫吉	1914ㄱ	149
ńjaṅnja	*님	Himmel	Ma	白鳥庫吉	1914ㄱ	149
njan	*님	Himmel	Ma	白鳥庫吉	1914ㄱ	149
njanja	*님	Himmel	Ma	白鳥庫吉	1914ㄱ	149
nojon	*님	Herr	Ma	白鳥庫吉	1914ㄱ	149
njaṅnja	*님	Himmel	Ma	白鳥庫吉	1914ㄱ	149
oṅni	*님	Herr	Ma	白鳥庫吉	1914ㄱ	149
njäṅnja	*님	Himmel	Ma	白鳥庫吉	1914ㄱ	149
njaṅnjá	*님	Himmel	Ma	白鳥庫吉	1914ㄱ	149
amī-ni	*아버지	father	Ma	G. J. Ramstedt	1949	167
ẹnī-ni	*어머니	mother	Ma	G. J. Ramstedt	1949	167
nin	*님	expresses esteem or veneration and is used affixed	Ma	G. J. Ramstedt	1949	167
noiméne, noion	*님	Herr	Mo	白鳥庫吉	1914ㄱ	149
noin	*님	Herr	Mo	白鳥庫吉	1914ㄱ	149
nojan	*님	Herr	Mo	白鳥庫吉	1914ㄱ	149
nojan	*님	prince, maître, seigneur, monsieur; chef, supérieu	Mo	白鳥庫吉	1914ㄱ	149
nojon, noïṅ	*님	Herr	Mo	白鳥庫吉	1914ㄱ	149
tojon	*님	Herr, Oberer; Chef	T	白鳥庫吉	1914ㄱ	149
nojon	*님	jungerer Mensch	T	白鳥庫吉	1914ㄱ	149
nojan, nojin	*님	Heerführer, Prinz	T	白鳥庫吉	1914ㄱ	149

표제어/어휘		의미	언어	저자	발간년도	쪽수

다

*ella	다		K	강길운	1982ㄱ	179
ta	다		K	김방한	1976	20
ta	다		K	김방한	1977	7
ta	다		K	김방한	1978	10
ta	종결어미		K	김방한	1979	8
ta	*다	indicative-infinitive	K	G. J. Ramstedt	1928	75
tā	*다	all, everyone	K	G. J. Ramstedt	1949	245
ta, da	*다	indicative-infinitive	Ma	G. J. Ramstedt	1928	75
катарин	*다	entire	Ma	Цинциус	1977	384
ta	*다	indicative-infinitive	T	G. J. Ramstedt	1928	75

다니다

tʌnni-	다니다		K	강길운	1981ㄴ	5
tʌnni-	다니다		K	강길운	1981ㄴ	8
tʌnni-	다니다		K	강길운	1982ㄴ	18
tʌnni-	다니다		K	강길운	1982ㄴ	23
tʌ-ni	다니다		K	김사엽	1974	458
ǯantā-	*다니다, 다녀오다	go	Ma	Цинциус	1977	249

다다르다

tatạr-	다다르다	to reach to, to arrive at	K	이기문	1958	107
(-)tár-	*다다르다	reach	K	Martin, S. E.	1966	206
(-)tár-	*다다르다	reach	K	Martin, S. E.	1966	209
(-)tár-	*다다르다	reach	K	Martin, S. E.	1966	221
(-)tár-	*다다르다	reach	K	Martin, S. E.	1966	223
dadara-	넓게 퍼지다	to spread widely	Ma	이기문	1958	107
ис-	*다다르다, 가다	to reach	Ma	Цинциус	1977	329

다람쥐

tʌrʌmi	다람쥐		K	강길운	1983ㄱ	31
уlк'ічан	*다람쥐.		Ma	Shirokogoroff	1944	141
уӈк'i	*다람쥐.		Ma	Shirokogoroff	1944	144
[ан,ача, он,очо	*다람쥐.		Ma	Shirokogoroff	1944	7
[мохотоі	*다람쥐.		Ma	Shirokogoroff	1944	84
cojcoн	*다람쥐	squirrel	Ma	Цинциус	1977	105
гурнун	*다람쥐	squirrel	Ma	Цинциус	1977	174
улгукӣ	*다람쥐	ground-squirrel	Ma	Цинциус	1977	258
чӣлиҟа	*다람쥐	ground-squirrel	Ma	Цинциус	1977	393
кувас	*다람쥐	fiber	Ma	Цинциус	1977	422
кэрэмун	*다람쥐	fiber	Ma	Цинциус	1977	454
хого омми	*다람쥐	fiber	Ma	Цинциус	1977	467
этуӈгиз	*다람쥐	ground-squirrel	Ma	Цинциус	1977	470
садан	*다람쥐	squirrel	Ma	Цинциус	1977	54

표제어/어휘		의미	언어	저자	발간년도	쪽수
다루다						
tal-ho	다루다		K	김사엽	1974	481
taɾida	*다루다	to work, to soften, to make pliant, to use at will	K	G. J. Ramstedt	1949	258
다르다						
əgɯrɯ-	다르다		K	강길운	1987	27
thɛna-/t'ena	*다른	other	K	강영봉	1991	10
ttan	다른	other	K	김동소	1972	139
ttɛn	다른	other	K	김동소	1972	139
njən	外, 他		K	김사엽	1974	379
tarɛn	다른	other	K	이용주	1980	101
tarɛn	다른	other	K	이용주	1980	84
gūwa	다른	other	Ma	김동소	1972	139
уңтý	*다르다		Ma	Shirokogoroff	1944	144
r'ē	*다른.		Ma	Shirokogoroff	1944	48
r'il	*다른.		Ma	Shirokogoroff	1944	49
уңгту, уңту	*다른		Ma	Shirokogoroff	1944	143
hуңгту	*다른.		Ma	Shirokogoroff	1944	56
[hуңнті	*다른.		Ma	Shirokogoroff	1944	56
[hoнгто	*다른.		Ma	Shirokogoroff	1944	56
rē	*다른	other	Ma	Цинциус	1977	144
гоj	*다른	other	Ma	Цинциус	1977	157
ӡусун	*다르다, 다양하다	diverse, various, different	Ma	Цинциус	1977	278
hуңту	*다르다	other	Ma	Цинциус	1977	349
aðïn	*다른	another	T	Poppe, N	1965	200
다리						
kadal	*다리	leg	K	강영봉	1991	10
pal	다리		K	김공칠	1989	14
pal	다리	foot	K	김공칠	1989	16
pal	다리	foot	K	김공칠	1989	17
tali	다리	leg	K	김동소	1972	139
kal	가랭이		K	김용태	1990	15
tă-ri	*다리	The leg, a stand, a frame	K	白鳥庫吉	1916ㄱ	183
par	발	foot, leg	K	이기문	1958	106
tari	다리	leg	K	이용주	1980	100
tari	다리	leg	K	이용주	1980	80
tari	다리	leg	K	이용주	1980	96
taɾi	*다리	the legs, a leg, a stand, a frame	K	G. J. Ramstedt	1949	257
suksaha	다리	leg	Ma	김동소	1972	139
tura	*다리	Säule	Ma	白鳥庫吉	1916ㄱ	183
turame	*다리	Säule	Ma	白鳥庫吉	1916ㄱ	183
turúbun	*다리	Pfosten, Pfeiler	Ma	白鳥庫吉	1916ㄱ	184
turúun	*다리	Pfosten, Pfeiler	Ma	白鳥庫吉	1916ㄱ	184
truwun	*다리	Zeltstangen	Ma	白鳥庫吉	1916ㄱ	184
torá	*다리	Stützbalken der Wiinterjurte	Ma	白鳥庫吉	1916ㄱ	184
tora	*다리	all senkrecht stehenden Balken der Jurte	Ma	白鳥庫吉	1916ㄱ	184
türäi	*다리	Stiefelschaft	Ma	白鳥庫吉	1916ㄱ	184
alga	다리	legs	Ma	이기문	1958	106
pùh-tĭh-hēi	다리	legs	Ma	이기문	1958	106
palga	다리	legs	Ma	이기문	1958	106

표제어/어휘		의미	언어	저자	발간년도	쪽수
halgan	다리	legs	Ma	이기문	1958	106
bet-he	다리	legs	Ma	이기문	1958	106
algan	다리	legs	Ma	이기문	1958	106
*bel-ke	다리	legs	Ma	이기문	1958	106
beldîr	다리	legs	Ma	이기문	1958	106
tīręksę	*장화의 다리	leg of the boot	Ma	Poppe, N	1965	203
tiyeksę	*장화의 다리	leg of the boot	Ma	Poppe, N	1965	203
türęksę	*장화의 다리	leg of the boot	Ma	Poppe, N	1965	203
бэгди	*다리, 발	leg, foot	Ma	Цинциус	1977	118
налган	*다리	leg	Ma	Цинциус	1977	312
dörönkö	*다리	Schuh-oder Strumpfschaft	Mo	白鳥庫吉	1916ㄱ	184
dörönxö	*다리	Schuh-oder Strumpfschaft	Mo	白鳥庫吉	1916ㄱ	184
türä	*다리	Schuh-oder Strumpfschaft	Mo	白鳥庫吉	1916ㄱ	184
tŭre	*다리	Schuh-oder Strumpfschaft	Mo	白鳥庫吉	1916ㄱ	184
tŭre, türi	*다리	Schuh-oder Strumpfschaft	Mo	白鳥庫吉	1916ㄱ	184
tŭren	*다리	Schuh-oder Strumpfschaft	Mo	白鳥庫吉	1916ㄱ	184
türî	*다리	Schuh-oder Strumpfschaft	Mo	白鳥庫吉	1916ㄱ	184
aðaq	*발, 다리	foot, leg	T	Poppe, N	1965	200
ura	*발, 다리	foot, leg	T	Poppe, N	1965	200

다리(橋)

표제어/어휘		의미	언어	저자	발간년도	쪽수
tạri	다리	bridge, ladder	K	이기문	1958	107
doorin	배와 선착장 사이의 다리	the bridge between landing-place and boat	Ma	이기문	1958	107
тīгдīл$ан	*강을 건너는 다리.		Ma	Shirokogoroff	1944	126
koprá	*다리, 대교.		Ma	Shirokogoroff	1944	74
kōo	*다리	bridge	Ma	Цинциус	1977	413
xōprö	*다리	bridge	Ma	Цинциус	1977	472

다만

표제어/어휘		의미	언어	저자	발간년도	쪽수
ta-mʌn	다만		K	김사엽	1974	428
tamɛ	다만		K	박은용	1975	140
ta-mot	*다만	only, nearly	K	白鳥庫吉	1916ㄱ	182
ta-man	*다만	Only, alone used as introductly word in sageum	K	白鳥庫吉	1916ㄱ	182
tamạin	다만	only	K	이기문	1958	107
taman	다만	only	K	이기문	1958	107
tamạn	다만	only	K	이기문	1958	107
damu	다만		Ma	박은용	1975	140
damu	*다만	aber, nur, sondern	Ma	白鳥庫吉	1916ㄱ	182
dāmmŏda	*다만	ein einziges Mal, einzig	Ma	白鳥庫吉	1916ㄱ	182
damu	다만	only	Ma	이기문	1958	107
tang kina	*다만	seulement, ne......que	Mo	白鳥庫吉	1916ㄱ	182
sai	*다만	nur	Mo	白鳥庫吉	1916ㄱ	182
gxai	*다만	nur	Mo	白鳥庫吉	1916ㄱ	182
žuk	*다만	nur	Mo	白鳥庫吉	1916ㄱ	182
sai	*다만	nur	T	白鳥庫吉	1916ㄱ	183

다발

표제어/어휘		의미	언어	저자	발간년도	쪽수
ta-pal	다발		K	김사엽	1974	426
ta-pal	*다발	A bundle of vegetables	K	白鳥庫吉	1916ㄱ	183
tapal	다발		K	宋敏	1969	77

표제어/어휘		의미	언어	저자	발간년도	쪽수
tabal	*다발	bunch	K	Martin, S. E.	1966	200
tabal	*다발	bunch	K	Martin, S. E.	1966	205
tabal	*다발	bunch	K	Martin, S. E.	1966	210
tabal	*다발	bunch	K	Martin, S. E.	1966	215
sefere	*다발	Handvoll, Bündel, Spanne	Ma	白鳥庫吉	1916ㄱ	183
seferembi	*다발	eine Handvoll nehmen, in der Hand halten	Ma	白鳥庫吉	1916ㄱ	183
баҟси	*다발, 송이	bunch, bundle	Ma	Цинциус	1977	68
teberi	*다발	Armvoll	Mo	白鳥庫吉	1916ㄱ	183
teberi	*다발	Armvoll	Mo	白鳥庫吉	1916ㄱ	183
tebere	*다발	Armvoll	Mo	白鳥庫吉	1916ㄱ	183
tebernäm	*다발	umfassen	Mo	白鳥庫吉	1916ㄱ	183
teberixü	*다발	umfassen	Mo	白鳥庫吉	1916ㄱ	183
tebere	*다발	Armvoll	Mo	白鳥庫吉	1916ㄱ	183
sababïn	*다발	zumachen, zudecken	T	白鳥庫吉	1916ㄱ	183
t'abarben	*다발	zumachen, zudecken	T	白鳥庫吉	1916ㄱ	183
t'efarmen	*다발	zumachen, zudecken	T	白鳥庫吉	1916ㄱ	183

다섯

표제어/어휘		의미	언어	저자	발간년도	쪽수
tasəs/tas	*다섯	five	K	강영봉	1991	9
tases	다섯	five	K	김동소	1972	137
tasʌs	다섯	five	K	김동소	1972	137
tas	다섯		K	김방한	1968	270
tas	다섯		K	김방한	1968	271
tʌ-sʌs	다섯		K	김방한	1977	7
tas(-	다섯		K	김방한	1978	10
ta-sʌs	다섯		K	김방한	1979	8
ta(-sʌs)	다섯		K	김방한	1980	20
ta-sʌs	다섯		K	김사엽	1974	477
dat	닷		K	김선기	1968ㄴ	40
dasheosh	다섯		K	김선기	1968ㄴ	40
dasheot	다섯		K	김선기	1968ㄴ	40
tases	다섯		K	김선기	1977	21
다	다섯	five	K	김선기	1977ㅇ	330
suin	쉰		K	박은용	1974	200
tas-	다섯		K	박은용	1974	200
tunǯa	다섯	five	K	이기문	1958	117
tas<ə̆>s	다섯	five	K	이기문	1958	117
tunga	다섯	five	K	이기문	1958	117
tases	다섯	five	K	이용주	1980	101
taseˇs	다섯	five	K	이용주	1980	85
taseˇs	다섯	five	K	이용주	1980	95
tasat	*다섯	five	K	Edkins, J	1896ㄱ	232
tat	*다섯	five	K	Edkins, J	1898	339
sunja	다섯	five	Ma	김동소	1972	137
sunǰa	다섯		Ma	김방한	1968	271
toŋa	다섯		Ma	김방한	1968	273
tuŋan	다섯		Ma	김방한	1968	273
tuŋa	다섯		Ma	김방한	1968	273
tunŋa	다섯		Ma	김방한	1968	273
tunda	다섯		Ma	김방한	1968	273
tońŋa	다섯		Ma	김방한	1968	273
tojŋga	다섯		Ma	김방한	1968	273

표제어/어휘		의미	언어	저자	발간년도	쪽수
tunǰa	다섯		Ma	김방한	1968	273
tuŋga	다섯		Ma	김선기	1977	21
sundza	다섯		Ma	김선기	1977	21
tofo-hon	십오		Ma	박은용	1974	200
sunja	다섯		Ma	박은용	1974	200
tojŋga	다섯		Ma	박은용	1974	201
tunža	다섯		Ma	박은용	1974	201
susaj	쉰		Ma	박은용	1974	201
susai	쉰		Ma	박은용	1974	201
sosi	쉰		Ma	박은용	1974	201
sunja < *susa < *tusa	다섯	five	Ma	이기문	1958	117
Sun-ža	다섯		Ma	최학근	1964	578
tunža	다섯		Ma	최학근	1964	582
tuŋa	다섯		Ma	최학근	1964	582
tojŋga	다섯		Ma	최학근	1964	582
toŋa	다섯		Ma	최학근	1964	582
tunŋan	다섯		Ma	최학근	1964	582
tunda	다섯		Ma	최학근	1964	582
sunža	다섯		Ma	최학근	1964	582
텅아	다섯		Ma	최학근	1971	754
순자	다섯	five	Ma	홍기문	1934ㄱ	216
통아	다섯	five	Ma	홍기문	1934ㄱ	216
툰나	다섯	five	Ma	홍기문	1934ㄱ	216
툰눙아	다섯	five	Ma	홍기문	1934ㄱ	216
툰자	다섯	five	Ma	홍기문	1934ㄱ	216
тавā	*다섯	five	Ma	Цинциус	1977	148
тунңа	*다섯	five	Ma	Цинциус	1977	214
tabun	다섯		Mo	김방한	1968	271
taau	다섯		Mo	김선기	1977	21
tabun	다섯		Mo	김선기	1977	21
tabaŋ	다섯		Mo	최학근	1964	582
tawn̩	다섯		Mo	최학근	1964	582
tawn	다섯		Mo	최학근	1964	582
tāwen̩	다섯		Mo	최학근	1964	582
tawe(ŋ)	다섯		Mo	최학근	1964	582
ta/táun	다섯		Mo	최학근	1964	582
tabun	다섯		Mo	최학근	1964	582
taw	*다섯	five	Mo	Poppe, N	1965	140
tāwen̩	*다섯	five	Mo	Poppe, N	1965	140
tabun < *tābun	*다섯	five	Mo	Poppe, N	1965	140
tāūn < *tābun	*다섯	five	Mo	Poppe, N	1965	140
tabun	*다섯	five	Mo	Poppe, N	1965	179
tāwen̩	*다섯	five	Mo	Poppe, N	1965	179
*tābun	*다섯	five	Mo	Poppe, N	1965	179
tāun̩	*다섯	five	Mo	Poppe, N	1965	179
tawa	*다섯	five	Mo	Poppe, N	1965	179
bäš	다섯		T	김방한	1968	271
biš	다섯		T	김선기	1977	21
tuńga	다섯		T	최학근	1964	582

다스리다

| mud- | 다스리다 | | K | 강길운 | 1981ㄴ | 10 |

표제어/어휘	의미		언어	저자	발간년도	쪽수
ta-sʌl	다스리다		K	김사엽	1974	469
tas-	다스리다		K	박은용	1975	141
tasạri-	다스리다	to rule, to govern	K	이기문	1958	107
dasaril	*다스리다		K	Edkins, J	1895	411
dasa-	다스리다		Ma	박은용	1975	141
dasa-	다스리다	to rule, to govern	Ma	이기문	1958	107
сαлαj-	*다스리다	rule	Ma	Цинциус	1977	57
jasaho	*다스리다		Mo	Edkins, J	1895	411
ʊɣry	*다스리다, 주재하다		Ma	Shirokogoroff	1944	39

다시

tto	다시, 게다가	again, besides	K	김공칠	1989	16
nʌ-oj	다시		K	김사엽	1974	412
nʌ-oj	다시		K	김사엽	1974	441
tasi	다시		K	박은용	1975	137
tahom	다시		K	박은용	1975	138
tasi	다시	anew, again	K	이기문	1958	107
dahi	다시		Ma	박은용	1975	137
dahūn	다시		Ma	박은용	1975	138
оп'ет'	*다시.		Ma	Shirokogoroff	1944	104
уҥtyli	*다시.		Ma	Shirokogoroff	1944	144
[ҥαн	*다시.		Ma	Shirokogoroff	1944	90
даки	*다시	again	Ma	Цинциус	1977	191
jēкэглэ	*다시	again	Ma	Цинциус	1977	353
jэссе	*다시	still, yet, more	Ma	Цинциус	1977	356
гучи	*다시, 또	more, still, yet	Ma	Цинциус	1977	176
гэли	*다시, 또	more, still, yet	Ma	Цинциус	1977	179
ӡocco	*다시, 또	more, still, yet	Ma	Цинциус	1977	266
бадй	*다시, 또	more, still, yet	Ma	Цинциус	1977	63
basa	*다시	again	Mo	Poppe, N	1965	158

다음

pəkə	다음에		K	강길운	1983ㄱ	30
hămkkji	*다음에	to be near, to follow	K	G. J. Ramstedt	1939ㄴ	463
hande	*다음에	the following, the next	K	G. J. Ramstedt	1939ㄴ	463
čuŋe	*다음	because of	K	G. J. Ramstedt	1939ㄴ	463
hăngaǯi	*다음	after	K	G. J. Ramstedt	1939ㄴ	463
gē	*다음	a next, another, the second one	Ma	G. J. Ramstedt	1949	85
gē	*다음	another, a next one	Ma	G. J. Ramstedt	1949	85
r9jавум	*다음 번에.		Ma	Shirokogoroff	1944	48
уткαı	*다음, 바로, 그, 여기.		Ma	Shirokogoroff	1944	147
тαдуптік	*다음에, 그 이후로, 그 때부터.		Ma	Shirokogoroff	1944	121
[ihiнак	*다음에, 나중에.		Ma	Shirokogoroff	1944	58
[ir?'iм'ак	*다음에, 나중에.		Ma	Shirokogoroff	1944	58
амаргут	*다음에, 이후에, 늦게.		Ma	Shirokogoroff	1944	6
[rala	*다음에, 좀 더.		Ma	Shirokogoroff	1944	47
чāск'ı	*다음에.		Ma	Shirokogoroff	1944	23
bas	*다음에	then	Mo	Poppe, N	1965	158
bahā	*다음에	then	Mo	Poppe, N	1965	158
basa	*다음에	then	T	Poppe, N	1965	158

표제어/어휘		의미	언어	저자	발간년도	쪽수
다투다						
tʌt-tʰo	다투다		K	김사엽	1974	428
tátáx(wa)-	*다투다	fight	K	Martin, S. E.	1966	204
tátáx(wa)-	*다투다	fight	K	Martin, S. E.	1966	205
tátáx(wa)-	*다투다	fight	K	Martin, S. E.	1966	206
tátáx(wa)-	*다투다	fight	K	Martin, S. E.	1966	216
tátáx(wa)-	*다투다	fight	K	Martin, S. E.	1966	220
tátáx(wa)-	*다투다	fight	K	Martin, S. E.	1966	224
мари-	*다투다	argue	Ma	Цинциус	1977	532
мэккус-	*다투다	argue	Ma	Цинциус	1977	565
ӈӧрча-	*다투다	fight	Ma	Цинциус	1977	665
닥치다						
tak-čʼi ta	*닥치다	To approach, to arrive	K	白鳥庫吉	1916ㄱ	177
dagagu	*닥치다	nahe belegen	Ma	白鳥庫吉	1916ㄱ	177
daga	*닥치다	nahe	Ma	白鳥庫吉	1916ㄱ	177
dagalim	*닥치다	sich nähern	Ma	白鳥庫吉	1916ㄱ	177
toxajlaži	*닥치다	approximativement	Mo	白鳥庫吉	1916ㄱ	177
toxaj	*닥치다	approximativement	Mo	白鳥庫吉	1916ㄱ	177
toxailaxu	*닥치다	évaluer qc. approximativement	Mo	白鳥庫吉	1916ㄱ	177
d'agarten,	*닥치다	nahe her	T	白鳥庫吉	1916ㄱ	177
tʼôgašta	*닥치다	nahe bei	T	白鳥庫吉	1916ㄱ	177
tʼôgašten	*닥치다	nahe her	T	白鳥庫吉	1916ㄱ	177
tʼôgaška	*닥치다	nahe zu	T	白鳥庫吉	1916ㄱ	177
tâgan	*닥치다	nahe	T	白鳥庫吉	1916ㄱ	177
d'agan, tʼagan	*닥치다	nahe	T	白鳥庫吉	1916ㄱ	177
d'agan	*닥치다	nahe bei	T	白鳥庫吉	1916ㄱ	177
tʼôgaš	*닥치다	nahe	T	白鳥庫吉	1916ㄱ	177
닦다						
takʼ-	닦다		K	강길운	1983ㄱ	29
tasg-	닦다		K	강길운	1983ㄱ	29
tak	*닦다	rub up	K	金澤庄三郞	1910	12
ssis-	닦다	wipe	K	김동소	1972	141
takk-	닦다	wipe	K	김동소	1972	141
tak	닦다		K	김사엽	1974	410
tas-kï	닦다		K	김사엽	1974	469
tak	닦다		K	宋敏	1969	78
task	닦다		K	宋敏	1969	78
tak	*닦다	rub up	K	Kanazawa, S	1910	9
tosg-	*닦다	polish	K	Martin, S. E.	1966	224
fu-	닦다	wipe	Ma	김동소	1972	141
talgi-	*닦다	to rub off(the hairs of a hide)	Ma	G. J. Ramstedt	1949	251
[ipacтa	*닦다.		Ma	Shirokogoroff	1944	62
ao	*닦다.		Ma	Shirokogoroff	1944	9
āw	*닦다.		Ma	Shirokogoroff	1944	12
куку-	*닦다	rub	Ma	Цинциус	1977	427
ниптэрэ̄н-	*닦다	wipe	Ma	Цинциус	1977	598
ав-	*닦다	wipe, wash out	Ma	Цинциус	1977	7
단단하다						
kata	단단하다		K	박은용	1974	214

표제어/어휘	의미		언어	저자	발간년도	쪽수
kata	단단하다		Ma	박은용	1974	214
[мaci	*단단한, 강한.		Ma	Shirokogoroff	1944	82
[мaнн'i	*단단한, 굳어있는.		Ma	Shirokogoroff	1944	81
канк'i	*단단히 조이다.		Ma	Shirokogoroff	1944	68
қантъра	*단단한, 견고한	close, tough	Ma	Цинциус	1977	375
чйрā	*단단하다	tight	Ma	Цинциус	1977	399
тагъкън	*단단한	strong	Ma	Цинциус	1977	150
маннй	*단단한, 강한	hard	Ma	Цинциус	1977	528
батагака	*단단히, 굳게	firm, durably	Ma	Цинциус	1977	77

단지

tanji	단지		K	강길운	1982ㄴ	18
tanji	단지		K	강길운	1983ㄴ	123
ta:ndʒi	다만		K	이규창	1979	19
ajik'ik'iнтi	*단지, 그저.		Ma	Shirokogoroff	1944	3
[äркан	*단지, 오직.		Ma	Shirokogoroff	1944	10
теі(la	*단지, 오직.		Ma	Shirokogoroff	1944	125
тоlка	*단지, 오직.		Ma	Shirokogoroff	1944	130
умукун	*단지, 오직.		Ma	Shirokogoroff	1944	142
[äläкiн	*단지, 오직.		Ma	Shirokogoroff	1944	4
9л9к9.ja	*단지, 오직		Ma	Shirokogoroff	1944	44
барiнчiкан	*단지		Ma	Shirokogoroff	1944	14
элэ	*단지	only	Ma	Цинциус	1977	448
хō	*단지		Ma	Цинциус	1977	467
дабала: дамý	*단지, 오직, 만	only	Ma	Цинциус	1977	184
ӡақан	*단지, 오직, 만	only	Ma	Цинциус	1977	244
ӡэj	*단지, 오직, 만	only	Ma	Цинциус	1977	282

단추

tʌlmagi	단추		K	강길운	1983ㄱ	36
[тохо	*단추.		Ma	Shirokogoroff	1944	129
топч'i, тобт'i,	*단추.		Ma	Shirokogoroff	1944	130
[iману	*단추		Ma	Shirokogoroff	1944	60
[iменрi	*단추		Ma	Shirokogoroff	1944	60
тохон	*단추	button	Ma	Цинциус	1977	192
топчи	*단추	button	Ma	Цинциус	1977	199
ӡйлдър	*단추	button	Ma	Цинциус	1977	257
bögüt	*단추	button	T	Poppe, N	1965	200

단풍나무

*sit	단풍나무		K	강길운	1982ㄴ	17
*sit	단풍나무		K	강길운	1982ㄴ	28
sit	단풍나무		K	이숭녕	1956	118
гинэлӡ	*단풍나무	maple	Ma	Цинциус	1977	153
ӡӕӡула	*단풍나무	maple	Ma	Цинциус	1977	254
ачакта	*단풍나무	maple	Ma	Цинциус	1977	59

닫다

yər-	닫다		K	강길운	1983ㄱ	47
tamʌr-	다물다		K	강길운	1983ㄴ	106
tad-	닫다		K	강길운	1983ㄴ	123
tamʌr-	다물다		K	강길운	1983ㄴ	123

표제어/어휘		의미	언어	저자	발간년도	쪽수
tamʌr-	입다물다		K	강길운	1983ㄴ	126
tamɯr-	다물다		K	강길운	1983ㄴ	138
tat	*닫다	close	K	金澤庄三郞	1910	12
tatta	닫다	to shut, to close	K	김공칠	1989	13
tat	닫다		K	김공칠	1989	8
tʌt	닫다		K	김사엽	1974	405
tat	닫다		K	김사엽	1974	416
tat-	닫다		K	박은용	1975	142
tat	닫다		K	宋敏	1969	78
tatta	닫다	to shut, to close	K	宋敏	1969	78
tati	닫다		K	이용주	1980	72
tatta	*닫다	to shut, to close - a door, etc.	K	G. J. Ramstedt	1949	259
tat	*닫다	shut	K	Hulbert, H. B.	1905	123
tat	*닫다	close	K	Kanazawa, S	1910	9
tod-	*닫다	close it	K	Martin, S. E.	1966	206
tod-	*닫다	close it	K	Martin, S. E.	1966	220
dasi-	덮다		Ma	박은용	1975	142
[самми	*닫다.		Ma	Shirokogoroff	1944	111
[ɦylä, ylä	*닫다		Ma	Shirokogoroff	1944	56
солӣ-	*닫다	close	Ma	Цинциус	1977	107
cõм-	*닫다	close	Ma	Цинциус	1977	109
тиӈна-	*닫다	close	Ma	Цинциус	1977	184
дал-	*닫다	close	Ma	Цинциус	1977	192
дас-	*닫다	close	Ma	Цинциус	1977	200
фиктэ-	*닫다	close	Ma	Цинциус	1977	300
haкӯ-	*닫다	close	Ma	Цинциус	1977	311
кӣдӣ-	*닫다	close	Ma	Цинциус	1977	391
кэт-	*닫다	close	Ma	Цинциус	1977	455

달

sar	달	moon	K	강길운	1978	42
tʌr	달		K	강길운	1983ㄱ	36
tel	달	moon	K	김동소	1972	139
tal	달	moon	K	김동소	1972	139
tʌl	달		K	김사엽	1974	423
dar	달	moon	K	김선기	1968ㄱ	26
dar	달	moon	K	김선기	1968ㄴ	25
dar	달		K	김선기	1976ㄷ	337
tăl	*달	moon, a month, a moon	K	白鳥庫吉	1916ㄱ	178
tal	*달		K	小倉進平	1935	26
tăl	달		K	宋敏	1969	78
tɑl	달		K	宋敏	1969	78
tal	달		K	宋敏	1969	78
tɔl	달		K	宋敏	1969	78
tel	달		K	이용주	1980	72
teˇr	달	moon	K	이용주	1980	81
teˇr	달	moon	K	이용주	1980	95
ter	달	moon	K	이용주	1980	99
달	달		K	이원진	1940	13
달	달		K	이원진	1951	13
tal	*달	moon	K	長田夏樹	1966	83
tal	*달	moon	K	Edkins, J	1896ㄴ	365
tal	*달		K	Hulbert, H. B.	1905	116

표제어/어휘		의미	언어	저자	발간년도	쪽수
txexe	*달	moon	K	Martin, S. E.	1966	205
tɔlğyi	*달	moon	K	Martin, S. E.	1966	211
tɔlğyi	*달	moon	K	Martin, S. E.	1966	213
tɔlğyi	*달	moon	K	Martin, S. E.	1966	219
biya	달	moon	Ma	김동소	1972	139
*biyara	달		Ma	김방한	1976	6
bja	달	moon	Ma	김선기	1968ㄱ	26
bija	달		Ma	김선기	1976ㄷ	337
darhūwa	물억새		Ma	박은용	1975	141
[9lанмі	달		Ma	Shirokogoroff	1944	44
таj ин	*달	moon	Ma	Цинциус	1977	152
лоӈʒама	*달	crescent moon	Ma	Цинциус	1977	504
бēγа	*달	moon	Ma	Цинциус	1977	78
sara	달	moon	Mo	강길운	1978	42
sara	달	moon	Mo	김선기	1968ㄱ	26
saran	달		Mo	김선기	1976ㄷ	337
gxara	*달	mond	Mo	白鳥庫吉	1916ㄱ	178
hara	*달	mond	Mo	白鳥庫吉	1916ㄱ	178
sara	*달	mond	Mo	白鳥庫吉	1916ㄱ	178
sára	*달	mond	Mo	白鳥庫吉	1916ㄱ	178
sara	달		Mo	徐廷範	1985	244
saran	달		Mo	徐廷範	1985	244
sara	*달		Mo	小倉進平	1935	26
sara	*달	moon	Mo	Edkins, J	1896ㄴ	365
sara	*달이	der Mond	Mo	G.J. Ramstedt	1952	24
sara-jin	*달의	des Mondes	Mo	G.J. Ramstedt	1952	24
āy	달		T	김방한	1976	6
kamer	달		T	김선기	1976ㄷ	337
ay	달		T	이숭녕	1956	84

달걀

tεksεgi	*달걀	egg	K	강영봉	1991	9
tak-sεgi	계란		K	이숭녕	1956	182
туӈгуli	*계란형의		Ma	Shirokogoroff	1944	133
умиктадliн	*계란형의.		Ma	Shirokogoroff	1944	142
мукчар'ір	*계란형의.		Ma	Shirokogoroff	1944	87
олӈа	*계란	egg	Ma	Цинциус	1977	15
муӈути	*계란형의	oval	Ma	Цинциус	1977	558
ӈојоққо	*달걀	egg	Ma	Цинциус	1977	664

달구지

tergoci	달구지		K	박은용	1975	165
terge	달구지		Ma	박은용	1975	165
ter-ge	달구지		Mo	김승곤	1984	252

달다

tal keum hă ta	*달큼하다	to be sweetish	K	白鳥庫吉	1916ㄱ	181
tăl ta	*달다	To be sweet	K	白鳥庫吉	1916ㄱ	181
teul-keum hă ta	*들큼하다	to be sweetish	K	白鳥庫吉	1916ㄱ	181
tă ta	*달다	to be sweet	K	白鳥庫吉	1916ㄱ	181
даlдi	*달콤한, 단		Ma	Shirokogoroff	1944	28
ала	*달콤한, 맛있는.		Ma	Shirokogoroff	1944	4

표제어/어휘		의미	언어	저자	발간년도	쪽수
ŋʏтігді, ŋʏтегді	*달콤한.		Ma	Shirokogoroff	1944	40
ӡанчухун	*달다	sweet	Ma	Цинциус	1977	249
мууй	*달다	sweet	Ma	Цинциус	1977	550

달다(懸)

teu-ri-u ta	*달다	to let down, to hang down	K	白鳥庫吉	1916ㄱ	181
tal ta	*달다	to hang, to hoist-as a sail	K	白鳥庫吉	1916ㄱ	181
tɔl	매달다	hang	K	宋敏	1969	78
tar	매달다		K	宋敏	1969	78
talda	*달다	to hang, to hoist-as a sail	K	G. J. Ramstedt	1949	252
daldi	*달다	süss, schmackhaft	Ma	白鳥庫吉	1916ㄱ	181
tarē	*달다	anhacken	Ma	白鳥庫吉	1916ㄱ	181
taxa	*달다	anhacken	Ma	白鳥庫吉	1916ㄱ	181
dā-	*달다	to fall on (the traces of an animals), to get it,	Ma	G. J. Ramstedt	1949	247

달래다

tarai-	달래다		K	박은용	1975	161
targa-	타이르다		Ma	박은용	1975	161
баба	*달래다, 흔들다.		Ma	Shirokogoroff	1944	12

달리다

tʌr-	달리다		K	강길운	1982ㄴ	20
tʌr-	달리다		K	강길운	1982ㄴ	23
kurɯ	달리다		K	강길운	1983ㄴ	114
kuru-	달리다		K	강길운	1983ㄴ	116
kuru-	달리다		K	강길운	1983ㄴ	130
tʌr-	달리다		K	강길운	1983ㄴ	132
tet	*달리다		K	大野晋	1975	89
ta-ra na ta	*달리다	to run away, to run off, to flee	K	白鳥庫吉	1916ㄴ	322
ta-ra ka ta	*달리다	to go quickly, to go running	K	白鳥庫吉	1916ㄴ	322
tal-nyö teul ta	*달리다	to pounce on, to spring upon, to attack	K	白鳥庫吉	1916ㄴ	322
tal-ni ta	*달리다	To go at a gallop	K	白鳥庫吉	1916ㄴ	322
ta-ra o ta	*달리다	to come quickly	K	白鳥庫吉	1916ㄴ	322
tari	달리다		K	송민	1965	38
tạr-	말을 타고 달리다	to go at a gallop	K	이기문	1958	108
tara	*달리다		K	Hulbert, H. B.	1905	119
hálgar	*달리다	lauf	Ma	白鳥庫吉	1914ㄷ	325
halgan	*달리다	laufen	Ma	白鳥庫吉	1914ㄷ	325
dori-	달리다	to gallop	Ma	이기문	1958	108
ŋʏктi	*달리다.		Ma	Shirokogoroff	1944	40
туксі	*달리다		Ma	Shirokogoroff	1944	133
[туч	*달리다		Ma	Shirokogoroff	1944	132
тукса	*달리다		Ma	Shirokogoroff	1944	132
тʏг?а	*달리다.		Ma	Shirokogoroff	1944	132
тутэ-	*달리다	run	Ma	Цинциус	1977	223
иролди-	*달리다	run	Ma	Цинциус	1977	328
hйcкън-	*달리다	run	Ma	Цинциус	1977	328
искэ̄-	*달리다	run	Ma	Цинциус	1977	331
hʏкти-	*달리다	run	Ma	Цинциус	1977	340
чйда-	*달리다	run	Ma	Цинциус	1977	389

표제어/어휘		의미	언어	저자	발간년도	쪽수
эɣэр-	*달리다	run	Ma	Цинциус	1977	437
луктин-	*달리다	run	Ma	Цинциус	1977	508
мунңэн-	*달리다	run	Ma	Цинциус	1977	556
ңйнўқълдъ-	*달리다	run	Ma	Цинциус	1977	662
tirgelnep	*달리다	laufen	Mo	白鳥庫吉	1916ㄴ	323
türghelekü	*달리다	se hâter, se dépêcher, se presser, faire diligen	Mo	白鳥庫吉	1916ㄴ	323
täz	달린다		T	김승곤	1984	252
tórterben	*달리다	galoppiren, im Gallopp fahren	T	白鳥庫吉	1916ㄴ	323
dórterben	*달리다	galoppiren, im Gallopp fahren	T	白鳥庫吉	1916ㄴ	323

달아나다

tʌrana	달아나다		K	강길운	1981ㄴ	10
tʌrana-	달아나다		K	강길운	1982ㄴ	23
tʌrana-	달아나다		K	강길운	1982ㄴ	33
tʌrana-	달아나다		K	강길운	1982ㄴ	36
noh-	달아나다		K	강길운	1983ㄱ	31
дута	*달아나다		Ma	Shirokogoroff	1944	34
ǯilu-	달아나다		Mo	김영일	1986	174
ǯiluji-	사라지다		Mo	김영일	1986	174

달팽이

tolbongi, talphängi	달팽이	snail	K	김공칠	1989	17
tʌl-pʰa-ni	달팽이		K	김사엽	1974	419
ǯauда	*달팽이	snail	Ma	Цинциус	1977	253

닭

tʌl	닭		K	강길운	1977	14
tʌlg	닭		K	강길운	1983ㄱ	36
tʌlg	닭		K	강길운	1983ㄱ	37
tăr k	*닭	chicken	K	金澤庄三郎	1910	12
tăr k	*닭	chicken	K	金澤庄三郎	1910	16
terk	닭		K	김공칠	1988	194
tark	닭		K	김선기	1977ㄷ	356
	*닭		K	大野晋	1975	43
tălk	*닭	Fowls, chickens, hen	K	白鳥庫吉	1916ㄱ	179
tark	닭		K	宋敏	1969	78
talk	닭		K	宋敏	1969	78
tal-k	닭	common fowl	K	宋敏	1969	78
tărk	닭		K	宋敏	1969	78
tɔlk	닭	chicken	K	宋敏	1969	78
tek	닭		K	이숭녕	1956	182
닭	닭		K	이원진	1940	14
닭	닭		K	이원진	1951	14
닥	닭		K	최현배	1927	6
달	닭		K	최현배	1927	6
닭	닭		K	최현배	1927	6
tạlk	*닭	fowls, chickens, hens	K	G. J. Ramstedt	1949	253
tărk	*닭	chicken	K	Kanazawa, S	1910	13
tär k	*닭	chicken	K	Kanazawa, S	1910	9
torkyi	*닭	chicken	K	Martin, S. E.	1966	205
torkyi	*닭	chicken	K	Martin, S. E.	1966	210

표제어/어휘		의미	언어	저자	발간년도	쪽수
tɔrkyi	*닭	chicken	K	Martin, S. E.	1966	213
torkyi	*닭	chicken	K	Martin, S. E.	1966	220
tălk	*닭		K	Miller, R. A. 김방한 역	1980	156
talk	*닭		K	Miller, R. A. 김방한 역	1980	156
fakiri gaša	닭		Ma	김방한	1979	22
coko	닭		Ma	김선기	1977ㄷ	356
čokko	*닭	Hahn	Ma	白鳥庫吉	1916ㄱ	179
töoka	*닭	Hahn	Ma	白鳥庫吉	1916ㄱ	179
t'i-huô	*닭		Ma	白鳥庫吉	1916ㄱ	179
čukan	*닭	Küchel	Ma	白鳥庫吉	1916ㄱ	179
čoko	*닭	Hahn, Huhn	Ma	白鳥庫吉	1916ㄱ	179
čeko	*닭	Hahn	Ma	白鳥庫吉	1916ㄱ	179
čokó	*닭	Hahn	Ma	白鳥庫吉	1916ㄱ	179
초코	닭		Ma	최현배	1927	6
더오가	닭		Ma	최현배	1927	6
какара́	*닭		Ma	Shirokogoroff	1944	67
[нохун	*닭		Ma	Shirokogoroff	1944	94
ī̌одарī̌а	*닭고기, 암탉	chicken, hen	Ma	Цинциус	1977	157
тумитӣ	*닭	chiken	Ma	Цинциус	1977	213
чоко	*닭	chicken	Ma	Цинциус	1977	403
курича	*닭	chicken	Ma	Цинциус	1977	437
хахра̄	*닭	chicken	Ma	Цинциус	1977	459
наху̀н	*닭	chicken	Ma	Цинциус	1977	579
takiya	닭		Mo	강길운	1977	14
takija	닭		Mo	김선기	1977ㄷ	356
taraki	닭		Mo	김승곤	1984	253
t'àrχi	닭		Mo	김승곤	1984	253
takya	*닭	poule, coq	Mo	白鳥庫吉	1916ㄱ	179
taxa	*닭	poule, coq	Mo	白鳥庫吉	1916ㄱ	179
다갸	닭		Mo	최현배	1927	6
taraki	*닭	fowlery, perches for the hens	Mo	G. J. Ramstedt	1949	253
tavuk	닭		T	강길운	1977	14
tuhei	닭		T	김선기	1977ㄷ	356
täkäk, tagak	*닭	Huhn	T	白鳥庫吉	1916ㄱ	179
tauk	*닭	Huhn	T	白鳥庫吉	1916ㄱ	179
taghuk, tauk, dakuk	*닭	Huhn	T	白鳥庫吉	1916ㄱ	179
taga'k	*닭	Huhn	T	白鳥庫吉	1916ㄱ	179
towox	*닭	Huhn	T	白鳥庫吉	1916ㄱ	179
toûx	*닭	Huhn	T	白鳥庫吉	1916ㄱ	179
touk	*닭	Huhn	T	白鳥庫吉	1916ㄱ	179
tekäk	*닭	Huhn	T	白鳥庫吉	1916ㄱ	179
tawuk, taux	*닭	Huhn	T	白鳥庫吉	1916ㄱ	179
tawuk	*닭	Huhn	T	白鳥庫吉	1916ㄱ	179
tâux	*닭	Huhn	T	白鳥庫吉	1916ㄱ	179
táux	*닭	Huhn	T	白鳥庫吉	1916ㄱ	179
taúx	*닭	Huhn	T	白鳥庫吉	1916ㄱ	179
taúk	*닭	Huhn	T	白鳥庫吉	1916ㄱ	179
takia	*닭	Huhn	T	白鳥庫吉	1916ㄱ	179
taok	*닭	Huhn	T	白鳥庫吉	1916ㄱ	179
taká	*닭	Huhn	T	白鳥庫吉	1916ㄱ	179
tauk, tawok	*닭	Huhn	T	白鳥庫吉	1916ㄱ	179

표제어/어휘		의미	언어	저자	발간년도	쪽수
taku	*닭	Huhn	T	白鳥庫吉	1916ㄱ	179
다각	닭		T	최현배	1927	6
다국	닭		T	최현배	1927	6
다갸	닭		T	최현배	1927	6

닮다

표제어/어휘		의미	언어	저자	발간년도	쪽수
talm ta	*닮다	To resemble, to be like, to copy, to imitate	K	白鳥庫吉	1916ㄱ	180
*wi[位]	*닮다	to resemble, look like	K	Christopher I. Beckwith	2004	142
talmda	*닮다	to be like, to resemble	K	G. J. Ramstedt	1949	253
adalí	*닮다	ähnlich	Ma	白鳥庫吉	1916ㄱ	180
ā-lâh-mài	*닮다	阿刺埋	Ma	白鳥庫吉	1916ㄱ	180
adali	*닮다	gleich, gleichwie, älmlich, gleichmässig, passend	Ma	白鳥庫吉	1916ㄱ	180
adali	*닮다	ähnlich	Ma	白鳥庫吉	1916ㄱ	180
attané	*닮다	ähnlich	Ma	白鳥庫吉	1916ㄱ	180
уp	*닮다		Ma	Shirokogoroff	1944	144
уpa, уp, уpi, уpä	*닮다		Ma	Shirokogoroff	1944	144
уpi	*닮다		Ma	Shirokogoroff	1944	145
уpiлдi	*닮은		Ma	Shirokogoroff	1944	145
бэбгър	*닮다, 비슷하다	like, similar, resembling	Ma	Цинциус	1977	118
adali	*닮다	ähnlich, gleichwie	Mo	白鳥庫吉	1916ㄱ	180
del	*닮다	wie, gleichsam	Mo	白鳥庫吉	1916ㄱ	180
adali	*닮다	égal, pareil, semblable, ressomblant, egalement, p	Mo	白鳥庫吉	1916ㄱ	180
adli	*닮다	ähnlich	Mo	白鳥庫吉	1916ㄱ	180
t'ilberain	*닮다	gleich	T	白鳥庫吉	1916ㄱ	180
d'ilep	*닮다	gleich	T	白鳥庫吉	1916ㄱ	180
d'ilberaiṅ	*닮다	gleich	T	白鳥庫吉	1916ㄱ	180
tartym	*닮다	the similarity	T	G. J. Ramstedt	1949	253

담

표제어/어휘		의미	언어	저자	발간년도	쪽수
tam	담		K	강길운	1981ㄱ	32
tam	담		K	김승곤	1984	253
tam	*담	Wand	K	G. J. Ramstedt	1939ㄱ	484
кус'iлбур	*담, 울타리.		Ma	Shirokogoroff	1944	78
вōта	*담, 울타리	fense, wall	Ma	Цинциус	1977	131
карши	*담, 울타리	rail fence	Ma	Цинциус	1977	382
кориган	*담	fencing	Ma	Цинциус	1977	415
курē	*담	fencing	Ma	Цинциус	1977	436
сиүэчэ	*토담	earthen wall; mud-wall	Ma	Цинциус	1977	79
tame	담		Mo	김승곤	1984	253
tam	*담	Wand	T	G. J. Ramstedt	1939ㄱ	484

담그다

표제어/어휘		의미	언어	저자	발간년도	쪽수
tʌm-k	담그다		K	김사엽	1974	400
gidala	*적시다	tauchen, eintauchen	Ma	白鳥庫吉	1915ㄱ	12
ула-	*담그다	sop	Ma	Цинциус	1977	257
умй-	*담그다	moisten	Ma	Цинциус	1977	267

표제어/어휘			의미	언어	저자	발간년도	쪽수
담다							
tam-	담다			K	강길운	1983ㄴ	106
tam-	담다			K	강길운	1983ㄴ	123
tam	*담다		contain	K	金澤庄三郎	1910	12
kĭ-mo	담다			K	김사엽	1974	446
tam-	담다			K	박은용	1975	159
tu ta	*두다		to put, to place	K	白鳥庫吉	1916ㄱ	182
tam ta	*담다		To put in, to fill into-a dish, basket etc.	K	白鳥庫吉	1916ㄱ	182
tam	담다			K	宋敏	1969	78
tam-	담다		to put into a dish etc.	K	이기문	1958	118
tam	*담다		contain	K	Kanazawa, S	1910	10
tama-	담다			Ma	박은용	1975	159
tembi	*담다		sitzen, bleiben, darin sein, wohnen, der Thron ein	Ma	白鳥庫吉	1916ㄱ	182
te	*담다		sich setzen, leben, wohnen	Ma	白鳥庫吉	1916ㄱ	182
täwum	*담다		legen, stellen	Ma	白鳥庫吉	1916ㄱ	182
tebumbi	*담다		nidersetzen lassen, setzen, nieder legen, bleiben	Ma	白鳥庫吉	1916ㄱ	182
tama-	담다		to put into a dish etc.	Ma	이기문	1958	118
tênäp	*담다		legen	Mo	白鳥庫吉	1916ㄱ	182
texu	*담다		legen	Mo	白鳥庫吉	1916ㄱ	182
teghekü	*담다		legen	Mo	白鳥庫吉	1916ㄱ	182
tênäm	*담다		legen	Mo	白鳥庫吉	1916ㄱ	182
담배							
tä	파이프			K	강길운	1983ㄴ	122
s'əl	작은파이프			K	강길운	1983ㄴ	131
담배	담배			K	박은용	1974	110
dambagu	담배			Ma	박은용	1974	110
kapturga	*담배		a tobacco	Ma	G. J. Ramstedt	1949	95
тамка	*담배			Ma	Shirokogoroff	1944	123
[тебек(у)	*담배			Ma	Shirokogoroff	1944	125
тамак'i	*담배			Ma	Shirokogoroff	1944	122
담뱃대							
담뱃대	담뱃대			K	박은용	1974	110
dambagu dai	담뱃대			Ma	박은용	1974	110
дззи	*담뱃대, 담배파이프		pipe	Ma	Цинциус	1977	202
담비							
sɔk-k'ɛ	담비가죽			K	박은용	1974	113
seke	담비			Ma	박은용	1974	113
[умон, ӯмон	*담비			Ma	Shirokogoroff	1944	142
ụelek'i, ụ'elik'I	*담비			Ma	Shirokogoroff	1944	37
ӟэлэкӣ	*담비		ermine	Ma	Цинциус	1977	284
каʰи	*담비		marten	Ma	Цинциус	1977	361
амсир	*담비		ermine	Ma	Цинциус	1977	39
киранас	*담비		erminea	Ma	Цинциус	1977	398
кұjӓлэ	*담비		marten	Ma	Цинциус	1977	424

표제어/어휘	의미		언어	저자	발간년도	쪽수

담사리

표제어/어휘	의미		언어	저자	발간년도	쪽수
더브사리	담사리		K	고재휴	1940	40
담사리	담사리		K	고재휴	1940	40
담사리	담사리		K	고재휴	1940ㄹ	동40.4.3
다림	종자를 뿌리는 것		Ma	고재휴	1940ㄹ	동40.4.3
다리야지	農夫		Mo	고재휴	1940ㄹ	동40.4.3
다리코	종자를 뿌린다, 경작한다(동사)		Mo	고재휴	1940ㄹ	동40.4.3
다리갈강	富		Mo	고재휴	1940ㄹ	동40.4.3
다란	五穀		Mo	고재휴	1940ㄹ	동40.4.3
다랴	씨를 뿌리다. 동사.		T	고재휴	1940ㄹ	동40.4.3
撻胡理	담사리		T	고재휴	1940ㄹ	동40.4.3
다리먁	씨를 뿌리다. 동사.		T	고재휴	1940ㄹ	동40.4.3
도리	種子		T	고재휴	1940ㄹ	동40.4.3
디라	種子		T	고재휴	1940ㄹ	동40.4.3

담즙

표제어/어휘	의미		언어	저자	발간년도	쪽수
ssïl-kä	담즙	gall, bile	K	Johannes Rahder	1959	44
ɥo	*담즙, 담낭.		Ma	Shirokogoroff	1944	38
cʼīla	*담즙		Ma	Shirokogoroff	1944	114
сӣ (1)	*담즙(膽汁)	bile	Ma	Цинциус	1977	73
уӯй	*담즙	bile	Ma	Цинциус	1977	246
ӡō	*담즙	bile	Ma	Цинциус	1977	260
klang, kmåt	*담즙	gall	Mo	Johannes Rahder	1959	44

답

표제어/어휘	의미		언어	저자	발간년도	쪽수
tap	*답	answer	K	G. J. Ramstedt	1949	256
tao-da-	*답	to reply, to recompense, to pay	Ma	G. J. Ramstedt	1949	256

당기다

표제어/어휘	의미		언어	저자	발간년도	쪽수
ȟyə-	당기다		K	강길운	1982ㄴ	32
h'yə-	당기다		K	강길운	1983ㄴ	112
h'yə	당기다		K	강길운	1983ㄴ	134
tenki-/teri	*당기다	to pull	K	강영봉	1991	10
tare-	잡아당기다		K	박은용	1975	163
il-	弓弦을 당기다		Ma	김방한	1978	26
tata-	잡아당기다		Ma	박은용	1975	163
ʃepy	*당기다, 끌어 가다.		Ma	Shirokogoroff	1944	43
н'илу-	*당기다; 끌다	pull; drag	Ma	Цинциус	1977	638
гочи-	*당기다	pull, draw	Ma	Цинциус	1977	163
тē-	*당기다	pull; draw	Ma	Цинциус	1977	172
ӨС-	*당기다	pull	Ma	Цинциус	1977	30
чилӯ-	*당기다	pull	Ma	Цинциус	1977	394
лэк-лэк нэкэ-	*당기다	pull	Ma	Цинциус	1977	515
н'эсэн-	*당기다	pull	Ma	Цинциус	1977	655
qumiji-	*끌리다		Mo	김영일	1986	174
qumi-	*끌어당기다		Mo	김영일	1986	174

당나귀

표제어/어휘	의미		언어	저자	발간년도	쪽수
tang-nakui	*당나귀		K	Arraisso	1896	21
элӡиг	*당나귀	donkey	Ma	Цинциус	1977	447

표제어/어휘		의미	언어	저자	발간년도	쪽수
당당						
taŋ	종소리		K	박은용	1975	160
tang	종		Ma	박은용	1975	160
닻						
gač'	닻		K	강길운	1983ㄴ	123
чабгі	*닻.		Ma	Shirokogoroff	1944	22
қаjта	*닻	anchor	Ma	Цинциус	1977	362
чабгй	*닻	anchor	Ma	Цинциус	1977	374
닿다						
tah	닿다		K	김사엽	1974	422
닿-	닿다		K	김선기	1979ㄷ	369
tah-	닿다	arrive, contact, touch	K	宋敏	1969	78
ih'i	*닿다, 도달하다.		Ma	Shirokogoroff	1944	58
қанта-	*닿다, 도달하다	get	Ma	Цинциус	1977	373
тугдэ-	*닿다	reach	Ma	Цинциус	1977	203
ҳамй-	*닿다	to reach	Ma	Цинциус	1977	461
эрчэсън-	*닿다	touch	Ma	Цинциус	1977	466
do kunmak	*닿다		T	김선기	1979ㄷ	369
대						
tai	*대[管]	pipe	K	G. J. Ramstedt	1949	93
tä	*대[管]	pipe	K	G. J. Ramstedt	1949	93
dai	*대	Tabackspfeife	Ma	白鳥庫吉	1916ㄱ	175
dari	*대	Tabackspfeife	Ma	白鳥庫吉	1916ㄱ	175
daji	*대	Tabackspfeife	Ma	白鳥庫吉	1916ㄱ	175
dairi, deri	*대	Tabackspfeife	Ma	白鳥庫吉	1916ㄱ	175
dairi	*대	Tabackspfeife	Ma	白鳥庫吉	1916ㄱ	175
daire	*대	Tabackspfeife	Ma	白鳥庫吉	1916ㄱ	175
dai, de, daira	*대	Tabackspfeife	Ma	白鳥庫吉	1916ㄱ	175
dái	*대	Tabackspfeife	Ma	白鳥庫吉	1916ㄱ	175
dagi, dai	*대	Tabackspfeife	Ma	白鳥庫吉	1916ㄱ	175
dahaṅ	*대	Pfeife	Mo	白鳥庫吉	1916ㄱ	175
déira, dáire	*대	Tabackspfeife	Mo	白鳥庫吉	1916ㄱ	175
대나무						
tyə	대나무		K	강길운	1982ㄴ	26
tyə	대나무		K	강길운	1982ㄴ	30
대	대나무		K	권덕규	1923ㄴ	129
*na : ^na ~ ^nay[奈]	*대나무	bamboo	K	Christopher I. Beckwith	2004	132
taxye	*대나무	bamboo	K	Martin, S. E.	1966	204
taxye	*대나무	bamboo	K	Martin, S. E.	1966	205
taxye	*대나무	bamboo	K	Martin, S. E.	1966	214
taxye	*대나무	bamboo	K	Martin, S. E.	1966	215
чусэ	*대나무	bamboo	Ma	Цинциус	1977	417
대들보						
^mur [勿]	*대들보	roof-beam, bridge	K	Christopher I. Beckwith	2004	132

표제어/어휘		의미	언어	저자	발간년도	쪽수
kiśtä	*대들보	crossbeam	K	Johannes Rahder	1959	28
υodіhіh	*대들보.		Ma	Shirokogoroff	1944	38
대머리						
tä	대머리		K	강길운	1983ㄴ	135
капала	*대머리	bald	Ma	Цинциус	1977	376
хото	*대머리	bald	Ma	Цинциус	1977	472
маӈкӑр	*대머리	bald	Ma	Цинциус	1977	531
xalsarxaj	*대머리		Mo	白鳥庫吉	1914ㄷ	294
대문						
orai	대문	door	K	이기문	1958	118
uce < *urke	대문	door	Ma	이기문	1958	118
кӑlга, кӑlra	*대문.		Ma	Shirokogoroff	1944	67
대신						
kara	대신		K	강길운	1977	14
kʌ-lʌm	대신		K	김사엽	1974	461
hala-	대신		Ma	강길운	1977	14
daga	*대신에	to follow	Ma	G. J. Ramstedt	1939ㄴ	464
oӈokto	*대신에.		Ma	Shirokogoroff	1944	104
гакоса	*대신.		Ma	Shirokogoroff	1944	46
ӭридун	*대신에	in spite of	Ma	Цинциус	1977	464
xala	대신		Mo	강길운	1977	14
cʰaqun	*대신에		Mo	Pelliot, P	1925	262
대야						
yaŋpʼun	놋대야		K	강길운	1983ㄴ	111
taja	대야		K	이숭녕	1956	107
tɕjaŋ	대야		K	이숭녕	1956	107
била	*대야	basin	Ma	Цинциус	1977	81
대인						
褟薩(두싸,수싸)	대인		K	김태종	1936	365
꾸싸	대인		Ma	김태종	1936	365
대접						
kyöt	*대접	schale	K	白鳥庫吉	1914ㄷ	305
kebis	*대접	schale	T	白鳥庫吉	1914ㄷ	296
대패						
kulgai	대패		K	이숭녕	1956	166
каӈгда	*대패질하다, 오리다.		Ma	Shirokogoroff	1944	68
cirl	*대패질하다.		Ma	Shirokogoroff	1944	114
чуjунэ	*대패	plane	Ma	Цинциус	1977	410
баоӟа	*대패	plane	Ma	Цинциус	1977	72
ирэпчй-	*대패질하다	to plane	Ma	Цинциус	1977	329
кува-	*대패질하다	plane	Ma	Цинциус	1977	421
куӈна-	*대패질하다	plane	Ma	Цинциус	1977	433
элдъ-	*대패질하다	plane	Ma	Цинциус	1977	447

표제어/어휘	의미	의미	언어	저자	발간년도	쪽수
эргъ-	*대패질하다	plane	Ma	Цинциус	1977	462
каӈнā-	*대패질하다, 깎다	plane away, off	Ma	Цинциус	1977	375

더

tŭ	*더	more, continually, further	K	Hulbert, H. B.	1905	
hala	*더 가까이.		Ma	Shirokogoroff	1944	54
экулэ	*더 가까이	nearer	Ma	Цинциус	1977	444
унъᴛ	*더	more	Ma	Цинциус	1977	276
hāткан	*더	more	Ma	Цинциус	1977	372
ži, žu (*dĭ, *di)	*과거 시제	the past tense	Mo	G. J. Ramstedt	1928	76
dy, di	*과거 시제	the past tense	T	G. J. Ramstedt	1928	76

더듬다

tə-tĭm	더듬다		K	김사엽	1974	445
tŏtĭm	더듬다		K	宋敏	1969	78
hyp-	*더듬다	fumble	Ma	Цинциус	1977	352

더디다

tə-tĭjm	더디다		K	김사엽	1974	470
teţii-	더디다	to delay	K	이기문	1958	118
tuta-	뒤떨어지다	to lag behind	Ma	이기문	1958	118

더럽다

ci-ci	오물		K	강길운	1982ㄴ	16
ačyəd-	싫다		K	강길운	1982ㄴ	16
tʌlʌp	더러운	dirty	K	김동소	1972	137
tʌlʌp-	더러운	dirty	K	김동소	1972	137
tə-ləp	더럽다		K	김사엽	1974	456
덜	더럽다		K	김선기	1976ㄱ	327
keu-rim	*더럽다	to be dirty	K	白鳥庫吉	1914ㄷ	310
kurăm	*더럽다	to blacken with smoke	K	白鳥庫吉	1914ㄷ	310
tö-rö-hi ta	*더럽다	to be soil, to dirty	K	白鳥庫吉	1916ㄴ	310
tö-rop ta	*더럽다	to be dirty, to be foul, to be soiled	K	白鳥庫吉	1916ㄴ	310
tĕ'lĕw/p	더럽다	be muddy	K	宋敏	1969	78
tŭtŭ	더럽다	dirty	K	宋敏	1969	78
tərəv-	더럽다	dirty	K	이용주	1980	84
tərəv-	더럽다	dirty	K	이용주	1980	95
tŭlŭ	*더럽다	dirty	K	Aston	1879	25
teţepta	*더럽다	to be dirty, to be foul, to be soiled	K	G. J. Ramstedt	1949	263
deg-, desg-	*더럽다	dirty	K	Martin, S. E.	1966	203
ter(e)-	*더럽다	muddy	K	Martin, S. E.	1966	205
deg-, desg-	*더럽다	dirty	K	Martin, S. E.	1966	207
ter(e)-	*더럽다	muddy	K	Martin, S. E.	1966	209
deg-, desg-	*더럽다	dirty	K	Martin, S. E.	1966	221
deg-, desg-	*더럽다	dirty	K	Martin, S. E.	1966	224
langse	더러운	dirty	Ma	김동소	1972	137
duranggi	*더럽다	trübe, trunken	Ma	白鳥庫吉	1916ㄴ	310
tor	*더럽다	Erde	Ma	白鳥庫吉	1916ㄴ	310
toron	*더럽다	Staub	Ma	白鳥庫吉	1916ㄴ	310
túor	*더럽다	Erde	Ma	白鳥庫吉	1916ㄴ	310
tölböńi	*더러운	dirty	Ma	G. J. Ramstedt	1949	263
сура	*더러운 물		Ma	Shirokogoroff	1944	120

표제어/어휘	의미		언어	저자	발간년도	쪽수
чавāкту	*더러운, 꺼칠한		Ma	Shirokogoroff	1944	23
н'анда, н'ангда	*더러운, 진흙탕의.		Ma	Shirokogoroff	1944	90
[оңiнilкан	*더러운, 진흙탕의.		Ma	Shirokogoroff	1944	104
сäкí	*더러운, 탁한.		Ma	Shirokogoroff	1944	110
с'iki	*더러운, 탁한.		Ma	Shirokogoroff	1944	114
соќý	*더러운, 탁한		Ma	Shirokogoroff	1944	117
соќó	*더러운, 탁한		Ma	Shirokogoroff	1944	117
бōзāра	*더러워지다, 지저분해지다.		Ma	Shirokogoroff	1944	16
бōзāр	*더러워진, 더럽혀진		Ma	Shirokogoroff	1944	16
талба	*더럽게 하다.		Ma	Shirokogoroff	1944	122
уребу	*더럽게 하다.		Ma	Shirokogoroff	1944	145
н'ирбасй	*더러운	dirty	Ma	Цинциус	1977	639
сиǯиң	*더러운	dirty	Ma	Цинциус	1977	80
дулку	*더러운 것, 때	dirt	Ma	Цинциус	1977	223
ǯўңаг	*더러운 것, 때	dirt	Ma	Цинциус	1977	275
болаңир	*더러운 것, 때	dirt	Ma	Цинциус	1977	91
н'аңн'а	*더러운 것; 더럽힌 것	dirt	Ma	Цинциус	1977	633
бўǯир	*더럽다	dirty	Ma	Цинциус	1977	103
hэдэнин	*더럽다	dirty	Ma	Цинциус	1977	360
tergen	더럽다		Mo	김선기	1976ㄱ	327
bujarla-	더럽히다		Mo	김영일	1986	168
bujar	더러움		Mo	김영일	1986	168
tortuk	*더럽다	poussière qui couvre les murailles, soil fine	Mo	白鳥庫吉	1916ㄴ	310
türkexü	*더럽다	to soil	Mo	白鳥庫吉	1916ㄴ	310
tortok	*더럽다	Russ, Staub	Mo	白鳥庫吉	1916ㄴ	310
tortek	*더럽다	Russ, Staub	Mo	白鳥庫吉	1916ㄴ	310
tõrok	*더럽다	Russ, Staub	Mo	白鳥庫吉	1916ㄴ	310

더불다

təb̵ɯr-	더불다		K	박은용	1975	164
tep̵ir-	더불다	to take with, to be accompanied by	K	이기문	1958	118
tebe-liye-	알다		Ma	박은용	1975	164
tebeliye-n	포옹	embrace	Ma	이기문	1958	118
tebeliye-	포옹하다	to embrace	Ma	이기문	1958	118
teberi-	포옹하다	to take in the arms, to embrace	Mo	이기문	1958	118

더욱

tə	더욱		K	김사엽	1974	476
təu-	넘다		K	박은용	1975	135
daba-	넘다		Ma	박은용	1975	135

더하다

tor-ak	더하다	to add	K	강길운	1978	41
nɯr-	늘다		K	강길운	1983ㄴ	109
ket	더하다		K	김공칠	1988	193
tə-ï	더하다		K	김사엽	1974	430
ті̄рá	*더하다.		Ma	Shirokogoroff	1944	128
[hay	*더하다.		Ma	Shirokogoroff	1944	55
нэмэ-	*더하다	add	Ma	Цинциус	1977	622
düüre-	더하다	to add	Mo	강길운	1978	41
neme-	*더하다	to add	Mo	Poppe, N	1965	199

표제어/어휘	의미		언어	저자	발간년도	쪽수
dol-	더하다	to add	T	강길운	1978	41

덕

표제어/어휘	의미		언어	저자	발간년도	쪽수
təg	덕		K	강길운	1983ㄴ	106
буjǟ	*덕, 선행	virtue	Ma	Цинциус	1977	103
erdem	*덕	virtue	Mo	Poppe, N	1965	189

덖다

표제어/어휘	의미		언어	저자	발간년도	쪽수
tək-	덖다		K	박은용	1975	145
təkk	덖다		K	박은용	1975	162
deiji-	사르다		Ma	박은용	1975	145
tasga-	덖다		Ma	박은용	1975	162

던지다

표제어/어휘	의미		언어	저자	발간년도	쪽수
tədi	던지다		K	강길운	1983ㄴ	137
ssot	던지다	to throw out	K	김공칠	1989	17
tʌnci-	던지다	throw	K	김동소	1972	141
tʌci-	던지다	throw	K	김동소	1972	141
tə-ti	던지다		K	김사엽	1974	413
təti-	던지다		K	박은용	1975	146
teti	던지다	throw	K	이용주	1980	100
tətĭ	더디다	to throw	K	이용주	1980	83
tęnǯida	*던지다	to throw	K	G. J. Ramstedt	1954	16
makta	던지다	throw	Ma	김동소	1972	141
dengge-	던지다		Ma	박은용	1975	146
tęŋki-	*던지다	to throw	Ma	G. J. Ramstedt	1954	16
ykoli	*던지다.		Ma	Shirokogoroff	1944	138
rapy	*던지다.		Ma	Shirokogoroff	1944	47
омон'	*던지다		Ma	Shirokogoroff	1944	102
гарунда	*던지다		Ma	Shirokogoroff	1944	47
[ycärädä	*던지다		Ma	Shirokogoroff	1944	146
усканда	*던지다		Ma	Shirokogoroff	1944	147
[уoloдay	*던지다		Ma	Shirokogoroff	1944	38
уolоgо	*던지다		Ma	Shirokogoroff	1944	38
дэӈгэ-	*던지다	throw	Ma	Цинциус	1977	235
тэӈки-	*던지다	throw	Ma	Цинциус	1977	236
ӡэлчуккэлэ-	*던지다	throw	Ma	Цинциус	1977	284
фаха-	*던지다	throw	Ma	Цинциус	1977	297
фаӈка-	*던지다	throw off	Ma	Цинциус	1977	298
фарфа-	*던지다	throw	Ma	Цинциус	1977	299
ф'ӧхо-	*던지다	throw	Ma	Цинциус	1977	301
hида-	*던지다	throw	Ma	Цинциус	1977	323
jаӈка-	*던지다	throw	Ma	Цинциус	1977	342
хаjа-	*던지다	throw	Ma	Цинциус	1977	458
хуӈси-	*던지다	throw	Ma	Цинциус	1977	478
н'ала-	*던지다	throw	Ma	Цинциус	1977	629
н'укпулэ-	*던지다	hurl	Ma	Цинциус	1977	645

덜

표제어/어휘	의미		언어	저자	발간년도	쪽수
tęr	덜	less	K	이기문	1958	108
tęr-	덜다	to lessen	K	이기문	1958	108
ţir	덜	less	K	이기문	1958	108

표제어/어휘		의미	언어	저자	발간년도	쪽수
ter-	*덜	less	K	Martin, S. E.	1966	209
ter-	*덜	less	K	Martin, S. E.	1966	214
dulga	모자란	to be not full	Ma	이기문	1958	108

덜다

tər-	덜다		K	박은용	1975	145
delhe-	나누다		Ma	박은용	1975	145

덜덜

tər	진동		K	박은용	1975	151
dur-	진동		Ma	박은용	1975	151

덜덜(와들와들) 떨다

tər tər	벌벌떨다		K	박은용	1975	148
dordon	벌벌떨다		Ma	박은용	1975	148
сумбулӡа-	*덜덜(와들와들) 떨다	quake	Ma	Цинциус	1977	125

덜미

təlmi	덜미		K	박은용	1975	138
dalan	덜미		Ma	박은용	1975	138

덤

tamε	덤		K	박은용	1975	144
debe-	짐승 새끼		Ma	박은용	1975	144

덤비다

təm-pi	덤비다		K	김사엽	1974	476
tëmpi	덤비다	rush, jump at	K	宋敏	1969	78
туксавава	*덤비다.		Ma	Shirokogoroff	1944	133

덥다

niki	덥다		K	김공칠	1988	199
tʌp-	뜨거운	hot(warm)	K	김동소	1972	138
təp	덥다		K	김사엽	1974	481
dəb	덥다	hot	K	김선기	1968ㄱ	36
tatɯth	덥다	hot	K	김선기	1968ㄱ	36
kɯrh	덥다	hot	K	김선기	1968ㄱ	36
igɯr igɯr	덥다	hot	K	김선기	1968ㄱ	36
덥다	덥다		K	김선기	1978ㄴ	326
as<iˇ><iˇ>	덥다		K	김완진	1957	257
təp-	덥다		K	박은용	1975	171
tɔp	덥다	être chaud	K	宋敏	1969	78
tö	덥다		K	宋敏	1969	78
tev	덥다	hot	K	이용주	1980	101
tәᵛv-	덥으다	warm	K	이용주	1980	84
tәᵛv-	덥다	warm	K	이용주	1980	95
teᵖta	*덥다	to be warm, to be hot, to be feverish	K	G. J. Ramstedt	1949	263
teᵘn	*더운	warm	K	G.J. Ramstedt	1952	23
teᵘn narae	*더운 나라에	in einem warmem Lande	K	G.J. Ramstedt	1952	23

표제어/어휘		의미	언어	저자	발간년도	쪽수
(a-)tɔ-	*덥다	hot	K	Martin, S. E.	1966	205
(a-)tɔ-	*덥다	hot	K	Martin, S. E.	1966	219
(a-)tɔ-	*덥다	hot	K	Martin, S. E.	1966	224
halhun	뜨거운	hot(warm)	Ma	김동소	1972	138
halhun	덥다	hot	Ma	김선기	1968ㄱ	36
halukan edun	덥다		Ma	김선기	1978ㄴ	327
ńrekin	덥다,뜨겁다		Ma	김승곤	1984	249
tuwa	불		Ma	박은용	1975	171
hukcʰilę turlę	*더운 나라에	in einem warmem Lande	Ma	G.J. Ramstedt	1952	23
xalagum	덥다	hot	Mo	김선기	1968ㄱ	36
dulagan	덥다		Mo	이숭녕	1956	89
žyly/žyī	덥다		T	이숭녕	1956	89
jylyy	덥다		T	이숭녕	1956	89
tär	*땀	sweat, perspiration	T	G. J. Ramstedt	1949	263
isig	*더운	warm	T	G. J. Ramstedt	1952	23
isig järdä	*더운 나라에	in einem warmem Lande	T	G.J. Ramstedt	1952	23

덩그렇다

təŋ	높다		K	박은용	1975	143
den	높다		Ma	박은용	1975	143

덩이

təŋi	덩이		K	강길운	1982ㄴ	22
təŋi	덩이		K	강길운	1982ㄴ	29
təŋi	덩이		K	박은용	1975	139
dalgan	덩이		Ma	박은용	1975	139

덫

tət	덫		K	김사엽	1974	427
tot	*덫	a trap	K	G. J. Ramstedt	1949	274
tuča	*덫	a trap for the sables	Ma	G. J. Ramstedt	1949	274
coró	*덫.		Ma	Shirokogoroff	1944	117
[δöilyxi	*덫.		Ma	Shirokogoroff	1944	18
чʼіркан	*덫.		Ma	Shirokogoroff	1944	25
капкан	*덫.		Ma	Shirokogoroff	1944	68
лаӈги, lаӈго	*덫		Ma	Shirokogoroff	1944	79
гэӡи	*덫, 함정	trap	Ma	Цинциус	1977	177
ӡӕ̄са	*덫, 함정	trap	Ma	Цинциус	1977	254
тоти	*덫	trap	Ma	Цинциус	1977	201
утрук	*덫	trap	Ma	Цинциус	1977	294
уфи	*덫	trap	Ma	Цинциус	1977	295
капел	*덫	trap	Ma	Цинциус	1977	376
капкан	*덫	trap	Ma	Цинциус	1977	376
ᴴэснэр	*덫	snare	Ma	Цинциус	1977	672

덮개

덮개	덮개		K	강길운	1987	21
가리-개	가리개		K	강길운	1987	21
jöp-gai	덮개		K	이숭녕	1956	166
kap	*덮개	a cover, a case	K	G. J. Ramstedt	1949	95
op	*덮개		K	Hulbert, H. B.	1905	117
lobtolo-	덮다		Ma	김영일	1986	169

표제어/어휘	의미		언어	저자	발간년도	쪽수
dobton	덮개		Ma	김영일	1986	169
тап	*덮개	case	Ma	Цинциус	1977	164
фоӈко	*덮개	cover	Ma	Цинциус	1977	301
эллун	*덮개	cover	Ma	Цинциус	1977	448
ниптэ	*덮개	bedding; litter	Ma	Цинциус	1977	598
тамана	*덮게, 뚜껑	cover	Ma	Цинциус	1977	159
тикса	*덮게, 뚜껑	cover	Ma	Цинциус	1977	179
чӯлэ	*덮기	covering	Ma	Цинциус	1977	413

덮다

säbi-	씌우다		K	강길운	1983ㄴ	134
təp'-	덮다		K	강길운	1983ㄴ	134
təp-pʰ	덮다		K	김사엽	1974	426
tuəi	덮다		K	박은용	1975	169
*tosp-	덮다		K	박은용	1975	171
köt	*덮다	bedecken	K	白鳥庫吉	1914ㄷ	304
kat	*덮다	bedecken	K	白鳥庫吉	1914ㄷ	304
kat-ot	*덮다	baumrinde	K	白鳥庫吉	1914ㄷ	304
kat-pa-ći	*덮다	bedecken	K	白鳥庫吉	1914ㄷ	304
töp ta	*덮다	to cover	K	白鳥庫吉	1916ㄴ	309
töp-kai	*덮다	a coverlet, a quilt, a blanket	K	白鳥庫吉	1916ㄴ	309
töp-hö tu ta	*덮다	to hide, to conceal	K	白鳥庫吉	1916ㄴ	309
töp ho not t'a	*덮다	to hide, to conceal, to cover over	K	白鳥庫吉	1916ㄴ	309
tuph-	덮다	to cover	K	이기문	1958	107
tẹph-	덮다	to cover	K	이기문	1958	107
tuhe	덮개		Ma	박은용	1975	169
tusa	덮다		Ma	박은용	1975	171
dobton	*덮다	Futteral	Ma	白鳥庫吉	1916ㄴ	309
dobtolombi	*덮다	in eine Scheide oder ein Futteral stecken	Ma	白鳥庫吉	1916ㄴ	309
dobto-ku	표지	a cover	Ma	이기문	1958	107
dobton	책표지	a book case, the outer wrap	Ma	이기문	1958	107
dal-	*덮다	to cover	Ma	Poppe, N	1965	201
dali-	*덮다, 숨기다	to cover, hide	Ma	Poppe, N	1965	201
dal-	*덮다	to cover	Ma	Poppe, N	1965	202
[hукуli	*덮다, 감싸다.		Ma	Shirokogoroff	1944	56
[älба	덮다, 닫다.		Ma	Shirokogoroff	1944	4
супу	*덮다.		Ma	Shirokogoroff	1944	120
[бутä	*덮다.		Ma	Shirokogoroff	1944	21
чак'ila	*덮다.		Ma	Shirokogoroff	1944	22
9лб9	*덮다.		Ma	Shirokogoroff	1944	44
коч'	*덮다.		Ma	Shirokogoroff	1944	72
номог?'i	*덮다.		Ma	Shirokogoroff	1944	95
огоро	*덮다.		Ma	Shirokogoroff	1944	98
куӈто	*덮다		Ma	Shirokogoroff	1944	78
[кумнä	*덮다		Ma	Shirokogoroff	1944	77
купту-	*덮다, 쓰다	cover	Ma	Цинциус	1977	434
купу-	*덮다, 쓰다	cover	Ma	Цинциус	1977	434
буркūлэ̄-	*덮다	cover	Ma	Цинциус	1977	113
бутэ-	*덮다	cover	Ma	Цинциус	1977	117
даӄан-	*덮다	cover	Ma	Цинциус	1977	191
турбу-	*덮다	cover	Ma	Цинциус	1977	218
hэтилби-	*덮다	cover	Ma	Цинциус	1977	371

표제어/어휘		의미	언어	저자	발간년도	쪽수
куӂуј-	*덮다	fill up	Ma	Цинциус	1977	424
элбэ-	*덮다	cover	Ma	Цинциус	1977	445
лаӈкалӣ-	*덮다	cover	Ma	Цинциус	1977	492
xoš	*덮다	bedecken	T	白鳥庫吉	1914ㄷ	304
kaserak	*덮다	bedecken	T	白鳥庫吉	1914ㄷ	304
xaša	*덮다	bedecken	T	白鳥庫吉	1914ㄷ	304
téfarmen	*덮다	bedecken, zudecken	T	白鳥庫吉	1914ㄷ	304
t'âbènèrben	*덮다	sich bedecken	T	白鳥庫吉	1916ㄴ	309
t'eferä	*덮다	Baumrinde	T	白鳥庫吉	1916ㄴ	309
t'eptenermen	*덮다	sich bedecken	T	白鳥庫吉	1916ㄴ	309
t'öförö	*덮다	Baumrinde	T	白鳥庫吉	1916ㄴ	309
sabın	*덮다	sich bedecken	T	白鳥庫吉	1916ㄴ	309
saptabın	*덮다	sich bedecken	T	白鳥庫吉	1916ㄴ	309
yašur-	*덮다, 숨기다	to cover, hide	T	Poppe, N	1965	201
yašur-	*덮다	to cover	T	Poppe, N	1965	202

데

tE	데		K	강길운	1982ㄴ	25
tE	데		K	강길운	1982ㄴ	29
tʌ	데		K	김사엽	1974	424
tɯi	곳		K	박은용	1975	143
tɔ(y)	데	place that	K	宋敏	1969	78
taị	데		K	宋敏	1969	78
taị	*데	place, site	K	G. J. Ramstedt	1949	248
de	곳		Ma	박은용	1975	143
tu	*데	the suffix of the locative case	Ma	G. J. Ramstedt	1949	248
du	*데	the suffix of the locative case	Ma	G. J. Ramstedt	1949	248

데데하다

tete	데데하다		K	박은용	1975	144
dede	경박하다		Ma	박은용	1975	144

데려가다

terei-	끌다		K	박은용	1975	141
dara-	데려가다		Ma	박은용	1975	141
9гли	*데려가다.		Ma	Shirokogoroff	1944	44
[elri	*데려가다		Ma	Shirokogoroff	1944	42
сурув	*데리고 가다, 운반해가다.		Ma	Shirokogoroff	1944	120
к'ірукта	*데리고 가다.		Ma	Shirokogoroff	1944	72
гону	*데리고 가다.		Ma	Shirokogoroff	1944	50
минилги-	*데려가다	take away	Ma	Цинциус	1977	537
бегу-	*데리고 가다, 이끌다	lead, conduct, guide	Ma	Цинциус	1977	119

데리다

tari	*데리다	get accompanied by	K	金澤庄三郎	1910	12
tarida	*데리다	to draw, to pull	K	G. J. Ramstedt	1949	257
tari	*데리다	get accompanied by	K	Kanazawa, S	1910	10
džakpatali	*이웃	a neighbour	Ma	G. J. Ramstedt	1949	257

도끼

| tok'ü | 도끼 | | K | 강길운 | 1981ㄱ | 32 |

표제어/어휘	의미		언어	저자	발간년도	쪽수
tos-kü	도끼		K	강길운	1983ㄱ	22
tok'l	도끼		K	강길운	1983ㄴ	115
tok'ü	도끼		K	강길운	1983ㄴ	122
tokkeui	*도끼	axe	K	金澤庄三郎	1910	12
tokkeui	도끼		K	김공칠	1989	10
to-kki	도끼		K	김방한	1976	18
to-čʌi	도끼		K	김방한	1977	6
to-kki	도끼		K	김방한	1977	6
toskui	도끼		K	김방한	1977	6
tos-kui	도끼		K	김방한	1978	8
to-čʌi	도끼		K	김방한	1978	8
tokki	도끼		K	김방한	1978	8
tokki	도끼		K	김방한	1979	8
tos-kuj	도끼		K	김사엽	1974	427
ən	도끼		K	김사엽	1974	468
su-tʃʼɔŋ-i	도끼		K	박은용	1974	113
tok-ki	*도끼		K	小倉進平	1934	26
tos	도끼		K	송민	1966	22
əs	도끼		K	송민	1966	22
os	도끼		K	송민	1966	22
tokkeui	도끼		K	宋敏	1969	78
toku	도끼		K	이숭녕	1956	165
tots	도끼		K	이숭녕	1956	165
toskui	*도끼		K	長田夏樹	1966	116
^ü~^i[於]	*도끼	broad-axe	K	Christopher I. Beckwith	2004	141
tokkji	*도끼	an axe, a hatchet	K	G. J. Ramstedt	1949	271
tokkji	*도끼	axe	K	G. J. Ramstedt	1949	28
tokkeui	*도끼	axe	K	Kanazawa, S	1910	9
tukka	도끼		Ma	김방한	1977	6
suhe	도끼		Ma	김방한	1977	6
tukka	도끼		Ma	김방한	1978	8
suhe	도끼		Ma	김방한	1978	8
suke	도끼		Ma	김방한	1978	8
suhe	도끼		Ma	박은용	1974	113
tukka	*도끼	the axe	Ma	G. J. Ramstedt	1949	271
сука, сукä,	*도끼.		Ma	Shirokogoroff	1944	119
[н'ані	*도끼.		Ma	Shirokogoroff	1944	90
сукä	*도끼		Ma	Shirokogoroff	1944	119
сукэ	*도끼	axe	Ma	Цинциус	1977	123
тōбар	*도끼	axe	Ma	Цинциус	1977	189
оӈу́ча	*도끼	ax	Ma	Цинциус	1977	22
ку́н'а	*도끼	axe	Ma	Цинциус	1977	433
сакпӣ(н-)	*도끼	axe	Ma	Цинциус	1977	56
нерӡал	*도끼	ax	Ma	Цинциус	1977	588
н'анъ̀	*도끼	axe	Ma	Цинциус	1977	633
süke	도끼		Mo	김방한	1977	6
süke	도끼		Mo	김방한	1978	8
suke	*도끼	Axt	Mo	小倉進平	1934	26
sukä	도끼		T	김방한	1977	6
suko	도끼		T	김방한	1977	6
sükü	도끼		T	김방한	1977	6
sükü	도끼		T	김방한	1978	8
suko	도끼		T	김방한	1978	8

표제어/어휘	의미		언어	저자	발간년도	쪽수
sukä	도끼		T	김방한	1978	8

도둑

표제어/어휘	의미		언어	저자	발간년도	쪽수
syokzi	도둑		K	김공칠	1989	5
kă-ri-o-	*도둑	dieb	K	白鳥庫吉	1914ㄷ	300
kă-ri-on mäl	*도둑	dieb	K	白鳥庫吉	1914ㄷ	300
kă-ri-u-	*도둑		K	白鳥庫吉	1914ㄷ	300
to-duk	도둑		K	이숭녕	1956	177
ylaк бɛja	*도둑, 사기꾼		Ma	Shirokogoroff	1944	139
ɥоромін	*도둑.		Ma	Shirokogoroff	1944	39
кулака	*도둑.		Ma	Shirokogoroff	1944	76
[ɲікан	*도둑		Ma	Shirokogoroff	1944	92
ɥороко	*도둑		Ma	Shirokogoroff	1944	39
žorokō	*도둑	thief	Ma	Цинциус	1977	265
čō	*도둑	thief	Ma	Цинциус	1977	401
xÿлаха	*도둑	thief	Ma	Цинциус	1977	476
xulagajlaxu	*도둑	der räuber	Mo	白鳥庫吉	1914ㄷ	300
xulajaj	*도둑	der räuber	Mo	白鳥庫吉	1914ㄷ	300
xulūxu	*도둑	der räuber	Mo	白鳥庫吉	1914ㄷ	300
xulughuxu	*도둑	dieb	Mo	白鳥庫吉	1914ㄷ	300
käkäl	*도둑	celui qui attrape les voleurs	Mo	Pelliot, P	1925	259
karagh	*도둑	dieb	T	白鳥庫吉	1914ㄷ	300
karakči	*도둑	dieb	T	白鳥庫吉	1914ㄷ	300
at	*도둑	dieb	T	白鳥庫吉	1914ㄷ	300
karakši	*도둑	dieb	T	白鳥庫吉	1914ㄷ	300

도랑

표제어/어휘	의미		언어	저자	발간년도	쪽수
tor/tor-aŋ	도랑		K	강길운	1982ㄴ	21
tor/tor-aŋ	도랑		K	강길운	1982ㄴ	30
tor	도랑		K	강길운	1982ㄴ	35
turöng	*도랑		K	金澤庄三郎	1914	220
turök	*도랑		K	金澤庄三郎	1914	220
돌앙	도랑		K	김선기	1976ㅁ	334
tor	문		K	박은용	1975	150
dalan	도랑		Ma	김선기	1976ㅁ	334
du-ka	문		Ma	박은용	1975	150
tarang	*도랑		Mo	金澤庄三郎	1914	220
taraha	*도랑		Mo	金澤庄三郎	1914	220
dalaŋ	도랑		Mo	김선기	1976ㅁ	334

도록

표제어/어휘	의미		언어	저자	발간년도	쪽수
to-rok	*도록	During, till, the more-the more	K	白鳥庫吉	1916ㄴ	321
tele	*도록	bis, bis zu	Ma	白鳥庫吉	1916ㄴ	321
tala	*도록	bis, bis zu	Ma	白鳥庫吉	1916ㄴ	321
tolo	*도록	bis, bis zu	Ma	白鳥庫吉	1916ㄴ	321
tala	*도록	bis, bis zu	Mo	白鳥庫吉	1916ㄴ	321
tele	*도록	bis, bis zu	Mo	白鳥庫吉	1916ㄴ	321
diäri	*도록	bis zu	T	白鳥庫吉	1916ㄴ	321
têrä	*도록	bis zu	T	白鳥庫吉	1916ㄴ	321

도리

표제어/어휘	의미		언어	저자	발간년도	쪽수
tori	도리		K	강길운	1983ㄴ	115

표제어/어휘		의미	언어	저자	발간년도	쪽수
tori	도리		K	강길운	1983ㄴ	123
toli	도리	crossbeam	K	宋敏	1969	79
tori	도리	all of the beams except the main beam	K	이기문	1958	118
tura	기둥	pillar	Ma	이기문	1958	118

도리깨

to'ke	도리깨		K	박은용	1975	172
tūku	도리깨		Ma	박은용	1975	172

도마

toma	도마		K	김승곤	1984	253
toma	도마		K	이숭녕	1956	134
н'енна	*도마.		Ma	Shirokogoroff	1944	91

도마뱀

tonga	도마뱀	lizard	K	김공칠	1989	17
īcēlā	*도마뱀.		Ma	Shirokogoroff	1944	63
исэлэ̄	*도마뱀	lizard	Ma	Цинциус	1977	332
jэксэргэн	*도마뱀	lizard	Ma	Цинциус	1977	353
сиӄсэр	*도마뱀	lizard	Ma	Цинциус	1977	81

도부

topo	도부		K	박은용	1975	171
tuwe	도부		Ma	박은용	1975	171

도성

pur	*도성		K	金澤庄三郎	1904	2
gemun	도성		Ma	강길운	1977	14

도시

*jər	도시		K	강길운	1982ㄱ	179
горад	*도시.		Ma	Shirokogoroff	1944	50
котон	*도시.		Ma	Shirokogoroff	1944	75
[мео	*도시.		Ma	Shirokogoroff	1944	83
хотон	*도시.		Ma	Shirokogoroff	1944	54
котур	*도시.		Ma	Shirokogoroff	1944	75
хэчэн	*도시	city	Ma	Цинциус	1977	484
känk	*도시	city	T	Poppe, N	1965	168

돈

ton	*돈	money, cash	K	白鳥庫吉	1916ㄴ	306
ton or toni	*돈	a money, a cash	K	Aston	1879	19
žigá	*돈		Ma	白鳥庫吉	1916ㄴ	306
žiha	*돈		Ma	白鳥庫吉	1916ㄴ	306
žexa	*돈		Ma	白鳥庫吉	1916ㄴ	306
žega	*돈		Ma	白鳥庫吉	1916ㄴ	306
žaxá	*돈		Ma	白鳥庫吉	1916ㄴ	306
žaga	*돈		Ma	白鳥庫吉	1916ㄴ	306
dčekga	*돈		Ma	白鳥庫吉	1916ㄴ	306

표제어/어휘		의미	언어	저자	발간년도	쪽수
číhàh	*돈		Ma	白鳥庫吉	1916ㄴ	306
čaxa	*돈		Ma	白鳥庫吉	1916ㄴ	306
dixa	*돈		Ma	白鳥庫吉	1916ㄴ	306
u'ira, u'ia	*돈.		Ma	Shirokogoroff	1944	37
[харч'i	*돈		Ma	Shirokogoroff	1944	53
моҥгун	*돈.		Ma	Shirokogoroff	1944	85
карчи	*돈	money	Ma	Цинциус	1977	382
чоо	*돈	money	Ma	Цинциус	1977	408
нэ	*돈	money	Ma	Цинциус	1977	667
tengge	*돈	eine Münze, ein Geldstück	Mo	白鳥庫吉	1916ㄴ	306
žagha	*돈	Münz	Mo	白鳥庫吉	1916ㄴ	306
żagha	*돈	Münz	Mo	白鳥庫吉	1916ㄴ	306
čyo-kos	*돈		Mo	白鳥庫吉	1916ㄴ	306
tszos	*돈	Münz	Mo	白鳥庫吉	1916ㄴ	306
zaghá	*돈	Münz	Mo	白鳥庫吉	1916ㄴ	306
tänkä	*돈	Geld, Silvermünz, Münz	T	白鳥庫吉	1916ㄴ	306
tänkä	*돈	Geld, Silvermünz, Münz	T	白鳥庫吉	1916ㄴ	306
teṅgä	*돈	Geld, Silvermünz, Münz	T	白鳥庫吉	1916ㄴ	306

돌다

tot	*돋다	rise	K	金澤庄三郎	1910	12
tat-a-na ta	*돋다	to grow (of vegetables)	K	白鳥庫吉	1916ㄴ	310
to-to ta	*돋다	to heap up, to raise	K	白鳥庫吉	1916ㄴ	310
tot-č'i ta	*돋다	to bring out, to show, to improve	K	白鳥庫吉	1916ㄴ	310
tot ta	*돋다	to spring up, to grow out, to rise, to develop	K	白鳥庫吉	1916ㄴ	310
totta	*돋다	to rise, to raise	K	G. J. Ramstedt	1949	270
tot	*돋다	rise	K	Kanazawa, S	1910	9
šun tučike	*돋다		Ma	白鳥庫吉	1916ㄴ	310
tučimbi	*돋다	hervorkommen, herausgeben, keimen, sich zeigen, er	Ma	白鳥庫吉	1916ㄴ	310
to-reni	*돋다	to rise, to go upwards	Ma	G. J. Ramstedt	1949	270

돌

tol	돌	stone	K	김동소	1972	140
dor	돌	stone	K	김선기	1968ㄱ	23
dorg	돌	stone	K	김선기	1968ㄱ	46
dog	돌	stone	K	김선기	1968ㄱ	46
dor	돌	stone	K	김선기	1968ㄱ	46
tōr(h)	돌	stone	K	이용주	1980	82
tōr(h)	돌	stone	K	이용주	1980	95
*dïsu	돌	stone	K	이용주	1980	99
torx	돌	stone	K	이용주	1980	99
tol	*돌	stone	K	長田夏樹	1966	83
tol	*돌	stone	K	Edkins, J	1895	409
tōr	*돌	stone	K	G. J. Ramstedt	1928	74
tōl	*돌	stone	K	G. J. Ramstedt	1928	74
tol	*돌	a stone, a pebble	K	G. J. Ramstedt	1949	272
dyoš	*돌	stone	K	Martin, S. E.	1966	207
dyoš	*돌	stone	K	Martin, S. E.	1966	212
dyoš	*돌	stone	K	Martin, S. E.	1966	221
tol	*돌	stone	K	Poppe, N	1965	138
tol	*돌	stone	K	Poppe, N	1965	157

표제어/어휘		의미	언어	저자	발간년도	쪽수
wehe	돌	stone	Ma	김동소	1972	140
jŏlo	돌		Ma	김방한	1978	43
dyol	돌		Ma	이기문	1973	10
ʒol	돌		Ma	이기문	1973	11
ʒolo	돌		Ma	이기문	1973	11
Teri	돌		Ma	이명섭	1962	7
děло	*돌		Ma	長田夏樹	1966	118
čolo	돌		Ma	최학근	1959ㄱ	46
ʒollo, ʒolo	*돌	stone	Ma	G. J. Ramstedt	1928	74
dulbun	*멍청한	stupid, dull	Ma	G. J. Ramstedt	1949	272
duluwun	*멍청한	stupid, dull	Ma	G. J. Ramstedt	1949	272
сэңсу	*돌	stones; rocks	Ma	Цинциус	1977	143
далгʼан вэхэ	*돌	stone	Ma	Цинциус	1977	194
ʒалту	*돌	stone	Ma	Цинциус	1977	247
ʒоло	*돌	stone	Ma	Цинциус	1977	263
нисэ	*돌	stone	Ma	Цинциус	1977	328
кӯрбэ	*돌	stone	Ma	Цинциус	1977	435
мӯнакаӯ	*돌	stones	Ma	Цинциус	1977	556
cilagan	돌	stone	Mo	김선기	1968ㄱ	46
chilagon	*돌	stone	Mo	Edkins, J	1895	409
čilaγun	*돌	stone	Mo	Poppe, N	1965	138
člaγun	*돌	stone	Mo	Poppe, N	1965	157
čilaγun	*돌	stone	Mo	Poppe, N	1965	198
čilaγun	*돌	stone	Mo	Poppe, N	1965	201
taš	*돌	stone	T	G. J. Ramstedt	1928	74
čul	*돌	stone	T	G. J. Ramstedt	1928	74
*tal	*돌	stone	T	G. J. Ramstedt	1928	74
tāš	*돌	stone	T	Poppe, N	1965	138
čul < *ţiāl	*돌	stone	T	Poppe, N	1965	157
čul	*돌	stone	T	Poppe, N	1965	157
tāš	*돌	stone	T	Poppe, N	1965	198
tāš	*돌	stone	T	Poppe, N	1965	198
čul	*돌	stone	T	Poppe, N	1965	201
čul	*돌	stone	T	Poppe, N	1965	201
tās	*돌	stone	T	Poppe, N	1965	201
tāš	*돌	stone	T	Poppe, N	1965	201

돌다

tur-	멀리돌다		K	강길운	1983ㄴ	130
tol-	돌다	turn	K	김동소	1972	141
tol	돌다		K	김사엽	1974	468
tor-	돌다		K	박은용	1975	166
tur.u-	돌다	tourner	K	宋敏	1969	79
tol	돌다	go around	K	宋敏	1969	79
tor-	돌다	to turn round	K	이기문	1958	118
tol	돌다		K	이숭녕	1956	146
tol-	*돌다	to go around	K	G. J. Ramstedt	1949	13
tora	*돌다	turn	K	Hulbert, H. B.	1905	122
dor-	*돌다	twist	K	Martin, S. E.	1966	207
dor-	*돌다	twist	K	Martin, S. E.	1966	210
dor-	*돌다	twist	K	Martin, S. E.	1966	218
dyoš	*돌다	stone	K	Martin, S. E.	1966	218
mari-	돌다	turn	Ma	김동소	1972	141

표제어/어휘	의미		언어	저자	발간년도	쪽수
tor	돌다		Ma	박은용	1975	166
kit'aptu	*돌다	reinigen	Ma	白鳥庫吉	1914ㄷ	326
močorup	*뒤로 돌다	er kehrt zurück	Ma	白鳥庫吉	1915ㄱ	36
močúdan	*뒤로 돌다	er kehrt zurück	Ma	白鳥庫吉	1915ㄱ	36
modakxa	*뒤로 돌다	er kehrt zurück	Ma	白鳥庫吉	1915ㄱ	36
mucûm	*뒤로 돌다	er kehrt zurück	Ma	白鳥庫吉	1915ㄱ	36
mudaka	*뒤로 돌다	er kehrt zurück	Ma	白鳥庫吉	1915ㄱ	36
močourán	*뒤로 돌다	er kehrt zurück	Ma	白鳥庫吉	1915ㄱ	36
tor	돌돌	round and round (onomatopoea)	Ma	이기문	1958	118
torho-	돌다	to turn round	Ma	이기문	1958	118
укус	*돌다, 뒤집히다, 안을 뒤집다.		Ma	Shirokogoroff	1944	139
атан'џі	*돌다, 방향을 바꾸다		Ma	Shirokogoroff	1944	11
куч'і	*돌다, 방향을 바꾸다		Ma	Shirokogoroff	1944	76
томко	*돌다.		Ma	Shirokogoroff	1944	130
комніџа, комнэџ'е	*돌다.		Ma	Shirokogoroff	1944	73
тувэдэ-	*돌다	turn round	Ma	Цинциус	1977	203
курбу-	*돌다	spin	Ma	Цинциус	1977	435
кэнгэрэ-	*돌다	spin	Ma	Цинциус	1977	450
кэчэримбучи-	*돌다	turn	Ma	Цинциус	1977	456
хорги-	*돌다	spin	Ma	Цинциус	1977	471
xalaga	*돌다	umdrehen	Mo	白鳥庫吉	1914ㄷ	326
yönel-	돌다		T	김영일	1986	168

돌리다

pit'ɯr-	비틀다		K	강길운	1983ㄴ	110
to-lʌ	돌리다		K	김사엽	1974	460
бамболд'	*돌리다, 돌다.		Ma	Shirokogoroff	1944	14
ото-	*돌리다	turn	Ma	Цинциус	1977	28

돌멩이

tol-meŋi	돌멩이		K	이숭녕	1956	188
аткан	*돌멩이	chuckstone	Ma	Цинциус	1977	58

돌보다

ķiŋilda, ķiŋida	*돌보다	to look after, to care for	K	G. J. Ramstedt	1949	118
этэгэ-	*돌보다	nurse	Ma	Цинциус	1977	470
künesün	*제공	to look after, to care for	Mo	G. J. Ramstedt	1949	118

돕다

kurudor	돕다		K	강길운	1977	15
top	돕다		K	김사엽	1974	428
top-	돕다	to help	K	이기문	1958	118
toβom	도움		K	이숭녕	1956	110
kkidʲida	*돕다	to help, to assist	K	G. J. Ramstedt	1949	112
tōpta	*돕다	to aid, to help, to assist	K	G. J. Ramstedt	1949	273
thopta	*돕다	to search, to seek	K	G. J. Ramstedt	1949	284
tuwa-	보다	to see	Ma	이기문	1958	118
tuwa-ša-	조사하다	to inspect, to watch	Ma	이기문	1958	118
tuwa-ša-ta-	돕다	to help	Ma	이기문	1958	118
hukiru-	*돕다	to help, to assist	Ma	G. J. Ramstedt	1949	112
tusa	*돕다	help, assistance	Ma	G. J. Ramstedt	1949	273
tupkalā-	*뒤쫓다	to drive up, to chase	Ma	G. J. Ramstedt	1949	284

표제어/어휘		의미	언어	저자	발간년도	쪽수
туро	*돕다.		Ma	Shirokogoroff	1944	134
тусала	*돕다.		Ma	Shirokogoroff	1944	135
aic'ila	*돕다.		Ma	Shirokogoroff	1944	3
aι(c'ílá	*돕다.		Ma	Shirokogoroff	1944	3
[тӯуүіт	*돕다		Ma	Shirokogoroff	1944	135
бүлöт	*돕다		Ma	Shirokogoroff	1944	20
бэлэ-	*돕다	help	Ma	Цинциус	1977	124
tusa	*돕다	help, assistance	Mo	G. J. Ramstedt	1949	273
kurtar	돕다		T	강길운	1977	15
sik-	*참견하다	to help, to assist	T	G. J. Ramstedt	1949	112
tusu	*돕다	help, assistance	T	G. J. Ramstedt	1949	273

돗자리

표제어/어휘		의미	언어	저자	발간년도	쪽수
tot	돗자리		K	김사엽	1974	420
tot	*돗자리	A grass mat	K	白鳥庫吉	1916ㄴ	311
tot čari	*돗자리		K	白鳥庫吉	1916ㄴ	311
či-čeulk	*돗자리		K	白鳥庫吉	1916ㄴ	311
돗	돗자리		K	Miller, R. A. 김방한 역	1980	12
sisχa	*돗자리	Teppich	Ma	白鳥庫吉	1916ㄴ	311
höktabun	*돗자리	Schilfmatte	Ma	白鳥庫吉	1916ㄴ	311
sakta	*돗자리	Teppich	Ma	白鳥庫吉	1916ㄴ	311
šaktáun	*돗자리	Schilfmatte	Ma	白鳥庫吉	1916ㄴ	311
säkt'awun	*돗자리	Schilfmatte	Ma	白鳥庫吉	1916ㄴ	311
sätäm	*돗자리	betten	Ma	白鳥庫吉	1916ㄴ	311
χoktóun	*돗자리	Schilfmatte	Ma	白鳥庫吉	1916ㄴ	311
χida	*돗자리	Teppich	Ma	白鳥庫吉	1916ㄴ	311
sóktoum	*돗자리	Schilfmatte	Ma	白鳥庫吉	1916ㄴ	311
saχta	*돗자리	Schilfmatte	Ma	白鳥庫吉	1916ㄴ	311
sisχé	*돗자리	Schlafteppich aus Bären oder Elensfelle	Ma	白鳥庫吉	1916ㄴ	311
hoktoun	*돗자리	Schilfmatte	Ma	白鳥庫吉	1916ㄴ	311
sishe	*돗자리	Bett, Matratze	Ma	白鳥庫吉	1916ㄴ	311
sīkta	*돗자리	Schlafteppich aus Bären oder Elensfelle	Ma	白鳥庫吉	1916ㄴ	311
šĭh-ših-hēi	*돗자리	Matratze	Ma	白鳥庫吉	1916ㄴ	311
sekten	*돗자리	Teppich, Fussdecke	Ma	白鳥庫吉	1916ㄴ	311
sektembi	*돗자리	pflastern, ausbreiten	Ma	白鳥庫吉	1916ㄴ	311
sektefú	*돗자리	Bett	Ma	白鳥庫吉	1916ㄴ	311
sektau	*돗자리	Schilfmatte	Ma	白鳥庫吉	1916ㄴ	311
sektafú	*돗자리	Toppich	Ma	白鳥庫吉	1916ㄴ	311
šöktaon	*돗자리	Schilfmatte	Ma	白鳥庫吉	1916ㄴ	311
śaktau	*돗자리	Schilfmatte	Ma	白鳥庫吉	1916ㄴ	311
сакта(н-)	*돗자리	mat	Ma	Цинциус	1977	57-
сйда	*돗자리	mat	Ma	Цинциус	1977	79
tüghekü	*돗자리	répandre propager tartout	Mo	白鳥庫吉	1916ㄴ	311
töʹzäk	*돗자리	Bett	T	白鳥庫吉	1916ㄴ	311
töšäk	*돗자리	Bett	T	白鳥庫吉	1916ㄴ	311
tõžäk	*돗자리	Bett	T	白鳥庫吉	1916ㄴ	311
dösek	침대용의 매트리스	침대용의 매트리스	T	Miller, R. A. 김방한 역	1980	13
töšäk	침대용의 매트리스	침대용의 매트리스	T	Miller, R. A. 김방한 역	1980	13

표제어/어휘	의미		언어	저자	발간년도	쪽수

동고리다

| toŋgori- | 동고리다 | | K | 박은용 | 1975 | 166 |
| tonggoli- | 곤두질하다 | | Ma | 박은용 | 1975 | 166 |

동굴

horo	동굴	a cave	K	김공칠	1989	13
*ħaip : ^aip [押]	*동굴, 구멍	cave, cavern, hole	K	Christopher I.	2004	121
буган	*동굴.		Ma	Shirokogoroff	1944	19
сурy	*동굴, 굴	cave	Ma	Цинциус	1977	130

동이

tong-eui	*동이	a small water-jar	K	白鳥庫吉	1916ㄴ	308
tong-hăi	*동이		K	白鳥庫吉	1916ㄴ	308
śaṅsa	*동이	runder flacher Krug für Branntwein	Ma	白鳥庫吉	1916ㄴ	308

동이다

tong-čul-ki	*동이다	a rope for binding a burden	K	白鳥庫吉	1916ㄴ	307
tong-čul	*동이다	a rope	K	白鳥庫吉	1916ㄴ	307
tong-ko ta	*동이다	to be round	K	白鳥庫吉	1916ㄴ	307
tong-hi ta	*동이다	to tie, to bind, to pinion, to chackle	K	白鳥庫吉	1916ㄴ	307
ton-gi ta	*동이다	to bind, to wrap	K	白鳥庫吉	1916ㄴ	307
tong-keu-yö	*동이다	a joining of two different kinds of objects as woo	K	白鳥庫吉	1916ㄴ	307
tong-ki ta	*동이다	to bind, to tie up	K	白鳥庫吉	1916ㄴ	307
tong-mo	*동이다	play fellows, a companion, a comrade	K	白鳥庫吉	1916ㄴ	307
tong na-mo	*동이다	small bundle of grass limbs for fuel	K	白鳥庫吉	1916ㄴ	307
tong-sa-ra ta	*동이다	to fasten junks together by the sterns-as resting	K	白鳥庫吉	1916ㄴ	307
tobčilambi	*동이다	umwickeln, mit Seidenfaden verbrämen	Ma	白鳥庫吉	1916ㄴ	307
topči	*동이다	Knopfband	Ma	白鳥庫吉	1916ㄴ	307
topt'e'àm	*동이다	geknöppen, festbinden	Ma	白鳥庫吉	1916ㄴ	307
topt'i	*동이다	Knopfband	Ma	白鳥庫吉	1916ㄴ	307
topče	*동이다	Kugel, Knopf	Mo	白鳥庫吉	1916ㄴ	307
tobgixu	*동이다	binden, heften	Mo	白鳥庫吉	1916ㄴ	307
tpšelnam	*동이다	zu nöpfen	Mo	白鳥庫吉	1916ㄴ	307
topši	*동이다	Kugel, Knopf	Mo	白鳥庫吉	1916ㄴ	307
topše	*동이다	Kugel, Knopf	Mo	白鳥庫吉	1916ㄴ	307
topčin ügülekü	*동이다	sick im Sprechen kurzfassen, in der Kurze sagen	Mo	白鳥庫吉	1916ㄴ	307
tobčilaxu	*동이다	zuknöpfen, abkürzen, kurz fassen	Mo	白鳥庫吉	1916ㄴ	307
topčelnap	*동이다	zu nöpfen	Mo	白鳥庫吉	1916ㄴ	307
tobgiya	*동이다	ein Band, ein Heft, die Sammlung der Bogen zu eine	Mo	白鳥庫吉	1916ㄴ	307
tobči	*동이다	der Knapf, die Abkürzung	Mo	白鳥庫吉	1916ㄴ	307
topčighurlaku	*동이다	mit Knöpfen versehen	Mo	白鳥庫吉	1916ㄴ	307
topak	*동이다	der Knoten eines Strickes	T	白鳥庫吉	1916ㄴ	307
tob	*동이다	Haufe, Kugel, Knäull, Busch	T	白鳥庫吉	1916ㄴ	307
top	*동이다	Kugel, Ball	T	白鳥庫吉	1916ㄴ	307
tubalašmak	*동이다	sich zusammen kauern, sich	T	白鳥庫吉	1916ㄴ	307

표제어/어휘		의미	언어	저자	발간년도	쪽수
toplamak	*동이다	zusammenziehen sammeln	T	白鳥庫吉	1916ㄴ	307
top	*동이다	Haufe, Kugel, Knäull, Busch	T	白鳥庫吉	1916ㄴ	307

동쪽

ʒiuĕn	동쪽, 왼쪽		K	김방한	1980	17
ʒewun	동쪽, 왼쪽		K	김방한	1980	17
tergi	*동쪽, 왼편		Ma	金澤庄三郎	1914	217
ʒūn	동쪽		Ma	김방한	1980	17
[hолаккɪ	*동쪽		Ma	Shirokogoroff	1944	56
урупша	*동쪽으로.		Ma	Shirokogoroff	1944	146
jökun	*동쪽, 왼편		Mo	金澤庄三郎	1914	217
ailatxal	*동쪽의	östlich	Mo	白鳥庫吉	1914ㄴ	155

돛

tos	돛		K	김사엽	1974	394
[коtīl	*돛.		Ma	Shirokogoroff	1944	75
коtйл	*돛	sail	Ma	Цинциус	1977	418
кōви	*돛대, 마스트	mast	Ma	Цинциус	1977	403

돼지

bu-ta	*돼지	pig	K	金澤庄三郎	1910	9
toi-achi	*돼지		K	金澤庄三郎	1960	2
tot	돼지		K	김공칠	1989	10
puk	돼지		K	김공칠	1989	11
wusi	돼지		K	김공칠	1989	19
tot	돼지		K	김선기	1977ㄹ	357
*us-	돼지		K	박은용	1974	125
*ul-	돼지		K	박은용	1974	125
toi-a-či	*돼지	a pig	K	白鳥庫吉	1915ㄱ	3
toi-a-či	*돼지	a pig	K	白鳥庫吉	1916ㄴ	310
tot	*돼지	A pig	K	白鳥庫吉	1916ㄴ	310
osakam	돼지		K	송민	1966	22
tot	돼지		K	송민	1966	22
tot	돼지	a pig boar	K	이기문	1958	108
*tor	돼지	a pig boar	K	이기문	1958	108
tŏd	*돼지	Schwein	K	Andre Eckardt	1966	238
∧ʋ[烏]	*돼지	pig	K	Christopher I. Beckwith	2004	141
bu-ta	*돼지	pig	K	Kanazawa, S	1910	6
ulgiyan	돼지		Ma	박은용	1974	125
uldun	고라니		Ma	박은용	1974	125
dorgori	멧돼지	a wild boar	Ma	이기문	1958	108
dorokon	멧돼지	a wild boar	Ma	이기문	1958	108
toröki	멧돼지	a wild boar	Ma	이기문	1958	108
чушка	*돼지.		Ma	Shirokogoroff	1944	26
[тукаlаrда	*돼지		Ma	Shirokogoroff	1944	132
rara	*돼지	pig	Ma	Цинциус	1977	135
улгō	*돼지	pig	Ma	Цинциус	1977	259
ʒудура	*돼지	pig	Ma	Цинциус	1977	270
чонкó)	*돼지	swine	Ma	Цинциус	1977	406
чӯскэ	*돼지	swine	Ma	Цинциус	1977	417

표제어/어휘		의미	언어	저자	발간년도	쪽수
сивинӡa	*돼지	pig	Ma	Цинциус	1977	75
torošan	돼지		Mo	김선기	1977ㄹ	357
torogo	돼지		Mo	김선기	1977ㄹ	357
toroi	돼지		Mo	김선기	1977ㄹ	357
noxoi	*돼지	a pig	Mo	白鳥庫吉	1914ㄷ	288
tuŋgudzɯ	돼지		T	김선기	1977ㄹ	357
tugudzɯ	돼지		T	김선기	1977ㄹ	357
soska	*돼지	Schwein	T	白鳥庫吉	1916ㄴ	310
šoiška	*돼지	Schwein	T	白鳥庫吉	1916ㄴ	310
šošxa	*돼지	Schwein	T	白鳥庫吉	1916ㄴ	310
šotka	*돼지	Schwein	T	白鳥庫吉	1916ㄴ	310
suška	*돼지	Schwein	T	白鳥庫吉	1916ㄴ	310
syšná	*돼지	Schwein	T	白鳥庫吉	1916ㄴ	310
zozka	*돼지	Schwein	T	白鳥庫吉	1916ㄴ	310
čučka	*돼지	Schwein	T	白鳥庫吉	1916ㄴ	310
čočxa	*돼지	Schwein	T	白鳥庫吉	1916ㄴ	310
čjučka	*돼지	Schwein	T	白鳥庫吉	1916ㄴ	310
čaška	*돼지	Schwein	T	白鳥庫吉	1916ㄴ	310
čačka	*돼지	Schwein	T	白鳥庫吉	1916ㄴ	310
šoška	*돼지	Schwein	T	白鳥庫吉	1916ㄴ	310

되

iss.u	量의 단위		K	김완진	1957	258
toi	되		K	박은용	1975	165
twe	되		K	송민	1965	39
toi	되	a dry measure containing one tenth peck	K	이기문	1958	118
toi	되		K	이숭녕	1956	144
mal	되		K	이용주	1980	72
mal	곡식이나 물을 되는 용량의 단위		K	Miller, R. A. 김방한 역	1980	155
to	말		Ma	박은용	1975	165
to	되	a dry measure containing half a peck	Ma	이기문	1958	118

되다

toi	*되다	become	K	金澤庄三郎	1910	9
toi	되다		K	김공칠	1989	10
toj	되다		K	김사엽	1974	406
tʌ-oj	되다		K	김사엽	1974	411
toi	*되다	become	K	Kanazawa, S	1910	7
тата-	*되다	become	Ma	Цинциус	1977	171
bolum	*그가 되다	he becomes	Mo	Poppe, N	1965	196
ōli-	*되다	to become	Mo	Poppe, N	1965	202
bol-	*되다	to become	Mo	Poppe, N	1965	202
bùol	*되다	werden	T	白鳥庫吉	1915ㄱ	6

두개골

teigaŋi	두개골		K	이숭녕	1956	156
taigol	두개골		K	이숭녕	1956	156
pak	두개골		K	최학근	1959ㄱ	52
fexi	두개골	cervelle	Ma	최학근	1959ㄱ	52

표제어/어휘		의미	언어	저자	발간년도	쪽수
[iкʼipʼiн	*두개골.		Ma	Shirokogoroff	1944	58
[делi	*두개골		Ma	Shirokogoroff	1944	30
ȝоло	*두개골	skull	Ma	Цинциус	1977	263
ā̄ллэ	*두개골	skull	Ma	Цинциус	1977	448
heikin	두개골		Mo	최학근	1959ㄱ	52
exkxe	두개골	Source	Mo	최학근	1959ㄱ	52
ekin	두개골	te15te	Mo	최학근	1959ㄱ	52

두골

kor	두골		K	박은용	1974	226
hoto	두골		Ma	박은용	1974	226

두껍다

tukkʌp-	두꺼운	thick	K	김동소	1972	141
tuʔkʌp-	두꺼운	thick	K	김동소	1972	141
(a-)tu(t)-	*두껍다	thick	K	Martin, S. E.	1966	205
(a-)tu(t)-	*두껍다	thick	K	Martin, S. E.	1966	217
(a-)tu(t)-	*두껍다	thick	K	Martin, S. E.	1966	224
jiramin	두꺼운	thick	Ma	김동소	1972	141
бучукун	*두껍다, 뚱뚱하다	thick	Ma	Цинциус	1977	117
дирам	*두껍다, 뚱뚱하다	thick	Ma	Цинциус	1977	207
ду̇с	*두껍다, 뚱뚱하다	thick	Ma	Цинциус	1977	270
ȝу̇ȝā	*두껍다, 뚱뚱하다	thick	Ma	Цинциус	1977	76
бару̇н	*두껍다, 뚱뚱하다	thick	Ma	Цинциус	1977	76
*yoɣan	*두꺼운	thick	T	Poppe, N	1965	178
suon	*두꺼운	thick	T	Poppe, N	1965	178

두다

tuda	*두다	to put, to place, to leave, to let alone, to let g	K	G. J. Ramstedt	1949	275
teȝe-	*앉다	to sit down, to sit	Ma	G. J. Ramstedt	1949	275
нэ-	*두다, 놓다 (넣다)	put, place	Ma	Цинциус	1977	614
тики-	*두다, 놓다, 넣다	put, place	Ma	Цинциус	1977	178
ну̇су̇-	*두다, 말기다	place, put	Ma	Цинциус	1977	613

두더지

dudedzi	두더지		K	김선기	1977ㄹ	359
џуукан	*두더지.		Ma	Shirokogoroff	1944	40
момо́н	*두더지		Ma	Shirokogoroff	1944	85
пеӈатй	*두더지	mole	Ma	Цинциус	1977	37
dzurama	두더지		Mo	김선기	1977ㄹ	359

두덕

tuturk	*두덕		K	金澤庄三郞	1914	220
tuturöka	*두덕		Mo	金澤庄三郞	1914	220

두덩

tu-tön	*두덩	An eminence, a height, an elevation	K	白鳥庫吉	1916ㄴ	314
tu-tuk	*두덩	a ridge, a small bank	K	白鳥庫吉	1916ㄴ	314

표제어/어휘	의미	언어	저자	발간년도	쪽수
pö-doŋ	두둥		K	이숭녕	1956	178
pul-tu-doŋ	풀두둥		K	이숭녕	1956	178
pö-doŋ	두둥		K	이숭녕	1956	178
pö-böŋ	두둥		K	이숭녕	1956	178
tudöŋ	두둥		K	이숭녕	1956	178
šidun	*두덩		Ma	白鳥庫吉	1916ㄴ	314
ǯudun	*두덩		Ma	白鳥庫吉	1916ㄴ	314
židun	*두덩	Bergrucken	Ma	白鳥庫吉	1916ㄴ	314
zudan	*두덩	niedriger Bergrücken	Mo	白鳥庫吉	1916ㄴ	314
zudeń	*두덩	niedriger Bergrücken	Mo	白鳥庫吉	1916ㄴ	314

두둑

두듥	두둑		K	권덕규	1923ㄴ	128
tʉrəm	두둑		K	박은용	1975	139
koraň	두둑		K	이용주	1980	105
Taraha	두둑		Ma	권덕규	1923ㄴ	128
dalan	두둑		Ma	박은용	1975	139
Tuturka	두둑		Mo	권덕규	1923ㄴ	128

두드리다

pyəri-	쇠를 두드리다		K	강길운	1979	6
tu-tĭ-li	두드리다		K	김사엽	1974	428
ttu-tak ttu-tak	*두드리다	rapping, hammering	K	白鳥庫吉	1916ㄱ	182
tu-ta-ri ta	*두드리다	To beat, to rop, to thump	K	白鳥庫吉	1916ㄱ	182
tto-tak tto-tak	*또닥또닥		K	白鳥庫吉	1916ㄱ	182
tu-tĭ-ri	두드리다		K	송민	1974	11
tu-tu-ri	두드리다		K	송민	1974	11
tutïri-	두드리다		K	이용주	1979	113
teutăl	*두드리다	to beat	K	Aston	1879	22
bišu-	문지르다		Ma	강길운	1979	6
tantambi	*두드리다	schlagen, züchtigen	Ma	白鳥庫吉	1916ㄱ	182
alic'ē, alıc'i	*두드리다, 걱정하다.		Ma	Shirokogoroff	1944	5
[ектау	*두드리다.		Ma	Shirokogoroff	1944	42
купо	*두드리다.		Ma	Shirokogoroff	1944	78
таɣʏлʏн-	*두드리다	knock	Ma	Цинциус	1977	150
тубулкэ-	*두드리다	knock	Ma	Цинциус	1977	203
туми-	*두드리다	nock	Ma	Цинциус	1977	213
футулу-	*두드리다	nock	Ma	Цинциус	1977	304
немна-	*두드리다	nock	Ma	Цинциус	1977	320
хэдэдэ-	*두드리다	knock	Ma	Цинциус	1977	480
žančixu	*두드리다	battre, frapper, fouetter	Mo	白鳥庫吉	1916ㄱ	182
tаširaxu	*두드리다	battre, frapper, fouetter	Mo	白鳥庫吉	1916ㄱ	182
tašurdaxu	*두드리다	battre, frapper, fouetter	Mo	白鳥庫吉	1916ㄱ	182

두레

turöi	*두레		K	金澤庄三郞	1914	220
turöu	*두레		Mo	金澤庄三郞	1914	220

두렵다

məsəp-/as'akhə-	*두렵다	to fear	K	강영봉	1991	9
muǯi-	두려워하다		K	강길운	1983ㄱ	42
usil	두려워하다		K	김공칠	1989	7

표제어/어휘	의미		언어	저자	발간년도	쪽수
tuljʌwʌha-	두려워하다	fear	K	김동소	1972	137
tuli-	두려워하다	fear	K	김동소	1972	137
čə-hə-hʌ	두려워하다		K	김사엽	1974	468
čə-pʰï	두려워하다		K	김사엽	1974	468
turï-	두리다	to fear	K	이용주	1980	82
turï-	두렵다	to fear	K	이용주	1980	95
gele-	두려워하다	fear	Ma	김동소	1972	137
сэӈувэ-	*두려워하다	be afraid of	Ma	Цинциус	1977	143
тэвуӈчи-	*두려워하다	apprehend	Ma	Цинциус	1977	226
урху-	*두려워하다	fear	Ma	Цинциус	1977	286
натин-	*두려워하다	be afraid	Ma	Цинциус	1977	319
чикирша-	*두려워하다	be timid	Ma	Цинциус	1977	392
эрдэмтэ-	*두려워하다	be afraid	Ma	Цинциус	1977	463
мака-	*두려워하다	be afraid of	Ma	Цинциус	1977	522
туфи-	*두려워하다, 겁내다	be afraid	Ma	Цинциус	1977	176
[н'jal	*두려워하다		Ma	Shirokogoroff	1944	94

두루마기

표제어/어휘	의미		언어	저자	발간년도	쪽수
hurimai	*두루마기		K	金澤庄三郎	1914	221
turumaki	두루마기	overcoat	K	이기문	1958	118
tulume	강을 건널 때 메는	a round appratus made of creeper worn in the cross	Ma	이기문	1958	118
tulum	강을 건널 때 메는 가죽 가방	a leather bag worn in the crossing of a river	Ma	이기문	1958	118
tulum	가방	a bag	Ma	이기문	1958	118
tolum	가방	a bag	Ma	이기문	1958	118
kurömö	*두루마기		Mo	金澤庄三郎	1914	221
tulum	큰 가방	a big bag	Mo	이기문	1958	118
tulum	모피 가방	a bag made from the skin of animals	T	이기문	1958	118

두루미

표제어/어휘	의미		언어	저자	발간년도	쪽수
turu-mi	*두루미	crane	K	金澤庄三郎	1910	12
tu-lu-mi	두루미		K	김사엽	1974	427
turumi	두루미		K	김선기	1977ㄷ	356
tu-ru-mi	*두루미	The crane-Grus viridirostris	K	白鳥庫吉	1916ㄴ	313
tu-ru-mi	*두루미		K	小倉進平	1934	26
turumi	두루미		K	송민	1965	38
tu̇rumi	두루미	grue	K	宋敏	1969	79
tulumi	두루미	a kind of stork	K	宋敏	1969	79
turumi	두루미		K	宋敏	1969	79
turumi	두루미	crane	K	宋敏	1969	79
turu-mi	두루미		K	宋敏	1969	79
tulumï	*두루미	a kind of stork	K	Aston	1879	23
turu-mi	*두루미	crane	K	Kanazawa, S	1910	10
turum, turu, tur(u)	*두루미	crane	K	Martin, S. E.	1966	201
turum/turu/tur(u)	*두루미	crane	K	Martin, S. E.	1966	209
turum/turu/tur(u)	*두루미	crane	K	Martin, S. E.	1966	217
bulehen	두루미		Ma	김선기	1977ㄷ	356
talomy ni ki	*두루미	Enterich	Ma	白鳥庫吉	1916ㄴ	313
tãrme	*두루미	Ente	Ma	白鳥庫吉	1916ㄴ	313
tarmi	*두루미	Enterich	Ma	白鳥庫吉	1916ㄴ	313
tarmja	*두루미	Anas Baschas	Ma	白鳥庫吉	1916ㄴ	313

표제어/어휘		의미	언어	저자	발간년도	쪽수
tarmy niki	*두루미	Enterich	Ma	白鳥庫吉	1916ㄴ	313
tokorof	*두루미	Kranich	Ma	白鳥庫吉	1916ㄴ	313
taume	*두루미	Kranich	Ma	白鳥庫吉	1916ㄴ	313
tarmin nyiehe	*두루미	eine Art wilder Ente	Ma	白鳥庫吉	1916ㄴ	313
tarmi	*두루미	wilde Ente	Ma	白鳥庫吉	1916ㄴ	313
tarmi'	*두루미	Enterich	Ma	白鳥庫吉	1916ㄴ	313
tokoŕou	*두루미	Kranich	Ma	白鳥庫吉	1916ㄴ	313
togoroo	두루미		Mo	김선기	1977ㄷ	356
togoŕu	*두루미	Kranich	Mo	白鳥庫吉	1916ㄴ	313
tokoŕuṅ	*두루미	Kranich	Mo	白鳥庫吉	1916ㄴ	313
toxorio	*두루미	der Kranich	Mo	白鳥庫吉	1916ㄴ	313
toxoŕuṅ	*두루미	Kranich	Mo	白鳥庫吉	1916ㄴ	313
tarasu	*두루미	oiseau de proie	Mo	小倉進平	1934	26
turlaki	*두루미	corneille à tète rouge	Mo	小倉進平	1934	26
kaknus turna	두루미		T	김선기	1977ㄷ	356
turá	*두루미	Kranich	T	白鳥庫吉	1916ㄴ	313
turna	*두루미	Kranich	T	白鳥庫吉	1916ㄴ	313
turnâ	*두루미	Kranich	T	白鳥庫吉	1916ㄴ	313
turńa	*두루미	Kranich	T	白鳥庫吉	1916ㄴ	313
tūrnã	*두루미	chikwa	T	白鳥庫吉	1916ㄴ	313
turuja	*두루미	Kranich	T	白鳥庫吉	1916ㄴ	313
turna	*두루미		T	小倉進平	1934	26

두르다

mongkori	두르다		K	김공칠	1989	6
tuŕu	두르다	entourer	K	宋敏	1969	79
fiïuər	울타리		K	신용태	1987	126
turü	두르다		K	이숭녕	1956	141
turü	두르다		K	이숭녕	1956	158
Orok.	울타리,담		Ma	신용태	1987	130
Neg. Kurī	울타리,담		Ma	신용태	1987	130
Ma Kuran~Kuren	울타리,담		Ma	신용태	1987	130
Lam. Kur'ē	울타리,담		Ma	신용태	1987	130
Kurei-~Kureyi-	울타리,담		Ma	신용태	1987	130
Ev. Kurē	울타리,담		Ma	신용태	1987	130
küriy-e	울타리,둘레		Mo	신용태	1987	130
чаҟаl	*두르다, 감싸다.		Ma	Shirokogoroff	1944	22
гэӈгэлэ-	*두르다, 감싸다, 뒤집다	wrap, turn	Ma	Цинциус	1977	180

두멍

tu-möng	*두멍	a vat, a tank, a lake, a pond	K	白鳥庫吉	1916ㄴ	313
tum-möng	*두멍	A lake, a pond	K	白鳥庫吉	1916ㄴ	313
suṅpo	*두멍	Sumpf	Ma	白鳥庫吉	1916ㄴ	313
tamun	*두멍		Ma	白鳥庫吉	1916ㄴ	313
tenggin	*두멍	see	Ma	白鳥庫吉	1916ㄴ	313
tenghis	*두멍	un grand lac, mer	Mo	白鳥庫吉	1916ㄴ	313
timis	*두멍	Meer	T	白鳥庫吉	1916ㄴ	313
denges	*두멍	Meer	T	白鳥庫吉	1916ㄴ	313
tingis	*두멍	Meer	T	白鳥庫吉	1916ㄴ	313
tèngjis	*두멍	Meer	T	白鳥庫吉	1916ㄴ	313
tengis	*두멍	Meer	T	白鳥庫吉	1916ㄴ	313
dinghis	*두멍	Meer	T	白鳥庫吉	1916ㄴ	313
dengys	*두멍	Meer	T	白鳥庫吉	1916ㄴ	313

표제어/어휘		의미	언어	저자	발간년도	쪽수
dengis	*두멍	Meer	T	白鳥庫吉	1916ㄴ	313

둑

표제어/어휘		의미	언어	저자	발간년도	쪽수
t'osi	둑		K	강길운	1983ㄴ	115
g'o	둑		K	강길운	1983ㄴ	123
tuk	*둑	A bill, a mound, a heap	K	白鳥庫吉	1916ㄴ	312
tuk	*둑	a hill, a mound, a heap	K	G. J. Ramstedt	1949	276
deken	*둑	etwas hoch, eine Höhe	Ma	白鳥庫吉	1916ㄴ	312
dugu	*둑	a promontory	Ma	G. J. Ramstedt	1949	276
ту нʼо фурги	*둑	weir	Ma	Цинциус	1977	215
фасан	*둑	stank	Ma	Цинциус	1977	299
jувaj ба дала	*둑, 댐	dam	Ma	Цинциус	1977	350
dag	*둑	Berg	T	白鳥庫吉	1916ㄴ	312
tag	*둑	Berg	T	白鳥庫吉	1916ㄴ	312
tax	*둑	Berg	T	白鳥庫吉	1916ㄴ	312
tēgäi	*둑	kleiner Berg	T	白鳥庫吉	1916ㄴ	312

둘

표제어/어휘		의미	언어	저자	발간년도	쪽수
tu	둘		K	강길운	1981ㄴ	6
tu	두		K	강길운	1982ㄴ	18
tu	두		K	강길운	1982ㄴ	29
tur-	둘다		K	강길운	1983ㄴ	109
tur	둘		K	강길운	1983ㄴ	131
tul	두개	two	K	김동소	1972	141
tul	둘		K	김방한	1968	270
tul*	둘		K	김방한	1968	271
tu-pïl	둘		K	김사엽	1974	396
duburugan	둘		K	김선기	1968ㄱ	46
du:r	둘	two	K	김선기	1968ㄱ	46
du	두		K	김선기	1968ㄴ	32
duwr	둘		K	김선기	1968ㄴ	32
dur	둘		K	김선기	1968ㄴ	32
du:rh	둘		K	김선기	1968ㄴ	32
du:	둘		K	김선기	1968ㄴ	32
dueo	두어	about two	K	김선기	1968ㄴ	32
dvburugan	둘		K	김선기	1977	27
두	두, 둘		K	김해진	1947	11
tur	둘		K	박은용	1974	196
tubɐr	둘		K	박은용	1974	197
tuwur	둘	two	K	박은용	1974	197
tul	*두	two	K	白鳥庫吉	1916ㄴ	312
tu	*두	two	K	白鳥庫吉	1916ㄴ	312
tulh	둘	two	K	宋敏	1969	79
*tubur	둘	two	K	이기문	1958	105
tujir	둘	two	K	이기문	1958	105
tur	둘	two	K	이기문	1958	105
tur	둘	two	K	이기문	1958	113
tujir	둘	two	K	이기문	1958	113
*tubur (Chi. t'u-po)	둘	two	K	이기문	1958	113
turx	둘	two	K	이용주	1980	101
tūr(h)	둘	two	K	이용주	1980	85
rūr(h)	둘	two	K	이용주	1980	95
tu	*둘	zwei	K	Andre Eckardt	1966	239

표제어/어휘	의미		언어	저자	발간년도	쪽수
tul/둘	*둘		K	Arraisso	1896	21
tu-l	*둘	two	K	Aston	1879	60
teul or iteul	*들(복수접미사)	plural suffix	K	Aston	1879	60
istheun nal	*이튼날	two days	K	Aston	1879	60
tul	*둘	two	K	Edkins, J	1895	410
tu	*둘	two	K	Edkins, J	1896ㄱ	232
tul	*둘	two	K	Edkins, J	1898	339
irŭ-nas	*둘	two	K	Hulbert, H. B.	1905	121
turxye, tur	*둘	two	K	Martin, S. E.	1966	205
turxye, tur	*둘	two	K	Martin, S. E.	1966	206
turxye, tur	*둘	two	K	Martin, S. E.	1966	210
turxye, tur	*둘	two	K	Martin, S. E.	1966	215
turxye, tur	*둘	two	K	Martin, S. E.	1966	217
juwe	두개	two	Ma	김동소	1972	141
ʒūr	둘		Ma	김동소	1972	145
dū	둘		Ma	김동소	1972	145
ǰuwe	둘		Ma	김방한	1968	271
žor	둘		Ma	김선기	1977	27
žuwe	둘		Ma	김선기	1977	27
dzuwe	둘		Ma	김선기	1977ㅅ	336
ʒūr	둘		Ma	박은용	1974	197
ǰūr	둘		Ma	박은용	1974	197
ʒūl	둘		Ma	박은용	1974	197
ʒuər	둘		Ma	박은용	1974	197
ǰuw	둘		Ma	박은용	1974	197
дю	둘		Ma	박은용	1974	197
дюл	둘		Ma	박은용	1974	197
ʒùəl	둘		Ma	박은용	1974	197
дюр	둘		Ma	박은용	1974	197
ǰū	둘		Ma	박은용	1974	197
дюэл	둘		Ma	박은용	1974	197
dū	둘		Ma	박은용	1974	197
дюэр	둘		Ma	박은용	1974	197
juwe	둘		Ma	박은용	1974	197
duöröči	두	by twos	Ma	박은용	1974	197
du	둘		Ma	박은용	1974	197
dudgun	둘	a pair, two	Ma	박은용	1974	197
žurä	*두	zwei	Ma	白鳥庫吉	1916ㄴ	313
ž'ur	*두	zwei	Ma	白鳥庫吉	1916ㄴ	313
žul	*두	zwei	Ma	白鳥庫吉	1916ㄴ	313
žō	*두	zwei	Ma	白鳥庫吉	1916ㄴ	313
ž'ur	*두	zwei	Ma	白鳥庫吉	1916ㄴ	313
ďur	*두	zwei	Ma	白鳥庫吉	1916ㄴ	313
ʒur	*두	zwei	Ma	白鳥庫吉	1916ㄴ	313
ďor	*두	zwei	Ma	白鳥庫吉	1916ㄴ	313
ďu	*두	zwei	Ma	白鳥庫吉	1916ㄴ	313
ďjuhr	*두	zwei	Ma	白鳥庫吉	1916ㄴ	313
ʒōh	*두	zwei	Ma	白鳥庫吉	1916ㄴ	313
uru	*두	zwei	Ma	白鳥庫吉	1916ㄴ	313
uré	*두	zwei	Ma	白鳥庫吉	1916ㄴ	313
uwe	*두	zwei	Ma	白鳥庫吉	1916ㄴ	313
úru	*두	zwei	Ma	白鳥庫吉	1916ㄴ	313
uo	*두	zwei	Ma	白鳥庫吉	1916ㄴ	313
ur	*두	zwei	Ma	白鳥庫吉	1916ㄴ	313

표제어/어휘		의미	언어	저자	발간년도	쪽수
zür	*두	zwei	Ma	白鳥庫吉	1916ㄴ	313
ǯūr	둘	two	Ma	이기문	1958	113
juwe < *duwe	둘	two	Ma	이기문	1958	113
ǯw̄r	둘	two	Ma	이기문	1958	113
dur	둘	two	Ma	이기문	1958	113
dör	둘	two	Ma	이기문	1958	113
ǯūl	둘		Ma	최학근	1964	581
ǯ<ˉù>r	둘		Ma	최학근	1964	581
ǯūr	둘		Ma	최학근	1964	581
ǯuwe	둘		Ma	최학근	1964	581
ǯū	둘		Ma	최학근	1964	581
ǯuər	둘		Ma	최학근	1964	594
ǯūr	둘		Ma	최학근	1964	594
ǯue	둘		Ma	홍기문	1934ㄱ	215
줄리	둘	two	Ma	홍기문	1934ㄱ	215
줄	둘	two	Ma	홍기문	1934ㄱ	215
주워	둘	two	Ma	홍기문	1934ㄱ	215
술	둘	two	Ma	홍기문	1934ㄱ	216
쭐	둘	two	Ma	홍기문	1934ㄱ	216
두	둘	two	Ma	홍기문	1934ㄴ	232
줄	둘	two	Ma	홍기문	1934ㄴ	232
줄리	둘	two	Mo	김동소	1972	145
ǯirin	둘		Mo	김방한	1968	271
ǰirin	둘		Mo	김방한	1968	271
qoyar	둘		Mo	김선기	1977	27
hojre	둘		Mo	김선기	1977	27
kojar	둘		Mo	김선기	1977ㅅ	336
hojor	둘		Mo	최학근	1964	581
ǯirin	둘		Mo	최학근	1964	584
qojar	둘		T	김방한	1968	271
iki	둘		T	김선기	1977	27
iki	둘		T	최학근	1964	581
ǯor	둘					

둘러대다

tur	어리석다		K	박은용	1975	150
tul-	어리다		Ma	박은용	1975	150

둘러싸다

kköp tök-I	*둘러싸다	umschliessen	K	白鳥庫吉	1914ㄷ	296
horol'in	*둘러싸다	rallen	Ma	白鳥庫吉	1914ㄴ	173
horol'im	*둘러싸다		Ma	白鳥庫吉	1914ㄴ	173
ч'ікäр, ч'ікір	*둘러싸다.		Ma	Shirokogoroff	1944	24
hороли	*둘러싸다		Ma	Shirokogoroff	1944	56
түүүрүjə	*둘러싸다	surround	Ma	Цинциус	1977	204
уку-	*둘러싸다	begird	Ma	Цинциус	1977	255
kopuk	*둘러싸다	zudecken	T	白鳥庫吉	1914ㄷ	296

둘하다

tur-ha-	둘하다	to be foolish	K	이기문	1958	108
dulba	어리석은 (사람)	foolish (man)	Ma	이기문	1958	108

표제어/어휘		의미	언어	저자	발간년도	쪽수

둥글다

표제어/어휘		의미	언어	저자	발간년도	쪽수
둥글	둥글다		K	권덕규	1923ㄴ	129
tungur	*둥글다		K	金澤庄三郎	1914	220
tungur	*둥글다		K	金澤庄三郎	1914	221
tongkorami	둥글다		K	김공칠	1989	8
tuŋkil-	둥근	round	K	김동소	1972	140
tuljʌp-	둥글다		K	김동소	1972	149
duŋɡur	둥글다	full	K	김선기	1968ㄱ	37
duŋgur-	둥글다		K	김선기	1978ㄴ	321
turyə˘v-	두렵ㅇ다	round	K	이용주	1980	84
turyə˘v-	둥글다	round	K	이용주	1980	95
*gʷäŋö	둥글다	round	K	이용주	1980	99
turjev	둥글다	round	K	이용주	1980	99
*mawr : ^mawir [毛乙]	둥근	round, circle	K	Christopher I. Beckwith	2004	129
Tugurik	둥글다		Ma	권덕규	1923ㄴ	129
muheliyen	둥근	round	Ma	김동소	1972	140
muhelijen	둥글다	full	Ma	김선기	1968ㄱ	37
bijamuhelijeno-ho	둥글다		Ma	김선기	1978ㄴ	321
modo	*둥근, 둥그스름한	schwerfällig, plump, zurückholtend im Sprechen	Ma	白鳥庫吉	1915ㄱ	36
mohamé	*둥근	Kugel	Ma	白鳥庫吉	1915ㄱ	36
magholäu	*둥근	Kugel	Ma	白鳥庫吉	1915ㄱ	36
morohon	*둥근	grass und rund	Ma	白鳥庫吉	1915ㄱ	36
murkimbi	*둥글게 하다	abrunden	Ma	白鳥庫吉	1915ㄱ	36
boṅga	*둥글다	Köpfchen	Ma	白鳥庫吉	1915ㄱ	36
móxalē	*둥근	Kugel	Ma	白鳥庫吉	1915ㄱ	36
mugali	*둥근	Kugel	Ma	白鳥庫吉	1915ㄱ	36
muggalé	*둥근	Kugel	Ma	白鳥庫吉	1915ㄱ	36
muhalijan	*둥근, 구형의	Kugel, Ball, Pille	Ma	白鳥庫吉	1915ㄱ	36
muhelijen	*둥근	rund, kreis, Ring	Ma	白鳥庫吉	1915ㄱ	36
mūrū	*둥근	kreisrund	Ma	白鳥庫吉	1915ㄱ	36
murúma	*둥근	rund	Ma	白鳥庫吉	1915ㄱ	36
bongál'	*둥근	Kreis	Ma	白鳥庫吉	1915ㄱ	36
muhaṁe	*둥근	Kugel	Ma	白鳥庫吉	1915ㄱ	36
malí	*둥근	Kugel	Ma	白鳥庫吉	1915ㄱ	36
Tugrik	둥글다		Ma	이명섭	1962	7
bękę	*낙타 따위의 혹, 둥근 언덕	hump	Ma	Poppe, N	1965	200
бумбо	*둥근, 원통 모양의.		Ma	Shirokogoroff	1944	20
букуl	*둥근.		Ma	Shirokogoroff	1944	19
[туңгуjін	*둥근		Ma	Shirokogoroff	1944	133
тоңгур'ін	*둥근		Ma	Shirokogoroff	1944	130
ӡэмбэмэ	*둥글다, 둥그스름하다	roundish	Ma	Цинциус	1977	284
ӡэо	*둥글다, 둥그스름하다	roundish	Ma	Цинциус	1977	285
пуңгуl-пуңгуl	*둥근	round	Ma	Цинциус	1977	44
tukuring	*둥글다		Mo	金澤庄三郎	1914	220
tukurik	*둥글다		Mo	金澤庄三郎	1914	221
tugur	둥글다	full	Mo	김선기	1968ㄱ	37
mogholtsan	*둥근	sans point, sans cornes	Mo	白鳥庫吉	1915ㄱ	37
müxürixü	*둥근	rund machen	Mo	白鳥庫吉	1915ㄱ	37
mügüril	*둥근	un rond, une boule	Mo	白鳥庫吉	1915ㄱ	37
mügürik	*둥근	boule, rond, grain; rond, circulaire	Mo	白鳥庫吉	1915ㄱ	37
möxöron	*둥근	Kugel	Mo	白鳥庫吉	1915ㄱ	37

표제어/어휘	의미		언어	저자	발간년도	쪽수
moxolik	*둥근	rond, arrondi	Mo	白鳥庫吉	1915ㄱ	37
mogholtsok	*둥근	rond	Mo	白鳥庫吉	1915ㄱ	37
moxaltsok	*둥근	rond, globe	Mo	白鳥庫吉	1915ㄱ	37
Dugrume	둥글다		Mo	이명섭	1962	7
tōno	*둥근 굴뚝	the round frame of the smoke opening in the roof o	Mo	Poppe, N	1965	179
*togàri-	*회전하다	to rotate, encicle	Mo	Poppe, N	1965	179
toγori-	*회전하다	to rotate, encicle	Mo	Poppe, N	1965	179
böken	*낙타 따위의 혹, 둥근 언덕	hump	Mo	Poppe, N	1965	200
toγalaq	*둥근	round	T	Poppe, N	1965	179

둥둥

tuŋ-tuŋ	둥둥		K	강길운	1982ㄴ	29
tung	북소리		K	박은용	1975	170
tung	북소리		Ma	박은용	1975	170

둥지

kis	둥지		K	강길운	1983ㄴ	120
kis	둥지		K	김사엽	1974	436
[хамун, омук	*둥지, 보금자리		Ma	Shirokogoroff	1944	53
lon'é, lon'i	*둥지.		Ma	Shirokogoroff	1944	80
ўp	*둥지		Ma	Shirokogoroff	1944	144
[омук	*둥지		Ma	Shirokogoroff	1944	102
умук	*둥지		Ma	Shirokogoroff	1944	142
cӯγӣ	*둥지	nest	Ma	Цинциус	1977	119

뒤

koma	뒤		K	강길운	1981ㄴ	6
kom	뒤		K	강길운	1982ㄴ	19
koma	뒤		K	강길운	1982ㄴ	32
tü	뒤		K	강길운	1983ㄱ	46
tuʍ	*뒤	back	K	강영봉	1991	8
뒤ㅎ	뒤		K	김공칠	1980	93
tui<*turi	뒤		K	김공칠	1989	15
tui	뒤		K	김공칠	1989	7
tuj-h	뒤		K	김사엽	1974	408
tuj-h	뒤		K	김사엽	1974	456
tuj	뒤		K	김사엽	1974	473
tui	뒤		K	김승곤	1984	253
tui	*뒤	After, behind, the back, North	K	白鳥庫吉	1916ㄴ	311
soňa	*뒤	hinter hin	K	白鳥庫吉	1916ㄴ	312
tui	뒤		K	송민	1965	42
tui	뒤		K	宋敏	1969	79
tuyh	뒤		K	이용주	1979	113
tuix	*뒤		K	長田夏樹	1966	106
^tsʷiar[絶]	*뒤	back, behind; name of the Northern Tribe of Kogury	K	Christopher I. Beckwith	2004	112
*tsʷiar : ^tsʷiar[絶]	*뒤; 북	back, behind; north	K	Christopher I. Beckwith	2004	139
*tsʷiar[絶]	*뒤	back, behind	K	Christopher I. Beckwith	2004	139
jeiro	*뒤	back,behind,after	K	G. J. Ramstedt	1939ㄴ	461

표제어/어휘		의미	언어	저자	발간년도	쪽수
jẹp*e	*뒤	up to,until and including,till	K	G. J. Ramstedt	1939ㄴ	461
tsye	*뒤	back	K	Martin, S. E.	1966	208
tsye	*뒤	back	K	Martin, S. E.	1966	214
amala	*뒤		Ma	金澤庄三郎	1914	217
di	뒤		Ma	김승곤	1984	253
digiea	뒤쪽		Ma	김승곤	1984	253
dúile	*뒤	hinten, landeinwärts	Ma	白鳥庫吉	1916ㄴ	311
dũile	*뒤	hinten, landeinwärts	Ma	白鳥庫吉	1916ㄴ	311
sôldu	*뒤	hinten	Ma	白鳥庫吉	1916ㄴ	312
sôlduk	*뒤	von hinten	Ma	白鳥庫吉	1916ㄴ	312
gẹdimuk	*머리 뒤	the back of the head	Ma	Poppe, N	1965	198
gẹtkẹn	*머리 뒤	the back of the head	Ma	Poppe, N	1965	198
gẹdẹkẹ̃	*머리의 뒤	the back of the head	Ma	Poppe, N	1965	200
gẹdimuk	*머리의 뒤	the back of the head	Ma	Poppe, N	1965	200
gẹdimuk	*머리의 뒤	the back of the head	Ma	Poppe, N	1965	203
gẹdẹmẹk	*머리의 뒤	the back of the head	Ma	Poppe, N	1965	203
уск'ів'і	*뒤로.		Ma	Shirokogoroff	1944	147
часкāк'і	*뒤로.		Ma	Shirokogoroff	1944	23
амакак'і	*뒤로.		Ma	Shirokogoroff	1944	6
амаскāк'і	*뒤로.		Ma	Shirokogoroff	1944	6
чаjілан	*뒤에, 그 뒤에		Ma	Shirokogoroff	1944	22
[амаila	*뒤에, 뒤에서부터.		Ma	Shirokogoroff	1944	6
амаргу	*뒤에서, 뒤의.		Ma	Shirokogoroff	1944	6
амарг'ідадун	*뒤에서, 북쪽에서.		Ma	Shirokogoroff	1944	6
[сōлду	*뒤에서.		Ma	Shirokogoroff	1944	117
[амарĩду	*뒤에서.		Ma	Shirokogoroff	1944	6
амарда	*뒤에서.		Ma	Shirokogoroff	1944	6
амаск'ів'і	*뒤에서.		Ma	Shirokogoroff	1944	6
[eliкiн	*뒤의.		Ma	Shirokogoroff	1944	42
буксу	*뒤, 엉덩이	back	Ma	Цинциус	1977	104
амар	*뒤, 엉덩이	back	Ma	Цинциус	1977	35
hoitai	*뒤		Mo	金澤庄三郎	1914	217
dalda	*뒤	secret, mysterieux, le secret, le mystère	Mo	白鳥庫吉	1916ㄴ	312
dalda	*뒤	hinten, versteckt, geheim	Mo	白鳥庫吉	1916ㄴ	312
gede-	*뒤	backwards	Mo	Johannes Rahder	1959	53
gede	*머리의 뒤	the back of the head	Mo	Poppe, N	1965	203
sônda	*뒤	hinter	T	白鳥庫吉	1916ㄴ	312
sôna	*뒤	hinter hin	T	白鳥庫吉	1916ㄴ	312
sô	*뒤	hinter hin	T	白鳥庫吉	1916ㄴ	312
sô	*뒤	hinten	T	白鳥庫吉	1916ㄴ	312
kiru	*뒤, 後에	back(ward), after	T	Johannes Rahder	1959	45
kätäx	*머리 뒤	back of the head	T	Poppe, N	1965	198
kedin	*뒤에	after	T	Poppe, N	1965	198
kizin	*뒤에	behind	T	Poppe, N	1965	198
kädin	*뒤에	behind	T	Poppe, N	1965	200
kätäx	*머리의 뒤	back of the head	T	Poppe, N	1965	200
kidin	*뒤로	backwards	T	Poppe, N	1965	203

뒤꿈치

kum-chi	*뒤꿈치	heel	K	Johannes Rahder	1959	41
усуryj	*뒤꿈치	heel	Ma	Цинциус	1977	292
ҷӈ̃ти	*뒤꿈치	heel	Ma	Цинциус	1977	662

표제어/어휘	의미		언어	저자	발간년도	쪽수
kēn	*뒤꿈치	heel	Mo	Johannes Rahder	1959	42

드디어

표제어/어휘	의미		언어	저자	발간년도	쪽수
tï-tʌj-jə	드디어		K	김사엽	1974	419
тēдэ	*드디어	at last	Ma	Цинциус	1977	172
ǯидуǯи	*드디어, 마침내	at last	Ma	Цинциус	1977	256

드물다

표제어/어휘	의미		언어	저자	발간년도	쪽수
teumu	*드물다	rare	K	金澤庄三郎	1910	12
tï-mïl	드물다		K	김사엽	1974	416
twmwl	드물다		K	송민	1965	39
tïmïl	드물다	be rare	K	宋敏	1969	79
tïm	드물다		K	宋敏	1969	79
teumu	드물다		K	宋敏	1969	79
teumu	*드물다	rare	K	Kanazawa, S	1910	9
уwɪм'iнокɛja	*드문.		Ma	Shirokogoroff	1944	148
ʉólɣo	*드문.		Ma	Shirokogoroff	1944	38
ɣōлɪ̌	*드문	rare	Ma	Цинциус	1977	159
ирɣа	*드문	rare	Ma	Цинциус	1977	324
хиχан	*드문	rare	Ma	Цинциус	1977	465
сэр би	*드문, 흔하지 않은	rare; uncommon	Ma	Цинциус	1977	144
сэбкэ саӄа	*드물게	seldom	Ma	Цинциус	1977	134
лабса	*드물게	rare	Ma	Цинциус	1977	485
саɣал-саɣал	*드물게; 가끔	rarely	Ma	Цинциус	1977	52

듣다

표제어/어휘	의미		언어	저자	발간년도	쪽수
tɯt-	*듣다	to hear	K	강영봉	1991	9
tit-	듣다	hear	K	김동소	1972	138
ptï̈t-tï̈t	듣다		K	김사엽	1974	439
tï̈t	듣다		K	김사엽	1974	457
dɯr	듣다	hear	K	김선기	1968ㄱ	39
dɯd	듣다	hear	K	김선기	1968ㄱ	39
tyt	*듣다		K	大野晋	1975	88
tɯt-	듣다		K	박은용	1975	147
tɯt-	떨어지다		K	박은용	1975	168
tɯt- ~r-	듣다	to hear	K	이용주	1980	82
*kʷökʷü	듣다	hear	K	이용주	1980	99
tyt	듣다	hear	K	이용주	1980	99
dɯt	듣다	to hear	K	이탁	1964	153
gui	귀	ear	K	이탁	1964	153
tŭd-	*듣다	hoeren	K	Andre Eckardt	1966	239
donji-	듣다	hear	Ma	김동소	1972	138
donJ	듣다	hear	Ma	김선기	1968ㄱ	39
donJi	듣다	hear	Ma	김선기	1968ㄱ	39
don-ji-	듣다		Ma	박은용	1975	147
do-	떨어지다		Ma	박은용	1975	147
tuhe-	떨어지다		Ma	박은용	1975	168
долдi, долч'i,	*듣다.		Ma	Shirokogoroff	1944	32
dõлдɪ̌	*듣다, 들리다	hear	Ma	Цинциус	1977	214
kalan	*듣다	hear	Mo	Johannes Rahder	1959	43
ešid	*들어라!	hear!	T	Poppe, N	1965	190
tïŋla	*들어라!	listen!	T	Poppe, N	1965	190

표제어/어휘		의미	언어	저자	발간년도	쪽수
äšid-	*듣다	to hear	T	Poppe, N	1965	195
tīŋla-	*듣다	to listen	T	Poppe, N	1965	196

들

pḕl	벌판의 벌		K	김승곤	1984	250
kuə?	*들판(뻘)		K	村山七郞	1963	32
pəl	*들판(뻘)		K	村山七郞	1963	32
tul	*들	prairie	K	G. J. Ramstedt	1928	70
tīl	*들	prairie	K	G. J. Ramstedt	1928	70
dul	*들	prairie, wilderness	Ma	G. J. Ramstedt	1928	70
бига	*들판	field	Ma	Цинциус	1977	81

들(복수)

tʌr	들(복수)	복수접미사	K	강길운	1982ㄴ	19
djil	*들	the plural sign	K	G. J. Ramstedt	1949	266
ţil	*들	the plural sign	K	G. J. Ramstedt	1949	266
heui	*들	the plural ending	K	Hulbert, H. B.	1905	121
teul	*들	the plural ending	K	Hulbert, H. B.	1905	121
muri	*들	the plural ending	K	Hulbert, H. B.	1905	121
ţil	*복수접미사	plural suffix	K	Poppe, N	1965	190
nǔd	*복수접미사	plural suffix	Mo	Poppe, N	1965	190
ler	*복수접미사	plural suffix	T	Poppe, N	1965	190
sem	*복수접미사	plural suffix	T	Poppe, N	1965	191

들보

tulpo	들보		K	강길운	1983ㄴ	109
toraŋ	대들보		K	이숭녕	1956	100
teulpo	*들보	a crossbeam in a house	K	Hulbert, H. B.	1905	
таiбó	*들보	crossbeam	Ma	Цинциус	1977	151
чаргин	*들보	beam	Ma	Цинциус	1977	385

들어가다

*I : ^yi [伊]	*들어가다	to enter	K	Christopher I. Beckwith	2004	121
dyar-	*들어가다	enter	K	Martin, S. E.	1966	207
dyar-	*들어가다	enter	K	Martin, S. E.	1966	209
dyar-	*들어가다	enter	K	Martin, S. E.	1966	213
bakta-	*들어가다		Ma	김영일	1986	180
ïm'ı	*들어가다		Ma	Shirokogoroff	1944	60
ïнā	*들어가다		Ma	Shirokogoroff	1944	60
цавар'iв	*들어가다		Ma	Shirokogoroff	1944	29
kīr-	*들어가다	to enter	T	Johannes Rahder	1959	33

들어오다

tur-	들어오다		K	강길운	1983ㄴ	122
cik-	들어오다		T	김영일	1986	170

듯

it	*듯	it looks like, it seems as though	K	G. J. Ramstedt	1949	268
üs	*모습	look, appearance, physiognomy	T	G. J. Ramstedt	1949	268

표제어/어휘		의미	언어	저자	발간년도	쪽수
둥						
tiŋ	둥	back(person's)	K	김동소	1972	136
čan-teung-i	*둥	the back	K	白鳥庫吉	1916ㄴ	327
sa-teung-i	*둥	The back	K	白鳥庫吉	1916ㄴ	327
*šä	둥	back	K	이용주	1980	100
tyñ	둥	back	K	이용주	1980	100
tɯŋ	둥	back	K	이용주	1980	80
tɯŋ	둥	back	K	이용주	1980	95
fisa	둥	back(person's)	Ma	김동소	1972	136
žudan	*둥	Bergrücken	Ma	白鳥庫吉	1916ㄴ	328
аркан	*둥.		Ma	Shirokogoroff	1944	10
дарā_ма	*둥.		Ma	Shirokogoroff	1944	29
кōра	*둥.		Ma	Shirokogoroff	1944	74
[н'ер'i	*둥.		Ma	Shirokogoroff	1944	91
[н'ip'i	*둥.		Ma	Shirokogoroff	1944	93
дарама	*둥, 척추, 허리.		Ma	Shirokogoroff	1944	28
кантара	*둥		Ma	Shirokogoroff	1944	68
согдонно	*둥.		Ma	Shirokogoroff	1944	117
согдондо	*둥		Ma	Shirokogoroff	1944	117
согдонно	*둥	back	Ma	Цинциус	1977	103
horǯō	*둥	back	Ma	Цинциус	1977	329
қарγама	*둥	back	Ma	Цинциус	1977	381
қӓӗман	*둥	back bone	Ma	Цинциус	1977	388
хуӈсӯ	*둥	back	Ma	Цинциус	1977	478
аркан	*둥	back	Ma	Цинциус	1977	51
zudań	*둥	niedriger Bergerücken	Mo	白鳥庫吉	1916ㄴ	328
zudeń	*둥	niedriger Bergerücken	Mo	白鳥庫吉	1916ㄴ	328
디디다						
čjẹgjẹḍidäda	*디디다	to stand on tiptoe	K	G. J. Ramstedt	1949	27
deksi-	*디디다	to fly	Ma	G. J. Ramstedt	1949	27
dẹgi-w-	*디디다	to make fly	Ma	G. J. Ramstedt	1949	27
dẹgi	*디디다	the bird	Ma	G. J. Ramstedt	1949	27
dẹgi-	*디디다	to fly	Ma	G. J. Ramstedt	1949	27
따다						
ptʌ	따다		K	김사엽	1974	419
*pata-	따다	to pick (fruits etc.)	K	이기문	1958	109
ptạ-	따다	to pick (fruits etc.)	K	이기문	1958	109
ttada	*따다	to pick fruit, to arrest, to lance	K	G. J. Ramstedt	1949	246
ttada	*따다	to omit, to drop, to be left out	K	G. J. Ramstedt	1949	246
fata-	따다	to pick (fruits etc.)	Ma	이기문	1958	109
hata-l-	*자르다	to cut off (the head with a sword)	Ma	G. J. Ramstedt	1949	246
fudasi	*비정상의, 이상한	abnormal, original, odd person	Ma	G. J. Ramstedt	1949	247
ч'iкywa	*따다, 모으다		Ma	Shirokogoroff	1944	24
ч'iкалi	*따다, 잡아 뜯다		Ma	Shirokogoroff	1944	24
толло-	*따다	tear off	Ma	Цинциус	1977	195
гэǯурэ-	*따다, 거둬들이다	gather	Ma	Цинциус	1977	177
따뜻하다						
t'ak'ɯn	따뜻하다		K	강길운	1981ㄱ	32
t'a k'ɯn	따끈		K	강길운	1983ㄴ	106

표제어/어휘		의미	언어	저자	발간년도	쪽수
tʼa kʼɯn	따끈		K	강길운	1983ㄴ	109
tʼa kʼɯn	따끈한		K	강길운	1983ㄴ	122
ttă ttăt	따뜻하다		K	김공칠	1989	6
tʌ-tʌs-hʌ	따뜻하다		K	김사엽	1974	482
tattat	따뜻하다		K	송민	1965	38
tattat	따뜻하다		K	宋敏	1969	79
ttattat	따뜻하다		K	宋敏	1969	79
(a-)tata-ka(-p)-	*따뜻하다	hot	K	Martin, S. E.	1966	203
(a-)tata-ka(-p)-	*따뜻하다	hot	K	Martin, S. E.	1966	205
(a-)tata-ka(-p)-	*따뜻하다	hot	K	Martin, S. E.	1966	206
(a-)tata-ka(-p)-	*따뜻하다	hot	K	Martin, S. E.	1966	215
(a-)tata-ka(-p-)-	*따뜻하다	hot	K	Martin, S. E.	1966	224
(a-)tata-ka(-p)-	*따뜻하다	hot	K	Martin, S. E.	1966	224
dul-	*따뜻하게 하다	to warm	Ma	Poppe, N	1965	201
[hoкукı	*따뜻하다		Ma	Shirokogoroff	1944	56
[тɑwyp	*따뜻한.		Ma	Shirokogoroff	1944	125
[бylдı	*따뜻한.		Ma	Shirokogoroff	1944	19
дуlı	*따뜻한.		Ma	Shirokogoroff	1944	33
[дуlhıн	*따뜻한.		Ma	Shirokogoroff	1944	33
[hактасi	*따뜻한.		Ma	Shirokogoroff	1944	54
нʼама, нама	*따뜻한		Ma	Shirokogoroff	1944	89
бyleн	*따뜻한		Ma	Shirokogoroff	1944	20
нама	*따뜻한		Ma	Shirokogoroff	1944	89
нʼаматман	*따뜻한		Ma	Shirokogoroff	1944	89
kipi	*따뜻해지다, 더워지다.		Ma	Shirokogoroff	1944	71
намаlгī	*따뜻해지다		Ma	Shirokogoroff	1944	89
вэнǯэ-	*따뜻해지다, 몸을 녹이다	get warm	Ma	Цинциус	1977	132
jǝnӯ	*따뜻한	warm	Ma	Цинциус	1977	355
бylди	*따뜻하다	warm	Ma	Цинциус	1977	107
нʼама	*따뜻하다	warm	Ma	Цинциус	1977	630
dulaɣan	*따뜻한	warm	Mo	Poppe, N	1965	201
yïlïɣ	*따뜻한	warm	T	Poppe, N	1965	201

따로

표제어/어휘		의미	언어	저자	발간년도	쪽수
taro	*따로	different	K	G. J. Ramstedt	1949	258
dari-ski	*옆으로	to the side, passing by, past,	Ma	G. J. Ramstedt	1949	258
9p9к9ɥi	*따로.		Ma	Shirokogoroff	1944	45
совоj	*따로	apart	Ma	Цинциус	1977	103
тусna	*따로	separately	Ma	Цинциус	1977	223
бунʼуру	*따로따로	separately	Ma	Цинциус	1977	110

따르다

표제어/어휘		의미	언어	저자	발간년도	쪽수
tʼaro-	따르다		K	강길운	1982ㄴ	33
tʼaro-	따르다		K	강길운	1982ㄴ	36
pal	따르다		K	김사엽	1974	430
stʌ-lo	따르다		K	김사엽	1974	468
ttă-ră ta	*따르다	To pour into, to put in	K	白鳥庫吉	1916ㄱ	183
ttă-ro ta	*따르다	to pour from one into another	K	白鳥庫吉	1916ㄱ	183
*amda	*따르다	to follow, to be the next, to be behind	K	G. J. Ramstedt	1949	9
tarŭ	*따르다	follow	K	Hulbert, H. B.	1905	120
tsyocağa-	*따르다	follow	K	Martin, S. E.	1966	208
turambi	*따르다	ausgiessen	Ma	白鳥庫吉	1916ㄱ	183

표제어/어휘		의미	언어	저자	발간년도	쪽수
turaku	*따르다	Wasserfall	Ma	白鳥庫吉	1916ㄱ	183
śeŕeu	*따르다	giessen	Ma	白鳥庫吉	1916ㄱ	183
тура-	*따르다	pour	Ma	Цинциус	1977	218
уӈку-	*따르다	pour	Ma	Цинциус	1977	279
чучи-	*따르다	pour	Ma	Цинциус	1977	418
cara-	*따르다	pour in addition	Ma	Цинциус	1977	52
нӧӈ-	*따르다	pour some more	Ma	Цинциус	1977	605
бура-	*따르다, 붓다	pour	Ma	Цинциус	1977	111
нулка-	*따르다, 붓다	pour some more	Ma	Цинциус	1977	610
mürlekü	*따르다	suivre, poursuivre, imiter	Mo	白鳥庫吉	1915ㄱ	33
tögerben	*따르다	giessen	T	白鳥庫吉	1916ㄱ	183
töhärmen	*따르다	giessen	T	白鳥庫吉	1916ㄱ	183
tõgerben	*따르다	giessen	T	白鳥庫吉	1916ㄱ	183

따위

ta-βi	따위		K	김사엽	1974	428
gačin	*따위	to be like	Ma	G. J. Ramstedt	1939ㄴ	463
taby	따위		T	이숭녕	1953	137

딱딱하다

tak-tak-kʌ	딱딱하다		K	김사엽	1974	429
ката	*딱딱한, 강한		Ma	Shirokogoroff	1944	69
тоӈорін	*딱딱한, 단단한, 힘든.		Ma	Shirokogoroff	1944	130
сида-	*딱딱해지다, 굳어지다	harden	Ma	Цинциус	1977	79
далхиӽана-	*딱딱해지다, 굳어지다	stiffen, freeze	Ma	Цинциус	1977	195
бақӟа-	*딱딱해지다, 굳어지다	stiffen, freeze	Ma	Цинциус	1977	67
дуӈнимэ	*딱딱하다, 고체의	hard, solid	Ma	Цинциус	1977	224
ӟилиӽаӈг	*딱딱하다, 고체의	hard, solid	Ma	Цинциус	1977	257
коӈгун	*딱딱한	hard	Ma	Цинциус	1977	412

딸

stʌl	딸		K	김방한	1977	20
stʌl	딸		K	김방한	1978	29
ptʌl	딸		K	김사엽	1974	385
딸	딸		K	김선기	1977ㅁ	359
mus<iˆ>me	딸		K	김완진	1957	260
ttäl	*딸	A daughter	K	白鳥庫吉	1916ㄱ	179
ttal	*소녀	girl	K	長田夏樹	1966	113
stal	*소녀	girl	K	長田夏樹	1966	113
ptal	*소녀	girl	K	長田夏樹	1966	113
宝妲	*여자 아이		K	長田夏樹	1966	113
d'al	*딸	Tochter	K	Andre Eckardt	1966	229
ttal < ptal	*딸, 소녀	daughter, girl	K	G. J. Ramstedt	1928	71
buta	딸		Ma	김방한	1977	21
patala	소녀	girl	Ma	김방한	1978	29
fatali	소녀	girl	Ma	김방한	1978	29
hehe	女人		Ma	김선기	1977ㅁ	359
sargan	딸		Ma	김선기	1977ㅁ	359
ötörikan	*딸	Alter	Ma	白鳥庫吉	1916ㄱ	179
atykan	*딸	Greis	Ma	白鳥庫吉	1916ㄱ	179
atrikan	*딸	Greisin	Ma	白鳥庫吉	1916ㄱ	179
ätirkän	*딸	Greis	Ma	白鳥庫吉	1916ㄱ	179

표제어/어휘		의미	언어	저자	발간년도	쪽수
aŭrkán	*딸	Frau	Ma	白鳥庫吉	1916ㄱ	179
sargan	*딸	Frau	Ma	白鳥庫吉	1916ㄱ	179
atirkan	*딸	Greisin	Ma	白鳥庫吉	1916ㄱ	179
atrikan, atyrkan	*딸	alt	Ma	白鳥庫吉	1916ㄱ	179
atikan	*딸	alte	Ma	白鳥庫吉	1916ㄱ	179
atekan	*딸	Greis	Ma	白鳥庫吉	1916ㄱ	179
sargan žui	*딸	Tochter	Ma	白鳥庫吉	1916ㄱ	179
atirkan	*딸	Greisin, Alte	Ma	白鳥庫吉	1916ㄱ	179
yttikan	*딸	alt	Ma	白鳥庫吉	1916ㄱ	179
atrikan	*딸	Greis	Ma	白鳥庫吉	1916ㄱ	179
patala	*소녀	girl	Ma	長田夏樹	1966	113
fatali	*아가씨		Ma	長田夏樹	1966	113
patala	*소녀	girl	Ma	G. J. Ramstedt	1928	71
унаџа	*딸, 아가씨.		Ma	Shirokogoroff	1944	143
унеl	*딸		Ma	Shirokogoroff	1944	143
buta	딸		Mo	김방한	1977	21
ukin	딸		Mo	김선기	1977ㅁ	359
eme	딸		Mo	김선기	1977ㅁ	359
ekener	딸		Mo	김선기	1977ㅁ	359
odogon	*딸	shamane	Mo	白鳥庫吉	1916ㄱ	179
udagan	*딸	shamane	Mo	白鳥庫吉	1916ㄱ	179
keidzw bala	딸		T	김선기	1977ㅁ	359
madzilum	딸		T	김선기	1977ㅁ	359
uŭgan, utjugun, duan	*딸	Schamanin	T	白鳥庫吉	1916ㄱ	180
udagan	*딸	Schamanin	T	白鳥庫吉	1916ㄱ	180
hīr	*딸	daughter	T	Poppe, N	1965	37
qïz	*딸	daughter	T	Poppe, N	1965	37
xĕr	*딸	daughter	T	Poppe, N	1965	37

딸기

ptal-ki	딸기		K	이숭녕	1956	154
ǰiktẹ	*딸기류의 열매	berry	Ma	Poppe, N	1965	198
тōкта	*딸기.		Ma	Shirokogoroff	1944	129
гучалǯигина	*딸기	strawberry	Ma	Цинциус	1977	176
ǯинминичǯ	*딸기	strawberry	Ma	Цинциус	1977	258
ǯиктэ	*딸기	berry	Ma	Цинциус	1977	256
ǰedegene	*딸기	strawberry	Mo	Poppe, N	1965	198
yiläk	*딸기	berry	T	Poppe, N	1965	198
śïrla	*딸기	berry	T	Poppe, N	1965	198

땀

stɛm	땀		K	김공칠	1989	14
stʌm	땀		K	김사엽	1974	482
땀	땀		K	김선기	1977ㄴ	380
ʔtɒm	땀		K	宋敏	1969	80
stem	*땀		K	長田夏樹	1966	107
[џасінг	*땀		Ma	Shirokogoroff	1944	91
[нằhін	*땀		Ma	Shirokogoroff	1944	88
н'осса	*땀나다.		Ma	Shirokogoroff	1944	95
[џасангі	*땀이 나다.		Ma	Shirokogoroff	1944	90
[хокуl	*땀흘리다		Ma	Shirokogoroff	1944	53
сэвэр-	*땀을 나다	sweat	Ma	Цинциус	1977	135

표제어/어휘		의미	언어	저자	발간년도	쪽수
н'ə-	*땀이 나다	be in a sweat	Ma	Цинциус	1977	650
таран	*땀	sweat	Ma	Цинциус	1977	167
ӟӣлата	*땀	sweat	Ma	Цинциус	1977	257
қолоӊсу	*땀	sweat	Ma	Цинциус	1977	408
hukel	땀		Mo	김영일	1986	173
hukel-	땀내다		Mo	김영일	1986	173
taran	땀		T	김선기	1977ㄴ	380

땅

표제어/어휘		의미	언어	저자	발간년도	쪽수
arɯ	땅	land	K	강길운	1978	43
na	땅	land	K	강길운	1978	43
t'ah	땅		K	강길운	1981ㄴ	6
*na	땅	땅(지명)	K	강길운	1982ㄴ	30
mut'	물		K	강길운	1983ㄴ	125
tta	*땅	land	K	金澤庄三郎	1910	12
*toh	땅		K	김공칠	1980	110
tah	땅		K	김공칠	1980	110
sta	땅		K	김공칠	1988	205
sta-h	땅		K	김방한	1978	29
sta	땅		K	김사엽	1974	421
stʌ	땅		K	김사엽	1974	421
na	땅	earth	K	김선기	1968ㄱ	28
땅	땅	earth	K	김선기	1968ㄱ	28
壽	땅	earth	K	김선기	1968ㄱ	28
	땅		K	김선기	1977ㄴ	377
na	땅		K	박은용	1974	114
no	땅		K	박은용	1974	114
tta	*땅	The earth, the soil, the land	K	白鳥庫吉	1916ㄱ	174
ttang	*땅	The earth, the soil, the land	K	白鳥庫吉	1916ㄱ	174
tta	땅		K	宋敏	1969	80
ta, tang	땅		K	宋敏	1969	80
tta	땅	the earth, the soil, the land	K	宋敏	1969	80
stah	땅	graund	K	宋敏	1969	80
內	땅		K	辛 容泰	1987	132
壞	땅		K	辛 容泰	1987	132
na	땅	earth, soil	K	이기문	1963	101
ʔtaŋ	땅		K	이숭녕	1956	107
stăh	땅	earth	K	이용주	1980	95
*sutɨ	땅	earth	K	이용주	1980	99
stax	땅	earth	K	이용주	1980	99
d'ang	*땅	Erde	K	Andre Eckardt	1966	229
^nʋ[奴]	*땅	land, earth	K	Christopher I. Beckwith	2004	110
^nʋ[奴~弩]	*땅	land, earth	K	Christopher I. Beckwith	2004	132
*nʋ [奴~弩]	*땅	land, earth	K	Christopher I. Beckwith	2004	133
tta	*땅	Feld	K	G. J. Ramstedt	1939ㄱ	486
tta	*땅	land	K	Kanazawa, S	1910	9
tut(ɨ)	*땅	earth	K	Martin, S. E.	1966	205
tut(ɨ)	*땅	earth	K	Martin, S. E.	1966	206
tut(ɨ)	*땅	earth	K	Martin, S. E.	1966	213
tut(ɨ)	*땅	earth	K	Martin, S. E.	1966	217

표제어/어휘		의미	언어	저자	발간년도	쪽수
na	땅	land	Ma	강길운	1978	43
buta	땅	land, earth	Ma	김방한	1978	29
na	땅	land	Ma	김선기	1968ㄴ	24
na	땅		Ma	김선기	1976ㅂ	332
usin buta	땅	field, cultivate land	Ma	김선기	1976ㅂ	332
buta	땅	land, earth	Ma	김선기	1976ㅂ	332
納	땅		Ma	박은용	1974	114
na	땅		Ma	박은용	1974	114
dúhnda	*땅	Erde	Ma	白鳥庫吉	1916ㄱ	174
tukata	*땅	Erde	Ma	白鳥庫吉	1916ㄱ	174
tukalágda	*땅	Erde	Ma	白鳥庫吉	1916ㄱ	174
dúnne	*땅	Erde	Ma	白鳥庫吉	1916ㄱ	174
dunda	*땅	Erde	Ma	白鳥庫吉	1916ㄱ	174
dúndra	*땅	Erde	Ma	白鳥庫吉	1916ㄱ	174
buta	*땅	Feld	Ma	G. J. Ramstedt	1939ㄱ	486
jopko	*땅, 畜.		Ma	Shirokogoroff	1944	65
ду_нда	*땅.		Ma	Shirokogoroff	1944	34
[hāpri	*땅.		Ma	Shirokogoroff	1944	55
дунда	*땅		Ma	Shirokogoroff	1944	34
тур'il̨чалан	*땅		Ma	Shirokogoroff	1944	134
тур	*땅	ground	Ma	Цинциус	1977	217
дуннэ	*땅	earth	Ma	Цинциус	1977	224
имари	*땅	part of land	Ma	Цинциус	1977	313
jəркэ	*땅	land	Ma	Цинциус	1977	355
кирсин	*땅	soil, ground	Ma	Цинциус	1977	399
кóондi	*땅	land	Ma	Цинциус	1977	413
кудэ̄	*땅	land	Ma	Цинциус	1977	424
кун	*땅	land	Ma	Цинциус	1977	432
бój̧хон	*땅	earth	Ma	Цинциус	1977	89
xörs	땅		Mo	강길운	1977	15
gaJar	땅	earth	Mo	김선기	1968ㄱ	28
stag	땅		Mo	김선기	1976ㅂ	332
gadzar	땅		Mo	김선기	1976ㅂ	332
buta	땅	sod, turf	Mo	김선기	1976ㅂ	332
toghosun	*땅	poussière, atome, poussière fécondante	Mo	白鳥庫吉	1916ㄱ	174
tōson	*땅	poussière	Mo	白鳥庫吉	1916ㄱ	175
tâtka	*땅	Lehm, Thon	Mo	白鳥庫吉	1916ㄱ	175
tōgxon	*땅	poussière	Mo	白鳥庫吉	1916ㄱ	175
gaʒr-un	*땅의	Land(G)	Mo	G.J. Ramstedt	1952	26
gaʒr	*땅	Land	Mo	G.J. Ramstedt	1952	26
gazarī	*땅의	des Landes	Mo	G.J. Ramstedt	1952	26
gazarå	*땅의 것		Mo	G.J. Ramstedt	1952	26
gaĵirda	*땅에	on the earth	Mo	Poppe, N	1965	188
gaz┌	*땅, 畜	earth, ground, soil	Mo	Poppe, N	1965	8
gaĵa	*땅, 畜	earth, ground, soil	Mo	Poppe, N	1965	8
gaĵiär	*땅, 畜	earth, ground, soil	Mo	Poppe, N	1965	8
gazar	*땅, 畜	earth, ground, soil	Mo	Poppe, N	1965	8
gaʒar	*땅, 畜	earth, ground, soil	Mo	Poppe, N	1965	8
ɣĭar	*땅, 畜	earth, ground, soil	Mo	Poppe, N	1965	8
gaĵir	*땅, 畜	earth, ground, soil	Mo	Poppe, N	1965	8
kara	땅	land	T	강길운	1978	43
arz	땅	land	T	강길운	1978	43
jer	땅	earth	T	김선기	1968ㄱ	28

표제어/어휘		의미	언어	저자	발간년도	쪽수
tum	*땅	Thon	T	白鳥庫吉	1916ㄱ	175
toi	*땅	Thon	T	白鳥庫吉	1916ㄱ	175
tôtka	*땅	Thon	T	白鳥庫吉	1916ㄱ	175
tõi	*땅	Thon	T	白鳥庫吉	1916ㄱ	175

땋다

땋-	땋다		K	김선기	1979ㄷ	369
ttatha	*땋다	to plait, to braid	K	G. J. Ramstedt	1949	259
pataŋgi	*땋다	a braid (of hair)	Ma	G. J. Ramstedt	1949	259
sağlik	땋다		T	김선기	1979ㄷ	369
гурб'ілан	*땋다, 엮다.		Ma	Shirokogoroff	1944	52

땋은 머리

hol-li-	*땋은 머리	zopf	K	白鳥庫吉	1914ㄴ	175
hu-ri-	*땋은 머리	zopf	K	白鳥庫吉	1914ㄴ	175
čočko	*땋은 머리	zopf	Ma	白鳥庫吉	1914ㄴ	176
čočoko	*땋은 머리	zopf	Ma	白鳥庫吉	1914ㄴ	176
gedighén	*땋은 머리	zopf	Ma	白鳥庫吉	1914ㄴ	176
gekte	*땋은 머리	zopf	Ma	白鳥庫吉	1914ㄴ	176
сончохо	*땋은 머리	braid	Ma	Цициус	1977	111
гэдикэн	*땋은 머리	plait	Ma	Цициус	1977	177
токта	*땋은 머리	braid	Ma	Цициус	1977	193
gedíge	*땋은 머리	zopf	Mo	白鳥庫吉	1914ㄴ	176
ghežighe	*땋은 머리	zopf	Mo	白鳥庫吉	1914ㄴ	176

때

t'E	때		K	강길운	1982ㄴ	25
t'E	때		K	강길운	1982ㄴ	36
t':ur-	때		K	강길운	1983ㄱ	31
	때		K	강길운	1987	23
uthai	즉각		K	강길운	1987	23
stei	때		K	김공칠	1988	205
ptaj	때		K	김사엽	1974	417
ptʌj	때		K	김사엽	1974	483
stʌj	때		K	김사엽	1974	483
tai	때		K	김선기	1968ㄱ	12
tjak	때		K	김선기	1968ㄱ	12
djeg	때		K	김선기	1968ㄴ	28
dai	때	time	K	김선기	1968ㄴ	28
tae	때	time	K	김선기	1968ㄴ	28
bsdai	때		K	김선기	1968ㄴ	28
ttai	때		K	김선기	1976ㅅ	347
ček	때		K	김선기	1976ㅅ	347
čök-öi	*적에	at the time, as, when	K	白鳥庫吉	1916ㄱ	175
ttai	*때	Time, times	K	白鳥庫吉	1916ㄱ	175
ʔtɛ	때		K	이숭녕	1956	144
pskï	때		K	이용주	1979	113
pskïï	때		K	이용주	1979	113
ttä < ptai	*때	time, age	K	G. J. Ramstedt	1928	71
ttai	*때	Zeit, Saison	K	G. J. Ramstedt	1939ㄱ	484
pYešyi	*때	time	K	Martin, S. E.	1966	213
hari	*때	mal	Ma	白鳥庫吉	1914ㄷ	309

표제어/어휘		의미	언어	저자	발간년도	쪽수
okke	*때	schlecht	Ma	白鳥庫吉	1914ㄷ	309
orukćo	*때	mal	Ma	白鳥庫吉	1914ㄷ	309
taka	*때	eine kurze Zeit, eine Zeit lang, einstweilen, inde	Ma	白鳥庫吉	1916ㄱ	175
hatapti	*오래된, 나이든	old, aged	Ma	G. J. Ramstedt	1928	72
экин-ди-ни	*때에	at the time of	Ma	Цинциус	1977	443
ja'urocʰï	*때		Mo	宮崎道三郎	1930	264
tahai	때		Mo	김선기	1968ㄱ	12
tuhai	그 때	at the time of	Mo	김선기	1968ㄴ	28
tuhai	기회		Mo	김선기	1976ㅅ	347
čag	때		Mo	김선기	1976ㅅ	347
cak	*때	Zeit	Mo	白鳥庫吉	1916ㄱ	175
sak	*때	Zeit	Mo	白鳥庫吉	1916ㄱ	175
takai	*때	zeitlich	Mo	白鳥庫吉	1916ㄱ	175
tsak	*때	temps, saison, nos deux heurs, periodo de temps	Mo	白鳥庫吉	1916ㄱ	175
jaurocʰï	*때	portier	Mo	Pelliot, P	1925	264
muhal	때	time	T	김선기	1968ㄴ	28
mühlet	때		T	김선기	1976ㅅ	347
čak	때		T	김선기	1976ㅅ	347
buta	때		T	김선기	1976ㅅ	347
putai	때		T	김선기	1976ㅅ	347
sagcuna	때		T	김선기	1976ㅅ	347
sag	*때	Zeit	T	白鳥庫吉	1916ㄱ	175
čak	*때	Zeitmass, Zeitabschnitt	T	白鳥庫吉	1916ㄱ	175
šag	*때	Zeit	T	白鳥庫吉	1916ㄱ	175
sagĭna	*때	zur Zeit	T	白鳥庫吉	1916ㄱ	175
čāg, žag, čan	*때	Zeit	T	白鳥庫吉	1916ㄱ	175
tugan	*때	Zeit	T	白鳥庫吉	1916ㄱ	175
sö	때		T	이숭녕	1956	84
buta	*때	Periode, Zeit	T	G. J. Ramstedt	1939ㄱ	484

때다

mu-huj	때다		K	김사엽	1974	382
ta-hi	때다		K	김사엽	1974	429
otuŋ	불때다		T	이숭녕	1956	84

때리다

či-	때리다		K	강길운	1983ㄱ	32
tˀi-	때리다		K	강길운	1983ㄱ	32
tˀʌri-	때리다		K	강길운	1983ㄴ	111
tˀʌri-	때리다		K	강길운	1983ㄴ	132
koj-	때리다		K	강길운	1987	27
ttɛli-	때리다	hit	K	김동소	1972	138
thi-	때리다	hit	K	김동소	1972	138
sta-li	때리다		K	김사엽	1974	414
tanta-	때리다	hit	Ma	김동소	1972	138
иктэ	*때리다	beat, hit	Ma	Цинциус	1977	300
фори-	*때리다	smite	Ma	Цинциус	1977	301
кили-	*때리다	hit	Ma	Цинциус	1977	393
конʼa-	*때리다	hit	Ma	Цинциус	1977	410
кулити-	*때리다	hit	Ma	Цинциус	1977	428
кэркилэ-	*때리다	hit	Ma	Цинциус	1977	453

표제어/어휘	의미		언어	저자	발간년도	쪽수
лалақаj танта-	*때리다	hit	Ma	Цинциус	1977	489
нақсўвў-	*때리다	hit	Ma	Цинциус	1977	579
ниш'и-	*때리다	beat, hit	Ma	Цинциус	1977	601
нэпкуллэ-	*때리다	hit	Ma	Цинциус	1977	623
н'эчу-	*때리다	beat	Ma	Цинциус	1977	655
гив-	*때려 부수다	break, beat	Ma	Цинциус	1977	148
тоjқан-	*때려 주다	beat	Ma	Цинциус	1977	191
баι(дало	*때리다, 고문하다.		Ma	Shirokogoroff	1944	13
colто	*때리다, 부수다		Ma	Shirokogoroff	1944	117
ιтума	*때리다, 싸우다.		Ma	Shirokogoroff	1944	64
џугда	*때리다		Ma	Shirokogoroff	1944	39
нiфci	*때리다, 치다.		Ma	Shirokogoroff	1944	92
cукɛ	*때리다, 패다		Ma	Shirokogoroff	1944	119
тɛр'i	*때리다.		Ma	Shirokogoroff	1944	126
тонсуji	*때리다.		Ma	Shirokogoroff	1944	130
ylā	*때리다.		Ma	Shirokogoroff	1944	139
[yllayвi	*때리다.		Ma	Shirokogoroff	1944	141
alт9c9н'	*때리다.		Ma	Shirokogoroff	1944	5
[h'ерта	*때리다.		Ma	Shirokogoroff	1944	55
мalта	*때리다.		Ma	Shirokogoroff	1944	81
моjен	*때리다.		Ma	Shirokogoroff	1944	84
мом	*때리다.		Ma	Shirokogoroff	1944	85
мукор'i	*때리다.		Ma	Shirokogoroff	1944	87
cукä	*때리다		Ma	Shirokogoroff	1944	119
мунда	*때리다		Ma	Shirokogoroff	1944	87
colту	*때리다		Ma	Shirokogoroff	1944	118
патýл-	*때리다; 치다	hit	Ma	Цинциус	1977	35
гудэшэ-	*때리다, 치다	hit	Ma	Цинциус	1977	167
алтишин-	*때리다, 치다	hit	Ma	Цинциус	1977	33
баɣˆқ-	*때리다, 치다	hit	Ma	Цинциус	1977	62
башила-	*때리다, 치다	hit	Ma	Цинциус	1977	78
kötek	때림		T	강길운	1987	27

때문

me/nan	*때문에	because	K	강영봉	1991	8
taimun	때문		K	宋敏	1969	80
тарг'иџар'iн	*때문에.		Ma	Shirokogoroff	1944	124
џalен	*...을 위해서, ...때문에.		Ma	Shirokogoroff	1944	35
jaГuq	*때문에	as substitute for, representing	T	G. J. Ramstedt	1939ㄴ	464

떠나다

nam-	떠나다	be left over	K	김공칠	1989	17
stə-na	떠나다		K	김사엽	1974	404
stə-na	떠나다		K	김사엽	1974	427
б'iрана	*떠나다, 자리잡다.		Ma	Shirokogoroff	1944	15
jaб	*떠나다, 출발하다.		Ma	Shirokogoroff	1944	64
iyc'i	*떠나다.		Ma	Shirokogoroff	1944	64
cypy, hypy	*떠나다, 따라가다.		Ma	Shirokogoroff	1944	120
ӡaила-	*떠나다, 물러서다, 비키다	go, leave	Ma	Цинциус	1977	242
сусу-	*떠나다	leave; depart	Ma	Цинциус	1977	131
вэри-	*떠나다	leave	Ma	Цинциус	1977	132
г'ари-	*떠나다	leave	Ma	Цинциус	1977	142
ӡура-	*떠나다	leave	Ma	Цинциус	1977	277

표제어/어휘		의미	언어	저자	발간년도	쪽수
исхарабу-	*떠나다	leave	Ma	Цинциус	1977	331
шинта-	*떠나다	leave	Ma	Цинциус	1977	426
эглид-/ӡ-	*떠나다	leave	Ma	Цинциус	1977	437
эмэ̄н-	*떠나다	leave	Ma	Цинциус	1977	453
энул-	*떠나다	leave	Ma	Цинциус	1977	455
gar-ču	*떠나가	weg-gehend	Mo	G.J. Ramstedt	1952	17

떠들다

su-zï	떠들다		K	김사엽	1974	441
sus	떠들다		K	김사엽	1974	441
[м'акуг	*떠들다, 장난치다.		Ma	Shirokogoroff	1944	81
сукунэ-	*떠들다	make noise, be noisy	Ma	Цинциус	1977	123
парго-	*떠들다	make a noise	Ma	Цинциус	1977	34
дудӡи-	*떠들다, 시끄럽게 하다	make a noise	Ma	Цинциус	1977	219
дӯ̄ja	*떠들다, 시끄럽게 하다	make a noise	Ma	Цинциус	1977	220-07
дурӂу-	*떠들다, 시끄럽게 하다	make a noise	Ma	Цинциус	1977	225
дэлбэн-	*떠들다, 시끄럽게 하다	make a noise	Ma	Цинциус	1977	232
дэгдэ-	*떠들다, 장난치다	play pranks, be naughty	Ma	Цинциус	1977	229
ē̄дā̄н-	*떠들다, 장난치다	play pranks, be naughty	Ma	Цинциус	1977	289
бамба-	*떠들다, 장난치다	play pranks, be naughty	Ma	Цинциус	1977	71

떡

떡	떡		K	권덕규	1923ㄱ	60
stök	*떡	rice cake	K	金澤庄三郞	1910	11
stok	떡		K	김계원	1967	17
stək	떡		K	김공칠	1989	9
stək	떡		K	김사엽	1974	439
	떡		K	김선기	1977ㄴ	377
stëk	떡	kind of ricecake	K	宋敏	1969	80
stök	떡		K	宋敏	1969	80
ttęk	*떡	bread	K	G. J. Ramstedt	1954	16
stök	*떡	rice cake	K	Kanazawa, S	1910	9
idege	떡		Mo	강길운	1987	23
ötmäk	*떡	bread	T	G. J. Ramstedt	1954	16
etmäk	*떡	bread	T	G. J. Ramstedt	1954	16

떨다

*t'ər-	떨다		K	강길운	1982ㄴ	29
*t'ər-	떨다		K	강길운	1982ㄴ	35
ptəl	떨다		K	김사엽	1974	395
ptəl	떨다		K	김사엽	1974	402
ttöl-ni ta	*떨다	to tremble, to shiver, to shake	K	白鳥庫吉	1916ㄴ	305
ttöl ta	*떨다	to shake, to beat, to tremble, to shiver	K	白鳥庫吉	1916ㄴ	305
ttę̄lda	*떨다	to tremble, to shiver, to shake	K	G. J. Ramstedt	1949	262
tuel	*떨다	lift	K	Hulbert, H. B.	1905	122
durgembi	*떨다	tönen, schallen, dröhnen, zittern	Ma	白鳥庫吉	1916ㄴ	305
sigginei	*떨다	erzittern	Ma	白鳥庫吉	1916ㄴ	306
śergundi	*떨다	erzittern	Ma	白鳥庫吉	1916ㄴ	306
šurgečembi	*떨다		Ma	白鳥庫吉	1916ㄴ	306
šurgembi	*떨다	zittern, sich fürchten	Ma	白鳥庫吉	1916ㄴ	306
terten tartan	*떨다	wankend	Ma	白鳥庫吉	1916ㄴ	306

표제어/어휘	의미	언어	저자	발간년도	쪽수
durgečembi	*떨다		Ma	白鳥庫吉	1916ㄴ	306
dęrgi-	*떨다	to tremble, to shiver, to shake	Ma	G. J. Ramstedt	1949	262
hilgin-	*흔들다, 떨다	to rock, to tremble	Ma	Poppe, N	1965	198
silgin-	*흔들다, 떨다	to rock, to tremble	Ma	Poppe, N	1965	198
c'iнг'i	*떨다.		Ma	Shirokogoroff	1944	116
[т'іт'ipä	*떨다.		Ma	Shirokogoroff	1944	128
ч'іч'ipä	*떨다.		Ma	Shirokogoroff	1944	23
čиčи шаша	*떨림	shiver	Ma	Цинциус	1977	98
сэрсэн сарсан	*떨면서	shivering	Ma	Цинциус	1977	146
тэртэн тартан	*떨면서	trembling	Ma	Цинциус	1977	239
сун'а-	*떨다	shiver	Ma	Цинциус	1977	127
сӯрӯнна-	*떨다	shiver	Ma	Цинциус	1977	131
сэсукэ-	*떨다	shiver	Ma	Цинциус	1977	146
дэрги-	*떨다	shiver	Ma	Цинциус	1977	237
hивун-	*떨다	tremble	Ma	Цинциус	1977	321
hирэ-	*떨다	tremble	Ma	Цинциус	1977	328
hэjиhин-	*떨다	shiver	Ma	Цинциус	1977	361
чичир-	*떨다	tremble	Ma	Цинциус	1977	401
шургэ-	*떨다	tremble	Ma	Цинциус	1977	430
хаваси-	*떨다	shiver	Ma	Цинциус	1977	457
сақа-	*떨다	shiver	Ma	Цинциус	1977	56
никси-	*떨다	shiver	Ma	Цинциус	1977	591
силгин-	*떨다	shiver	Ma	Цинциус	1977	83
боүисō-	*떨다	shiver	Ma	Цинциус	1977	87
dürghikü	*떨다	faire du bruit, résonner, trembler, branler, chanc	Mo	白鳥庫吉	1916ㄴ	306
terteghenekü	*떨다	se ramner, être en mouvement trembler, tremblott	Mo	白鳥庫吉	1916ㄴ	306
šelgênäp	*떨다	schütteln	Mo	白鳥庫吉	1916ㄴ	306
derdegenen dardaganan	*떨다		Mo	白鳥庫吉	1916ㄴ	306
šelgânäm	*떨다	schütteln	Mo	白鳥庫吉	1916ㄴ	306
šilghekü	*떨다	secouer, faire tomber la poussière, se secouer (du	Mo	白鳥庫吉	1916ㄴ	306
šilghelkü	*떨다	se ramner, s'éblanler, s'agiter	Mo	白鳥庫吉	1916ㄴ	306
šilged-	*흔들다, 떨다	to shake	Mo	Poppe, N	1965	198
siligerben	*떨다	ausschütteln	T	白鳥庫吉	1916ㄴ	306
silhŷrmen	*떨다	ausschütteln	T	白鳥庫吉	1916ㄴ	306
silgärben	*떨다	ausschütteln	T	白鳥庫吉	1916ㄴ	306
silik-	*흔들다, 떨다	to shake	T	Poppe, N	1965	198
silk-	*흔들다, 떨다	to shake	T	Poppe, N	1965	198

떨어뜨리다

t'ərə-	떨어뜨리다		K	강길운	1981ㄴ	9
џадуұак'І	*떨어뜨리다 .		Ma	Shirokogoroff	1944	34
т'ікукан	*떨어뜨리다.		Ma	Shirokogoroff	1944	127
тік'іфка, тік'іфко	*떨어뜨리다		Ma	Shirokogoroff	1944	127
бурй-	*떨어뜨리다	drop	Ma	Цинциус	1977	113
hуплуhумкэн-	*떨어뜨리다	drop	Ma	Цинциус	1977	351

떨어지다

ti-	떨어지다		K	강길운	1983ㄴ	122
t'ər-	떨어뜨리다		K	강길운	1983ㄴ	122

표제어/어휘		의미	언어	저자	발간년도	쪽수
t'əlləci-	*떨어지다	to fall	K	강영봉	1991	9
chi	떨어지다		K	김공칠	1989	7
ttʌlʌci-	떨어지다	fall	K	김동소	1972	137
ptə-ti	떨어지다		K	김사엽	1974	469
tara	떨어지다	to fall	K	김선기	1968ㄴ	29
btara	떨어지다		K	김선기	1968ㄴ	29
ptərə˘tĭ-	떨어지다	to fall	K	이용주	1980	83
ptərə˘tĭ-	떨어지다	to fall	K	이용주	1980	95
tŭrŭjinda	떨어지다	lower	K	Hulbert, H. B.	1905	122
tuhenji-	떨어지다	fall	Ma	김동소	1972	137
сӯги-	*떨어지다	fall	Ma	Цинциус	1977	119
hэткъӈчи-	*떨어지다	fall	Ma	Цинциус	1977	371
чаоǯа-	*떨어지다	fall in	Ma	Цинциус	1977	384
чурэн-	*떨어지다	fall	Ma	Цинциус	1977	417
эгнэв-	*떨어지다	fall	Ma	Цинциус	1977	437
хэфкэгу-	*떨어지다	fall	Ma	Цинциус	1977	484
сиха-	*떨어지다	fall, drop	Ma	Цинциус	1977	80
botara	*떨어지다		Mo	김선기	1968ㄴ	29
butara	떨어지다	scatter	Mo	김선기	1976ㅂ	333
онка	*떨어지다, 쓰러지다.		Ma	Shirokogoroff	1944	104
тік(i)	*떨어지다, 해가 지다.		Ma	Shirokogoroff	1944	127
[тібру	*떨어지다.		Ma	Shirokogoroff	1944	126
тіӈгіррі	*떨어지다.		Ma	Shirokogoroff	1944	128
[тікі	*떨어지다		Ma	Shirokogoroff	1944	127
гэ-	*떨어지다, 넘어지다	fall	Ma	Цинциус	1977	176
ату-	*떨어지다, 지다	fall	Ma	Цинциус	1977	59

떼

	떼		K	강길운	1987	23
ttöi	*떼		K	金澤庄三郎	1914	220
адусун, адō	*떼, 무리.		Ma	Shirokogoroff	1944	2
маки	*떼 무리	herd	Ma	Цинциус	1977	522
æвта	*떼, 무리	herd, flock	Ma	Цинциус	1977	288
jōна	*떼, 무리	herd, flock	Ma	Цинциус	1977	347
сэсин	*가축의 떼, 무리	herd	Ma	Цинциус	1977	146
увуа	*떼	flock	Ma	Цинциус	1977	243
ман(1)	*떼	flight	Ma	Цинциус	1977	526
марý(н-)	*떼	flight	Ma	Цинциус	1977	532
мулта	*떼	flight	Ma	Цинциус	1977	555
мэнэк	*가축의 무리로	in the slump	Ma	Цинциус	1977	569
нивгъ	*가축의 떼, 무리	herd	Ma	Цинциус	1977	589
ata	*떼		Mo	金澤庄三郎	1914	220
aduɣun	*말떼	herd of horses	Mo	Poppe, N	1965	193

또

sto	또		K	김방한	1978	29
pto	또		K	김사엽	1974	390
tto < pto	*또	again	K	G. J. Ramstedt	1928	71
hata	또	again, once more	Ma	김방한	1978	29
*pata	*또	again	Ma	G. J. Ramstedt	1928	71
hatama	*또	again	Ma	G. J. Ramstedt	1928	71
н'ан	*또, 다시, 역시		Ma	Shirokogoroff	1944	90
мεтεрε	*또, 또 다시		Ma	Shirokogoroff	1944	83

표제어/어휘		의미	언어	저자	발간년도	쪽수

똥

표제어/어휘		의미	언어	저자	발간년도	쪽수
ötok	똥	tung	K	강길운	1978	42
t'oŋ	똥		K	강길운	1981ㄴ	4
t'oŋ	똥		K	강길운	1982ㄴ	21
mʌr	똥		K	강길운	1983ㄱ	36
ttoŋ<*sito	똥		K	김공칠	1989	19
kuripta, koripta	똥		K	김공칠	1989	19
마렵다	대소변을 보고싶다		K	김용태	1990	16
ttong	*똥	Dung, excrement	K	白鳥庫吉	1916ㄴ	307
stoŋ	똥		K	이숭녕	1955	12
*kotoñ	*똥		K	長田夏樹	1966	112
*ktoñ	*똥		K	長田夏樹	1966	112
stoñ	*똥		K	長田夏樹	1966	112
téunko	*똥	Durchfall	Ma	白鳥庫吉	1916ㄴ	308
[нöн'а	*똥, 배설물.		Ma	Shirokogoroff	1944	95
н'ен'а, нён'а	*똥.		Ma	Shirokogoroff	1944	91
төгдэ	*똥	excrement	Ma	Цинциус	1977	201
ötög	똥	tung	Mo	강길운	1978	42
sabusun	*똥	der Koth im Magen und in den Gedärmen	Mo	白鳥庫吉	1916ㄴ	308
šibxe	*똥	Dünge	Mo	白鳥庫吉	1916ㄴ	308
šipke	*똥	Dünge	Mo	白鳥庫吉	1916ㄴ	308
šipxe	*똥	Dünge	Mo	白鳥庫吉	1916ㄴ	308

뚜껑

표제어/어휘		의미	언어	저자	발간년도	쪽수
tãk	*뚜껑	Deckel	K	白鳥庫吉	1916ㄴ	312
tut-köng	*뚜껑	cover	K	白鳥庫吉	1916ㄴ	312
tu-kköng	*뚜껑	A cover, a lid	K	白鳥庫吉	1916ㄴ	312
ttuk-köng	*뚜껑	cover	K	白鳥庫吉	1916ㄴ	312
tut-köi	*뚜껑	cover	K	白鳥庫吉	1916ㄴ	312
tuböŋ	뚜껑		K	이숭녕	1956	116
tuböŋ	뚜껑		K	이숭녕	1956	160
tuköŋ	뚜껑		K	이숭녕	1956	160
tu-kä	*뚜껑	a cover, a lid	K	G. J. Ramstedt	1949	276
tukkęŋ	*뚜껑	a cover, a lid	K	G. J. Ramstedt	1949	276
kapka	*뚜껑	couvercle	Ma	白鳥庫吉	1914ㄷ	296
tuhe	*뚜껑	Deckel	Ma	白鳥庫吉	1916ㄴ	312
tuxe	*뚜껑	the wooden lid on the kettle	Ma	G. J. Ramstedt	1949	276
н'амо	*뚜껑, 겉.		Ma	Shirokogoroff	1944	90
там'i	*뚜껑, 덮개		Ma	Shirokogoroff	1944	122
[комтан	*뚜껑		Ma	Shirokogoroff	1944	73
туҥкэ	*뚜껑	lid	Ma	Цинциус	1977	216
дэвсэ	*뚜껑	cover	Ma	Цинциус	1977	228
икаja	*뚜껑	cover	Ma	Цинциус	1977	299
аɓгаja	*뚜껑	cover	Ma	Цинциус	1977	3
пэпкэ	*뚜껑	lid	Ma	Цинциус	1977	47
ачу́ру́н	*뚜껑	cover	Ma	Цинциус	1977	60
xabxak	*뚜껑	thor	Mo	白鳥庫吉	1914ㄷ	296
kapkak	*뚜껑	couvrir dun couvercle	Mo	白鳥庫吉	1914ㄷ	296
kakpak	*뚜껑	deckel	T	白鳥庫吉	1914ㄷ	296
kapak	*뚜껑	couvercle	T	白鳥庫吉	1914ㄷ	296
kappak	*뚜껑	thor	T	白鳥庫吉	1914ㄷ	296
kapka	*뚜껑	couvercle dune tasse	T	白鳥庫吉	1914ㄷ	296

표제어/어휘		의미	언어	저자	발간년도	쪽수
t'akpas	*뚜껑	Deckel	T	白鳥庫吉	1916ㄴ	312
d'akpès	*뚜껑	Deckel	T	白鳥庫吉	1916ㄴ	312
t'akpés	*뚜껑	Deckel	T	白鳥庫吉	1916ㄴ	312
t'akpeš	*뚜껑	Deckel	T	白鳥庫吉	1916ㄴ	312

뚝

t'u	제방		K	강길운	1979	10
dügün	언덕		Mo	강길운	1979	10
yuǧun	쌓이다		T	강길운	1979	10

뚫다

turi	뚫다		K	강길운	1983ㄱ	31
t:ur-	뚫다		K	강길운	1983ㄱ	31
tuɪβ-	뚫다		K	강길운	1983ㄴ	132
tuɪβ-	뚫다		K	강길운	1983ㄴ	136
tïlp	뚫다		K	김사엽	1974	410
tïlp	뚫다		K	김사엽	1974	474
ttuř-	뚫다	pierce	K	宋敏	1969	80
chira, tul	뚫다		K	宋敏	1969	80
tturi	*뚫다	to put a ring through the nose of a cow	K	G. J. Ramstedt	1949	277
tul	*뚫다		K	Hulbert, H. B.	1905	118
саҥга	*뚫다, 구멍을 내다.		Ma	Shirokogoroff	1944	111
лопунтíфко	*뚫다, 꿰뚫다.		Ma	Shirokogoroff	1944	80
кувур-	*뚫다	make a hole	Ma	Цинциус	1977	423
кэвдэ-	*뚫다	make hole	Ma	Цинциус	1977	442
лутй-	*뚫다	pierce	Ma	Цинциус	1977	513
ӈэмтъл-	*뚫다	pierce	Ma	Цинциус	1977	669
dörü	*뚫다	the ring with a short string put in the nose	Mo	G. J. Ramstedt	1949	277
döre	*뚫다	the ring with a short string put in the nose	Mo	G. J. Ramstedt	1949	277
bohren	뚫다		T	이숭녕	1956	80

뛰다

pom.no	뛰다		K	김공칠	1989	14
ttui ta	*뛰다	to leap, to spring, to swing	K	白鳥庫吉	1916ㄱ	161
ttui	뛰다	bondir	K	宋敏	1969	80
děryndě	*뛰다	springen (mitgeschlossenen Beinen)	Ma	白鳥庫吉	1916ㄱ	161
deryndï	*뛰다	springen (mitgeschlossenen Beinen)	Ma	白鳥庫吉	1916ㄱ	161
derkimbi	*뛰다	schnell fliegen	Ma	白鳥庫吉	1916ㄱ	161
dergi	*뛰다	hoch	Ma	白鳥庫吉	1916ㄱ	161
delṅanum	*뛰다	springen (mitgeschlossenen Beinen)	Ma	白鳥庫吉	1916ㄱ	161
ajalambi	*뛰어 오르다	springen	Ma	白鳥庫吉	1914ㄷ	308
tot	*뛰어오르다	mal	Ma	白鳥庫吉	1914ㄷ	309
hętękę̈mnęk	*뛰어오름	jumping	Ma	Poppe, N	1965	196
hętękę̈n-	*뛰어오르다	to jump	Ma	Poppe, N	1965	196
puču-	*뛰어오르다	to jump up	Ma	Poppe, N	1965	203
тумкалаɪ	*뛰어 오르다		Ma	Shirokogoroff	1944	133

표제어/어휘	의미		언어	저자	발간년도	쪽수
ŋaпкору	*뛰다, 뛰어 오르다.		Ma	Shirokogoroff	1944	36
[хач	*뛰다, 뛰어 오르다.		Ma	Shirokogoroff	1944	52
атка	*뛰다, 뛰어오르다.		Ma	Shirokogoroff	1944	11
[туhан	*뛰다		Ma	Shirokogoroff	1944	132
олло-	*뛰어 내리다	jump off	Ma	Цинциус	1977	14
г'аҳалача-	*뛰다	run	Ma	Цинциус	1977	137
ӷарда-	*뛰다	run	Ma	Цинциус	1977	141
таумæн-а-	*뛰다	run	Ma	Цинциус	1977	172
тйба-	*뛰다	run	Ma	Цинциус	1977	174
тēсъпкин-	*뛰다	jump up	Ma	Цинциус	1977	202
туjла-	*뛰다	run	Ma	Цинциус	1977	206
тукса-	*뛰다	run	Ma	Цинциус	1977	208
улби-	*뛰다	jump	Ma	Цинциус	1977	258
йрқўн-	*뛰다	skip	Ma	Цинциус	1977	328
hуркуӡэhин-	*뛰다	jump up	Ma	Цинциус	1977	353
hэтэкэ̄н-	*뛰다	jump	Ma	Цинциус	1977	372
кан'а-	*뛰다	jump	Ma	Цинциус	1977	373
чинмэ̄н-	*뛰다	jump	Ma	Цинциус	1977	396
кōбакта-	*뛰다	jump	Ma	Цинциус	1977	402
чōчарқйт-/ч-	*뛰다	jump	Ma	Цинциус	1977	409
чулугди-	*뛰다	skip	Ma	Цинциус	1977	413
қўрга-	*뛰다	jump	Ma	Цинциус	1977	435
пэкэрэ̄-	*뛰다	jump	Ma	Цинциус	1977	47
хэ̄в ō-	*뛰다	jump	Ma	Цинциус	1977	480
лулунчэ-	*뛰다	jump	Ma	Цинциус	1977	509
нэлиhу-	*뛰다	jump	Ma	Цинциус	1977	620
солбанда-	*뛰어 지나가다	run through	Ma	Цинциус	1977	107
hумнэ-	*뛰어나가다	flung out	Ma	Цинциус	1977	347
боли-	*뛰어나가다	jump out	Ma	Цинциус	1977	92
йлди-	*뛰어내리다	jump off	Ma	Цинциус	1977	308
тэӈнэ-	*뛰어넘다	jump over	Ma	Цинциус	1977	236
хйлдй-	*뛰어넘다	jump	Ma	Цинциус	1977	465
леталу-	*뛰어넘다	jump	Ma	Цинциус	1977	497
тулан-а-	*뛰어서 비키다	jump aside	Ma	Цинциус	1977	210
чумаhин-	*뛰어서 비키다	bounce	Ma	Цинциус	1977	413
дэмму-	*뛰어오르다	jump	Ma	Цинциус	1977	234
аjҳада-	*뛰어오르다	hop, gallop	Ma	Цинциус	1977	22
дӯрэ̄ӈи-	*뛰어오르다	hop, gallop	Ma	Цинциус	1977	226
булбэнтэ-	*뛰어오르다, 벌떡 일어나다	hop, spring	Ma	Цинциус	1977	106
бōкйв	*뛰어오르다, 벌떡 일어나다	hop, spring	Ma	Цинциус	1977	90
сэлбин	*뜀	jump; leap	Ma	Цинциус	1977	140
ürghekü	*뛰어 오르다	to boil, to jostle, to swarm	Mo	白鳥庫吉	1914ㄷ	308
üsür-	*뛰어오르다, 날다	to jump up, to fly	Mo	Poppe, N	1965	201
er-	*뛰다	couler	T	白鳥庫吉	1914ㄴ	169
irj	*뛰다	courant	T	白鳥庫吉	1914ㄴ	169
gir	*뛰다	couler	T	白鳥庫吉	1914ㄴ	169
īr	*뛰다	courant	T	白鳥庫吉	1914ㄴ	169
üräk	*뛰다	laufen	T	白鳥庫吉	1914ㄴ	170
orjos	*뛰다	aufthauen	T	白鳥庫吉	1914ㄴ	170
yrraě	*뛰다	laufen	T	白鳥庫吉	1914ㄴ	170
yrris	*뛰다	laufen	T	白鳥庫吉	1914ㄴ	170
jelga	*뜀	laufen	T	白鳥庫吉	1914ㄴ	170

표제어/어휘		의미	언어	저자	발간년도	쪽수
뜨다						
thɯ-	*뜨다	to float	K	강영봉	1991	9
tti-	뜨다	float	K	김동소	1972	138
ptɯ˘-	뜨다	to float	K	이용주	1980	83
ptɯ˘-	뜨다	to float	K	이용주	1980	95
dekde-	뜨다	float	Ma	김동소	1972	138
bitü-	*따라가다	to follow along	Mo	G. J. Ramstedt	1949	264
뜯다						
tteut	뜯다	tear	K	金澤庄三郎	1910	12
stït	뜯다		K	김사엽	1974	415
tat	뜯다		K	宋敏	1969	80
tteut	뜯다		K	宋敏	1969	80
tteut	*뜯다	tear	K	Kanazawa, S	1910	9
кањелу-	*뜯다	thrash, whip	Ma	Цинциус	1977	374
копко	*뜯다	break away, break off	Ma	Цинциус	1977	414
кӧнмъл-	*뜯다	break	Ma	Цинциус	1977	420
кэлтэ-	*뜯다	break	Ma	Цинциус	1977	446
χаралй-/ў-	*뜯다	to tear off	Ma	Цинциус	1977	463
뜰						
ʔtürök	뜰		K	이숭녕	1956	131
ptül	뜰		K	이숭녕	1956	131
korigan	뜰		Ma	김승곤	1984	244
xorin	뜰		Ma	김승곤	1984	244
гуван	*뜰, 마당	yard	Ma	Цинциус	1977	165
јаԓан	*뜰, 정원, 동산	garden	Ma	Цинциус	1977	345
뜻						
deut	*뜻	sense, intention	K	Edkins, J	1895	408
ttʃit	*뜻	sense, thought, idea	K	G. J. Ramstedt	1949	265
utili	*이해하다	to understand	Ma	G. J. Ramstedt	1949	265
띠						
tɯi	띠		K	김공칠	1989	5
tteui	띠		K	김공칠	1989	7
obi	띠		K	김완진	1957	261
ttʃiida	*띠다	to tie on a belt or girdle	K	G. J. Ramstedt	1949	265
tije-ptun	*띠	belt, girdle	Ma	G. J. Ramstedt	1949	265
[9ңуэн	*띠, 허리.		Ma	Shirokogoroff	1944	45
бусӧ, буса	*띠, 허리띠, 벨트		Ma	Shirokogoroff	1944	21
пантерел$ен	*띠, 갈대.		Ma	Shirokogoroff	1944	109
бусуло	*띠를 매다		Ma	Shirokogoroff	1944	21
умылā	*띠를 매다		Ma	Shirokogoroff	1944	142
сӯла	*띠	belt	Ma	Цинциус	1977	124
таппирасу	*띠	belt	Ma	Цинциус	1977	164
тӕтиапти	*띠	belt	Ma	Цинциус	1977	173
тирй	*띠	belts	Ma	Цинциус	1977	187
тэлэуй	*띠	belt	Ma	Цинциус	1977	232
усй	*띠	belt	Ma	Цинциус	1977	290
сапијан	*띠	belt	Ma	Цинциус	1977	64

표제어/어휘		의미	언어	저자	발간년도	쪽수
сēǯйнаў	*띠	belt	Ma	Цинциус	1977	69
сорки	*띠, 허리띠, 벨트	girdle	Ma	Цинциус	1977	113

표제어/어휘		의미	언어	저자	발간년도	쪽수

ㄹ

러

lə	러		K	김방한	1978	38
ly	러		T	김방한	1978	38
lä	러	casus adverbialis, casus modalis	T	김방한	1978	38
la	러	casus adverbialis, casus modalis	T	김방한	1978	38

로

lo	향격		K	김방한	1978	37
ru	향격		Mo	김방한	1978	37
rü	향격		Mo	김방한	1978	37

표제어/어휘		의미	언어	저자	발간년도	쪽수

```
ㅁ
```

ㅁ

표제어/어휘		의미	언어	저자	발간년도	쪽수
m (~ ïm)	*ㅁ	verbial noun	K	G. J. Ramstedt	1928	80
m	*ㅁ	verbial noun	Mo	G. J. Ramstedt	1928	80
mta	*동명사의 접미사	suffix of the deverbal noun	Mo	Poppe, N	1965	162
m	*ㅁ	verbial noun	T	G. J. Ramstedt	1928	80
mta	*동명사의 접미사	suffix of the deverbal noun	T	Poppe, N	1965	162

마늘

표제어/어휘		의미	언어	저자	발간년도	쪽수
man<i_>l	마늘		K	김승곤	1984	245
*meyr : ^meylir [買尸]	*마늘	garlic	K	Christopher I. Beckwith	2004	131
maṇil	*마늘	garlic	K	G. J. Ramstedt	1949	140
maṇir	*마늘	garlic	K	G. J. Ramstedt	1949	140
naŋehun	마늘		Ma	김승곤	1984	245
mandu seŋkulē	*야생 마늘	the wild garlic	Ma	G. J. Ramstedt	1949	140
maŋgehun	*마늘	garlic	Ma	G. J. Ramstedt	1949	140
гуңур	*마늘.		Ma	Shirokogoroff	1944	52
сифа мача	*마늘	garlic	Ma	Цинциус	1977	100
суандá	*마늘	garlic	Ma	Цинциус	1977	115
сэӡулэн	*마늘	garlic	Ma	Цинциус	1977	137
сэӈгулэ	*마늘	garlic	Ma	Цинциус	1977	143
говоһун	*마늘	garlic	Ma	Цинциус	1977	157
гуңур	*마늘	garlic	Ma	Цинциус	1977	173
ӡиӡокто	*마늘	garlic	Ma	Цинциус	1977	256
мача	*마늘	garlic	Ma	Цинциус	1977	533
maŋgisun	마늘		Mo	김승곤	1984	245
maŋgir	마늘		Mo	김승곤	1984	245
manggir	마늘		Mo	송민	1966	22

마다

표제어/어휘		의미	언어	저자	발간년도	쪽수
mada	*마다	per	K	金澤庄三郎	1910	11
ma-ta	마다		K	김사엽	1974	447
ma-ta	*마다	each, every	K	白鳥庫吉	1915ㄱ	31
mada	*마다	per	K	Kanazawa, S	1910	8
mudandari	*마다	jedesmal	Ma	白鳥庫吉	1915ㄱ	31
mōda	*마다	mal	Ma	白鳥庫吉	1915ㄱ	31
modàr	*마다	mal	Ma	白鳥庫吉	1915ㄱ	31
mudan	*마다	mal	Ma	白鳥庫吉	1915ㄱ	31

마당

표제어/어휘		의미	언어	저자	발간년도	쪽수
madaŋ	마당		K	이숭녕	1956	105
madaŋ	*마당	an open space before the house	K	G. J. Ramstedt	1949	137
кор'е	*마당, 가축 우리		Ma	Shirokogoroff	1944	74
ујур	*마당	yard	Ma	Цинциус	1977	252
χува	*마당	court yard	Ma	Цинциус	1977	473

표제어/어휘		의미	언어	저자	발간년도	쪽수
마디						
metei	마디		K	김공칠	1989	15
mʌ-tʌj	마디		K	김사엽	1974	397
ma-teung kang-i	*마디	a joint, a phrase, a clause, a tune	K	白鳥庫吉	1915ㄱ	31
ma-tăi	*마디	a joint, a section, a paragraph	K	白鳥庫吉	1915ㄱ	31
motɒ	마디		K	宋敏	1969	80
maʤii	*마디(/마듸)	a joint, a phrase, a section	K	G. J. Ramstedt	1949	137
maʤai	*마디(/마대)	a joint, a phrase, a section	K	G. J. Ramstedt	1949	137
sonmaʤii	*손마디	the joints of the finger	K	G. J. Ramstedt	1949	137
tämmaʤii	*대마디(/댓마디)[竹節]	the sections of a bamboo	K	G. J. Ramstedt	1949	137
tämaʤii	*대마디[竹節]	the sections of a bamboo	K	G. J. Ramstedt	1949	137
madaga	마디	percent,part	Ma	김승곤	1984	245
mata-	마디		Ma	김승곤	1984	245
mudau	*순간	Ton, Stimme, accent, Weise	Ma	白鳥庫吉	1915ㄱ	32
mata-	*굽다	to curve, to bend (bords)	Ma	G. J. Ramstedt	1949	137
madaga	*마디	percent, part	Ma	G. J. Ramstedt	1949	137
		Beckwith				
마래기						
ma-u-rɛ	모자, 방한모		K	박은용	1974	111
ma-u-rɛ-gi	모자, 방한모		K	박은용	1974	111
maŋ-rɛ-gi	모자, 방한모		K	박은용	1974	111
mahala	모자, 방한모		Ma	박은용	1974	111
마련하다						
ma-ljen hạda	*마련하다	to set in order, to put in readiness	K	G. J. Ramstedt	1949	142
beleke-	*마련하다	to prepare, to make thing ready - for a journey	Ma	G. J. Ramstedt	1949	142
belχe-	*마련하다	to prepare, to make thing ready - for a journey	Ma	G. J. Ramstedt	1949	142
beleni	*미리	readily, in readiness	Ma	G. J. Ramstedt	1949	142
belen	*마련한	ready	Ma	G. J. Ramstedt	1949	142
бalкa	*마련하다, 준비하다		Ma	Shirokogoroff	1944	13
마렵다						
mɐr	마렵다		K	박은용	1974	258
*bar	마렵다		Ma	박은용	1974	258
마루						
mʌrʌ	마루,능선		K	강길운	1983ㄱ	30
mal-lang-i	*마루	the ridge-of a mountain range	K	白鳥庫吉	1915ㄱ	29
mal-lo	*마루	a ridge, a peak	K	白鳥庫吉	1915ㄱ	29
mal-lo t'k-i	*산마루	the ridge-of a mountain range	K	白鳥庫吉	1915ㄱ	29
marạ	마루	mountain ridge, cross-beam	K	이기문	1958	115
mulu	마루	mountain ridge, cross-beam	Ma	이기문	1958	115
마르다						
mali-	마른	dry	K	김동소	1972	137
mɐli-	마른	dry	K	김동소	1972	137
marɯ	마르다	dry	K	김선기	1968ㄱ	37
marŭ-	*마르다	trocknen	K	Andre Eckardt	1966	233

표제어/어휘	의미		언어	저자	발간년도	쪽수
marǔ-	*마르다	trocknen	K	Andre Eckardt	1966	234
olho-	마른	dry	Ma	김동소	1972	137
katambi	*마르다	trocknen	Ma	白鳥庫吉	1915ㄱ	19
olgim	*마르다	trockenen	Ma	白鳥庫吉	1915ㄱ	8
χolgan	*바싹 마르다	trocknen, verdorren	Ma	白鳥庫吉	1915ㄱ	8
kólemte	*마르다	trocken	Ma	白鳥庫吉	1915ㄱ	8
illeň	*마르다	trocken	Ma	白鳥庫吉	1915ㄱ	8
iliu	*마르다	trocken	Ma	白鳥庫吉	1915ㄱ	8
holgeauré	*바싹 마르다	trocknen, verdorren	Ma	白鳥庫吉	1915ㄱ	8
olgókun	*마르다	trocken	Ma	白鳥庫吉	1915ㄱ	8
olgóllen	*마르다	es trocknet	Ma	白鳥庫吉	1915ㄱ	8
olgom	*마르다	trocken	Ma	白鳥庫吉	1915ㄱ	8
olgon	*마르다	trocken	Ma	白鳥庫吉	1915ㄱ	8
olgoryn	*마르다	trocken	Ma	白鳥庫吉	1915ㄱ	8
olgurem	*마르다	trocken	Ma	白鳥庫吉	1915ㄱ	8
olhombi	*마르다	trocknen	Ma	白鳥庫吉	1915ㄱ	8
olgočo	*마르다	trocken	Ma	白鳥庫吉	1915ㄱ	8
ólopkūn	*마르다	trocken	Ma	白鳥庫吉	1915ㄱ	8
ōlgičau	*마르다	trocknen	Ma	白鳥庫吉	1915ㄱ	8
χólgōχa	*물기가 빠지다	trocken	Ma	白鳥庫吉	1915ㄱ	8
olgoken	*마르다	trocken	Ma	白鳥庫吉	1915ㄱ	8
olhon	*마르다	trocken	Ma	白鳥庫吉	1915ㄱ	8
oggiči	*마르다	trocken	Ma	白鳥庫吉	1915ㄱ	8
olgašnum	*마르다	trocken	Ma	白鳥庫吉	1915ㄱ	8
olgakin	*마르다	trocken	Ma	白鳥庫吉	1915ㄱ	8
olgokun	*마르다	trocken	Ma	白鳥庫吉	1915ㄱ	8
olgiȝam	*마르다	trockenen	Ma	白鳥庫吉	1915ㄱ	8
олгʼi, olri	*마르다, 시들다		Ma	Shirokogoroff	1944	101
olro, олго	*마르다, 시들다		Ma	Shirokogoroff	1944	101
[ilin	*마른, 건조한		Ma	Shirokogoroff	1944	60
гʼалχуχa	*마른, 건조한	dry	Ma	Цинциус	1977	138-16
[бучукча	*마른.		Ma	Shirokogoroff	1944	18
[бугуча	*마른.		Ma	Shirokogoroff	1944	19
[ȝудаi(	*마른		Ma	Shirokogoroff	1944	39
ака-	*마르다, 시들다	dry, fade, wither	Ma	Цинциус	1977	24
каӈура-	*마르다	dry	Ma	Цинциус	1977	375
чаптилама	*마르다	dry	Ma	Цинциус	1977	384
шубурэ-	*마르다	dry out	Ma	Цинциус	1977	428
эпкэ-	*마르다	dry	Ma	Цинциус	1977	459
χatahan	*마르다	trocken	Mo	白鳥庫吉	1915ㄱ	20
χatânap	*마르다	trocken machen	Mo	白鳥庫吉	1915ㄱ	20
χataseň	*마르다	trocken	Mo	白鳥庫吉	1915ㄱ	20
χatahaň	*마르다	trocken	Mo	白鳥庫吉	1915ㄱ	20
kataχaň	*마르다	trocken	Mo	白鳥庫吉	1915ㄱ	20
katanam	*마르다	trocken machen	Mo	白鳥庫吉	1915ㄱ	20
χüraišik	*마르다	dürr, trocken	Mo	白鳥庫吉	1915ㄱ	8
χûraì	*마르다	dürr, trocken	Mo	白鳥庫吉	1915ㄱ	8
katabʼin	*마르다	trocken werden	T	白鳥庫吉	1915ㄱ	20
katav	*마르다	trocknen	T	白鳥庫吉	1915ㄱ	20
kat	*마르다	trocken werden	T	白鳥庫吉	1915ㄱ	20
kurgu	*마르다	troken	T	白鳥庫吉	1915ㄱ	8
koruk	*마르다	dürr, trocken, leer, alt	T	白鳥庫吉	1915ㄱ	8
kūr	*마르다	trocken unwerden	T	白鳥庫吉	1915ㄱ	8
kurabʼin	*마르다	trocken unwerden	T	白鳥庫吉	1915ㄱ	8

표제어/어휘		의미	언어	저자	발간년도	쪽수
kurux	*마르다	trocken	T	白鳥庫吉	1915ㄱ	8
kurîrben	*마르다	trocken werden	T	白鳥庫吉	1915ㄱ	8
kurug	*마르다	trocken	T	白鳥庫吉	1915ㄱ	8
kurugag	*마르다	trocken	T	白鳥庫吉	1915ㄱ	8
kuruk	*마르다	trocken, dürr, leer, wüst, unfruchtbar	T	白鳥庫吉	1915ㄱ	8
kururmen	*마르다	trocken werden	T	白鳥庫吉	1915ㄱ	8
kura	*마르다	trockenes Gras	T	白鳥庫吉	1915ㄱ	8

마마

ma-ma	*마마	the spirit of small pox, smallpox(resfect)	K	白鳥庫吉	1915ㄱ	30
mama	마마		Ma	박은용	1974	265
mama	*천연두	Blattern	Ma	白鳥庫吉	1915ㄱ	30
mamá	*천연두	Pocken	Ma	白鳥庫吉	1915ㄱ	30
mana	*천연두	Pocken	Ma	白鳥庫吉	1915ㄱ	30
мāca	*마마자국이 있는, 주근깨 투성이의.		Ma	Shirokogoroff	1944	82

마시다

nɯs-ki-	삼키다		K	강길운	1980	13
masi-/nemki-	*마시다	to drink	K	강영봉	1991	8
masi-	마시다	drink	K	김동소	1972	137
ma-si	飮		K	김사엽	1974	376
masi	마시다	drink	K	김선기	1968ㄱ	39
masi-	마시다		K	박은용	1974	267
ma-si ta	*마시다	to drink	K	白鳥庫吉	1915ㄱ	34
masi	마시다	drink	K	이용주	1980	101
masĭ-	마시다	to drink	K	이용주	1980	82
masi-	*마시다	trinken	K	Andre Eckardt	1966	234
omi-	마시다	drink	Ma	김동소	1972	137
omi	마시다	drink	Ma	김선기	1968ㄱ	39
mele-	마시다		Ma	박은용	1974	267
omijwi	*피우다	Taback rauchen	Ma	白鳥庫吉	1915ㄱ	34
umd'erop	*마시다	trinken	Ma	白鳥庫吉	1915ㄱ	34
umd'am	*마시다	trinken	Ma	白鳥庫吉	1915ㄱ	34
omikô	*마시다	Trank	Ma	白鳥庫吉	1915ㄱ	34
omum	*마시다	trinken	Ma	白鳥庫吉	1915ㄱ	34
imeré	*마시다	trinken	Ma	白鳥庫吉	1915ㄱ	34
imidau	*마시다	trinken	Ma	白鳥庫吉	1915ㄱ	34
omoktaw	*마시다	Taback rauchen	Ma	白鳥庫吉	1915ㄱ	34
imke	*마시다	trinken	Ma	白鳥庫吉	1915ㄱ	34
imýk	*마시다	trinken	Ma	白鳥庫吉	1915ㄱ	34
umi	*마시다	trinken	Ma	白鳥庫吉	1915ㄱ	34
omiga	*마시다	Taback rauchen	Ma	白鳥庫吉	1915ㄱ	34
umdau	*마시다	trinken	Ma	白鳥庫吉	1915ㄱ	34
umī	*마시다	Taback rauchen	Ma	白鳥庫吉	1915ㄱ	34
damgá omnan	*마시다	Tabak rauchen	Ma	白鳥庫吉	1915ㄱ	34
omind	*마시다	trinken	Ma	白鳥庫吉	1915ㄱ	34
omingga	*마시다	Trank	Ma	白鳥庫吉	1915ㄱ	34
omimbi	*마시다	Taback rauchen	Ma	白鳥庫吉	1915ㄱ	34
omi	*마시다	trinken	Ma	白鳥庫吉	1915ㄱ	34
umim	*마시다	trinken	Ma	白鳥庫吉	1915ㄱ	34

표제어/어휘		의미	언어	저자	발간년도	쪽수
umúdem	*마시다	trinken	Ma	白鳥庫吉	1915ㄱ	34
umušim	*마시다	trinken	Ma	白鳥庫吉	1915ㄱ	34
umžam	*마시다	trinken	Ma	白鳥庫吉	1915ㄱ	34
undáwi	*마시다	trinken	Ma	白鳥庫吉	1915ㄱ	34
undeú	*마시다	trinken	Ma	白鳥庫吉	1915ㄱ	34
wú-mî-lâh	*마시다	trinken	Ma	白鳥庫吉	1915ㄱ	34
umdal	*마시다	trinken	Ma	白鳥庫吉	1915ㄱ	34
омуфка	*마시다, 충분히 마시게 하다.		Ma	Shirokogoroff	1944	102
[cely	*마시다.		Ma	Shirokogoroff	1944	112
ум, умі, ом, імі,	*마시다.		Ma	Shirokogoroff	1944	141
[x'elÿ	*마시다.		Ma	Shirokogoroff	1944	53
[к'ілуд	*마시다.		Ma	Shirokogoroff	1944	71
jyм	*마시다		Ma	Shirokogoroff	1944	65
колда	*마시다		Ma	Shirokogoroff	1944	73
[ом	*마시다		Ma	Shirokogoroff	1944	101
умі	*마시다		Ma	Shirokogoroff	1944	142
ум-	*마시다	drink	Ma	Цинциус	1977	266-9
кōл-	*마시다	drink	Ma	Цинциус	1977	406-03
н'эпкэ-	*마시다	have a drink	Ma	Цинциус	1977	654-05
бітеге-	*마시다	drink	Ma	Цинциус	1977	85-18
baru	마시다	drink	Mo	김선기	1968ㄱ	39
ugu	마시다	drink	Mo	김선기	1968ㄱ	39
umdun	*마시다	trinken, Trank	Mo	白鳥庫吉	1915ㄱ	34
unda	*마시다	trinken, Trank	Mo	白鳥庫吉	1915ㄱ	34
ič-	마시다		T	이숭녕	1956	85

마을

kü	마을	village	K	강길운	1978	42
kojaŋ	고장		K	강길운	1981ㄱ	30
mʌʒʌr	마을		K	강길운	1982ㄴ	23
mʌʒʌr	마을		K	강길운	1982ㄴ	33
mʌʒʌr	마을		K	강길운	1982ㄴ	36
pur~pər~puri	고을		K	강길운	1983ㄴ	126
maur	*마을		K	金澤庄三郎	1904	2
pur	*마을		K	金澤庄三郎	1904	2
maeur	*마을	village	K	金澤庄三郎	1910	11
ko'ol	마을		K	김공칠	1989	5
pul	마을		K	김공칠	1989	8
mʌ-zʌl	마을		K	김사엽	1974	384
岐	城		K	김선기	1976ㄷ	340
支	城		K	김선기	1976ㄷ	340
只	城		K	김선기	1976ㄷ	340
mazarh	마을		K	김선기	1976ㄷ	340
ma-eul	*마을	a village, a settlement	K	白鳥庫吉	1915ㄱ	25
maeur	마을		K	宋敏	1969	80
maul	마을		K	宋敏	1969	80
māl	마을	village	K	宋敏	1969	80
mɒɒ	마을		K	宋敏	1969	80
masäl	마을		K	宋敏	1969	80
məzer	마을		K	이용주	1979	113
pwli	*마을		K	村山七郎	1963	32
puli	*마을		K	村山七郎	1963	32
puli	*마을		K	村山七郎	1963	33

표제어/어휘		의미	언어	저자	발간년도	쪽수
pur(i), par	*마을	town	K	Johannes Rahder	1959	70
kor	*마을	village	K	Johannes Rahder	1959	70
kafar, kaïr, kor	*마을	village	K	Johannes Rahder	1959	70
maeur	*마을	village	K	Kanazawa, S	1910	8
golo	마을		Ma	강길운	1977	14
gašan	마을		Ma	김선기	1976ㄷ	340
meoke	*마을	Dorf	Ma	白鳥庫吉	1915ㄱ	25
mukun	*마을	Familie; Stamm; Dorf; Gau	Ma	白鳥庫吉	1915ㄱ	25
gaśeṅ	*마을	Dorf	Ma	白鳥庫吉	1915ㄱ	9
koton	*마을	Hof obhe umgebung	Ma	白鳥庫吉	1915ㄱ	9
xotón	*마을	Stadt	Ma	白鳥庫吉	1915ㄱ	9
gasa	*마을	Dorf	Ma	白鳥庫吉	1915ㄱ	9
gašan	*마을	Dorf	Ma	白鳥庫吉	1915ㄱ	9
kotón	*마을	Stadt	Ma	白鳥庫吉	1915ㄱ	9
hāh-šā	*마을	Dorf	Ma	白鳥庫吉	1915ㄱ	9
hečen	*마을	Mauer, Stadt, Palast, Hof	Ma	白鳥庫吉	1915ㄱ	9
hēi-č'ē-ni	*마을	Stadt	Ma	白鳥庫吉	1915ㄱ	9
hoton	*마을	Hof obhe umgebung	Ma	白鳥庫吉	1915ㄱ	9
xoto	*마을	Hof obhe umgebung	Ma	白鳥庫吉	1915ㄱ	9
kasan	*마을	Dorf	Ma	白鳥庫吉	1915ㄱ	9
gasan	*마을	Dorf	Ma	白鳥庫吉	1915ㄱ	9
ail	*마을		Ma	Shirokogoroff	1944	3
ajil	*마을.		Ma	Shirokogoroff	1944	3
сэвэн	*마을	village	Ma	Цинциус	1977	134-10
гасйн	*마을	village	Ma	Цинциус	1977	143-06
тун	*마을	village	Ma	Цинциус	1977	213-12
икэ̄н	*마을	village	Ma	Цинциус	1977	302-03
иргэ̄	*마을	village	Ma	Цинциус	1977	326-04
кoj	*마을	vilage	Ma	Цинциус	1977	404-02
küi	마을	village	Mo	강길운	1978	42
gacaga	마을		Mo	김선기	1976ㄷ	340
xotón	*마을	Stadt	Mo	白鳥庫吉	1915ㄱ	10
xutúṅ	*마을	Stadt	Mo	白鳥庫吉	1915ㄱ	10
mi-li	*마을	Dorf	Mo	白鳥庫吉	1915ㄱ	25
xoto	*마을	Stadt	Mo	白鳥庫吉	1915ㄱ	9
xoto	*마을	ville, forteress, demeur d'une personne considerab	Mo	白鳥庫吉	1915ㄱ	9
xoton	*마을	Stadt	Mo	白鳥庫吉	1915ㄱ	9
bor	마을		T	강길운	1977	14
köy	마을	village	T	강길운	1978	42
Kurā	마을		T	강길운	1982ㄱ	184
mahalija	마을		T	김선기	1976ㄷ	340
kutan	*마을	a sheepfold, a place where a flock of sheep is col	T	白鳥庫吉	1915ㄱ	10
yal	*마을	village	T	Poppe, N	1965	178
*ēl	*마을	village	T	Poppe, N	1965	178
ɼracін	*마을, 지방.		Ma	Shirokogoroff	1944	47
cycy	*마을, 촌락	village	Ma	Цинциус	1977	131

마음

masim	*마음	heart	K	강영봉	1991	9
kör	마음		K	김공칠	1989	19
mʌ-ʌm	마음		K	김사엽	1974	448

표제어/어휘		의미	언어	저자	발간년도	쪽수
마음	마음	heart	K	김선기	1968ㄱ	17
mʌzʌm	마음	heart	K	김선기	1968ㄱ	17
mazam	마음		K	김선기	1976ㄷ	341
*mere	마음		K	박은용	1974	272
mă-ăm	*마음	heart, mind, design, thought	K	白鳥庫吉	1915ㄱ	24
maam	마음		K	宋敏	1969	80
心	마음		K	辛 容泰	1987	132
居尸	마음		K	辛 容泰	1987	132
maz<ậ>m	마음	mind	K	이기문	1958	114
*mula	마음	heart	K	이용주	1980	99
mɛzem	마음	heart	K	이용주	1980	99
*kir	*마음	heart	K	Christopher I. Beckwith	2004	115
*kür[居尸]	*마음	heart	K	Christopher I. Beckwith	2004	115
*kür ~ *kir : ^külir ~ ^kïlir	*마음	heart	K	Christopher I. Beckwith	2004	128
māïm or mām < māăm < *mäjäm	*마음	heart, mind	K	G. J. Ramstedt	1928	74
mām	*마음(맘)	mind	K	Poppe, N	1965	180
MuJilen	마음	heart	Ma	김선기	1968ㄱ	17
muji-	뜻		Ma	박은용	1974	272
méh ǯïh-lân-póh	*마음	Herz	Ma	白鳥庫吉	1915ㄱ	24
mužilen	*마음	Herz; Gemüth, Gesinnung; Sinn, Absicht	Ma	白鳥庫吉	1915ㄱ	24
ḿowon	*마음	Herz	Ma	白鳥庫吉	1915ㄱ	24
mȋwan	*마음	Herz	Ma	白鳥庫吉	1915ㄱ	24
ḿêwan	*마음	Herz	Ma	白鳥庫吉	1915ㄱ	24
ḿawa	*마음	Herz	Ma	白鳥庫吉	1915ㄱ	24
mäwan	*마음	Herz	Ma	白鳥庫吉	1915ㄱ	24
meewan	*마음	Herz	Ma	白鳥庫吉	1915ㄱ	24
mēô	*마음	Herz	Ma	白鳥庫吉	1915ㄱ	24
ḿewa	*마음	Herg	Ma	白鳥庫吉	1915ㄱ	24
ḿewam	*마음	Herz	Ma	白鳥庫吉	1915ㄱ	24
mewan	*마음	Herz	Ma	白鳥庫吉	1915ㄱ	24
méwan	*마음	Herz	Ma	白鳥庫吉	1915ㄱ	24
mêwan	*마음	Herz	Ma	白鳥庫吉	1915ㄱ	24
miawa	*마음	Herz	Ma	白鳥庫吉	1915ㄱ	24
niyaman	*마음	Herz	Ma	白鳥庫吉	1915ㄱ	24
ḿéwo	*마음	Herg	Ma	白鳥庫吉	1915ㄱ	24
mewon	*마음	Herz	Ma	白鳥庫吉	1915ㄱ	24
ḿewoń	*마음	Herz	Ma	白鳥庫吉	1915ㄱ	24
miwan	*마음	Herz	Ma	白鳥庫吉	1915ㄱ	24
ḿawá	*마음	Herz	Ma	白鳥庫吉	1915ㄱ	24
ḿewan	*마음	Herz	Ma	白鳥庫吉	1915ㄱ	24
mɑwan	*마음	Herz	Ma	白鳥庫吉	1915ㄱ	24
ḿaewáń	*마음	Herz	Ma	白鳥庫吉	1915ㄱ	24
muji-n	*의지	will	Ma	이기문	1958	114
muji-len	*마음	mind	Ma	이기문	1958	114
mu-jih-lê	*마음	mind	Ma	이기문	1958	114
méh-ǯih-lân	*마음	mind	Ma	이기문	1958	114
mäwan	*가슴	heart	Ma	G. J. Ramstedt	1928	74
mian, miwan	*가슴	heart	Ma	G. J. Ramstedt	1928	74
[муronн'i	*마음, 영혼.		Ma	Shirokogoroff	1944	86

표제어/어휘	의미		언어	저자	발간년도	쪽수
ōмй	*마음; 영혼	soul	Ma	Цинциус	1977	16
сунэсун	*마음	soul	Ma	Цинциус	1977	127
куту(1)	*마음	soul	Ma	Цинциус	1977	440
medeJy	마음	heart	Mo	김선기	1968ㄱ	17
sedkil	마음	heart	Mo	김선기	1968ㄱ	17
medege	지식		Mo	김선기	1976ㄷ	341
medekü	*알다	savoir, connaître, reconnaître; sentir, recevoir p	Mo	白鳥庫吉	1915ㄱ	24
medeküi	*알다	le savoir, le connaître; intelligence, esprit; sen	Mo	白鳥庫吉	1915ㄱ	24
medenäm	*알다	wissen	Mo	白鳥庫吉	1915ㄱ	24
medenäp	*알다	wissen	Mo	白鳥庫吉	1915ㄱ	24
medexe	*알다	savoir	Mo	白鳥庫吉	1915ㄱ	24
medexe	*느끼다	sentir	Mo	白鳥庫吉	1915ㄱ	24
medenep	*알다	wissen	Mo	白鳥庫吉	1915ㄱ	24

마주

표제어/어휘	의미		언어	저자	발간년도	쪽수
mac	향하다		K	박은용	1974	257
mažo	*마주(/마조)	meeting, re-encountering; against, opposite to	K	G. J. Ramstedt	1949	143
mažu	*마주	meeting, re-encountering; against, opposite to	K	G. J. Ramstedt	1949	143
baji-	향하다		Ma	박은용	1974	257
ķeŗeмẹžu bi-	*복수하다	to try to revenge oneself	Ma	G. J. Ramstedt	1949	143
исху(н-)	*마주	towards	Ma	Цинциус	1977	331

마중하다

표제어/어휘	의미		언어	저자	발간년도	쪽수
mazuŋ	마중		K	이숭녕	1956	113
mažuŋ	*마중	meeting, re-encountering; against, opposite to	K	G. J. Ramstedt	1949	143
[äрцä_на	*마중나가다, 맞이하다.		Ma	Shirokogoroff	1944	9
ʊ'ylr'ıįin	*마중하다		Ma	Shirokogoroff	1944	40
дапту	*마중하러 보내다.		Ma	Shirokogoroff	1944	28
огдала-	*마중하다	meet	Ma	Цинциус	1977	5-

마지막

표제어/어휘	의미		언어	저자	발간년도	쪽수
mʌ-čʰʌm	終		K	김사엽	1974	375
ɥaпкагy	*마지막의		Ma	Shirokogoroff	1944	36
пијаңго	*마지막	last	Ma	Цинциус	1977	37
лала(2)	*마지막	last	Ma	Цинциус	1977	489

마치

표제어/어휘	의미		언어	저자	발간년도	쪽수
mat-č´i	*마치	a hammer	K	白鳥庫吉	1915ㄱ	32
swä-matchi	*쇠마치	an iron sledge	K	G. J. Ramstedt	1949	142
matčhi	*마치	a hammer	K	G. J. Ramstedt	1949	142
moč'óko	*마치	kleiner Hammer, am Gürtel hängend	Ma	白鳥庫吉	1915ㄱ	32
moč''oko	*마치	kleiner Hammer, am Gürtel hängend	Ma	白鳥庫吉	1915ㄱ	32
melü	*마치	particule dénotant similitude, ou comparaison, com	Mo	白鳥庫吉	1915ㄱ	31
bask a	*마치	Hammer	T	白鳥庫吉	1915ㄱ	32

표제어/어휘		의미	언어	저자	발간년도	쪽수
마치(처럼)						
mat-č'i	*마치	as, like-an introductory word	K	白鳥庫吉	1915ㄱ	30
máty	*마치	ähnlich	Ma	白鳥庫吉	1915ㄱ	31
마치다						
mʌči-	마치다		K	강길운	1982ㄴ	23
măt-č'o ta	*마치다	to finish, to end, to conclude	K	白鳥庫吉	1915ㄱ	32
măt-č'am	*마침	the end, the finish	K	白鳥庫吉	1915ㄱ	32
ma̧tčhida	*마치다	to finish, to end; to conclude	K	G. J. Ramstedt	1949	142
ma̧tčhim	*마침	the end, the finish	K	G. J. Ramstedt	1949	142
matthida	*마치다	to finish, to end; to conclude	K	G. J. Ramstedt	1949	142
wachija	마치다		Ma	김선기	1979ㄴ	375
modoktun	*마침	Ende	Ma	白鳥庫吉	1915ㄱ	32
modon	*마침	Ende	Ma	白鳥庫吉	1915ㄱ	32
molǯ'aure	*마침	endigen	Ma	白鳥庫吉	1915ㄱ	32
mudań	*마침	Ende	Ma	白鳥庫吉	1915ㄱ	32
muda-	*끝나다	to finish	Ma	G. J. Ramstedt	1949	142
mudan	*끝	the end	Ma	G. J. Ramstedt	1949	142
muda-n-	*끝나다	to come to an end	Ma	G. J. Ramstedt	1949	142
буто	*마치다, 끝내다(일 따위를),		Ma	Shirokogoroff	1944	21
마흔						
mazan	마흔		K	김방한	1968	270
mazan	마흔		K	김방한	1968	272
mahun	마흔		K	김선기	1977	28
mahun	마흔		K	김선기	1977	29
dehi	마흔		Ma	김방한	1968	272
dehi	마흔		Ma	김선기	1977	28
dehi	마흔		Ma	김선기	1977	29
döčin	마흔		Mo	김방한	1968	272
ducin	마흔		Mo	김선기	1977	28
ducin	마흔		Mo	김선기	1977	29
döčin	마흔		Mo	최학근	1964	584
döčin	마흔		Mo	최학근	1971	755
kyryk	마흔		T	김방한	1968	272
keirke	마흔		T	김선기	1977	28
tort uon	마흔		T	김선기	1977	28
torut won	마흔		T	김선기	1977	29
kepirke	마흔		T	김선기	1977	29
막						
mak	막		K	宋敏	1969	80
marghuxu	*막	refusen de faire qc	Mo	白鳥庫吉	1915ㄱ	29
막다						
mag-	막다		K	강길운	1982ㄴ	22
măk-	차단하다		K	강길운	1983ㄴ	127
mak	막다		K	김사엽	1974	397
kari	막다		K	박은용	1974	219
mak ta	*막다	to cork, to stop up, to obstruct, to settle, to en	K	白鳥庫吉	1915ㄱ	26

표제어/어휘		의미	언어	저자	발간년도	쪽수
mak-	막다	block	K	宋敏	1969	80
mak	*막다	shut up	K	Hulbert, H. B.	1905	123
mak-	*막다	block it	K	Martin, S. E.	1966	201
mak-	*막다	block it	K	Martin, S. E.	1966	203
mak-	*막다	block it	K	Martin, S. E.	1966	215
haša-	막다		Ma	박은용	1974	219
mohombi	*막다		Ma	白鳥庫吉	1915ㄱ	27
mohombi	*막다	endigen, schliessen, aufhören, erschöpfen, ermüden	Ma	白鳥庫吉	1915ㄱ	27
mohon	*막다	Ende, Grenze, das Aeusserst	Ma	白鳥庫吉	1915ㄱ	27
marambi	*막다	unterlassen, sich zu enthalten, verschmähen, ableh	Ma	白鳥庫吉	1915ㄱ	29
bŏk-	*막다, 보류하다	to detain, delay, prevent	Ma	Poppe, N	1965	198
[kopirala	*막다, 차단하다		Ma	Shirokogoroff	1944	74
сичй-	*막다	stop up, close	Ma	Цинциус	1977	100
ħйбдъла-	*막다	cork	Ma	Цинциус	1977	321
кθс-	*막다	to block	Ma	Цинциус	1977	420
қувара-	*막다	to fence	Ma	Цинциус	1977	422
кӡнди-	*막다	block	Ma	Цинциус	1977	448
хувэӡэ-	*막다	cover	Ma	Цинциус	1977	474
худун-	*막다	to cover	Ma	Цинциус	1977	475
л'ēтақ-	*막다	block	Ma	Цинциус	1977	497
moxogha	*막다	mousse, émoussé; épuisé	Mo	白鳥庫吉	1915ㄱ	27
moxoχu	*막다	s'emousser; être fatigué	Mo	白鳥庫吉	1915ㄱ	27
üge moχomui	*막다		Mo	白鳥庫吉	1915ㄱ	27

막대기

표제어/어휘		의미	언어	저자	발간년도	쪽수
tiphe	막대기	a pole, a stick	K	김공칠	1989	13
tiphe	막대기	pole, stick	K	김공칠	1989	17
maktɛ	막대기	stick	K	김동소	1972	140
maktɛki	막대기	stick	K	김동소	1972	140
makat	막대		K	박은용	1974	273
mak-tak-i	*막대기	a stick, staff	K	白鳥庫吉	1915ㄱ	27
teifun	막대기	stick	Ma	김동소	1972	140
múkkūčä	*대목	Stock, bei Schlagäreien gebraucht	Ma	白鳥庫吉	1915ㄱ	27
mukšalambi	*대목	mit dem Stock schlagen	Ma	白鳥庫吉	1915ㄱ	27
mukšan	*대목	Stock	Ma	白鳥庫吉	1915ㄱ	27
гáун	*막대.		Ma	Shirokogoroff	1944	47
с'ipгала	*막대기.		Ma	Shirokogoroff	1944	116
iгдавере	*막대기.		Ma	Shirokogoroff	1944	57
дoлкoнoн	*막대기		Ma	Shirokogoroff	1944	32
[чаjатк'і	*막대기		Ma	Shirokogoroff	1944	22
мақсиқу	*막대, 장대		Ma	Цинциус	1977	523
сōγа	*막대기	stick	Ma	Цинциус	1977	103
суӡак	*막대기	stick	Ma	Цинциус	1977	120
тӯвкӡ	*막대기	stick	Ma	Цинциус	1977	203
туγу	*막대기	stick	Ma	Цинциус	1977	204
тэксэ	*막대기	stick	Ma	Цинциус	1977	229
уксанчӓн	*막대기	stick	Ma	Цинциус	1977	253
hэвгурӡ	*막대기	stick	Ma	Цинциус	1977	358
пилдэку	*막대기	stick	Ma	Цинциус	1977	38
пōчақ	*막대기	stick	Ma	Цинциус	1977	42
шоливун	*막대기	stick	Ma	Цинциус	1977	427

표제어/어휘		의미	언어	저자	발간년도	쪽수
хумэсэри	*막대기	stick	Ma	Цинциус	1977	477
сіл'бо́	*막대기	stick	Ma	Цинциус	1977	83
сӣраӈ	*막대기, 장나무	pole	Ma	Цинциус	1977	72
сӧртирјэ	*막대기, 장나무	pole	Ma	Цинциус	1977	72
сӣптэ	*막대기, 장나무	pole	Ma	Цинциус	1977	93
сис	*막대기, 장나무	pole	Ma	Цинциус	1977	98
гуӈгу	*막대기, 지팡이	stick	Ma	Цинциус	1977	172
боӈга	*막대기, 지팡이	stick	Ma	Цинциус	1977	94

막히다

mə-kul-uj	막히다		K	김사엽	1974	466
mak-hi ta	*막히다	to be stopped, to be obstructed	K	白鳥庫吉	1915ㄱ	27

만

nę man	너만	you only	K	이기문	1958	114
man	만	only	K	이기문	1958	114
mol'én	*오직, 그러나	nur, allein;aber	Ma	白鳥庫吉	1915ㄱ	30
makī	*오직	nur	Ma	白鳥庫吉	1915ㄱ	30
mülla	*오직	nur	Ma	白鳥庫吉	1915ㄱ	30
mü'lla	*오직	nur	Ma	白鳥庫吉	1915ㄱ	30
müllka	*오직	nur	Ma	白鳥庫吉	1915ㄱ	30
ʒur makī	*오직	nur zwei	Ma	白鳥庫吉	1915ㄱ	30
manggi	만	only	Ma	이기문	1958	114
simbe manggi	너만	you only	Ma	이기문	1958	114

만(萬)

yörö, yöröt	만		K	김공칠	1989	8
dzwmwn	만		K	김선기	1977	34
여럿			K	김선기	1977ㅈ	331
텀머	만	ten thousand	Ma	홍기문	1934ㄱ	218
투먼	만	ten thousand	Ma	홍기문	1934ㄱ	218
туман	*만	ten thousand	Ma	Цинциус	1977	212
tümen	만		Mo	박은용	1974	115

만나다

mas-na	만나다		K	김사엽	1974	480
pak	만나다		K	송민	1966	22
^paik[伯]	*만나다	to encounter, meet	K	Christopher I. Beckwith	2004	134
mannada	*만나다	to meet, to find, to encounter	K	G. J. Ramstedt	1949	141
mannada	*만나다	to meet, to find, to encounter	K	G. J. Ramstedt	1949	157
mac-	*만나다	meet	K	Martin, S. E.	1966	200
mac-	*만나다	meet	K	Martin, S. E.	1966	208
karčambi	*만나다	begegnen, austossen, in Widerstreit sein	Ma	白鳥庫吉	1915ㄱ	22
baha	만나다	to get	Ma	송민	1966	22
hol-nä-	*가서 만나다	to go and meet	Ma	G. J. Ramstedt	1949	157
näldi-	*만나다	to meet mutually	Ma	G. J. Ramstedt	1949	157
түрго	*만나다, 다가가다		Ma	Shirokogoroff	1944	134
[зоlго	*만나다, 대립하다.		Ma	Shirokogoroff	1944	41
боконо	*만나다, 마중나가다.		Ma	Shirokogoroff	1944	17
[укту, окта	*만나다, 맞추다, 되다.		Ma	Shirokogoroff	1944	139

표제어/어휘		의미	언어	저자	발간년도	쪽수
hŏ	*만나다, 부딪치다.		Ma	Shirokogoroff	1944	94
окто	*만나다.		Ma	Shirokogoroff	1944	100
тугра	*만나다.		Ma	Shirokogoroff	1944	134
арча	*만남, 모임, 회담	meeting	Ma	Цинциус	1977	52
поā	*만남, 회합	meeting	Ma	Цинциус	1977	40
ŏлǯи-	*만나다	meet	Ma	Цинциус	1977	13
укту-	*만나다	meet	Ma	Цинциус	1977	254
ǯолго-	*만나다	meet	Ma	Цинциус	1977	263
haлǯи-	*만나다	meet	Ma	Цинциус	1977	313

만두

manthiu	*만두	a kind of small cake usually made of buckwheat flo	K	G. J. Ramstedt	1949	141
mantu	*만두	a kind of small cake usually made of buckwheat flo	K	G. J. Ramstedt	1949	141
mentu	*만두	small cake, bread baked in steam	Ma	G. J. Ramstedt	1949	141

만들다

mʌndʌr-	만들다		K	강길운	1981ㄱ	33
mʌndʌr-	만들다		K	강길운	1983ㄴ	126
mʌjŋ-kʌl	만들다		K	김사엽	1974	422
mʌn-tʌl	만들다		K	김사엽	1974	448
mainkul	만들다		K	宋敏	1969	80
man	*만들다		K	Hulbert, H. B.	1905	119
sise-	가봉하다		Ma	김영일	1986	179
очібу	*만들다, 이루다.		Ma	Shirokogoroff	1944	97
баџа	*만들다, 준비하다.		Ma	Shirokogoroff	1944	12
уоко	*만들다.		Ma	Shirokogoroff	1944	144
мóда	*만들다.		Ma	Shirokogoroff	1944	84
bol-go-	*만들다	to make	Mo	Poppe, N	1965	188
iti	*만듦	making	T	Poppe, N	1965	196
irû	만들다, 완성하다	to make, finish	K	김공칠	1989	16

만에

| man-öi | *만에 | after-of time | K | 白鳥庫吉 | 1915ㄱ | 30 |
| manggi | *만에 | nachdem, sobald, da, bis, nach, auf | Ma | 白鳥庫吉 | 1915ㄱ | 30 |

만일

manile	만약	if	K	김동소	1972	138
manil	만약	if	K	김동소	1972	138
aikabade	만약	if	Ma	김동소	1972	138
нун	*만일		Ma	Shirokogoroff	1944	96

만지다

mʌni-	만지다		K	강길운	1983ㄴ	137
menci-	만지다		K	박은용	1974	270
mạnci-	만지다	to touch with the hands, to finger	K	이기문	1958	114
mändida	*만지다	to finger, to feel, to touch, to pick, to pinch, t	K	G. J. Ramstedt	1949	144
mạnǯida	*만지다	to finger, to feel, to touch, to pick,	K	G. J. Ramstedt	1949	144

표제어/어휘		의미	언어	저자	발간년도	쪽수
		to pinch, t				
monji-	만지다		Ma	박은용	1974	270
monji-	문지르다	to rub one's hands	Ma	이기문	1958	114
mongi-	*뭉개다	to crush between the fingers, to press in the hand	Ma	G. J. Ramstedt	1949	144
maŋgi-	*뭉개다	to crush between the fingers, to press in the hand	Ma	G. J. Ramstedt	1949	144
monŋi-	*뭉개다	to crush between the fingers, to press in the hand	Ma	G. J. Ramstedt	1949	144
monnī-	*뭉개다	to crush between the fingers, to press in the hand	Ma	G. J. Ramstedt	1949	144
ιӈκ'i	*만지다		Ma	Shirokogoroff	1944	61
валбу	*만지다.		Ma	Shirokogoroff	1944	148
г'ipaлгу	*만지다.		Ma	Shirokogoroff	1944	49
[алтан	*만지다.		Ma	Shirokogoroff	1944	5
туӈгала-	*만지다	touch	Ma	Цинциус	1977	215
тэми-	*만지다	touch	Ma	Цинциус	1977	233
ирада-	*만지다	touch	Ma	Цинциус	1977	324
чэлй-	*만지다	touch	Ma	Цинциус	1977	420
шушэ-	*만지다	palpate	Ma	Цинциус	1977	430
эл-	*만지다	touch	Ma	Цинциус	1977	444
никэ-	*만지다	touch lightly	Ma	Цинциус	1977	591
каптана-	*만지다	touch	Ma	Цинциус	1977	377

많다

tö	많다		K	강길운	1981ㄱ	31
kaji-kaji	가지가지		K	강길운	1983ㄴ	106
kəmr-ɯgi	많이		K	강길운	1983ㄴ	108
kaji-kaji	가지가지		K	강길운	1983ㄴ	117
kərɯ-gi	많이		K	강길운	1983ㄴ	119
manhʌ-	많다		K	강길운	1983ㄴ	125
pagɯl-pagɯl	바글바글		K	강길운	1983ㄴ	126
nasugi	넉넉히		K	강길운	1983ㄴ	127
kaji-kaji	가지가지		K	강길운	1983ㄴ	129
ha-	*많은	many	K	강영봉	1991	10
man	*많다	much; many	K	金澤庄三郞	1910	10
man	*많다	much; many	K	金澤庄三郞	1910	11
muri	*넓다	large	K	金澤庄三郞	1910	21
man	*많다	much; many	K	金澤庄三郞	1910	21
mora	*넓다	large	K	金澤庄三郞	1910	21
man	*많다	many	K	金澤庄三郞	1910	32
man	*많다		K	金澤庄三郞	1914	220
manh	많다	many	K	김공칠	1988	83
manesi	많다		K	김공칠	1989	10
phukta	많다		K	김공칠	1989	5
maɲi	많다		K	김공칠	1989	7
pho	많다		K	김공칠	1989	7
obithada	많이	to have plenty	K	김공칠	1989	13
manh-	많은	many	K	김동소	1972	139
ha-	많다		K	김동소	1972	149
manh	많다		K	김사엽	1974	389
ha	많다		K	김사엽	1974	467
manh	많다		K	김사엽	1974	480

표제어/어휘	의미		언어	저자	발간년도	쪽수
manh	많다	many	K	김선기	1968ㄱ	45
많다	많다		K	김해진	1947	12
manh	많다		K	宋敏	1969	80
manı	많다		K	宋敏	1969	80
man	많다		K	宋敏	1969	80
man'hɔ	많다		K	宋敏	1969	80
han	많다		K	이숭녕	1956	168
mānheˇ-	많다	many	K	이용주	1980	83
manxe	많은	many	K	이용주	1980	101
manhŭn	*많은	viel	K	Andre Eckardt	1966	233
man-k(h)e	*많게	so that it will be much	K	Johannes Rahder	1959	34
man-hi	*많이	much	K	Johannes Rahder	1959	34
man	*많다	much; many	K	Kanazawa, S	1910	16
man	*많다	much; many	K	Kanazawa, S	1910	8
op(o)-	*많다	plentiful	K	Martin, S. E.	1966	198
op-	*많다	plentiful	K	Martin, S. E.	1966	198
op-	*많다	plentiful	K	Martin, S. E.	1966	200
geren	많은		Ma	강길운	1977	14
labdu	많은	many	Ma	김동소	1972	139
labdo	많다		Ma	김동소	1972	144
labdu	많다	many/much	Ma	김선기	1978ㄷ	340
getsigé	*많은	viel	Ma	白鳥庫吉	1914ㄴ	176
getghún	*많은	zopf	Ma	白鳥庫吉	1914ㄴ	176
малахон	*많은, 많이.		Ma	Shirokogoroff	1944	81
кɛтɛкокун	*많은		Ma	Shirokogoroff	1944	70
cõмо	*많은.		Ma	Shirokogoroff	1944	118
гʻеравантi	*많은.		Ma	Shirokogoroff	1944	48
[ärди, ärди	*많이, 많다.		Ma	Shirokogoroff	1944	2
баран	*많이, 많은.		Ma	Shirokogoroff	1944	14
барта	*많이, 많은.		Ma	Shirokogoroff	1944	14
уjін	*많이, 매우, 몹시		Ma	Shirokogoroff	1944	138
кɛтɛра	*많이, 여러 번		Ma	Shirokogoroff	1944	70
андака	*많이, 오랫동안.		Ma	Shirokogoroff	1944	7
бʻімо	*많이.		Ma	Shirokogoroff	1944	15
гэрэн	*많이	much, lot of	Ma	Цинциус	1977	182
кэтэ	*많이	a lot	Ma	Цинциус	1977	455
лабдо	*많이	a lot	Ma	Цинциус	1977	485
лагба-лаг	*많이	Plentifully	Ma	Цинциус	1977	486
лес	*많이	a lot	Ma	Цинциус	1977	496
малхӯн	*많이	a lot	Ma	Цинциус	1977	524
баран	*많이	much, lot of	Ma	Цинциус	1977	73
сор сэмэ	*많이, 다수의	many	Ma	Цинциус	1977	114
чӡвjӡ	*많음	plenty	Ma	Цинциус	1977	419
gežege	*많은	viel	Mo	白鳥庫吉	1914ㄴ	176
möni	*많다		Mo	金澤庄三郎	1914	220
ulemdzi	많다	many/much	Mo	김선기	1978ㄷ	340
olan	많다	many/much	Mo	김선기	1978ㄷ	340
jeke möŋgün	*많은 돈	viel Geld	Mo	G.J. Ramstedt	1952	23
jeke möŋgütü	*많은 돈을 가진	mit viel Geld	Mo	G.J. Ramstedt	1952	23
tula	많다	many/much	T	김선기	1978ㄷ	340
ükil	많음		T	김영일	1986	166

표제어/어휘		의미	언어	저자	발간년도	쪽수
맏						
mat	*맏	der älteste, der Erstling	K	G. J. Ramstedt	1939ㄱ	481
mat	*맏	the eldest - among children	K	G. J. Ramstedt	1949	142
mad-aḓil	*맏아들	the eldest son, the eldest child	K	G. J. Ramstedt	1949	142
mad-ahä	*맏아이(/맏아해)	the eldest son, the eldest child	K	G. J. Ramstedt	1949	142
manmul	*맏물[初收]	the first cut of tabacco	K	G. J. Ramstedt	1949	142
mappä	*맏배	the first brood, the first litter	K	G. J. Ramstedt	1949	142
kalarukmāt	*순록	the reindeer that carries the kettle (kalan) or th	Ma	G. J. Ramstedt	1949	142
mad	맏		Mo	김승곤	1984	246
mat, met	*맏	der älteste, der Erstling	Mo	G. J. Ramstedt	1939ㄱ	481
말(斗)						
mal	*말	a dry measure containing ten "pints"	K	白鳥庫吉	1915ㄱ	28
mar	말	a dry measure	K	이기문	1958	112
mal	*말	a measure of capacity	K	Aston	1879	26
malu	*말[斗]	a large plaited basket in the form of a bottle - u	K	G. J. Ramstedt	1949	138
mal	*말[斗]	a large plaited basket in the form of a bottle - u	K	G. J. Ramstedt	1949	138
mal	*말[斗]	a dry measure containing ten pints	K	G. J. Ramstedt	1949	138
miyalimbi	*큰 덩어리, 부셀	Mass, Scheffel	Ma	白鳥庫吉	1915ㄱ	28
mai	*큰 덩어리, 부셀	Maas, Scheffel	Ma	白鳥庫吉	1915ㄱ	28
miyalin	*재다	Messen	Ma	白鳥庫吉	1915ㄱ	28
ḿalin	*곡물의 건량	a dry measure for grain	Ma	G. J. Ramstedt	1949	138
ḿali-	*곡물을 계량하다	to measure grain	Ma	G. J. Ramstedt	1949	138
말(馬)						
kara	말		K	강길운	1977	14
măr	*말	horse	K	金澤庄三郎	1910	12
cip	말	house	K	김공칠	1989	16
mäl	*말	a horse	K	白鳥庫吉	1915ㄱ	27
maṛ	말	horse	K	이기문	1958	114
고라	말		K	이기문	1978	22
가라	말		K	이기문	1978	22
mɛŋ-sɛŋi	새끼말		K	이숭녕	1956	182
mal	*말	Pferd	K	Andre Eckardt	1966	233
mal	*말	a horse	K	Aston	1879	26
mal	*말	horse	K	Edkins, J	1895	409
mar < *mör	*말	horse	K	G. J. Ramstedt	1928	70
mal < *mör	*말	horse	K	G. J. Ramstedt	1928	70
mor	*말(/몰)[馬]	a horse	K	G. J. Ramstedt	1949	138
maṛ	*말[馬]	a horse	K	G. J. Ramstedt	1949	138
mɐl	*말[馬]	a horse	K	G. J. Ramstedt	1949	138
măr	*말	horse	K	Kanazawa, S	1910	10
mal	*말	horse	K	Poppe, N	1965	180
morre	*말	Pferd	Ma	白鳥庫吉	1915ㄱ	28
mur	*말	Pferd	Ma	白鳥庫吉	1915ㄱ	28
muréun	*말	Pferd	Ma	白鳥庫吉	1915ㄱ	28
muri	*말	Pferd	Ma	白鳥庫吉	1915ㄱ	28
múril	*말	Pferd	Ma	白鳥庫吉	1915ㄱ	28

표제어/어휘		의미	언어	저자	발간년도	쪽수
murin	*말	Pferd	Ma	白鳥庫吉	1915ㄱ	28
múrin	*말	Pferd	Ma	白鳥庫吉	1915ㄱ	28
murrin	*말	Pferd	Ma	白鳥庫吉	1915ㄱ	28
myi	*말	Pferd	Ma	白鳥庫吉	1915ㄱ	28
móŕë	*말	Pferd	Ma	白鳥庫吉	1915ㄱ	28
morón	*말	Pferd	Ma	白鳥庫吉	1915ㄱ	28
morín	*말	Pferd	Ma	白鳥庫吉	1915ㄱ	28
morin	*말	Pferd, Reiterei	Ma	白鳥庫吉	1915ㄱ	28
morin	*말	Pferd	Ma	白鳥庫吉	1915ㄱ	28
móri	*말	Pferd	Ma	白鳥庫吉	1915ㄱ	28
morí	*말	Pferd	Ma	白鳥庫吉	1915ㄱ	28
mori	*말	Pferd	Ma	白鳥庫吉	1915ㄱ	28
mú-līn	*말	Pferd	Ma	白鳥庫吉	1915ㄱ	28
marín	*말	Pferd	Ma	白鳥庫吉	1915ㄱ	28
mù-līn	*말	horse	Ma	이기문	1958	114
morin	*말	horse	Ma	이기문	1958	114
murlā-sẹl	*기병대	cavalry	Ma	G. J. Ramstedt	1949	138
murlān	*기수	a rider	Ma	G. J. Ramstedt	1949	138
murin	*말	horse	Ma	G. J. Ramstedt	1949	138
muriksa	*말타다	horse hide	Ma	G. J. Ramstedt	1949	138
murda-	*말타다	to ride (a horse)	Ma	G. J. Ramstedt	1949	138
morin	*말	horse	Ma	G. J. Ramstedt	1949	138
mujin	*말	horse	Ma	G. J. Ramstedt	1949	138
мор'ін	*말, 숫말.		Ma	Shirokogoroff	1944	86
соңоүос	*말	horse	Ma	Цинциус	1977	112
тахи	*말	horse	Ma	Цинциус	1977	153
толботу	*말	horse	Ma	Цинциус	1977	194
улу(4)	*말	horse	Ma	Цинциус	1977	263
кучикэр фулан	*말	horse	Ma	Цинциус	1977	441
χасрун сирга·	*말	horse	Ma	Цинциус	1977	464
мурин	*말	horse	Ma	Цинциус	1977	558
morin	*말		Mo	金澤庄三郎	1914	220
morin	말		Mo	김방한	1978	16
marin	말		Mo	김승곤	1984	245
mori	*말	cheval	Mo	白鳥庫吉	1915ㄱ	28
morilaχu	*말을 타다	monter à cheval, aller à cheval	Mo	白鳥庫吉	1915ㄱ	28
morin	*말	cheval	Mo	白鳥庫吉	1915ㄱ	28
moriṅ	*말을 타다	monter à cheval, aller à cheval	Mo	白鳥庫吉	1915ㄱ	28
môŕeṅ	*말을 타다	monter à cheval, aller à cheval	Mo	白鳥庫吉	1915ㄱ	28
moŕe	*말을 타다	monter à cheval, aller à cheval	Mo	白鳥庫吉	1915ㄱ	28
morin	말	horse	Mo	이기문	1958	114
butege	*말	horse	Mo	Edkins, J	1895	409
mori, morin	*말	horse	Mo	G. J. Ramstedt	1928	70
mor-da-	*타다	to ride	Mo	G. J. Ramstedt	1928	70
ata < aɣta	*거세마	gelding	Mo	Poppe, N	1965	155
mori	*말	horse	Mo	Poppe, N	1965	8
moŕ	*말	horse	Mo	Poppe, N	1965	8
morin	*말	horse	Mo	Poppe, N	1965	8
mörṇ	*말	horse	Mo	Poppe, N	1965	8
at	*말	Pferd	T	G. J. Ramstedt	1939ㄱ	482
at	*말	Pferd	T	G.J. Ramstedt	1952	16
at	*말	horse	T	Poppe, N	1965	155
ut	*말	horse	T	Poppe, N	1965	178
*at	*말	horse	T	Poppe, N	1965	178

표제어/어휘		의미	언어	저자	발간년도	쪽수
at	*말	horse	T	Poppe, N	1965	178
atīn	*말의	of the horse	T	Poppe, N	1965	190
attan	*말에서	from the horse	T	Poppe, N	1965	190
at	*말	horse	T	Poppe, N	1965	190
attan	*말에서	from the horse	T	Poppe, N	1965	191
akka	*말에게	to the horse	T	Poppe, N	1965	191
utsem	*말들	horses	T	Poppe, N	1965	191

말(言)

mal	*말	word, speech, saying, language	K	白鳥庫吉	1915ㄱ	28
mal	*말	Wort	K	Andre Eckardt	1966	233
mal	*말	speech	K	G. J. Ramstedt	1928	82
māl	*말	word, speech, saying, language	K	G. J. Ramstedt	1949	138
mālsạm	*말씀(/말쌈)	word, saying	K	G. J. Ramstedt	1949	138
malssi	*말씨	manner of speech	K	G. J. Ramstedt	1949	138
malsịm	*말씀(/말씸)	word, saying	K	G. J. Ramstedt	1949	138
mālčil hạda	*말질하다	to slander	K	G. J. Ramstedt	1949	138
mal-k-kui	*말귀[聽]	hearing, understanding	K	G. J. Ramstedt	1949	138
mal hạda	*말하다	to say, to speak	K	G. J. Ramstedt	1949	138
mal	*말	word	K	G. J. Ramstedt	1949	9
māl	*말	speech	K	Poppe, N	1965	180
туран	*말, 말투		Ma	Shirokogoroff	1944	134
*mala in kelegel-	*말 못하는 (mute)	mute	Mo	G. J. Ramstedt	1928	82

말다

mal ta	*말다	to cease, to stop, to refrain from	K	白鳥庫吉	1915ㄱ	29
ma-ta	*말다	to prevent, to stop, to forbid	K	白鳥庫吉	1915ㄱ	29
mal	말다	neg. verb	K	宋敏	1969	81
mar-	말다	to cease, to refrain from	K	이기문	1958	114
ma-	*말다	nicht duerfen	K	Andre Eckardt	1966	233
mal-	*말다	negative verb	K	Aston	1879	26
mal	*말다	do not	K	Edkins, J	1895	409
mallida	*말리다	to stop, to hinder, to forbid	K	G. J. Ramstedt	1949	138
māda	*말다(/마다)[勿]	to stop, to refrain from, to cease;	K	G. J. Ramstedt	1949	138
malda	*말다[勿]	to stop, to refrain from, to cease;	K	G. J. Ramstedt	1949	138
malguda	*말리다(/말구다)	to stop, to hinder, to forbid	K	G. J. Ramstedt	1949	138
mara	*말다	prohibition	K	Hulbert, H. B.	1905	122
bara-	말다		Ma	박은용	1974	259
mari	돌다		Ma	박은용	1974	266
mara-	막다		Ma	박은용	1974	266
hetembi	*말다	Zusammenfalten,	Ma	白鳥庫吉	1915ㄱ	11
mara-	거절하다	to decline, to refuse	Ma	이기문	1958	114
колчу-	*말다	roll	Ma	Цинциус	1977	408
момбо-	*말다	roll	Ma	Цинциус	1977	544
buu	말다		Mo	김선기	1968ㄱ	47
bitegei	말다		Mo	김선기	1968ㄱ	47
butege	*말다	do not	Mo	Edkins, J	1895	409
katmär	*말다	doppelt, zusammengelegt, gefaltet	T	白鳥庫吉	1915ㄱ	11
ütürêrlen	*말다	wälzen	T	白鳥庫吉	1915ㄱ	11
katpaš	*말다	die Falte(im Kleide)	T	白鳥庫吉	1915ㄱ	11
katmar	*말다	zusammen	T	白鳥庫吉	1915ㄱ	11
katpaštig	*말다	faltig, in Falten gelegt(vom Kleide)	T	白鳥庫吉	1915ㄱ	11

표제어/어휘		의미	언어	저자	발간년도	쪽수
말뚝						
mal-h	말뚝		K	김사엽	1974	452
mal-tok	말뚝		K	이숭녕	1956	177
mal-tuk	말뚝		K	이숭녕	1956	177
гатаһун	*말뚝	stake, pole	Ma	Цинциус	1977	144
қуваӄсиха	*말뚝	stake	Ma	Цинциус	1977	421
gazγuq	말뚝		T	이숭녕	1956	85
[тороco	*말뚝.		Ma	Shirokogoroff	1944	129
тīлівун, тīлівун	*말뚝		Ma	Shirokogoroff	1944	127
말리다						
mar-	말리다		K	김선기	1968ㄴ	30
parai-	말리다		K	박은용	1974	249
fiya-	말리다		Ma	박은용	1974	249
olri	*말리다		Ma	Shirokogoroff	1944	101
[телли ji	*말리다, 건조시키다.		Ma	Shirokogoroff	1944	125
ilerla	*말리다, 건조시키다.		Ma	Shirokogoroff	1944	59
ili	*말리다, 건조시키다		Ma	Shirokogoroff	1944	60
уlri, уlre	*말리다, 건조시키다		Ma	Shirokogoroff	1944	140
[аву	*말리다, 마르게 하다.		Ma	Shirokogoroff	1944	12
9lro, äro, olro	*말리다.		Ma	Shirokogoroff	1944	44
iкч'ipra	*말리다.		Ma	Shirokogoroff	1944	58
älro	*말리다		Ma	Shirokogoroff	1944	5
бучӣ-	*말리다	dry	Ma	Цинциус	1977	117
нирив-	*말리다	dry	Ma	Цинциус	1977	327
нулӣ-	*말리다	jerk	Ma	Цинциус	1977	345
ша-	*말리다	dry	Ma	Цинциус	1977	423
лэи-	*말리다	appease	Ma	Цинциус	1977	515
butugei	말리다	to stop	Mo	김선기	1968ㄴ	30
말미암다						
malmäamda	*말미암다	to be because of, to be the consequence of, to ari	K	G. J. Ramstedt	1949	9
am-gan	*다음	the next, the following	Ma	G. J. Ramstedt	1949	9
ęmę-n-	*뒤에 남겨지다	to be left behind	Ma	G. J. Ramstedt	1949	9
ama-ski	*뒤에	backwards, afterwards	Ma	G. J. Ramstedt	1949	9
ama-si	*뒤에	backwards, afterwards	Ma	G. J. Ramstedt	1949	9
amardu	*뒤에	behind	Ma	G. J. Ramstedt	1949	9
amar	*후미의	the aft	Ma	G. J. Ramstedt	1949	9
aman-ni-	*늦다	to be late	Ma	G. J. Ramstedt	1949	9
ama-gan	*다음	the next, the following	Ma	G. J. Ramstedt	1949	9
ama-ri-	*뒤에 있다, 너무 늦다	to be behind, to be too late	Ma	G. J. Ramstedt	1949	9
말하다						
kʌгʌ-	말하다		K	강길운	1981ㄱ	33
kʌгʌ-	말하다		K	강길운	1983ㄱ	36
nəsɯre	너스레		K	강길운	1983ㄴ	108
nirɯ-	이르다		K	강길운	1983ㄴ	109
iba-gu	말.이야기		K	강길운	1983ㄴ	110
nirɯ-	이르다		K	강길운	1983ㄴ	110
kʌгʌ-	말하다		K	강길운	1983ㄴ	113
pur-	자백하다		K	강길운	1983ㄴ	114

표제어/어휘	의미		언어	저자	발간년도	쪽수
kʌrʌ-	말하다		K	강길운	1983ㄴ	116
nö-	말하다		K	강길운	1983ㄴ	121
pur-	자백하다		K	강길운	1983ㄴ	124
ö-t'l-	외치다		K	강길운	1983ㄴ	125
mʌrʌ	말하다		K	강길운	1983ㄴ	125
kʌrʌ-	말하다		K	강길운	1983ㄴ	130
ö-	외치다		K	강길운	1983ㄴ	134
iba-gü	말하다		K	강길운	1983ㄴ	136
ket-/sɐru-	*말하다	to say	K	강영봉	1991	11
ket	가로다		K	김공칠	1988	198
malha-	말하다	say	K	김동소	1972	140
malhe-	말하다	say	K	김동소	1972	140
nire-	말하다		K	김동소	1972	145
로되	말하되		K	김동소	1972	149
*ket-	말하다		K	김동소	1972	149
론	말한		K	김동소	1972	149
kʌ-lo	말하다		K	김사엽	1974	462
gara	말하다	say	K	김선기	1968ㄱ	41
ker-	말하다		K	박은용	1974	222
ker-	말하다		K	박은용	1974	234
mal hă ta	*말하다	to speak, to say, to tell, to express	K	白鳥庫吉	1915ㄱ	28
nire-	말하다	to say	K	이용주	1980	82
kărăda	*말하다	to say, to instruct, to tell	K	G. J. Ramstedt	1949	10
gisure-	말하다	say	Ma	김동소	1972	140
hendu-	말하다		Ma	김동소	1972	145
sere-	말하다	fu1hlen	Ma	김방한	1977	12
sergon	말하다	ku1hl	Ma	김방한	1977	12
serguwen	말하다	ku1hl	Ma	김방한	1977	12
se-	말하다	sprechen	Ma	김방한	1977	12
he-	말하다		Ma	박은용	1974	222
gisu-	말하다		Ma	박은용	1974	234
hóh-lú-séh-póh	*말하다	Unterhaltung, Rede	Ma	白鳥庫吉	1915ㄱ	6
суфитэ-	*말하다	speak, talk	Ma	Цинциус	1977	131
сэ-	*말하다	speak, talk	Ma	Цинциус	1977	133
гӯн-	*말하다	say, tell	Ma	Цинциус	1977	171
гэнт'эj	*말하다	say, tell	Ma	Цинциус	1977	180
турэн-	*말하다	speak	Ma	Цинциус	1977	222
укчэн-	*말하다	speak	Ma	Цинциус	1977	256
кэн-	*말하다	say	Ma	Цинциус	1977	448
лэдэн-	*말하다	speak	Ma	Цинциус	1977	515
sere-	말하다	erwachem	Mo	김방한	1977	12
sere-	말하다	zweifeln, argwo1hnen, etwas merken	Mo	김방한	1977	12
seri-	말하다	merken, wissen	Mo	김방한	1977	12
seri-	말하다	wach werden, nu1chtern sein	Mo	김방한	1977	12
seriün	말하다	ku1hl, frisch, nu1chtern	Mo	김방한	1977	12
ayi-bu-r-či	*수다스러운	loquacious, chatterbox	Mo	Poppe, N	1965	155
kele-	*말하다	to speak	Mo	Poppe, N	1965	192
ay-	말하다		T	이숭녕	1956	85
qol	*손	to say, to instruct, to tell(hand)	T	G. J. Ramstedt	1949	10
ay-	*말하다	to say	T	Poppe, N	1965	155
ӯн	*말하다, 계산하다, 생각하다.		Ma	Shirokogoroff	1944	142
гун	*말하다, 명령하다		Ma	Shirokogoroff	1944	52
чoӏӏ	*말하다, 부탁하다, 수다를 떨다.		Ma	Shirokogoroff	1944	25

표제어/어휘	의미		언어	저자	발간년도	쪽수
уlгучан	*말하다, 설명하다		Ma	Shirokogoroff	1944	140
турā	*말하다, 수다를 떨다,		Ma	Shirokogoroff	1944	134
унечі	*말하다, 이야기하다		Ma	Shirokogoroff	1944	143
уjіма	*말하다, 중알중알거리다.		Ma	Shirokogoroff	1944	138
доlеı(	*말하다.		Ma	Shirokogoroff	1944	32
куrі	*말하다.		Ma	Shirokogoroff	1944	76
уlry	*말하다		Ma	Shirokogoroff	1944	140
гука	*말하다		Ma	Shirokogoroff	1944	51
уjума	*말하다		Ma	Shirokogoroff	1944	138
гу_нí	*말하다		Ma	Shirokogoroff	1944	52
торо	*말하다		Ma	Shirokogoroff	1944	131
ӡанӡи-	*말하다, 이야기하다	speak, say	Ma	Цинциус	1977	249

맑다

sar	맑다		K	강길운	1977	14
bolg	맑은		K	강길운	1977	14
mʌlg-	맑다		K	강길운	1983ㄱ	36
개	맑다		K	김선기	1976ㄷ	337
밝	맑다		K	김선기	1976ㄷ	337
맑	맑다		K	김선기	1976ㄷ	337
개운	맑다		K	김선기	1976ㄷ	337
malg	맑다		K	김선기	1976ㄹ	329
bolgo	맑은		Ma	강길운	1977	14
bolgo	맑다		Ma	김선기	1976ㄷ	337
geŋgijen	맑다		Ma	김선기	1976ㄷ	337
galg	맑다		Ma	김선기	1976ㄹ	329
томорхон	*맑다	bright	Ma	Цинциус	1977	196
чилмар	*맑다	fair	Ma	Цинциус	1977	394
н'эңдэlэ̄	*맑은	clear; bright	Ma	Цинциус	1977	653
bolowson	맑은		Mo	강길운	1977	14
gegege	맑은 하늘		Mo	김선기	1976ㄷ	337
gegegen	밝은 하늘		Mo	김선기	1976ㄷ	337
sarih	맑다		T	강길운	1977	14
berr-ak	맑은		T	강길운	1977	14
balqy-	맑다		T	김승곤	1984	245

맘

mãạmkkẹt	*맘껏	of all one's heart	K	G. J. Ramstedt	1949	136
mãịmkkẹt	*마음껏	of all one's heart	K	G. J. Ramstedt	1949	136
mãạm	*맘[心]	mind, heart, design, thought, will	K	G. J. Ramstedt	1949	136
mēl-	*깨다	to awake, to come to one's senses, to collect one'	Ma	G. J. Ramstedt	1949	136
mēwan	*마음	mind, thought, heart	Ma	G. J. Ramstedt	1949	136
mēwū-t-	*화나다	to become irritated, to get angry	Ma	G. J. Ramstedt	1949	136
ńaman	*마음	heart, mind	Ma	G. J. Ramstedt	1949	136
majgi-či	*정열적인	passionate	Ma	G. J. Ramstedt	1949	136

맛

mas	맛		K	강길운	1982ㄴ	22
mas	맛	taste	K	김공칠	1988	83
mat	맛		K	김사엽	1974	389
mas	맛		K	김사엽	1974	472

표제어/어휘		의미	언어	저자	발간년도	쪽수
mat	*맛	tast, flavor, interest	K	白鳥庫吉	1915ㄱ	31
mas	맛		K	宋敏	1969	81
mas	맛	flavor	K	宋敏	1969	81
mat	맛		K	宋敏	1969	81
amtaki	*맛좋은	schmackhaft	Ma	白鳥庫吉	1915ㄱ	31
amta	*맛좋은	schmackhaft	Ma	白鳥庫吉	1915ㄱ	31
симтэн	*맛	taste	Ma	Цинциус	1977	88
amtaikaṅ	*맛	süss	Mo	白鳥庫吉	1915ㄱ	31
amtaixaṅ	*맛	süss	Mo	白鳥庫吉	1915ㄱ	31
amtaj	*맛	geschmackbaft	Mo	白鳥庫吉	1915ㄱ	31
amtataí	*맛좋은	schmackhaft	Mo	白鳥庫吉	1915ㄱ	31
amtataj	*맛	geschmackbaft	Mo	白鳥庫吉	1915ㄱ	31
amtĕkaṅ	*맛	süss	Mo	白鳥庫吉	1915ㄱ	31
amtaí	*맛	Süss	Mo	白鳥庫吉	1915ㄱ	31
amtêxaṅ	*맛	süss	Mo	白鳥庫吉	1915ㄱ	31
амта	*맛, 취향	taste, style	Ma	Цинциус	1977	39

맛보다

mat po ta	*맛보다	to taste, to try by tasting	K	白鳥庫吉	1915ㄱ	31
amtan	*맛보다	schmecken	Ma	白鳥庫吉	1915ㄱ	31
amtarem	*맛보다	schmecken	Ma	白鳥庫吉	1915ㄱ	31
amtambi	*맛보다	schmecken	Ma	白鳥庫吉	1915ㄱ	31
amta	*맛보다	schmecken	Ma	白鳥庫吉	1915ㄱ	31
amta	*맛보다	Geschmack	Ma	白鳥庫吉	1915ㄱ	31
amtakál	*맛보다	Schmecke	Ma	白鳥庫吉	1915ㄱ	31
amtan	*맛보다	Geschmack	Mo	白鳥庫吉	1915ㄱ	31
amtan	*맛보다	Geschmack haben	Mo	白鳥庫吉	1915ㄱ	31
amtän	*맛보다	Geschmack	Mo	白鳥庫吉	1915ㄱ	31
amtan	*맛보다	der Geschmack	Mo	白鳥庫吉	1915ㄱ	31
amsarmen	*맛보다	schmerken	T	白鳥庫吉	1915ㄱ	31
amzîrben	*맛보다	schmerken	T	白鳥庫吉	1915ㄱ	31
amtan	*맛보다	Geschmeck	T	白鳥庫吉	1915ㄱ	31

망가지다

man-	망가지다		K	박은용	1974	265
mana-	망가지다		Ma	박은용	1974	265

망아지

măi ya-či	*망아지	a colt	K	白鳥庫吉	1915ㄱ	3
maŋazi	망아지		K	이숭녕	1956	121
maŋsɛŋi	망아지		K	이숭녕	1956	122
*meru : ^miäru [滅烏]	*망아지	colt	K	Christopher I. Beckwith	2004	129
сучуту	*망아지	foal	Ma	Цинциус	1977	133
унукāн	*망아지	colt	Ma	Цинциус	1977	275

망울

ma-ol	망울		K	김사엽	1974	388
mɐŋ	망울		K	박은용	1974	262
mang-ul	*망울	a ball, a disk	K	白鳥庫吉	1915ㄱ	35
bong	망울		Ma	박은용	1974	262

표제어/어휘		의미	언어	저자	발간년도	쪽수
망치						
machi	망치		K	이용주	1980	105
folxo	*망치	hammer	Ma	Poppe, N	1965	170
ýгāл	*망치	hammer	Ma	Цинциус	1977	244
нāлка	*망치	hammer	Ma	Цинциус	1977	313
лантӯ	*망치		Ma	Цинциус	1977	491
малā	*망치	hummer	Ma	Цинциус	1977	523
мучаӈки	*망치	hummer	Ma	Цинциус	1977	561
балта	*망치	hammer	Ma	Цинциус	1977	71
haluqa	*망치	hammer	Mo	Poppe, N	1965	170
*paluqa	*망치	hammer	Mo	Poppe, N	1965	170
[alyka	*망치.		Ma	Shirokogoroff	1944	5
맞						
mat	*맞-	face to face, opposite; mate	K	G. J. Ramstedt	1949	142
masseda	*맞서다	to be equal in strength	K	G. J. Ramstedt	1949	142
massaŋ hạda	*맞상하다[-床--]	to sit two at a table	K	G. J. Ramstedt	1949	142
mannada	*만나다	to meet, to find	K	G. J. Ramstedt	1949	142
mata	*친구	a friend, a neighbour, a guest	Ma	G. J. Ramstedt	1949	142
mata-n-	*이웃으로 살다	to live as neighbour with some else	Ma	G. J. Ramstedt	1949	142
mata-ŋ-	*방문하다	to visit, to sit as guest	Ma	G. J. Ramstedt	1949	142
맞다						
adaruhǝnda	알맞다		K	김완진	1957	256
mac	맞다	correct	K	宋敏	1969	81
mats(a)-	*맞다	correct	K	Martin, S. E.	1966	200
mats(a)-	*맞다	correct	K	Martin, S. E.	1966	208
ко	*맞다	right	Ma	Цинциус	1977	401
맞추다						
mašu	*맞추다	measure	K	Martin, S. E.	1966	200
mašu	*맞추다	measure	K	Martin, S. E.	1966	212
mats(a)-	*맞추다	correct	K	Martin, S. E.	1966	222
тэрги-	*맞추다	adapt	Ma	Цинциус	1977	238
такс'іті	*맞추다.		Ma	Shirokogoroff	1944	122
дагалано	*맞추다		Ma	Shirokogoroff	1944	27
맡다						
matta	*맡다	to be entrusted with, to take charge of	K	G. J. Ramstedt	1949	142
makkida	*맡기다	to entrust to, to put in the care of	K	G. J. Ramstedt	1949	142
matčhida	*맡기다	to entrust to, to put in the care of	K	G. J. Ramstedt	1949	143
matčhim	*마침	specially ordered goods	K	G. J. Ramstedt	1949	143
dukumačin	*작문 수업	lesson for writing	Ma	G. J. Ramstedt	1949	143
omačin	*과업	task, problem	Ma	G. J. Ramstedt	1949	143
surumęčin	*갈 책무	obligation or intention to go	Ma	G. J. Ramstedt	1949	143
surumęčinmi	*가게 되다	I'm obliged to go	Ma	G. J. Ramstedt	1949	143
매						
thugon	매	hawk, falcon	K	김공칠	1989	17

표제어/어휘		의미	언어	저자	발간년도	쪽수
mä	*매[鷹]	a falcon	K	G. J. Ramstedt	1949	137
тэрңа	*매	falcon	Ma	Цинциус	1977	239
иӈ гасха	*매	eagle	Ma	Цинциус	1977	321
jэлмэн	*매	hawk	Ma	Цинциус	1977	354
количй	*매	hawk	Ma	Цинциус	1977	407
кувэтэн	*매	kite	Ma	Цинциус	1977	423
шоңқон гасха	*매	falcon	Ma	Цинциус	1977	427
кэлду(н-)	*매	hawk	Ma	Цинциус	1977	446
элиэ	*매	falcon	Ma	Цинциус	1977	447
χаjчиӈ	*매	falcon	Ma	Цинциус	1977	459
эрэкӣ(2)	*매	falcon	Ma	Цинциус	1977	467
zaγalmã	*매	a small kind of falcon used in hunting	Mo	G. J. Ramstedt	1949	137

매다

mäj-	매다		K	강길운	1980	21
mä-	매다		K	강길운	1980	21
mE-	매다		K	강길운	1982ㄴ	25
mus	매다		K	강길운	1982ㄴ	32
mE-	매다		K	강길운	1982ㄴ	32
mä-	매다	tie	K	김동소	1972	141
mɛ-	매다	tie	K	김동소	1972	141
mʌj	매다		K	김사엽	1974	385
mɔy	매다		K	宋敏	1969	81
mɐi	매다	tie	K	이용주	1980	102
mɐi-	매다	to tie	K	이용주	1980	83
mẹida	*매다[結]	to tie to wrap	K	G. J. Ramstedt	1949	143
mại-	*매다	to tie, to warp up, to make a knot	K	G. J. Ramstedt	1949	9
máxy-	*매다	tie up	K	Martin, S. E.	1966	200
máxy-	*매다	tie up	K	Martin, S. E.	1966	204
máxy-	*매다	tie up	K	Martin, S. E.	1966	213
máxy-	*매다	tie up	K	Martin, S. E.	1966	220
hūwaita-	매다	tie	Ma	김동소	1972	141
сумна	매다.		Ma	Shirokogoroff	1944	120
уıт	매다.		Ma	Shirokogoroff	1944	137
тэргӯ-	*매다	tie	Ma	Цинциус	1977	238
yj-	*매다	tie	Ma	Цинциус	1977	250
ỹн'э̄-	*매다	tie	Ma	Цинциус	1977	277
haлта-	*매다	tie	Ma	Цинциус	1977	313
hγмэрэ-	*매다	hitch	Ma	Цинциус	1977	347
hэркэ-	*매다	tie	Ma	Цинциус	1977	369
чада-	*매다	tie up	Ma	Цинциус	1977	377
чимбō-	*매다	tie	Ma	Цинциус	1977	394
чомдоколō-	*매다	hitch	Ma	Цинциус	1977	406
baǧ-la-	매다		T	강길운	1980	21
ba-	매다		T	김승곤	1984	249
bajla-	매다		T	김승곤	1984	249

매달다

tʌr-	매달다		K	강길운	1981ㄴ	8
tʌr-	매달다		K	강길운	1982ㄴ	19
tʌr-	매달다		K	강길운	1982ㄴ	23
tʌr-	매달다		K	강길운	1982ㄴ	35

표제어/어휘		의미	언어	저자	발간년도	쪽수
kaku	매달다		K	김공칠	1989	15
опки-	*매달다	hang	Ma	Цинциус	1977	22
as-	*매달다	to hang	T	Poppe, N	1965	201

매듭

mEdɯb	매듭		K	강길운	1982ㄴ	25
mʌ-tʌjp	매듭		K	김사엽	1974	385
томтō	*매듭	knot	Ma	Цинциус	1977	196
кикикта	*매듭	stitch	Ma	Цинциус	1977	392
куjэрхэн	*매듭, 묶음	unit	Ma	Цинциус	1977	425
уlдɪм	*매듭		Ma	Shirokogoroff	1944	140
уlipiн	*매듭		Ma	Shirokogoroff	1944	141

매미

mʌj-ja-mi	매미		K	김사엽	1974	431
mɐiami	매미		K	박은용	1974	262
me-rɛɲi	매미		K	이숭녕	1956	184
biyang	매미		Ma	박은용	1974	262
т'ōo	*매미	cicada	Ma	Цинциус	1977	198
кэнутэрэкэн	*매미	cicada	Ma	Цинциус	1977	449

매우

t<˘ö>	되다		K	강길운	1982ㄴ	25
t<˘ö>	되다		K	강길운	1982ㄴ	29
măi-u	*매우	very, exceedingly	K	白鳥庫吉	1915ㄱ	25
mäu	*매우	very, exceedingly	K	G. J. Ramstedt	1949	144
meu	*매우	very, exceedingly	K	G. J. Ramstedt	1949	144
mäo	*매우	very, exceedingly	K	G. J. Ramstedt	1949	144
masi	*매우	Kraft anwenden, sich aufstrengen	Ma	白鳥庫吉	1915ㄱ	25
masilambi	*매우	Kraft anwenden, sich aufstrengen	Ma	白鳥庫吉	1915ㄱ	25
maśé	*매우	Kraft anwenden, sich aufstrengen	Ma	白鳥庫吉	1915ㄱ	25
umesi	*매우	sehr	Ma	白鳥庫吉	1915ㄱ	25
masí	*매우	stark, fest, dauerhaft	Ma	白鳥庫吉	1915ㄱ	25
maśé	*매우	stark, fest, dauerhaft	Ma	白鳥庫吉	1915ㄱ	25
maṅga	*매우	gross, sehr; streng, hart	Ma	白鳥庫吉	1915ㄱ	25
mága	*매우	sehr	Ma	白鳥庫吉	1915ㄱ	25
magá	*매우	stark; schlecht	Ma	白鳥庫吉	1915ㄱ	25
9ӈгeн'imö	*매우, 너무.		Ma	Shirokogoroff	1944	45
có	*매우, 많이, 강하게.		Ma	Shirokogoroff	1944	117
coма	*매우, 많이		Ma	Shirokogoroff	1944	118
бортаɪ	*매우, 무척.		Ma	Shirokogoroff	1944	18
[согдi	*매우, 아주.		Ma	Shirokogoroff	1944	117
умāc'i	*매우.		Ma	Shirokogoroff	1944	141
бури	*매우	very	Ma	Цинциус	1977	113
гэгдэк	*매우	very	Ma	Цинциус	1977	176
ӡиӈ	*매우	very	Ma	Цинциус	1977	258
алас	*매우	very	Ma	Цинциус	1977	29
ана	*매우	very	Ma	Цинциус	1977	41
acaʰи	*매우	very	Ma	Цинциус	1977	54
моча	*매우	very much	Ma	Цинциус	1977	547
mašida	매우	trés, fort, fout-à-fait	Mo	白鳥庫吉	1915ㄱ	25
maši	*매우	très, fort	Mo	白鳥庫吉	1915ㄱ	25

표제어/어휘		의미	언어	저자	발간년도	쪽수
mašilaxu	*매우	aller au-delà, surpasser; donner, prendre au faire	Mo	白鳥庫吉	1915ㄱ	25
maši	*매우	trés, fort, fout-à-fait	Mo	白鳥庫吉	1915ㄱ	25
mejŭrχə	*슬퍼하다	to grieve, beku1mmert werden	Mo	G. J. Ramstedt	1949	144

머금다

mə-kum	머금다		K	김사엽	1974	454
məbu-m-	머금다		K	박은용	1974	274
mëkum	머금다	hold in mouth	K	宋敏	1969	81
mukū-	머금다		Ma	박은용	1974	274

머루

mər	머루		K	박은용	1974	270
mö-ru	*머루	wild grapes	K	白鳥庫吉	1915ㄱ	39
mölgu	머루		K	이숭녕	1956	165
mölui	머루		K	이숭녕	1956	165
mucu	머루		Ma	박은용	1974	270
гомдокто	*머루	butterbur	Ma	Цинциус	1977	160

머리

pari	머리	head	K	강길운	1978	42
pak	머리		K	강길운	1981ㄱ	30
pak	머리		K	강길운	1981ㄴ	5
sap	머리		K	강길운	1981ㄴ	5
*koru	머리		K	강길운	1982ㄱ	181
pak	머리		K	강길운	1982ㄴ	16
*sab	머리		K	강길운	1982ㄴ	28
pak	머리		K	강길운	1982ㄴ	31
məri	*머리	head	K	강영봉	1991	9
möri	머리		K	김공칠	1989	8
mʌli	머리	head	K	김동소	1972	138
mʌri	머리		K	김방한	1977	5
mari	머리	head	K	김방한	1978	7
tʌj-ko-li	머리		K	김사엽	1974	419
ma-li	머리		K	김사엽	1974	459
məri	머리	head	K	김선기	1968ㄱ	23
mari	머리		K	김선기	1968ㄴ	30
degi	꼭대기		K	김선기	1976ㄱ	325
대가리	머리		K	김선기	1976ㄱ	325
daegari	머리		K	김선기	1976ㅇ	357
miri	머리		K	박은용	1974	260
mori	*머리	the head	K	白鳥庫吉	1915ㄱ	35
mori	머리		K	宋敏	1969	81
mɔri	머리		K	宋敏	1969	81
möri	머리		K	이숭녕	1956	123
mərĭ	머리	head	K	이용주	1980	80
골치	머리		K	이원진	1940	16
골	머리		K	이원진	1940	16
골	머리		K	이원진	1951	16
골치	머리		K	이원진	1951	16
meri	*머리	head	K	長田夏樹	1966	82
*kan : ^kən [根] ~*머리		head	K	Christopher I.	2004	122

표제어/어휘		의미	언어	저자	발간년도	쪽수
*kir ~ kin [斤]				Beckwith		
tagạri	*대가리	the head	K	G. J. Ramstedt	1949	105
tägari	*대가리	the head	K	G. J. Ramstedt	1949	105
mari	*마리[頭]	the head	K	G. J. Ramstedt	1949	146
mẹri	*머리[頭]	the head	K	G. J. Ramstedt	1949	146
mẹlmī	*멀미	sea-sickness	K	G. J. Ramstedt	1949	146
t'ŭl	*머리		K	Hulbert, H. B.	1905	116
머리	*머리		K	Miller, R. A. 김방한 역	1980	15
uju	머리	head	Ma	김동소	1972	138
dere	머리		Ma	김선기	1976ㅇ	357
belhe-	머리		Ma	박은용	1974	260
satimar	*큰곰	a huge bear	Ma	G. J. Ramstedt	1949	146
tẹgẹmẹr	*왕	the king, the emperor	Ma	G. J. Ramstedt	1949	146
jeli	*머리	head	Ma	Poppe, N	1965	198
dil	*머리	head	Ma	Poppe, N	1965	198
funexe	*머리	hair	Ma	Poppe, N	1965	201
´dili	*머리	head	Ma	Poppe, N	1965	26
dẹl	*머리	head	Ma	Poppe, N	1965	26
dil	*머리	head	Ma	Poppe, N	1965	26
dili	*머리	head	Ma	Poppe, N	1965	26
jeli	*머리	head	Ma	Poppe, N	1965	26
del	*머리	head	Ma	Poppe, N	1965	26
такшака	*머리	head	Ma	Цинциус	1977	155
дил	*머리	head	Ma	Цинциус	1977	205
помпо	*머리	head	Ma	Цинциус	1977	41
torogai	머리	head	Mo	김선기	1968ㄱ	23
terigen	머리	head	Mo	김선기	1968ㄱ	23
degere	머리	head	Mo	김선기	1968ㄱ	23
gabala	머리	head	Mo	김선기	1968ㄱ	23
tengeri	머리		Mo	김선기	1976ㄱ	325
tolgoi	머리		Mo	김선기	1976ㅇ	357
degere	머리		Mo	김선기	1976ㅇ	357
baš	머리	head	T	강길운	1978	42
baʃi	머리	head	T	김선기	1968ㄱ	23
basi	머리	head	T	김선기	1968ㄴ	30
baš	머리		T	이숭녕	1956	83
qāpā	*머리	head	T	Johannes Rahder	1959	69
baš	*머리		T	Miller, R. A. 김방한 역	1980	15
baš	*머리	head	T	Poppe, N	1965	195
iлчаптiн	*머리.		Ma	Shirokogoroff	1944	59
дiлiн	*머리		Ma	Shirokogoroff	1944	31
[ɣeлa	*머리		Ma	Shirokogoroff	1944	37

머리카락

mɘri	머리카락		K	강길운	1981ㄱ	30
mɘri	머리카락		K	강길운	1981ㄴ	5
mɘri	머리카락		K	강길운	1982ㄴ	23
mɘri	머리카락		K	강길운	1982ㄴ	33
mɘri	머리카락		K	강길운	1982ㄴ	36
mɘri-thɘrɘk	*머리카락	hair	K	강영봉	1991	9
kkïl	머리카락	hair	K	김공칠	1989	16

표제어/어휘		의미	언어	저자	발간년도	쪽수
khalak	머리카락	hair of the head	K	김공칠	1989	18
malithʌl	머리카락	hair	K	김동소	1972	138
mʌlikhalak	머리카락	hair	K	김동소	1972	138
kar	머리카락	hair	K	김선기	1968ㄱ	24
karag	머리카락	hair	K	김선기	1968ㄱ	24
kioreum	*머리카락	haar	K	白鳥庫吉	1914ㄷ	290
keu-ru	*머리카락	haar	K	白鳥庫吉	1914ㄷ	290
keu-ru-t'ök-l	*머리카락	haar	K	白鳥庫吉	1914ㄷ	290
kkeul	*머리카락	haire of a horse for sale	K	白鳥庫吉	1914ㄷ	290
mö-ri k'a-rak	*머리카락	rauch	K	白鳥庫吉	1914ㄷ	290
keul-heui-yöng	*머리카락	sprouted beans-used an article of food	K	白鳥庫吉	1914ㄷ	290
칼	터럭		K	이원진	1940	16
칼	터럭		K	이원진	1951	16
thel	*머리카락	hair	K	長田夏樹	1966	82
mŭră	*머리카락		K	Hulbert, H. B.	1905	116
funiyehe	머리카락	hair	Ma	김동소	1972	138
н'уr'iкта	*머리카락, 깃털, 털		Ma	Shirokogoroff	1944	97
кил	*머리칼	hair	Ma	Цинциус	1977	392
кōjэлрэ	*머리칼	hair	Ma	Цинциус	1977	420
инӈакта	*머리카락	hair	Ma	Цинциус	1977	317
мумнэсил	*머리카락	hair tresses	Ma	Цинциус	1977	556
н'уриктэ	*머리카락	hair	Ma	Цинциус	1977	648
horhon	*머리카락	haire of a horse for sale	Mo	白鳥庫吉	1914ㄷ	290
xeršixü	*머리카락	die loβt Haar verlieren	Mo	白鳥庫吉	1914ㄷ	291
xerčikü	*머리카락	a prostitute, a low woman	Mo	白鳥庫吉	1914ㄷ	291
kyl	*머리카락	haire of a horse for sale	T	白鳥庫吉	1914ㄷ	290

머무르다

표제어/어휘		의미	언어	저자	발간년도	쪽수
məmʉr-	머무르다		K	박은용	1974	267
məmʉr	머무르다		K	박은용	1974	269
memjr-	머물다	to stay, to remain	K	이기문	1958	114
memčhjuda	*멈추다	to stop, to stay, to remain	K	G. J. Ramstedt	1949	146
memida	*머물다	to stop, to stay, to remain	K	G. J. Ramstedt	1949	146
memilda	*머물다	to stop, to stay, to remain	K	G. J. Ramstedt	1949	146
memirida	*머무르다	to stop, to stay, to remain	K	G. J. Ramstedt	1949	146
memere-	머무르다		Ma	박은용	1974	267
momoro-	머무르다		Ma	박은용	1974	269
momoro-	정지하다	to keep still, to sit still	Ma	이기문	1958	114
memere-	*완고하다	to be obstinate, to stand on without yielding	Ma	G. J. Ramstedt	1949	146
memereme	*고집센	stubborn, stubbornly	Ma	G. J. Ramstedt	1949	146
тута-	*머무르다	stay	Ma	Цинциус	1977	223
дата	*머무르다, 남다		Ma	Shirokogoroff	1944	29
б'ıʏ'al	*머무르다, 살다.		Ma	Shirokogoroff	1944	15

머슴

표제어/어휘		의미	언어	저자	발간년도	쪽수
məsʉ-	품삯		K	박은용	1974	259
basʉ	품삯		Ma	박은용	1974	259
нэлкэ̄н	*머슴	hired man; farm-hand	Ma	Цинциус	1977	620

표제어/어휘		의미	언어	저자	발간년도	쪽수

먹

mẹk	*먹	China ink	K	G. J. Ramstedt	1949	145
mịk	*먹(/묵)	China ink	K	G. J. Ramstedt	1949	145
beχe	*먹	China ink	Ma	G. J. Ramstedt	1949	145
бокē	*먹	Indian ink	Ma	Цинциус	1977	90

먹다

*jwa-	드시다		K	강길운	1981ㄱ	30
čyə	젓가락		K	강길운	1983ㄴ	128
ča-si-	먹다		K	강길운	1983ㄴ	130
mək-	*먹다	to eat	K	강영봉	1991	9
ki	먹다		K	김공칠	1989	10
mʌk-	먹다	eat	K	김동소	1972	137
mək	먹다		K	김사엽	1974	403
mək	먹다		K	김사엽	1974	452
Jsi	먹다	eat	K	김선기	1968ㄱ	39
məg	먹다	eat	K	김선기	1968ㄱ	39
mek	*먹다		K	大野晋	1975	88
mək-	먹다		K	박은용	1974	259
mək	먹다		K	박은용	1974	260
mök ta	*먹다	to eat, to drink, to smoke	K	白鳥庫吉	1915ㄱ	34
ča-si ta	*자시다	to eat, to smoke, to drink, to partake of	K	白鳥庫吉	1916ㄱ	147
čap-sup ta	*잡습다	to eat, to smoke, to drink, to partake of	K	白鳥庫吉	1916ㄱ	147
čap-su si ta	*잡수시다	to eat, to smoke, to drink, to partake of	K	白鳥庫吉	1916ㄱ	147
mẹk-	먹다	to eat	K	이기문	1958	115
mẹk-um-	머금다	to hold (water) in the mouth	K	이기문	1958	115
mək-	먹다	to eat	K	이용주	1980	82
mek	먹다	eat	K	이용주	1980	99
masi	마시다	to drink	K	이탁	1964	153
mul	물	water	K	이탁	1964	153
megida	*먹이다	to feed	K	G. J. Ramstedt	1949	145
mẹkta	*먹다	to eat, to eat or to drink, to partake, to get, to	K	G. J. Ramstedt	1949	145
čịẹn-megi	*젖먹이	a baby	K	G. J. Ramstedt	1949	145
mek, meg	*먹다	eat, feed	K	Hulbert, H. B.	1905	121
mŭk, mŭg	*먹다	eat, feed	K	Hulbert, H. B.	1905	121
je-	먹다	eat	Ma	김동소	1972	137
Je	먹다	eat	Ma	김선기	1968ㄱ	39
be	먹다		Ma	박은용	1974	259
behe	먹다		Ma	박은용	1974	260
žepči, žeptí, žefure	*먹다	essen, Speise	Ma	白鳥庫吉	1916ㄱ	147
žebdáka	*먹다	Essen	Ma	白鳥庫吉	1916ㄱ	147
žibtén	*먹다	essen	Ma	白鳥庫吉	1916ㄱ	147
žeptyi	*먹다	essen	Ma	白鳥庫吉	1916ㄱ	147
žeptý	*먹다	essen	Ma	白鳥庫吉	1916ㄱ	147
žépdan	*먹다	Essen	Ma	白鳥庫吉	1916ㄱ	147
žembi	*먹다	essen, geniessen	Ma	白鳥庫吉	1916ㄱ	147
žebšekel	*먹다	Essen	Ma	白鳥庫吉	1916ㄱ	147
žebli	*먹다	Essen	Ma	白鳥庫吉	1916ㄱ	147
žebdem	*먹다	Essen	Ma	白鳥庫吉	1916ㄱ	147

표제어/어휘		의미	언어	저자	발간년도	쪽수
žebdáwi	*먹다	Essen	Ma	白鳥庫吉	1916ㄱ	147
zobte'n, zibtén,	*먹다	essen	Ma	白鳥庫吉	1916ㄱ	147
žebdan	*먹다	Essen	Ma	白鳥庫吉	1916ㄱ	147
žamusin	*먹다	Essen	Ma	白鳥庫吉	1916ㄱ	147
z'aptyi	*먹다	Essen	Ma	白鳥庫吉	1916ㄱ	147
žaptile	*먹다	Essen	Ma	白鳥庫吉	1916ㄱ	147
žapkol, žepkol	*먹다	iss	Ma	白鳥庫吉	1916ㄱ	147
zäpim	*먹다	Essen	Ma	白鳥庫吉	1916ㄱ	147
žabunnam	*먹다	Essen	Ma	白鳥庫吉	1916ㄱ	147
d'ebudum,	*먹다	Essen	Ma	白鳥庫吉	1916ㄱ	147
d'apty, d'eptý	*먹다	Essen	Ma	白鳥庫吉	1916ㄱ	147
d'ändäm	*먹다	Essen	Ma	白鳥庫吉	1916ㄱ	147
čepoñegi	*먹다	Essen	Ma	白鳥庫吉	1916ㄱ	147
če-fûh	*먹다	essen	Ma	白鳥庫吉	1916ㄱ	147
čabum	*먹다	Essen	Ma	白鳥庫吉	1916ㄱ	147
žeptukán	*먹다	essen	Ma	白鳥庫吉	1916ㄱ	147
žébdan	*먹다	Essen	Ma	白鳥庫吉	1916ㄱ	147
d'eptöp	*먹다	Essen	Ma	白鳥庫吉	1916ㄱ	147
muku-	머금다	to hold (water) in the mouth	Ma	이기문	1958	115
ǰę-	*먹다	to eat	Ma	Poppe, N	1965	155
ụã	*먹다.		Ma	Shirokogoroff	1944	34
ụa	*먹다		Ma	Shirokogoroff	1944	34
[д'in	*먹다.		Ma	Shirokogoroff	1944	31
ӡэб-	*먹다	eat	Ma	Цинциус	1977	279-12
коксол-	*먹다	eat	Ma	Цинциус	1977	405-10
лэпси-	*먹다	sup	Ma	Цинциус	1977	518
idemui	먹다	eat	Mo	김선기	1968ㄱ	39
je-me	*썩은 고기	carrion, animal killed and partly devoured by a wo	Mo	Poppe, N	1965	155
balgu-	*꿀걱꿀걱 먹다	to gulp	Mo	Poppe, N	1965	192
bäk-	*배불리 먹다	to eat enough, to get enough	T	G. J. Ramstedt	1949	145
yä-	*먹다	to eat	T	Poppe, N	1965	155

먹이

표제어/어휘		의미	언어	저자	발간년도	쪽수
moӡi	먹이		K	강길운	1981ㄴ	7
mosi	모이		K	강길운	1983ㄴ	114
mosi	모이		K	강길운	1983ㄴ	126
moӡi	모이		K	강길운	1983ㄴ	133
саува	*먹이	feed	Ma	Цинциус	1977	68
[нау))ті	*먹이.		Ma	Shirokogoroff	1944	91

먼저

표제어/어휘		의미	언어	저자	발간년도	쪽수
moncyё	먼저		K	宋敏	1969	81
moncje	*먼저		K	長田夏樹	1966	116
элэкӯс	*먼저	at first	Ma	Цинциус	1977	449

먼지

표제어/어휘		의미	언어	저자	발간년도	쪽수
kudum/menci	*먼지	dust	K	강영봉	1991	8
tikur	塵		K	김선기	1968ㄱ	29
mon-či	*먼지	dust	K	白鳥庫吉	1915ㄱ	40
tythyr	먼지	dust	K	이용주	1980	100
*tüžü	먼지	dust	K	이용주	1980	100

표제어/어휘		의미	언어	저자	발간년도	쪽수
tɯt'ɯr	먼지	dust	K	이용주	1980	95
tōpil	*먼지		Ma	Shirokogoroff	1944	131
tẏκola	*먼지		Ma	Shirokogoroff	1944	132
гумухй	*먼지	dust	Ma	Цинциус	1977	171
tōs	*먼지	dust	Mo	Poppe, N	1965	178
bogto	*먼지에	to the dirt	Mo	Poppe, N	1965	189
bog-tur	*먼지에	to the dirt	Mo	Poppe, N	1965	189
кири	*먼지, 흙	dirt, mud	Ma	Цинциус	1977	398

멀겋다

mɛlgɛtha	*멀겋다	to be vacant - as a look, to be thin, to be weak	K	G. J. Ramstedt	1949	145
mēlkta	*멁다	to be pale	K	G. J. Ramstedt	1949	145
mɛlgin	*멁다(/멁은)	pale	K	G. J. Ramstedt	1949	146
belī-	*창백해지다	to turn paler, to evanish (the colour)	Ma	G. J. Ramstedt	1949	146
bɛlī	*창백한	pale, whitish (face, colour)	Ma	G. J. Ramstedt	1949	146

멀다

məl-	*먼	far	K	강영봉	1991	9
mʌl-	멀리	far	K	김동소	1972	137
mer-	멀다	to be distant	K	이기문	1958	114
mōr-	멀다	far	K	이용주	1980	84
mɛllī	*멀리	far away	K	G. J. Ramstedt	1949	145
mēlda	*멀다[遠]	to be far, to be distant	K	G. J. Ramstedt	1949	145
mēda	*멀다(/머다)[遠]	to be far, to be distant	K	G. J. Ramstedt	1949	145
mɛllīda	*멀리다[使遠]	to remove father away	K	G. J. Ramstedt	1949	145
goro	멀리	far	Ma	김동소	1972	137
malhūn	의외로 먼	unexpectedly distant	Ma	이기문	1958	114
balapti	예부터	since old times	Ma	이기문	1958	114
čāgū	*먼	distant	Ma	Poppe, N	1965	198
rollok	*멀리!		Ma	Shirokogoroff	1944	50
[гoргʔaн	*멀리.		Ma	Shirokogoroff	1944	50
гoрoдo	*멀리.		Ma	Shirokogoroff	1944	50
гoрoлö	*멀리.		Ma	Shirokogoroff	1944	51
гoрoтк'i	*멀리.		Ma	Shirokogoroff	1944	51
[rojo	*멀리		Ma	Shirokogoroff	1944	50
[чaila	*멀리		Ma	Shirokogoroff	1944	22
ropol	*멀어지다.		Ma	Shirokogoroff	1944	51

멀다(盲)

mēda	*멀다(/머다)[盲]	to be blind, to be unable to see	K	G. J. Ramstedt	1949	145
mɛlda	*멀다[盲]	to be blind, to be unable to see	K	G. J. Ramstedt	1949	145
balī	*멀다	blind	Ma	G. J. Ramstedt	1949	145
balu	*멀다	blind	Ma	G. J. Ramstedt	1949	145

멈추다

məj-	멈추다		K	강길운	1983ㄴ	137
kɯč'l-	그치다		K	강길운	1983ㄴ	137
eleβy	*개때문에 멈추다		Ma	Shirokogoroff	1944	42
ilda	*멈추다		Ma	Shirokogoroff	1944	59
тӣнӈив-	*멈추다	stop	Ma	Цинциус	1977	183

표제어/어휘	의미		언어	저자	발간년도	쪽수
токто̄-	*멈추다	stop	Ma	Цинциус	1977	194
то̄лга-	*멈추다	stop	Ma	Цинциус	1977	194
тэпти	*멈추다	stop	Ma	Цинциус	1977	238
тэулэ-	*멈추다	halt	Ma	Цинциус	1977	241
ǯθкър-	*멈추다	stop	Ma	Цинциус	1977	266
урйн-	*멈추다	stop	Ma	Цинциус	1977	285
hθктθ о̄-	*멈추다	stop	Ma	Цинциус	1977	335
нақа-	*멈추다	stop	Ma	Цинциус	1977	579
сихэ-	*멈추다	stop	Ma	Цинциус	1977	81
сйп-тэ-	*멈추다	stop	Ma	Цинциус	1977	93
dur-	멈추다		T	김영일	1986	174
duruk-	주저하다		T	김영일	1986	174

멍

mɔŋ	멍	black and blue spot	K	Kho, Songmoo	1977	139
menge	태어날 때 몸이 있는 반점	Geburtsflecken	Mo	Kho, Songmoo	1977	139
bän	태어날 때 몸이 있는 반점	muttermal	T	Kho, Songmoo	1977	139
möŋ	태어날 때 몸이 있는 반점	muttermal, Warze	T	Kho, Songmoo	1977	139
kač	태어날 때 몸이 있는 반점	muttermal, Warze	T	Kho, Songmoo	1977	139
miŋ	태어날 때 몸이 있는 반점	muttermal, Warze	T	Kho, Songmoo	1977	139
miŋ	태어날 때 몸이 있는 반점	muttermal	T	Kho, Songmoo	1977	139
mij	태어날 때 몸이 있는 반점	muttermal, Warze	T	Kho, Songmoo	1977	139
meŋ	태어날 때 몸이 있는 반점	muttermal, Warze	T	Kho, Songmoo	1977	139
mäŋ	태어날 때 몸이 있는 반점	muttermal	T	Kho, Songmoo	1977	139
bäŋ	태어날 때 몸이 있는 반점	muttermal	T	Kho, Songmoo	1977	139

멍석

məŋsək	멍석		K	박은용	1974	268
sək	멍석		K	박은용	1975	184
möŋsök	멍석		K	이숭녕	1956	180
mengse	장막		Ma	박은용	1974	268
sek	요		Ma	박은용	1975	184

멍에

məŋ	멍에		K	박은용	1974	259
be	멍에		Ma	박은용	1974	259
тӯлчи	*멍에	shaft-bow	Ma	Цинциус	1977	212
бapra(1)	*멍에, 아치	arc	Ma	Цинциус	1977	73

멍청이

meŋthəŋ-ha-	멍청하다	to be stupid	K	이기문	1958	114
meŋthəŋ-i	멍청이	a stupid person	K	이기문	1958	114
meŋthəŋ-kuri	멍청이	a stupid person	K	이기문	1958	114
mentuhun	멍청한	foolish, stupid	Ma	이기문	1958	114

멎다

məJ	멎다		K	김선기	1968ㄱ	41
экисэ-	*멎다	fade	Ma	Цинциус	1977	443
boso	멎다		Mo	김선기	1968ㄱ	41

표제어/어휘		의미	언어	저자	발간년도	쪽수

메

möi	*메		K	白鳥庫吉	1915ㄱ	33
mala	*메		Ma	白鳥庫吉	1915ㄱ	33
muna	*메	massue de bois, bâton, maillet	Mo	白鳥庫吉	1915ㄱ	33

메다

möi ta	*메다	to carry on the shoulder	K	白鳥庫吉	1915ㄱ	33
mẹi-	메다	to carry on the shoulder	K	이기문	1958	114
mēda	*메다	to carry on the shoulder	K	G. J. Ramstedt	1949	144
mẹida	*메다	to carry on the shoulder	K	G. J. Ramstedt	1949	144
mẹidạ	*메이다	to toss about frantically, to move as in pain	K	G. J. Ramstedt	1949	144
mei-	어깨		Ma	박은용	1974	266
meiherembi	*어깨에 메다	auf den Schultern tragen	Ma	白鳥庫吉	1915ㄱ	33
meihere-	메다	to carry on the shoulder	Ma	이기문	1958	114
meiren	어깨	shoulder	Ma	이기문	1958	114
mijẹ	*어깨	shoulder	Ma	G. J. Ramstedt	1949	145
mīrẹ-ptun	*견장	shoulder ornament, the yoke	Ma	G. J. Ramstedt	1949	145
mīrẹ	*어깨	shoulder	Ma	G. J. Ramstedt	1949	145
meiren	*어깨	the shoulder; the side, the flank	Ma	G. J. Ramstedt	1949	145
mirẹlẹ-	*어깨에 메다	to carry on the shoulder	Ma	G. J. Ramstedt	1949	145
meiχere-	*어깨에 메다	to carry on the shoulder, to take the responsibili	Ma	G. J. Ramstedt	1949	145
mi-n-	*올라타다	to sit up on horseback, to ride	T	G. J. Ramstedt	1949	145
mīn-	*올라타다	to sit up on horseback, to ride	T	G. J. Ramstedt	1949	145

메뚜기

swi	메뚜기		K	박은용	1975	186
sere	메뚜기		Ma	박은용	1975	186
таӈ	*메뚜기	grasshopper	Ma	Цинциус	1977	161
тарчи	*메뚜기	grasshopper	Ma	Цинциус	1977	169
тӣвир	*메뚜기	grasshopper	Ma	Цинциус	1977	175
фэбсэхэ	*메뚜기	locust	Ma	Цинциус	1977	304
чэпэдэр	*메뚜기	locust	Ma	Цинциус	1977	421
гэргэн	*메뚜기, 여치	grasshoper	Ma	Цинциус	1977	181

메밀

mʉr-	메밀		K	박은용	1974	268
mere	메밀		Ma	박은용	1974	268
mere	메밀가루	Buchweizen	Ma	白鳥庫吉	1915ㄱ	32
мэрэ	*메밀	buckwheat	Ma	Цинциус	1977	572
ниргӡ̄	*메밀	buckwheat	Ma	Цинциус	1977	599

메주

메주	메주		K	권덕규	1923ㄴ	127
kuku	메주		K	김공칠	1989	5
tuŋtuŋi	메주		K	김공칠	1989	5
mecyu	메주		K	김공칠	1989	5
mjəco	메주		K	박은용	1974	268
mjəču	메주		K	송민	1973	48
mjəču	메주		K	송민	1973	54

표제어/어휘	의미		언어	저자	발간년도	쪽수
Misun	메주		Ma	권덕규	1923ㄴ	127
misu	장		Ma	박은용	1974	268
Misun	메주		Ma	이명섭	1962	6

메추리

표제어/어휘	의미		언어	저자	발간년도	쪽수
mo-čʰʌ-la-ki	메추리		K	김사엽	1974	472
moic'-o-ra-	메추리		K	박은용	1974	275
mušuri	op다[082		Ma	박은용	1974	275
гимшу	*메추리	quail	Ma	Цинциус	1977	152

멘두리

표제어/어휘	의미		언어	저자	발간년도	쪽수
mēnduri	*만들이(/멘두리)[造樣]	form, appearance, looks	K	G. J. Ramstedt	1949	144
durun	*형태	form, appearance, model, shape	Ma	G. J. Ramstedt	1949	144
duruŋga	*모범적인	exemplary	Ma	G. J. Ramstedt	1949	144
sŭs	*용모	face, looks	T	G. J. Ramstedt	1949	144

며느리

표제어/어휘	의미		언어	저자	발간년도	쪽수
myönari	*며느리	daughter-in-law	K	金澤庄三郎	1910	12
myönari	*며느리	daughter-in-law	K	金澤庄三郎	1910	21
myəneri	며느리		K	김공칠	1989	5
mjə-nʌ-li	며느리		K	김사엽	1974	472
myönari	며느리		K	宋敏	1969	81
myönɒri	며느리		K	宋敏	1969	81
mjeṇ̣ari	*며느리(/며나리)	a daughter-in-law	K	G. J. Ramstedt	1949	147
mjeṇ̣iri	*며느리	a daughter-in-law	K	G. J. Ramstedt	1949	147
mjeṇ̣uri	*며느리(/며누리)	a daughter-in-law	K	G. J. Ramstedt	1949	147
myönari	*며느리	daughter-in-law	K	Kanazawa, S	1910	10
myönari	*며느리	daughter-in-law	K	Kanazawa, S	1910	17
beṇe	*손아래누이	younger sister	Ma	G. J. Ramstedt	1949	147
бэригэj	*며느리	daughter-in-law	Ma	Цинциус	1977	126
орō	*며느리	daughter-in-law	Ma	Цинциус	1977	24
ухэн	*며느리	daughter-in-law	Ma	Цинциус	1977	257
йргэ	*며느리	daughter in law	Ma	Цинциус	1977	326
кукин	*며느리	daughter-in-law	Ma	Цинциус	1977	425
хоимэли	*며느리		Ma	Цинциус	1977	468
[куку	*며느리.		Ma	Shirokogoroff	1944	76

멱

표제어/어휘	의미		언어	저자	발간년도	쪽수
miə-	목구멍		K	박은용	1974	261
mjeŋnada	*멱나다	to have enlarged glands in the neck	K	G. J. Ramstedt	1949	146
mjek	*멱	neck, throat	K	G. J. Ramstedt	1949	146
mjeksal	*멱살	the neck	K	G. J. Ramstedt	1949	146
bilha-	목구멍		Ma	박은용	1974	261
meke	*거짓말	lie, deceit	Ma	G. J. Ramstedt	1949	146
mekele-	*속이다	to deceive	Ma	G. J. Ramstedt	1949	146
mekepču	*가지각색의	varicoloured	Ma	G. J. Ramstedt	1949	146
meke	*양의 등	the back of the sheepbone (for playing)	Ma	G. J. Ramstedt	1949	147
mekeme	*넓은 어깨의	broad-shouldered	Ma	G. J. Ramstedt	1949	147

표제어/어휘		의미	언어	저자	발간년도	쪽수
몇						
myöt	몇	how many, several, many	K	白鳥庫吉	1915ㄱ	38
myöt-č'i	몇		K	白鳥庫吉	1915ㄱ	38
mjet	몇	how many	K	宋敏	1969	81
weną	*어느(/워나)	which	K	G. J. Ramstedt	1949	147
eną	*어느(/어나)	which	K	G. J. Ramstedt	1949	147
wette	*어더(/워더)	how	K	G. J. Ramstedt	1949	147
ette	*어더	how	K	G. J. Ramstedt	1949	147
mjet	*몇	how many, several	K	G. J. Ramstedt	1949	147
χas	*얼마	how much	T	G. J. Ramstedt	1949	147
모기						
kak-tagi	큰모기		K	강길운	1983ㄴ	120
mo-kʌj	모기		K	김사엽	1974	466
кулін	*모기.		Ma	Shirokogoroff	1944	76
монмактá	*모기		Ma	Shirokogoroff	1944	85
бýгýгýна	*모기	mosquito	Ma	Цинциус	1977	102
чинчаула	*모기	mosquito	Ma	Цинциус	1977	396
чоӈопкӣ	*모기	mosquito	Ma	Цинциус	1977	408
ӄанмакта	*모기	mosquito	Ma	Цинциус	1977	657
모두						
kul	모두		K	강길운	1977	15
si'	모두		K	강길운	1983ㄱ	31
si'=	모두		K	강길운	1983ㄴ	110
si'=	모두		K	강길운	1983ㄴ	128
čö	모두		K	강길운	1983ㄴ	129
mor	모두		K	강길운	1983ㄴ	135
men/modo	*모두	all	K	강영봉	1991	8
moto	*모으다	together	K	金澤庄三郞	1910	11
ta	모두		K	김공칠	1989	14
ta	모든	all(of a number)	K	김동소	1972	136
mo-ta	모두		K	김사엽	1974	385
mo-ta	모두		K	김사엽	1974	386
moteˇn	모두	all	K	이용주	1980	84
moto	모두	all	K	이용주	1980	84
ta'a	모두	all	K	이용주	1980	84
모도	모두		K	이원진	1940	18
모도	모두		K	이원진	1951	18
moto	*모으다	together	K	Kanazawa, S	1910	8
gemu	모든	all(of a number)	Ma	김동소	1972	136
тӯнӯн	*모두	all	Ma	Цинциус	1977	202
тэʰу	*모두	all	Ma	Цинциус	1977	242
фухали	*모두	all	Ma	Цинциус	1977	302
чуӈну	*모두	all	Ma	Цинциус	1977	415
э̄jду	*모두	all	Ma	Цинциус	1977	440
kül	모두		T	강길운	1977	15
ıy_é	*모두, 같이.		Ma	Shirokogoroff	1944	64
нисихаj	*모두, 다, 전부	all, everything	Ma	Цинциус	1977	600
уnкаl, уnка	*모두, 다.		Ma	Shirokogoroff	1944	144
уnка	*모두, 다.		Ma	Shirokogoroff	1944	144
даран	*모두, 전부.		Ma	Shirokogoroff	1944	29

표제어/어휘		의미	언어	저자	발간년도	쪽수
тāни	*모두, 전부		Ma	Shirokogoroff	1944	123
тiн	*모두,똑 바로!		Ma	Shirokogoroff	1944	127
ypy тасy	*모두.		Ma	Shirokogoroff	1944	146
г9р9	*모두.		Ma	Shirokogoroff	1944	48
гyп	*모두.		Ma	Shirokogoroff	1944	52
[hypä, hypy, ypy	*모두		Ma	Shirokogoroff	1944	56
ēдyккат	*모두들 중에, 누구에게도, 누구도		Ma	Shirokogoroff	1944	42
ēматан	*모든, 온갖, 어떤.		Ma	Shirokogoroff	1944	43
ēмакат	*모든, 온갖.		Ma	Shirokogoroff	1944	43
[бywн'iд	*모든, 온통		Ma	Shirokogoroff	1944	21
бyrli	*모든, 전부.		Ma	Shirokogoroff	1944	18
бyту_н	*모든, 전부		Ma	Shirokogoroff	1944	21
букули	*모든, 전(全)	all	Ma	Цинциус	1977	105
бэк\ч	*모든, 전(全)	all	Ma	Цинциус	1977	123
губчи	*모든, 전(全)	all	Ma	Цинциус	1977	165
гэму(2)	*모든, 전(全)	all	Ma	Цинциус	1977	179
дурук	*모든, 전(全)	all	Ma	Цинциус	1977	225
эjтэн	*모든	every	Mo	김선기	1968ㄱ	45
byde	모든		T	Poppe, N	1965	191
sayïn	*모든	every	T	Poppe, N	1965	191

모래

표제어/어휘		의미	언어	저자	발간년도	쪽수
mosal	*모래	sand	K	강영봉	1991	11
molɛ	모래	sand	K	김동소	1972	140
mo-laj	모래		K	김사엽	1974	434
mol-kaj	모래		K	김사엽	1974	434
morɛ	모래	sand	K	김선기	1968ㄱ	28
mo-rai	*모래	sand	K	白鳥庫吉	1915ㄱ	38
mo-sai	*모래	sand	K	白鳥庫吉	1915ㄱ	38
mol-lai	*모래	sand	K	白鳥庫吉	1915ㄱ	38
mo-rai	*모래		K	小倉進平	1934	24
mor'ăi	몰애	sand	K	이용주	1980	82
몰개	모래		K	이원진	1940	13
몰개	모래		K	이원진	1951	13
morä	*모래	sand	K	長田夏樹	1966	83
*nair : ^n'əir[內乙]	*모래	sand	K	Christopher I. Beckwith	2004	133
morsä	*모래(/몰새)	sand	K	G. J. Ramstedt	1949	151
mosä-ttaŋ	*모랫단	sandy land, sand ground	K	G. J. Ramstedt	1949	151
mosä	*모래(/모사)	sand	K	G. J. Ramstedt	1949	151
morä-thop	*모래톱	sand flats	K	G. J. Ramstedt	1949	151
mollä	*모래	sand	K	G. J. Ramstedt	1949	151
morä	*모래	sand	K	G. J. Ramstedt	1949	151
morgä	*모래(/몰개)	sand	K	G. J. Ramstedt	1949	151
yonggan	모래	sand	Ma	김동소	1972	140
buraki	모래	sand	Ma	김선기	1968ㄱ	28
buraki	*모래	dust, sand	Ma	G. J. Ramstedt	1949	151
sirugī	*모래, 모래 언덕	sand, a sand bank in a river	Ma	Poppe, N	1965	198
он'ин	*모래	sand	Ma	Цинциус	1977	20
инā	*모래	sand	Ma	Цинциус	1977	320
сируўй	*모래	sand	Ma	Цинциус	1977	96
buor	*모래	dust, sand, earth	T	G. J. Ramstedt	1949	151
п'есóк	*모래.		Ma	Shirokogoroff	1944	109

표제어/어휘		의미	언어	저자	발간년도	쪽수
турalaɣчa	*모래.		Ma	Shirokogoroff	1944	134
қaip	*모래.		Ma	Shirokogoroff	1944	67
cipr'i	*모래		Ma	Shirokogoroff	1944	116
cipyr?i	*모래		Ma	Shirokogoroff	1944	116
[c'epyk, c'ipyk	*모래		Ma	Shirokogoroff	1944	113
amaga ineŋgi	모레		Ma	김선기	1977ㅂ	324
coro	모레		Ma	김선기	1977ㅂ	324
nuguge edur	모레		Mo	김선기	1977ㅂ	324
hoici edur	모레		Mo	김선기	1977ㅂ	324

모래무지

ja-rɛ	모래무지		K	박은용	1974	110
ja-ri	모래무지		K	박은용	1974	110
ja-rui	모래무지		K	박은용	1974	110
yaru	사어		Ma	박은용	1974	110

모롱이

moro-	모롱이		K	박은용	1974	271
moro	굽다		K	박은용	1974	274
muda-	모롱이		Ma	박은용	1974	271
muri-	굽다		Ma	박은용	1974	274
moroŋi	모롱이	a bend of a road	Ma	이기문	1958	115
muri-han	모롱이	a bend of a road	Ma	이기문	1958	115

모루

moro	모루		K	박은용	1974	274
moru	모루	an anvil	K	이기문	1958	115
mori	모루	an anvil	K	이기문	1958	115
mula-	모루		Ma	박은용	1974	274
mulan	모루	an anvil	Ma	이기문	1958	115
нақавал'на	*모루	anvil	Ma	Цинциус	1977	579

모르다

morʌ-	모르다		K	강길운	1980	21
morø-	모르다		K	강길운	1981ㄴ	10
morʌ-	모르다		K	강길운	1982ㄴ	19
morʌ-	모르다		K	강길운	1982ㄴ	32
모 다	모르다		K	김선기	1979ㄱ	371
mōṛida	*모르다	to be ignorant, to not know	K	G. J. Ramstedt	1949	151
mōruda	*모르다	to be ignorant, to not know	K	G. J. Ramstedt	1949	151
mollida	*몰리다[使不知]	not allow to know, to cause ignorance	K	G. J. Ramstedt	1949	151
oŋgo-mbi	모르다		Ma	김선기	1979ㄱ	371
mullī-	*할 수 없다	to be unable, to not know	Ma	G. J. Ramstedt	1949	152
muldiŋnam	*모른다	I don't understand	Ma	G. J. Ramstedt	1949	152
muğlak	불분명		T	강길운	1980	21
morŭn	*모른다	nicht wissend	K	Andre Eckardt	1966	234

모시

mosi	*모시	ramie	K	金澤庄三郎	1910	9
mo-si	모시		K	김사엽	1974	385

표제어/어휘	의미		언어	저자	발간년도	쪽수
모시	모시		K	박은용	1974	110
mosi	모시		K	박은용	1974	276
mo-si	*모시		K	白鳥庫吉	1915ㄱ	38
mosi	모시		K	송민	1965	43
mosi	모시		K	송민	1973	46
mosi	모시		K	宋敏	1969	81
mosi	모시	urticea	K	宋敏	1969	81
mosi	*모시	ramie	K	Kanazawa, S	1910	7
mušuri	모시		Ma	박은용	1974	110
mušu-ri	모시		Ma	박은용	1974	276

모으다

muri	모으다		K	김공칠	1989	4
muн-	모으다		K	박은용	1974	263
*muhн	모으다		K	박은용	1974	272
motta	*모으다	to gather together, to assemble	K	G. J. Ramstedt	1949	152
mor-	*모으다	accumulate	K	Martin, S. E.	1966	209
buk	모으다		Ma	박은용	1974	263
muha-	모으다		Ma	박은용	1974	272
боγуlду	*모으다, 받다, 가지다.		Ma	Shirokogoroff	1944	16
[ic'i	*모으다, 줍다.		Ma	Shirokogoroff	1944	63
комуі	*모으다, 집합시키다.		Ma	Shirokogoroff	1944	73
кор.e	*모으다, 집합시키다		Ma	Shirokogoroff	1944	74
[чак	*모으다, 채집하다.		Ma	Shirokogoroff	1944	22
суг?'i	*모으다.		Ma	Shirokogoroff	1944	119
тара	*모으다.		Ma	Shirokogoroff	1944	123
уруву	*모으다		Ma	Shirokogoroff	1944	146
тавli	*모으다		Ma	Shirokogoroff	1944	125
[теуli	*모으다		Ma	Shirokogoroff	1944	125
сэилэ-	*모으다	gather	Ma	Цинциус	1977	138
тав-	*모으다	gather	Ma	Цинциус	1977	148
тэктэ̄-	*모으다	gather	Ma	Цинциус	1977	230
умӣв-	*모으다	gather	Ma	Цинциус	1977	267
унду-	*모으다	gather	Ma	Цинциус	1977	273
урӯв-	*모으다	collect	Ma	Цинциус	1977	287
иӄта	*모으다	accumulate	Ma	Цинциус	1977	300
им'а-	*모으다	gether	Ma	Цинциус	1977	312
камуj-	*모으다	collect	Ma	Цинциус	1977	371
чумчэ̄-	*모으다	collect	Ma	Цинциус	1977	414
шошо-	*모으다	collect	Ma	Цинциус	1977	427
шуфа-	*모으다	collect	Ma	Цинциус	1977	430
эвсил-	*모으다	collect	Ma	Цинциус	1977	435
кучира-	*모으다, 밀집하다	flock	Ma	Цинциус	1977	441
bögemne-	모으다		Mo	김영일	1986	168
jük-	모으다		T	김영일	1986	172

모이다

mor-	*모이다	accumulate	K	Martin, S. E.	1966	201
кандаlді	*모이다, 만나다, 몇 명 같이 가다.		Ma	Shirokogoroff	1944	68
уруп	*모이다.		Ma	Shirokogoroff	1944	146
китин-	*모이다	gether	Ma	Цинциус	1977	400
барги̇-	*모이다	gather	Ma	Цинциус	1977	75
борхо-	*모이다, 축적되다	accumulate, pile up	Ma	Цинциус	1977	96

표제어/어휘	의미		언어	저자	발간년도	쪽수
χyj	*모임	assembly	Ma	Цинциус	1977	475
мунн'ак	*모임	meeting	Ma	Цинциус	1977	556

모자

kamtu	감투		K	김승곤	1984	241
sap'o	모자		K	김완진	1957	262
a-yam	*모자	hut	K	白鳥庫吉	1914ㄴ	165
kan-čya mäl	*모자	filzmütze	K	白鳥庫吉	1914ㄷ	294
*kar	모자	a hat	K	이기문	1958	112
kat	모자	a hat	K	이기문	1958	112
kamtu	투구밑에쓰는부드러운모자		Ma	김승곤	1984	241
aún	*모자	mütze	Ma	白鳥庫吉	1914ㄴ	165
áun	*모자	hut	Ma	白鳥庫吉	1914ㄴ	165
aun	*모자	mütze	Ma	白鳥庫吉	1914ㄴ	165
afun	*모자	hut	Ma	白鳥庫吉	1914ㄴ	165
áūn	*모자	hut	Ma	白鳥庫吉	1914ㄴ	165
abyn	*모자	hut	Ma	白鳥庫吉	1914ㄴ	165
apu	*모자	mütze	Ma	白鳥庫吉	1914ㄴ	165
ao	*모자	hut	Ma	白鳥庫吉	1914ㄴ	165
ajo	*모자	hut	Ma	白鳥庫吉	1914ㄴ	165
afo	*모자	hut	Ma	白鳥庫吉	1914ㄴ	165
áwun	*모자	hut	Ma	白鳥庫吉	1914ㄴ	165
awun	*모자	mütze	Ma	白鳥庫吉	1914ㄴ	165
auún	*모자	mütze	Ma	白鳥庫吉	1914ㄴ	165
afu	*모자	hut	Ma	白鳥庫吉	1914ㄴ	165
ághun	*모자	hut	Ma	白鳥庫吉	1914ㄴ	165
aghú	*모자	hut	Ma	白鳥庫吉	1914ㄴ	165
āвун, āyн, āву	*모자		Ma	Shirokogoroff	1944	12
[комно	*모자.		Ma	Shirokogoroff	1944	73
[кураtli	*모자.		Ma	Shirokogoroff	1944	78
āyн	*모자		Ma	Shirokogoroff	1944	11
гидаκу	*모자 (총칭)	headgear	Ma	Цинциус	1977	149
аракчин	*모자	skull-cap	Ma	Цинциус	1977	48
дамдако	*모자	cap, hat	Ma	Цинциус	1977	195
торхиκу маχала	*모자	hat	Ma	Цинциус	1977	200
ұаара+	*모자	cap, hat	Ma	Цинциус	1977	239
иӡасχа маχала	*모자	hat	Ma	Цинциус	1977	298
им'анту	*모자	hat	Ma	Цинциус	1977	313
капача	*모자	head dress	Ma	Цинциус	1977	376
қорбақа	*모자	hat	Ma	Цинциус	1977	414
куммēс	*모자	hat	Ma	Цинциус	1977	431
шэргэмй	*모자	hat	Ma	Цинциус	1977	431
χōчйā апонй	*모자	hat	Ma	Цинциус	1977	472
хэтэмэ	*모자	hat	Ma	Цинциус	1977	483
махала+	*모자	hat	Ma	Цинциус	1977	522
мэрълдивкэ	*모자	hat	Ma	Цинциус	1977	572
б'ан маχала	*모자	cap, hat	Ma	Цинциус	1977	71
богд'о	*모자	cap, hat	Ma	Цинциус	1977	87
iži̇̂	*모자	hut	Mo	白鳥庫吉	1914ㄴ	164
iži	*모자	hut	Mo	白鳥庫吉	1914ㄴ	164
xalžan	*모자	glatze	Mo	白鳥庫吉	1914ㄷ	294
xogornap	*모자	zerreissen	Mo	白鳥庫吉	1914ㄷ	320
eže	*모자	hut	T	白鳥庫吉	1914ㄴ	164

표제어/어휘		의미	언어	저자	발간년도	쪽수
aža	*모자	a fur of cup worn by women	T	白鳥庫吉	1914ㄴ	164
eča	*모자	hut	T	白鳥庫吉	1914ㄴ	164
eiš	*모자	hut	T	白鳥庫吉	1914ㄴ	164

모질다

mo-til	惡, 暴		K	김사엽	1974	376
ma-čil-ta	*모질다	to be wicked, to be evil, to be bad	K	白鳥庫吉	1915ㄱ	26
mo-či ta	*모질다	to be resolute, to be determined	K	白鳥庫吉	1915ㄱ	26
mōtĭr-	모딜다	bad	K	이용주	1980	84
mo chil	*모질다	vice	K	Edkins, J	1895	409
borogo	*모질다	vice	Mo	Edkins, J	1895	409

모퉁이

mo-t'ong-i	*모퉁이	tu angle, a corner, bend	K	白鳥庫吉	1916ㄴ	326
mo-t'ong-i	*모퉁이	bend	K	白鳥庫吉	1916ㄴ	326
mo-t'oŋi	모퉁이		K	이숭녕	1956	179
mudan	*모퉁이	schief, Krummüng, Wendung	Ma	白鳥庫吉	1916ㄴ	326
moda	*모퉁이	Flusskrümmung	Ma	白鳥庫吉	1916ㄴ	326
но	*모퉁이, 모서리, 귀퉁이.		Ma	Shirokogoroff	1944	94
муннук	*모퉁이	conor	Ma	Цинциус	1977	556
mataxu	*모퉁이	se courber	Mo	白鳥庫吉	1916ㄴ	327
mitaraxu	*모퉁이	se courber	Mo	白鳥庫吉	1916ㄴ	327
zamin modžilan	*모퉁이	bend of a road	Mo	白鳥庫吉	1916ㄴ	327

목

mogaji	모가지		K	강길운	1983ㄴ	127
yagegi/mokdari	*목	neck	K	강영봉	1991	10
mok	목	neck	K	김동소	1972	139
mo-kaj	목		K	김사엽	1974	452
mog	목	neck	K	김선기	1968ㄱ	20
mok	*목		K	大野晋	1975	97
mok	목		K	박은용	1974	269
mok-a-či	*목	neck, throat	K	白鳥庫吉	1915ㄱ	34
mok	*목	the neck, the throat	K	白鳥庫吉	1915ㄱ	34
mok	목	neck	K	宋敏	1969	81
mok	목	the neck	K	이기문	1958	114
te-meŋi	목		K	이숭녕	1956	188
mok	목	neck	K	이용주	1980	80
mok	목	neck	K	이용주	1980	99
*ŋw(위첨자)úgʷu	목	neck	K	이용주	1980	99
mok	*목	neck	K	長田夏樹	1966	82
mok	*목	the neck, the throat	K	G. J. Ramstedt	1949	150
muk-	*목	head	K	Martin, S. E.	1966	201
muk-	*목	head	K	Martin, S. E.	1966	203
muk-	*목	head	K	Martin, S. E.	1966	217
monggon	목	neck	Ma	김동소	1972	139
buge	목	neck	Ma	김선기	1968ㄱ	21
mongqon	*목		Ma	大野晋	1975	97
mong-	목		Ma	박은용	1974	269
mongo	*목	Luftröhre	Ma	白鳥庫吉	1915ㄱ	34
monggon	*목	Luftröhre	Ma	白鳥庫吉	1915ㄱ	34
moṅgo	*목	Hals	Ma	白鳥庫吉	1915ㄱ	34

표제어/어휘		의미	언어	저자	발간년도	쪽수
moṅgo	*목	Luftröhre	Ma	白鳥庫吉	1915ㄱ	34
moṅgó	*목	Hals	Ma	白鳥庫吉	1915ㄱ	34
moṅonin	*목	Luftröhre	Ma	白鳥庫吉	1915ㄱ	34
moo	*목	Luftröhre	Ma	白鳥庫吉	1915ㄱ	34
mojé	*목	Luftröhre	Ma	白鳥庫吉	1915ㄱ	34
moŋgon	목	Kehle, Hals	Ma	이기문	1958	114
moŋggon	목	the neck	Ma	이기문	1958	114
moŋo~moo	목	Kehle, Hals	Ma	이기문	1958	114
moŋgo	목	Kehle, Hals	Ma	이기문	1958	114
moŋon	*목	neck	Ma	Poppe, N	1965	199
гиҙэн	*목	neck	Ma	Цинциус	1977	149
гиңэкэ	*목	neck	Ma	Цинциус	1977	153
haбyprа	*목	throat	Ma	Цинциус	1977	306
қоҙй	*목	neck	Ma	Цинциус	1977	403
кōмака	*목	neck	Ma	Цинциус	1977	408
комуj	*목	throat	Ma	Цинциус	1977	409
χусχа моңгон	*목	throat	Ma	Цинциус	1977	479
хэңгуҙ	*목	throat	Ma	Цинциус	1977	481
моңон	*목	neck	Ma	Цинциус	1977	546
никинма	*목	neck	Ma	Цинциус	1977	591
mug	목	neck	Mo	김선기	1968ㄱ	20
kuJugu	목	neck	Mo	김선기	1968ㄱ	20
küǯün	*목	cou, col	Mo	白鳥庫吉	1915ㄱ	18
kutsú	*목	Hals	Mo	白鳥庫吉	1915ㄱ	18
ku̦zu̦ṅ	*목	Hals	Mo	白鳥庫吉	1915ㄱ	18
küǯügü	*목	cou, col	Mo	白鳥庫吉	1915ㄱ	18
χu̦zu̦n	*목	Hals	Mo	白鳥庫吉	1915ㄱ	18
χu̦ǯû	*목	Hals	Mo	白鳥庫吉	1915ㄱ	18
moyinog	*목 밑에 처진 살	dewlap	Mo	Poppe, N	1965	199
moïon	*목	Hals	T	白鳥庫吉	1915ㄱ	34
myí	*목	Hals	T	白鳥庫吉	1915ㄱ	34
muün	*목	Hals	T	白鳥庫吉	1915ㄱ	34
muïon	*목	Hals	T	白鳥庫吉	1915ㄱ	34
muin	*목	Hals	T	白鳥庫吉	1915ㄱ	34
mojin	*목	Hals	T	白鳥庫吉	1915ㄱ	34
boinǐ	*목	Hals	T	白鳥庫吉	1915ㄱ	34
mojen	*목	Hals	T	白鳥庫吉	1915ㄱ	34
moïnuṅ	*목	Hals	T	白鳥庫吉	1915ㄱ	34
moïnu	*목	Hals	T	白鳥庫吉	1915ㄱ	34
moinu	*목	Hals	T	白鳥庫吉	1915ㄱ	34
mo'in	*목	Hals	T	白鳥庫吉	1915ㄱ	34
buin	*목	Hals	T	白鳥庫吉	1915ㄱ	34
bojün	*목	Hals	T	白鳥庫吉	1915ㄱ	34
boén	*목	Hals	T	白鳥庫吉	1915ㄱ	34
boin	*목	Hals	T	白鳥庫吉	1915ㄱ	34
mōy	*목	neck	T	Poppe, N	1965	199
boyun	*목	neck	T	Poppe, N	1965	199
boγaz	*목	throat	T	Poppe, N	1965	200
pïr	*목	throat	T	Poppe, N	1965	200

목덜미

| *ya:^ya[也] | *목덜미 | nape | K | Christopher I. Beckwith | 2004 | 142 |

표제어/어휘	의미	언어	저자	발간년도	쪽수
сэксэхэ	*목덜미	nape; back of the head	Ma	Цинциус	1977	139
ху(1)	*목덜미	back of head	Ma	Цинциус	1977	472
čikin	*목과 어깨뼈 사이, 목덜미	the area between the neck and the scapula, nape	T	Poppe, N	1965	198
қавачй	*목덜미, 뒷덜미	back of the head	Ma	Цинциус	1977	357
киниуа	*목덜미, 뒷덜미	back of the head	Ma	Цинциус	1977	395
lorla	*목덜미, 뒷덜미.		Ma	Shirokogoroff	1944	80
linkʻiптун	*목덜미, 뒷덜미.		Ma	Shirokogoroff	1944	80

목수

p'yənsu	목수		K	강길운	1982ㄴ	26
мӯӡā	*목수	carpenter	Ma	Цинциус	1977	551

몫

moks	몫		K	강길운	1983ㄴ	114
mok	몫		K	강길운	1983ㄴ	114
mok	할당.몫		K	강길운	1983ㄴ	126
kis	몫		K	박은용	1974	214
kesi	은덕		Ma	박은용	1974	214
имэтэ	*몫	nail, tack	Ma	Цинциус	1977	315
искэмэ	*몫	nail	Ma	Цинциус	1977	331

몯다

mot eul	*몯다	gather	K	Edkins, J	1895	410
mododa	*모두다[輯]	to gather	K	G. J. Ramstedt	1949	152
motta	*모이다'의 옛말	to come together, to assemble	K	G. J. Ramstedt	1949	152
to-moӡi	*도무지(/도모지)	all	K	G. J. Ramstedt	1949	152
mōda	*몯다	to gather, to assemble	K	G. J. Ramstedt	1949	152
modịn	*모든	all	K	G. J. Ramstedt	1949	152
modo	*모두(/모도)	all, altogether	K	G. J. Ramstedt	1949	152
muńńak	*회의	meeting, congress	Ma	G. J. Ramstedt	1949	152
*munč-	*모으다	to assemble	T	G. J. Ramstedt	1949	152
budun	*국가	nation, population	T	G. J. Ramstedt	1949	152

몰

mol	*몰	all	K	G. J. Ramstedt	1949	151
mol	*몰	all	K	G. J. Ramstedt	1949	151
mol pakta	*몰박다	to gether, to heap up together	K	G. J. Ramstedt	1949	151
molbakta	*몰박다	to gether, to heap up together	K	G. J. Ramstedt	1949	151
murbū	*덩어리	a heap	Ma	G. J. Ramstedt	1949	151
murbu	*축적물, 더미	a heap	Ma	G. J. Ramstedt	1949	151

몰골

kor-	몰골		K	박은용	1974	237
mor	몰골		K	박은용	1974	275
mol-kol	*몰골		K	白鳥庫吉	1915ㄱ	38
kor	골	appearance	K	이기문	1958	115
morkor	몰골	appearance, looks	K	이기문	1958	115
golo	몰골		Ma	박은용	1974	237
muru	몰골		Ma	박은용	1974	275
muru	*몰골	Ansehen, Gestalt, Vorbild,	Ma	白鳥庫吉	1915ㄱ	38

표제어/어휘		의미	언어	저자	발간년도	쪽수
		Erscheinung, Geist, bei				
muri	물골	appearance, looks	Ma	이기문	1958	115
muru	물골	appearance, looks	Ma	이기문	1958	115
murun	물골	appearance, looks	Ma	이기문	1958	115

몰다

mol ta	*몰다	to chase, to drive, to urge on	K	白鳥庫吉	1915ㄱ	27
mori	몰다	balle	K	宋敏	1969	81
mol	몰다	drive	K	宋敏	1969	81
moda	몰다	tout	K	宋敏	1969	81
mori	*몰이	the drive, driver, drift	K	G. J. Ramstedt	1949	151
molda	*몰다	to drive, to chase, to urge on	K	G. J. Ramstedt	1949	151
malmorikkun	*말몰이꾼	a horse driver, a coachman	K	G. J. Ramstedt	1949	151
molda	*몰다	to chase, to drive, to urge on	K	G. J. Ramstedt	1949	151
bošo-	몰다		Ma	박은용	1974	263
уавасса	*몰다		Ma	Shirokogoroff	1944	36
ipaci	*몰다.		Ma	Shirokogoroff	1944	62
тас-	*몰다	drive	Ma	Цинциус	1977	169
burai-	*몰다	to chase, to drive away	T	G. J. Ramstedt	1949	151

몸

mom	*몸	body	K	金澤庄三郎	1910	11
mom	몸		K	김공칠	1988	192
mom	몸		K	김공칠	1988	198
momo	몸		K	김공칠	1989	8
mom	몸		K	김사엽	1974	388
mom	몸	body	K	김선기	1968ㄱ	47
mom	몸		K	김선기	1976ㅇ	356
mom	몸		K	박은용	1974	259
mom	*몸	the body, the person, the form	K	白鳥庫吉	1915ㄱ	35
mom	몸		K	宋敏	1969	81
mon	몸		K	宋敏	1969	81
mom	*몸		K	長田夏樹	1966	81
mom	*몸	body	K	Aston	1879	21
mŏmttä hạda	*몸따하다	to menstruate	K	G. J. Ramstedt	1949	151
mŏm-so	*몸소	oneself, himself	K	G. J. Ramstedt	1949	151
mŏm	*몸	the body, the person, the form	K	G. J. Ramstedt	1949	151
mŏm	*몸	the body	K	G. J. Ramstedt	1949	151
mŏm hạda	*몸 하다	to menstruate	K	G. J. Ramstedt	1949	151
mom	*몸		K	Hulbert, H. B.	1905	118
mom	*몸	body	K	Kanazawa, S	1910	8
myom	*몸	body	K	Martin, S. E.	1966	200
myom	*몸	body	K	Martin, S. E.	1966	201
myom	*몸	body	K	Martin, S. E.	1966	218
be	몸		Ma	박은용	1974	259
mẹn	*자기 자신	self	Ma	G. J. Ramstedt	1949	151
mẹnẹkẹn	*자신	oneself	Ma	G. J. Ramstedt	1949	151
mẹnkẹn	*자신	oneself	Ma	G. J. Ramstedt	1949	151
mẹr	*자신	self	Ma	G. J. Ramstedt	1949	151
mẹn	*자신	self	Ma	G. J. Ramstedt	1949	151
illẹ	*몸	body	Ma	Poppe, N	1965	179
иллэ	*몸	body	Ma	Цинциус	1977	310
beye	몸	body	Mo	김선기	1968ㄱ	47

표제어/어휘		의미	언어	저자	발간년도	쪽수
boda	*몸	body	Mo	Poppe, N	1965	200
bei	몸	body	T	김선기	1968ㄱ	47
boð	*몸, 물체	body, substance	T	Poppe, N	1965	200
boð	*몸	body	T	Poppe, N	1965	202

못

soi-mos	*쇠못	Kanazawa, metal-marsh	K	G. J. Ramstedt	1949	152
ķim-thǎik	*쇠못	Kanazawa, metal-marsh	K	G. J. Ramstedt	1949	152
тоүoho	*못	nail	Ma	Цинциус	1977	191
тонӡу	*못	nails	Ma	Цинциус	1977	197
ӡиңгэри	*못	nail	Ma	Цинциус	1977	258
сигдивун	*못	nail	Ma	Цинциус	1977	76
xaramori	*못	nagel	Mo	白鳥庫吉	1914ㄷ	298

못(不)

mōӡilda	*모질다	wicked	K	G. J. Ramstedt	1949	152
mōt	*못[不]	not, impossibly	K	G. J. Ramstedt	1949	152
mōṛida	*모르다	to be ignorant, to not know	K	G. J. Ramstedt	1949	152
mōpṣịn	*몹쓴	useless, bad	K	G. J. Ramstedt	1949	152
mōpṣịl	*몹쓸	useless, bad	K	G. J. Ramstedt	1949	152
mōӡarada	*모자라다	to be insufficient	K	G. J. Ramstedt	1949	152
ume	*못	nicht (prohibit)	Ma	白鳥庫吉	1915ㄱ	39
me	*못	nicht (in General)	T	白鳥庫吉	1915ㄱ	39

못(池)

mot	*못	a lake, a pond	K	白鳥庫吉	1915ㄱ	39
mot	못	a lake	K	宋敏	1969	81
mot	*못	a lake, a pond	K	G. J. Ramstedt	1949	152
mot	*못[池]	a lake, a pond	K	G. J. Ramstedt	1949	152
musu	*목초지의 웅덩이	a puddle on meadow land	Ma	G. J. Ramstedt	1949	152

무겁다

kɛlp-	무겁다		K	김공칠	1989	18
mukʌp-	무거운	heavy	K	김동소	1972	138
mï-kəp	무겁다		K	김사엽	1974	467
mïkëʷ	무겁다		K	宋敏	1969	82
重	무겁다		K	辛 容泰	1987	132
別	무겁다		K	辛 容泰	1987	132
mykev	무겁다	heavy	K	이용주	1980	102
mɯkəv-	무겁다	heavy	K	이용주	1980	84
*piar[別]	*무겁다	-fold	K	Christopher I. Beckwith	2004	109
(o-)mo-	*무겁다	heavy	K	Martin, S. E.	1966	201
ujen	무거운	heavy	Ma	김동소	1972	138
ургэ(1)	*무겁다	heavy	Ma	Цинциус	1977	283
утумэмэ	*무겁다	heavy	Ma	Цинциус	1977	294

무늬

mun	무늬		K	김사엽	1974	384
koi-rop-	무늬	körper	K	白鳥庫吉	1914ㄷ	322
дурун	*무늬	pattern, design	Ma	Цинциус	1977	225

표제어/어휘		의미	언어	저자	발간년도	쪽수
инʒо	*무늬	pattern	Ma	Цинциус	1977	315
иhōр	*무늬	pattern	Ma	Цинциус	1977	334
қутхури	*무늬	pattern	Ma	Цинциус	1977	440
хуэмэ	*무늬	pattern	Ma	Цинциус	1977	479
сāкимат	*무늬	pattern	Ma	Цинциус	1977	56

무당

paksʌ	박수		K	강길운	1982ㄴ	20
muk'ɯri	복술		K	강길운	1987	26
hiruri	무당		Ma	김승곤	1984	251
удаγан	*무당	shaman(woman)	Ma	Цинциус	1977	248
büge	*무당	shaman	Mo	Poppe, N	1965	200
bô	*무당	shaman	Mo	Poppe, N	1965	200

무더기

mutu-	무더기		K	박은용	1974	276
mu-tök-i	*무더기	a mound, a heap, a pile	K	白鳥庫吉	1915ㄱ	35
mutu-	무더기		Ma	박은용	1974	276

무덤

mut-əm	무덤		K	김사엽	1974	406
mu-töm	*무덤	a grave, a tomb	K	白鳥庫吉	1915ㄱ	35
бури	*무덤, 분묘.		Ma	Shirokogoroff	1944	21
[оңіӈ	*무덤.		Ma	Shirokogoroff	1944	104
тоу'іло	*무덤.		Ma	Shirokogoroff	1944	129
бакса	*무덤.		Ma	Shirokogoroff	1944	13
уlāр, уláр	*무덤.		Ma	Shirokogoroff	1944	140
б'іlo, б'іл$о	*무덤.		Ma	Shirokogoroff	1944	15
кургако	*무덤.		Ma	Shirokogoroff	1944	78
суlӣн	*무덤	grave	Ma	Цинциус	1977	124
отомо	*무덤	grave	Ma	Цинциус	1977	28
алʒӣ	*무덤	grave, tomb	Ma	Цинциус	1977	32
чарда	*무덤	grave	Ma	Цинциус	1977	385
эјфу	*무덤	grave	Ma	Цинциус	1977	440
сакса	*무덤	grave	Ma	Цинциус	1977	56
н'экчэ	*무덤	grave	Ma	Цинциус	1977	651
kûšeṅ	*무덤	Grab	Mo	白鳥庫吉	1915ㄱ	18
χûče	*무덤	Grab	Mo	白鳥庫吉	1915ㄱ	18
χûšeṅ	*무덤	Grab	Mo	白鳥庫吉	1915ㄱ	18
kul	*무덤	tiefe furche	T	白鳥庫吉	1914ㄷ	321

무덥다

mudępta	*무덥다	to be damp and hot	K	G. J. Ramstedt	1949	152
ʒакугди	*무덥다	hot	Ma	Цинциус	1977	244

무디다

mudl-	무디다		K	강길운	1981ㄴ	10
mudɪ-	무디다		K	강길운	1982ㄴ	21
mudɪ-	무디다		K	강길운	1982ㄴ	33
mutö-	무딘	dull(knife)	K	김동소	1972	137
muti-	무딘	dull(knife)	K	김동소	1972	137

표제어/어휘	의미		언어	저자	발간년도	쪽수
mutui-	무디다		K	박은용	1974	268
mu-teui ta	*무디다	to be blunt, to be dull, to be obtuse	K	白鳥庫吉	1915ㄱ	35
mutui-	무디다	to be blunt, to be dull	K	이기문	1958	114
mutwi-	무듸다	dull	K	이용주	1980	84
mudʑida	*무디다	to be blunt	K	G. J. Ramstedt	1949	152
mudʑida	*무디다	to be blunt, to be dull, to be obtuse	K	G. J. Ramstedt	1949	152
moyo	무딘	dull(knife)	Ma	김동소	1972	137
modo	무디다		Ma	박은용	1974	268
modo	무딘	dull, stupid	Ma	이기문	1958	114
jaлуn-	*무디다	become blunt	Ma	Цинциус	1977	340
эсān	*무디다	blunt	Ma	Цинциус	1977	468
мӯб-/n-	*무디다	become blunted	Ma	Цинциус	1977	549
moghotur	*무디다	qui n'a de point	Mo	白鳥庫吉	1915ㄱ	37
bütäi	*무딘	blunt, obtuse	T	G. J. Ramstedt	1949	152
bütäi	*무디다	to be blunt	T	G. J. Ramstedt	1949	152

무럭

mur-	성장하는 모습		K	박은용	1974	276
mu-röŋ mu-röŋ	무럭무럭		K	이숭녕	1956	184
mutu-	성장하는 모습		Ma	박은용	1974	276

무르다

murɯ-	무르다(썩다)		K	강길운	1982ㄴ	19
mɯrɯ-	무르다(썩다)		K	강길운	1982ㄴ	32
mɯrɯ-	무르다(썩다)		K	강길운	1982ㄴ	36
무르다	무르다	soft	K	김선기	1978ㄷ	345
meyleu-l	무르다	soft	K	宋敏	1969	82
mĭlɔ-	무르다	be soft	K	宋敏	1969	82
meuleul	*무르다	soft	K	Aston	1879	21
uhuken	무르다	soft	Ma	김선기	1978ㄷ	345
dzugelen	무르다	soft	Mo	김선기	1978ㄷ	345
jumšak	무르다	soft	T	김선기	1978ㄷ	345
mala in	무르다	soft	T	김선기	1978ㄷ	345

무르다(退)

hyə-	무르다/물러나다		K	강길운	1982ㄴ	26
ḥyə-	무르다/물러나다		K	강길운	1982ㄴ	31
miɹi-	무르다	to come back, to turn back	K	이기문	1958	114
mullę-gada	*물러가다	to retire from	K	G. J. Ramstedt	1949	155
mullę-oda	*물려오다	to come back from	K	G. J. Ramstedt	1949	155
mullida	*물리다[反]	to put off, to put away, to drive off	K	G. J. Ramstedt	1949	155
muɹida	*무르다[反]	to return, to send back	K	G. J. Ramstedt	1949	155
*mulda	*무르다	to give way, to turn back	K	G. J. Ramstedt	1949	29
mari-	무르다	to come back, to turn back	Ma	이기문	1958	114
mur-ī-	*부정하다	to deny, to refuse, to renounce	Ma	G. J. Ramstedt	1949	155
muru-	*무르다	to turn oneself backwards	Ma	G. J. Ramstedt	1949	155
muruī-	*놓치다	to leave untouched	Ma	G. J. Ramstedt	1949	155

무릎

murub	무릎		K	강길운	1983ㄱ	31
muliph	무릎	knee	K	김동소	1972	138
mulop	무릎	knee	K	김동소	1972	138

표제어/어휘		의미	언어	저자	발간년도	쪽수
mu-lïpʰ	무릎		K	김사엽	1974	401
murub	무릎		K	김선기	1968ㄱ	46
murʌb	무릎		K	김선기	1968ㄱ	46
murɯb	무릎	knee	K	김선기	1968ㄱ	46
tokmurɯb	무릎		K	김선기	1968ㄱ	46
무	무릎		K	김선기	1977ㄱ	237
mu-reup	*무릎	the knee	K	白鳥庫吉	1915ㄱ	40
murïp	무릎		K	宋敏	1969	82
murup	무릅	knee	K	이용주	1980	80
murup	무릎	knee	K	이용주	1980	99
*pizä	무릎	knee	K	이용주	1980	99
muryph	*무릎	knee	K	長田夏樹	1966	82
murïp	*무릎	knee	K	G. J. Ramstedt	1949	155
murïp	*무릎	the knee	K	G. J. Ramstedt	1949	155
tobgiya	무릎	knee	Ma	김동소	1972	138
tobgija	무릎		Ma	김선기	1968ㄱ	46
buhi	무릎		Ma	김선기	1977ㄱ	237
tobgiya	무릎	knee	Ma	Poppe, N	1965	202
тобгʼа	*무릎	knee	Ma	Цинциус	1977	189
hэннэн	*무릎	knee	Ma	Цинциус	1977	366
лэксэ	*무릎	knee	Ma	Цинциус	1977	515
toik	슬개골		Mo	김선기	1968ㄱ	46
ebudug	무릎		Mo	김선기	1968ㄱ	46
ebuduk	무릎		Mo	김선기	1977ㄱ	327
toyig	*슬개골, 무릎 받이	knee-cap	Mo	Poppe, N	1965	202
tidzy	무릎		T	김선기	1977ㄱ	327
diz	무릎		T	김선기	1977ㄱ	327
tobïq	*무릎	knee	T	Poppe, N	1965	202

무릎 꿇다

mu-reup kkul ta	*무릎 꿇다	to kneel	K	白鳥庫吉	1915ㄱ	40
niyakorambi	*무릎 꿇다	knieen	Ma	白鳥庫吉	1915ㄱ	40
máxxore	*무릎 꿇다	knieen	Ma	白鳥庫吉	1915ㄱ	40
miéh-kʼú-lú	*무릎 꿇다	knieen	Ma	白鳥庫吉	1915ㄱ	40
niyakon	*무릎 꿇다	Knie, Kniebeugung	Ma	白鳥庫吉	1915ㄱ	40
mürgül	*무릎 꿇다	inclination de tête jusqu'à terre	Mo	白鳥庫吉	1915ㄱ	40
mürgükü	*무릎 꿇다	se courber jusqu'a terre	Mo	白鳥庫吉	1915ㄱ	40

무리

pur	무리	group, party	K	강길운	1978	41
mora	*무리	crowd	K	金澤庄三郎	1910	11
muri	*무리	crowd	K	金澤庄三郎	1910	11
muri	*무리	crowd	K	金澤庄三郎	1910	32
mora	*무리	crowd	K	金澤庄三郎	1910	32
muri	*무리[群]	a company, a number of	K	G. J. Ramstedt	1949	155
muri	*무리	crowd	K	Kanazawa, S	1910	8
mora	*무리	crowd	K	Kanazawa, S	1910	8
mur(ye)	*무리	crowd	K	Martin, S. E.	1966	200
mur(ye)	*무리	crowd	K	Martin, S. E.	1966	208
mur(ye)	*무리	crowd	K	Martin, S. E.	1966	214
mur(ye)	*무리	crowd	K	Martin, S. E.	1966	216
турӣ	*무리	flock	Ma	Цинциус	1977	219
усуӈа	*무리	flock	Ma	Цинциус	1977	292

표제어/어휘	의미		언어	저자	발간년도	쪽수
сймйā	*무리	crowd	Ma	Цинциус	1977	86
büleg	무리	group, party	Mo	강길운	1978	41

무섭다

nɯʒi-	무서워하다		K	강길운	1983ㄴ	112
mɯʒi-	무서워하다		K	강길운	1983ㄴ	133
mï-zïj-əp	무섭다		K	김사엽	1974	387
musjepta	*무섭다	to fear, to be terrible	K	G. J. Ramstedt	1949	155
męsę-	*두려워하다	to lose one's courage	Ma	G. J. Ramstedt	1949	155
męsę-wkęn-	*놀라게하다	to frighten	Ma	G. J. Ramstedt	1949	155
muse-	*두려워하다	to lose one's courage	Ma	G. J. Ramstedt	1949	155
musun	*산신령	the ghosts of mountains,	Ma	G. J. Ramstedt	1949	155
mu-sχa	*호랑이	the tiger	Ma	G. J. Ramstedt	1949	155
muχan	*수호랑이	the he-tiger	Ma	G. J. Ramstedt	1949	155
чӯ	*무섭다	terrible	Ma	Цинциус	1977	410
hacaja	*무섭다	terribly!	Ma	Цинциус	1977	318
элдэр	*무섭다	ghastly	Ma	Цинциус	1977	447
worqïnčïy	무섭다		T	이숭녕	1956	85

무엇

ənɯ	무엇		K	강길운	1983ㄴ	107
muʌs	무엇	what	K	김동소	1972	141
mjet	무엇		K	김선기	1968ㄱ	45
mɯsɯ	무엇		K	김선기	1968ㄱ	45
musam	무엇		K	김선기	1968ㄱ	45
mu-öt	*무엇	what-an interrogative pronoun	K	白鳥庫吉	1915ㄱ	38
mɯsɯˇkəs	므스것	what	K	이용주	1980	95
muęt	*무엇	what	K	G. J. Ramstedt	1949	108
muęt	*무엇	what, something	K	G. J. Ramstedt	1949	153
musįn	*무슨	what kind of	K	G. J. Ramstedt	1949	153
ai	무엇	what	Ma	김동소	1972	141
aika	무엇		Ma	김동소	1972	145
ainu	무엇		Ma	김동소	1972	145
ijämi	*무엇	wozu	Ma	白鳥庫吉	1915ㄱ	1
xaim	*무엇	wozu	Ma	白鳥庫吉	1915ㄱ	1
ked	무엇		Mo	김선기	1968ㄱ	45
nimadin	how		T	김선기	1968ㄱ	45
nimaga	why		T	김선기	1968ㄱ	45
nima	무엇		T	김선기	1968ㄱ	45

무지개

nuji	무지개	rainbow	K	김공칠	1989	16
čige	*지개	a bearer's rack	K	G. J. Ramstedt	1949	156
mužigē	*무지개	the rainbow	K	G. J. Ramstedt	1949	156
серун	*무지개		Ma	Shirokogoroff	1944	113
сēрӯн	*무지개	rainbow	Ma	Цинциус	1977	72

묵다

muk	묵다	age, stay	K	宋敏	1969	82
mugęri	*무거리	old remainder	K	G. J. Ramstedt	1949	153
mugi	*묵이	old remainder	K	G. J. Ramstedt	1949	153
mukta	*묵다	to stay, to remain; to be old	K	G. J. Ramstedt	1949	153

표제어/어휘		의미		언어	저자	발간년도	쪽수
bᵕgᵕ-	*보존하다	to preserve, to conserve		Ma	G. J. Ramstedt	1949	153
уңма-	*묵다	stick		Ma	Цинциус	1977	279

묶다

əlg-	얽다			K	강길운	1983ㄴ	135
tabal	묶다			K	김공칠	1989	5
tongki	묶다			K	김공칠	1989	8
mukk	묶다			K	김사엽	1974	454
moks-	묶다			K	박은용	1974	258
pa	*묶다	binden		K	G.J. Ramstedt	1952	17
fali	묶다,다발로모으다			Ma	김승곤	1984	250
baksa	묶다			Ma	박은용	1974	258
kūkū	*묶다	binden		Ma	白鳥庫吉	1914ㄷ	319
gaw	*묶다	binden		Ma	白鳥庫吉	1914ㄷ	319
gaghe	*묶다	sich lo1sen		Ma	白鳥庫吉	1914ㄷ	319
h'ipка	*묶다, 결박하다			Ma	Shirokogoroff	1944	55
[äркä, häркä	*묶다, 덮다			Ma	Shirokogoroff	1944	9
[уpōla	*묶다, 매다.			Ma	Shirokogoroff	1944	146
9ркä	*묶다, 매다			Ma	Shirokogoroff	1944	45
пуräı	*묶다.			Ma	Shirokogoroff	1944	109
аpка	*묶다.			Ma	Shirokogoroff	1944	9
yjiᴌda	*묶다			Ma	Shirokogoroff	1944	138
9ркі	*묶다			Ma	Shirokogoroff	1944	45
[yjy	*묶다			Ma	Shirokogoroff	1944	138
монмосанді	*묶음.			Ma	Shirokogoroff	1944	85
укуᴌча	*묶음			Ma	Shirokogoroff	1944	139
ситимнэ-	*묶다, 매다	bind		Ma	Цинциус	1977	99
буркӣ-	*묶다, 연결하다	connect, tie		Ma	Цинциус	1977	113
бомбӣ-	*묶다, 연결하다	connect, tie		Ma	Цинциус	1977	94
ботō-	*묶다, 연결하다	connect, tie		Ma	Цинциус	1977	97
лоторōн-	*묶어놓다	tie		Ma	Цинциус	1977	505
лулчэ	*묶어놓다	tie		Ma	Цинциус	1977	510
[уı(ч'ін	*묶은			Ma	Shirokogoroff	1944	137
чӣмът	*묶음	bunch		Ma	Цинциус	1977	395
хуниктэ	*묶음	unit		Ma	Цинциус	1977	477
хэбу	*묶음	unit		Ma	Цинциус	1977	480
мампи	*묶음	unit		Ma	Цинциус	1977	526
таури-	*묶다	bind , tie		Ma	Цинциус	1977	172
токоңки-	*묶다	tie to, bind to		Ma	Цинциус	1977	192
катаγа-	*묶다	tie		Ma	Цинциус	1977	384
χуваjта-	*묶다	tie		Ma	Цинциус	1977	473
хутху-	*묶다	connect		Ma	Цинциус	1977	479
ломпорōн-	*묶다	connect		Ma	Цинциус	1977	503
bücile-	묶다			Mo	김영일	1986	168
boγo-	*묶다	to bind		Mo	Poppe, N	1965	198
küli-	*묶다	to bind		Mo	Poppe, N	1965	203
ba-g	*밧줄	Strick		T	G.J. Ramstedt	1952	17
ba-j-u	*묶고	bindend		T	G.J. Ramstedt	1952	17
ba-la-	*묶다	binden		T	G.J. Ramstedt	1952	17
güyl-	*손과 발을 묶다	to bind the hands and feet		T	Poppe, N	1965	203

문

to	문			K	김사엽	1974	418

표제어/어휘		의미	언어	저자	발간년도	쪽수
ipʰ	문		K	김사엽	1974	475
duka	문		Ma	강길운	1982ㄱ	181
du-ka	*문		Ma	大野晉	1975	58
гешан	*문	door	Ma	Цинциус	1977	183
уркэ	*문	door	Ma	Цинциус	1977	286
чамхан	*문	gate	Ma	Цинциус	1977	382
ауде	*문 (복수)	doors	Ma	Цинциус	1977	59
урка, ýрка, уркá,	*문, 출입구, 대문.		Ma	Shirokogoroff	1944	145
уркö	*문		Ma	Shirokogoroff	1944	146

문득

mïn-tïk	문득		K	김사엽	1974	396
muttik muttik	*문득문득	every little while, quite frequently	K	G. J. Ramstedt	1949	156
muntik	*문득	suddenly, all at once	K	G. J. Ramstedt	1949	156
muttik	*문득	suddenly, all at once	K	G. J. Ramstedt	1949	156
nemsṇ	*갑자기	all in a moment, suddenly, once for all	Mo	G. J. Ramstedt	1949	156

문서

kullβar	문서		K	강길운	1983ㄱ	37
bičik	*문서가	die Schrift	Mo	G.J. Ramstedt	1952	24
bičig-üt	*문서들이	die Schriften	Mo	G.J. Ramstedt	1952	24
bičg-ün	*문서의	der Schrift	Mo	G.J. Ramstedt	1952	24

문지르다

pubi-	*문지르다	to rub	K	강영봉	1991	11
mun-či-rǎ ta	*문지르다	To rub, to brush, to scrub	K	白鳥庫吉	1916ㄴ	322
psuch-	문지르다	to rub with hands	K	이기문	1958	106
monžimbi	*문지르다	reiben, streichen	Ma	白鳥庫吉	1916ㄴ	322
bišu-	문지르다	to rub, to stroke with hands	Ma	이기문	1958	106
ūre	*그들이 문지르다	they scrape	Ma	Poppe, N	1965	179
кісў	*문지르다, 비비다, 닦다, 긁다.		Ma	Shirokogoroff	1944	72
ıркʼila	*문지르다.		Ma	Shirokogoroff	1944	63
хуӈна-	*문지르다	scrape	Ma	Цинциус	1977	349
həрку-	*문지르다	scrape	Ma	Цинциус	1977	369
celæ-	*문지르다	rub	Ma	Цинциус	1977	69
äz-	*문지르다, 으깨다	to rub, to crush	T	Poppe, N	1965	203

묻다

mut-ta	*묻다	to bury, to inter	K	白鳥庫吉	1915ㄱ	40
mut-ta	*묻다	to soil	K	白鳥庫吉	1915ㄱ	40
mutthida	*묻히다	to be buried, to be hidden	K	G. J. Ramstedt	1949	156
mudem	*무덤	a grave	K	G. J. Ramstedt	1949	156
mutčhida	*묻히다	to be buried, to be hidden	K	G. J. Ramstedt	1949	156
mutčhida	*묻히다	to coat with, to stain, to soil	K	G. J. Ramstedt	1949	156
mutta	*묻다[埋]	to adhere, to sick to, to stain, to soil	K	G. J. Ramstedt	1949	156
mutta	*묻다	to bury, to inter	K	G. J. Ramstedt	1949	156
mutta	*묻다[埋]	to bury, to inter, to cover with earth	K	G. J. Ramstedt	1949	156
saŋńamutčin	*연기나는	soiled by smoke, smoky, sooty	Ma	G. J. Ramstedt	1949	156
умунʼат	*묻다, 매장하다.		Ma	Shirokogoroff	1944	142
фэтэ-	*묻다	dig	Ma	Цинциус	1977	305

표제어/어휘	의미		언어	저자	발간년도	쪽수
bütü-	*덮히다, 낫다	to get covered	Mo	G. J. Ramstedt	1949	156

묻다(問)

표제어/어휘	의미		언어	저자	발간년도	쪽수
mut-čăp ta	*윗사람에게 묻다	to ask respectfully, to inquire of a superior	K	白鳥庫吉	1914ㄱ	143
mut-ta	*묻다	to inquire of, to ask, to interrogate	K	白鳥庫吉	1914ㄱ	143
mutta < *muδ-ta	*묻다	to inquire	K	G. J. Ramstedt	1928	73
murëtta	*물었다	to inquire	K	G. J. Ramstedt	1928	73
mai-fán-čú	*묻다	fragen	Ma	白鳥庫吉	1914ㄱ	143
modalisi	*묻다	fragen	Ma	白鳥庫吉	1914ㄱ	143
mudelisi	*묻다	fragen	Ma	白鳥庫吉	1914ㄱ	143
mydelisi	*묻다	fragen	Ma	白鳥庫吉	1914ㄱ	143
mude-lisi	*물었다	to inquire	Ma	G. J. Ramstedt	1928	73
mude-	*묻다	to inquire	Ma	G. J. Ramstedt	1928	73
c'ilбa	*묻다, 부탁하다, 말하다		Ma	Shirokogoroff	1944	114
кэлэ-	*묻다 요청하다	ask	Ma	Цинциус	1977	447
sora-	질문하다		T	김영일	1986	178

물

표제어/어휘	의미		언어	저자	발간년도	쪽수
muɾ	물		K	강길운	1979	9
mɯɾ	물		K	강길운	1981ㄴ	6
*mi	물		K	강길운	1982ㄱ	183
mɯɾ	물, *내		K	강길운	1982ㄴ	24
muɾ	물, 강		K	강길운	1982ㄴ	34
mɯɾ	물, 강		K	강길운	1982ㄴ	35
muɾ	물		K	강길운	1983ㄱ	35
yəuɾ	여울		K	강길운	1983ㄴ	112
tor=	도랑,하천		K	강길운	1983ㄴ	113
p'ure	물푸레		K	강길운	1983ㄴ	114
kud	구덩이		K	강길운	1983ㄴ	114
kof	곶		K	강길운	1983ㄴ	118
koj	곶		K	강길운	1983ㄴ	119
nyəuɾ	여울		K	강길운	1983ㄴ	120
yəul	여울		K	강길운	1983ㄴ	121
tor	도랑		K	강길운	1983ㄴ	122
tʌm-	물에빠지다		K	강길운	1983ㄴ	123
tadä	만,물굽이		K	강길운	1983ㄴ	123
ᅦ'ure	물푸레		K	강길운	1983ㄴ	124
mɯɾ	물		K	강길운	1983ㄴ	125
tor	도랑		K	강길운	1983ㄴ	130
nodɯr	물가		K	강길운	1983ㄴ	130
koj	곶		K	강길운	1983ㄴ	132
mur	물		K	강길운	1983ㄴ	136
mɯr	물		K	강길운	1987	27
물	물		K	권덕규	1923ㄴ	127
mur	*물	water	K	金澤庄三郎	1910	11
mur	*물	water	K	金澤庄三郎	1914	220
mïl	물	water	K	김동소	1972	141
mil-	물	water	K	김동소	1972	141
買	물		K	김동소	1972	145
mul	물		K	김방한	1978	16
mïl	물		K	김방한	1980	13
mïl	물		K	김사엽	1974	387

표제어/어휘		의미	언어	저자	발간년도	쪽수
mur	물	water	K	김선기	1968ㄱ	26
mai	買	water	K	김선기	1968ㄱ	27
mul	물		K	김선기	1976ㅁ	329
miər	물		K	김선기	1976ㅁ	329
mer	물		K	김선기	1976ㅁ	329
믈	물		K	김선기	1976ㅁ	329
mɑi	米		K	김선기	1976ㅁ	330
mai	買		K	김선기	1976ㅁ	330
말	勿'의 훈독		K	김선기	1976ㅁ	330
mui	물		K	김승곤	1984	246
mur	물		K	박시인	1970	160
mur čulgi	물줄기		K	박시인	1970	160
u-k'c	물		K	박은용	1974	113
mʉr	물		K	박은용	1974	272
mul	*물	water, liquid, juice	K	白鳥庫吉	1915ㄱ	38
mur	*물		K	小倉進平	1934	23
mwl	물		K	송민	1965	39
mul	물		K	宋敏	1969	82
mïl	물		K	宋敏	1969	82
meul	물	water, river, lake	K	宋敏	1969	82
mul	물	water, liquid, juice	K	宋敏	1969	82
買	물		K	辛 容泰	1987	132
水	물		K	辛 容泰	1987	132
məi	물		K	유창균	1960	20
賣 mai	水, 川, 井		K	이근수	1982	17
mir	물	water	K	이기문	1958	115
mül	물		K	이숭녕	1956	119
mïl	물		K	이용주	1980	73
muˇr	믈	water	K	이용주	1980	82
myr	물	water	K	이용주	1980	99
*mürǘ	물	water	K	이용주	1980	99
mul	*물	water	K	長田夏樹	1966	83
물	물		K	최현배	1927	6
mul	*물	Wasser	K	Andre Eckardt	1966	234
meul	*물	water, river, lake	K	Aston	1879	26
^mey[買]	*물	water	K	Christopher I. Beckwith	2004	110
mïl	*물	water	K	G. J. Ramstedt	1928	70
mul	*물	water	K	G. J. Ramstedt	1928	70
mul	*물[水]	water, liquid, juice	K	G. J. Ramstedt	1949	154
nunmul	*눈물	the tears	K	G. J. Ramstedt	1949	154
mur	*물[水]	water, liquid, juice	K	G. J. Ramstedt	1949	154
mir	*물[水]	water, liquid, juice	K	G. J. Ramstedt	1949	154
khommuri	*콧물	snivel	K	G. J. Ramstedt	1949	154
khomul	*콧물	snivel	K	G. J. Ramstedt	1949	154
mur	*물	water	K	Kanazawa, S	1910	8
myaldu	*물	water	K	Martin, S. E.	1966	200
myaldu	*물	water	K	Martin, S. E.	1966	210
myaldu	*물	water	K	Martin, S. E.	1966	213
myaldu	*물	water	K	Martin, S. E.	1966	217
mul	*물	water	K	Poppe, N	1965	191
muke	물		Ma	강길운	1979	9
muke	물	water	Ma	김동소	1972	141
muə	물		Ma	김동소	1972	145

표제어/어휘	의미		언어	저자	발간년도	쪽수
mu	물		Ma	김동소	1972	145
mū	물		Ma	김동소	1972	145
mu-ke	물		Ma	김방한	1978	16
mū	물		Ma	김방한	1978	16
muel-ujni	물을 따라가다		Ma	김방한	1979	17
muke	물	water	Ma	김선기	1968ㄱ	27
muke	물		Ma	김선기	1976ㅁ	330
muə	물		Ma	김선기	1976ㅁ	330
mu:	물		Ma	김선기	1976ㅁ	330
mū	물		Ma	김선기	1976ㅁ	330
bira	물		Ma	김선기	1976ㅁ	330
boldzon	물결		Ma	김선기	1976ㅁ	335
mu	물		Ma	김승곤	1984	246
muke	물		Ma	김승곤	1984	246
mū	물		Ma	김영일	1986	169
mūle-	물이나다		Ma	김영일	1986	169
muke	물		Ma	박시인	1970	160
mukc	물		Ma	박은용	1974	113
mu-	물		Ma	박은용	1974	272
muke	*물	Wasser	Ma	白鳥庫吉	1915ㄱ	38
mû	*물	Wasser	Ma	白鳥庫吉	1915ㄱ	38
mū	*물	Wasser	Ma	白鳥庫吉	1915ㄱ	38
mú	*물	Wasser	Ma	白鳥庫吉	1915ㄱ	38
muja	*물	Wasser	Ma	白鳥庫吉	1915ㄱ	38
mun	*물	Wasser	Ma	白鳥庫吉	1915ㄱ	38
muo	*물	Wasser	Ma	白鳥庫吉	1915ㄱ	38
múo	*물	Wasser	Ma	白鳥庫吉	1915ㄱ	38
mu	*물	Wasser	Ma	白鳥庫吉	1915ㄱ	38
múh	*물	Wasser	Ma	白鳥庫吉	1915ㄱ	38
m üə	물	Wasser	Ma	이기문	1958	115
muə	물	Wasser	Ma	이기문	1958	115
mū	물	Wasser	Ma	이기문	1958	115
méh	물	water	Ma	이기문	1958	115
mu-ke	물	water	Ma	이기문	1958	115
m<ū>	*물쥐	water	Ma	G. J. Ramstedt	1949	154
muke	*물쥐	water	Ma	G. J. Ramstedt	1949	154
muke	*물	water	Ma	Poppe, N	1965	180
mū	*물	water	Ma	Poppe, N	1965	180
muę	*물	water	Ma	Poppe, N	1965	180
ōнди	*물	water	Ma	Цинциус	1977	18
осо	*물	water	Ma	Цинциус	1977	27
мӯ	*물	water	Ma	Цинциус	1977	548
саҟо/ӯ	*물	water	Ma	Цинциус	1977	56
müren	강		Mo	강길운	1979	9
Muren	물		Mo	권덕규	1923ㄴ	127
murön	*물		Mo	金澤庄三郞	1914	220
mören	강		Mo	김동소	1972	145
mören	물		Mo	김방한	1978	16
my	물	water	Mo	김선기	1968ㄱ	27
muren	물	water	Mo	김선기	1968ㄱ	27
usu	물		Mo	김선기	1976ㅁ	330
Meer	바다		Mo	김선기	1976ㅁ	330
miørn	물		Mo	김선기	1976ㅁ	330
møren	큰가람		Mo	김선기	1976ㅁ	330

표제어/어휘		의미	언어	저자	발간년도	쪽수
dolgijan	물결		Mo	김선기	1976ㅁ	335
edör	물		Mo	徐廷範	1985	242
oso	물		Mo	徐廷範	1985	242
Muren	물		Mo	이명섭	1962	6
무루	물		Mo	최현배	1927	6
물	물		Mo	최현배	1927	6
müren	*강	river	Mo	G. J. Ramstedt	1928	70
su	물		T	김선기	1976ㅁ	330
dabalun	물결		T	김선기	1976ㅁ	335
bu	*물	Wasser	T	小倉進平	1934	24
suw	물		T	이숭녕	1956	84
suw üzäki	물위에 있는		T	이숭녕	1956	84
me	물, 개천		K	김공칠	1989	19
*mey	*물,하천	water, river	K	Christopher I.	2004	115
^mɛy[買]	*물,하천	water, river	K	Christopher I.	2004	115
онррі	*물.		Ma	Shirokogoroff	1944	103
му_	*물.		Ma	Shirokogoroff	1944	86

물가

pyər	물가		K	강길운	1981ㄱ	30
pyər	물가		K	강길운	1981ㄴ	6
mulkka	*물가[水邊]	the border of river, the beach	K	G. J. Ramstedt	1949	81
mul-ka	*물가[水邊]	the border of river, the beach	K	G. J. Ramstedt	1949	81
эмкэр	*물가	brink	Ma	Цинциус	1977	450
naɯ	물가		T	강길운	1983ㄱ	27
yalɯ	물가		T	강길운	1983ㄱ	27
кäч'i	*물가, 강가.		Ma	Shirokogoroff	1944	65

물감

mur	빛깔,물감		K	강길운	1983ㄴ	112
yнавун	*물감	paint	Ma	Цинциус	1977	295
санакса	*물감	color	Ma	Цинциус	1977	61
н'ӯрэ	*물감	color	Ma	Цинциус	1977	649

물건

몬	물건		K	권덕규	1923ㄴ	127
mon	물건		K	김공칠	1988	198
mono	물건	goods, things	K	김공칠	1989	13
mon	물건		K	김사엽	1974	382
ka-či	*물건	art	K	白鳥庫吉	1914ㄷ	302
ka-čyö-o-	*물건	art	K	白鳥庫吉	1914ㄷ	302
ka-ryöp-	*물건	feilen	K	白鳥庫吉	1914ㄷ	302
бэрэс	*물건	things	Ma	Цинциус	1977	127
ǯака(1)	*물건	thing	Ma	Цинциус	1977	243
идэуӯ	*물건	thing	Ma	Цинциус	1977	298
хаǯӯн	*물건	thing	Ma	Цинциус	1977	458
лидирӯ	*물건	thing	Ma	Цинциус	1977	498
савӯда	*물건	thing	Ma	Цинциус	1977	52

표제어/어휘		의미	언어	저자	발간년도	쪽수
물결						
kjəl	물결		K	김사엽	1974	412
kjər	물결		K	송민	1973	54
muke hurgiku	*물결	nach allen Seiten fliekendes Wasser	Ma	白鳥庫吉	1915ㄱ	20
hurgiku	*물결	nach allen Seiten fliekendes Wasser	Ma	白鳥庫吉	1915ㄱ	20
물고기						
parws-kwegi	*물고기	fish	K	강영봉	1991	9
mulkoki	물고기	fish	K	김동소	1972	137
mulgogi	물고기	fish	K	김선기	1968ㄱ	30
kokĭ	고기	fish	K	이용주	1980	80
kogi	*물고기	fish	K	長田夏樹	1966	82
Kāra	물고기		Ma	강길운	1982ㄱ	176
Kayal	물고기		Ma	강길운	1982ㄱ	176
nimaha	물고기	fish	Ma	김동소	1972	137
oɭдoкун	*물고기.		Ma	Shirokogoroff	1944	100
[ченган	*물고기.		Ma	Shirokogoroff	1944	23
ollo	*물고기		Ma	Shirokogoroff	1944	101
кадара	*물고기		Ma	Shirokogoroff	1944	66
[oɭдa	*물고기.		Ma	Shirokogoroff	1944	100
oɭдo, oɭдa, óɭдa	*물고기		Ma	Shirokogoroff	1944	100
óɭдa	*물고기		Ma	Shirokogoroff	1944	100
[oɭpi	*물고기		Ma	Shirokogoroff	1944	101
н'еручáн	*물고기		Ma	Shirokogoroff	1944	91
умңача	*물고기	fish	Ma	Цинциус	1977	268
hивикə̄	*물고기	fish	Ma	Цинциус	1977	321
jо̄pa	*물고기	fish	Ma	Цинциус	1977	348
кojo	*물고기	fish	Ma	Цинциус	1977	404
кэндэликэ	*물고기	fish	Ma	Цинциус	1977	449
Jigasu	물고기	fish	Mo	김선기	1968ㄱ	30
물다						
mul-	*물다	to bite	K	강영봉	1991	8
mul-	물다	bite	K	김동소	1972	136
mɯr-	믈다	to bite	K	이용주	1980	82
myr	물다	bite	K	이용주	1980	99
*ŋw(위첨자)äžü	물다	bite	K	이용주	1980	99
mullida	*물리다	to be bitten, to be pinched	K	G. J. Ramstedt	1949	154
mūda	*물다(/무다)	to be bitten, to be pinched	K	G. J. Ramstedt	1949	154
mulda	*물다	to bite	K	G. J. Ramstedt	1949	154
sai-	물다	bite	Ma	김동소	1972	136
kik-	*물다	to bite	Ma	Poppe, N	1965	196
kikimna	*뭄	bite	Ma	Poppe, N	1965	196
[iктä	*물다, 때리다.		Ma	Shirokogoroff	1944	58
ɥ'aɭмa	*물다, 침을 흘리다 .		Ma	Shirokogoroff	1944	35
iктiмāһa	*물다.		Ma	Shirokogoroff	1944	58
каңа, каңi,	*물다.		Ma	Shirokogoroff	1944	68
iктамāһa	*물다		Ma	Shirokogoroff	1944	58
hоклон-	*물다	bite	Ma	Цинциус	1977	330
кик-	*물다	bite	Ma	Цинциус	1977	391
кэмки-	*물다	bite	Ma	Цинциус	1977	448

표제어/어휘		의미	언어	저자	발간년도	쪽수
хэпин-	*물다	bite	Ma	Цинциус	1977	482
маӈулутче-	*물다	bite	Ma	Цинциус	1977	531
асу-	*물다	bite	Ma	Цинциус	1977	56

물리다

мʉrʉ-	물리다		K	박은용	1974	260
mul-li ta	*물리다	to put off, to put away, to expel	K	白鳥庫吉	1915ㄱ	33
bede	물리다		Ma	박은용	1974	260

물방울

steut	물방울		K	김공칠	1989	4
чургӣ(2)	*물방울	drop	Ma	Цинциус	1977	416
[хабда	*물방울.		Ma	Shirokogoroff	1944	52

물

mut'	물		K	강길운	1983ㄴ	112
mutʰ	물		K	김사엽	1974	384
mut	물		K	박은용	1974	263
mut	*물	terra firma, land	K	白鳥庫吉	1915ㄱ	40
buta	물		Ma	박은용	1974	263

미끄러지다

mikkilʌp-	미끄러운	smooth	K	김동소	1972	140
mii?kilʌp-	미끄러운	smooth	K	김동소	1972	140
kal-	*미끄러운	glatt	K	白鳥庫吉	1914ㄷ	292
kal-	*미끄러운	glatt	K	白鳥庫吉	1914ㄷ	292
kal-li-	*미끄러운	glatt	K	白鳥庫吉	1914ㄷ	292
kal-li-	*미끄러지다	glatt	K	白鳥庫吉	1914ㄷ	292
kal-mateul-	*미끄러지다	ausgleiten	K	白鳥庫吉	1914ㄷ	292
kalk-	*미끄러지다	ausgleiten	K	白鳥庫吉	1914ㄷ	292
mikkin hạda	*미끈하다	to be smooth, to be slippery	K	G. J. Ramstedt	1949	147
mikkingẹrida	*미끈거리다	to be smooth, to be slippery	K	G. J. Ramstedt	1949	147
mikkirẹ-ǯida	*미끄러지다	to glide, to slide, to slip	K	G. J. Ramstedt	1949	147
mikkuri	*미꾸리	the lamprey	K	G. J. Ramstedt	1949	148
mikkuraǯi	*미꾸라지	the lamprey	K	G. J. Ramstedt	1949	148
nilhūn	미끄러운	smooth	Ma	김동소	1972	140
hulašambi	*미끄러운	glatt	Ma	白鳥庫吉	1914ㄷ	292
mirki-	*미끄러지다	to glide, to creep along	Ma	G. J. Ramstedt	1949	148
богот	*미끄러운.		Ma	Shirokogoroff	1944	16
[калгон	*미끄러운.		Ma	Shirokogoroff	1944	67
[балдага	*미끄러운		Ma	Shirokogoroff	1944	13
балдак'і	*미끄러운		Ma	Shirokogoroff	1944	13
мулу-мулу	*미끄러운, 평평한	smoothly	Ma	Цинциус	1977	556
ирга	*미끄러운	slippery	Ma	Цинциус	1977	324
jyp-jyp би	*미끄러운	slippery	Ma	Цинциус	1977	351
кинли	*미끄러운	slippery	Ma	Цинциус	1977	401
urbaxo	*미끄러운	to scrape, to peel, to smooth off	Mo	白鳥庫吉	1914ㄷ	292
kerem-tšor	*미끄러운	glatt	Mo	白鳥庫吉	1914ㄷ	329
kerem	*미끄러운	glatt	Mo	白鳥庫吉	1914ㄷ	329
gilür	*미끄러운	glatt	Mo	白鳥庫吉	1914ㄷ	329
xerem	*미끄러운	glatt	Mo	白鳥庫吉	1914ㄷ	329
kereb	*미끄러운	schiff	T	白鳥庫吉	1914ㄷ	329

표제어/어휘		의미	언어	저자	발간년도	쪽수
kirep	*미끄러운	glatt	T	白鳥庫吉	1914ㄷ	329
kerep	*미끄러운	glatt	T	白鳥庫吉	1914ㄷ	329
kir다	*미끄러운	glatt	T	白鳥庫吉	1914ㄷ	329
соլдорi	*미끄러지다.		Ma	Shirokogoroff	1944	117
[бакаркʼi	*미끄러지다.		Ma	Shirokogoroff	1944	13
балда	*미끄러지다.		Ma	Shirokogoroff	1944	13
[қalry_	*미끄러지다.		Ma	Shirokogoroff	1944	67
ӷалӂу	*미끄럽다	slippery	Ma	Цинциус	1977	138
элдиги	*미끄럽다	slippery	Ma	Цинциус	1977	446
соլдор-	*미끄러지다	slip off	Ma	Цинциус	1977	107
тй-	*미끄러지다	slip	Ma	Цинциус	1977	174
қалтара-	*미끄러지다	slide	Ma	Цинциус	1977	368
човон	*미끄러지다	slide	Ma	Цинциус	1977	402
чӯн-	*미끄러지다	slip	Ma	Цинциус	1977	414
нʼулиһинчэ-	*미끄러지다	slip	Ma	Цинциус	1977	645
kirdäk	*미끄러지다	ausgleiten	T	白鳥庫吉	1914ㄷ	307
karerben	*미끄러지다	ausgleiten	T	白鳥庫吉	1914ㄷ	307
halermen	*미끄러지다	ausgleiten	T	白鳥庫吉	1914ㄷ	307

미끼

mit	미끼		K	박은용	1974	261
bete	미끼		Ma	박은용	1974	261
[хаjумукун	*미끼.		Ma	Shirokogoroff	1944	53
бэ(1)	*미끼	bait	Ma	Цинциус	1977	117
мэӈē	*미끼	bait	Ma	Цинциус	1977	570

미다

mjida	*미다[裂]	to pull apart, to tear off	K	G. J. Ramstedt	1949	149
mē-hin-	*절단하다	to cut off	Ma	G. J. Ramstedt	1949	149
mejele-	*절단하다	to cut off, to split (wood, etc.)	Ma	G. J. Ramstedt	1949	149
mejen	*부분	part, fragment	Ma	G. J. Ramstedt	1949	149
mī-	*절단하다	to cut off	Ma	G. J. Ramstedt	1949	149
minē̦	*절단하다	to cut out, to cut off	Ma	G. J. Ramstedt	1949	149
misin	*절단	the tearing away, the amputation	Ma	G. J. Ramstedt	1949	149
misin-	*절단하다	to cut off	Ma	G. J. Ramstedt	1949	149

미래

pəgə	다음에		K	강길운	1983ㄴ	123
ol	미래의		K	강길운	1983ㄴ	131
ori	올		K	강길운	1983ㄴ	135
yo	미래		K	이재숙	1989	42
urdanaj	*미래	weithin	Mo	白鳥庫吉	1914ㄴ	156
uridu	*미래의	zukunft	Mo	白鳥庫吉	1914ㄴ	156

미르

mirʉ	용		K	박은용	1974	272
mirï	미르		K	宋敏	1969	82
mudu-	용		Ma	박은용	1974	272

미수

misi	*미수		K	金澤庄三郎	1914	221

표제어/어휘		의미	언어	저자	발간년도	쪽수
musi	*미수		Mo	金澤庄三郎	1914	221
미숫가루						
misi	미숫가루		K	박은용	1974	275
musi	미숫가루		Ma	박은용	1974	275
미어뜨리다						
mije-therida	*미어트리다	to tear holes in, to perforate	K	G. J. Ramstedt	1949	148
minẹ̃-	*절단하다	to cut off	Ma	G. J. Ramstedt	1949	148
misi-n-	*절단하다	to cut off a bit, to take off a slice	Ma	G. J. Ramstedt	1949	148
misiktẹ	*조각	a piece, a bit	Ma	G. J. Ramstedt	1949	148
minẹ̃n	*끼어들다	a cut in	Ma	G. J. Ramstedt	1949	148
mĩ-n-	*절단하다	to cut off	Ma	G. J. Ramstedt	1949	148
mĩ-	*절단하다	to cut off	Ma	G. J. Ramstedt	1949	148
minē-tĩ-	*자르다	to cut	Ma	G. J. Ramstedt	1949	148
미역						
məi-	미역		K	박은용	1974	260
bei-	미역		Ma	박은용	1974	260
бэјхэ(1)	*미역	brown seeweed	Ma	Цинциус	1977	120
미워하다						
mijm	*미움	dislike, contempt, hatred	K	G. J. Ramstedt	1949	153
muida	*무이다	to hate	K	G. J. Ramstedt	1949	153
muipta	*밉다	to be hated, to be disagreeable	K	G. J. Ramstedt	1949	153
mujẹri	*미워하다	to be abominable, to be hateful	Ma	G. J. Ramstedt	1949	153
mujē-t-	*미워하다	to be abominable, to be hateful	Ma	G. J. Ramstedt	1949	153
кину-	*미워하다	hate	Ma	Цинциус	1977	395
чиурси-	*미워하다	hate	Ma	Цинциус	1977	400
örgönäp	*미워하다	fluchen	Mo	白鳥庫吉	1914ㄷ	308
käksäk	미워하다, 싫다		T	이숭녕	1956	84
미쟁						
miso	*미쟁		K	金澤庄三郎	1914	221
misun	*미쟁		Mo	金澤庄三郎	1914	221
미치다						
mit	미치다		K	김공칠	1989	6
mi-čʰi	미치다		K	김사엽	1974	450
mitčhida	*미치다	to be mad, to be wild	K	G. J. Ramstedt	1949	149
mińä-	*미치다	to lose one's wits	Ma	G. J. Ramstedt	1949	149
mi-	*방황하다	to lose one's way	Ma	G. J. Ramstedt	1949	149
mĩ-	*방황하다	to go astray, to lose one's way	Ma	G. J. Ramstedt	1949	149
mija-	*미치다	to lose one's wits	Ma	G. J. Ramstedt	1949	149
hŭ-	*미치다	go mad	Ma	Цинциус	1977	321
йр-	*미치다	get crazy	Ma	Цинциус	1977	324
кэвэ-	*미치다	become crazy	Ma	Цинциус	1977	443
хавўл-	*미치다	be mad	Ma	Цинциус	1977	457
гори-	*미치다, 정신이 나가다	go mad	Ma	Цинциус	1977	161
r9p9н	*미치다.		Ma	Shirokogoroff	1944	48
kōdura	*미치다.		Ma	Shirokogoroff	1944	72

표제어/어휘		의미	언어	저자	발간년도	쪽수
кoipa	*미치다.		Ma	Shirokogoroff	1944	72
оимар	*미친	cracked	Ma	Цинциус	1977	8
пиjaн	*미친 (사람)	crazy	Ma	Цинциус	1977	37
ropi	*미친 사람. →rapa, r9p9н.		Ma	Shirokogoroff	1944	50

미혹하다

ib-	미혹하다		K	강길운	1980	21
iǧvā	미혹		T	강길운	1980	21

민족

kyəre	겨레		K	강길운	1983ㄴ	106
oraŋk'ä	오랑캐		K	강길운	1983ㄴ	113
kyəre	겨레		K	강길운	1983ㄴ	116
oraŋk'ä	오랑캐		K	강길운	1983ㄴ	121
ylop	*민중, 사람들		Ma	Shirokogoroff	1944	141
олор	*민족	people	Ma	Цинциус	1977	16
тэγ̃э	*민족	people	Ma	Цинциус	1977	226
уӄсун	*민족	clan	Ma	Цинциус	1977	254
урсэ	*민족	people	Ma	Цинциус	1977	286
ӈ̃энмин	*민족	people	Ma	Цинциус	1977	665
голо	*민족, 사람들	people	Ma	Цинциус	1977	160
ӡон	*민족, 사람들	people	Ma	Цинциус	1977	264
итэγэj-	*믿는다	believe	Ma	Цинциус	1977	334

믿다

mista	믿다		K	김공칠	1989	5
mit	믿다		K	김사엽	1974	426
mippuda	*미쁘다	to be worthy of confidence	K	G. J. Ramstedt	1949	149
mitta	*믿다	to trust, to believe	K	G. J. Ramstedt	1949	149
mippɨda	*미쁘다	to be worthy of confidence	K	G. J. Ramstedt	1949	149
iтa(ка	*믿다, 기대하다, 신임하다.		Ma	Shirokogoroff	1944	63
таγа	*믿다		Ma	Shirokogoroff	1944	121
[тäӡa	*믿다		Ma	Shirokogoroff	1944	121
[таӡa	*믿다		Ma	Shirokogoroff	1944	121
[тörö	*믿다.		Ma	Shirokogoroff	1944	131
тã	*믿다		Ma	Shirokogoroff	1944	121
jocy, joco	*믿음, 신념		Ma	Shirokogoroff	1944	65
ӡам	*믿음	faith, belief	Ma	Цинциус	1977	247
joco	*믿음	faith	Ma	Цинциус	1977	348
rēшē-	*믿다	believe	Ma	Цинциус	1977	183
büt-	*믿다	to trust, to believe	T	G. J. Ramstedt	1949	149
kertin-	*믿다	to believe	T	Poppe, N	1965	203

밀

mir	*밀		K	金澤庄三郎	1914	221
mil	밀		K	김사엽	1974	386
mir	*밀	wheat	K	白鳥庫吉	1915ㄱ	32
mili	밀		K	宋敏	1969	82
milk	밀		K	宋敏	1969	82
mir	메밀	wheat	K	이기문	1958	114
mirx	*보리		K	長田夏樹	1966	114
cha-mir	*참밀	wheat	K	G. J. Ramstedt	1949	148

표제어/어휘		의미	언어	저자	발간년도	쪽수
mil	*밀	wheat, barley, millet	K	G. J. Ramstedt	1949	148
mere	메밀	buckwheat	Ma	이기문	1958	114
muǰi	*보리		Ma	長田夏樹	1966	114
bele	*곡물	grain	Ma	G. J. Ramstedt	1949	148
маиса	*밀	wheat	Ma	Цинциус	1977	520
mere	*밀		Mo	金澤庄三郎	1914	221
boraj	*밀	spelt	T	G. J. Ramstedt	1949	206
puri	*밀	spelt	T	G. J. Ramstedt	1949	206

밀다

표제어/어휘		의미	언어	저자	발간년도	쪽수
milli-	*밀다	to push	K	강영봉	1991	11
mil-	밀다	push	K	김동소	1972	139
mil	밀다		K	김사엽	1974	469
mir-	밀다		K	박은용	1974	262
mil	밀다		K	宋敏	1969	82
mil-	밀다		K	이숭녕	1956	157
mīr-	밀다	to push	K	이용주	1980	83
mil	*밀다	to be full	K	Aston	1879	25
midačhi	*미닫이	sliding door	K	G. J. Ramstedt	1949	148
mīlpal ǰida	*밀발지다	to become deformed - of a horse's hoof	K	G. J. Ramstedt	1949	148
mīl-mul	*밀물	the tide	K	G. J. Ramstedt	1949	148
mīl-dačhi	*미닫이(/밀닫이)	sliding door	K	G. J. Ramstedt	1949	148
mīlda	*밀다	to shove, to push	K	G. J. Ramstedt	1949	148
mīda	*밀다(/미다)	to shove, to push, to rise - of the tides	K	G. J. Ramstedt	1949	148
mīl-čhida	*밀치다	to push forwards	K	G. J. Ramstedt	1949	148
ana-	밀다	push	Ma	김동소	1972	139
ana-	밀다		Ma	김영일	1986	177
anaw-	밀리다		Ma	김영일	1986	177
ana-	밀다		Ma	김영일	1986	179
anata-	밀치다		Ma	김영일	1986	179
bire	쫓다		Ma	박은용	1974	262
bire-	*구르다	to roll, to move forwards, to shove, to tend towar	Ma	G. J. Ramstedt	1949	148
bireku	*밀대	a rolling log; instrument for pushing	Ma	G. J. Ramstedt	1949	148
milara-	*뻗다	to extend oneself (a blot of ink, a drop of oil),	Ma	G. J. Ramstedt	1949	148
туӈкэ-	*밀다	push	Ma	Цинциус	1977	216
hйнда-	*밀다	push	Ma	Цинциус	1977	325
χoјнси-	*밀다	push away	Ma	Цинциус	1977	468
milēn	*많은	plenty, fully, much	Mo	G. J. Ramstedt	1949	148

밀조

표제어/어휘		의미	언어	저자	발간년도	쪽수
mi-čo	*밀조		K	白鳥庫吉	1915ㄱ	33
misun	*밀조		Ma	白鳥庫吉	1915ㄱ	33

밀

표제어/어휘		의미	언어	저자	발간년도	쪽수
mit'	원본		K	강길운	1982ㄴ	33
mit	*밀	lower (part)	K	金澤庄三郎	1910	11
mit	밑		K	김사엽	1974	383

표제어/어휘		의미	언어	저자	발간년도	쪽수
mit	밑		K	박은용	1974	261
mis	밑		K	宋敏	1969	82
mith	밑	bottom, base	K	宋敏	1969	82
mit	밑		K	宋敏	1969	82
mis	*밑	bottom	K	Aston	1879	22
mis	*밑, 근원	origin, bottom	K	Aston	1879	21
midi	*밑	the root, the origin	K	G. J. Ramstedt	1949	148
mit	*밑	the root, the origin	K	G. J. Ramstedt	1949	148
mitčhi	*밑(/밑이)	the root, the origin,	K	G. J. Ramstedt	1949	148
mithe	*밑(/밑에)	under, at the foot of	K	G. J. Ramstedt	1949	149
mit	*밑	lower (part)	K	Kanazawa, S	1910	8
bet	*발		Ma	박은용	1974	261
ŋiŋtẹ	*뿌리	the root	Ma	G. J. Ramstedt	1949	149
ic'yp'iн	*밑, 내면.		Ma	Shirokogoroff	1944	63
9pr'iliн	*밑, 아래.		Ma	Shirokogoroff	1944	45
9preliн	*밑, 아래		Ma	Shirokogoroff	1944	45
кумкӭлги	*밑	bottom	Ma	Цинциус	1977	430
betkē	*앞굽	the front-edge of a horse-shoe	Mo	G. J. Ramstedt	1949	149
metkē	*앞굽	the front-edge of a horse-shoe	Mo	G. J. Ramstedt	1949	149
mötkē	*앞굽	the front-edge of a horse-shoe	Mo	G. J. Ramstedt	1949	149

표제어/어휘		의미	언어	저자	발간년도	쪽수

ㅂ

바가지

pa-ka-či	바가지		K	김사엽	1974	397
ф'ōосэ	*바가지	scoop	Ma	Цинциус	1977	301
чōн	*바가지	grab	Ma	Цинциус	1977	406

바고리

pagori	바고리		K	김승곤	1984	249
haku	바고리		Ma	김승곤	1984	249
gypaqor	바고리		Mo	김승곤	1984	249

바구니

paguni	바구니		K	강길운	1983ㄴ	126
kori	바구니	basket	K	김공칠	1989	13
pa-ko-ni	바구니		K	김사엽	1974	405
kaŋu	바구니		K	김완진	1957	258
pakoni	*바구니		K	石井 博	1992	90
pako'ni	바구니	basket	K	宋敏	1969	83
pakon	바구니		K	宋敏	1969	83
kori	*바구니	basket	K	Johannes Rahder	1959	67
сopo	*바구니	basket	Ma	Цинциус	1977	113
умаха	*바구니	basket	Ma	Цинциус	1977	266
қаjпи	*바구니	basket	Ma	Цинциус	1977	362
поло	*바구니	basket	Ma	Цинциус	1977	41
қуанса	*바구니	basket	Ma	Цинциус	1977	421
кудэ шоро	*바구니	basket	Ma	Цинциус	1977	424
шаншаха	*바구니	basket	Ma	Цинциус	1977	425
шулху	*바구니	basket	Ma	Цинциус	1977	429
хафа шоро	*바구니	basket	Ma	Цинциус	1977	464
ладу	*바구니	bast basket	Ma	Цинциус	1977	486
лосхан	*바구니	basket	Ma	Цинциус	1977	505
сақсу	*바구니	basket	Ma	Цинциус	1977	57
силфо	*바구니	basket	Ma	Цинциус	1977	85

바꾸다

ker-	바꾸다		K	김공칠	1989	18
pas-ko	바꾸다		K	김사엽	1974	460
kalda	바꾸다		K	김승곤	1984	241
pasgo-	바꾸다		K	박은용	1974	251
kel	바꾸다		K	송민	1965	41
pakku	바꾸다	exchange	K	宋敏	1969	83
bak-, bask-	*바꾸다	change	K	Martin, S. E.	1966	203
bak-, bask-	*바꾸다	change	K	Martin, S. E.	1966	215
bak-, bask-	*바꾸다	change	K	Martin, S. E.	1966	224
kala-	바꾸다		Ma	김승곤	1984	241
xala-	바꾸다		Ma	김승곤	1984	241
forgo-	바꾸다		Ma	박은용	1974	251

표제어/어휘		의미	언어	저자	발간년도	쪽수
χοласй-	*바꾸다	change	Ma	Цинциус	1977	469
χуjушэ-	*바꾸다	change	Ma	Цинциус	1977	476
xale-	바꾸다		Mo	김승곤	1984	241
qala-	바꾸다		Mo	김승곤	1984	241
köndṛ-	*바꾸다	to change position	Mo	G. J. Ramstedt	1949	106
коι(liфка	*바꾸다, 변화시키다.		Ma	Shirokogoroff	1944	72
мунма	*바꾸다.		Ma	Shirokogoroff	1944	87
уoгo	*바꾸다		Ma	Shirokogoroff	1944	38
ц'уri	*바꾸다		Ma	Shirokogoroff	1944	39
[д'укан	*바꾸다		Ma	Shirokogoroff	1944	33
обаlе	*바뀌다, 변화하다.		Ma	Shirokogoroff	1944	97

바느질하다

nubi-/cup-	*바느질하다	to sew	K	강영봉	1991	11
тиуэ-	*바느질하다	sew	Ma	Цинциус	1977	176
удупти-	*바느질하다	sew	Ma	Цинциус	1977	248
уллй-	*바느질하다	sew	Ma	Цинциус	1977	261
улэ-	*바느질하다	sew	Ma	Цинциус	1977	265
иппи-	*바느질하다	sew	Ma	Цинциус	1977	322
kelki-	실을꿰다		Mo	김영일	1986	174
kel-	실을꿰다		Mo	김영일	1986	174
торгаdá	*바느질하다, 꿰매다.		Ma	Shirokogoroff	1944	131
балдi	*바느질하다, 살다.		Ma	Shirokogoroff	1944	13
[хаӊан	*바느질하다.		Ma	Shirokogoroff	1944	53

바늘

panăr	*바늘	needle	K	金澤庄三郎	1910	9
pa-nïl	바늘	needle	K	김공칠	1989	18
panăl	바늘		K	김공칠	1989	7
pa-nʌl	바늘		K	김사엽	1974	402
panil	바늘		K	김승곤	1984	250
panal	바늘		K	宋敏	1969	83
pa'nɔl	바늘		K	宋敏	1969	83
panïl	바늘		K	宋敏	1969	83
parnăr	바늘		K	宋敏	1969	83
panoŋ	바늘		K	이숭녕	1956	102
panel	바늘		K	이숭녕	1956	102
paner	바늘		K	이용주	1980	106
바늘	바늘		K	이원진	1940	17
바늘	바늘		K	이원진	1951	17
paner	*바늘		K	長田夏樹	1966	116
pa-soi	*바쇠	a large, flat needle - used by native physicians	K	G. J. Ramstedt	1949	169
panjil	*바늘	a needle	K	G. J. Ramstedt	1949	169
mi-njil	*미늘	a barb, a point	K	G. J. Ramstedt	1949	169
pa-got	*바곳	a right angled awl or punch	K	G. J. Ramstedt	1949	169
panjil	*바늘	a needle	K	G. J. Ramstedt	1949	188
panăr	*바늘	needle	K	Kanazawa, S	1910	6
paryɔl	*바늘	needle	K	Martin, S. E.	1966	199
paryɔl	*바늘	needle	K	Martin, S. E.	1966	209
paryɔl	*바늘	needle	K	Martin, S. E.	1966	210
paryɔl	*바늘	needle	K	Martin, S. E.	1966	215
paryɔl	*바늘	needle	K	Martin, S. E.	1966	219

표제어/어휘	의미		언어	저자	발간년도	쪽수
ullilę-	*꿰매다	to sew, to stitch ornaments	Ma	G. J. Ramstedt	1949	170
ulpi-	*꿰매다	to sew	Ma	G. J. Ramstedt	1949	170
ulme	*바늘	a needle	Ma	G. J. Ramstedt	1949	170
ullī-	*꿰매다	to sew, to stitch ornaments	Ma	G. J. Ramstedt	1949	170
ulfi-	*꿰매다	to sew, to stitch ornaments	Ma	G. J. Ramstedt	1949	170
inmęruk	*바늘쌈지	a box for the needles	Ma	G. J. Ramstedt	1949	170
ilmę	*바늘	a needle	Ma	G. J. Ramstedt	1949	170
inmę	*바늘	a needle	Ma	G. J. Ramstedt	1949	170
ulme	*바늘	a needle	Ma	G. J. Ramstedt	1949	188
iн'мa, iн'мä, iнмa	*바늘.		Ma	Shirokogoroff	1944	62
[iнмi	*바늘		Ma	Shirokogoroff	1944	62
coϳχoн	*바늘	needle	Ma	Цинциус	1977	104
сурафун	*바늘	needle	Ma	Цинциус	1977	129
томоо	*바늘	needle	Ma	Цинциус	1977	196
тэмэ	*바늘	needle	Ma	Цинциус	1977	235
моида	*바늘	needle	Ma	Цинциус	1977	543
нама	*바늘	needle	Ma	Цинциус	1977	581
сапкӣ	*바늘	needle	Ma	Цинциус	1977	64
ǰegün	*바늘	needle	Mo	Poppe, N	1965	198
ignä	*바늘	needle	T	Poppe, N	1965	198

바다

表題語/어휘	의미		언어	저자	발간년도	쪽수
官	바다		K	강길운	1979	12
海	바다		K	강길운	1979	12
patah	바다		K	강길운	1981ㄴ	5
parʌ	바다		K	강길운	1982ㄱ	178
pata	바다		K	강길운	1982ㄴ	34
pada	바다		K	강길운	1983ㄴ	127
padaŋ/nabul	*바다	sea	K	강영봉	1991	11
pata	*바다	sea	K	金澤庄三郎	1910	12
pada	*바다	sea	K	金澤庄三郎	1910	25
nami	바다		K	김공칠	1989	19
patan	바다		K	김공칠	1989	20
pata	바다	sea	K	김동소	1972	140
pa-lʌ	海		K	김사엽	1974	377
바다	바다		K	김선기	1976ㅁ	330
barar	바		K	김선기	1976ㅁ	330
바	*바다	sea	K	김선기	1978ㅁ	353
바라	바다		K	김해진	1947	12
pa-ta	*바다	to see	K	白鳥庫吉	1914ㄱ	182
pata	*바다		K	小倉進平	1934	23
parɛ	바다		K	숭민	1965	39
pata	바다		K	宋敏	1969	83
pada	바다		K	宋敏	1969	83
palɔl	바다		K	宋敏	1969	83
nami	바다	sea, large pond	K	이기문	1963	101
patang	바다	sea	K	이기문	1973	5
pata	바다	sea	K	이기문	1973	5
pada	바다		K	이숭녕	1956	102
padaŋ	바다		K	이숭녕	1956	102
padak	바다		K	이숭녕	1956	136
pada	바다		K	이숭녕	1956	136
*bata	바다	sea	K	이용주	1980	100

표제어/어휘		의미	언어	저자	발간년도	쪽수
patax	바다	sea	K	이용주	1980	100
pată(h)	바다	sea	K	이용주	1980	82
patan	*바다		K	村山七郎	1963	28
palal<*patal	*바다		K	村山七郎	1963	28
pata, patang	*바다	sea	K	Aston	1879	21
*pa [波]	*바다	sea	K	Christopher I. Beckwith	2004	134
pata	*바다	sea	K	Kanazawa, S	1910	10
balál	*바다	sea	K	Martin, S. E.	1966	201
balál	*바다	sea	K	Martin, S. E.	1966	210
balál	*바다	sea	K	Martin, S. E.	1966	215
balál	*바다	sea	K	Martin, S. E.	1966	220
metori	*바다		Ma	金澤庄三郎	1939	3
mederi	바다	sea	Ma	김동소	1972	140
mederi	바다		Ma	김선기	1976ㅁ	330
medere	*바다	sea	Ma	김선기	1978ㅁ	353
omo	*바다	See	Ma	白鳥庫吉	1915ㄱ	39
méh t'eh-'óh-lîn	*바다	See	Ma	白鳥庫吉	1915ㄱ	39
wõhmóh	*바다	See	Ma	白鳥庫吉	1915ㄱ	39
moderi	*바다	Meer	Ma	白鳥庫吉	1915ㄱ	39
amutt	*바다	See	Ma	白鳥庫吉	1915ㄱ	39
ámūt	*바다	See	Ma	白鳥庫吉	1915ㄱ	39
ámut	*바다	See	Ma	白鳥庫吉	1915ㄱ	39
amut	*바다	See	Ma	白鳥庫吉	1915ㄱ	39
amunǯi	*바다	See	Ma	白鳥庫吉	1915ㄱ	39
amuč	*바다	See	Ma	白鳥庫吉	1915ㄱ	39
amač	*바다	See	Ma	白鳥庫吉	1915ㄱ	39
amat	*바다	See	Ma	白鳥庫吉	1915ㄱ	39
баı(гал	*바다.		Ma	Shirokogoroff	1944	13
лам, lам, нам	*바다.		Ma	Shirokogoroff	1944	79
нámi	*바다		Ma	Shirokogoroff	1944	89
далаи	*바다	sea	Ma	Цинциус	1977	193-02
лāму	*바다	sea	Ma	Цинциус	1977	490-12
мōра	*바다	sea	Ma	Цинциус	1977	546-6
мэдэри	*바다	sea	Ma	Цинциус	1977	564-1
бajra	*바다	sea	Ma	Цинциус	1977	66-04
dalai	*바다	sea	Mo	김선기	1978ㅁ	353
badaraxu	*바다	se répendre, se propager, s'augmenter, devenir con	Mo	白鳥庫吉	1914ㄱ	182
dalai-jin	*바다의	das Meer(G)	Mo	G.J. Ramstedt	1952	26
dalăgīn	*바다의	das Meer(G)	Mo	G.J. Ramstedt	1952	26
dalăn	*바다의	das Meer(G)	Mo	G.J. Ramstedt	1952	26
dală	*바다	das Meer	Mo	G.J. Ramstedt	1952	26
dalai	*바다	das Meer	Mo	G.J. Ramstedt	1952	26
bahri	바다		T	강길운	1979	12
Vali	벼슬		T	강길운	1979	12
bahri	바다		T	강길운	1982ㄱ	178
darya	*바다	sea	T	김선기	1978ㅁ	353

바닥

pa-tak	바닥		K	김사엽	1974	395
padak	바닥		K	김승곤	1984	249
patak	손바닥		K	박은용	1974	242

표제어/어휘		의미	언어	저자	발간년도	쪽수
pataŋ	바닥		K	박은용	1974	244
pata-	바닥		K	박은용	1974	245
padak	바닥	the bottom	K	宋敏	1969	83
padak	바닥	pied, semelle, base	K	宋敏	1969	83
patak	바닥	bottom, sole	K	이기문	1958	109
pataŋ	바닥	bottom, sole	K	이기문	1958	109
patak	*밑바닥, (발)바닥, (河의)바닥		K	Miller, R. A. 김방한 역	1980	141
hata	바닥		Ma	김승곤	1984	249
hatami	바닥		Ma	김승곤	1984	249
fatan	바닥		Ma	김승곤	1984	249
hatta	바닥		Ma	김승곤	1984	249
falan	손바닥		Ma	박은용	1974	242
fata-n	바닥		Ma	박은용	1974	244
fere	바닥		Ma	박은용	1974	245
pýggile	*바닥	unter	Ma	白鳥庫吉	1914ㄱ	170
feẑergi	*바닥	unter	Ma	白鳥庫吉	1914ㄱ	170
podülé	*바닥	unter	Ma	白鳥庫吉	1914ㄱ	170
pydgéla	*바닥	unter	Ma	白鳥庫吉	1914ㄱ	170
fatan	바닥	bottom, sole	Ma	이기문	1958	109
iḷда	*바닥, 땅.		Ma	Shirokogoroff	1944	59
соктоӈ'ін	*바닥.		Ma	Shirokogoroff	1944	117
[та	*바닥.		Ma	Shirokogoroff	1944	121
[моста	*바닥.		Ma	Shirokogoroff	1944	86
палан	*바닥	floor	Ma	Цинциус	1977	32
jэндэр	*바닥	floor	Ma	Цинциус	1977	354
кӕу	*바닥	buttom	Ma	Цинциус	1977	390
мōста	*바닥	floor	Ma	Цинциус	1977	547
наполу	*바닥	floor	Ma	Цинциус	1977	584
adaɣ	*끝, 江의 下流		Mo	Miller, R. A. 김방한 역	1980	141
ura	*발		T	Miller, R. A. 김방한 역	1980	141

바디

patai	바디		K	박은용	1974	244
patui	바디		K	宋敏	1969	83
pạt<ạ>i	바디	a part of a weaving machine	K	이기문	1958	109
fata-	바디		Ma	박은용	1974	244
fatan	바디	a part of a weaving machine	Ma	이기문	1958	109

바라다

para	*바라다		K	金澤庄三郎	1904	2
păra	*바라다	hope	K	金澤庄三郎	1910	15
păra	*바라다	hope	K	金澤庄三郎	1910	9
para	*바라다	hope	K	金澤庄三郎	1910	9
pil	바라다	to pray	K	宋敏	1969	83
pɔ'la	바라다	desire	K	宋敏	1969	83
pạra-	바라다	to look towards	K	이기문	1958	110
para-	*바라다	hoffen	K	Andre Eckardt	1966	235
pạrada	*바라다	wünschen, hoffen	K	G. J. Ramstedt	1949	189
păra	*바라다	hope	K	Kanazawa, S	1910	6
para	*바라다	hope	K	Kanazawa, S	1910	7

표제어/어휘		의미	언어	저자	발간년도	쪽수
po?r(a)-	*바라다	desire	K	Martin, S. E.	1966	199
por(a)-	*바라다	desire	K	Martin, S. E.	1966	208
por(a)-	*바라다	desire	K	Martin, S. E.	1966	220
por(a)-	*바라다	desire	K	Martin, S. E.	1966	224
golakterin	*바라다	suchen	Ma	白鳥庫吉	1914ㄷ	316
galaktyi	*바라다	suchen	Ma	白鳥庫吉	1914ㄷ	316
galerem	*바라다	suchen	Ma	白鳥庫吉	1914ㄷ	316
galī	*바라다	suchen	Ma	白鳥庫吉	1914ㄷ	316
géllegui	*바라다	suchen	Ma	白鳥庫吉	1914ㄷ	316
gellegūūrē	*바라다	to desire, to covet	Ma	白鳥庫吉	1914ㄷ	316
gali	*바라다	suchen	Ma	白鳥庫吉	1914ㄷ	316
foro-	돌아서다	to turn one's face towards	Ma	이기문	1958	110
oмy	*바라다, 생각하다.		Ma	Shirokogoroff	1944	102
guirinčilaxu	*바라다	suchen	Mo	白鳥庫吉	1914ㄷ	316
goibei	*바라다	suchen	Mo	白鳥庫吉	1914ㄷ	316
goilgo	*바라다	suchen	Mo	白鳥庫吉	1914ㄷ	316
guilgu	*바라다	suchen	Mo	白鳥庫吉	1914ㄷ	316
tilenerben	*바라다	bitten	T	白鳥庫吉	1914ㄷ	316
tilänermen	*바라다	bitten	T	白鳥庫吉	1914ㄷ	316

바라지

paradi	바라지	a window in the wall	K	이기문	1958	109
paraӡ	바라지	a window in the wall	K	이기문	1958	109
pawa	창문	a window	Ma	이기문	1958	109
fa	창문	a window	Ma	이기문	1958	109
pa	창문	a window	Ma	이기문	1958	109
farangga	격자문	lattice-door	Ma	이기문	1958	109

바람

pɐlam	바람	wind	K	김동소	1972	141
palam	바람	wind	K	김동소	1972	141
pɐrɛm	바람	wind	K	이용주	1980	100
*kʷáza	바람	wind	K	이용주	1980	100
pɐɛɐm	바람	wind	K	이용주	1980	81
*I : ^yi [伊]	*바람	breeze, wind	K	Christopher I. Beckwith	2004	121
parai-para	*바람	wind	K	Johannes Rahder	1959	55
edun	바람	wind	Ma	김동소	1972	141
гиама	*바람	wind	Ma	Цинциус	1977	147
остовик	*바람	wind	Ma	Цинциус	1977	27
ōтӣ	*바람	wind	Ma	Цинциус	1977	28
урупкӯ	*바람	wind	Ma	Цинциус	1977	289
иӡа	*바람	wind	Ma	Цинциус	1977	298
hапит	*바람	wind	Ma	Цинциус	1977	316
hӯрқа	*바람	wind	Ma	Цинциус	1977	353
чалаӈ	*바람	wind	Ma	Цинциус	1977	380
қу́ргӣ	*바람	wind	Ma	Цинциус	1977	435
эдин	*바람	wind	Ma	Цинциус	1977	438
салдин	*바람	wind	Ma	Цинциус	1977	58
salkin	*바람		Mo	김선기	1976ㄹ	333
šamal	*바람		Mo	김선기	1976ㄹ	333
부란	旋風,暴風		T	고재휴	1940ㅁ	동40.4.5
부라간	旋風,暴風		T	고재휴	1940ㅁ	동40.4.5

표제어/어휘	의미		언어	저자	발간년도	쪽수
부라칸	旋風, 暴風		T	고재휴	1940ㅁ	동40.4.5
ryzgar	바람		T	김선기	1976ㄹ	333
buran	큰바람		T	김선기	1976ㄹ	333

바로

pară	*바로	just	K	金澤庄三郎	1910	9
pară	*바로	just	K	Kanazawa, S	1910	6
иңгулэ	*바로	right away	Ma	Цинциус	1977	321
jук	*바로	at once	Ma	Цинциус	1977	350
лэкиэ	*바로	at once	Ma	Цинциус	1977	515

바보

papo	바보	fool	K	김공칠	1988	83
ahô	바보		K	김완진	1957	256
papo	바보		K	宋敏	1969	83
тэнэγ	*바보	fool	Ma	Цинциус	1977	236
фихали	*바보	fool	Ma	Цинциус	1977	300
joнзо	*바보	fool	Ma	Цинциус	1977	347
jурик	*바보	fool	Ma	Цинциус	1977	351
лулу	*바보	fool	Ma	Цинциус	1977	509
мэкси	*바보	fool	Ma	Цинциус	1977	565

바쁘다

pas-pʌ	바쁘다		K	김사엽	1974	431
pappoda	바쁘다	to be occupied	K	宋敏	1969	83
pappuda	*바쁘다	to be busy	K	G. J. Ramstedt	1949	189
hasu-	*누르다, 손으로 힘주어 잡다	to press	Ma	G. J. Ramstedt	1949	189

바삭

pasak	풀밟는 소리		K	박은용	1974	243
pasak	부스러지는 상태		K	박은용	1974	244
pasirak	바삭	rustling, rattling	K	이기문	1958	109
pasak	바삭	rustling, rattling	K	이기문	1958	109
fasak	풀밟는 소리		Ma	박은용	1974	243
fasar	부스러지는 상태		Ma	박은용	1974	244
fosok	바삭	rustling, rattling	Ma	이기문	1958	109
fasak	바삭	rustling, rattling	Ma	이기문	1958	109

바수다

pesa	바수다		K	박은용	1974	246
mes-	바수다		K	박은용	1974	267
fese-	바수다		Ma	박은용	1974	246
mei-	바수다		Ma	박은용	1974	267

바야흐로

pöyahʌro	바야흐로		K	강길운	1983ㄱ	29
pöyahʌro	바야흐로		K	강길운	1983ㄴ	124
pʌ-ja-hʌ-lo	바야흐로		K	김사엽	1974	391
pajahiro	*바야흐로	at that time, then, a time ago	K	G. J. Ramstedt	1949	5
baja	*바야흐로	unla1ngst, neulich	T	G. J. Ramstedt	1949	5

표제어/어휘		의미	언어	저자	발간년도	쪽수
mā	*바야흐로	unla1ngst, neulich	T	G. J. Ramstedt	1949	5
paja	*바야흐로	unla1ngst, neulich	T	G. J. Ramstedt	1949	5

바위

pahö	바위		K	강길운	1981ㄱ	32
pahe	바위		K	강길운	1983ㄱ	26
paui	*바위	rock	K	金澤庄三郎	1910	9
pa<iˆ>i,	바위		K	김공칠	1989	19
pahoi	바위		K	김공칠	1989	6
pa-hoj	바위		K	김사엽	1974	476
pa-hoj	바위		K	大野晋	1975	52
pa-ui, pa-hui	*바위	A rock; a boulder	K	白鳥庫吉	1914ㄱ	163
pahoi	바위		K	송민	1965	38
pahoi	바위		K	宋敏	1969	83
paui	바위		K	宋敏	1969	83
pa'hoy	바위		K	宋敏	1969	83
pahoi>paui	*바위		K	村山七郎	1963	27
pawi	*바위		K	村山七郎	1963	27
paui	*바위	rock	K	Kanazawa, S	1910	7
uehe	*바위	Stein, Felsen	Ma	白鳥庫吉	1914ㄱ	163
wöh-hēi	*바위	Stein	Ma	白鳥庫吉	1914ㄱ	163
[када	*바위..		Ma	Shirokogoroff	1944	66
кадар, када	*바위.		Ma	Shirokogoroff	1944	66
илй	*바위	rock	Ma	Цинциус	1977	308
кадар	*바위	rock face, cliff	Ma	Цинциус	1977	360
чиӈил	*바위	rock	Ma	Цинциус	1977	397
хисы: алин и	*바위	rock	Ma	Цинциус	1977	466
лоӈдор	*바위	rock	Ma	Цинциус	1977	504
bainggo	*바위	éscarpé, vertical	Mo	白鳥庫吉	1914ㄱ	163
baisa	*바위	hoher Fels, steil	Mo	白鳥庫吉	1914ㄱ	163

바자

paco	바자		K	박은용	1974	240
fais-	바자		Ma	박은용	1974	240

바지

ソイポマイル	*바지		K	宮崎道三郎	1906	27
paʒi	바지	pantaloons, trousers	K	김공칠	1989	13
pachi	바지		K	김공칠	1989	9
pachi	바지		K	宋敏	1969	83
paǯ.i	바지		K	宋敏	1969	83
9стан	*바지.		Ma	Shirokogoroff	1944	46
тэсэн	*바지	trousers	Ma	Цинциус	1977	241
hэрки	*바지	trousers	Ma	Цинциус	1977	369
ǩосэ	*바지	trousers	Ma	Цинциус	1977	417
лаку	*바지	trousers	Ma	Цинциус	1977	488

바퀴

pa'hoy	바퀴		K	宋敏	1969	83
hakū	바퀴		Ma	김승곤	1984	250
fahun	바퀴		Ma	김승곤	1984	250
kyleco	*바퀴.		Ma	Shirokogoroff	1944	76

표제어/어휘	의미		언어	저자	발간년도	쪽수
н'ар́йа	*바퀴; 수레바퀴	wheel	Ma	Цинциус	1977	635

바탕

na-čʌl	바탕		K	김사엽	1974	427
pat'aŋ	바탕		K	박은용	1974	242
falan	바탕		Ma	박은용	1974	242
boda	*바탕	Substance	Mo	白鳥庫吉	1914ㄱ	170
bada	*바탕	substance, object	Mo	白鳥庫吉	1914ㄱ	170
bada	*바탕	individium, chose	Mo	白鳥庫吉	1914ㄱ	170
bada	*바탕	nature, proriété, qualité	Mo	白鳥庫吉	1914ㄱ	170

바탱이

pa-t'ang-i	*바탱이	An earthenware jar	K	白鳥庫吉	1914ㄱ	170
butun	*바탱이		Ma	白鳥庫吉	1914ㄱ	170
butung	*바탱이	vase de porcelaine á contenir	Mo	白鳥庫吉	1914ㄱ	170
pota	*바탱이	base en terre creuset	T	白鳥庫吉	1914ㄱ	170

박

pak	*박	gourd	K	金澤庄三郞	1910	17
pak	*박	gourd	K	金澤庄三郞	1910	9
pak	박	fente	K	宋敏	1969	83
pak	*박	a gourd	K	G. J. Ramstedt	1949	183
pak	*박	gourd	K	Kanazawa, S	1910	13
pak	*박	gourd	K	Kanazawa, S	1910	7
pɔk(u)	*박	gourd	K	Martin, S. E.	1966	199
pɔk(u)	*박	gourd	K	Martin, S. E.	1966	219
pɔk(u)	*박	gourd	K	Martin, S. E.	1966	222
qabaq	*조롱박	a dried gourd	T	G. J. Ramstedt	1949	183

박다

pak	박다		K	김사엽	1974	403
нобо-	*박다	punch in	Ma	Цинциус	1977	329
caj	*박다	hammer in	Ma	Цинциус	1977	54
сирбэрэ-	*박다	hammer in	Ma	Цинциус	1977	95
to:-	박다		T	김영일	1986	179

박살

paksar	박살내다		K	박은용	1974	241
faksa-	흩어지다		Ma	박은용	1974	241

박수

pak-syu	*박수	A sorcerer; a fortunereller	K	白鳥庫吉	1914ㄱ	165
pa-č´i	*바치	An srtisan; a worker; artificier	K	白鳥庫吉	1914ㄱ	165
paχsi	*우두머리	Meister	Ma	小倉進平	1934	22
qam	박수		Mo	강길운	1979	10
baqsi	*선생,우두머리	Lehrer, Meister	Mo	小倉進平	1934	23
qam	박수		T	강길운	1979	10
baqsi	*선생	Gesetz-lehrer	T	小倉進平	1934	23
baχsi	*선생	Gesetz-lehrer	T	小倉進平	1934	23
пасъқ-	*박수 치다	clap one's hands	Ma	Цинциус	1977	34

표제어/어휘		의미	언어	저자	발간년도	쪽수
박아넣다						
kkăi-	*박아넣다	einschlagen	K	白鳥庫吉	1914ㄷ	319
kö-ui	*박아넣다	einschlagen	K	白鳥庫吉	1914ㄷ	319
kiska	*박아넣다	hauskatze	Ma	白鳥庫吉	1914ㄷ	318
kokśa	*박아넣다	einschlagen	Ma	白鳥庫吉	1914ㄷ	318
kuku	*박아넣다	binden	Ma	白鳥庫吉	1914ㄷ	319
박쥐						
park	박쥐		K	박은용	1974	246
p<ḁ̆>rk (cui)	박쥐	bat	K	이기문	1958	109
ferehe	박쥐		Ma	박은용	1974	246
ferehe (singgeri)	박쥐	bat	Ma	이기문	1958	109
куч'іду, куч'іту	*박쥐.		Ma	Shirokogoroff	1944	76
унэкэлдӣвун	*박쥐	bat	Ma	Цинциус	1977	276
евеч	*박쥐	bat	Ma	Цинциус	1977	386
кучиду	*박쥐	bat	Ma	Цинциус	1977	441
элдукӣ	*박쥐	bat	Ma	Цинциус	1977	446
밖						
邑勒	마을 밖		K	강길운	1979	13
pask	바깥		K	강길운	1980	5
pak	*밖	outside	K	金澤庄三郎	1910	9
pas	*밖	The outside, the exterior	K	白鳥庫吉	1914ㄱ	169
pat	*밖	The outside, the exterior	K	白鳥庫吉	1914ㄱ	169
kătta	*밖	behind	K	G. J. Ramstedt	1939ㄴ	462
pak	*밖	outside	K	Kanazawa, S	1910	6
pak	*밖	outside	K	Kanazawa, S	1910	7
pesa	*밖	Schulterblatt	Ma	白鳥庫吉	1914ㄱ	169
isaki	*밖	Schulterblatt	Ma	白鳥庫吉	1914ㄱ	169
iśaki	*밖	Schulterblatt	Ma	白鳥庫吉	1914ㄱ	169
pisa	*밖	Schulterblatt	Ma	白鳥庫吉	1914ㄱ	169
baška	바깥		T	강길운	1980	5
baška	*외부, 국외자	외부, 국외자	T	Miller, R. A. 김방한 역	1980	13
반						
pan	*반		K	Hulbert, H. B.	1905	119
kalta	반		Ma	이기문	1973	7
[долінд̆улін	*반		Ma	Shirokogoroff	1944	32
доліндун	*반		Ma	Shirokogoroff	1944	32
у̇ро̃ла	*반	half	Ma	Цинциус	1977	286
калтака	*반	half	Ma	Цинциус	1977	367
받다						
pat	*받다	receive	K	金澤庄三郎	1910	12
pat	*받다	take	K	金澤庄三郎	1910	25
pad-	*받다	erhalten	K	Andre Eckardt	1966	235
patta	*받다	to be close by, to be near	K	G. J. Ramstedt	1949	194
pat	*받다	receive	K	Kanazawa, S	1910	10
bat(a)-	*받다	receive	K	Martin, S. E.	1966	201
bat(a)-	*받다	receive	K	Martin, S. E.	1966	206

표제어/어휘		의미	언어	저자	발간년도	쪽수
bat(a)-	*받다	receive	K	Martin, S. E.	1966	222
passe	*받세	may receive	K	Poppe, N	1965	189
pat-ta	*받다	to receive	K	Poppe, N	1965	189
pakko	*받고	in receiving	K	Poppe, N	1965	189
pannan	*받는	receiving	K	Poppe, N	1965	189
ba-	받다		Ma	김승곤	1984	250
hata	*거의	almost, nearly, near to	Ma	G. J. Ramstedt	1949	194
at-	*던지다, 쏘다	to throw, to shoot	T	G. J. Ramstedt	1949	194
alïqčï	*수신자	receiver	T	Poppe, N	1965	162
al-	*받다	to take, receive	T	Poppe, N	1965	162

받들다

patteulta	받들다		K	김공칠	1989	9
pat-tïl	받들다		K	김사엽	1974	444
ṁaxorande'	*받들다	beten, anbeten	Ma	白鳥庫吉	1915ㄱ	40
ṁaxoranda	*받들다	beten, anbeten	Ma	白鳥庫吉	1915ㄱ	40
ṁaxorór	*받들다	wird angebetet	Ma	白鳥庫吉	1915ㄱ	40
ṁekkore	*받들다	beten, anbeten	Ma	白鳥庫吉	1915ㄱ	40
ṁexuranei	*받들다	wird angebetet	Ma	白鳥庫吉	1915ㄱ	40
ṁexuranka	*받들다	grüsse	Ma	白鳥庫吉	1915ㄱ	40
mürgüm	*받들다	sich beugen, bücken, beten, grüssen	Ma	白鳥庫吉	1915ㄱ	40
ṁurgurén	*받들다	beten	Ma	白鳥庫吉	1915ㄱ	40
ṁegoronai	*받들다	wird angebetet	Ma	白鳥庫吉	1915ㄱ	40
ṁaxora	*받들다	beten, anbeten	Ma	白鳥庫吉	1915ㄱ	40
ṁxxore	*받들다	beten, anbeten	Ma	白鳥庫吉	1915ㄱ	40
mürgüxü	*받들다	beten	Mo	白鳥庫吉	1915ㄱ	40
mörgönäp	*받들다	beten	Mo	白鳥庫吉	1915ㄱ	40
mörgönäm	*받들다	beten	Mo	白鳥庫吉	1915ㄱ	40

발

pal	*발	foot	K	강영봉	1991	9
perpta	밟다		K	김공칠	1988	192
pal	발	foot	K	김동소	1972	138
bar	발	foot	K	김선기	1968ㄱ	22
pălp ta	*밟다	to tread on; to step on	K	白鳥庫吉	1914ㄱ	165
pal	발	the fool	K	宋敏	1969	83
pal	발	foot	K	이기문	1973	7
păr	발	foot	K	이용주	1980	80
par	발	foot	K	이용주	1980	99
*gʷásɨ	발	foot	K	이용주	1980	99
pal	*발	foot	K	長田夏樹	1966	82
pal	*발	Fuss	K	Andre Eckardt	1966	235
pal	*발	foot	K	Aston	1879	26
*ħa : ^ɣʷəy[廻]	*발	foot	K	Christopher I. Beckwith	2004	120
pal	*발	foot	K	Edkins, J	1895	409
pal	*발	foot	K	G. J. Ramstedt	1949	184
vašyi	*발	foot	K	Martin, S. E.	1966	202
vašyi	*발	foot	K	Martin, S. E.	1966	212
vašyi	*발	foot	K	Martin, S. E.	1966	213
vašyi	*발	foot	K	Martin, S. E.	1966	215
pal	*발	foot	K	Poppe, N	1965	180

표제어/어휘		의미	언어	저자	발간년도	쪽수
bethe	발	foot	Ma	김동소	1972	138
bethe	발	foot	Ma	김선기	1968ㄱ	22
fathe	발		Ma	김선기	1976ㄷ	341
bethe	발		Ma	김선기	1976ㅈ	354
alga	발		Ma	김선기	1976ㅈ	354
halgan	발		Ma	김선기	1976ㅈ	354
halgan	발		Ma	김승곤	1984	250
algan	발		Ma	김승곤	1984	250
fat	손바닥		Ma	박은용	1974	244
palgan	발		Ma	이기문	1973	9
algan	발		Ma	이기문	1973	9
halgan	*발		Ma	이기문	1973	9
palgan	*발	foot	Ma	G. J. Ramstedt	1949	184
kul	발		Mo	김선기	1976ㅈ	354
tul	서다		Mo	김선기	1976ㅈ	354
badany	*발판		Mo	Edkins, J	1895	409
put	발	foot	T	김선기	1968ㄱ	22
put	발		T	김선기	1976ㅈ	354
tur	서다		T	김선기	1976ㅈ	354
adak	발		T	김영일	1986	168
köt	*발	foot	T	G. J. Ramstedt	1939ㄴ	461
adaq	*발	foot	T	Poppe, N	1965	59

발가락

표제어/어휘		의미	언어	저자	발간년도	쪽수
pal-kkorak	*발가락(/발고락)	the toe	K	G. J. Ramstedt	1949	96
чурчāн	* (발)가락	toe	Ma	Цинциус	1977	417-8
сербак'i	*발가락		Ma	Shirokogoroff	1944	113

발구

표제어/어휘		의미	언어	저자	발간년도	쪽수
par	발구		K	박은용	1974	243
palgu	발구		K	이숭녕	1956	166
fara	발구		Ma	박은용	1974	243

발바닥

표제어/어휘		의미	언어	저자	발간년도	쪽수
pal-pa-tak	*발바닥	the sole of the foot	K	白鳥庫吉	1914ㄱ	169
pad-ak	*바닥; 발바닥	bottom; sole of the foot	K	Johannes Rahder	1959	42
yjгепси	*발바닥	pile	Ma	Цинциус	1977	251
ула(1)	*발바닥	sole	Ma	Цинциус	1977	257
hангикй	*발바닥	foot	Ma	Цинциус	1977	308
hэңэр	*발바닥	foot	Ma	Цинциус	1977	367
hэрмй	*발바닥	foot	Ma	Цинциус	1977	370
эңэр(2)	*발바닥	foot	Ma	Цинциус	1977	459

발진

표제어/어휘		의미	언어	저자	발간년도	쪽수
리	발진		K	강길운	1983ㄱ	37
t':ɯri	발진		K	강길운	1983ㄱ	37
чав	*발진	rash	Ma	Цинциус	1977	375
эjфун	*발진	rash	Ma	Цинциус	1977	440
хэду	*발진	strew	Ma	Цинциус	1977	480

표제어/어휘		의미	언어	저자	발간년도	쪽수
발판						
saori	발판	a stool	K	이기문	1958	117
soorin	왕좌	the throne	Ma	이기문	1958	117
дадумоо	*발판	footboard	Ma	Цинциус	1977	190
saguri	발판	a stool	Mo	이기문	1958	117
밝다						
pʌlg-	밝다		K	강길운	1981ㄴ	10
pʌlg-	밝다		K	강길운	1982ㄴ	23
pʌlg-	밝다		K	강길운	1982ㄴ	31
pʌlg-	밝다		K	강길운	1982ㄴ	36
kərə-	밝다		K	강길운	1983ㄱ	46
kä-	밝다		K	강길운	1983ㄱ	46
kere-	밝다		K	강길운	1983ㄱ	48
park	*밝다		K	金澤庄三郎	1904	2
pöri	*벌이다	examplify	K	金澤庄三郎	1910	17
pärk	*밝다	bright	K	金澤庄三郎	1910	17
pärk	*밝다	bright	K	金澤庄三郎	1910	9
perk	밝다		K	김공칠	1989	10
peㄹ가-	밝다		K	김공칠	1989	18
pulkɯr	밝다		K	김공칠	1989	4
pʌlk	밝다		K	김사엽	1974	483
bark-da	밝다		K	김선기	1976ㄷ	336
밝아지다	밝아지다		K	김선기	1978ㄴ	322
palk	밝다		K	宋敏	1969	84
pâlk-	밝다		K	宋敏	1969	84
pärk	밝다		K	宋敏	1969	84
pɔrk	밝다		K	宋敏	1969	84
pɔlk	밝다		K	宋敏	1969	84
pïlk	밝다		K	宋敏	1969	84
palk-ta	밝다		K	이숭녕	1955	18
pɛlgiom	밝음		K	이숭녕	1956	111
pɛlgom	밝음		K	이숭녕	1956	111
palk	*밝다	clear	K	Edkins, J	1895	407
pärk	*밝다	bright	K	Kanazawa, S	1910	13
pärk	*밝다	bright	K	Kanazawa, S	1910	6
párk	*밝다	bright	K	Martin, S. E.	1966	199
válk(a)-	*밝다	bright	K	Martin, S. E.	1966	202
pá가-	*밝다	bright	K	Martin, S. E.	1966	210
válk(a)-	*밝다	bright	K	Martin, S. E.	1966	211
válk(a)-	*밝다	bright	K	Martin, S. E.	1966	220
pá가-	*밝다	bright	K	Martin, S. E.	1966	221
válk(a)-	*밝다	bright	K	Martin, S. E.	1966	222
gere-ke	밝다		Ma	김선기	1976ㄷ	336
gere-ke	밝아지다		Ma	김선기	1978ㄴ	322
gerembi	*밝은	hell	Ma	白鳥庫吉	1914ㄷ	287
galaka	*밝은	hell	Ma	白鳥庫吉	1914ㄷ	287
galga	*밝은	hell	Ma	白鳥庫吉	1914ㄷ	287
galgan	*밝은	hell	Ma	白鳥庫吉	1914ㄷ	287
gere-	*밝아지다	to become bright	Ma	Poppe, N	1965	203
iɭda	*밝아지다.		Ma	Shirokogoroff	1944	59
дусуjин	*밝다	light	Ma	Цинциус	1977	226
киуjгɜ	*밝다	light	Ma	Цинциус	1977	401

표제어/어휘		의미		언어	저자	발간년도	쪽수
gerere-de	밝다			Mo	김선기	1976ㄷ	336
kem	*밝은	hell		Mo	白鳥庫吉	1914ㄷ	287
quwa	*밝은, 노란, 창백한	light, yellow, pale		Mo	Poppe, N	1965	200
juru-di	밝다			T	김선기	1976ㄷ	336
kem	*밝은	hell		T	白鳥庫吉	1914ㄷ	287
hem	*밝은	hell werden		T	白鳥庫吉	1914ㄷ	287
sen	*밝은	hell		T	白鳥庫吉	1914ㄷ	287

밟다

pʌlβ	밟다			K	강길운	1983ㄴ	111
pʌlβ	밟다			K	강길운	1983ㄴ	124
pʌlp	밟다			K	김사엽	1974	396
per-	밟다			K	박은용	1974	245
	밟다			K	박은용	1975	54
pɔlp	밟다			K	宋敏	1969	84
pålp	밟다			K	宋敏	1969	84
pašĕn, pōšĕn	*버선	stockings		K	G. J. Ramstedt	1928	70
pësën	*버선	stockings		K	G. J. Ramstedt	1928	70
pal	*발	foot		K	G. J. Ramstedt	1928	70
palp-, polp-	*밟다	to step		K	G. J. Ramstedt	1928	70
palpta	*밟다	to tread on, to step, on to trample		K	G. J. Ramstedt	1949	186
pɔlmp	*밟다	tread		K	Martin, S. E.	1966	199
pɔlmp-	*밟다	tread		K	Martin, S. E.	1966	210
fe-	밟다			Ma	박은용	1974	245
тӯ	*밟다.			Ma	Shirokogoroff	1944	132
тука	*밟다.			Ma	Shirokogoroff	1944	132
туфкан	*밟다.			Ma	Shirokogoroff	1944	132
туска	*밟다.			Ma	Shirokogoroff	1944	135
тақтумбӯ-/й	*밟다	step		Ma	Цинциус	1977	155
alqu- < *φl-qu- <	*밟다	to step		Mo	G. J. Ramstedt	1928	70
jowxɒ	*밟다	to tread on, to step, on to trample		Mo	G. J. Ramstedt	1949	186
örbü-	*밟다	to tread on, to step, on to trample		Mo	G. J. Ramstedt	1949	186
adakla	밟다			T	김영일	1986	168
bas-	*밟다	to step on		T	Poppe, N	1965	158
bas-	*압박하다	to step on, to oppress		T	Poppe, N	1965	158

밤

pam	*밤	night		K	강영봉	1991	10
pam	밤	night		K	김동소	1972	139
bam	밤	night		K	김선기	1968ㄱ	29
pǎm	밤	night		K	이용주	1980	81
^tawŋ [冬]	*밤	chestnut		K	Christopher I. Beckwith	2004	137
je	*밤	night		K	Martin, S. E.	1966	208
je	*밤	night		K	Martin, S. E.	1966	214
dobori	밤	night		Ma	김동소	1972	139
dobori	밤	night		Ma	김선기	1968ㄱ	29
сиӈкэ̄в	*밤	night		Ma	Цинциус	1977	91
suni	밤	night		Mo	김선기	1968ㄱ	29
söni	*밤	night		Mo	Poppe, N	1965	201

표제어/어휘		의미	언어	저자	발간년도	쪽수
밥						
밥	밥		K	고재휴	1940ㄷ	동40.3.31
메	밥		K	권덕규	1923ㄴ	127
pap	*밥	meal	K	金澤庄三郎	1910	9
pap	밥		K	김공칠	1989	4
mo-rɛ-mi	밥		K	박은용	1974	113
pap	*밥		K	石井 博	1992	91
pap	밥		K	宋敏	1969	84
pap	밥	food, cooked rice	K	이기문	1958	106
pap	*밥	food	K	Edkins, J	1895	409
pap	*밥	cooked rice, foot, meat and drink	K	G. J. Ramstedt	1949	189
pap	*밥	meal	K	Kanazawa, S	1910	7
부다	밥		Ma	고재휴	1940ㄷ	동40.3.31
폴	죽		Ma	고재휴	1940ㄷ	동40.3.31
부다	밥		Ma	고재휴	1940ㄹ	동40.4.3
바다	밥		Ma	고재휴	1940ㄹ	동40.4.3
buda	밥		Ma	김영일	1986	169
budala-	밥먹다		Ma	김영일	1986	169
bele	쌀		Ma	박은용	1974	113
buda	밥	cooked rice, food	Ma	이기문	1958	106
be-ten	물고기 미끼	food for fishes	Ma	이기문	1958	106
be	새모이	bait, food for birds	Ma	이기문	1958	106
bala	*포리지(죽의 일종)	porridge (eaten with fish or meat)	Ma	G. J. Ramstedt	1949	189
budaɣa	밥	cooked rice, food	Mo	이기문	1958	106
bada	*밥	food	Mo	Edkins, J	1895	409
сиси-	* (밥) 먹다	eat	Ma	Цинциус	1977	98
sal-p'i	밥술		K	박은용	1974	113
sal-p'u	밥술		K	박은용	1974	113
saifi	밥술		Ma	박은용	1974	113
밧줄						
kkök-	*밧줄	einschlagen	K	白鳥庫吉	1914ㄷ	319
sunkta	*밧줄	zwirn	Ma	白鳥庫吉	1914ㄷ	315
sunta	*밧줄	strick	Ma	白鳥庫吉	1914ㄷ	315
sunkta	*밧줄	strick	Ma	白鳥庫吉	1914ㄷ	315
kaksimbi	*밧줄	strick	Ma	白鳥庫吉	1914ㄷ	319
гокку	*밧줄	rope	Ma	Цинциус	1977	158
дэсун	*밧줄	rope	Ma	Цинциус	1977	238
остимир	*밧줄	rope	Ma	Цинциус	1977	27
чидар	*밧줄	manacles	Ma	Цинциус	1977	390
пирадина	*밧줄	rope	Ma	Цинциус	1977	39
арги	*밧줄	rope	Ma	Цинциус	1977	50
мисэ	*밧줄	bowstring of an arrow	Ma	Цинциус	1977	539
батÿхин	*밧줄	rope	Ma	Цинциус	1977	77
боγоли	*밧줄	rope	Ma	Цинциус	1977	87
соно	*밧줄, 끈.		Ma	Shirokogoroff	1944	118
нукс'i	*밧줄, 끈.		Ma	Shirokogoroff	1944	96
ч'iдур	*밧줄.		Ma	Shirokogoroff	1944	24
방귀						
paŋkui	방귀	fart	K	이기문	1958	110
fungšun	방귀	fart	Ma	이기문	1958	110

표제어/어휘	의미		언어	저자	발간년도	쪽수
ungyu-	방귀	vesser	Mo	이기문	1958	110
hunqasun <	방귀	fart	Mo	이기문	1958	110
муӄā+, муко	*방귀 꾸다.		Ma	Shirokogoroff	1944	86

방망이

ko	방망이		K	김사엽	1974	456
paŋ-neŋi	방망이		K	이숭녕	1956	188
paŋmaŋi	*방망이	a mallet - as for ironing	K	G. J. Ramstedt	1949	188
bän	*공이	a club, a pestle	T	G. J. Ramstedt	1949	188

방해하다

kjęk	*방해하다	to be obstructed, to be stopped	K	G. J. Ramstedt	1949	103
makhi-l	*막히다	to be obstructed, to be stopped	K	G. J. Ramstedt	1949	103
giki-	*방해하다	to obstruct, to stop, to fill	Ma	G. J. Ramstedt	1949	103
алгал	*방해하다.		Ma	Shirokogoroff	1944	5
ha̧pкaмaт-/ч-	*방해하다	disturb	Ma	Цинциус	1977	317
чачӯлӣ-	*방해하다	disturb	Ma	Цинциус	1977	387
қурда-	*방해하다	prevent	Ma	Цинциус	1977	436
эдэт-	*방해하다	disturb	Ma	Цинциус	1977	439
χуваӈг̄а-	*방해하다	prevent	Ma	Цинциус	1977	474

방향

gophuda	*방향	richtung	K	G. J. Ramstedt	1939ㄴ	94
гун	*방향.		Ma	Shirokogoroff	1944	52
[cȳ	*방향을 가리키다.		Ma	Shirokogoroff	1944	118
опту	*방향	direction	Ma	Цинциус	1977	23
žууу	*방향, 경향	direction, trend	Ma	Цинциус	1977	269
öltäč	*방향	aufrecht	Mo	G. J. Ramstedt	1939ㄴ	93
sağ	오른쪽		T	김영일	1986	168
sağal-	오른쪽으로 가다		T	김영일	1986	168

밭

pat	밭, 마당		K	강길운	1980	5
밭	밭		K	권덕규	1923ㄴ	129
pat	*밭	field	K	金澤庄三郞	1910	9
pat	*밭		K	金澤庄三郞	1914	219
patkui	밭		K	김공칠	1988	194
path	밭		K	김공칠	1988	194
pat	밭		K	김사엽	1974	405
patʰ	밭		K	김사엽	1974	405
pat	밭		K	김선기	1976ㅁ	335
밭	밭		K	김선기	1976ㅂ	333
pat	밭		K	송민	1965	38
pat	밭		K	송민	1973	55
path	밭		K	宋敏	1969	84
pat	밭		K	宋敏	1969	84
pat	밭		K	유창균	1960	13
pattegi	밭		K	이숭녕	1956	178
path	밭		K	이용주	1980	105
밭	밭		K	이원진	1940	13
밭	밭		K	이원진	1951	13
pat	*밭	field	K	G. J. Ramstedt	1926	27

표제어/어휘		의미	언어	저자	발간년도	쪽수
pat	*밭	a field	K	G. J. Ramstedt	1928	72
pat	*밭	Feld, Acker	K	G. J. Ramstedt	1939ㄱ	484
pat	*밭	field	K	Kanazawa, S	1910	6
pataxye	*밭	field	K	Martin, S. E.	1966	199
pataxye	*밭	field	K	Martin, S. E.	1966	203
pataxye	*밭	field	K	Martin, S. E.	1966	206
pataxye	*밭	field	K	Martin, S. E.	1966	214
pataxye	*밭	field	K	Martin, S. E.	1966	215
pataxye	*밭	field	K	Martin, S. E.	1966	224
pat	*밭	field	K	Poppe, N	1965	194
pačhi	*밭이	the field	K	Poppe, N	1965	194
pathe	*밭에	on the field	K	Poppe, N	1965	194
joj(4)	*밭	fild	Ma	Цинциус	1977	346
китэмэ	*밭	field	Ma	Цинциус	1977	400
atyz	*밭	Feld, Acker	T	G. J. Ramstedt	1939ㄱ	484

배

pɛ	*배	belly	K	강영봉	1991	8
pä	배	belly	K	김동소	1972	136
pɛ	배	belly	K	김동소	1972	136
be	배	belly	K	김선기	1968ㄱ	24
păi	*배	The addomen; the stomach	K	白鳥庫吉	1914ㄱ	163
peˇi	배	belly	K	이용주	1980	80
peˇi	배	belly	K	이용주	1980	95
*pařa	배	belly	K	이용주	1980	99
pei	배	belly	K	이용주	1980	99
pä	*배	belly	K	長田夏樹	1966	82
pè	*배	belly	K	Aston	1879	21
pai	*배	a stomach	K	G. J. Ramstedt	1949	182
hefeli	배	belly	Ma	김동소	1972	136
heperi	배	belly	Ma	김선기	1968ㄱ	24
ур	*배	belly	Ma	Цинциус	1977	281
ке+лі	*배	belly	Ma	Цинциус	1977	387
мапа	*배	belly	Ma	Цинциус	1977	531
kebeli	배	belly	Mo	김선기	1968ㄱ	24
bar	*배	Bauch	T	白鳥庫吉	1914ㄱ	163

배(船)

pai>pä	배	a ship	K	김공칠	1989	12
pä	배	a boat	K	宋敏	1969	84
pä	*배	boat, ship	K	G. J. Ramstedt	1926	27
paj	*배	Boot	K	G. J. Ramstedt	1939ㄱ	486
pai	*배	a ship, a boat	K	G. J. Ramstedt	1949	181
pai	*배	a ship, a boat	K	G. J. Ramstedt	1954	13
pa	*배	boat	K	Hulbert, H. B.	1905	120
*ha	*배	a ship, a boat	Ma	G. J. Ramstedt	1949	181
*ha	*배	a ship, a boat	Ma	G. J. Ramstedt	1954	13
oχoмa	*배	boat	Ma	Цинциус	1977	10
oӈкočö	*배	boat	Ma	Цинциус	1977	21
упи ǯaχудaj	*배	ship	Ma	Цинциус	1977	281
өлǯэ	*배	boat	Ma	Цинциус	1977	30
jōлo ǯaχудaj	*배	vessel, craft	Ma	Цинциус	1977	347
кajук	*배	boat	Ma	Цинциус	1977	362

표제어/어휘		의미	언어	저자	발간년도	쪽수
хаӈукӯ	*배	boat	Ma	Цинциус	1977	460
хōчоā	*배	steamship	Ma	Цинциус	1977	472
моӈго	*배	boat	Ma	Цинциус	1977	545
муреку	*배	boat	Ma	Цинциус	1977	558
нōтка	*배	boat	Ma	Цинциус	1977	606
сӣлдӣӽа	*배	boat	Ma	Цинциус	1977	83
hai-ǯuga	*배	Boot	Mo	G. J. Ramstedt	1939ㄱ	486

배꼽

kob	배꼽		K	강길운	1983ㄴ	136
päʔkop	배꼽	navel	K	김동소	1972	139
pɛkkop	배꼽	navel	K	김동소	1972	139
pʌj-kop	배꼽		K	김사엽	1974	393
peitkop	배꼽		K	이숭녕	1956	161
peitpop	배꼽		K	이숭녕	1956	161
peitpok	배꼽		K	이숭녕	1956	161
pei-t-porok	배꼽		K	이숭녕	1956	183
pei-s-pok	배꼽	navel	K	이용주	1980	102
pă-kop	*배꼽	navel	K	Hulbert, H. B.	1905	120
ulenggu	배꼽	navel	Ma	김동소	1972	139
ӯлэӈгӯ	*배꼽	belly-button	Ma	Цинциус	1977	266
уӈурэ̄	*배꼽	belly-button	Ma	Цинциус	1977	280
чуӈурэ̄	*배꼽	navel	Ma	Цинциус	1977	415
кэ̄лэкэ	*배꼽	navel	Ma	Цинциус	1977	420
kisṇ	배꼽		Mo	김승곤	1984	244
küji	배꼽		Mo	김승곤	1984	244
ki	배꼽		Mo	김승곤	1984	244
küjisün	배꼽		Mo	김승곤	1984	244
kĝvaha	배꼽		T	김승곤	1984	244
kö-bäk	배꼽		T	김승곤	1984	244

배우다

pEho-	배우다		K	강길운	1987	27
pʌj-ho	배우다		K	김사엽	1974	388
tači-	*배우다	to learn, study	Ma	Poppe, N	1965	200
sā-	*배우다	to learn	Ma	Poppe, N	1965	202
ōpeн-	*배우다	learn	Ma	Цинциус	1977	23
sur-	*배우다	to learn	Mo	Poppe, N	1965	196
surtala	*배울 때까지	until [he] learns	Mo	Poppe, N	1965	196
öǧren-	배우다		T	강길운	1987	27
pöǧren-	배우다		T	강길운	1987	27

백

on	백		K	김방한	1968	272
on	백		K	김사엽	1974	394
on	백		K	김선기	1977	28
on	백		K	김선기	1977	33
on	*백	hundert	K	G. J. Ramstedt	1939ㄱ	484
tangga	백		Ma	김방한	1968	272
taŋgu	백		Ma	김선기	1977	28
taŋgun	백		Ma	김선기	1977	33
tanggû	백		Ma	최학근	1971	754

표제어/어휘		의미	언어	저자	발간년도	쪽수
탕고	백	hundred	Ma	홍기문	1934ㄱ	217
탕우	백	hundred	Ma	홍기문	1934ㄱ	217
н'аматкун	*백		Ma	Shirokogoroff	1944	89
[ӊ'ама	*백.		Ma	Shirokogoroff	1944	89
таӊгу	*백	hundred	Ma	Цинциус	1977	163
jaɣun	백		Mo	김방한	1968	272
dzagun	백		Mo	김선기	1977	28
dzagun	백		Mo	김선기	1977	33
ǯaɣun	백		Mo	최학근	1964	587
jüz	백		T	김방한	1968	272
süüs	백		T	김선기	1977	28
judzɯ	백		T	김선기	1977	33
süs	백		T	김선기	1977	33
on	*백		T	G. J. Ramstedt	1939ㄱ	484
śĕr	*백	one hundred	T	Poppe, N	1965	37
jür	*백	one hundred	T	Poppe, N	1965	37
yüz	*백	one hundred	T	Poppe, N	1965	37

백부

아저씨	아저씨		K	강길운	1987	20
акйн	*백부, 형		Ma	長田夏樹	1964	119
nana	*백부; 숙부	uncle	Ma	Цинциус	1977	34

백성

a-lʌm	백성		K	김사엽	1974	425
yloн	*백성, 민중, 국민		Ma	Shirokogoroff	1944	141
[тӓrӓ	*백성, 민중.		Ma	Shirokogoroff	1944	121

백조

kơi	백조	swan	K	이기문	1963	102
*kʋɦiy : ^kʋiy [古衣]	*백조	swan, Cygnus bewicki	K	Christopher I. Beckwith	2004	129
hyбa	*백조	swan	Ma	Цинциус	1977	336
кӯку	*백조	swan	Ma	Цинциус	1977	426
чалка	*백조.		Ma	Shirokogoroff	1944	23
окс'i	*백조		Ma	Shirokogoroff	1944	100

뱀

pejəm	*뱀	snake	K	강영봉	1991	11
pǎiam	*뱀	snake	K	金澤庄三郎	1910	15
pǎiam	*뱀	snake	K	金澤庄三郎	1910	9
peiam	뱀		K	김공칠	1989	10
peiam	뱀		K	김공칠	1989	4
pejam	뱀	snake	K	김동소	1972	140
pɛm	뱀	snake	K	김동소	1972	140
paj-mi	뱀		K	김사엽	1974	394
pʌ-jam	뱀		K	김사엽	1974	394
pʌ-jam	뱀		K	김사엽	1974	403
pɒiyam	뱀		K	宋敏	1969	84
paiyam	뱀		K	宋敏	1969	84
pǎiam	뱀		K	宋敏	1969	84
pɔɣ'yam	뱀		K	宋敏	1969	84

표제어/어휘	의미		언어	저자	발간년도	쪽수
pejami	뱀		K	이숭녕	1956	92
pejam	뱀		K	이숭녕	1956	92
pejam	뱀	snake	K	이용주	1980	100
*bpřo	뱀	snake	K	이용주	1980	100
pe˘yam	뱀	snake	K	이용주	1980	80
뱀	뱀		K	이원진	1940	14
뱀	뱀		K	이원진	1951	14
päami	*뱀	snake	K	G. J. Ramstedt	1926	29
pă-am	*뱀		K	Hulbert, H. B.	1905	117
päiam	*뱀	snake	K	Kanazawa, S	1910	12
päiam	*뱀	snake	K	Kanazawa, S	1910	6
meihe	뱀	snake	Ma	김동소	1972	140
kulin	*뱀	Schlange	Ma	白鳥庫吉	1915ㄱ	17
kal'l'a	*뱀	Schlange	Ma	白鳥庫吉	1915ㄱ	17
[cyлaмa	*뱀.		Ma	Shirokogoroff	1944	119
кулін	*뱀.		Ma	Shirokogoroff	1944	76
[miјiкі, мixi,	*뱀.		Ma	Shirokogoroff	1944	83
[ɥaбдан	*뱀		Ma	Shirokogoroff	1944	34
мугɥ'iр'iмн'а	*뱀		Ma	Shirokogoroff	1944	86
олгон	*뱀	snake	Ma	Цинциус	1977	13
вэрэ(н-)	*뱀	snake	Ma	Цинциус	1977	132
ӡабдар	*뱀	snake	Ma	Цинциус	1977	239
кулін	*뱀	snake	Ma	Цинциус	1977	428
салама	*뱀	snake	Ma	Цинциус	1977	57

뱉다

pät'-	뱉다		K	강길운	1982ㄴ	22
pak'ɯ-	*뱉다	to spit	K	강영봉	1991	11
pɛth-	토하다	puke	K	김동소	1972	139
pias-	토하다	puke	K	김동소	1972	139
pathʰ	뱉다		K	김사엽	1974	406
pat-	뱉다		K	박은용	1974	252
piök	뱉다		K	宋敏	1969	84
pas	뱉다		K	宋敏	1969	84
čhum patta	*침 뱉다	to spit	K	G. J. Ramstedt	1949	15
päatta	*뱉다	to spit out	K	G. J. Ramstedt	1949	15
bár(y)-	*뱉다	split open	K	Martin, S. E.	1966	201
p-a-x, paxy-	*뱉다	spit	K	Martin, S. E.	1966	204
p-a-x,paxy-	*뱉다	spit	K	Martin, S. E.	1966	213
p-a-x,paxy-	*뱉다	spit	K	Martin, S. E.	1966	215
juliya-	토하다	puke	Ma	김동소	1972	139
fuda-	뱉다		Ma	박은용	1974	252
чйалаґо-	*뱉다	spit out	Ma	Цинциус	1977	388
nilbu-	*뱉다	to spit	Mo	Poppe, N	1965	193
at-	*뱉다	to throw with force, to shoot, to thrust, to push	T	G. J. Ramstedt	1949	16
yt-	*뱉다	to throw	T	G. J. Ramstedt	1949	16

버금

pə-kïm	버금		K	김사엽	1974	423
beogwm	버금	next	K	김선기	1968ㄴ	34
hjer	버금		Mo	김선기	1968ㄴ	34
хабаба	*버두나무(의 일종)		Ma	Цинциус	1977	456

표제어/어휘	의미		언어	저자	발간년도	쪽수

버드나무

표제어/어휘	의미		언어	저자	발간년도	쪽수
pətɐ	버드나무		K	박은용	1974	250
peṭir	버드나무	willow tree	K	이기문	1958	109
*ya	*버드나무	willow	K	Christopher I. Beckwith	2004	112
^yaw[要]	*버드나무	willow	K	Christopher I. Beckwith	2004	112
^ki ~ ^kü [去]	*버드나무	poplar, willow	K	Christopher I. Beckwith	2004	125
*makir : ^maikin [馬斤]	*버드나무	a kind of tree	K	Christopher I. Beckwith	2004	129
fodo	버드나무		Ma	박은용	1974	250
fodo	샤먼의 버드나무 가지	willow branch of Shaman	Ma	이기문	1958	109
fodo-ho	버드나무	willow tree	Ma	이기문	1958	109
[x'ētix	*버드나무		Ma	Shirokogoroff	1944	53
сусэ̄гдэ	*버드나무	willow	Ma	Цинциус	1977	131
горгола𝗓й	*버드나무	willow	Ma	Цинциус	1977	161
туӈдэ	*버드나무	willow	Ma	Цинциус	1977	215
у̇хо𝗓имка	*버드나무	osier	Ma	Цинциус	1977	253
𝗓атала	*버드나무	willow	Ma	Цинциус	1977	253
калкарӣ	*버드나무	talnik	Ma	Цинциус	1977	367
чурумкурэ̄	*버드나무	willow	Ma	Цинциус	1977	417
пучэктэ	*버드나무	willow	Ma	Цинциус	1977	45
нивэ̄к	*버드나무	willow	Ma	Цинциус	1977	589
н'амн'йкта	*버드나무	willow	Ma	Цинциус	1977	632
н'арги	*버드나무	sallow	Ma	Цинциус	1977	635
н'эун'эмкър	*버드나무	willow	Ma	Цинциус	1977	650
сēкта	*버드나무	willow	Ma	Цинциус	1977	70
сирикта	*버드나무	willow	Ma	Цинциус	1977	95
сиси	*버드나무	willow	Ma	Цинциус	1977	98
*hičiyesün <	버드나무	willow tree	Mo	이기문	1958	109

버들

표제어/어휘	의미		언어	저자	발간년도	쪽수
pə-tïl	버들		K	김사엽	1974	381
pö-teu na-mo	*버들	Willow	K	白鳥庫吉	1914ㄱ	173
pö-teul	*버들	Willow	K	白鳥庫吉	1914ㄱ	173
pətⵏr	*버들		K	小倉進平	1934	23
pötïl	버들		K	宋敏	1969	84
*ya : ^yaw[要]	*버들	willow	K	Christopher I. Beckwith	2004	142
fodoho	*버들	Weide	Ma	白鳥庫吉	1914ㄱ	173
fado	*버들	Weide; ein Ründel buntes papier, das auf ein Grab	Ma	白鳥庫吉	1914ㄱ	173
polo	*백양나무	Espe	Ma	小倉進平	1934	23
u̯šöhön	*버들	Weide	Mo	白鳥庫吉	1914ㄱ	173
üšögxon	*버들	grosse Weide	Mo	白鳥庫吉	1914ㄱ	173
uda	*버들	saule(류)	Mo	白鳥庫吉	1914ㄱ	173
öšôhön	*버들	grosse Weide	Mo	白鳥庫吉	1914ㄱ	173
išêheṅ	*버들	Weide	Mo	白鳥庫吉	1914ㄱ	173
üot	*버들	Weidengebüsch	T	白鳥庫吉	1914ㄱ	174
[ʜул	*버들.		Ma	Shirokogoroff	1944	96

표제어/어휘		의미	언어	저자	발간년도	쪽수
버릇						
peɾit	버릇	a habit	K	김공칠	1989	12
pə-lïs	버릇		K	김사엽	1974	396
pʌj-hʌs	버릇		K	김사엽	1974	453
pö-răt	*버릇	A habit; a vice	K	白鳥庫吉	1914ㄱ	175
peɾïot	버릇		K	宋敏	1969	84
нумэ	*버릇	habit	Ma	Цинциус	1977	610
tačiya-	*나쁜 버릇이 들다	to acquire bad habits	Mo	Poppe, N	1965	198
tür	버릇		T	이숭녕	1956	84
버리다						
pări	*버리다	desert	K	金澤庄三郎	1910	9
pŏri-	*버리다	verlieren	K	Andre Eckardt	1966	236
pări	*버리다	desert	K	Kanazawa, S	1910	6
pɔry	*버리다	wield	K	Martin, S. E.	1966	199
páry-	*버리다	sweep away	K	Martin, S. E.	1966	199
páry-	*버리다	sweep away	K	Martin, S. E.	1966	209
pɔry-	*버리다	wield	K	Martin, S. E.	1966	209
páry-	*버리다	sweep away	K	Martin, S. E.	1966	213
páry-	*버리다	sweep away	K	Martin, S. E.	1966	221
pɔry-	*버리다	wield	K	Martin, S. E.	1966	221
isihi-	떨치다		Ma	김영일	1986	180
isihida-	떨쳐쫓다		Ma	김영일	1986	180
oɣo-	*버리다	abandon	Ma	Цинциус	1977	5
сонта-	*버리다	throw away	Ma	Цинциус	1977	111
лохо-	*버리다	throw out	Ma	Цинциус	1977	508
моклакунда-	*버리다	throw out	Ma	Цинциус	1977	543
ko:d-	포기하다		T	김영일	1986	179
ko:-	버리다		T	김영일	1986	179
усонда	*버리다.		Ma	Shirokogoroff	1944	147
9ск9нда	*버리다		Ma	Shirokogoroff	1944	46
yciri	*버리다		Ma	Shirokogoroff	1944	146
버무리다						
pəmur	묶다		K	박은용	1974	255
pö-mu-röi	*버무리다	Mixed food - as bread mixed with beans etc.	K	白鳥庫吉	1914ㄱ	183
pö-mu-ri ta	*버무리다	to join with; to compound with; to mix up	K	白鳥庫吉	1914ㄱ	183
pemir-	버무리다	to mix up	K	이기문	1958	110
pemuri-	버무리다	to mix up	K	이기문	1958	110
fumere-	섞이다		Ma	박은용	1974	255
fumerembi	*버무리다	vermischt sein; vermischen, verwirren	Ma	白鳥庫吉	1914ㄱ	183
fumere-	젓다	to stir up, to churn	Ma	이기문	1958	110
버석						
pəsək	버석		K	박은용	1974	251
pəsə-k	버석		K	박은용	1974	257
fosok	버석		Ma	박은용	1974	251
fusu-r	버석		Ma	박은용	1974	257

표제어/어휘		의미	언어	저자	발간년도	쪽수
버선						
pö-syön	*버선	Socks; Stockings	K	白鳥庫吉	1914ㄱ	176
posyen	버선	stockings	K	이기문	1958	109
wassŏ	*버선	Zeugstiefel	Ma	白鳥庫吉	1914ㄱ	176
wáse	*버선	Strumpf	Ma	白鳥庫吉	1914ㄱ	176
wase	*버선	Strumpf	Ma	白鳥庫吉	1914ㄱ	176
fúh-č'i	*버선	Strümpfe	Ma	白鳥庫吉	1914ㄱ	176
waśa	*버선	Strumpf	Ma	白鳥庫吉	1914ㄱ	176
fûh.či	버선	stockings	Ma	이기문	1958	109
foji	버선	stockings	Ma	이기문	1958	109
wáza	*버선	Strumpf	Mo	白鳥庫吉	1914ㄱ	176
učuk	*버선	Strumpf	T	白鳥庫吉	1914ㄱ	176
버티다						
pa-tʰoj	버티다		K	김사엽	1974	444
такси-	*버티다	stand	Ma	Цинциус	1977	154
번개						
bön-göi	번개		K	이숭녕	1956	167
pandịkpandịkhada	*번개	to flash	K	G. J. Ramstedt	1949	187
pandịk	*번개	to flash	K	G. J. Ramstedt	1949	197
pẹngä	*번개	lightning	K	G. J. Ramstedt	1949	197
талинуран	*번개	lightning	Ma	Цинциус	1977	157
далунй	*번개	lightning	Ma	Цинциус	1977	195
hēγ	*번개	flash	Ma	Цинциус	1977	319
hēлкин	*번개	flash	Ma	Цинциус	1977	320
osan-	번개치다		Mo	김영일	1986	173
osan	번개		Mo	김영일	1986	173
ani-	*번개	to blink/to glimmer	Mo	G. J. Ramstedt	1949	187
агди	*번개, 번개신		Ma	Shirokogoroff	1944	2
[ауд'ip'i моhун	*번개.		Ma	Shirokogoroff	1944	11
[сак'ilган	*번개.		Ma	Shirokogoroff	1944	110
боро каран	*번개.		Ma	Shirokogoroff	1944	18
[awди	*번개		Ma	Shirokogoroff	1944	12
[талан	*번개		Ma	Shirokogoroff	1944	122
там'iнд'ipa	*번개		Ma	Shirokogoroff	1944	123
талiн, талiңно	*번개가 치다, 빛나다.		Ma	Shirokogoroff	1944	122
번식하다						
pus-da	번식하다		K	최학근	1959ㄱ	49
fusembi	번식하다		Ma	최학근	1959ㄱ	49
fisen/fusen	번식/증가/생산/자손		Ma	최학근	1959ㄱ	49
urejil	번식/증식		Mo	최학근	1959ㄱ	49
urejimui	번식하다/결실하다		Mo	최학근	1959ㄱ	49
벌						
pör	*벌	bee	K	金澤庄三郎	1910	15
pör	*벌	bee	K	金澤庄三郎	1910	9
p'eor	벌	bee	K	김선기	1968ㄴ	27
pöl	*벌	Honig	K	白鳥庫吉	1914ㄱ	182
pöl	*벌	A bee	K	白鳥庫吉	1914ㄱ	182

표제어/어휘		의미	언어	저자	발간년도	쪽수
	벌	a bee	K	이기문	1973	5
pŭl	*벌	a bee	K	Aston	1879	25
pör	*벌	bee	K	Kanazawa, S	1910	11
pör	*벌	bee	K	Kanazawa, S	1910	6
pal(y)i	*벌	bee	K	Martin, S. E.	1966	199
pal(y)i	*벌	bee	K	Martin, S. E.	1966	210
pal(y)i	*벌	bee	K	Martin, S. E.	1966	213
pal(y)l	*벌	bee	K	Martin, S. E.	1966	216
pa-rö-li	*벌	Honig	Ma	白鳥庫吉	1914ㄱ	182
ĵuguktę	*꿀벌, 장수말벌	bee, wasp	Ma	Poppe, N	1965	200
bal	*벌	Honig	Mo	白鳥庫吉	1914ㄱ	182
bal	*벌	Honig	T	白鳥庫吉	1914ㄱ	182

벌거벗다

pəlg-	벌거벗다		K	강길운	1982ㄴ	22
pəlg-	벌거벗다		K	강길운	1982ㄴ	32
гилаӡан	*벌거벗은	naked, nude	Ma	Цинциус	1977	149
ӡaӡra	*벌거벗은	naked, nude	Ma	Цинциус	1977	242
gilür	*벌거벗은	glatt	Mo	白鳥庫吉	1914ㄷ	329

벌다

pę̄lda	벌다		K	宋敏	1969	84
pɔl	벌다		K	宋敏	1969	84
pę̄lda	*벌다	to earn	K	G. J. Ramstedt	1949	197
hęru-t-	*벌다	to hire/to rent	Ma	G. J. Ramstedt	1949	197

벌레

pʌlle	벌레	worm	K	김동소	1972	141
pʌle	벌레	worm	K	김동소	1972	141
pə-lə-či	벌레		K	김사엽	1974	385
버레	벌레		K	김선기	1977ㄴ	382
pör-öi	벌레		K	이숭녕	1956	153
pölgi	벌레		K	이숭녕	1956	153
pöregi	벌레		K	이숭녕	1956	153
pö-rɛgi	벌레		K	이숭녕	1956	183
*mŭsi	벌레	worm	K	이용주	1980	100
perei	벌레	worm	K	이용주	1980	100
pŏllä	*벌레	Wurm	K	Andre Eckardt	1966	236
pękkada	*벌레	to go sideways	K	G. J. Ramstedt	1949	196
pęrē	*벌레	an insect/a bug	K	G. J. Ramstedt	1949	198
pęsä	*벌레	a mongrel creature	K	G. J. Ramstedt	1949	199
umiyaha	벌레	worm	Ma	김동소	1972	141
imiyaha	벌레		Ma	김동소	1972	146
imiyahana-	벌레가생기다		Ma	김영일	1986	171
imiyaha	벌레		Ma	김영일	1986	171
kola	*벌레	Insekt	Ma	白鳥庫吉	1915ㄱ	17
kulikan	*벌레	Insekt	Ma	白鳥庫吉	1915ㄱ	17
pęs-	*벌레	crooked/oblique	Ma	G. J. Ramstedt	1949	196
piru	*벌레	a beetle/a chafer	Ma	G. J. Ramstedt	1949	198
hęĵę	*벌레	a ghostly spirit/a demon	Ma	G. J. Ramstedt	1949	199
[мayrili	*벌레, 구더기.		Ma	Shirokogoroff	1944	82
гacaҡo/ý	*벌레	worm	Ma	Цинциус	1977	143

표제어/어휘		의미	언어	저자	발간년도	쪽수
тэбсэхэ	*벌레	worm	Ma	Цинциус	1977	224
ӯрэ̄	*벌레	worm	Ma	Цинциус	1977	289
мобсэхэ	*벌레	worm	Ma	Цинциус	1977	541
ин'аха	*벌레, 구더기	worm	Ma	Цинциус	1977	319
қоңқома	*벌레, 구더기, 유충	worm	Ma	Цинциус	1977	412
икирӣ	*벌레, 유충	worm	Ma	Цинциус	1977	299

벌리다

표제어/어휘		의미	언어	저자	발간년도	쪽수
pə-li	벌리다		K	김사엽	1974	399
pər-	벌리다		K	박은용	1974	240
pəl	열다		K	박은용	1974	243
pər	벌리다		K	박은용	1974	250
pər-	벌리다		K	박은용	1974	256
pɔli	벌리다		K	宋敏	1969	84
poru	벌리다		K	宋敏	1969	84
pöri	벌리다		K	宋敏	1969	84
po'li	벌리다		K	宋敏	1969	84
pori	벌리다		K	宋敏	1969	84
fai-	벌리다		Ma	박은용	1974	240
far-	열다		Ma	박은용	1974	243
fiye-	벌리다		Ma	박은용	1974	250
fus-	벌리다		Ma	박은용	1974	256

벌벌떨다

표제어/어휘		의미	언어	저자	발간년도	쪽수
pər	떨다		K	박은용	1974	245
tar	벌벌떨다		K	박은용	1975	140
tar	벌벌떨다		K	박은용	1975	141
fer	힘없는 모양		Ma	박은용	1974	245
dar	벌벌떨다		Ma	박은용	1975	140
darda-	벌벌떨다		Ma	박은용	1975	141
софсо-	*벌벌 떨다	shudder	Ma	Цинциус	1977	114

벌써

표제어/어휘		의미	언어	저자	발간년도	쪽수
pʌl-sjə	벌써		K	김사엽	1974	434
pol'syë	벌써		K	宋敏	1969	84
pal-sǫ	벌써		K	이숭녕	1955	18
ӯқъл	*벌써	already	Ma	Цинциус	1977	252

벌창하다

표제어/어휘		의미	언어	저자	발간년도	쪽수
pö-č'yan hǎ ta	*벌창하다	To overflow; to fload; to inundate	K	白鳥庫吉	1914ㄱ	182
pal	*벌창하다	the see	K	白鳥庫吉	1914ㄱ	182
pö-röng	*벌창하다	the width	K	白鳥庫吉	1914ㄱ	182
pö-ri ta	*벌창하다	to open, to separate, to gape	K	白鳥庫吉	1914ㄱ	182
pö-rö-či ta	*벌창하다	to popen, to separate	K	白鳥庫吉	1914ㄱ	182
bilten	*벌창하다	Teich	Ma	白鳥庫吉	1914ㄱ	182
billembi	*벌창하다	überschwemmen, Fluth haben	Ma	白鳥庫吉	1914ㄱ	182
bilxamal	*벌창하다	étang	Mo	白鳥庫吉	1914ㄱ	182
bixal	*벌창하다	flase, débordement (d'une rivière)	Mo	白鳥庫吉	1914ㄱ	182
bixamal, bighamal	*벌창하다	étang, lac, lieu oú ily a un grand amas d'eau dorm	Mo	白鳥庫吉	1914ㄱ	182
bilxaxu	*벌창하다	déborder, passer parv dessus les bords	Mo	白鳥庫吉	1914ㄱ	182

표제어/어휘		의미	언어	저자	발간년도	쪽수
범						
holaŋ	범		K	강길운	1983ㄱ	30
pəm	범		K	김사엽	1974	415
pɔm	범		K	宋敏	1969	84
pę̆m	범	a tiger	K	宋敏	1969	84
pęm	*범	tiger	K	G. J. Ramstedt	1949	197
hęmękęn	*범	An idol made of wood in the shape of a human being	Ma	G. J. Ramstedt	1949	197
kaplan	범		T	강길운	1983ㄱ	30
법						
pęp	*법	law	K	G. J. Ramstedt	1949	29
fafun	*법	law	Ma	G. J. Ramstedt	1949	29
rē	*법	law	Ma	Цинциус	1977	144
доро(н-)	*법	law	Ma	Цинциус	1977	217
фаф(ÿ‾)	*법	law	Ma	Цинциус	1977	299
joco	*법, 법률.		Ma	Shirokogoroff	1944	65
kōli	*법, 전통, 풍습.		Ma	Shirokogoroff	1944	73
dōpo, дорогон	*법, 풍습.		Ma	Shirokogoroff	1944	33
хокто	*법률 규칙	norms of a common law	Ma	Цинциус	1977	469
벗						
saḳura	벗		K	김완진	1957	262
pöt hǎ ta	*벗	to be familiar with; to treat in a friendly way	K	白鳥庫吉	1914ㄱ	176
pöt	*벗	A friend	K	白鳥庫吉	1914ㄱ	176
adaš	*벗	Freund	K	白鳥庫吉	1914ㄱ	177
pët	벗		K	宋敏	1969	84
pŏd	*벗	Freund	K	Andre Eckardt	1966	236
udäm	*벗	begleiten	Ma	白鳥庫吉	1914ㄱ	177
üdekü	*벗	conduire, accompagner (l'hôte)	Mo	白鳥庫吉	1914ㄱ	177
üdüšixü	*벗	conduire	Mo	白鳥庫吉	1914ㄱ	177
üdešixö	*벗	conduire	Mo	白鳥庫吉	1914ㄱ	177
udešenüm	*벗	begleiten	Mo	白鳥庫吉	1914ㄱ	177
udenep	*벗	begleiten	Mo	白鳥庫吉	1914ㄱ	177
üdekčin	*벗	conducteur, guide, compagnon de voyage	Mo	白鳥庫吉	1914ㄱ	177
atas	*벗	Freund	T	白鳥庫吉	1914ㄱ	177
Adas	*벗	Freund	T	白鳥庫吉	1914ㄱ	177
садун	*벗, 친구.		Ma	Shirokogoroff	1944	110
벗기다						
pəski-	벗기다		K	강길운	1983ㄴ	108
pəs-ki	벗기다		K	김사엽	1974	406
pos-gi-	벗기다		K	최학근	1959ㄱ	52
pujū-	벗기다		Ma	최학근	1959ㄱ	52
xiγ(i)-	벗기다		Ma	최학근	1959ㄱ	52
fuye-	벗기다		Ma	최학근	1959ㄱ	52
puju-	벗기다		Ma	최학근	1959ㄱ	52
sї-	벗기다		Ma	최학근	1959ㄱ	52
hig-	벗기다		Ma	최학근	1959ㄱ	52

표제어/어휘		의미	언어	저자	발간년도	쪽수
벗나무						
pet	*벗나무	a birch	K	G. J. Ramstedt	1949	199
pea	*벗나무	a birch	Ma	G. J. Ramstedt	1949	199
pja	*벗나무	a birch	Ma	G. J. Ramstedt	1949	199
벗어나다						
pik'i-	길에서벗어나다		K	강길운	1983ㄴ	126
суча-	*벗어나다	slip away	Ma	Цинциус	1977	132
шулху-	*벗어나다	break forth	Ma	Цинциус	1977	429
сӣмбоӡа-	*벗어나다	free oneself from	Ma	Цинциус	1977	86
гуэ-	*벗어나다, 면하다	escape	Ma	Цинциус	1977	176
авӯн-	*벗어나다, 빗나가다	be distracted	Ma	Цинциус	1977	10
aral	*벗어나다, 빠져나오다.		Ma	Shirokogoroff	1944	2
벙어리						
pə-wə-li	벙어리		K	김사엽	1974	469
pöng-ö-ri	*벙어리	A deaf mute	K	白鳥庫吉	1914ㄱ	175
pöpöri	벙어리		K	이숭녕	1956	161
poŋöri	벙어리		K	이숭녕	1956	161
bу́lce	*벙어리	stumm	Ma	白鳥庫吉	1914ㄱ	175
bylcī	*벙어리	stumm	Ma	白鳥庫吉	1914ㄱ	175
эбэкэ̄	*벙어리	mute	Ma	Цинциус	1977	433
мэмэ	*벙어리	dumb	Ma	Цинциус	1977	567
иɣин	*벙어리 장갑	mitten, gauntlet	Ma	Цинциус	1977	297
벗나무						
pos	벗나무		K	박은용	1974	248
pas na-mo	*벗나무	the birch	K	白鳥庫吉	1914ㄱ	175
pöt na-mo	*벗나무	the birch	K	白鳥庫吉	1914ㄱ	175
fiya	벗나무		Ma	박은용	1974	248
fija	*벗나무	Birke	Ma	白鳥庫吉	1914ㄱ	175
uisun, uisu	*벗나무	énrce	Mo	白鳥庫吉	1914ㄱ	175
ujöhoṅ	*벗나무	Bikende	Mo	白鳥庫吉	1914ㄱ	176
hu-su mo-do	*벗나무	Bikende	Mo	白鳥庫吉	1914ㄱ	176
uihen	*벗나무	Bikende	Mo	白鳥庫吉	1914ㄱ	176
uiso	*벗나무	Bikende	Mo	白鳥庫吉	1914ㄱ	176
ujgxon	*벗나무	Bikende	Mo	白鳥庫吉	1914ㄱ	176
ujogxon	*벗나무	Bikende	Mo	白鳥庫吉	1914ㄱ	176
ujöhön	*벗나무	Bikende	Mo	白鳥庫吉	1914ㄱ	176
베						
poi	*베	cotton cloth	K	金澤庄三郎	1910	12
poi, pe	베	woven cloth	K	김공칠	1988	83
poi	베		K	김공칠	1989	10
poi	*베	Linen; hempcloth	K	白鳥庫吉	1914ㄱ	174
kʌnïnpoy	*베		K	石井 博	1992	93
poi	베		K	宋敏	1969	85
poi	*베	cotton cloth	K	Kanazawa, S	1910	10
bа́š'u	*베	Leinwand	Ma	白鳥庫吉	1914ㄱ	174
boso	*베	Stoff, Zeug	Ma	白鳥庫吉	1914ㄱ	174
busu	*베	Leinwand	Ma	白鳥庫吉	1914ㄱ	174

표제어/어휘		의미	언어	저자	발간년도	쪽수
púhsú	*베	Leinwand	Ma	白鳥庫吉	1914ㄱ	174
boso	*베	Leinwand	Ma	白鳥庫吉	1914ㄱ	174
musuri	*베	eine Art Lein wand	Ma	白鳥庫吉	1915ㄱ	38
bŭs	*베	le bysse, toile	Mo	白鳥庫吉	1914ㄱ	174
bös	*베	Zeug	T	白鳥庫吉	1914ㄱ	174

베개

pjö-göi	베개		K	이숭녕	1956	167
софоро	*베개	pillow	Ma	Цинциус	1977	114
тирӯ	*베개	pillow	Ma	Цинциус	1977	187
мап̣и	*베개	pillow	Ma	Цинциус	1977	531
дербу	*베개.		Ma	Shirokogoroff	1944	30
тіру	*베개		Ma	Shirokogoroff	1944	128
дэру деребу	*베개		Ma	Shirokogoroff	1944	30

베끼다

p다ㅑ-	베끼다		K	강길운	1983ㄴ	124
pöt-ki ta	*베끼다	To copy; to fransccribe	K	白鳥庫吉	1914ㄱ	177
put	*베끼다	a pen; a native brushpen	K	白鳥庫吉	1914ㄱ	177
bitigha	*베끼다	schreiben	Ma	白鳥庫吉	1914ㄱ	178
bītge	*베끼다	Schreiben	Ma	白鳥庫吉	1914ㄱ	178
pič'ka	*베끼다	schreiben	Ma	白鳥庫吉	1914ㄱ	178
bitχe	*베끼다	schreiben	Ma	白鳥庫吉	1914ㄱ	178
bityha	*베끼다	schreiben	Ma	白鳥庫吉	1914ㄱ	178
bit'im, bičim	*베끼다	schreiben, einschreiben	Ma	白鳥庫吉	1914ㄱ	178
bitik, bičik	*베끼다	schreiben	Ma	白鳥庫吉	1914ㄱ	178
pitghe	*베끼다	schreiben	Ma	白鳥庫吉	1914ㄱ	178
bithesi	*베끼다	schreiben	Ma	白鳥庫吉	1914ㄱ	178
bithelembi	*베끼다	schreiben	Ma	白鳥庫吉	1914ㄱ	178
pitχala	*베끼다	schreiben, einschreiben	Ma	白鳥庫吉	1914ㄱ	178
bitghé, beté	*베끼다	schreiben	Ma	白鳥庫吉	1914ㄱ	178
pit-téh-hēi	*베끼다	Buch	Ma	白鳥庫吉	1914ㄱ	178
bičirem	*베끼다	schreiben	Ma	白鳥庫吉	1914ㄱ	178
betêli	*베끼다	Schreiben	Ma	白鳥庫吉	1914ㄱ	178
bečêči	*베끼다	Schreiben	Ma	白鳥庫吉	1914ㄱ	178
bithe	*베끼다	Buch	Ma	白鳥庫吉	1914ㄱ	178
pítχa	*베끼다	Schrift, Buch	Ma	白鳥庫吉	1914ㄱ	178
pichiyechi	*글을 베껴 쓰는 사람		Mo	金澤庄三郎	1939	2
bišik	*베끼다	Schrift	Mo	白鳥庫吉	1914ㄱ	178
bičêči	*베끼다	Schreiben	Mo	白鳥庫吉	1914ㄱ	178
bičenep	*베끼다	schreiben	Mo	白鳥庫吉	1914ㄱ	178
bičigheči	*베끼다	scribe, copiste, sêcrêraire	Mo	白鳥庫吉	1914ㄱ	178
bičik	*베끼다	écriture, inscription, lettere	Mo	白鳥庫吉	1914ㄱ	178
bičikči	*베끼다	âcrivant, scribe, copiste	Mo	白鳥庫吉	1914ㄱ	178
bičikü	*베끼다	âcrire, inscrire	Mo	白鳥庫吉	1914ㄱ	178
bišenäm	*베끼다	Schrift	Mo	白鳥庫吉	1914ㄱ	178
bišenäp	*베끼다	Schrift	Mo	白鳥庫吉	1914ㄱ	178
bišenep	*베끼다	Schrift	Mo	白鳥庫吉	1914ㄱ	178
bišešc	*베끼다	Schreiben	Mo	白鳥庫吉	1914ㄱ	178
bišeši	*베끼다	Schreiben	Mo	白鳥庫吉	1914ㄱ	178
besmek	*베끼다	zieren	T	白鳥庫吉	1914ㄱ	178
piči	*베끼다	schreiben	T	白鳥庫吉	1914ㄱ	178
beli, bite	*베끼다	Amulet (eig. Schreiben)	T	白鳥庫吉	1914ㄱ	178

표제어/어휘		의미	언어	저자	발간년도	쪽수
petek	*베끼다	brief, Schrift, Urkunde	T	白鳥庫吉	1914ㄱ	178
besük	*베끼다	Schmack, Zierde	T	白鳥庫吉	1914ㄱ	178
bet	*베끼다	Gesicht, Ausseben, Kennzeichen	T	白鳥庫吉	1914ㄱ	178
bezek	*베끼다	Putz	T	白鳥庫吉	1914ㄱ	178
bezemek	*베끼다	herrichten	T	白鳥庫吉	1914ㄱ	178
bežek, bezek	*베끼다	Zierath	T	白鳥庫吉	1914ㄱ	178
bič, bis, bes	*베끼다	schmücken	T	白鳥庫吉	1914ㄱ	178
bičik	*베끼다	Berzierung, Muster	T	白鳥庫吉	1914ㄱ	178
pit	*베끼다	gesicht, Gesichtbildung	T	白鳥庫吉	1914ㄱ	178
pičik	*베끼다	Buch, Schrifr, Urkunde	T	白鳥庫吉	1914ㄱ	178
bit	*베끼다	auzeichen	T	白鳥庫吉	1914ㄱ	178
bitmek, petmek	*베끼다	schreiben (eigentlich zeichnen, Zeichen machen)	T	白鳥庫吉	1914ㄱ	178
pet	*베끼다	Zeichnen, Gesicht,	T	白鳥庫吉	1914ㄱ	178
beček, bičik	*베끼다	Schrift	T	白鳥庫吉	1914ㄱ	178
beček, peček	*베끼다	Zeichen, Merkmal	T	白鳥庫吉	1914ㄱ	178

베다

표제어/어휘		의미	언어	저자	발간년도	쪽수
sagi	베다	to carve, cut in	K	김공칠	1989	17
ə-hi	刻		K	김사엽	1974	376
pjəj	베다		K	김사엽	1974	391
pa-hi	베다		K	김사엽	1974	455
puj	베다		K	김사엽	1974	458
pah	베다		K	박은용	1974	240
peh-	베다		K	박은용	1974	245
pəhĭ-	버히다	to cut	K	이용주	1980	82
pahil	베다	to pluck out	K	Aston	1879	27
pağy-	*베다	cut	K	Martin, S. E.	1966	213
fai	마르다		Ma	박은용	1974	240
fe-	펴다		Ma	박은용	1974	245
kɪrk	깎다,베다		T	김영일	1986	174
bïc-	베다		T	이숭녕	1956	85
кос'i	*베다(풀을).		Ma	Shirokogoroff	1944	75
aлди	*베다, 벌목하다		Ma	Shirokogoroff	1944	5
чапчi	*베다, 자르다, 패다, 토막치다.		Ma	Shirokogoroff	1944	23
ч'iк'i	*베다, 자르다, 패다, 토막치다.		Ma	Shirokogoroff	1944	24
каду-	*베다(풀을)	cut, mow	Ma	Цинциус	1977	360
ӡоүон-	*베다, 빠개다, 잘개 썰다	chop	Ma	Цинциус	1977	260
илгима-	*베다, 자르다, 패다	fell, chop	Ma	Цинциус	1977	307

벼

표제어/어휘		의미	언어	저자	발간년도	쪽수
pyö	*벼	rice plant	K	金澤庄三郎	1910	9
pyö	벼		K	김공칠	1989	10
suj	벼		K	김사엽	1974	432
ni	벼		K	김사엽	1974	476
벼	벼		K	김원표	1948	19
쌀(ssal)	쌀		K	김원표	1948	21
살[肉]	쌀		K	김원표	1948	21
살(sal)	쌀		K	김원표	1948	21
사를[活]	쌀		K	김원표	1948	21
사람	쌀		K	김원표	1948	21
사라	쌀		K	김원표	1948	21
Psal	쌀		K	김원표	1948	21

표제어/어휘	의미		언어	저자	발간년도	쪽수
싸리(sari)	쌀		K	김원표	1948	22
pyö	*벼	Paddy	K	白鳥庫吉	1914ㄱ	186
i-pap	*쌀밥		K	小倉進平	1950	705
i-ssal	*멥쌀		K	小倉進平	1950	705
i-sak	*이삭		K	小倉進平	1950	706
i-sak	*벼		K	小倉進平	1950	706
i-sak	*볏모		K	小倉進平	1950	706
i-s-čip	*볏짚		K	小倉進平	1950	706
i-sak	*벼		K	小倉進平	1950	706
i-p'ur	*쌀풀		K	小倉進平	1950	706
siu	*벼		K	小倉進平	1950	706
mio	*볏모		K	小倉進平	1950	706
iɔŋ	*이삭		K	小倉進平	1950	706
i-p'ap	*쌀밥		K	小倉進平	1950	706
i-sak sɔi	*거두다		K	小倉進平	1950	707
i-ssar	*벼		K	小倉進平	1950	707
i-sak pɔ-rèr	*메뚜기		K	小倉進平	1950	707
i-p'ur	*벼		K	小倉進平	1950	707
i-pi	*벼		K	小倉進平	1950	707
piɔ-i-sak kehs-ꞏn	*벼		K	小倉進平	1950	707
i-pap(i-bap)	*벼		K	小倉進平	1950	707
ip-ssar	*벼		K	小倉進平	1950	707
i-sak	*벼		K	小倉進平	1950	707
i-sak na-ta	*벼		K	小倉進平	1950	707
i-sak pɛi-ta	*벼		K	小倉進平	1950	707
i-sak p'ꞏi-ta	*벼		K	小倉進平	1950	707
čiɔk-ꞏn i-sak	*벼		K	小倉進平	1950	707
i-sak p'ɛi-ta	*벼		K	小倉進平	1950	707
i-čp	*벼		K	小倉進平	1950	707
ssèr	*벼		K	小倉進平	1950	707
i-sak če-ra-ta	*벼		K	小倉進平	1950	707
psɛar	*벼		K	小倉進平	1950	707
i-p'ap(i-p'ap)	*벼		K	小倉進平	1950	707
i-pap	*벼		K	小倉進平	1950	707
tꞏ-rꞏn i-sa-kèr	*벼		K	小倉進平	1950	707
i-p'ap	*벼		K	小倉進平	1950	707
sèr	*벼		K	小倉進平	1950	707
i-sak	*벼		K	小倉進平	1950	707
i-p'ur(i-p'ur)	*벼		K	小倉進平	1950	707
psi-stɔ-rɔ-čiɔ-	*벼		K	小倉進平	1950	707
waŋ-bɔ	*말벌		K	小倉進平	1950	708
waŋ-k'oŋ	*왕콩		K	小倉進平	1950	708
waŋ-bam	*왕밤		K	小倉進平	1950	708
waŋ-gje	*조강		K	小倉進平	1950	708
waŋ tɛ	*왕대		K	小倉進平	1950	708
waŋmi	*벼		K	小倉進平	1950	708
oaŋ-mi (waŋ-mi)	*고려왕조의쌀		K	小倉進平	1950	708
ip-sal	*벼		K	小倉進平	1950	708
ip-sal	*벼		K	小倉進平	1950	708
waŋ-mi	*벼		K	小倉進平	1950	708
i-ʔsal	*벼		K	小倉進平	1950	708
waŋ paŋ-ü	*왕방울		K	小倉進平	1950	708
oaŋ-p'e-ri	*왕파리		K	小倉進平	1950	708
oaŋ-tai kɔp-til	*벼		K	小倉進平	1950	708

표제어/어휘	의미		언어	저자	발간년도	쪽수
waŋ nun-i	*왕눈이		K	小倉進平	1950	708
rip-sal	*벼		K	小倉進平	1950	708
ri-ʔsal	*벼		K	小倉進平	1950	708
waŋ	*벼		K	小倉進平	1950	708
waŋ kɔ-mⵏi	*왕거미		K	小倉進平	1950	708
waŋ mo-rɛ	*왕모래		K	小倉進平	1950	708
oaŋ-tai nip	*왕대잎		K	小倉進平	1950	708
ip-ʔsal	*벼		K	小倉進平	1950	708
ro-siɔ o-nos-ta	*벼		K	小倉進平	1950	709
nis-tip	*벼		K	小倉進平	1950	709
ni-ssɐr	*쌀		K	小倉進平	1950	709
ni--psar	*큰쌀		K	小倉進平	1950	709
ni-psɐr sɔ-hop	*멥쌀		K	小倉進平	1950	709
ni-psɐ-ri pap-či-ⵏ -ni	*밥을짓다		K	小倉進平	1950	709
ni-psɐr-pap	*큰쌀밥		K	小倉進平	1950	709
ni-psɐ-ri	*멥쌀		K	小倉進平	1950	709
stɔ-nu-rⵏn	*벼		K	小倉進平	1950	709
tio-hɐn ni-psɐr	*멥쌀		K	小倉進平	1950	709
waŋ-p'a-ri	*왕파리		K	小倉進平	1950	709
ni-ssɐr	*멥쌀		K	小倉進平	1950	709
ni-p'ur	*벼		K	小倉進平	1950	709
ni-č'ɐr-psɐr	*찰벼		K	小倉進平	1950	709
ni-č'ɐ psɐr-i	*찰벼		K	小倉進平	1950	709
ni-ssɐr	*벼		K	小倉進平	1950	709
ni	*벼		K	小倉進平	1950	710
marak	*껍질을 벗기지않은 쌀		K	小倉進平	1950	721
pyö	벼		K	宋敏	1969	85
pyë	벼		K	宋敏	1969	85
pha	벼		K	宋敏	1969	85
ㄴ	벼		K	이원진	1940	14
ㄴ	벼		K	이원진	1951	14
pyö	*벼	rice plant	K	Kanazawa, S	1910	7
pYe	*벼	riceplant	K	Martin, S. E.	1966	199
pYe	*벼	riceplant	K	Martin, S. E.	1966	214
pYe	*벼	riceplant	K	Martin, S. E.	1966	224
belemimbe	*벼	den Teis enthüllen	Ma	白鳥庫吉	1914ㄱ	186
bele	*벼	Reis	Ma	白鳥庫吉	1914ㄱ	186
púh-léh	*벼	Reis	Ma	白鳥庫吉	1914ㄱ	186
belge	*벼		Ma	小倉進平	1950	723
bele	*벼		Ma	小倉進平	1950	723

벼랑

표제어/어휘	의미		언어	저자	발간년도	쪽수
pyər	언덕		K	강길운	1980	18
pyər	벼랑		K	강길운	1982ㄴ	26
pyər	벼랑		K	강길운	1982ㄴ	31
pyər	벼랑		K	강길운	1982ㄴ	34
pjə-lo	벼랑		K	김사엽	1974	464
piəra-ŋ	언덕		K	박은용	1974	249
pyęraŋ	벼랑	precipice	K	이기문	1958	106
pyęrą́	벼랑	precipice	K	이기문	1958	106
piręi	벼랑	precipice	K	이기문	1958	106
pyęro	벼랑	precipice	K	이기문	1958	106

표제어/어휘		의미	언어	저자	발간년도	쪽수
piraŋ	벼랑		K	이숭녕	1956	100
pjörɐ	벼랑		K	이숭녕	1956	100
pire	벼랑		K	이숭녕	1956	100
piŋə	벼랑		K	이숭녕	1956	100
pjöraŋ, peraŋ	벼랑		K	이숭녕	1956	100
pijaŋ, pial	벼랑		K	이숭녕	1956	100
pjöra	벼랑		K	이숭녕	1956	132
perak	벼랑		K	이숭녕	1956	132
pereŋi	벼랑		K	이숭녕	1956	156
pörɐ	벼랑		K	이숭녕	1956	156
pieŋi	벼랑		K	이숭녕	1956	156
piröi	벼랑		K	이숭녕	1956	156
pireŋi	벼랑		K	이숭녕	1956	156
fiyele-ku	언덕		Ma	박은용	1974	249
biyoran	붉은 벼랑	red precipice, precipitous cliff along a beach	Ma	이기문	1958	106
fiyele-ku	돌출된 바위	projecting crags	Ma	이기문	1958	106
эктэңрэ	*벼랑	gill	Ma	Цинциус	1977	444
hade	주변, 경계		T	강길운	1980	18
he	주변		T	강길운	1980	18

벼루

pyö-ru tol	*벼루	An ink-stone	K	白鳥庫吉	1914ㄱ	187
pyö-ru ta	*벼루	To sresharpen tools, -as a blacksmith	K	白鳥庫吉	1914ㄱ	187
pyö-ru	*벼루	An ink-stone	K	白鳥庫吉	1914ㄱ	187
para	*벼루	Schleifstein	Ma	白鳥庫吉	1914ㄱ	187
pīwa	*벼루	Schleifstein	Ma	白鳥庫吉	1914ㄱ	187
hiban	*벼루	Schleifstein	Ma	白鳥庫吉	1914ㄱ	187
pará	*벼루	Schlitten	Ma	白鳥庫吉	1914ㄱ	187
ṗéǎfō	*벼루	Schleifstein	Ma	白鳥庫吉	1914ㄱ	187
ṗéui, peuixá	*벼루	schleifen, wetzen	Ma	白鳥庫吉	1914ㄱ	187
fara	*벼루	Schlitten	Ma	白鳥庫吉	1914ㄱ	187
Bil'ü, bel'û	*벼루	Schleifstein	Mo	白鳥庫吉	1914ㄱ	187
bileü, bilekü, bileküü	*벼루	pierre à aiguiser	Mo	白鳥庫吉	1914ㄱ	187
bileküdekü	*벼루	aiguiser sur la pièrre	Mo	白鳥庫吉	1914ㄱ	187
bel'ü	*벼루	Schleifstein	Mo	白鳥庫吉	1914ㄱ	187
bel'udnep,	*벼루	schleifen	Mo	白鳥庫吉	1914ㄱ	187

벼룩

pjörok	벼룩		K	이숭녕	1956	137
сура	*벼룩.		Ma	Shirokogoroff	1944	120
болос'ка	*벼룩.		Ma	Shirokogoroff	1944	17
[соја	*벼룩		Ma	Shirokogoroff	1944	117
сора	*벼룩	flea	Ma	Цинциус	1977	112
чиктэ	*벼룩	louse	Ma	Цинциус	1977	392
кулаhи	*벼룩	flea	Ma	Цинциус	1977	428

벼르다

pyəruı-	벼르다		K	강길운	1979	6
nyəml-	벼르다		K	강길운	1979	6

표제어/어휘	의미		언어	저자	발간년도	쪽수
pjer<i̯>da	벼르다		K	김승곤	1984	251
ifi-	봉합하다		Ma	강길운	1979	6
firu-	저주하다		Ma	강길운	1979	6

벽

표제어/어휘	의미		언어	저자	발간년도	쪽수
tume	벽지		K	강길운	1983ㄴ	122
pʌrʌm(id)	벽		K	강길운	1987	27
pɐrɛ-m	벽		K	박은용	1974	241
faji	담		Ma	박은용	1974	241
қojiʧa	*벽.		Ma	Shirokogoroff	1944	72
дусэ̄	*벽	wall	Ma	Цинциус	1977	226
фу(2)	*벽	wall	Ma	Цинциус	1977	301
падйра(н)	*벽	wall	Ma	Цинциус	1977	31
кана	*벽	wall	Ma	Цинциус	1977	372
хэрэм	*벽	wall	Ma	Цинциус	1977	482
ситкй	*벽	wall	Ma	Цинциус	1977	99
bölme	*벽		T	강길운	1987	27

벽돌

표제어/어휘	의미		언어	저자	발간년도	쪽수
reŋga<iˇ>	벽돌		K	김완진	1957	262
ya+ce онџі	*벽돌	brick	Ma	Цинциус	1977	242
эиӡ̌и	*벽돌	brick	Ma	Цинциус	1977	439
пэјӡ̌ә(-н)	*벽돌	brick	Ma	Цинциус	1977	46
tuğla	*벽돌		T	강길운	1977	15
kerpič	*벽돌	brick	T	Poppe, N	1965	173

별

표제어/어휘	의미		언어	저자	발간년도	쪽수
byəl	별		K	강길운	1979	5
*bir	별		K	강길운	1979	5
pyər, pir	별		K	강길운	1982ㄱ	180
pel	*별	star	K	강영봉	1991	11
pi̯ər	별		K	김공칠	1988	193
pję̌l	별	a star	K	김공칠	1989	12
pjʌl	별	star	K	김동소	1972	140
:별	별		K	김방한	1978	18
pjəl	별		K	김방한	1978	18
pjəl	별		K	김사엽	1974	394
bjər	별	star	K	김선기	1968ㄱ	23
bjer	별	star	K	김선기	1968ㄱ	26
bjor	별	star	K	김선기	1968ㄱ	26
byori	별		K	김선기	1968ㄴ	24
bjor	별		K	김선기	1976ㄷ	341
bjer	별		K	김선기	1976ㄷ	341
별	별		K	김선기	1976ㅁ	335
pyöl	*별	A star	K	白鳥庫吉	1914ㄱ	187
pjəl	별		K	송민	1965	39
pyël	별		K	宋敏	1969	85
pyöl	별		K	宋敏	1969	85
pyɔl	별		K	宋敏	1969	85
pję̌l	별		K	宋敏	1969	85
pyŭl	별		K	宋敏	1969	85
pyęr	별	star	K	이기문	1958	112

표제어/어휘		의미	언어	저자	발간년도	쪽수
pyöl	별		K	이용주	1980	72
pyə˘r	별	star	K	이용주	1980	81
*pôsi	별	star	K	이용주	1980	99
pjer	별	star	K	이용주	1980	99
pjel	*별	star	K	長田夏樹	1966	83
pyŭl	별	a star	K	Aston	1879	25
pYešyi	*별	star	K	Martin, S. E.	1966	199
pYešyi	*별	star	K	Martin, S. E.	1966	212
salpyi	*별	star	K	Martin, S. E.	1966	213
pYešyi	*별	star	K	Martin, S. E.	1966	214
Pyešyi	*별	star	K	Martin, S. E.	1966	223
usiha	별	star	Ma	김동소	1972	140
ushiha	별		Ma	김선기	1976ㄷ	341
xoglén	*별	Stern	Ma	白鳥庫吉	1914ㄱ	187
faula(hauwlen)	*별	Stern	Ma	白鳥庫吉	1914ㄱ	187
gögölen	*별	Stern	Ma	白鳥庫吉	1914ㄱ	187
howlyn, yorlyn	*별	Stern	Ma	白鳥庫吉	1914ㄱ	187
haúlen	*별	Stern	Ma	白鳥庫吉	1914ㄱ	187
púrrakta	*별	ein grosser Stern	Ma	白鳥庫吉	1914ㄱ	187
pöule	별	star	Ma	이기문	1958	112
howlyn	별	star	Ma	이기문	1958	112
xoglen	별	star	Ma	이기문	1958	112
högölan	별	star	Ma	이기문	1958	112
ywlyn	별	star	Ma	이기문	1958	112
faula	별	star	Ma	이기문	1958	112
haulen	별	star	Ma	이기문	1958	112
сулус	*별	star	Ma	Цинциус	1977	125
тумтэj	*별	star	Ma	Цинциус	1977	213
ӡилдавкй	*별	star	Ma	Цинциус	1977	257
ōсйкта	*별	star	Ma	Цинциус	1977	27
унигэри	*별	star	Ma	Цинциус	1977	274
fō-di	별		Mo	김방한	1978	18
odon	별	star	Mo	김선기	1968ㄱ	26
odon	별		Mo	김선기	1976ㄷ	341
juldus	별		T	김선기	1976ㄷ	341

병

al-	병	sickness	K	김공칠	1989	17
тор'елтан	*병, 질병.		Ma	Shirokogoroff	1944	131
тэн̨тō	*병	illness	Ma	Цинциус	1977	237
эвэчин	*병	illness	Ma	Цинциус	1977	437
эуи	*병	illness	Ma	Цинциус	1977	437
öbešiṅ	*病	Krankheit	Mo	白鳥庫吉	1915ㄱ	2
öbešeṅ	*病	Krankheit	Mo	白鳥庫吉	1915ㄱ	2
öböčiṅ	*病	Krankheit	Mo	白鳥庫吉	1915ㄱ	2

병아리

pi-juk	병아리		K	김사엽	1974	399
pyöng-a-ri	*병아리	A chicken; young fowls	K	白鳥庫吉	1914ㄱ	187
piyuk	병아리	a young chicken	K	이기문	1958	109
pe-gɛŋi	병아리		K	이숭녕	1956	187
píkta, piktane	*병아리	Sohn, Kind	Ma	白鳥庫吉	1914ㄱ	187
fijanggō	*병아리	der kleines Finger	Ma	白鳥庫吉	1914ㄱ	187

표제어/어휘		의미	언어	저자	발간년도	쪽수
pikte	*병아리	Junge von Thieren	Ma	白鳥庫吉	1914ㄱ	187
fioha	병아리	a young chicken	Ma	이기문	1958	109
ōчoлиŋa	*병아리	nestling	Ma	Цинциус	1977	29
ф'оҳа	*병아리	chick	Ma	Цинциус	1977	300
чутчӯ	*병아리	chick	Ma	Цинциус	1977	418

별

pijət	태양		K	박은용	1974	248
pjẹt	*별	sunshine	K	G. J. Ramstedt	1949	199
fiya-	태양		Ma	박은용	1974	248
huta-pki	*별	the lightning	Ma	G. J. Ramstedt	1949	199

보내다

soŋɪ-	보내다		K	강길운	1983ㄴ	128
po-naj	보내다		K	김사엽	1974	470
po-nai	보내다		K	박은용	1974	252
po-nai ta	*보내다	To send; to dispatch	K	白鳥庫吉	1914ㄱ	175
*po-	보내다'의 어근	to send	K	이기문	1958	106
ponai-	보내다	to send	K	이기문	1958	106
fude-	보내다		Ma	박은용	1974	252
benembi	*보내다	führen, bringen, begleiten, einen Gast entlassen;	Ma	白鳥庫吉	1914ㄱ	175
unggimbi	*보내다	schicken; gehen lassen, ent lassen, weglassen, unt	Ma	白鳥庫吉	1914ㄱ	175
*be-	bene다'의 어근	to send	Ma	이기문	1958	106
be-nji-	보내게 되다	to come to send	Ma	이기문	1958	106
bene-	보내다	to send	Ma	이기문	1958	106
ula-	*보내다	to transmit	Ma	Poppe, N	1965	202
c'iŋkä	*보내다.		Ma	Shirokogoroff	1944	116
9lɯ'iкy	*보내다.		Ma	Shirokogoroff	1944	44
г9н9фкана	*보내다.		Ma	Shirokogoroff	1944	48
уŋгна, уŋi, уні,	*보내다		Ma	Shirokogoroff	1944	143
умчо	*보내다		Ma	Shirokogoroff	1944	141
ум	*보내다		Ma	Shirokogoroff	1944	141
[уŋг'ima	*보내다		Ma	Shirokogoroff	1944	143
уні, уŋi	*보내다		Ma	Shirokogoroff	1944	143
гоŋги-	*보내다	send	Ma	Цинциус	1977	160
уŋ-	*보내다	send	Ma	Цинциус	1977	277
каса-	*보내다	send	Ma	Цинциус	1977	382
боŋги-	*보내다	send	Ma	Цинциус	1977	94
qona-	*밤을 보내다	to spend a night	Mo	Poppe, N	1965	192
qono-	*밤을 보내다	to spend a night	Mo	Poppe, N	1965	192
qon-	*밤을 보내다, 거주하다	to spend a night, to dwell	T	Poppe, N	1965	192

보다

yəʒ-	엿다		K	강길운	1983ㄴ	111
yəʒ-	엿보다		K	강길운	1983ㄴ	112
tirɯ	내려보다		K	강길운	1983ㄴ	122
po-	보다		K	강길운	1983ㄴ	125
yəʒ-	엿보다		K	강길운	1983ㄴ	133
yəze-	엿보다		K	강길운	1983ㄴ	137
po-	*보다	to see	K	강영봉	1991	11

표제어/어휘	의미		언어	저자	발간년도	쪽수
mir	보다		K	김공칠	1989	15
po-	보다	see	K	김동소	1972	140
po	보다		K	김사엽	1974	386
bo	보다	see	K	김선기	1968ㄱ	39
보다	보다, 발견하다		K	김해진	1947	12
po	*보다		K	大野晋	1975	88
po ta	*보다	To see; to look; to apprehend	K	白鳥庫吉	1914ㄱ	177
po-	*보다		K	石井 博	1992	90
po-	*보다		K	石井 博	1992	91
po-	보다	see	K	宋敏	1969	85
pol'syë	보다		K	宋敏	1969	85
poda	보다		K	宋敏	1969	85
poara	보다		K	宋敏	1969	85
pom	봄		K	이숭녕	1956	110
pŏ-	보다	to see	K	이용주	1980	82
po	보다	see	K	이용주	1980	99
*mi	보다	see	K	이용주	1980	99
po-	*보다	sehen	K	Andre Eckardt	1966	236
poda	*보다	see, consider	K	Edkins, J	1895	409
bo-	*보다	see	K	Martin, S. E.	1966	201
bo-	*보다	see	K	Martin, S. E.	1966	218
tuwa-	보다	see	Ma	김동소	1972	140
sabumbi	보다		Ma	김동소	1972	145
sabu	보다	see	Ma	김선기	1968ㄱ	39
pai	*보다	Zum Erscheinung kommen; sich zeigen	Ma	白鳥庫吉	1914ㄱ	177
ičęwultękil	*보다	being seen by each other	Ma	Poppe, N	1965	196
оӈг'ін'	*보다.		Ma	Shirokogoroff	1944	103
тан'џ'ı	*보다.		Ma	Shirokogoroff	1944	123
есамі́ча	*보다.		Ma	Shirokogoroff	1944	43
і́ч'ас'ін	*보다		Ma	Shirokogoroff	1944	57
к'і́ча	*보다.		Ma	Shirokogoroff	1944	71
ē сачо	*보다		Ma	Shirokogoroff	1944	43
іт	*보다		Ma	Shirokogoroff	1944	63
[ıчih	*보다.		Ma	Shirokogoroff	1944	57
[ім	*보다		Ma	Shirokogoroff	1944	60
іче	*보다		Ma	Shirokogoroff	1944	57
іца	*보다		Ma	Shirokogoroff	1944	57
іч́і	*보다		Ma	Shirokogoroff	1944	57
іт	*보다		Ma	Shirokogoroff	1944	63
гуӈмэн-	*보다, 시선을 향하다	glance	Ma	Цинциус	1977	173
гэтэ-	*보다	watch	Ma	Цинциус	1977	183
тува-	*보다	look	Ma	Цинциус	1977	203
тӯлбаjал-	*보다	see	Ma	Цинциус	1977	210
ичэ-	*보다	see	Ma	Цинциус	1977	334
кәjē-	*보다	look	Ma	Цинциус	1977	420
кэупи-	*보다	notice	Ma	Цинциус	1977	456
сабу-	*보다	see	Ma	Цинциус	1977	51
мердал-	*보다	look	Ma	Цинциус	1977	534
bø	보다	see	Mo	김선기	1968ㄱ	39
gözük-	보이다		T	김영일	1986	170
bakmak	*보다	(wie oben)	T	白鳥庫吉	1914ㄱ	177
bakaul	*보다	Aufseher	T	白鳥庫吉	1914ㄱ	177
baklamak	*보다	umherschauen	T	白鳥庫吉	1914ㄱ	177

표제어/어휘		의미	언어	저자	발간년도	쪽수
bakmak	*보다	Acht geben	T	白鳥庫吉	1914ㄱ	177
pik	*보다	auschauen, sehen	T	白鳥庫吉	1914ㄱ	177
bakmak	*보다	sehen	T	白鳥庫吉	1914ㄱ	177
pikni	*보다	Aufsicht	T	白鳥庫吉	1914ㄱ	177
bak	보다	to see	T	송민	1966	22
körmek	보다		T	이숭녕	1956	80
körön baran	*본	having seen	T	G. J. Ramstedt	1949	82
qaja körmäk	*뒤를 돌아다 보다	zurueckblicken	T	G. J. Ramstedt	1949	83
körüš-	*서로 보다	to see each other	T	Poppe, N	1965	196

보라

pora	*보라		K	石井 博	1992	91
pora	*보라	a reddish colour/ a light purple colour	K	G. J. Ramstedt	1949	206
fulĝan	보라		Ma	김승곤	1984	251
hulama	보라		Ma	김승곤	1984	251
ulagan	보라		Mo	김승곤	1984	251
or	*보라	a colour between red and brown- said of horses	T	G. J. Ramstedt	1949	206

보라매

po-ra măi	*보라매	A wild falcon, a purple colored falcon	K	白鳥庫吉	1916ㄴ	323
damin	보라매		Ma	김선기	1977ㄷ	359
gijahun	보라매		Ma	김선기	1977ㄷ	359
harcagai	보라매		Mo	김선기	1977ㄷ	359
burgunt	보라매		Mo	김선기	1977ㄷ	359
bûral	*보라매	hellgrau, von gemischtens Haar	Mo	白鳥庫吉	1916ㄴ	323
bûrul	*보라매	hellgrau, von gemischtens Haar	Mo	白鳥庫吉	1916ㄴ	323
boro	*보라매	gris, gris foncé, gris tirant sur le noir	Mo	白鳥庫吉	1916ㄴ	323
boghural	*보라매	hellgrau, von gemischtens Haar	Mo	白鳥庫吉	1916ㄴ	323
boro	보라매		Mo	이숭녕	1967	289
karaciga	보라매		T	김선기	1977ㄷ	359
burul	*보라매	grau	T	白鳥庫吉	1916ㄴ	323
bûrul	*보라매	grau	T	白鳥庫吉	1916ㄴ	323

보람

po-lam	보람		K	김사엽	1974	436
poram	보람		K	김승곤	1984	251
orum	보람		Ma	김승곤	1984	251

보름

porom	보름		K	김공칠	1989	20
po-lïm	보름		K	김사엽	1974	383
porom	보름		K	이용주	1980	106
porim	*보름	fifteen days	K	G. J. Ramstedt	1949	206
bultax	*보름	a swelled up part	Ma	G. J. Ramstedt	1949	206
bultaxun	*보름	bulgy	Ma	G. J. Ramstedt	1949	206
ваңга инэңги	*보름날	full-moon day	Ma	Цинциус	1977	130

표제어/어휘		의미	언어	저자	발간년도	쪽수
보리						
mil	보리		K	김공칠	1989	15
po-li	보리		K	김사엽	1974	386
보리	보리		K	김원표	1949	32
보리	보리		K	김해진	1947	12
보리	보리		K	박은용	1975	54
mirx	보리		K	이용주	1980	105
mil	보리		K	이용주	1980	72
bori/보리	보리		K	Arraisso	1896	20
pori	*보리	barley	K	G. J. Ramstedt	1949	206
ула	*보리	millet	Ma	Цинциус	1977	257
чиӈ ǩо муӡи	*보리	barley	Ma	Цинциус	1977	397
муӡи	*보리	barley	Ma	Цинциус	1977	551
보해(布亥)	보리		Mo	김원표	1949	33
arbaị	*보리	barley	Mo	Poppe, N	1965	158
arpa	*보리	barley	T	Poppe, N	1965	158
보배						
패	보배		K	김해진	1947	11
발	발		K	김해진	1947	11
베	베		K	김해진	1947	11
*ter	보배		K	박은용	1975	160
po-păi-lop ta	*보배	to be precious; to ve valuable	K	白鳥庫吉	1914ㄱ	175
po-păi	*보배	valuable; treasures; what is precious	K	白鳥庫吉	1914ㄱ	175
tana	구슬		Ma	박은용	1975	160
boobai	*보배	kaiserliches Siegel; Kleinod; Edelstein; kostbar,	Ma	白鳥庫吉	1914ㄱ	175
보시기						
роӡʌ	보시기		K	강길운	1980	21
boǧača	파이, 고기등의 접시		T	강길운	1980	21
보이다						
sam	보이다		K	김공칠	1989	7
онни-	*보이다	show	Ma	Цинциус	1977	19
новолло-	*보이다	seem	Ma	Цинциус	1977	329
jala-	*보이다	to be seen	Ma	Цинциус	1977	340
оми	*보이다.		Ma	Shirokogoroff	1944	102
дакāла	*보이다.		Ma	Shirokogoroff	1944	27
보존하다						
kor-	보존하다		K	강길운	1977	15
uči-	보존하다		K	강길운	1977	15
koru-	보존하다		T	강길운	1977	15
보지						
poji	보지		K	강길운	1981ㄴ	5
poji	보지		K	강길운	1982ㄴ	21
poji	보지		K	강길운	1982ㄴ	31
pochi	*보지	vulva	K	金澤庄三郎	1910	9

표제어/어휘		의미	언어	저자	발간년도	쪽수
po-ti	보지		K	김사엽	1974	393
po-či	*보지	The femel genital member	K	白鳥庫吉	1914ㄱ	176
poci	*보지		K	宋敏	1969	85
pochi	보지		K	宋敏	1969	85
*poti	보지	vulva	K	이기문	1958	109
podäŋi	보지	vulva	K	이기문	1958	109
poci	보지	vulva	K	이기문	1958	109
pochi	*보지	vulva	K	Kanazawa, S	1910	7
hūlan	*보지		Ma	宮崎道三郎	1906	10
fafa	*보지	weibliche Schaam	Ma	白鳥庫吉	1914ㄱ	176
motoko	*보지	weibliche Schaam	Ma	白鳥庫吉	1914ㄱ	176
fefe	보지	vulva	Ma	이기문	1958	109
ütüghü	*보지	parties génitales de la femme	Mo	白鳥庫吉	1914ㄱ	176
ütügün	보지	vulva	Mo	이기문	1958	109
bôdok	*보지	weibliches Geschlechtsglied	T	白鳥庫吉	1914ㄱ	176
butuk	*보지	vulva	T	白鳥庫吉	1914ㄱ	176
butak	*보지	vulva	T	白鳥庫吉	1914ㄱ	176

복

pok	*복		K	金澤庄三郎	1914	219
pok	복		K	宋敏	1969	85
pok	*복	fortune/luck	K	G. J. Ramstedt	1949	204
bogdu, bogda	*복	heavenly blessed	Ma	G. J. Ramstedt	1949	204
bogdu, bogda	*복	heavenly blessed	Mo	G. J. Ramstedt	1949	204

복숭아

pok-saŋ	복숭아		K	이숭녕	1956	181
торо	*복숭아	peach	Ma	Цинциус	1977	200

볶다

pok	볶다		K	김사엽	1974	475
posk-	볶다	parch	K	宋敏	1969	85
pokta	*볶다	to cook dry/to parch	K	G. J. Ramstedt	1949	205
takta	*볶다	to parch, to roast	K	G. J. Ramstedt	1949	251
fo-	*볶다	to burst from dryness	Ma	G. J. Ramstedt	1949	205
tasxa-	*볶다	to parch, to roast(flour, peas, nuts, etc.)	Ma	G. J. Ramstedt	1949	251
tasga-	*볶다	to parch, to roast(flour, peas, nuts, etc.)	Ma	G. J. Ramstedt	1949	251
кэкчи-	*볶다	fry	Ma	Цинциус	1977	445

볼

por	볼		K	김공칠	1988	192
pol	볼		K	김사엽	1974	393
pol t'ong-I, pol	*볼	the cheeks	K	白鳥庫吉	1914ㄱ	174
pol	*볼	The cheek, the side	K	白鳥庫吉	1914ㄱ	174
pphyam ttak-I,	*볼	the cheek	K	白鳥庫吉	1914ㄱ	174
phyam	*볼	the cheek	K	白鳥庫吉	1914ㄱ	174
pol	볼		K	宋敏	1969	85
pol	볼	the cheep	K	宋敏	1969	85
por-chi	볼치	the cheek	K	이기문	1958	110
por	볼	the cheek	K	이기문	1958	110

표제어/어휘		의미	언어	저자	발간년도	쪽수
polʦgi	불		K	이숭녕	1956	178
pol	*불	cheek	K	Martin, S. E.	1966	199
pol	*불	cheek	K	Martin, S. E.	1966	210
pol	*불	cheek	K	Martin, S. E.	1966	218
fulčin	*불	Backen, Wangen	Ma	白鳥庫吉	1914ㄱ	174
polcé	*불	Backe	Ma	白鳥庫吉	1914ㄱ	174
polcé, porto	*불	Backe	Ma	白鳥庫吉	1914ㄱ	174
yldikin	*불	Backe	Ma	白鳥庫吉	1914ㄱ	174
pūli	불	the cheek	Ma	이기문	1958	110
fulcin	불	the cheek bone, the cheek	Ma	이기문	1958	110
polči	불	the cheek	Ma	이기문	1958	110
hулрън	*불	cheek	Ma	Цинциус	1977	346
хацipa	*불	cheek	Ma	Цинциус	1977	464
pit	*불	Wangen	T	白鳥庫吉	1914ㄱ	174
pičmardy	*불	Wangen	T	白鳥庫吉	1914ㄱ	174

불기

표제어/어휘		의미	언어	저자	발간년도	쪽수
polgi	불기		K	강길운	1982ㄴ	20
polgi/*pok	불기		K	강길운	1982ㄴ	31
mitʰ	불기		K	김사엽	1974	437
불기	불기		K	김선기	1977ㄴ	376
borgi	불기		K	김선기	1977ㄴ	376
por-ki	불기	hips	K	이기문	1958	110
por-ki-ccak	불기짝	hips	K	이기문	1958	110
pol-gi	불기		K	이숭녕	1956	154
ura	불기		Ma	김선기	1977ㄴ	376
ura fulcin	불기	fleshy parts of the hips	Ma	이기문	1958	110
burkse	불기		Mo	김선기	1977ㄴ	376
saari	불기		T	김선기	1977ㄴ	376

봄

표제어/어휘		의미	언어	저자	발간년도	쪽수
*por<*bor	봄		K	강길운	1980	5
*por	봄		K	강길운	1982ㄴ	31
pom	봄		K	김공칠	1989	7
pom	봄		K	김사엽	1974	402
pom	봄	spring	K	김선기	1976ㅅ	341
씨름	봄		K	김선기	1976ㅅ	342
pom	봄		K	김승곤	1984	251
pom	봄		K	宋敏	1969	85
pom	봄		K	이용주	1980	106
for	봄		Ma	김선기	1976ㅅ	341
on	봄		Ma	김선기	1976ㅅ	342
nelki	봄이지나다		Ma	김영일	1986	177
nelkiw	봄을지내다		Ma	김영일	1986	177
fon	해, 때		Ma	徐廷範	1985	237
нэлки	*봄	spring	Ma	Цинциус	1977	620
н'эңн'э	*봄	spring	Ma	Цинциус	1977	653
hon	봄		Mo	김선기	1976ㅅ	341
habur	봄		Mo	김선기	1976ㅅ	342
hon	봄		Mo	徐廷範	1985	237
habur	봄		Mo	徐廷範	1985	237
on	봄		Mo	徐廷範	1985	237
bahar	봄		T	강길운	1980	5

표제어/어휘	의미		언어	저자	발간년도	쪽수
sās	봄		T	김방한	1978	22
jāz	봄		T	김방한	1978	22
jaz	봄		T	김방한	1978	22
sās	봄		T	김방한	1978	41
jaz	봄		T	김방한	1978	41
jaz	봄		T	김영일	1986	170
jazɪk-	봄이되다		T	김영일	1986	170
baharu	봄		T	徐廷範	1985	237
hahar	봄		T	徐廷範	1985	237
nelxi	봄		T	徐廷範	1985	241
yāz	*봄	spring	T	Poppe, N	1965	177
sās	*봄	spring	T	Poppe, N	1965	177
*yāz	*봄	spring	T	Poppe, N	1965	177
yaz	*봄	spring	T	Poppe, N	1965	199

봉우리

šuni	*봉우리		K	村山七郎	1963	28
sunwlk	*봉우리		K	村山七郎	1963	28
pu-ri	산마루		K	최학근	1959ㄱ	51
dabagan	봉우리		Ma	김선기	1976ㅂ	337
hada	봉우리		Ma	김선기	1976ㅂ	337
xō	봉우리		Ma	최학근	1959ㄱ	51
poroni	봉우리		Ma	최학근	1959ㄱ	51
poron	봉우리		Ma	최학근	1959ㄱ	51
oron	봉우리		Ma	최학근	1959ㄱ	51
horon	봉우리		Ma	최학근	1959ㄱ	51
xoo	봉우리		Ma	최학근	1959ㄱ	51
foron	봉우리		Ma	최학근	1959ㄱ	52
hada	봉우리		Mo	김선기	1976ㅂ	337
dabaga	봉우리		Mo	김선기	1976ㅂ	337
muri	칼날		Mo	최학근	1959ㄱ	52
нин.гу	*봉우리; 최고점(最高다)	top, peak	Ma	Цинциус	1977	598

봉화

*kor	봉화		K	박은용	1974	124
holdon	봉화		Ma	박은용	1974	124

부글

pukɐr	거품		K	박은용	1974	253
fuka	거품		Ma	박은용	1974	253

부끄럽다

peus	부끄럽다		K	김공칠	1989	4
pus-kï-ləp	부끄럽다		K	김사엽	1974	404
peus	부끄럽다		K	宋敏	1969	85
peus	*부끄럽다	shame	K	Aston	1879	21
итмэhjэ	*부끄럽다	shame	Ma	Цинциус	1977	334
гичукэ	*부끄럽다, 창피하다	it is a shame	Ma	Цинциус	1977	156

부드럽다

yərl-	부드럽다		K	강길운	1987	27

표제어/어휘		의미	언어	저자	발간년도	쪽수
ńemumę	*부드러운	soft, tender, gentle	Ma	Poppe, N	1965	199
ńemumę	*부드러운	soft	Ma	Poppe, N	1965	203
ујан	*부드럽다	soft	Ma	Цинциус	1977	251
лоу̇-лоу̇ би	*부드럽다	soft	Ma	Цинциус	1977	506
лэбу-лэбу о̄јӣ	*부드럽다	soft	Ma	Цинциус	1977	514
yïmšaq	*부드러운	soft	T	Poppe, N	1965	199
sïmnā-	*부드럽게 되다	to become soft	T	Poppe, N	1965	203
yïmšaq	*부드러운	soft	T	Poppe, N	1965	203
дују	*부드럽다, 온화하다	soft	Ma	Цинциус	1977	220
бacaj	*부드럽다, 온화하다	tener, soft	Ma	Цинциус	1977	76

부들

podor	부들		K	박은용	1974	251
fodor	부들		Ma	박은용	1974	251

부딪다

pusɪ-	부시다		K	강길운	1983ㄴ	124
but-	*부딪다	hit	K	Martin, S. E.	1966	201
but-	*부딪다	hit	K	Martin, S. E.	1966	206
but-	*부딪다	hit	K	Martin, S. E.	1966	217
чалъ̆м-	*부딪치다	flacker	Ma	Цинциус	1977	380
н'йӈгиллэ-	*부딪치다	bump into	Ma	Цинциус	1977	639
мурридо	*부딪치다.		Ma	Shirokogoroff	1944	87

부딪히다

pu-tăi-či ta	*부딪히다	To strike against; to hit against	K	白鳥庫吉	1914ㄱ	185
pu-teu ttö-ri ta	*부딪히다		K	白鳥庫吉	1914ㄱ	185
pu-teuit ta	*부딪히다		K	白鳥庫吉	1914ㄱ	185
pu-teuk hi	*부딪히다	by force; in a headstrong way	K	白鳥庫吉	1914ㄱ	185
patylei	*부딪히다	schlagen	Ma	白鳥庫吉	1914ㄱ	185
páčela, pačély	*부딪히다	schlagen	Ma	白鳥庫吉	1914ㄱ	185
páčele, pačelauré 1914ㄱ 185	*부딪히다	einschlagen	Ma	白鳥庫吉		
paṅgalý, paṅṅala	*부딪히다	schlagen	Ma	白鳥庫吉	1914ㄱ	185
paṅjadei	*부딪히다	mit der flachen Hand schlagen	Ma	白鳥庫吉	1914ㄱ	185
pat'é	*부딪히다	Hammer zum Störschlagen	Ma	白鳥庫吉	1914ㄱ	185
pat'elyi	*부딪히다	klopfen	Ma	白鳥庫吉	1914ㄱ	185

부뚜막

tumak -	부뚜막	a level place on the fire-place	K	이기문	1958	113
juman < *duman	부뚜막	a level place on the fire-place	Ma	이기문	1958	113

부락

夫里	마을		K	강길운	1979	12
*pur	마을		K	강길운	1980	6
부락	부락		K	고창식	1976	25
piri	*부락	village	K	Hulbert, H. B.	1905	122
bor	마을		T	강길운	1979	12
belde	마을		T	강길운	1980	6
bor	마을		T	강길운	1980	6

표제어/어휘		의미	언어	저자	발간년도	쪽수
부럽다						
pu-röp ta	*부럽다	To be a subject of envy; to be desirable; to be en	K	白鳥庫吉	1914ㄱ	184
pul-ö gá ta	*부럽다	to eagerly desire; to envy; to covet	K	白鳥庫吉	1914ㄱ	184
pu-rö- uö ha ta	*부럽다	to eagerly desire	K	白鳥庫吉	1914ㄱ	184
bujen	*부럽다	Wille, Begehren, Berierde, Freude	Ma	白鳥庫吉	1914ㄱ	184
bujembi	*부럽다	wünschen, begehren, gern gaven, sich freuen, lüste	Ma	白鳥庫吉	1914ㄱ	184
алахӥ	*부럽다, 샘나다	enviable	Ma	Цинциус	1977	29
부르다						
öt'i-/hot'oŋ-či-	부르다.부르짖다		K	강길운	1981ㄴ	10
puɯrɯ-	소환하다		K	강길운	1983ㄴ	109
pu-ră ta	*부르다	To call, to summon	K	白鳥庫吉	1914ㄱ	183
놀	노래		K	이탁	1949	11
purú-	*부르다	rufen	K	Andre Eckardt	1966	237
pullŭ	*부르다	call	K	Hulbert, H. B.	1905	122
χeri	*부르다	rufen, versammeln	Ma	白鳥庫吉	1915ㄱ	6
arim	*부르다	rufen	Ma	白鳥庫吉	1915ㄱ	6
arýžeren	*부르다	er ruft	Ma	白鳥庫吉	1915ㄱ	6
kjari-	*부르다	to sing - as a hen before laying	Ma	G. J. Ramstedt	1949	111
χožаола-	*부르다	call	Ma	Цинциус	1977	468
uřeṅ	*부르다	rufen	Mo	白鳥庫吉	1915ㄱ	6
uřenam	*부르다	rufen	Mo	白鳥庫吉	1915ㄱ	6
uřenap	*부르다	rufen	Mo	白鳥庫吉	1915ㄱ	6
uriχu	*부르다	rufen	Mo	白鳥庫吉	1915ㄱ	6
uran	*부르다	rufen	Mo	白鳥庫吉	1915ㄱ	6
irgŭleχü	*부르다	rufen	Mo	白鳥庫吉	1915ㄱ	6
uřel	*부르다	Rufen	Mo	白鳥庫吉	1915ㄱ	6
úraṅ	*부르다	rufen	Mo	白鳥庫吉	1915ㄱ	6
부모						
əši	부모		K	강길운	1981ㄴ	4
əši	부모		K	강길운	1982ㄴ	22
ə-zi	부모		K	김사엽	1974	467
онтіl	*부모.		Ma	Shirokogoroff	1944	104
부부						
kasi-bəsi	부부		K	강길운	1981ㄴ	4
kasi-bəsi	부부		K	강길운	1982ㄴ	27
гусʼінар	*부부.		Ma	Shirokogoroff	1944	52
부분						
kal-ki-	*부분	einschnitt	K	白鳥庫吉	1914ㄷ	291
улу	*부분	part	Ma	Цинциус	1977	263
фэн	*부분	part	Ma	Цинциус	1977	304
ӭнэ	*부분	part	Ma	Цинциус	1977	455
іlакача	*부분.		Ma	Shirokogoroff	1944	59
부서지다						
pɯs-	부서지다		K	박은용	1974	256

표제어/어휘	의미		언어	저자	발간년도	쪽수
fuse-	부서지다		Ma	박은용	1974	256
синнэ-	*부서지다	crack	Ma	Цинциус	1977	91
[äбдä	*부서지다, 깨지다		Ma	Shirokogoroff	1944	1
кэрмэ̄	*부서진	tiered apart	Ma	Цинциус	1977	453
рʌӡ	부수다		K	강길운	1981ㄱ	32
mʌs-	부수다		K	강길운	1982ㄴ	24
mʌs-	부수다		K	강길운	1982ㄴ	33
bʌӡ-	부수다		K	강길운	1983ㄱ	36
ɯk'ä-	으깨다		K	강길운	1983ㄴ	109
mʌsʌ-	부수다		K	강길운	1983ㄴ	114
рʌӡ-	부수다		K	강길운	1983ㄴ	115
ïk'ä-	으깨다		K	강길운	1983ㄴ	118
рʌӡ-	부수다		K	강길운	1983ㄴ	124
mʌsʌ-	부수다		K	강길운	1983ㄴ	126
čoji-	강타하다		K	강길운	1983ㄴ	135
리-	부수다		K	강길운	1987	23
pasje-ǯida	바셔지다		K	김승곤	1984	250
kar-	부수다		K	박은용	1974	229
k'al-ći	*부수다	stück	K	白鳥庫吉	1914ㄷ	291
bɔs-	*부수다	break	K	Martin, S. E.	1966	212
nigča-	부수다		Ma	김방한	1978	25
gar-	부수다		Ma	박은용	1974	229
ukdá	*부수다	zerbrechen	Ma	白鳥庫吉	1914ㄷ	320
токсона	*부수다.		Ma	Shirokogoroff	1944	129
учаӈалбі	*부수다.		Ma	Shirokogoroff	1944	135
к'іпу li	*부수다.		Ma	Shirokogoroff	1944	71
моксу	*부수다.		Ma	Shirokogoroff	1944	84
капту	*부수다		Ma	Shirokogoroff	1944	69
кавӯл-н	*부수다	break	Ma	Цинциус	1977	357
н'арал-	*부수다	shatter	Ma	Цинциус	1977	635
dara-	부수다		Mo	강길운	1987	23
ündür	*부수다	zerbrechen	Mo	白鳥庫吉	1914ㄷ	320
uta	*부수다	zerbrechen	Mo	白鳥庫吉	1914ㄷ	320
ünder	*부수다	zerbrechen	Mo	白鳥庫吉	1914ㄷ	320
tahrib-	부수다		T	강길운	1987	23
yar-	부수다		T	강길운	1987	23
dar-	부수다		T	강길운	1987	23
jïg-	부수다		T	김방한	1978	25
kɪrp-	자르다		T	김영일	1986	176
kɪr	부수다		T	김영일	1986	176
üksek	*부수다	the best, the first	T	白鳥庫吉	1914ㄷ	320
okmak	*부수다	zerbrechen	T	白鳥庫吉	1914ㄷ	320

부스러기

pu-si-rögi	부스러기		K	이숭녕	1956	184
ӈумтэ(1)	*부스러기	crumb	Ma	Цинциус	1977	347
сих'а	*부스러기	scraps	Ma	Цинциус	1977	80

부스럼

pï-zï-lïm	부스럼		K	김사엽	1974	392
pï-sï-lïm	부스럼		K	김사엽	1974	464
pɯs-	부스럼		K	박은용	1974	256
pusil-mŏk	부스럼		K	이숭녕	1956	188

표제어/어휘	의미		언어	저자	발간년도	쪽수
fus-	부스럼		Ma	박은용	1974	256
фиҳа	*부스럼	anbury	Ma	Цинциус	1977	299
jakto	*부스럼 딱지		Ma	Shirokogoroff	1944	64
бутурэ-	*부스럼, 뾰루지로 덮히다	covered with pimples	Ma	Цинциус	1977	116
jō	*부스럼, 종기	abscess, boil	Ma	Цинциус	1977	345
коко	*부스럼, 종기	abcess	Ma	Цинциус	1977	404

부슬부슬

pusɯr-pusɯr	부슬부슬		K	강길운	1983ㄱ	37
poṣir poṣir	부슬부슬	drizzling	K	이기문	1958	107
poṣir poṣir	부슬부슬	drizzling	K	이기문	1958	107
puṣir puṣir	부슬부슬	drizzling	K	이기문	1958	107
busu busu	부슬부슬	drizzling	Ma	이기문	1958	107

부시다

pusi-	부시다		K	강길운	1981ㄱ	33
pɛze-	빛		K	박은용	1974	252
pu-si-	부시다		K	최학근	1959ㄱ	52
foso-	빛		Ma	박은용	1974	252
poin-	부시다		Ma	최학근	1959ㄱ	52
foso-	부시다	aufleuchten	Ma	최학근	1959ㄱ	52
hoko-	*부시다	crash	Ma	Цинциус	1977	330
чупиҕа-	*부시다	break to pieces	Ma	Цинциус	1977	415

부아

pu-hwa	부아		K	김사엽	1974	398
부하	부아		K	김선기	1977ㄱ	329
pu-hua	*부아	The lungs	K	白鳥庫吉	1914ㄱ	179
ufuhu	부아		Ma	김선기	1977ㄱ	329
äpča	*부아	The lungs	Ma	白鳥庫吉	1914ㄱ	179
ufuhu	*부아	The lungs	Ma	白鳥庫吉	1914ㄱ	179
aguški	부아		Mo	김선기	1977ㄱ	329
obkha	부아		T	김선기	1977ㄱ	329

부엉이

puhəŋ	부엉이		K	강길운	1980	6
pu-həŋ-i	부엉이		K	김사엽	1974	397
puöngi	부엉이		K	宋敏	1969	85
*tsʊ : ^tsʊ [祖]	*부엉이	owlet	K	Christopher I. Beckwith	2004	139
оксaji	*부엉이.		Ma	Shirokogoroff	1944	100
[ҳáҳлa	*부엉이.		Ma	Shirokogoroff	1944	52
iнтilгун	*부엉이.		Ma	Shirokogoroff	1944	62
[yңyлгiн	*부엉이		Ma	Shirokogoroff	1944	144
ym'il	*부엉이		Ma	Shirokogoroff	1944	142
гōкчи	*부엉이	owl	Ma	Цинциус	1977	159
том \ о	*부엉이	owl	Ma	Цинциус	1977	197
тушаҳу	*부엉이	owl	Ma	Цинциус	1977	224
axcy	*부엉이	owl	Ma	Цинциус	1977	26
умул	*부엉이	owl	Ma	Цинциус	1977	269
ӡȳди	*부엉이	owl	Ma	Цинциус	1977	270
интилгун	*부엉이	owl	Ma	Цинциус	1977	318

표제어/어휘		의미		언어	저자	발간년도	쪽수
итикниӣа	*부엉이	owl		Ma	Цинциус	1977	333
шэ	*부엉이	owl		Ma	Цинциус	1977	430
хухули	*부엉이	owl		Ma	Цинциус	1977	476
хушаху	*부엉이	owl		Ma	Цинциус	1977	479
маӈкан гувара	*부엉이	owl		Ma	Цинциус	1977	531
мэкчиргэ	*부엉이	owl		Ma	Цинциус	1977	565
bay-kuš	부엉이			T	강길운	1980	6

부엌

ポチ	*부엌			K	宮崎道三郎	1906	15
pï-ək	부엌			K	김사엽	1974	394
pusak	부엌	kitchen		K	이기문	1958	111
pusẹp	부엌	kitchen		K	이기문	1958	111
pusap	부엌	kitchen		K	이기문	1958	111
pizẹp	부엌	kitchen		K	이기문	1958	111
pizẹk	부엌	kitchen		K	이기문	1958	111
pusẹk	부엌	kitchen		K	이기문	1958	111
pyżep	*부엌			K	長田夏樹	1966	81
fushu	부엌	kitchen		Ma	이기문	1958	111
pueogdeogi	부엌데기	one who works in the kitchen		K	김선기	1968ㄴ	27
puŏktegi	부엌데기			K	이숭녕	1956	178
malu	부엌뒤에있는방안의공간			Ma	김승곤	1984	245
u'iӈk'i	*부엌에서 쓰이는 나무통 조각.			Ma	Shirokogoroff	1944	38

부유하다

baji	부유한			K	강길운	1977	15
баӣан	*부유하다	rich		Ma	Цинциус	1977	65
bajaji-	부유해지다			Mo	김영일	1986	170
bajan	부유한			Mo	김영일	1986	170
arbi	풍부,풍요			Mo	김영일	1986	170
bajan	*부유한	reich		Mo	G.J. Ramstedt	1952	25
baj	*부유한	reich		T	G.J. Ramstedt	1952	25
bayan	부유한			Mo	강길운	1977	15
bayan	*부유한	rich		Mo	Pelliot, P	1925	256
baya	부유한			T	강길운	1977	15
балду	*부유한, 돈많은			Ma	Shirokogoroff	1944	13

부자

ka-ʌm	부자			K	김사엽	1974	415
bayan	부자			Ma	강길운	1977	15
эӈэӣэ	*부자	rich		Ma	Цинциус	1977	458
bajan-u	*부자의	des Reichen		Mo	G.J. Ramstedt	1952	25
bajnă	*부자의	des Reichen		Mo	G.J. Ramstedt	1952	25
baj-nyŋ	*부자의	des Reichen		T	G.J. Ramstedt	1952	25
baj-yŋ	*부자의	des Reichen		T	G.J. Ramstedt	1952	25
боӣан	*부자인, 부유한.			Ma	Shirokogoroff	1944	16
[еӈгеӣé	*부자인, 풍부한			Ma	Shirokogoroff	1944	43
еӈӣе	*부자인, 풍부한			Ma	Shirokogoroff	1944	43

부장

*pei-dje	부장			K	박은용	1974	121
*peɣidjɛ	부장			K	박은용	1974	124

표제어/어휘	의미		언어	저자	발간년도	쪽수
beile	작위의 이름		Ma	박은용	1974	124

부정어

표제어/어휘	의미		언어	저자	발간년도	쪽수
aɲi	아니다		K	강길운	1983ㄴ	106
ani-	아니다		K	강길운	1983ㄴ	106
aɲi-	아니다		K	강길운	1983ㄴ	118
ani-	아니다		K	강길운	1983ㄴ	118
həna	허나		K	강길운	1983ㄴ	119
фаӈна-	*부정하다	deny	Ma	Цинциус	1977	298
нади-	*부정하다	neglect	Ma	Цинциус	1977	577

부지런하다

표제어/어휘	의미		언어	저자	발간년도	쪽수
pʌjʌri	부지런히		K	강길운	1983ㄴ	111
pʌčʌri	부지런히		K	강길운	1983ㄴ	125
pï-či-lən-hʌ	부지런하다		K	김사엽	1974	420
сэчэн	*부지런한, 근면한	diligent	Ma	Цинциус	1977	147
сӕлӥ	*부지런한, 근면한	diligent	Ma	Цинциус	1977	70

부채

표제어/어휘	의미		언어	저자	발간년도	쪽수
puche	부채	fan	K	김공칠	1988	83
pu-č'öi	*부채		K	白鳥庫吉	1914ㄱ	186
fushembi	*부채	fächeln,	Ma	白鳥庫吉	1914ㄱ	186
fusheku	*부채	Fächer	Ma	白鳥庫吉	1914ㄱ	186
арпуќʼi	*부채질하다.		Ma	Shirokogoroff	1944	10
гуцӟы	*부채	fan	Ma	Цинциус	1977	176
саӈо̄қаӈки	*부채	fan	Ma	Цинциус	1977	63
yilpigü	부채		T	이숭녕	1956	85
yilpi-	부채질하다		T	이숭녕	1956	85

부처

표제어/어휘	의미		언어	저자	발간년도	쪽수
cyël	부처	budah	K	김공칠	1989	17
pu-tʰjə	부처		K	김사엽	1974	393
püťje	부처	Buddha	K	김완진	1970	3
부처	부처		K	김해진	1947	12
putjə	부처		K	박은용	1974	252
부처	부처		K	방종현	1939	529
putjö	부처		K	이숭녕	1956	168
fuci-hi	부처		Ma	박은용	1974	252
фучихи	*부처	Buddha	Ma	Цинциус	1977	304
шаг'а	*부처	Buddha Shakyamuni	Ma	Цинциус	1977	423
čedig	*부처 전생의 이야기	tale about Buddha's previous rebirths	Mo	Poppe, N	1965	170
čadik	*부처 전생 중의 한 이야기	tale about one of the former lives of Buddha	T	Poppe, N	1965	168
čadik	*부처 전생의 이야기	tale about Buddha's previous rebirths	T	Poppe, N	1965	170

부추

표제어/어휘	의미		언어	저자	발간년도	쪽수
pu-čʰʌj, pu-tʰʌj	부추		K	김사엽	1974	386
соӈгина	*부추	wild leek	Ma	Цинциус	1977	111

표제어/어휘	의미		언어	저자	발간년도	쪽수

부치다

puč'ʉ-	부치다		K	박은용	1974	257
puch-ẹi	부채	a fan	K	이기문	1958	111
puch-	부치다	to fan	K	이기문	1958	111
fushe-	부치다		Ma	박은용	1974	257
fushe-ku	부채	a fan	Ma	이기문	1958	111
fushe-	부치다	to fan	Ma	이기문	1958	111

부탁하다

keu-ri-	*부탁하다	notwendig	K	白鳥庫吉	1914ㄷ	311
keu-rip-	*부탁하다	bitten	K	白鳥庫吉	1914ㄷ	311
kkeut	*부탁하다	bitten	K	白鳥庫吉	1914ㄷ	312
kǎräk	*부탁하다	bitten	Ma	白鳥庫吉	1914ㄷ	311
амга	*간절히 부탁하다, 빌다.		Ma	Shirokogoroff	1944	6
[rölö	*부탁하다, 찾다		Ma	Shirokogoroff	1944	51
омго	*부탁하다.		Ma	Shirokogoroff	1944	102
ipам'i	*부탁하다.		Ma	Shirokogoroff	1944	62
оұо	*부탁하다.		Ma	Shirokogoroff	1944	98
аı(да	*부탁하다		Ma	Shirokogoroff	1944	3
guyu-	*부탁하다	to beg, to ask	Mo	Poppe, N	1965	198
ustux	*부탁하다	bitte	T	白鳥庫吉	1914ㄷ	312

부풀다

pup'ʉr-	부풀다		K	강길운	1982ㄴ	20
pup'ʉr-	부풀다		K	강길운	1982ㄴ	21
pup'ʉr-	부풀다		K	강길운	1983ㄴ	114
pup'ʉr-	부풀다		K	강길운	1983ㄴ	124
pu-pʰïl	부풀다		K	김사엽	1974	397
pus	부풀다	swell	K	김선기	1968ㄴ	27
pury	부풀다	swell	K	이용주	1980	100
pʉpˇr-	브풀다	to swell	K	이용주	1980	83
kẹpẹ-	*부풀다	to swell	Ma	Poppe, N	1965	198
kẹpẹ-	*부풀다	to swell	Ma	Poppe, N	1965	200
hучэлэ-	*부풀다	swell out	Ma	Цинциус	1977	358
kogē-	*부풀다, 거품이 일다	to swell, to foam	Mo	Poppe, N	1965	193
köge-	*부풀다	to swell	Mo	Poppe, N	1965	198
köge-	*부풀다	to swell	Mo	Poppe, N	1965	200
köp-	*부풀다	to swell	T	Poppe, N	1965	198
köp-	*부풀다	to swell	T	Poppe, N	1965	200
бэхир	*부풀다, 붓다	swell up	Ma	Цинциус	1977	123
сулху-	*부풀다, 붓다	swell up	Ma	Цинциус	1977	125
ǯой-	*부풀어오르다	swell	Ma	Цинциус	1977	262
ǯули-	*부풀어오르다	swell	Ma	Цинциус	1977	273
болторго-	*부풀어오르다	swell	Ma	Цинциус	1977	93

북

per	북		K	김공칠	1989	5
puk	북		K	이숭녕	1956	152
pukki	북		K	이숭녕	1956	152
puk	북		K	이숭녕	1956	160
pup	북		K	이숭녕	1956	160
pukku	북		K	이숭녕	1956	165

표제어/어휘		의미	언어	저자	발간년도	쪽수
puk	북		K	이숭녕	1956	165
*tśiri[助利]	*북	north	K	Christopher I. Beckwith	2004	112
^tawŋ [冬]	*북	drum	K	Christopher I. Beckwith	2004	137
*tśiri	*북	north	K	Christopher I. Beckwith	2004	139
*tśiri : ^dźili[助利]	*북	north	K	Christopher I. Beckwith	2004	139
amarki	*북쪽		Ma	金澤庄三郞	1914	217
káčač	*북	trommeln	Ma	白鳥庫吉	1915ㄱ	19
туӈхэ	*북	drum	Ma	Цинциус	1977	216
уӡаӡиӈки	*북	drum	Ma	Цинциус	1977	250
инмун	*북	north	Ma	Цинциус	1977	316
коту̇	*북	north	Ma	Цинциус	1977	419
мирдаӈга	*북	tambour	Ma	Цинциус	1977	537
сууаланӡани	*북, 북방	north	Ma	Цинциус	1977	118
hoina	*북쪽		Mo	金澤庄三郞	1914	217
kuzey	북쪽	north	T	강길운	1978	43

분리되다

*piar : ^piarli ~ ^biarli [別史]	*분리된	apart, separate	K	Christopher I. Beckwith	2004	134
pāji	*분리된	separated	Ma	Poppe, N	1965	200
yjiт	*분리되다		Ma	Shirokogoroff	1944	138
hyjэ-	*분리하다	separate	Ma	Цинциус	1977	338
боρ'ē	*분리하다, 나누다.		Ma	Shirokogoroff	1944	18
noci	*분리하다, 떼어내다		Ma	Shirokogoroff	1944	109
[caly_	*분리하다,분리되다		Ma	Shirokogoroff	1944	111

붇다

pur-	붇다		K	강길운	1982ㄴ	34
put	붇다		K	김사엽	1974	390
pu-lï	붇다		K	김사엽	1974	398
pʉs	붇다		K	박은용	1974	255
put-	붇다		K	宋敏	1969	85
fuse-	붇다		Ma	박은용	1974	255

불

atʌl	불		K	강길운	1977	15
pul	불		K	강길운	1979	14
pɯr	불		K	강길운	1981ㄱ	30
pɯr	불		K	강길운	1981ㄴ	7
pɯr	불		K	강길운	1982ㄴ	17
pɯr	불		K	강길운	1982ㄴ	24
pɯr	불		K	강길운	1982ㄴ	32
pɯr	불		K	강길운	1982ㄴ	35
kərə-	밝다		K	강길운	1983ㄴ	116
t'ä	불		K	강길운	1983ㄴ	123
pɯr-g-	붉다		K	강길운	1987	17
pul	*불	fire	K	강영봉	1991	9
pɯr	불		K	김공칠	1988	194

표제어/어휘		의미	언어	저자	발간년도	쪽수
pur	불	fire	K	김공칠	1988	83
pul	불	fire	K	김동소	1972	137
pïl	불		K	김사엽	1974	401
bur	불		K	김선기	1968ㄱ	39
t'o-ha-ri	불		K	박은용	1974	113
pʉr	불		K	박은용	1974	247
pʉl	불		K	박은용	1974	249
pʉs-	불		K	박은용	1974	256
pul	*불	Fire	K	白鳥庫吉	1914ㄱ	180
pïl	불		K	宋敏	1969	85
pul	불		K	宋敏	1969	85
peul	불		K	宋敏	1969	85
p<i˘>l	불		K	宋敏	1969	85
pul(불)	불		K	이용주	1979	112
pïl(블)	불		K	이용주	1979	112
pɯˇr	블	fire	K	이용주	1980	81
pɯˇr	불	fire	K	이용주	1980	95
*pür	불	fire	K	이용주	1980	99
pyr	불	fire	K	이용주	1980	99
불	불		K	이원진	1940	18
불	불		K	이원진	1951	18
pul	*불	fire	K	長田夏樹	1966	83
pul	불		K	최학근	1959ㄱ	52
pul	*불	Feuer	K	Andre Eckardt	1966	236
peul	*불	fire	K	Aston	1879	26
pyal	*불	fire	K	Martin, S. E.	1966	210
pyal	*불	fire	K	Martin, S. E.	1966	213
bola	불사르다		Ma	강길운	1979	14
tuwa	불	fire	Ma	김동소	1972	137
tuwa	불		Ma	김선기	1968ㄱ	38
tuwa	불		Ma	박은용	1974	113
file	불		Ma	박은용	1974	247
fiya-	불꽃		Ma	박은용	1974	249
fus	불		Ma	박은용	1974	256
buldi, bulen	*불	warm	Ma	白鳥庫吉	1914ㄱ	180
filembi	*불	sich wärmen	Ma	白鳥庫吉	1914ㄱ	180
tō	*불	fire	Ma	Poppe, N	1965	180
toɣo	*불	fire	Ma	Poppe, N	1965	180
too	*불	fire	Ma	Poppe, N	1965	180
toɣowo	*불을	the fire	Ma	Poppe, N	1965	191
тɛго	*불		Ma	Shirokogoroff	1944	126
[то hy	*불		Ma	Shirokogoroff	1944	129
[тоho	*불		Ma	Shirokogoroff	1944	129
[торо	*불		Ma	Shirokogoroff	1944	129
тō	*불		Ma	Shirokogoroff	1944	129
тоо	*불		Ma	Shirokogoroff	1944	130
туа(о	*불		Ma	Shirokogoroff	1944	132
тоɣо	*불	fire	Ma	Цинциус	1977	190
улди	*불	flame	Ma	Цинциус	1977	260
н'иӈилэ	*불	fire	Ma	Цинциус	1977	639
gal	불		Mo	김선기	1968ㄱ	38
korge	화로		Mo	김영일	1986	173
korge-	화로를쓰다		Mo	김영일	1986	173
bül'eṅ	*불	heiss	Mo	白鳥庫吉	1914ㄱ	180

표제어/어휘		의미	언어	저자	발간년도	쪽수
bül'en	*불	heiss	Mo	白鳥庫吉	1914ㄱ	180
bül'äṅ	*불	heiss	Mo	白鳥庫吉	1914ㄱ	180
ulā	불		Mo	최학근	1959ㄱ	52
hula	불		Mo	최학근	1959ㄱ	52
gal-da	*불속에, 불속에서	in the fire	Mo	Poppe, N	1965	188
ateš	불		T	강길운	1977	15
o:ta-	불타다		T	김영일	1986	167
o:t	불		T	김영일	1986	167
könük-	완전히타버리다		T	김영일	1986	174
kön-	불타다		T	김영일	1986	174
ot	불		T	이숭녕	1956	84
ōt	*불	fire	T	Poppe, N	1965	177
uot	*불	fire	T	Poppe, N	1965	177
od	*불	fire	T	Poppe, N	1965	178
ut	*불	fire	T	Poppe, N	1965	178
*ōt	*불	fire	T	Poppe, N	1965	178

불꽃

표제어/어휘		의미	언어	저자	발간년도	쪽수
pɯჳɪ-	불꽃튀기다	불꽃튀기다	K	강길운	1982ㄴ	19
pɯჳɪ-	불꽃튀기다	불꽃튀기다	K	강길운	1982ㄴ	24
koc	불꽃		K	박은용	1974	239
gūr-	불꽃		Ma	박은용	1974	239
оч	*불꽃	sparkle	Ma	Цинциус	1977	29
hōсин	*불꽃	spark	Ma	Цинциус	1977	334
jōлоӊги	*불꽃, 불똥	spark	Ma	Цинциус	1977	347
сулӯн	*불꽃, 화염	blaze	Ma	Цинциус	1977	125
упаткʼін	*불꽃		Ma	Shirokogoroff	1944	144

불다

표제어/어휘		의미	언어	저자	발간년도	쪽수
pul-	*불다	to blow	K	강영봉	1991	8
pur	*불다	blow	K	金澤庄三郞	1910	18
pur	*불다	blow	K	金澤庄三郞	1910	9
pul-	불다	blow(of wind)	K	김동소	1972	136
pul ta	*불다	To blow	K	白鳥庫吉	1914ㄱ	181
pu ta	*불다	To blow	K	白鳥庫吉	1914ㄱ	181
pir-	불다	to blow (fire etc.)	K	이기문	1958	110
pur-	불다	to blow (fire etc.)	K	이기문	1958	110
xyry	불다	flow	K	이용주	1980	100
pur	불다	blow	K	이용주	1980	100
pūr-	불다	to blow	K	이용주	1980	83
pu	*불다	to blow	K	Hulbert, H. B.	1905	
pu	*불다	to swell, to be distended	K	Hulbert, H. B.	1905	
pur	*불다	blow	K	Kanazawa, S	1910	14
pur	*불다	blow	K	Kanazawa, S	1910	7
polg	*불다	blow	K	Martin, S. E.	1966	199
fulgiye-	불다	blow(of wind)	Ma	김동소	1972	136
fulgiyembi	불다		Ma	김동소	1972	143
hū-	불다		Ma	김동소	1972	143
fulgije-	불다		Ma	김동소	1972	143
fulgije-	불다		Ma	김방한	1978	16
hūla-	불다		Ma	박은용	1974	227
fi-	불다		Ma	박은용	1974	246
ful-	불다		Ma	박은용	1974	254

표제어/어휘		의미	언어	저자	발간년도	쪽수
púri	*불다	blasen, wehen	Ma	白鳥庫吉	1914ㄱ	181
hûwụm, ûwum	*불다	blasen	Ma	白鳥庫吉	1914ㄱ	181
fulgijembi	*불다	blasen, pfeifen	Ma	白鳥庫吉	1914ㄱ	181
fulgijeku	*불다	Pfeife	Ma	白鳥庫吉	1914ㄱ	181
fūču, fǔřǒ	*불다	blasen, wehen	Ma	白鳥庫吉	1914ㄱ	181
morakakú	*휘파람 불다	Flöte, Pfeife	Ma	白鳥庫吉	1915ㄱ	28
murakô	*휘파람 불다	Pfeife zum Locken der Hirschen	Ma	白鳥庫吉	1915ㄱ	28
muran	*휘파람 불다	Pfeife zum Locken der Hirschen	Ma	白鳥庫吉	1915ㄱ	28
pulö	더 많이 있다	zu viel sein, mehr sein	Ma	이기문	1958	110
hulöxö	더 많이 있다	zu viel sein, mehr sein	Ma	이기문	1958	110
fulu	넉넉하다	enough and to spare, superior	Ma	이기문	1958	110
fulgiye-	불다	to blow (fire etc.)	Ma	이기문	1958	110
pulöxö	더 많이 있다	zu viel sein, mehr sein	Ma	이기문	1958	110
Fulgiyembi	불다		Ma	최학근	1959ㄱ	44
Fulgiyebumbi	불게 하다		Ma	최학근	1959ㄱ	44
fulgiye-	불다		Ma	최학근	1959ㄱ	52
nypr'i	*불다, 불어 일으키다		Ma	Shirokogoroff	1944	109
[ïtö	*불다		Ma	Shirokogoroff	1944	64
[мотк'i	*불다		Ma	Shirokogoroff	1944	86
ȳвy	*불다		Ma	Shirokogoroff	1944	147
yв	*불다		Ma	Shirokogoroff	1944	147
[xy	*불다		Ma	Shirokogoroff	1944	54
[xyвi	*불다		Ma	Shirokogoroff	1944	54
[hy_вy	*불다		Ma	Shirokogoroff	1944	57
hyв-	*불다	blow	Ma	Цинциус	1977	336-2
нэлдй-	*불다	blow	Ma	Цинциус	1977	619-08
*füli	불다		Mo	김동소	1972	143
hülié-	불다		Mo	김동소	1972	143
ülije	불다		Mo	김동소	1972	143
ülije-	불다		Mo	김동소	1972	143
ülije-	불다		Mo	김방한	1978	16
hüli'e-	불다		Mo	김방한	1978	16
uľênäp	*불다	blasen	Mo	白鳥庫吉	1914ㄱ	181
ülinkü	*불다	faire du vent avec la bouche; souffler	Mo	白鳥庫吉	1914ㄱ	181
uľänäm	*불다	blasen	Mo	白鳥庫吉	1914ㄱ	181
üle-	더 많이 있다	zu viel sein, mehr sein	Mo	이기문	1958	110
üliye- < *püliye-	불다	to blow (fire etc.)	Mo	이기문	1958	110
hülä-	더 많이 있다	zu viel sein, mehr sein	Mo	이기문	1958	110
*püt-	더 많이 있다	zu viel sein, mehr sein	Mo	이기문	1958	110
üliye	불다		Mo	최학근	1959ㄱ	52
pïlie-	불다	Souffler/Sonner(de la trompette)	Mo	최학근	1959ㄱ	52
ulē-	불다		Mo	최학근	1959ㄱ	52
bora	(돌풍)불다		T	강길운	1980	6
ürürmen	*불다	blasen	T	白鳥庫吉	1914ㄱ	181
bogh	*불다	Dunst	T	白鳥庫吉	1914ㄱ	181
bokia	*불다	gedunsen, plump, feist	T	白鳥庫吉	1914ㄱ	181
bufujaṅ	*불다	blasen	T	白鳥庫吉	1914ㄱ	181
fuka	*불다	Blasé	T	白鳥庫吉	1914ㄱ	181
üräbin	*불다	blasen	T	白鳥庫吉	1914ㄱ	181
ürerben	*불다	blasen	T	白鳥庫吉	1914ㄱ	181
fear, far	*불다	Blasé	T	白鳥庫吉	1914ㄱ	181

표제어/어휘	의미		언어	저자	발간년도	쪽수
불쌍하다						
ə-jət-pĭm	불쌍하다		K	김사엽	1974	480
pulšyaŋ-hʌ-(id)	불쌍한		K	강길운	1987	26
оjутил-	*불쌍히 여기다	pity	Ma	Цинциус	1977	009
саɤдан-	*불쌍히 여기다	pity	Ma	Цинциус	1977	52
сиӈни-	*불쌍히 여기다	feel sorry for	Ma	Цинциус	1977	91
불알						
pul-al	불알		K	김사엽	1974	397
pir-al	*불알	the testicles	K	G. J. Ramstedt	1949	6
pur-al	*불알	the testicles	K	G. J. Ramstedt	1949	6
böltegen	불알		Mo	김승곤	1984	251
붉다						
puɯrg-	붉다		K	강길운	1982ㄴ	18
puɯrg-	붉다		K	강길운	1982ㄴ	24
puɯrg-	붉다		K	강길운	1982ㄴ	32
puɯrg-	붉다		K	강길운	1982ㄴ	36
puɯlg-	붉다		K	강길운	1983ㄱ	37
pulg-	붉다		K	강길운	1987	17
əri	붉다		K	강길운	1987	17
əlg-	붉다		K	강길운	1987	17
얽-	붉다		K	강길운	1987	17
ər(i)-g-	붉다		K	강길운	1987	17
붉-	붉다		K	강길운	1987	17
purk	*붉다		K	金澤庄三郎	1904	2
pul	붉다	red	K	김공칠	1988	83
sa-puɯ(l)g, sa-puɯ(l)gɯn	붉다		K	김공칠	1989	20
pulk-	빨간	red	K	김동소	1972	139
piɨlk-	빨간	red	K	김동소	1972	139
sapuk	붉다		K	김방한	1980	13
sopi	붉다		K	김방한	1980	13
pïlk	붉다		K	김사엽	1974	483
burgə	붉다	red	K	김선기	1968ㄱ	35
parga	붉다	red	K	김선기	1968ㄱ	35
붉다	붉다		K	김선기	1978ㄹ	353
pʉr-	붉다		K	박은용	1974	253
pʉrk-	붉다		K	박은용	1974	254
purk-	*붉다		K	小倉進平	1934	23
pirk-	붉다	to be red	K	이기문	1958	110
p#lk	붉다	be red	K	이기문	1973	7
pülgöŋ	붉다		K	이숭녕	1956	116
puɯrk-	붉다	red	K	이용주	1980	83
puɯrk-	붉다	red	K	이용주	1980	95
*gʷä´lkä	붉다	red	K	이용주	1980	99
pyrk	붉다	red	K	이용주	1980	99
살	붉다		K	이탁	1946ㄷ	14
pulk-	붉다		K	최학근	1959ㄱ	52
pulkta	*붉다	to be redhot	K	G. J. Ramstedt	1928	74
válk(a)-	*붉다	red	K	Martin, S. E.	1966	202
válk(a)-	*붉다	red	K	Martin, S. E.	1966	210

표제어/어휘		의미	언어	저자	발간년도	쪽수
válk(a)-	*붉다	red	K	Martin, S. E.	1966	221
válk(a)-	*붉다	red	K	Martin, S. E.	1966	222
fulgiyan	빨간	red	Ma	김동소	1972	139
ɸulgi	붉다	red	Ma	김선기	1968ㄱ	35
fulgi	붉다	red	Ma	김선기	1968ㄱ	35
fulgijan	붉다		Ma	김선기	1978ㄹ	354
fula-	붉다		Ma	박은용	1974	253
fulgiya-	붉다		Ma	박은용	1974	254
fulgiyan	붉은	red	Ma	이기문	1958	110
fu-liang	연붉은	light red	Ma	이기문	1958	110
fûh-lâh-kiāng	연붉은	light red	Ma	이기문	1958	110
fulahūn	연붉은	light red	Ma	이기문	1958	110
fulgiyan<*pulgin-yan	*붉다		Ma	村山七郎	1963	28
xulayin/xolayin/h olayin/kulayin/ula	붉다		Ma	최학근	1959ㄱ	52
kularin/ularin/xol arin	붉다		Ma	최학근	1959ㄱ	52
fulgiyan/fulgyan/f ulaxun	붉다		Ma	최학근	1959ㄱ	52
xololigi	붉다		Ma	최학근	1959ㄱ	52
fulgian	*붉다	to be redhot	Ma	G. J. Ramstedt	1928	74
[гутан'а	*붉은		Ma	Shirokogoroff	1944	52
нулама	*붉다	red	Ma	Цинциус	1977	343
ulagahan	붉다	red	Mo	김선기	1968ㄱ	35
ulga	붉다	red	Mo	김선기	1968ㄱ	35
ula-gan	*붉다	rot	Mo	小倉進平	1934	23
ulayan < hulayan	붉은	red	Mo	이기문	1958	110
hulaān<*pulagān	*붉다		Mo	村山七郎	1963	28
ulān/olān	붉다	rouge	Mo	최학근	1959ㄱ	52
Ulan	붉다		Mo	최학근	1959ㄱ	52
hulaan/Sirongol	붉다		Mo	최학근	1959ㄱ	52
hula'an	붉다		Mo	최학근	1959ㄱ	52
fulān	붉다		Mo	최학근	1959ㄱ	52
Xulá	붉다		Mo	최학근	1959ㄱ	52
ulagan <	*붉다	to be redhot	Mo	G. J. Ramstedt	1928	74
ulayan inu	*빨강	its redness	Mo	Poppe, N	1965	195
ulayan	*붉은	red	Mo	Poppe, N	1965	195
bulan	붉다	e15an	T	최학근	1959ㄱ	52

붓

put	*붓	writing brush	K	金澤庄三郎	1910	13
put	붓		K	김사엽	1974	396
pus	*붓		K	小倉進平	1934	23
put	붓		K	宋敏	1969	86
불	붓		K	이탁	1946ㄴ	26
pus or put	*붓	a pen	K	Aston	1879	19
put	*붓	writing brush	K	Edkins, J	1895	407
p'il	*붓	writing brush	K	Edkins, J	1895	407
put	*붓	writing brush	K	G. J. Ramstedt	1926	27
put	*붓	writing brush	K	Kanazawa, S	1910	11
pudye	*붓	brush	K	Martin, S. E.	1966	199
pudye	*붓	brush	K	Martin, S. E.	1966	206

표제어/어휘		의미	언어	저자	발간년도	쪽수
pudye	*붓	brush	K	Martin, S. E.	1966	214
pudye	*붓	brush	K	Martin, S. E.	1966	216
уӈтрэвун	*붓	brush	Ma	Цинциус	1977	279
biči	*필기구	Schreiben	Mo	小倉進平	1934	23
bir	*붓	brush	Mo	Poppe, N	1965	165
bite	*필기구	Schreiben	T	小倉進平	1934	23
bir	*붓	brush	T	Poppe, N	1965	165

붓다

pɯs-	붓다		K	강길운	1982ㄴ	20
pɯs-	붓다		K	강길운	1982ㄴ	24
pʉs-	붓다		K	박은용	1974	257
put ta	*붓다	To pour	K	白鳥庫吉	1914ㄱ	185
pis-	붓다	to pour	K	이기문	1958	111
pus-	붓다	to pour	K	이기문	1958	111
albimbi	붓다		Ma	김동소	1972	145
fusu-	붓다		Ma	박은용	1974	257
piśu	*붓다	spriβen	Ma	白鳥庫吉	1914ㄱ	186
fusumbi	*붓다	besprengen, besspriβen, begiessen	Ma	白鳥庫吉	1914ㄱ	186
fusu-	뿌리다	to sprinkle, to water	Ma	이기문	1958	111
pisiuri	뿌리다	to water, to squirt	Ma	이기문	1958	111
сэкэ-	*붓다	pour	Ma	Цинциус	1977	139
hэмпургэ-	*붓다	overswell	Ma	Цинциус	1977	365
чэхун	*붓다	puffed	Ma	Цинциус	1977	419
хӯл-	*붓다	pour	Ma	Цинциус	1977	476
ли-	*붓다	pour	Ma	Цинциус	1977	497
мэ̄рив-	*붓다		Ma	Цинциус	1977	571
üsürkü	*붓다	arroser, faire une aspersion, jeter de l'eau sur 1	Mo	白鳥庫吉	1914ㄱ	186
üsür- < *püsür-	붓다	to sprinkle	Mo	이기문	1958	111

붙이다

čih	붙이다		K	김사엽	1974	421
pütum	붙임		K	이숭녕	1956	111
уӈкэ-	*붙이다	glue	Ma	Цинциус	1977	279
чиӈнэ-	*붙이다	paste in	Ma	Цинциус	1977	397
пэдэнэ-	*…에 표(기호)를 붙이다	mark	Ma	Цинциус	1977	45
хобала-	*붙이다	paste over	Ma	Цинциус	1977	467
caj-	*…에 표(기호)를 붙이다	mark	Ma	Цинциус	1977	54
oju-	붙이다		Mo	이숭녕	1956	88

붙잡다

tə-uj-čap	붙잡다		K	김사엽	1974	427
put	*붙잡다		K	Hulbert, H. B.	1905	118
pat	*붙잡다		K	Hulbert, H. B.	1905	118
лактума	*붙잡히다		Ma	Shirokogoroff	1944	79
сэпкэ-	*붙잡다	catch	Ma	Цинциус	1977	144
нанти-	*붙잡다	grasp; grab	Ma	Цинциус	1977	584

비

pi	비	rain	K	김공칠	1988	83

표제어/어휘		의미	언어	저자	발간년도	쪽수
mah	장마	the rainy spell in summer	K	김공칠	1988	83
pi	비	rain	K	김동소	1972	139
pi	비	rain	K	이용주	1980	101
pĭ	비	rain	K	이용주	1980	81
pĭ	비	rain	K	이용주	1980	96
pi	*비	rain	K	G. J. Ramstedt	1949	200
aga	비	rain	Ma	김동소	1972	139
higin	*비	rain with wind	Ma	G. J. Ramstedt	1949	200
aɣa	*비	rain	Ma	Цинциус	1977	11
тигдэ	*비	rain	Ma	Цинциус	1977	175
удун	*비	rain	Ma	Цинциус	1977	248
унʼан	*비	rain	Ma	Цинциус	1977	277
haɣъlън	*비	rain	Ma	Цинциус	1977	308
jəhи	*비	rain	Ma	Цинциус	1977	356
нэ̄рнэ	*비	rain	Ma	Цинциус	1977	625
aga-	비오다		Mo	김영일	1986	173
boroɣan	*비	rain	Mo	Poppe, N	1965	201

비계

bige	비계	grease	K	김선기	1968ㄱ	32
омон	*비계	fat	Ma	Цинциус	1977	18
оръкън	*비계	fat	Ma	Цинциус	1977	23
нʼиптэнги	*비계	lard	Ma	Цинциус	1977	639
ӡоччо	*비계, 기름, 지방	fat, lard	Ma	Цинциус	1977	266
боксара	*비계, 기름, 지방	fat, lard	Ma	Цинциус	1977	91
wegeku	비계	grease	Mo	김선기	1968ㄱ	32

비교하다

jyəsɯl	비교하다		K	강길운	1977	15
ka-čʌl-pi	비교하다		K	김사엽	1974	450
jišeele	비교하다		Mo	강길운	1977	15

비기다

pigi-	*비기다	to be equal in game	K	G. J. Ramstedt	1949	200
higẹ-wẹ-, higẹ	*비기다	to whet	Ma	G. J. Ramstedt	1949	200

비녀

pin-a	*비녀	a hairpin	K	G. J. Ramstedt	1949	201
fina	비녀		Ma	김승곤	1984	251
fina	*비녀	an anglehook	Ma	G. J. Ramstedt	1949	201
hinna, hinda	*비녀	an anglehook	Ma	G. J. Ramstedt	1949	201

비누

sabõ	비누		K	김완진	1957	262
sekkeŋ	비누		K	김완진	1957	262
йсэ	*비누	soap	Ma	Цинциус	1977	331
ųáӈг	*비누		Ma	Shirokogoroff	1944	36
мiла	*비누		Ma	Shirokogoroff	1944	83

표제어/어휘		의미	언어	저자	발간년도	쪽수
비늘						
pi-nïl	비늘	fish scales	K	김공칠	1989	18
piɲil	*비늘	the scales of a fish	K	G. J. Ramstedt	1949	169
pinul	*비늘	the scales of a fish	K	G. J. Ramstedt	1949	169
pinul kikta	*비늘 깃다	to scale	K	G. J. Ramstedt	1949	169
nilli	*비늘	to scales of a fish	Ma	G. J. Ramstedt	1949	169
тэлэк	*비늘	scales	Ma	Цинциус	1977	233
ýталра	*비늘	scale	Ma	Цинциус	1977	293
[доlороцо	*비늘		Ma	Shirokogoroff	1944	32
[θхкін	*비늘		Ma	Shirokogoroff	1944	44
비다						
puil	비다		K	김공칠	1989	15
puj	비다		K	김사엽	1974	435
ppun	*비다	Only-following the noun	K	白鳥庫吉	1914ㄱ	179
pui-i	*비다	to be empty; to be vacant	K	白鳥庫吉	1914ㄱ	179
pui-ta	*비다	To be vacant; to be empty	K	白鳥庫吉	1914ㄱ	179
pïy	비다	be empty	K	宋敏	1969	86
puil	비다		K	宋敏	1969	86
puida	*비다	to be vacant/to be empty	K	G. J. Ramstedt	1949	207
baibi	*비다	unsonst, ohne Zweck	Ma	白鳥庫吉	1914ㄱ	179
pai	*비다	unsonst, ohne Zweck	Ma	白鳥庫吉	1914ㄱ	179
bai	*비다	umsonst, ohne Zweck	Ma	白鳥庫吉	1914ㄱ	179
bai nai	*비다	Laie, ein Gegensatz zum Schamanen	Ma	白鳥庫吉	1914ㄱ	179
baibi	*비다	müssig, vergebens, umsonst, unbeschäftight	Ma	白鳥庫吉	1914ㄱ	179
fixe gisun	*비다	empty words/chatter	Ma	G. J. Ramstedt	1949	207
унтухун	*비다	empty	Ma	Цинциус	1977	275
эбэтухун холо	*비다	empty	Ma	Цинциус	1977	433
xôsoń	*빈	leer	Mo	白鳥庫吉	1915ㄱ	18
xöson	*빈	leer	Mo	白鳥庫吉	1915ㄱ	18
xôhoń	*빈	leer	Mo	白鳥庫吉	1915ㄱ	18
xôhon	*빈	leer	Mo	白鳥庫吉	1915ㄱ	18
bot	*비다	frai, leer	T	白鳥庫吉	1914ㄱ	179
bos	*비다	frai, leer	T	白鳥庫吉	1914ㄱ	179
Bosto	*비다	frai, leer	T	白鳥庫吉	1914ㄱ	179
비다듬다						
pidadịmda	*비다듬다	to smooth	K	G. J. Ramstedt	1949	200
büli-	*비다듬다	to smooth, to caress	Mo	G. J. Ramstedt	1949	200
bili-	*비다듬다	to smooth, to caress	Mo	G. J. Ramstedt	1949	200
비단						
kip	비단		K	김사엽	1974	456
no	비단		K	김사엽	1974	456
kanïnkip	*비단		K	石井 博	1992	93
pitan	비단		K	宋敏	1969	86
c'ідес.у	*비단		Ma	Shirokogoroff	1944	114
[сопко	*비단		Ma	Shirokogoroff	1944	118
утасун	*비단		Ma	Shirokogoroff	1944	147
сэвјэ	*비단	silk	Ma	Цинциус	1977	134

표제어/어휘		의미	언어	저자	발간년도	쪽수
умгумэ	*비단	silk	Ma	Циннциус	1977	267
фаӈсэ	*비단	silk	Ma	Циннциус	1977	299
чусэ	*비단	silk	Ma	Циннциус	1977	418
чэчэ	*비단	silk	Ma	Циннциус	1977	422
ҳаӈси	*비단	silk	Ma	Циннциус	1977	462
мансуj	*비단	silk	Ma	Циннциус	1977	528
чунчэо	*비단 천	silk fabric	Ma	Циннциус	1977	414
солко	*비단(緋緞)	silk	Ma	Циннциус	1977	107
kib	비단	zwirn	Mo	白鳥庫吉	1914ㄷ	314

비둘기

aki	*비둘기	An esrthenware jar	K	宮崎道三郎	1906	10
비듥이	비둘기		K	권덕규	1923ㄴ	128
pi-tărk	*비둘기	dove	K	金澤庄三郎	1910	15
pitărk	*비둘기	dove	K	金澤庄三郎	1910	9
(pi)dạlk, (pi)dạri	비둘기	the pigeon	K	김공칠	1989	13
pi-tol-ki	비둘기		K	김사엽	1974	404
pitɔlki	비둘기		K	宋敏	1969	86
pitărk	비둘기		K	宋敏	1969	86
pital-ki	비둘기		K	宋敏	1969	86
pitalk	비둘기		K	宋敏	1969	86
pidạlk	비둘기		K	宋敏	1969	86
pitulki	비둘기		K	宋敏	1969	86
pi-tu-rogi	비둘기		K	이숭녕	1956	184
pitulki	비둘기		K	이용주	1980	72
pituri	*비둘기		K	長田夏樹	1966	116
pitalki	*비둘기		K	Aston	1879	21
pi-tărk	*비둘기	a pigeon	K	Kanazawa, S	1910	12
pitărk	*비둘기	dove	K	Kanazawa, S	1910	6
туту	*비둘기	pigeon	Ma	Циннциус	1977	223
кӯнти	*비둘기	pigeon	Ma	Циннциус	1977	432
тутуефкан	*비둘기.		Ma	Shirokogoroff	1944	135
rolynkó	*비둘기		Ma	Shirokogoroff	1944	50
[ангучан	*비둘기		Ma	Shirokogoroff	1944	8

비듬

pirɛ	비듬		K	박은용	1974	249
pilɔ	비듬		K	宋敏	1969	86
fiyelen	비듬		Ma	박은용	1974	249
ирит	*비듬	furfur	Ma	Циннциус	1977	327

비료

kɯmur	비료	dung, manure	K	강길운	1978	41
kŏr-ŭm	비료		K	김공칠	1989	19
kọr-ựm	비료		K	이숭녕	1955	19
gübre	비료	dung, manure	T	강길운	1978	41

비름

pir-eum	*비름	amaranthus	K	金澤庄三郎	1910	9
pi-lïm	비름		K	김사엽	1974	399
pirɛm	비름		K	박은용	1974	249
pi-reum	*비름	Spinuch	K	白鳥庫吉	1914ㄱ	171

표제어/어휘	의미		언어	저자	발간년도	쪽수
pi-reum na-mul	*비름	Spinach used as food	K	白鳥庫吉	1914ㄱ	171
pi-rɰm	*비름		K	小倉進平	1934	23
pilɔm	비름		K	宋敏	1969	86
pir-eum	비름		K	宋敏	1969	86
pir-eum	*비름	amaranthus	K	Kanazawa, S	1910	7
pir?ɔm	*비름	pigweed	K	Martin, S. E.	1966	199
pirʻɔm	*비름	pigweed	K	Martin, S. E.	1966	201
pirʻɔm	*비름	pigweed	K	Martin, S. E.	1966	211
pirʻɔm	*비름	pigweed	K	Martin, S. E.	1966	212
pirʻɔm	*비름	pigweed	K	Martin, S. E.	1966	219
fiyelen	비름		Ma	박은용	1974	249
fijelen	*비름		Ma	白鳥庫吉	1914ㄱ	171

비비다

표제어/어휘	의미		언어	저자	발간년도	쪽수
pipi-	문지르다	rub	K	김동소	1972	140
pupil-	문지르다	rub	K	김동소	1972	140
지다	어루만지다		K	김동소	1972	145
pu-puj	비비다		K	김사엽	1974	382
pi-pïj	비비다		K	김사엽	1974	448
ka-či-	*비비다	ding	K	白鳥庫吉	1914ㄷ	302
ka-či ka-či	*비비다	reiben	K	白鳥庫吉	1914ㄷ	302
puɲii-	비비다	to rub, to grind up	K	이기문	1958	110
monji-	문지르다	rub	Ma	김동소	1972	140
fufu	켜다	to saw	Ma	이기문	1958	110
pupula-	켜다	saegen	Ma	이기문	1958	110
pū-	켜다	saegen	Ma	이기문	1958	110
fufu-n	톱	a saw	Ma	이기문	1958	110
pо-	켜다	saegen	Ma	이기문	1958	110
*pupu-	켜다	saegen	Ma	이기문	1958	110
тіравуфкана	*비비다, 문지르다.		Ma	Shirokogoroff	1944	128
[теh	*비비다, 문지르다.		Ma	Shirokogoroff	1944	125
ӯдэ-	*비비다	rub	Ma	Цинциус	1977	249
ӯри-	*비비다	rub	Ma	Цинциус	1977	284
hики-	*비비다	rub	Ma	Цинциус	1977	323
мони-	*비비다	rumple	Ma	Цинциус	1977	545

비스듬하다

표제어/어휘	의미		언어	저자	발간년도	쪽수
pis-	비스듬하다		K	박은용	1974	248
taŋi	*비스듬하다		K	G. J. Ramstedt	1949	200
pitta	*비스듬하다	to be crosswise	K	G. J. Ramstedt	1949	202
pitterida	*비스듬하다	to mark toward the left	K	G. J. Ramstedt	1949	202
fise-	비스듬하다		Ma	박은용	1974	248
fisembi agambi	*비스듬하다	it rains obliquely (in hard wind)	Ma	G. J. Ramstedt	1949	202
byč	*비스듬하다	to cut	T	G. J. Ramstedt	1949	202

비웃다

표제어/어휘	의미		언어	저자	발간년도	쪽수
pi-us	비웃다		K	김사엽	1974	431
орҟат-/ч-	*비웃다	laugh at	Ma	Цинциус	1977	24
χоноли-	*비웃다	to sneer	Ma	Цинциус	1977	470
мусъм-	*비웃다	grin	Ma	Цинциус	1977	561

표제어/어휘		의미	언어	저자	발간년도	쪽수
비육						
pijuk	병아리		K	박은용	1974	250
fioha	병아리		Ma	박은용	1974	250
비치다						
pʌʒE-	비치다		K	강길운	1983ㄱ	36
pi-čʰoj	비치다		K	김사엽	1974	406
paz<ę̇	비치다	to shine	K	이기문	1958	110
foso-	비치다	to shine	Ma	이기문	1958	110
foso-n	햇빛	sunshine	Ma	이기문	1958	110
posénke	무전 보내다	funken	Ma	이기문	1958	110
ajaopй	*비치다 (물 또는 얼음에)	be reflected	Ma	Цинциус	1977	21
oldoн	*비치다, 빛나다		Ma	Shirokogoroff	1944	100
비키다						
pikʰi-	비키다		K	강길운	1981ㄱ	33
шинму-	*비키다	step aside	Ma	Цинциус	1977	426
비탈						
pithar	비탈	slope of a mountain	K	이기문	1958	106
bita	강비탈	slope of a river bottom	Ma	이기문	1958	106
c'ÿгбо	*비탈	slope	Ma	Цинциус	1977	118
н'ēгурй	*비탈	slope	Ma	Цинциус	1977	636
비틀다						
pit'ɯr-	비틀다		K	강길운	1980	6
pɪt'ɯr-	비틀다,떨다		K	강길운	1983ㄴ	125
hйв-	*비틀다	wrest	Ma	Цинциус	1977	321
bük-	비틀다		T	강길운	1980	6
빈대						
pin-tai	*빈대		K	白鳥庫吉	1914ㄱ	171
pin-tăi	*빈대	A hed-bag	K	白鳥庫吉	1914ㄱ	171
byiēnē	*빈대	Laus	Ma	白鳥庫吉	1914ㄱ	171
cÿcȳ	* (곤충) 빈대	bedbug	Ma	Цинциус	1977	131
наңқймўсй	*빈대	bed bug	Ma	Цинциус	1977	584
биси	*빈대	bedbug	Ma	Цинциус	1977	85
bögxön	*빈대	Laus	Mo	白鳥庫吉	1914ㄱ	171
büghesü	*빈대	pou; en géneral petit insect	Mo	白鳥庫吉	1914ㄱ	171
bagxon	*빈대	Laus	Mo	白鳥庫吉	1914ㄱ	171
bit	*빈대		T	白鳥庫吉	1914ㄱ	171
bit, büt	*빈대	Laus	T	白鳥庫吉	1914ㄱ	171
bét	*빈대	Laus	T	白鳥庫吉	1914ㄱ	171
клопу	*빈대		Ma	Shirokogoroff	1944	72
н'окli	*빈대		Ma	Shirokogoroff	1944	94
빌다						
pil ta	*빌다	To pray	K	白鳥庫吉	1914ㄱ	170
pir-	빌다	to pray	K	이기문	1958	109
pil	*빌다	to pray	K	Aston	1879	25

표제어/어휘		의미	언어	저자	발간년도	쪽수
pil-	*빌다	to pray	K	G. J. Ramstedt	1949	201
firu-	빌다	to pray	Ma	이기문	1958	109
firu-	*빌다	to pray	Ma	G. J. Ramstedt	1949	201
irüge- < hirüge-	빌다	to pray	Mo	이기문	1958	109

빌다(借)

pil-li ta	*빌다	to lend, to loan-other things than money	K	白鳥庫吉	1914ㄱ	170
pil-ö-mök ta	*빌다	to beg for a living	K	白鳥庫吉	1914ㄱ	171
pil-öng pang-i	*빌다	a beggar	K	白鳥庫吉	1914ㄱ	171
pil ta	*빌다	to borrow	K	白鳥庫吉	1914ㄱ	171
pil-ö-mök ta	*빌다	to beg food	K	白鳥庫吉	1914ㄱ	171
pil-	*빌다	fragen, bitten	K	Andre Eckardt	1966	235
pil-	*빌다	fragen, bitten	K	Andre Eckardt	1966	236
pălă	*바라다	to request	K	Aston	1879	25
pil-da	*빌다	bitten, beten	K	G. J. Ramstedt	1939ㄱ	482
hiru	*빌다	bitten, beten	Ma	G. J. Ramstedt	1939ㄱ	482
firu	*빌다	bitten, beten	Ma	G. J. Ramstedt	1939ㄱ	482
ɥalбор ; ɥalбур	*빌다, 부탁하다.		Ma	Shirokogoroff	1944	35
кằнằ	*빌다, 부탁하다.		Ma	Shirokogoroff	1944	68
гоlö,	*빌다, 부탁하다		Ma	Shirokogoroff	1944	50
эjȝт-/ч-	*빌다	beg	Ma	Цинциус	1977	442
дару-	*빌리다	run into debt, owe	Ma	Цинциус	1977	200
уди-	*빌리다	lend	Ma	Цинциус	1977	248
ǯубулэ-	*빌리다	borrow	Ma	Цинциус	1977	267
ӫну-	*빌리다	lend	Ma	Цинциус	1977	30
илду-	*빌리다	borrow, loan	Ma	Цинциус	1977	308
jордэ-	*빌리다	borrow	Ma	Цинциус	1977	348

빗

pis	빗		K	김사엽	1974	453
pit	빗		K	김승곤	1984	251
kusi	빗		K	김완진	1957	260
pit	*빗	a comb	K	G. J. Ramstedt	1949	202
hinna	빗		Ma	김승곤	1984	251
is-	빗		Ma	김승곤	1984	251
hinda	빗		Ma	김승곤	1984	251
is-	*빗	to clean wool or feathers	Ma	G. J. Ramstedt	1949	202
мэjхэ	*빗, 참빗	crest	Ma	Цинциус	1977	564
букуli	*빗		Ma	Shirokogoroff	1944	19
[iдун	*빗		Ma	Shirokogoroff	1944	57

빗장

pitčaŋ	빗장		K	이숭녕	1956	115
mo-gai	빗장		K	이숭녕	1956	166
н'онтоā	*빗장	crossbar	Ma	Цинциус	1977	643

빚

pit či ta	*빚	to get into debt	K	白鳥庫吉	1914ㄱ	171
pit-noi hă ta	*빚	to be money lender	K	白鳥庫吉	1914ㄱ	171
pit-ču ta	*빚	to loan money at interest	K	白鳥庫吉	1914ㄱ	171
pit-ču ta	*빚	to lend at interest	K	白鳥庫吉	1914ㄱ	171

표제어/어휘		의미	언어	저자	발간년도	쪽수
pit nai ta	*빚	to contract a debt	K	白鳥庫吉	1914ㄱ	171
pit či ta	*빚	to contrac debts	K	白鳥庫吉	1914ㄱ	171
pit-noi hǎ ta	*빚	to make one's living by loaning money	K	白鳥庫吉	1914ㄱ	171
pit nai ta	*빚	to obtain money on interest	K	白鳥庫吉	1914ㄱ	171
báitala	*빚	1) thun, 2) brauschen, nöthig haben	Ma	白鳥庫吉	1914ㄱ	171
baita	*빚	Zweck, Absicht, Preis, Blutrache	Ma	白鳥庫吉	1914ㄱ	171
báita	*빚	That, Angelegengeit, Schuld, Grund	Ma	白鳥庫吉	1914ㄱ	171
baitake	*빚	That, Angelegengeit, Schuld, Grund	Ma	白鳥庫吉	1914ㄱ	171
báta	*빚	That, Angelegengeit, Schuld, Grund	Ma	白鳥庫吉	1914ㄱ	171
baita	*빚	That, Angelegengeit, Schuld, Grund	Ma	白鳥庫吉	1914ㄱ	171
buru	*빚	Schuld	Ma	白鳥庫吉	1914ㄱ	172
buruťi	*빚	schuldig	Ma	白鳥庫吉	1914ㄱ	172
урйн	*빚	debt	Ma	Цинциус	1977	285
кōта	*빚	debt	Ma	Цинциус	1977	417
buru	*빚	schuld	Mo	白鳥庫吉	1914ㄱ	172
burulai	*빚	schuldig	Mo	白鳥庫吉	1914ㄱ	172
ötek	빚		T	김영일	1986	168
ötekle-	빚지다		T	김영일	1986	168
brôlok	*빚	schuldig	T	白鳥庫吉	1914ㄱ	172
brôlyx	*빚	schuldig	T	白鳥庫吉	1914ㄱ	172
burôlox, bulôleg	*빚	schuldig	T	白鳥庫吉	1914ㄱ	172
brô	*빚	Schuld	T	白鳥庫吉	1914ㄱ	172
[бypy	*빚.		Ma	Shirokogoroff	1944	21
дôлгá	*빚.		Ma	Shirokogoroff	1944	32
цaн	*빚.		Ma	Shirokogoroff	1944	36
гaркʼi	*빚.		Ma	Shirokogoroff	1944	47
[нaн	*빚		Ma	Shirokogoroff	1944	90

빚다

pič	빚다		K	김사엽	1974	459
pit ta	*빚다	To roll into balls-as damplings etc; to mix up; to	K	白鳥庫吉	1914ㄱ	173
fučembi	*빚다	besprengen, besptiβen, begiessen	Ma	白鳥庫吉	1914ㄱ	173
fusumbi	*빚다	besprengen, besptiβen, begiessen	Ma	白鳥庫吉	1914ㄱ	173
fosombi	*빚다	schäumen	Ma	白鳥庫吉	1914ㄱ	173
fosombi	*빚다	fašor sem	Ma	白鳥庫吉	1914ㄱ	173
fosombi	*빚다	futur seme	Ma	白鳥庫吉	1914ㄱ	173
botsalxu	*빚다	bouillir, bouillonner, être en ébullition	Mo	白鳥庫吉	1914ㄱ	173
botsolxo	*빚다	bouillir, bouillonner, être en ə0bullition	Mo	白鳥庫吉	1914ㄱ	173
bučalnap	*빚다	bouillir, bouillonner, être en ē´bullition	Mo	白鳥庫吉	1914ㄱ	173
busalxa	*빚다	bouillir, bouillonner, être en èbullition	Mo	白鳥庫吉	1914ㄱ	173

표제어/어휘		의미	언어	저자	발간년도	쪽수
busulxu	*빚다	bouillir, bouillonner, être en ébullition	Mo	白鳥庫吉	1914ㄱ	173
püsmek	*빚다	kochen, braten, aufwallen	T	白鳥庫吉	1914ㄱ	173
pizer	*빚다	kochen, backen	T	白鳥庫吉	1914ㄱ	173
pišmek	*빚다	kochen, braten, reif werden	T	白鳥庫吉	1914ㄱ	173
pis'	*빚다	aufwallen, sich ereifern, zürnen	T	白鳥庫吉	1914ㄱ	173
pismek	*빚다	kochen, braten, aufwallen	T	白鳥庫吉	1914ㄱ	173
bus	*빚다	reif werden	T	白鳥庫吉	1914ㄱ	173
bošmak	*빚다	in Zorn gerathen	T	白鳥庫吉	1914ㄱ	173
bošmak	*빚다	aufwallen, zürnen	T	白鳥庫吉	1914ㄱ	173
bišmek	*빚다	kochen, sieden, reif werden	T	白鳥庫吉	1914ㄱ	173
bišmek	*빚다	(wie oben)	T	白鳥庫吉	1914ㄱ	173
baša+]nmak	*빚다	zürnen	T	白鳥庫吉	1914ㄱ	173
busar	*빚다	kochen	T	白鳥庫吉	1914ㄱ	173
pišmek	*빚다	(wie oben)	T	白鳥庫吉	1914ㄱ	173

빛

표제어/어휘		의미	언어	저자	발간년도	쪽수
pit	*빛	color	K	白鳥庫吉	1914ㄱ	172
pyöt	*빛	light-of the sun as opposed to shade; sunshine	K	白鳥庫吉	1914ㄱ	172
pit č'oi ta	*빛	to Shine; to reflect; to enlighten	K	白鳥庫吉	1914ㄱ	172
pis	*빛		K	白鳥庫吉	1914ㄱ	172
năt ko-on pis	*낮 고운 빛		K	白鳥庫吉	1914ㄱ	172
pit na ta	*빛	to Shine; to be bright; to be brilliant	K	白鳥庫吉	1914ㄱ	172
pit	빛		K	宋敏	1969	86
비쳐지	빛		K	이기문	1978	24
pič	*빛	Licht	K	Andre Eckardt	1966	235
fiya	빛		Ma	박은용	1974	248
fijan	*빛	Farbe, Aussehen, Gestalt; rothe Schminke	Ma	白鳥庫吉	1914ㄱ	172
pūh-č'ú-kāi	*빛	farbig	Ma	白鳥庫吉	1914ㄱ	172
pudí	*빛	Schönheit, schönes, Mädchen oder Weib	Ma	白鳥庫吉	1914ㄱ	172
foson	*빛	glanzen	Ma	白鳥庫吉	1914ㄱ	172
fijangga	*빛	aussehnlich, schön, geglättet, polirt, Schönheit,	Ma	白鳥庫吉	1914ㄱ	172
bótḱo	*빛	Farbe	Ma	白鳥庫吉	1914ㄱ	172
bočo	*빛	Farbe, ausseres Aussehen	Ma	白鳥庫吉	1914ㄱ	172
boč'onggo	*빛	Farbe, ausseres Aussehen	Ma	白鳥庫吉	1914ㄱ	172
fosombi	*빛	glänzen, erleuchten	Ma	白鳥庫吉	1914ㄱ	172
fosombi	*빛	glanzen	Ma	白鳥庫吉	1914ㄱ	172
ǵelaxí	*빛	licht	Ma	白鳥庫吉	1915ㄱ	12
ŋẹ̄rī	*빛	light	Ma	Poppe, N	1965	203
[нуry	*빛		Ma	Shirokogoroff	1944	96
gerel	빛		Mo	강길운	1977	14
budek	*빛	Farbe	Mo	白鳥庫吉	1914ㄱ	172
büdek	*빛	Farbe	Mo	白鳥庫吉	1914ㄱ	172
budak	*빛	Farbe	Mo	白鳥庫吉	1914ㄱ	172
bodak	*빛	Farbe	Mo	白鳥庫吉	1914ㄱ	172
budenam	*빛	schmieren	Mo	白鳥庫吉	1914ㄱ	172
bicʰigecʰi	빛		Mo	이기문	1978	24
gere	*빛	light; witness	Mo	Poppe, N	1965	203

표제어/어휘		의미	언어	저자	발간년도	쪽수
gerel	*빛	light	Mo	Poppe, N	1965	203
boja	*빛	Farbe,	T	白鳥庫吉	1914ㄱ	172
boj	*빛	Menstrum	T	白鳥庫吉	1914ㄱ	172
bataklamak	*빛	färben, röthen	T	白鳥庫吉	1914ㄱ	172
bojamak	*빛	färben	T	白鳥庫吉	1914ㄱ	172
botak, butak	*빛	Farbe	T	白鳥庫吉	1914ㄱ	172
butui	*빛	roth färben	T	白鳥庫吉	1914ㄱ	172
pojo	*빛	färben	T	白鳥庫吉	1914ㄱ	172
puduk, poju	*빛	Farbe	T	白鳥庫吉	1914ㄱ	172
bojak	*빛	Farbe	T	白鳥庫吉	1914ㄱ	172
roʂn	*빛	light	T	Poppe, N	1965	168
śută	*빛, 밝음, 빛나는	light, brightness, bright	T	Poppe, N	1965	195

빛깔

gar	빛깔		K	김선기	1976ㄷ	336
gerel	빛깔		Mo	김선기	1976ㄷ	336

빛나다

sar	빛나는	brighteness	K	강길운	1978	42
pɔlk	새벽빛	dawn bright	K	김공칠	1988	83
pulkwr	빛나다	to shine	K	김공칠	1988	83
-gilan	*빛나는	lightning	K	Johannes Rahder	1959	45
билкини	*빛나는	brilliant, splendid	Ma	Цинциус	1977	82
saraɣul	빛나는	brighteness	Mo	강길운	1978	42
gerembi	*빛나는	hell werden	Ma	白鳥庫吉	1915ㄱ	12
gerilambi	*빛나다	leuchten	Ma	白鳥庫吉	1915ㄱ	12
geri	*빛나다	dammärung	Ma	白鳥庫吉	1915ㄱ	12
r'ilта кïндун	*빛나는, 반짝이는		Ma	Shirokogoroff	1944	49
kelyp'ïн	*빛나는.		Ma	Shirokogoroff	1944	70
[корїмї	*빛나다, 반짝이다, 번쩍이다.		Ma	Shirokogoroff	1944	74
ɥасана	*빛나다, 반짝이다.		Ma	Shirokogoroff	1944	36
[цакеlган	*빛나다, 반짝이다		Ma	Shirokogoroff	1944	22
цак'еlу	*빛나다, 반짝이다		Ma	Shirokogoroff	1944	22
аlба	*빛나다, 밝아지다.		Ma	Shirokogoroff	1944	4
[cak'ilra	*빛나다.		Ma	Shirokogoroff	1944	110
та	*빛나다.		Ma	Shirokogoroff	1944	121
iлăна	*빛나다		Ma	Shirokogoroff	1944	59
r'ilта	*빛나다		Ma	Shirokogoroff	1944	49
iланму	*빛나다		Ma	Shirokogoroff	1944	59
9lданч	*빛나다		Ma	Shirokogoroff	1944	44
гилтана-	*빛나다, 반짝이다	shine, flash	Ma	Цинциус	1977	151
тоңгіл-тоңгіл	*빛나다	shine	Ma	Цинциус	1977	197
тоски	*빛나다	brilliant	Ma	Цинциус	1977	200
hаjакат-/ч-	*빛나다	shine	Ma	Цинциус	1977	308
hутан-	*빛나다	sparkle	Ma	Цинциус	1977	356
чакелга-	*빛나다	shine	Ma	Цинциус	1977	379
элдэ-	*빛나다	shine	Ma	Цинциус	1977	446
gerel	*빛나다	scheinen	Mo	白鳥庫吉	1914ㄷ	287
gёrёl	*빛나다	licht	Mo	白鳥庫吉	1914ㄷ	287
gilhelzexü	*빛나는	hell werden	Mo	白鳥庫吉	1915ㄱ	12
hairenam	*빛나는	glänzen	Mo	白鳥庫吉	1915ㄱ	12
jaaruk	*빛나다	scheinen	T	白鳥庫吉	1914ㄷ	287

표제어/어휘	의미		언어	저자	발간년도	쪽수

빠구리

paku-	간음		K	박은용	1974	245
fehu-	간음		Ma	박은용	1974	245

빠르다

yak=	빠르다		K	강길운	1983ㄴ	111
tasaha-	바쁘다		K	강길운	1983ㄴ	123
pằl	빠르다		K	김공칠	1989	7
pʌ-lʌ	빠르다		K	김사엽	1974	403
pere	빠르다		K	송민	1965	41
spɔ(l)	빠르다		K	宋敏	1969	86
ppɒrïl	빠르다		K	宋敏	1969	86
ppal	빠르다		K	宋敏	1969	86
pal	빠르다		K	宋敏	1969	86
ppạrida	*빠르다	to be quick	K	G. J. Ramstedt	1949	192
pár?(a)	*빠르다	fast	K	Martin, S. E.	1966	199
pár¹-	*빠르다	fast	K	Martin, S. E.	1966	211
pár¹(a)-	*빠르다	fast	K	Martin, S. E.	1966	220
pár¹(a)-	*빠르다	fast	K	Martin, S. E.	1966	221
pár¹(a)-	*빠르다	fast	K	Martin, S. E.	1966	222
pár¹(a)-	*빠르다	fast	K	Martin, S. E.	1966	223
sapali	*빠르다	to be quick	Ma	G. J. Ramstedt	1949	192
kēly	*빠르게.		Ma	Shirokogoroff	1944	70
аjиӈ	*빠르다	fast	Ma	Цинциус	1977	21
тургэн	*빠르다	fast	Ma	Цинциус	1977	219
ӡорка	*빠르다	fast	Ma	Цинциус	1977	265
урэ̄гэн	*빠르다	fast	Ma	Цинциус	1977	289
шиктэвул	*빠르다	quick	Ma	Цинциус	1977	425
сотopo	*빠른	fast	Ma	Цинциус	1977	114
кэ̄лэн	*빠른	fast	Ma	Цинциус	1977	447
ходō	*빠른	fast	Ma	Цинциус	1977	468
хэдэн	*빠른	fast	Ma	Цинциус	1977	480
сампал	*빠른, 고속의	fast	Ma	Цинциус	1977	60
аӡilabi	*빠른.		Ma	Shirokogoroff	1944	2
ч'iктi	*빠른.		Ma	Shirokogoroff	1944	24

빠지다

kud	빠지다		K	강길운	1981ㄴ	5
фарада-	*빠지다	stick	Ma	Цинциус	1977	299
паси	*빠지다	fall	Ma	Цинциус	1977	34
чомпо-	*빠지다	stick	Ma	Цинциус	1977	406
алди-	*빠지다 (진구렁, 늪 등에)	sink in	Ma	Цинциус	1977	31
таlпака	*빠지다		Ma	Shirokogoroff	1944	122

빨강

pulk-	*빨강	red	K	강영봉	1991	11
*śaiy	*빨강	red	K	Christopher I.	2004	135
*śapiy ~ ^śpiy	*빨강	red	K	Christopher I. Beckwith	2004	136
həbȳ-	*빨개지다	blush	Ma	Цинциус	1977	358
н'эмэүй-	*빨개지다	turn red	Ma	Цинциус	1977	653

표제어/어휘		의미	언어	저자	발간년도	쪽수
빨다						
ppal-	빨다	suck	K	김동소	1972	140
ppel-	빨다	suck	K	김동소	1972	140
*ǰ˘upu	빨다	suck	K	이용주	1980	100
sper	빨다	suck	K	이용주	1980	100
simi-	빨다	suck	Ma	김동소	1972	140
уг𝑧и-	*빨다	suck	Ma	Цинциус	1977	245
уку	*빨다	suck	Ma	Цинциус	1977	254
чумэ-	*빨다	suck	Ma	Цинциус	1977	414
эмиjэ-	*빨다	suck	Ma	Цинциус	1977	450
нупку-	*빨다	suck	Ma	Цинциус	1977	612
빨리						
balli	*빨리	quickly	K	Hulbert, H. B.	1905	
ĝōнĝōрйō	*빨리	rapidly	Ma	Цинциус	1977	160
тэхэ	*빨리	fast	Ma	Цинциус	1977	230
чанĝоар	*빨리	fast	Ma	Цинциус	1977	384
китир сэмэ	*빨리	fast	Ma	Цинциус	1977	400
шедамит	*빨리	fast	Ma	Цинциус	1977	425
ḳ̌уc	*빨리	fast	Ma	Цинциус	1977	438
эмэкэт	*빨리	fast	Ma	Цинциус	1977	453
лали	*빨리	fast	Ma	Цинциус	1977	489
бала	*빨리	rapidly	Ma	Цинциус	1977	68
эрули	*빨리!	fast	Ma	Цинциус	1977	466
ďĭrapц'i	*빨리, 곧.		Ma	Shirokogoroff	1944	30
амар	*빨리, 곧		Ma	Shirokogoroff	1944	6
ďĭrapн'i	*빨리.		Ma	Shirokogoroff	1944	30
амар дali	*빨리.		Ma	Shirokogoroff	1944	6
н'ачас	*빨리; 얼른	quickly	Ma	Цинциус	1977	636
빵						
otok.oma<i͡>	빵		K	김완진	1957	261
paŋ	빵		K	김완진	1957	261
kilebeg-	빵을굽다		Ma	김영일	1986	170
kileb	빵		Ma	김영일	1986	170
ẏуō̄	*빵	bread	Ma	Цинциус	1977	247
килēп	*빵	bread	Ma	Цинциус	1977	393
колобо	*빵	bread	Ma	Цинциус	1977	407
빨다						
pʌ-zʌ-a	빨다		K	김사엽	1974	453
нӣлка-	*빨다	pound	Ma	Цинциус	1977	592
빼앗기다						
as	빼앗다		K	김사엽	1974	472
ppä-āida	*빼앗기다	to be outdone	K	G. J. Ramstedt	1949	15
ppä-akkida	*빼앗기다	to be outdone	K	G. J. Ramstedt	1949	15
ppa-aida	*빼앗기다	to be outdone	K	G. J. Ramstedt	1949	15
ppä-atta	*빼앗다	to wrest from	K	G. J. Ramstedt	1949	15
atta	*빼앗다	to wrest from, to take away	K	G. J. Ramstedt	1949	15
asa-	*멈추다		Ma	G. J. Ramstedt	1949	15

표제어/어휘	의미		언어	저자	발간년도	쪽수
тісіма	*빼앗다.		Ma	Shirokogoroff	1944	128
[тііта	*빼앗다		Ma	Shirokogoroff	1944	127
тіјі	*빼앗다		Ma	Shirokogoroff	1944	127
тй-	*빼앗다	take away	Ma	Цинциус	1977	173
дури-	*빼앗다	take away	Ma	Цинциус	1977	225
шуви-	*빼앗다	take away	Ma	Цинциус	1977	428
atxuxu	*빼앗다	saisir avec le main, prendre nue poignée, tenir av	Mo	白鳥庫吉	1915ㄱ	4
atxaxa	*빼앗다	saisir avec le main, prendre nue poignée, tenir av	Mo	白鳥庫吉	1915ㄱ	4
adyr	*멈추다		T	G. J. Ramstedt	1949	15

빽빽

표제어/어휘	의미		언어	저자	발간년도	쪽수
pʉik	조밀하다		K	박은용	1974	247
fik	조밀하다		Ma	박은용	1974	247

뺨

표제어/어휘	의미		언어	저자	발간년도	쪽수
pojyo-kä	뺨		K	강길운	1981ㄴ	4
頰	뺨		K	辛 容泰	1987	141
pjam	뺨		K	이숭녕	1956	180
pjamtagu	뺨		K	이숭녕	1956	180
pjam-tagui	뺨		K	이숭녕	1956	180
spam	*뺨		K	長田夏樹	1966	112
*papam	*뺨		K	長田夏樹	1966	112
*ppam	*뺨		K	長田夏樹	1966	112
pol/pol-tá-gu	뺨		K	최학근	1959ㄱ	51
filha	뺨		Ma	최학근	1959ㄱ	51
pyrxi	뺨		Ma	최학근	1959ㄱ	51
[еlдікан	*뺨		Ma	Shirokogoroff	1944	42
ечан	*뺨		Ma	Shirokogoroff	1944	42
анчан, ан'чан	*뺨		Ma	Shirokogoroff	1944	7
н'ік'імна,	*뺨		Ma	Shirokogoroff	1944	92
н'ік'ін	*뺨		Ma	Shirokogoroff	1944	92
[ічі	*뺨		Ma	Shirokogoroff	1944	57
cojло	*뺨	cheek	Ma	Цинциус	1977	104
паγ	*뺨	cheek	Ma	Цинциус	1977	31
erge	뺨		Mo	최학근	1959ㄱ	51
xarGi	뺨		Mo	최학근	1959ㄱ	51
pol	뺨, 볼		K	김공칠	1989	4

뼈

표제어/어휘	의미		언어	저자	발간년도	쪽수
k'waŋ	*뼈	bone	K	강영봉	1991	8
pyö	*뼈	bone	K	金澤庄三郎	1910	13
pyö	*뼈	bone	K	金澤庄三郎	1910	9
pyö	뼈		K	김공칠	1989	10
pyö	뼈		K	김공칠	1989	8
ppjʌ	뼈	bone	K	김동소	1972	136
p'jək-ta-ku	뼈		K	김사엽	1974	393
p'jə	뼈		K	김사엽	1974	393
pje	뼈	bone	K	김선기	1968ㄱ	30
gor	골		K	김선기	1968ㄱ	30
kirə	뼈		K	박은용	1974	233

표제어/어휘		의미	언어	저자	발간년도	쪽수
ppyö	*뼈	A bone	K	白鳥庫吉	1914ㄱ	186
ppyök ta-kui	*뼈다귀	bone	K	白鳥庫吉	1914ㄱ	186
pyö	뼈		K	宋敏	1969	86
spyë	뼈		K	宋敏	1969	86
p'yö	뼈		K	宋敏	1969	86
pⁱe-dagu	뼈		K	이숭녕	1956	179
pjŏ	뼈		K	이숭녕	1956	180
pjγ-k-tagui	뼈		K	이숭녕	1956	180
spyə	뼈		K	이용주	1979	113
spje	뼈	bone	K	이용주	1980	101
spyə̆	뼈	bone	K	이용주	1980	80
qpje	*뼈	bone	K	長田夏樹	1966	82
pyö	*뼈	bone	K	Kanazawa, S	1910	11
pyö	*뼈	bone	K	Kanazawa, S	1910	6
pyö	*뼈	bone	K	Kanazawa, S	1910	7
p(Y)enye	*뼈	bone	K	Martin, S. E.	1966	199
p(Y)enye	*뼈	bone	K	Martin, S. E.	1966	207
pYenye	*뼈	bone	K	Martin, S. E.	1966	214
penye	*뼈	bone	K	Martin, S. E.	1966	214
p(Y)enye	*뼈	bone	K	Martin, S. E.	1966	214
pYenye,penye	*뼈	bone	K	Martin, S. E.	1966	224
giranggi	뼈	bone	Ma	김동소	1972	136
hoto	뼈	bone	Ma	김선기	1968ㄱ	30
gira-	뼈		Ma	박은용	1974	233
byjö	*뼈	schwanger sein	Ma	白鳥庫吉	1914ㄱ	186
boja	*뼈	schwanger sein	Ma	白鳥庫吉	1914ㄱ	186
boʝ, boö	*뼈	schwanger sein	Ma	白鳥庫吉	1914ㄱ	186
böija	*뼈	schwanger sein	Ma	白鳥庫吉	1914ㄱ	186
bóje	*뼈	schwanger sein	Ma	白鳥庫吉	1914ㄱ	186
baje	*뼈	schwanger sein	Ma	白鳥庫吉	1914ㄱ	186
býiedu bi	*뼈	schwanger sein	Ma	白鳥庫吉	1914ㄱ	186
byjén,búien	*뼈	seinm ihr	Ma	白鳥庫吉	1914ㄱ	186
byjé	*뼈	Leib, selbst, eigen	Ma	白鳥庫吉	1914ㄱ	186
bojo	*뼈	schwanger sein	Ma	白鳥庫吉	1914ㄱ	186
boyé	*뼈	schwanger sein	Ma	白鳥庫吉	1914ㄱ	186
bye	*뼈	schwanger sein	Ma	白鳥庫吉	1914ㄱ	186
bajó	*뼈	schwanger sein	Ma	白鳥庫吉	1914ㄱ	186
bei	*뼈	schwanger sein	Ma	白鳥庫吉	1914ㄱ	186
byja	*뼈	schwanger sein	Ma	白鳥庫吉	1914ㄱ	186
beje	*뼈	schwanger sein	Ma	白鳥庫吉	1914ㄱ	186
bojé, bejé, beijé	*뼈	schwanger sein	Ma	白鳥庫吉	1914ㄱ	186
bóie	*뼈	schwanger sein	Ma	白鳥庫吉	1914ㄱ	186
[амун	*뼈		Ma	Shirokogoroff	1944	7
мусус	*뼈		Ma	Shirokogoroff	1944	88
[оман	*뼈		Ma	Shirokogoroff	1944	101
iкрi	*뼈		Ma	Shirokogoroff	1944	58
iкöji , ixöji . iкöpi	*뼈		Ma	Shirokogoroff	1944	58
гiрамда	*뼈		Ma	Shirokogoroff	1944	49
гирамна	*뼈	bone	Ma	Цинциус	1977	154
таӈа	*뼈	bone	Ma	Цинциус	1977	162
доӈқъл	*뼈	bone	Ma	Цинциус	1977	216
илэ	*뼈	bone	Ma	Цинциус	1977	311
чēӈа	*뼈	bone	Ma	Цинциус	1977	387
қисъқън	*뼈	bone	Ma	Цинциус	1977	399

표제어/어휘		의미	언어	저자	발간년도	쪽수
коjахӣ	*뼈	bone	Ma	Цинциус	1977	404
кумурэ̌	*뼈	bone	Ma	Цинциус	1977	431
ӈача	*뼈	bone	Ma	Цинциус	1977	658
сира	*뼈	bone	Ma	Цинциус	1977	94
jasu	뼈	bone	Mo	김선기	1968ㄱ	30
beje	*뼈	Körper	Mo	白鳥庫吉	1914ㄱ	186
bëje	*뼈	Körper	Mo	白鳥庫吉	1914ㄱ	186
beje	*뼈	Corps, chair; personne;figure, aspect, form, image	Mo	白鳥庫吉	1914ㄱ	186
biji	*뼈	Körper, selbst	Mo	白鳥庫吉	1914ㄱ	186
yasan	*뼈로 만들어진	osseous, made of bone	Mo	Poppe, N	1965	178
boi	*뼈	Gestalt, Körper	T	白鳥庫吉	1914ㄱ	186
bos	*뼈	selbst	T	白鳥庫吉	1914ㄱ	186
bot	*뼈	selbst	T	白鳥庫吉	1914ㄱ	186

뽑다

p'ob-	뽑다		K	강길운	1983ㄴ	125
субкэлэ-	*뽑다	pull out	Ma	Цинциус	1977	116
суллу-	*뽑다	pull out	Ma	Цинциус	1977	125
тулдули-	*뽑다	pull out	Ma	Цинциус	1977	210
такаla	*뽑다.		Ma	Shirokogoroff	1944	121
ч'ікаdі	*뽑다.		Ma	Shirokogoroff	1944	24
уlду	*뽑다		Ma	Shirokogoroff	1944	140
тагдӣ-	*뽑아내다	pull out	Ma	Цинциус	1977	150

뽕나무

spoñ	*뽕나무		K	長田夏樹	1966	112
*kpoñ	*뽕나무		K	長田夏樹	1966	112
*kopoñ	*뽕나무		K	長田夏樹	1966	112
spoñ<*kpoñ<*ko	뽕나무		K	김공칠	1989	20
spoñ	뽕나무		K	이용주	1980	106
нималан	*뽕나무	mulberry (tree)	Ma	Цинциус	1977	593

뿌리

čam	뿌리		K	강길운	1979	9
čam	뿌리		K	강길운	1983ㄱ	27
嶄	뿌리		K	강길운	1983ㄱ	31
čam	뿌리		K	강길운	1983ㄱ	31
pulhü	뿌리		K	강길운	1983ㄴ	112
pulhü	뿌리		K	강길운	1983ㄴ	125
cʰam	뿌리		K	강길운	1983ㄴ	128
k'ok(id)	뿌리		K	강길운	1987	27
꼭지	뿌리		K	강길운	1987	27
pulhwi	*뿌리	root	K	강영봉	1991	11
ppuli	뿌리	root	K	김동소	1972	140
pulhïl	뿌리	root	K	김동소	1972	140
bulhui	뿌리	root	K	김선기	1968ㄱ	33
puri	뿌리	root	K	김선기	1968ㄱ	33
purhui	뿌리		K	박은용	1974	254
ppu-rök-i	*뿌리	A root	K	白鳥庫吉	1914ㄱ	181
ppu-rök-či	*뿌리	A root	K	白鳥庫吉	1914ㄱ	181
ppu-ri	*뿌리	a root, origin, source	K	白鳥庫吉	1914ㄱ	181

표제어/어휘		의미	언어	저자	발간년도	쪽수
ppul-hi	*뿌리	A root	K	白鳥庫吉	1914ㄱ	181
purhui	뿌리	root	K	이기문	1958	110
pul-hui	뿌리		K	이숭녕	1956	154
purigi	뿌리		K	이숭녕	1956	154
puregi	뿌리		K	이숭녕	1956	154
purhŭi	불휘	root	K	이용주	1980	81
qpuri	*뿌리	root	K	長田夏樹	1966	82
p'u-ri	뿌리		K	최학근	1959ㄱ	49
^tśiəm	*뿌리	root	K	Christopher I. Beckwith	2004	110
^tśiəm[斬]	*뿌리	root, base ~ tree root	K	Christopher I. Beckwith	2004	139
pulhui	*뿌리	root	K	G. J. Ramstedt	1949	209
čamɣ	뿌리		Ma	강길운	1979	9
fulehe	뿌리	root	Ma	김동소	1972	140
fulehe	뿌리	root	Ma	김선기	1968ㄱ	34
fulehe	뿌리		Ma	박은용	1974	254
fulehe	*뿌리	wurzel, Stamm, Grundlage, Ursache	Ma	白鳥庫吉	1914ㄱ	181
fulehe	뿌리	root	Ma	이기문	1958	110
fulexe	뿌리/기초		Ma	최학근	1959ㄱ	49
fulexe	*뿌리	the root/the basis	Ma	G. J. Ramstedt	1949	209
н'інта	*뿌리, 기초		Ma	Shirokogoroff	1944	93
дагач:ан	*뿌리		Ma	Shirokogoroff	1944	27
[дагацан	*뿌리		Ma	Shirokogoroff	1944	27
токонін	*뿌리		Ma	Shirokogoroff	1944	129
аӡуркаj	*뿌리	root	Ma	Цинциус	1977	17
дэтэ	*뿌리	root	Ma	Цинциус	1977	238
ундэhун	*뿌리	root	Ma	Цинциус	1977	273
фулэхэ	*뿌리	root	Ma	Цинциус	1977	302
hопкон	*뿌리	root	Ma	Цинциус	1977	333
пунэӡи	*뿌리	roots	Ma	Цинциус	1977	43
сапкун	*뿌리	root	Ma	Цинциус	1977	64
ӈйӈтэ	*뿌리	root	Ma	Цинциус	1977	662
tam	뿌리		Mo	강길운	1979	9
iruɣar < hiruɣar	뿌리	bottom, root	Mo	이기문	1958	110
urdusu	뿌리/근본		Mo	최학근	1959ㄱ	49
kök	뿌리		T	강길운	1987	27
mit	뿌리, 기원	root, origin	K	김공칠	1989	16

뿌리다

spï-li	뿌리다		K	김사엽	1974	391
pih	뿌리다		K	김사엽	1974	391
spu-li	뿌리다		K	김사엽	1974	395
*piri-	뿌리다	to sprinkle, to water	K	이기문	1958	107
spiri-	뿌리다	to sprinkle, to water	K	이기문	1958	107
ppurida	*뿌리다	to sprinkle/to scatter	K	G. J. Ramstedt	1949	211
bura-	뿌리다	to sprinkle, to water	Ma	이기문	1958	107
ẹpuru-, ẹpẹrẹ-n-	*뿌리다	to sprinkle	Ma	G. J. Ramstedt	1949	211
fusu-	*뿌리다	to sprinkle	Ma	Poppe, N	1965	201
pisūri	*뿌리다	to sprinkle	Ma	Poppe, N	1965	201
pisinẹsiu-	*뿌리다	to sprinkle	Ma	Poppe, N	1965	201
тэскэн-	*뿌리다	splash	Ma	Цинциус	1977	241

표제어/어휘	의미		언어	저자	발간년도	쪽수
пэктиккэ-	*뿌리다	strew	Ma	Цинциус	1977	46
üsürge-	*뿌리다	to sprinkle	Mo	Poppe, N	1965	201
üskür-	입으로 뿌리다	to sprinkle with the mouth	T	Poppe, N	1965	201

뿔

p'ɯr	뿔		K	강길운	1983ㄱ	30
p'ɯr	뿔		K	강길운	1983ㄱ	37
p'ur	뿔		K	강길운	1983ㄱ	47
p'ɯr	뿔		K	강길운	1983ㄴ	116
p'ur	뿔		K	강길운	1983ㄴ	126
p'ur	뿔		K	강길운	1983ㄴ	135
	뿔		K	강길운	1987	23
ppul	뿔	horn	K	김동소	1972	138
pur	뿔	horn	K	김선기	1968ㄱ	31
ppal	뿔		K	宋敏	1969	86
ppul	뿔		K	宋敏	1969	86
ppul	뿔	corne	K	宋敏	1969	86
qpul	*뿔	horn	K	長田夏樹	1966	82
b'ul	*뿔	Horn	K	Andre Eckardt	1966	228
spur	*뿔	horn	K	Poppe, N	1965	189
ppul	*뿔	horn	K	Poppe, N	1965	189
uihe	뿔	horn	Ma	김동소	1972	138
weihe	뿔		Ma	김동소	1972	144
uibe	뿔	horn	Ma	김선기	1968ㄱ	31
moholo	*뿔 없는 소	Ochs shne Hörner	Ma	白鳥庫吉	1915ㄱ	36
muhôlu	*뿔 없는 용	Drache ohne Hörner	Ma	白鳥庫吉	1915ㄱ	36
jili	*뿔의 뿌리	the base of the antlers	Ma	Poppe, N	1965	198
ĩa	*뿔		Ma	Shirokogoroff	1944	57
таңн'а	*뿔	horn	Ma	Цинциус	1977	163
гӯтэ	*뿔	horn	Ma	Цинциус	1977	176
уӂилэ	*뿔	horn	Ma	Цинциус	1977	250
иjэ	*뿔	horn	Ma	Цинциус	1977	298
қалас	*뿔	horn	Ma	Цинциус	1977	365
луүорчӧн	*뿔	horns	Ma	Цинциус	1977	506
ebür	뿔		Mo	강길운	1987	23
eber	뿔	horn	Mo	김선기	1968ㄱ	31
bujak	뿔		T	강길운	1987	23
mokul	*뿔	ungehörnt, ohne Höner	T	白鳥庫吉	1915ㄱ	37

삐딱하다

heul-köi nun-I	*삐딱한		K	白鳥庫吉	1914ㄴ	169
xeler	*삐딱한	schief	Mo	白鳥庫吉	1914ㄴ	169
xalar	*삐딱한	schief	Mo	白鳥庫吉	1914ㄴ	169
kilar	*삐딱한	schief	Mo	白鳥庫吉	1914ㄴ	169
kilaghar	*삐딱한	schief	Mo	白鳥庫吉	1914ㄴ	169
xilor	*삐딱한	schief	Mo	白鳥庫吉	1914ㄴ	169

표제어/어휘		의미	언어	저자	발간년도	쪽수

人

사귀다

sagöda	*사귀다	to be intimate with, to keep company with	K	G. J. Ramstedt	1949	218
sagoida	*사귀다	to be intimate with, to keep company with	K	G. J. Ramstedt	1949	218
sago-	*사귀다	to recognize, to recall	Ma	G. J. Ramstedt	1949	218
sā-wkān-	*사귀다	to make known	Ma	G. J. Ramstedt	1949	218
sā-w-	*사귀다	to be known	Ma	G. J. Ramstedt	1949	218
sā-ldī-	*사귀다	to know each other	Ma	G. J. Ramstedt	1949	218
sā-	*사귀다	to know	Ma	G. J. Ramstedt	1949	218
sāldī-māt-	*사귀다	to know each other	Ma	G. J. Ramstedt	1949	218

사냥하다

sanoŋhə-	*사냥하다	to hunt	K	강영봉	1991	10
sanjaŋha-	사냥하다	hunt	K	김동소	1972	138
sanhäŋhe-	사냥하다	hunt	K	김동소	1972	138
abala-	사냥하다	hunt	Ma	김동소	1972	138
бoiт	*사냥하다, 잡다		Ma	Shirokogoroff	1944	16
бojyc	*사냥하다, 짐승을 쫓다.		Ma	Shirokogoroff	1944	17
тас.ı	*사냥하다.		Ma	Shirokogoroff	1944	124
тıмакта	*사냥하다.		Ma	Shirokogoroff	1944	127
таламi, таліӈглі	*사냥하다		Ma	Shirokogoroff	1944	122
чукйн-	*사냥하다	hunt	Ma	Цинциус	1977	411
боɣатӯ-	*사냥하다	hunt	Ma	Цинциус	1977	87
aba	*사냥하다	hunt	Mo	Poppe, N	1965	200
ab	*사냥하다	hunt	T	Poppe, N	1965	200

사다

sada	*사다	to buy	K	G. J. Ramstedt	1949	20
sada	*사다	to buy	K	G. J. Ramstedt	1949	217
gad	*사다	kaufen, nehmen	Ma	白鳥庫吉	1915ㄱ	4
gada	*사다	kaufen, nehmen	Ma	白鳥庫吉	1915ㄱ	4
gadám	*사다	kaufen, nehmen	Ma	白鳥庫吉	1915ㄱ	4
gadán	*사다	kaufen, nehmen	Ma	白鳥庫吉	1915ㄱ	4
gadum	*사다	kaufen, nehmen	Ma	白鳥庫吉	1915ㄱ	4
gady	*사다	kaufen, nehmen	Ma	白鳥庫吉	1915ㄱ	4
garem	*사다	kaufen, nehmen	Ma	白鳥庫吉	1915ㄱ	4
куп'i	*사다, 구입하다.		Ma	Shirokogoroff	1944	78
[rali	*사다		Ma	Shirokogoroff	1944	47
маı(ма	*사다		Ma	Shirokogoroff	1944	81
уда-	*사다	buy	Ma	Цинциус	1977	248
унијӡ-	*사다	buy	Ma	Цинциус	1977	274
ҳав-	*사다	buy	Ma	Цинциус	1977	457
*sa-t-	*사다	to cause to buy	T	G. J. Ramstedt	1949	217
at	*사다	to sell	T	G. J. Ramstedt	1949	217
sale-jni	*사다	to fix the price, to estimate	T	G. J. Ramstedt	1949	217
sat-	*사다		T	G. J. Ramstedt	1949	217

표제어/어휘		의미	언어	저자	발간년도	쪽수
사다리						
hasiŋo	사다리		K	김완진	1957	257
sadạri	*사다리	a ladder, a staircase	K	G. J. Ramstedt	1949	217
кул9	*사다리, 계단.		Ma	Shirokogoroff	1944	76
šatu	*사다리		Mo	G. J. Ramstedt	1949	217
šat	*사다리		T	G. J. Ramstedt	1949	217
사돈						
saton	사돈		K	박은용	1975	179
sa-ton	*사돈	Relatives by marriage-as the fater of the husband	K	白鳥庫吉	1915ㄴ	303
sadon	사돈	relatives by marriage	K	이기문	1958	116
sadun	*사돈	relatives by marriage-as the father of the husband	K	G. J. Ramstedt	1949	217
sadun	사돈		Ma	박은용	1975	179
sadulambi	*사돈	heiraten, durch Heirath verbunden werden	Ma	白鳥庫吉	1915ㄴ	303
sadun	사돈	relatives by marriage	Ma	이기문	1958	116
sadun	*사돈	relatives by marriage	Ma	G. J. Ramstedt	1949	217
туӈур	*사돈 관계	relatives by marrige	Ma	Цинциус	1977	217
xadam	*사돈	the relatives of the husband	Mo	白鳥庫吉	1915ㄴ	303
xuda	*사돈	un cousan germain, beau-frère, ce sont ceux, qui c	Mo	白鳥庫吉	1915ㄴ	303
sadun	사돈	relatives by marriage	Mo	이기문	1958	116
sadṇ	*사돈	relatives	Mo	G. J. Ramstedt	1949	217
sadun	*사돈	relatives by marriage	Mo	G. J. Ramstedt	1949	217
ür sadṇ	*사돈	descendants and their relatives	Mo	G. J. Ramstedt	1949	217
qadum	*사돈	the parents of a married couple, relatives	Mo	G. J. Ramstedt	1949	217
kuda	*사돈	Freiwerber	T	白鳥庫吉	1915ㄴ	303
koda	*사돈	ein unter einander heiratender Stamm; Schwager	T	白鳥庫吉	1915ㄴ	303
사람						
—guri	사람		K	강길운	1981ㄴ	4
kuri	사람(접미사)		K	강길운	1982ㄴ	18
kuri	사람(접미사)		K	강길운	1982ㄴ	27
kuri	사람(접미사)		K	강길운	1982ㄴ	35
saruɯm	*사람	person	K	강영봉	1991	10
kun	*사람		K	金澤庄三郎	1914	220
a-chŏn	*관아의 서리		K	金澤庄三郎	1977	112
ch'an	*관직		K	金澤庄三郎	1977	112
han	*관직		K	金澤庄三郎	1977	112
kan	*관직		K	金澤庄三郎	1977	112
kot-han	*소작인		K	金澤庄三郎	1977	113
kyo-kun	*가마꾼		K	金澤庄三郎	1977	113
namu-kun	*나무꾼		K	金澤庄三郎	1977	113
sak-kun	*인부		K	金澤庄三郎	1977	113
po	사람	person, fellow	K	김공칠	1989	12
nä	사람	a man, person	K	김공칠	1989	13
salɛm	사람	person	K	김동소	1972	139
salam	사람	person	K	김동소	1972	139
saram	사람		K	김방한	1979	4

표제어/어휘	의미		언어	저자	발간년도	쪽수
sa-lʌm	사람		K	김사엽	1974	400
去士	健居士		K	김선기	1976ㄴ	328
saram	사람		K	김선기	1976ㅇ	354
나라	나라		K	김해진	1947	11
saton	인척		K	徐廷範	1985	243
sʌn	장정		K	徐廷範	1985	243
斯盧, 斯羅	사람		K	徐廷範	1985	245
stʌl	딸		K	徐廷範	1985	249
jʌs	핵		K	徐廷範	1985	249
tor	영		K	徐廷範	1985	249
tʰt	젖		K	徐廷範	1985	249
joč	남근		K	徐廷範	1985	249
sãrem	사람	person	K	이용주	1980	79
*šiló	사람	person	K	이용주	1980	99
sarem	사람	person	K	이용주	1980	99
saram	*사람	person	K	長田夏樹	1966	82
saraṃiro	*사람으로	by the man	K	Poppe, N	1965	191
saraṃiige	*사람에게	to the man	K	Poppe, N	1965	191
saram	*사람	man	K	Poppe, N	1965	191
kan	*사람		Ma	金澤庄三郎	1977	111
sinŏ-hun	*사람		Ma	金澤庄三郎	1977	111
niyalma	사람	person	Ma	김동소	1972	139
nijalma	사람		Ma	김선기	1976ㅇ	354
saton	친가		Ma	徐廷範	1985	243
salgan	처		Ma	徐廷範	1985	243
tari	종족		Ma	徐廷範	1985	249
beyewe	*사람을	the man	Ma	Poppe, N	1965	191
бонó	*사람, 인간.		Ma	Shirokogoroff	1944	18
суɪ(дасун	*사람.		Ma	Shirokogoroff	1944	119
бэlé	*사람		Ma	Shirokogoroff	1944	15
бojo	*사람		Ma	Shirokogoroff	1944	16
бэjэ	*사람	man	Ma	Цинциус	1977	122
илэ	*사람	human	Ma	Цинциус	1977	311
hun	*사람		Mo	金澤庄三郎	1914	220
hun	*사람		Mo	金澤庄三郎	1914	221
hun	*사람		Mo	金澤庄三郎	1977	111
ŏmŏ-kŏn	*사람		Mo	金澤庄三郎	1977	111
obu-kŏn	*사람		Mo	金澤庄三郎	1977	111
hula	*사람		Mo	金澤庄三郎	1977	123
kumum	사람		Mo	김선기	1976ㅇ	354
saton	친척		Mo	徐廷範	1985	243
saton	애인, 사랑스럽다		Mo	徐廷範	1985	243
deleŋ	유두		Mo	徐廷範	1985	249
ere	*사람	man	Mo	Poppe, N	1965	203
on-ci	사람		T	강길운	1977	14
기시	사람		T	김선기	1976ㄴ	328
sol	사람		T	徐廷範	1985	246
aran	사람		T	이숭녕	1956	83
är	사람		T	이숭녕	1956	83
ärkäk/irkäk	사람		T	이숭녕	1956	83
ar	*사람	man	T	Poppe, N	1965	203
ǎr	*사람	man	T	Poppe, N	1965	203

표제어/어휘	의미		언어	저자	발간년도	쪽수

사랑

표제어/어휘	의미		언어	저자	발간년도	쪽수
tʌʒ-	사랑		K	강길운	1981ㄴ	9
tʌʒ-	사랑		K	강길운	1983ㄱ	36
heu-ră-	*사랑	désirer avecardeur	K	白鳥庫吉	1914ㄴ	170
să-rang hă ta	*사랑하다	to love	K	白鳥庫吉	1915ㄴ	301
čul	*주다		K	白鳥庫吉	1915ㄴ	301
tạs-	사랑하다	to love	K	이기문	1958	108
xyí	*사랑	faire l'amour	Ma	白鳥庫吉	1914ㄴ	170
ʒilun	*자애롭다	Mitleide, Wohlwollen, zärtlichkeit	Ma	白鳥庫吉	1915ㄴ	301
či-làh-mài	*어여삐 여기다	bemitleiden	Ma	白鳥庫吉	1915ㄴ	301
ʒilembi	*자애롭다	bemitleiden	Ma	白鳥庫吉	1915ㄴ	301
či-lăh-lāng	*사랑하다		Ma	白鳥庫吉	1915ㄴ	301
doshon	사랑	love, favor	Ma	이기문	1958	108
dos-hon	사랑	love, favor	Ma	이기문	1958	108
rуυa	*사랑하다, 좋아하다,		Ma	Shirokogoroff	1944	51
[макта	*사랑하다, 좋아하다.		Ma	Shirokogoroff	1944	81
[мajay))	*사랑하다, 좋아하다		Ma	Shirokogoroff	1944	81
[бyυ'á	*사랑하다.		Ma	Shirokogoroff	1944	18
[rуυa	*사랑하다		Ma	Shirokogoroff	1944	51
тагали-	*사랑하다	love	Ma	Цинциус	1977	150
госи-	*사랑하다	love	Ma	Цинциус	1977	162
досхола-	*사랑하다	love	Ma	Цинциус	1977	217
дэдэлу-	*사랑하다	love	Ma	Цинциус	1977	230
тэми-	*사랑하다	love	Ma	Цинциус	1977	234
нара-	*사랑하다	to love	Ma	Цинциус	1977	585
мэ̄jик	*사랑하는	loved	Ma	Цинциус	1977	564
ʒолаӄ	*사랑하는, 좋아하는	beloved, favourite	Ma	Цинциус	1977	263
amrag	*사랑스럽다	beloved	Mo	Poppe, N	1965	158
amarag	*사랑스럽다	beloved	Mo	Poppe, N	1965	158
durlaxa, duralxa	*사랑하다	wünschen, wollen, ein Liebhaber sein	Mo	白鳥庫吉	1915ㄴ	301
duruṅ	*사랑하다	désir, vouloir, envie, inclination, peuchant; volo	Mo	白鳥庫吉	1915ㄴ	301
durâ	*사랑하다	Wunch	Mo	白鳥庫吉	1915ㄴ	301
durtêp, durtaip	*사랑하다	wünschen, wollen, ein Liebhaber sein	Mo	白鳥庫吉	1915ㄴ	301
durun	*사랑하다	désir, vouloir, envie, inclination, peuchant; volo	Mo	白鳥庫吉	1915ㄴ	301
durlanam	*사랑하다	Wunch	Mo	白鳥庫吉	1915ㄴ	301
duralnap	*사랑하다	wünschen, wollen	Mo	白鳥庫吉	1915ㄴ	301
duran	*사랑하다	désir, vouloir, envie, inclination, peuchant; volo	Mo	白鳥庫吉	1915ㄴ	301
dura, duran	*사랑하다	désir, vouloir, envie, inclination, peuchant; volo	Mo	白鳥庫吉	1915ㄴ	301
*tapàla-	*사랑하다	to love, to caress	Mo	Poppe, N	1965	179
tāl-	*사랑하다	to love, to caress	Mo	Poppe, N	1965	179
maytri	*사랑	love, kindness	T	Poppe, N	1965	168
soγančïγ	사랑스럽다		T	이숭녕	1956	85
amraq	*사랑스럽다	beloved	T	Poppe, N	1965	158
süjargá	*사랑하다	to love	T	白鳥庫吉	1915ㄴ	302
sjojarga	*사랑하다	to love	T	白鳥庫吉	1915ㄴ	302
serwar	*사랑하다	to love	T	白鳥庫吉	1915ㄴ	302
serga	*사랑하다	lieben	T	白鳥庫吉	1915ㄴ	302

표제어/어휘		의미	언어	저자	발간년도	쪽수
tapla-	*사랑하다	to love	T	Poppe, N	1965	179

사르다

sʌl	사르다		K	김사엽	1974	382
sarɯ	사르다	burn	K	김선기	1968ㄱ	41
salm ta	*사르다	to boil, to cook by boiling	K	白鳥庫吉	1915ㄴ	300
sal-o ta	*사르다	burn up; to burn	K	白鳥庫吉	1915ㄴ	300
sa̧r-	사르다	to burn	K	이기문	1958	117
sár-	*사르다	vanish	K	Martin, S. E.	1966	210
sár-	*사르다	vanish	K	Martin, S. E.	1966	211
sár-	*사르다	vanish	K	Martin, S. E.	1966	221
ʃolo	사르다	burn	Ma	김선기	1968ㄱ	41
dalgaxá	*사르다	braten	Ma	白鳥庫吉	1915ㄴ	300
šaraka	*사르다	weiss geworden	Ma	白鳥庫吉	1915ㄴ	300
šolombi	*사르다	braten	Ma	白鳥庫吉	1915ㄴ	300
soro	*사르다	gelb werden	Ma	白鳥庫吉	1915ㄴ	300
sorombi	*사르다	gelb werden, bleichen	Ma	白鳥庫吉	1915ㄴ	300
soropi	*사르다	gelle geworden, gebleicht	Ma	白鳥庫吉	1915ㄴ	300
šolo-	사르다	to burn	Ma	이기문	1958	117
sira	사르다	burn	Mo	김선기	1968ㄱ	41
šarxa, šraxa	*사르다	braten	Mo	白鳥庫吉	1915ㄴ	300
šaranam	*사르다	braten	Mo	白鳥庫吉	1915ㄴ	300
dörönep	*사르다	brennen	Mo	白鳥庫吉	1915ㄴ	300
dörnàp	*사르다	braten	Mo	白鳥庫吉	1915ㄴ	300
širaxu	*사르다	jaunir, pendre en jaune; rôrit	Mo	白鳥庫吉	1915ㄴ	300
dörnam	*사르다	braten	Mo	白鳥庫吉	1915ㄴ	300
šira	*사르다	burn up	Mo	白鳥庫吉	1915ㄴ	300
sãragalerben	*사르다	gelb machen	T	白鳥庫吉	1915ㄴ	300
šora	*사르다	weiss	T	白鳥庫吉	1915ㄴ	300
sararmak	*사르다	burn up	T	白鳥庫吉	1915ㄴ	300
sargharmak	*사르다	gelb werden, kränklich sein	T	白鳥庫吉	1915ㄴ	300
sari	*사르다	gelb	T	白鳥庫吉	1915ㄴ	300
ser	*사르다	burn up	T	白鳥庫吉	1915ㄴ	300
sera'a	*사르다	burn up	T	白鳥庫吉	1915ㄴ	300
siri	*사르다	burn up	T	白鳥庫吉	1915ㄴ	300

사리

saraı	사리		K	김승곤	1984	252
sarign	사리		Mo	김승곤	1984	252

사마귀

samakoi	사마귀	the mantis, the wart	K	이기문	1958	116
samha	사마귀	the mantis, the wart	Ma	이기문	1958	116
fuxu	*사마귀	wart	Ma	Poppe, N	1965	200
hэн̨тэ	*사마귀	wart	Ma	Цинциус	1977	367
û	*사마귀	wart	Mo	Poppe, N	1965	200
egün	*사마귀	wart	Mo	Poppe, N	1965	200
üön	*사마귀	wart	T	Poppe, N	1965	200

사마귀(點)

sya-ma-koi	*사마귀	a mole	K	白鳥庫吉	1915ㄴ	322
tamga, tamaga	*사마귀	zeichene, entwerfen, Bachstaben,	Ma	白鳥庫吉	1915ㄴ	322

표제어/어휘		의미	언어	저자	발간년도	쪽수
		oder Zeichen sehr				
tamaga	*사마귀	Handzeichen, Kennzeichen	Mo	白鳥庫吉	1915ㄴ	322
tendek	*사마귀	Zeichen	Mo	白鳥庫吉	1915ㄴ	322
temdek	*사마귀	Zeichen	Mo	白鳥庫吉	1915ㄴ	322
tamagha	*사마귀	Handzeichen, Kennzeichen	Mo	白鳥庫吉	1915ㄴ	322
tamagaṅ	*사마귀	Handzeichen, Kennzeichen	Mo	白鳥庫吉	1915ㄴ	322
taṅma	*사마귀	Zeichen	T	白鳥庫吉	1915ㄴ	322
taṅba	*사마귀	Zeichen	T	白鳥庫吉	1915ㄴ	322

사발

sapal	사발		K	宋敏	1969	86
noir	*사발		Mo	宮崎道三郎	1906	28

사슬

sa-sïl	사슬		K	김사엽	1974	453
sasul	*사슬		K	Arraisso	1896	20
[зуlзiхан	*사슬.		Ma	Shirokogoroff	1944	41
[kojoргун	*사슬		Ma	Shirokogoroff	1944	72
гинҙи	*사슬	chain	Ma	Цинциус	1977	153
ҙулҙихэн	*사슬	chain	Ma	Цинциус	1977	272
санин	*사슬	chain	Ma	Цинциус	1977	61
бохопун	*사슬	chain	Ma	Цинциус	1977	90
sănčăr	*사슬	chain	T	Poppe, N	1965	169

사슴

sa-sïm	사슴		K	김사엽	1974	440
sabari	사슴		K	宋敏	1969	86
săsăm	사슴		K	宋敏	1969	86
săsăm	*사슴	deer	K	Aston	1879	23
oleн'	*가축용 사슴.		Ma	Shirokogoroff	1944	101
оӈгнокон	*가축용 사슴.		Ma	Shirokogoroff	1944	103
[hoнн'iхан	*가축으로 키우는 사슴.		Ma	Shirokogoroff	1944	56
iт'ан	*가축용 사슴, 두살배기 송아지.		Ma	Shirokogoroff	1944	63
[н'амiчан,	*가축으로 키우는 암사슴.		Ma	Shirokogoroff	1944	89
буjун	*사슴.		Ma	Shirokogoroff	1944	19
[ojoн	*사슴		Ma	Shirokogoroff	1944	99
со боца(н-)	*사슴	deer	Ma	Цинциус	1977	103
сэгҙэн	*사슴	deer	Ma	Цинциус	1977	136
гилгэ	*사슴	deer	Ma	Цинциус	1977	150
тиӈэр	*사슴	deer	Ma	Цинциус	1977	185
орон	*사슴	deer	Ma	Цинциус	1977	24
отоjй	*사슴	deer	Ma	Цинциус	1977	28
ургэшэн	*사슴	deer	Ma	Цинциус	1977	284
ēкак	*사슴	deer	Ma	Цинциус	1977	289
игдакӕ.	*사슴	deer	Ma	Цинциус	1977	296
иктэнэ	*사슴	deer	Ma	Цинциус	1977	301
hӕмчйӈ	*사슴	deer	Ma	Цинциус	1977	320
ирки	*사슴	deer	Ma	Цинциус	1977	327
ирэ̄	*사슴	deer	Ma	Цинциус	1977	328
hусуту	*사슴	deer	Ma	Цинциус	1977	355
чэнэкӯ	*사슴	deer	Ma	Цинциус	1977	421
кувэр	*사슴	deer	Ma	Цинциус	1977	423

표제어/어휘		의미	언어	저자	발간년도	쪽수
кулчэӈ	*사슴	deer	Ma	Цинциус	1977	429
курејка	*사슴	deer	Ma	Цинциус	1977	436
кэндэ	*사슴	deer	Ma	Цинциус	1977	448
элкэн	*사슴	deer	Ma	Цинциус	1977	448
эпкй	*사슴	deer	Ma	Цинциус	1977	459
мэӈэту	*사슴	deer	Ma	Цинциус	1977	570
нимэл	*사슴	deer	Ma	Цинциус	1977	596
нукэн	*사슴	deer	Ma	Цинциус	1977	609

사시눈

heul tök-l	*사시눈		K	白鳥庫吉	1914ㄴ	169
kèjir	*사시눈	etwas schielend	T	白鳥庫吉	1914ㄴ	169
kèjèr	*사시눈	schief	T	白鳥庫吉	1914ㄴ	169

사이

səri	사이		K	강길운	1982ㄴ	22
sʌi	사이		K	강길운	1982ㄴ	23
sʌi	사이		K	강길운	1982ㄴ	28
səri	사이		K	강길운	1982ㄴ	28
sai	사이	interval	K	김공칠	1988	83
tət	사이		K	김사엽	1974	446
sʌ-zi-sʌ-i	사이		K	김사엽	1974	480
ses	사이		K	박은용	1975	186
tʼeu ta	*찢다	crack	K	白鳥庫吉	1915ㄴ	296
să-i	*사이	an interval, a space	K	白鳥庫吉	1915ㄴ	296
tʼeum	*틈	to separate	K	白鳥庫吉	1915ㄴ	296
seri	사이	an interval, a space	K	이기문	1958	117
sabok	*사이	the space	K	G. J. Ramstedt	1949	217
sai	*사이	the interval/the time that has elapsed	K	G. J. Ramstedt	1949	218
side-	사이		Ma	박은용	1975	186
sampi	*사이	ausgestreckt	Ma	白鳥庫吉	1915ㄴ	296
ӡafsar	*사이	spalte	Ma	白鳥庫吉	1915ㄴ	296
šigdilädụ	*사이	zwichen	Ma	白鳥庫吉	1915ㄴ	296
sigdilä, šigdilä	*사이	Zwischenraum	Ma	白鳥庫吉	1915ㄴ	296
sanka	*사이	entfernt	Ma	白鳥庫吉	1915ㄴ	296
sambi	*사이	austrecken	Ma	白鳥庫吉	1915ㄴ	296
siden	*사이	mitte	Ma	白鳥庫吉	1915ㄴ	296
šolo	사이	an interval, a space	Ma	이기문	1958	117
saja	*사이	the interval between fingers or between claws	Ma	G. J. Ramstedt	1949	218
ӡabahur	*사이	interval	Mo	白鳥庫吉	1915ㄴ	296
ӡabsar	*사이	interval, fente, crevasse	Mo	白鳥庫吉	1915ㄴ	296
ӡapser	*사이	Zwischenraum	Mo	白鳥庫吉	1915ㄴ	296
ӡabahar	*사이	interval	Mo	白鳥庫吉	1915ㄴ	296

사팔뜨기

heulk	*사팔뜨기	squint-eyed, cross-eyed	K	白鳥庫吉	1914ㄴ	168
heu-ri-	*사팔뜨기	squint-eyed, cross-eyed	K	白鳥庫吉	1914ㄴ	168
heu-ryö-cʰi-	*사팔뜨기	qui voit de travers	K	白鳥庫吉	1914ㄴ	168
hă-	*사팔뜨기	qui voit de travers	K	白鳥庫吉	1914ㄴ	168
hargi	*사팔뜨기	squint-eyed, cross-eyed	Ma	白鳥庫吉	1914ㄴ	168

표제어/어휘		의미	언어	저자	발간년도	쪽수
xixü	*사팔뜨기	a squint eyed person	Mo	白鳥庫吉	1914ㄴ	168
xexe	*사팔뜨기	a cross eyed person	Mo	白鳥庫吉	1914ㄴ	168
xenep	*사팔뜨기	erde	Mo	白鳥庫吉	1914ㄴ	168

삭이다

sjagida	*삭이다	to interpret the thought of the munri, to read the	K	G. J. Ramstedt	1949	218
ag<iˇ>m sagida	*삭이다	to ruminate	K	G. J. Ramstedt	1949	218
sag<iˇ>mʒil hạda	*삭이다	to ruminate	K	G. J. Ramstedt	1949	218
sagida	*삭이다	to interpret the thought of the munri, to read the	K	G. J. Ramstedt	1949	218
sē-mit-	*삭이다	to gnaw off the bones	Ma	G. J. Ramstedt	1949	218
sea-	*삭이다	to chew	Ma	G. J. Ramstedt	1949	218
sē	*삭이다	to chew	Ma	G. J. Ramstedt	1949	218

삭제하다

ure-	삭제하다	surplus	K	강길운	1978	42
üle-	삭제하다	surplus	Mo	강길운	1978	42

삯

sak	*삯	price, pay, salary	K	G. J. Ramstedt	1949	217
sali	*삯	price	Ma	G. J. Ramstedt	1949	217

산

tar	산		K	강길운	1979	10
moro	산		K	강길운	1981ㄴ	6
moro	산		K	강길운	1982ㄴ	33
tume	두메		K	강길운	1983ㄴ	109
orɯm	*산	mountain	K	강영봉	1991	10
maru	*지명		K	金澤庄三郎	1977	123
moi	*산		K	金澤庄三郎	1977	123
mori	*산		K	金澤庄三郎	1977	123
kur-mŏri	*지명		K	金澤庄三郎	1977	123
chung-maro	*지명		K	金澤庄三郎	1977	123
man-maru	*지명		K	金澤庄三郎	1977	123
p'i-moro	*산		K	金澤庄三郎	1977	123
mø	뫼		K	김공칠	1988	196
ori, orom	산	mountain	K	김공칠	1988	83
moi	산	mountain	K	김공칠	1989	5
san	산	mountain	K	김동소	1972	139
mø	산	mountain	K	김동소	1972	139
mø	산		K	김동소	1972	149
moj	산		K	김사엽	1974	381
mo-lo	산		K	김사엽	1974	384
올음	산	mountain	K	김선기	1968ㄱ	27
언덕	산	mountain	K	김선기	1968ㄱ	27
뫼	산	mountain	K	김선기	1968ㄱ	27
다구	산	mountain	K	김선기	1968ㄱ	27
mø	산	mountain	K	김선기	1968ㄱ	27
메	산	mountain	K	김선기	1968ㄱ	27
모로	산	mountain	K	김선기	1968ㄱ	27
maru	뫼등성이		K	김선기	1968ㄱ	28

표제어/어휘	의미		언어	저자	발간년도	쪽수
garmoro	큰 산		K	김선기	1968ㄴ	26
ganmoro	큰 산	big mountain	K	김선기	1968ㄴ	26
garmi	큰 산		K	김선기	1968ㄴ	26
묽	산		K	김선기	1976ㅂ	335
mo	산		K	김승곤	1984	246
mui	산		K	김완진	1965	83
mure	*산	a mountain, a bill	K	白鳥庫吉	1915ㄱ	29
moı	*산	a mountain, a bill	K	白鳥庫吉	1915ㄱ	29
moi	산		K	송민	1965	38
達	산		K	辛 容泰	1987	132
山	산		K	辛 容泰	1987	132
tal	산	mountain	K	이기문	1963	101
sanmon-sɛŋi	산		K	이숭녕	1956	179
san	산		K	이숭녕	1956	179
moix, moro	산	mountain	K	이용주	1980	101
mõi	뫼	mountain	K	이용주	1980	81
ta?	*산		K	村山七郎	1963	31
*ɦaip~^aip[押]	*산	mountain	K	Christopher I. Beckwith	2004	120
^ɣapma[蓋馬]	*큰산	great mountains	K	Christopher I. Beckwith	2004	120
*ɣapma	*산	mountain	K	Christopher I. Beckwith	2004	121
*tar : ^tar [達]	*산	mountain	K	Christopher I. Beckwith	2004	136
mu-i	*산		K	Hulbert, H. B.	1905	117
myonyex	*산	mountain	K	Martin, S. E.	1966	200
moryo	*산	mountain	K	Martin, S. E.	1966	200
morix	*산	mountain	K	Martin, S. E.	1966	200
t(x)ákye	*산	mountain	K	Martin, S. E.	1966	203
t(x)ákye	*산	mountain	K	Martin, S. E.	1966	205
myonyex	*산	mountain	K	Martin, S. E.	1966	207
moryo	*산	mountain	K	Martin, S. E.	1966	209
morix	*산	moutain	K	Martin, S. E.	1966	210
morix	*산	mountain	K	Martin, S. E.	1966	212
myonyex	*산	mountain	K	Martin, S. E.	1966	214
t(x)ákye	*산	mountain	K	Martin, S. E.	1966	215
t(x)akye	*산	mountain	K	Martin, S. E.	1966	216
nuru-	*산	mountain	K	Martin, S. E.	1966	218
myonyex	*산	mountain	K	Martin, S. E.	1966	218
moryo	*산	moutain	K	Martin, S. E.	1966	218
moryo	*산	mountain	K	Martin, S. E.	1966	218
morix	*산	moutain	K	Martin, S. E.	1966	218
t(x)ákye	*산	mountain	K	Martin, S. E.	1966	221
morix	*산	mountain	K	Martin, S. E.	1966	224
myonyex	*산	mountain	K	Martin, S. E.	1966	224
alin	산	mountain	Ma	김동소	1972	139
alin	산	mountain	Ma	김선기	1968ㄱ	27
burgan	산		Ma	김선기	1976ㅂ	335
alin	산		Ma	김선기	1976ㅂ	336
antu	*산	Mittagsseite(Norderseite) des Bergs	Ma	白鳥庫吉	1915ㄱ	1
urȩ	*산	mountain	Ma	Poppe, N	1965	179
буүъндъ	*산	mountain	Ma	Цинциус	1977	102

표제어/어휘		의미	언어	저자	발간년도	쪽수
урэ	*산	mountain	Ma	Цинциус	1977	289
индаг	*산	mountain	Ma	Цинциус	1977	315
həрөгө	*산	mountain	Ma	Цинциус	1977	335
jo	*산	mountain	Ma	Цинциус	1977	345
чабгитама	*산	mountain	Ma	Цинциус	1977	374
ӈэкэ	*산	mountain	Ma	Цинциус	1977	667
agula	산		Mo	김선기	1976ㅂ	336
tag	*산	mountain	Mo	Poppe, N	1965	159
kötel	*산	mountain pass	Mo	Poppe, N	1965	203
ula	*산	mountain	Mo	Poppe, N	1965	8
aūla	*산	mountain	Mo	Poppe, N	1965	8
oūla	*산	mountain	Mo	Poppe, N	1965	8
ūl	*산	mountain	Mo	Poppe, N	1965	8
dağ	산		T	강길운	1979	10
tak	산	mountain	T	김선기	1968ㄱ	27
muron	*산	Gebirge	T	白鳥庫吉	1915ㄱ	29
murān	*산	Berg	T	白鳥庫吉	1915ㄱ	29
tag	산		T	송민	1966	22
*tag<*tagw	*산		T	村山七郎	1963	31
taɣ	*산	mountain	T	Poppe, N	1965	159
tō	*산	mountain	T	Poppe, N	1965	178
*taɣ	*산	mountain	T	Poppe, N	1965	178
tū	*산	mountain	T	Poppe, N	1965	178
tïa	*산	mountain	T	Poppe, N	1965	178
taɣ	*산	mountain	T	Poppe, N	1965	178
[yjö	*산, 언덕		Ma	Shirokogoroff	1944	138
ypa	*산, 언덕		Ma	Shirokogoroff	1944	144
ypo, ypö, ypä,	*산, 언덕		Ma	Shirokogoroff	1944	146
вaly	*산, 언덕		Ma	Shirokogoroff	1944	148
[ÿрахчан	*산		Ma	Shirokogoroff	1944	144
ypi	*산		Ma	Shirokogoroff	1944	145
ypäӈікун	*산		Ma	Shirokogoroff	1944	145
ypö	*산		Ma	Shirokogoroff	1944	146
оно	*산길		Ma	Shirokogoroff	1944	104

산량

marro	*산량		K	金澤庄三郎	1914	221
ma-ra	*산량		K	小倉進平	1934	24
muru	*산량		Ma	金澤庄三郎	1914	222
muru	*산량		Mo	金澤庄三郎	1914	221

산마루

*norikü	산마루		K	강길운	1979	11
Muru	산마루		Ma	이명섭	1962	6
nuruubči	산마루		Mo	강길운	1979	11
nuruu	산마루		Mo	강길운	1979	11

산맥

mʌrʌ	능선		K	강길운	1983ㄴ	115
kor	골짜기		K	강길운	1983ㄴ	118
kor	골짜기		K	강길운	1983ㄴ	131
ori	봉우리		K	강길운	1983ㄴ	134

표제어/어휘		의미	언어	저자	발간년도	쪽수
mʌrʌ	마루,능선		K	강길운	1983ㄴ	136
kö-čeus	*산맥 기슭의 구릉맥	vorgebirge	K	白鳥庫吉	1914ㄷ	330
xudel	*산맥 기슭의 구릉맥	vorgebirge	Mo	白鳥庫吉	1914ㄷ	330
xudal	*산맥 기슭의 구릉맥	vorgebirge	Mo	白鳥庫吉	1914ㄷ	330
kudel	*산맥 기슭의 구릉맥	spitz	Mo	白鳥庫吉	1914ㄷ	330
даваган	*산맥.		Ma	Shirokogoroff	1944	29
гйдан	*산맥	mountain ridge	Ma	Цинциус	1977	149
ӟйди	* (산)맥	(mountain) ridge	Ma	Цинциус	1977	256
hиӈан	*산맥	dentation	Ma	Цинциус	1977	326

산봉우리

표제어/어휘		의미	언어	저자	발간년도	쪽수
*syur	산봉우리, 고원		K	강길운	1982ㄴ	28
*syur	산봉우리, 고원		K	강길운	1982ㄴ	35
he-chi(居知)	*산봉우리		K	金澤庄三郎	1939	3
čai	*산봉우리		K	村山七郎	1963	28
čiwi	*산봉우리		K	村山七郎	1963	28
mulu	*산봉우리	Rückgrat, Zinne, Giebel, Pfeiler, Balken	Ma	白鳥庫吉	1915ㄱ	29
hata	*산봉우리		Mo	金澤庄三郎	1939	3

살

표제어/어휘		의미	언어	저자	발간년도	쪽수
sel	고기	meat	K	김동소	1972	139
sal	고기	meat	K	김동소	1972	139
sar	살	meat, felsh	K	김선기	1968ㄱ	32
sal-p'ak-či ta	*살	to be fleshy; to be corpulent	K	白鳥庫吉	1915ㄴ	298
sal	*살	Flesh	K	白鳥庫吉	1915ㄴ	298
sal či ta	*살	to be fat; to be corpulent; to be fleshy	K	白鳥庫吉	1915ㄴ	298
sal čip	*살	fleshiness; corpulencyt	K	白鳥庫吉	1915ㄴ	298
sal kačyok	*살	skin, hide	K	白鳥庫吉	1915ㄴ	298
sal-mat	*살	flesh, fat	K	白鳥庫吉	1915ㄴ	298
sal-k'o-ki	*정육	meat-without the fat, bones etc.	K	白鳥庫吉	1915ㄴ	298
syɔš	*살	flesh	K	Martin, S. E.	1966	211
syɔš	*살	flesh	K	Martin, S. E.	1966	212
syɔš	*살	flesh	K	Martin, S. E.	1966	219
syɔš	*살	flesh	K	Martin, S. E.	1966	221
yali	고기	meat	Ma	김동소	1972	139
targú	*살	fett	Ma	白鳥庫吉	1915ㄴ	298
tarhulambi	*살	fett werden	Ma	白鳥庫吉	1915ㄴ	298
tarhun, tarhu	*살	fett, feist	Ma	白鳥庫吉	1915ㄴ	298
t'áh-wēn	*살	fett	Ma	白鳥庫吉	1915ㄴ	298
ӡiramin	*살	fett	Ma	白鳥庫吉	1915ㄴ	298
diram	*살	fett	Ma	白鳥庫吉	1915ㄴ	298
dyram̀	*살	fett	Ma	白鳥庫吉	1915ㄴ	298
dirām	*살	fett	Ma	白鳥庫吉	1915ㄴ	298
diami	*살	fett	Ma	白鳥庫吉	1915ㄴ	298
d'erum	*살	fett	Ma	白鳥庫吉	1915ㄴ	298
déramē	*살	dick	Ma	白鳥庫吉	1915ㄴ	298
derám	*살	fett	Ma	白鳥庫吉	1915ㄴ	298
d'eram	*살	fett	Ma	白鳥庫吉	1915ㄴ	298
dyram	*살	fett	Ma	白鳥庫吉	1915ㄴ	298
targalnam	*살	fett werden	Mo	白鳥庫吉	1915ㄴ	298
targulnap	*살	fett werden	Mo	白鳥庫吉	1915ㄴ	298

표제어/어휘		의미	언어	저자	발간년도	쪽수
targań	*살	fett	Mo	白鳥庫吉	1915ㄴ	298
etle-	살찌다		T	김영일	1986	168
etik	살이붙다		T	김영일	1986	170

살(歲)

sal	*살	age, years	K	白鳥庫吉	1915ㄴ	297
söl	*설	age, years	K	白鳥庫吉	1915ㄴ	297
dil	*살	Jahr	Mo	白鳥庫吉	1915ㄴ	298
ʒil	*살	Jahr	Mo	白鳥庫吉	1915ㄴ	298
tsil	*살	Jahr	Mo	白鳥庫吉	1915ㄴ	298
il	*살	jahr	Mo	白鳥庫吉	1915ㄴ	298
ʒil, d'il	*살	Jahr	Mo	白鳥庫吉	1915ㄴ	298
d'òl, t'yl	*살	Jahr	T	白鳥庫吉	1915ㄴ	298
jīl	*살	Jahr	T	白鳥庫吉	1915ㄴ	298
ʒil	*살	Jahr	T	白鳥庫吉	1915ㄴ	298
tyl	*살	Jahr	T	白鳥庫吉	1915ㄴ	298
t'él	*살	Jahr	T	白鳥庫吉	1915ㄴ	298
sül	*살	Jahr	T	白鳥庫吉	1915ㄴ	298
sil	*살	Jahr	T	白鳥庫吉	1915ㄴ	298
jil	*살	Jahr	T	白鳥庫吉	1915ㄴ	298
ihl	*살	Jahr	T	白鳥庫吉	1915ㄴ	298
d'yl	*살	Jahr	T	白鳥庫吉	1915ㄴ	298
čil	*살	Jahr	T	白鳥庫吉	1915ㄴ	298
el	*살	Jahr	T	白鳥庫吉	1915ㄴ	298

살(矢)

sal	*살	an arrow	K	白鳥庫吉	1915ㄴ	300
sal	*살	arrow	K	Edkins, J	1895	407
serimí	*살	Pfeil	Ma	白鳥庫吉	1915ㄴ	300
sirdan	*살	Pfeil	Ma	白鳥庫吉	1915ㄴ	300
ʒerá	*살	Pfeil	Ma	白鳥庫吉	1915ㄴ	300

살강

sarań	살강		K	박은용	1975	182
sarkań	살강		K	박은용	1975	194
silgeŋ	살강	shelf	K	이기문	1958	116
saraŋ < *sarkaŋ, 116 sireŋ		살강	shelf	K	이기문	1958
salgaŋ	살강	shelf	K	이기문	1958	116
sarhū	살강		Ma	박은용	1975	182
sulku	살강		Ma	박은용	1975	194
sarhū	살강	shelf	Ma	이기문	1958	116

살구

sel-go	살구		K	이숭녕	1956	166
salgu	살구		K	이숭녕	1956	166
мэj	*살구	apricot	Ma	Цинциус	1977	564
гуjлэхэ мони	*살구 (나무)	apricot (tree)	Ma	Цинциус	1977	168

살다

sugur-	살다	to live in	K	강길운	1978	43

표제어/어휘	의미		언어	저자	발간년도	쪽수
al-	*살다	to live	K	강영봉	1991	10
sa	*살다	live	K	金澤庄三郞	1910	12
sa	살다		K	김공칠	1989	10
sar-	살다	live	K	김공칠	1989	17
sal-	살아있는	alive	K	김동소	1972	136
sal	살다		K	김사엽	1974	433
sal	살다		K	김사엽	1974	478
Sal-i hǎ ta	*살이하다	to get a living, to gain a livelihood	K	白鳥庫吉	1915ㄴ	302
sa ta	*살다	to live, to dwell, to reside	K	白鳥庫吉	1915ㄴ	302
sal	살다		K	송민	1965	41
sa	살다		K	宋敏	1969	86
sara'is-	사라잇다	to live	K	이용주	1980	82
	살다		K	이탁	1946ㄴ	26
설	살다		K	이탁	1946ㄴ	31
수리	살다		K	이탁	1946ㄴ	31
sal-	*살다	leben	K	Andre Eckardt	1966	237
sal	*살다	dwell	K	Edkins, J	1895	406
salda	*살다	to live/to dwell	K	G. J. Ramstedt	1949	221
sa	*살다	live	K	Kanazawa, S	1910	9
te-	살아있는	alive	Ma	김동소	1972	136
teḱe, teghiré	*살다	sitzen, leben, wohnen	Ma	白鳥庫吉	1915ㄴ	302
tyhyǯäm	*살다	sitzen, leben, wohnen	Ma	白鳥庫吉	1915ㄴ	302
tógokol, tookol	*살다	setze sich	Ma	白鳥庫吉	1915ㄴ	302
teurum	*살다	sitzen, leben, wohnen	Ma	白鳥庫吉	1915ㄴ	302
taagi	*살다	sitzen, leben, wohnen	Ma	白鳥庫吉	1915ㄴ	302
tembi	*살다	sitzen, bleiben, darin sein, wohnen, den Thron ein	Ma	白鳥庫吉	1915ㄴ	302
téh-pieh	*살다	sitzen	Ma	白鳥庫吉	1915ㄴ	302
tägäfkänäm	*살다	setzen, sitzen, leben, wohnen	Ma	白鳥庫吉	1915ㄴ	302
tegettén	*살다	setzen, sitzen, leben, wohnen	Ma	白鳥庫吉	1915ㄴ	302
tega	*살다	setzen, sitzen, leben, wohnen	Ma	白鳥庫吉	1915ㄴ	302
te-	*살다	setzen, sitzen, leben, wohnen	Ma	白鳥庫吉	1915ㄴ	302
tala	*살다	setzen, sitzen, leben, wohnen	Ma	白鳥庫吉	1915ㄴ	302
tägät'im, tägäčim	*살다	setzen, sitzen, leben, wohnen	Ma	白鳥庫吉	1915ㄴ	302
tägäpkänäm	*살다	setzen, sitzen, leben, wohnen	Ma	白鳥庫吉	1915ㄴ	302
tegyttem, tegrem	*살다	setzen, sitzen, leben, wohnen	Ma	白鳥庫吉	1915ㄴ	302
teṅnagu, tési, törru	*살다	sitzen, leben, wohnen	Ma	白鳥庫吉	1915ㄴ	302
saran, haran	*살다	homestead/a place of live	Ma	G. J. Ramstedt	1949	221
коụ'i	*살다, 거주하다		Ma	Shirokogoroff	1944	72
iн'ụi	*살다, 거주하다		Ma	Shirokogoroff	1944	61
ätäi	*살다, 먹고 살다		Ma	Shirokogoroff	1944	10
оҥго	*살다		Ma	Shirokogoroff	1944	103
букс.iн,кі	*살다		Ma	Shirokogoroff	1944	19
iнда-далдіда	*살다		Ma	Shirokogoroff	1944	61
б'ів	*살다		Ma	Shirokogoroff	1944	15
ин-	*살다	live	Ma	Цинциус	1977	315
suuriši-	살다	to live in	Mo	강길운	1978	43
sūxu	*살다	sitzen	Mo	白鳥庫吉	1915ㄴ	302
sûnap	*살다	sitzen	Mo	白鳥庫吉	1915ㄴ	302
saghoxu	*살다	être assis, s' asseoir, prendre place; vivre, dem	Mo	白鳥庫吉	1915ㄴ	302
hûnap	*살다	sitzen	Mo	白鳥庫吉	1915ㄴ	302
gxūxu	*살다	sitzen	Mo	白鳥庫吉	1915ㄴ	302
hûnam	*살다	sitzen	Mo	白鳥庫吉	1915ㄴ	302

표제어/어휘		의미	언어	저자	발간년도	쪽수
sau, saw, sagh	*살다	Leben	T	白鳥庫吉	1915ㄴ	302
ʒaglich	*살다	Leben	T	白鳥庫吉	1915ㄴ	302

살랑살랑

표제어/어휘		의미	언어	저자	발간년도	쪽수
sal-nang sal-nang	*살랑살랑	shaking; flapping; moving	K	白鳥庫吉	1915ㄴ	299
seul-keun seul-	*슬근슬근	gentlly, softly, slowly	K	白鳥庫吉	1915ㄴ	299
seul-keut seul-	*슬긋슬긋하다	to shake, to quiver	K	白鳥庫吉	1915ㄴ	299
šurgembi	*살랑살랑	erzittern	Ma	白鳥庫吉	1915ㄴ	299
sigginei	*살랑살랑	erzittern	Ma	白鳥庫吉	1915ㄴ	299
sersen sembi	*살랑살랑	sich sauft bewegen	Ma	白鳥庫吉	1915ㄴ	299
sersen sarsen	*살랑살랑	sich sauft bewegen	Ma	白鳥庫吉	1915ㄴ	299
śergundi	*살랑살랑	erzittern	Ma	白鳥庫吉	1915ㄴ	299
сол-сол	*살랑살랑 소리내다	rustle	Ma	Цинциус	1977	109
derdegenen	*살랑살랑	trembler	Mo	白鳥庫吉	1915ㄴ	299
derdegeneʒu	*살랑살랑	trembler	Mo	白鳥庫吉	1915ㄴ	299
derbekü	*살랑살랑	trembler, se debattre (des oiseaux, les poissons)	Mo	白鳥庫吉	1915ㄴ	299
terteghenekü	*살랑살랑	se remner, etre en mouvement, trembler, tremblotte	Mo	白鳥庫吉	1915ㄴ	299
silkmek	*살랑살랑	schütteln, tütteln	T	白鳥庫吉	1915ㄴ	299
siltemek	*살랑살랑	kühren, bewegeu	T	白鳥庫吉	1915ㄴ	299
sille	*살랑살랑	schütteln, tütteln	T	白鳥庫吉	1915ㄴ	299
silki	*살랑살랑	das Schütteln	T	白鳥庫吉	1915ㄴ	299
siligerben	*살랑살랑	ausschütteln	T	白鳥庫吉	1915ㄴ	299
sarsamak,	*살랑살랑	achütteln, rütteln	T	白鳥庫吉	1915ㄴ	299
sillenmek	*살랑살랑	sich schaukeln	T	白鳥庫吉	1915ㄴ	299

살리다

표제어/어휘		의미	언어	저자	발간년도	쪽수
sari-	살리다		K	강길운	1980	21
sal-i	살리다		K	김사엽	1974	437
sağla-	살리다		T	강길운	1980	21

살쾡이

표제어/어휘		의미	언어	저자	발간년도	쪽수
sʌl-ki	살쾡이		K	김사엽	1974	426
serk	살쾡이		K	박은용	1975	187
sălk	*살쾡이	wildcat	K	白鳥庫吉	1915ㄴ	300
serk	*살쾡이		K	長田夏樹	1966	107
serk	*살쾡이		K	長田夏樹	1966	81
silun	살쾡이		Ma	박은용	1975	187
solohi	*살쾡이	Zobel	Ma	白鳥庫吉	1915ㄴ	300
soli	*살쾡이	wildcat	Ma	白鳥庫吉	1915ㄴ	300
sóle, sóli, solaki	*살쾡이	Fuchs	Ma	白鳥庫吉	1915ㄴ	300
solaki	*살쾡이	wildcat	Ma	白鳥庫吉	1915ㄴ	300
šlaki	*살쾡이	wildcat	Ma	白鳥庫吉	1915ㄴ	300
xyldagdä	*살쾡이	wildcat	Ma	白鳥庫吉	1915ㄴ	300
sulaki	*살쾡이	wildcat	Ma	白鳥庫吉	1915ㄴ	300
holi, holati	*살쾡이	wildcat	Ma	白鳥庫吉	1915ㄴ	300
xyldagdä	*살쾡이	rotter Fuchs	Ma	白鳥庫吉	1915ㄴ	300
sûlaki	*살쾡이	wildcat	Ma	白鳥庫吉	1915ㄴ	300
šulaki	*살쾡이	wildcat	Ma	白鳥庫吉	1915ㄴ	300
suliaké	*살쾡이	wildcat	Ma	白鳥庫吉	1915ㄴ	300
sulaki	*살쾡이	wildcat	Ma	白鳥庫吉	1915ㄴ	300

표제어/어휘		의미	언어	저자	발간년도	쪽수
sull	*살쾡이	wildcat	Ma	白鳥庫吉	1915ㄴ	300
xuličan	*살쾡이	wildcat	Ma	白鳥庫吉	1915ㄴ	300
sul'ai	*살쾡이	wildcat	Ma	白鳥庫吉	1915ㄴ	300
sálakin	*살쾡이	wildcat	Ma	白鳥庫吉	1915ㄴ	300
соли	*여우		Ma	長田夏樹	1966	82
сулаи	*여우		Ma	長田夏樹	1966	82
сулакӣ	*여우		Ma	長田夏樹	1966	82
сули	*여우		Ma	長田夏樹	1966	82
тібӈакʻі	*살쾡이.		Ma	Shirokogoroff	1944	126
[hундівіla	*살쾡이.		Ma	Shirokogoroff	1944	56
[тугӡе	*살쾡이		Ma	Shirokogoroff	1944	132
гэлкӣ	*살쾡이	widlcat	Ma	Циnциус	1977	179
дэјэхэ	*살쾡이	widlcat	Ma	Циnциус	1977	230
ӡукту	*살쾡이	widlcat	Ma	Циnциус	1977	271
solongya	*들고양이		Mo	長田夏樹	1966	82

살피다

sʌl-pʰi	살피다		K	김사엽	1974	437
*im : ^im [音]	*살피다	to supervise, imprison	K	Christopher I. Beckwith	2004	122
sạlda	*살피다	to vanish/to disappear	K	G. J. Ramstedt	1949	221
salphida	*살피다		K	G. J. Ramstedt	1949	222
мεјалуʻkʻi	*살피다, 관찰하다.		Ma	Shirokogoroff	1944	83
сипкит-/ч-	*살피다	watch	Ma	Циnциус	1977	92
sura-	*살피다	to investigate/to ask	Mo	G. J. Ramstedt	1949	222
sol-	*살피다	to diminish	T	G. J. Ramstedt	1949	221
sura-	*살피다	to investigate/to ask	T	G. J. Ramstedt	1949	222

삵

sʌlg	삵		K	강길운	1983ㄱ	30
sʌlg	삵		K	강길운	1983ㄱ	36
sʌrk	*삵		K	石井 博	1992	90
sʌrk	*삵		K	石井 博	1992	92
sạrk	삵	a wild cat	K	이기문	1958	117
salk	삵		K	이숭녕	1955	16
sulakī	여우	the fox	Ma	이기문	1958	117
sóle	여우	the fox	Ma	이기문	1958	117
sūlaki	여우	the fox	Ma	이기문	1958	117
solgi	족제비	polecat	Ma	이기문	1958	117
sōligi	족제비	polecat	Ma	이기문	1958	117
soolgi	족제비	polecat	Ma	이기문	1958	117
solongo	족제비	polecat	Ma	이기문	1958	117
solohi	족제비	polecat	Ma	이기문	1958	117
soloŋko	족제비	polecat	Ma	이기문	1958	117
solongyo	족제비	polecat	Mo	이기문	1958	117
solongya	족제비	polecat	Mo	이기문	1958	117

삶

sari	*삶	Leben	K	Andre Eckardt	1966	237
bodo	*삶의 방식	the way of living	Ma	Poppe, N	1965	200
bodo	*삶, 삶의 방식	life, the way of living	Ma	Poppe, N	1965	202
ами	*삶, 생활	life	Ma	Циnциус	1977	37

표제어/어휘		의미	언어	저자	발간년도	쪽수
одо	*삶, 생활	life	Ma	Цинциус	1977	88
ažun	*삶	life, existence	T	Poppe, N	1965	168

삶다
jiji-	지지다		K	강길운	1982ㄴ	17
jiji-	지지다		K	강길운	1982ㄴ	30
[hyjy	*삶다, 긇이다		Ma	Shirokogoroff	1944	56
hyjyвy	*삶다, 증발시키다		Ma	Shirokogoroff	1944	56
[ylā	*삶다		Ma	Shirokogoroff	1944	139
[ipча	*삶은		Ma	Shirokogoroff	1944	62
сэјлэ-	*삶다	boil	Ma	Цинциус	1977	138
улэ̄-(1)	*삶다	boil	Ma	Цинциус	1977	265

삼
sam	*삼	hemp	K	金澤庄三郎	1910	9
sam	삼	hemp	K	이기문	1958	116
sam	*삼	hemp	K	Kanazawa, S	1910	6
(a-)sam	*삼	hemp	K	Martin, S. E.	1966	201
(a-)sam	*삼	hemp	K	Martin, S. E.	1966	211
(a-)sam	*삼	hemp	K	Martin, S. E.	1966	215
(a-)sam	*삼	hemp	K	Martin, S. E.	1966	224
sa	삼	hemp	Ma	이기문	1958	116
[hонтаха	*삼, 대마.		Ma	Shirokogoroff	1944	56
сишари	*삼	hemp	Ma	Цинциус	1977	101
чэнэ	*삼	hemp	Ma	Цинциус	1977	421
оло	*삼, 대마	hemp	Ma	Цинциус	1977	15
онокто	*삼, 대마	hemp	Ma	Цинциус	1977	19
кэбдэкэ	*삼, 대마	hemp	Ma	Цинциус	1977	442
хонтаха	*삼, 대마	hemp	Ma	Цинциус	1977	471

삼가다
| sam-ka | 삼가다 | | K | 김사엽 | 1974 | 421 |
| тарга- | *삼가다 | refrain | Ma | Цинциус | 1977 | 168 |

삼나무
sam	삼나무	the cryptomeria, spruce	K	김공칠	1989	13
is-kaj	삼나무		K	김사엽	1974	435
сукту	*삼나무	cedar	Ma	Цинциус	1977	122

삼지
jyak	삼지		K	강길운	1983ㄱ	28
jyak	삼지		K	강길운	1983ㄱ	46
šah	삼지		T	강길운	1983ㄱ	28

삼키다
nəŋgu-	삼키다		K	강길운	1983ㄴ	120
тиңирак	*삼키다	swallow	Ma	Цинциус	1977	184
н'икикэ-	*삼키다	swallow	Ma	Цинциус	1977	637
balγu-	삼키다		Mo	김영일	1986	173
galγu	삼킴		Mo	김영일	1986	173

표제어/어휘	의미		언어	저자	발간년도	쪽수
нiмнiг	*삼키다		Ma	Shirokogoroff	1944	93
нiмн̨а	*삼키다		Ma	Shirokogoroff	1944	93
[н'iмhi	*삼키다		Ma	Shirokogoroff	1944	93

삽

ナムビヨンネー	*삽		K	宮崎道三郎	1906	29
kar, karä	삽, 가래	to plowgh, spade	K	김공칠	1989	18
sarp	*삽	spade	K	金澤庄三郎	1910	11
sap	삽		K	김승곤	1984	252
sapal	삽		K	宋敏	1969	87
salp	삽		K	宋敏	1969	87
salph-	*삽	spade, rake	K	Johannes Rahder	1959	73
sarp	*삽	spade	K	Kanazawa, S	1910	9
ᶏрӯн	*나무삽, 삽	wooden shovel, spade	Ma	Poppe, N	1965	203
чеу	*삽		Ma	Shirokogoroff	1944	23
[ар'iвун	*삽		Ma	Shirokogoroff	1944	9
субари	*삽	shovel	Ma	Цинциус	1977	116
гуан̨чоу	*삽	shovel	Ma	Цинциус	1977	164
далӯ	*삽	shovel	Ma	Цинциус	1977	195
чэву	*삽	shovel	Ma	Цинциус	1977	419
курӡак	*삽	shovel	Ma	Цинциус	1977	436
кэндэкэ̄	*삽		Ma	Цинциус	1977	448
хеве(н)	*삽		Ma	Цинциус	1977	465
лапа̄ткэ	*삽		Ma	Цинциус	1977	493

상자

kor	상자	small box	K	강길운	1978	41
kori	고리(버드나무가지로만든물건 넣는상자)		K	김승곤	1984	244
horin	상자	small box	Ma	강길운	1978	41
[комтахан	*상자, 바구니		Ma	Shirokogoroff	1944	73
офha	*상자, 바구니		Ma	Shirokogoroff	1944	98
уктурук	*상자, 용기		Ma	Shirokogoroff	1944	139
[укäк	*상자		Ma	Shirokogoroff	1944	138
агачáн	*상자		Ma	Shirokogoroff	1944	2
бу_но	*상자		Ma	Shirokogoroff	1944	20
[hilik	*상자		Ma	Shirokogoroff	1944	55
jамiкан	*상자		Ma	Shirokogoroff	1944	64
к'ӗy̨а	*상자		Ma	Shirokogoroff	1944	70
таγа	*상자	box	Ma	Цинциус	1977	149
додохон	*상자	basket	Ma	Цинциус	1977	212
уjэкэн	*상자	box	Ma	Цинциус	1977	252
ē̄γас	*상자	basket	Ma	Цинциус	1977	289
учарук	*상자	box	Ma	Цинциус	1977	296
jahик	*상자	box	Ma	Цинциус	1977	345
кō̄н̨й	*상자	box	Ma	Цинциус	1977	412
q̄о̄ръ̄бӡа	*상자	box	Ma	Цинциус	1977	414
кӧрнӧк	*상자	box	Ma	Цинциус	1977	420
эргэ	*상자	box	Ma	Цинциус	1977	462
х'асэ	*상자	box	Ma	Цинциус	1977	464
хитхин	*상자	box	Ma	Цинциус	1977	466
х̨улда(н-)	*상자	box	Ma	Цинциус	1977	476
муруктэ	*상자	box	Ma	Цинциус	1977	560

표제어/어휘	의미		언어	저자	발간년도	쪽수
гус'е	*상자, 궤	trunk, chest	Ma	Цинциус	1977	175
абдōра	*상자, 궤	trunk, chest	Ma	Цинциус	1977	5
атиjак	*상자	basket	Ma	Цинциус	1977	58
нēмо	*상자	box,case	Ma	Цинциус	1977	587
ситхэн	*상자	chest	Ma	Цинциус	1977	99
goryo	상자	small box	Mo	강길운	1978	41
abdar(a)	상자		Mo	김영일	1986	168
abdarla-	상자에 넣다		Mo	김영일	1986	168

살

sas	살		K	박은용	1975	181
살	살		K	徐廷範	1985	244
sar	살		Ma	박은용	1975	181
факи	*살	flank	Ma	Цинциус	1977	298

새

sɛŋ	*새	bird	K	강영봉	1991	8
sɛ	새	bird	K	김동소	1972	136
sai	새	bird	K	김선기	1968ㄱ	20
sä	새	bird	K	宋敏	1969	87
sāi	새	bird	K	이용주	1980	80
sāi	새	bird	K	이용주	1980	95
sai	새	bird	K	이용주	1980	99
*söři	새	bird	K	이용주	1980	99
sä	*새	bird	K	長田夏樹	1966	82
sä	*새	the bird	K	G. J. Ramstedt	1949	218
sai	*새	the bird	K	G. J. Ramstedt	1949	218
sai	*새	bird	K	G. J. Ramstedt	1949	218
sagʰi	*새	bird	K	Martin, S. E.	1966	204
saği	*새	bird	K	Martin, S. E.	1966	211
saği	*새	bird	K	Martin, S. E.	1966	212
saği	*새	bird	K	Martin, S. E.	1966	215
gasha	새	bird	Ma	김동소	1972	136
gasha	새	bird	Ma	김선기	1968ㄱ	20
сондокӯн	*새	bird	Ma	Цинциус	1977	110
гэху	*새	bird	Ma	Цинциус	1977	178
туни	*새	bird	Ma	Цинциус	1977	213
чипичā	*새	bird	Ma	Цинциус	1977	398
кōри	*새	bird	Ma	Цинциус	1977	415
чэчикэ	*새	bird	Ma	Цинциус	1977	422
эбтэ г.аɣун	*새	bird	Ma	Цинциус	1977	433
хукса	*새	bird	Ma	Цинциус	1977	476
ʃbaɣun	새	bird	Mo	김선기	1968ㄱ	20
saira-	*새	to sing (the bird)	T	G. J. Ramstedt	1949	218
kötördör	*새들	birds	T	Poppe, N	1965	191

새그물

t'aŋ	새그물		K	박은용	1974	111
t'an	새그물		K	박은용	1974	111
dan	올가미		Ma	박은용	1974	110

표제어/어휘		의미	언어	저자	발간년도	쪽수
새기다						
sa-ki	새기다		K	김사엽	1974	417
saki-	*새기다		K	石井 博	1992	90
sagida	*새기다	to carve	K	G. J. Ramstedt	1949	14
sagida	*새기다	to carve, to cut in	K	G. J. Ramstedt	1949	218
sjagida	*새기다	to carve, to cut in	K	G. J. Ramstedt	1949	218
hegi-	*새기다	to gnaw off, to nimble	Ma	G. J. Ramstedt	1949	218
segi-	*새기다	to cut off	Ma	G. J. Ramstedt	1949	218
sejile-	*새기다	to cut in, to engrave	Mo	G. J. Ramstedt	1949	218
sïl-	*새기다	to cut in, to engrave	Mo	G. J. Ramstedt	1949	218
새끼						
sanäk'i	새끼		K	강길운	1982ㄴ	32
sʌski	새끼		K	강길운	1983ㄴ	111
sʌski	새끼		K	강길운	1983ㄴ	128
sas-ki	새끼		K	김사엽	1974	444
ф'аӡу	*새끼	calf	Ma	Цинциус	1977	297
фисэн	*새끼	increase	Ma	Цинциус	1977	300
имсэкэ	*새끼	young animal	Ma	Цинциус	1977	313
марган	*새끼	cub	Ma	Цинциус	1977	532
köšäk	*새끼	young animal	T	Poppe, N	1965	157
köšäk	*새끼	young animal	T	Poppe, N	1965	201
새다						
sei-	새다		K	박은용	1975	179
sai ta	*새다	to leak out	K	白鳥庫吉	1915ㄴ	296
săim	*샘	a spring of water	K	白鳥庫吉	1915ㄴ	296
săim mul	*샘물	spring water	K	白鳥庫吉	1915ㄴ	296
säda	*새다	to run out	K	G. J. Ramstedt	1949	219
sạiŋ-kun, säŋgun	*새다	the prince	K	G. J. Ramstedt	1949	219
sẹ-	*새다		K	G. J. Ramstedt	1949	219
säda	*새다	to dawn	K	G. J. Ramstedt	1949	219
sab-da-	새다		Ma	박은용	1975	179
sabdambi	*새다	schimmen	Ma	白鳥庫吉	1915ㄴ	296
sekijembi	*새다	ausquetschen	Ma	白鳥庫吉	1915ㄴ	296
sekijen	*새다	Quelle	Ma	白鳥庫吉	1915ㄴ	296
šé-óh	*새다	Quelle	Ma	白鳥庫吉	1915ㄴ	296
sáxa	*새다	traire	Mo	白鳥庫吉	1915ㄴ	296
dugxa	*새다	Tropf	Mo	白鳥庫吉	1915ㄴ	296
dugxan	*새다	Tropf	Mo	白鳥庫吉	1915ㄴ	296
gxaxa	*새다	traire	Mo	白鳥庫吉	1915ㄴ	296
saghaxu	*새다	traire	Mo	白鳥庫吉	1915ㄴ	296
tamka	*새다	siegel	T	白鳥庫吉	1915ㄴ	296
tamkalamak	*새다	siegeln	T	白鳥庫吉	1915ㄴ	296
tamlamak	*새다	träufeln	T	白鳥庫吉	1915ㄴ	296
tammak	*새다	triefen lassen	T	白鳥庫吉	1915ㄴ	296
tamši	*새다	Tropfen	T	白鳥庫吉	1915ㄴ	296
tamušmak	*새다	triefen lassen	T	白鳥庫吉	1915ㄴ	296
tam, tim	*새다	Tropfen	T	白鳥庫吉	1915ㄴ	296
damla	*새다	Tropfen	T	白鳥庫吉	1915ㄴ	297
damlamak	*새다	träufeln	T	白鳥庫吉	1915ㄴ	297
tâmer	*새다	Quelle	T	白鳥庫吉	1915ㄴ	297

표제어/어휘		의미	언어	저자	발간년도	쪽수
tammala	*새다	träufeln	T	白鳥庫吉	1915ㄴ	297
tammuk	*새다	Tropfen	T	白鳥庫吉	1915ㄴ	297
tomla	*새다	triefen	T	白鳥庫吉	1915ㄴ	297
tomlak	*새다	Tropfen	T	白鳥庫吉	1915ㄴ	297
tamdelirben	*새다	fliessen	T	白鳥庫吉	1915ㄴ	297
säŋgün	*새다		T	G. J. Ramstedt	1949	219

새롭다

sä	새로운		K	강길운	1977	15
iči	새로운		K	강길운	1977	15
sɛ	*새로운	new	K	강영봉	1991	10
săi	새	new	K	이용주	1980	84
sei	새롭다		K	이용주	1980	72
sarya	*새롭다	new	K	Martin, S. E.	1966	210
sarya	*새롭다	new	K	Martin, S. E.	1966	211
sarya	*새롭다	new	K	Martin, S. E.	1966	215
sarya	*새롭다	new	K	Martin, S. E.	1966	223
iče	새로운		Ma	강길운	1977	15
ıрҡаҡ'ін	*새로운, 최근의		Ma	Shirokogoroff	1944	63
óмакта	*새로운		Ma	Shirokogoroff	1944	101
іхін	*새로운		Ma	Shirokogoroff	1944	58
[ан,ті	*새로운		Ma	Shirokogoroff	1944	8
[ōмакта	*새로운		Ma	Shirokogoroff	1944	101
иркэкйн	*새로운	new	Ma	Цинциус	1977	328
нэ̄jи	*새로운	new	Ma	Цинциус	1977	616
саӊа	*새로운	new	Ma	Цинциус	1977	62
nir-ai	새롭다		Mo	김방한	1978	41
aje	새로운		T	강길운	1977	15
jaš	새롭다		T	김방한	1978	41

새벽

sɛbuk	새벽		K	이숭녕	1956	132
sɛbok	새벽		K	이숭녕	1956	132
sɛbjök	새벽		K	이숭녕	1956	132
sɛbɛk	새벽		K	이숭녕	1956	132
sɛbak	새벽		K	이숭녕	1956	132
saiba-i	새벽		K	이숭녕	1956	132
sajarin	*새벽	the dawn	Ma	G. J. Ramstedt	1949	219
sajrullan	*새벽	it dawns	Ma	G. J. Ramstedt	1949	219

새싹

nun	새싹		K	강길운	1980	14
meni	새싹		T	강길운	1980	14

새우

saiio, saui	새우, 갑각류	lobster, crafish, shirimp	K	김공칠	1989	16
sa-βi	새우		K	김사엽	1974	471
saβi	새우		K	박은용	1975	180
säbi	새우		K	宋敏	1969	87
savi	새우	lobster, shrimp	K	이기문	1958	116
säbi	새우	lobster, shrimp	K	이기문	1958	116
*sabi	새우	lobster, shrimp	K	이기문	1958	116

표제어/어휘	의미		언어	저자	발간년도	쪽수
säbäŋi	새우	lobster, shrimp	K	이기문	1958	116
se-bu-rɛŋi	새우		K	이숭녕	1956	184
samap	새우		Ma	박은용	1975	180
sampa	새우	lobster, shrimp	Ma	이기문	1958	116
[чívенек	*강에 사는 새우.		Ma	Shirokogoroff	1944	25
капч'iфк'i	*새우		Ma	Shirokogoroff	1944	68
мокчоко	*새우등의, 허리가 굽은,		Ma	Shirokogoroff	1944	84

색깔

öl, örong	색깔		K	김공칠	1989	6
kŏl-l	*색깔	schwellen	K	白鳥庫吉	1914ㄷ	308
этчи(н-)	*색깔	colour	Ma	Цинциус	1977	470
г'ilбар'iн caждар	*색깔.		Ma	Shirokogoroff	1944	49
бочо	*색깔		Ma	Shirokogoroff	1944	16

색조

mẹk	*색조	Tusche, Tinte	K	G. J. Ramstedt	1939ㄱ	482
beke	*색조	Tusche	Mo	G. J. Ramstedt	1939ㄱ	482

샘

*nor	샘		K	강길운	1979	10
sEm	샘, 우물물		K	강길운	1981ㄴ	5
sEm	샘/우물		K	강길운	1982ㄴ	20
sEm	샘/우물		K	강길운	1982ㄴ	25
sEm	샘/우물		K	강길운	1982ㄴ	28
ər	샘		K	강길운	1983ㄱ	26
u<iˇ>l<*bul	샘		K	김공칠	1989	19
săim	샘		K	김공칠	1989	8
əl	샘		K	김방한	1976	24
əl	샘		K	김방한	1977	9
əl	샘		K	김방한	1978	13
iŋri	샘		K	김방한	1980	13
əl	샘		K	김방한	1980	13
əl	샘		K	김방한	1980	15
əl	泉, 井		K	김사엽	1974	376
sʌj-om	샘		K	김사엽	1974	477
saim	샘		K	김선기	1976ㅁ	335
šeri	샘		Ma	김선기	1976ㅁ	334
hi-śih(希石)	*분수	Brunnen	Ma	白鳥庫吉	1915ㄱ	18
hučin	*분수	Brunnen	Ma	白鳥庫吉	1915ㄱ	18
kuduk	*분수	Brunnen	Ma	白鳥庫吉	1915ㄱ	18
χuduk	*분수	Brunnen	Ma	白鳥庫吉	1915ㄱ	18
амнунна	*샘, 수원(水源).		Ma	Shirokogoroff	1944	7
болак	*샘, 원천	spring	Ma	Цинциус	1977	91
н'эвтэ	*샘	spring	Ma	Цинциус	1977	650
naγur	못		Mo	강길운	1979	10
dulag	샘		Mo	강길운	1979	10
bulak	샘		Mo	김선기	1976ㅁ	334
χudek	*분수	Brunnen	Mo	白鳥庫吉	1915ㄱ	18
χodok	*분수	Brunnen	Mo	白鳥庫吉	1915ㄱ	18
χodek	*분수	Brunnen	Mo	白鳥庫吉	1915ㄱ	18
bulak	샘		T	김선기	1976ㅁ	334

표제어/어휘		의미		언어	저자	발간년도	쪽수
kutuk	*분수	Brunnen(Vertiefung)		T	白鳥庫吉	1915ㄱ	18
kutuk	*분수	Brunnen		T	白鳥庫吉	1915ㄱ	18
kuju	*분수	Brunnen(Vertiefung)		T	白鳥庫吉	1915ㄱ	18
kuj	*분수	Brunnen(Vertiefung)		T	白鳥庫吉	1915ㄱ	18
kuduk	*분수	dev Brunnen		T	白鳥庫吉	1915ㄱ	18
kuduk	*분수	Brunnen(Vertiefung)		T	白鳥庫吉	1915ㄱ	18
kudug	*분수	dev Brunnen		T	白鳥庫吉	1915ㄱ	19

생

um	생			K	김공칠	1989	8
nar	*생			K	小倉進平	1950	721
тукаj	*생	raw		Ma	Цинциус	1977	207
чакири	*생	half-cooked		Ma	Цинциус	1977	379

생각

komkom	깊이생각하는모영			K	강길운	1983ㄴ	113
kuŋri-	생각하다			K	강길운	1983ㄴ	114
komkom	곰곰			K	강길운	1983ㄴ	118
komkom	숙고하는모양			K	강길운	1983ㄴ	126
hyəari	생각하다			K	강길운	1983ㄴ	133
heari-	생각하다			K	강길운	1983ㄴ	137
măăm	생각하다			K	김공칠	1989	7
säŋkakhə-	생각하다	think		K	김동소	1972	141
sεŋkakha-	생각하다	think		K	김동소	1972	141
sεŋgag	생각			K	김선기	1968ㄱ	17
sεŋgak	바라는 마음 관념			K	이규창	1979	19
gŭni-	생각하다	think		Ma	김동소	1972	141
gunin	생각			Ma	김선기	1977ㄱ	331
seole-	생각하다			Ma	김영일	1986	180
seolede-	늘생각하다			Ma	김영일	1986	180
думá	*생각하다.			Ma	Shirokogoroff	1944	34
iтärä	*생각하다.			Ma	Shirokogoroff	1944	63
бодо	*생각하다			Ma	Shirokogoroff	1944	16
ɥоаӈка	*생각하다			Ma	Shirokogoroff	1944	38
тōӡа-	*생각하다	think		Ma	Цинциус	1977	191
тубишэ-	*생각하다	consider		Ma	Цинциус	1977	203
тэргэ-	*생각하다	think		Ma	Цинциус	1977	238
муӂилэ-	*생각하다	think		Ma	Цинциус	1977	551
мули-	*생각하다	think		Ma	Цинциус	1977	555
мэргэ-	*생각하다	think		Ma	Цинциус	1977	571
бодо-	*생각하다	think		Ma	Цинциус	1977	88
ситху-	*생각하다	think		Ma	Цинциус	1977	99
суjхэн	*생각	thought		Ma	Цинциус	1977	121
jōӄто	*생각	thought		Ma	Цинциус	1977	347
санā	*생각	thought		Ma	Цинциус	1977	61
sanaga	생각			Mo	김선기	1968ㄱ	17
sanaga	생각			Mo	김선기	1977ㄱ	331
sedki-	생각하다			Mo	김영일	1986	174
sed-	의도하다			Mo	김영일	1986	174
kuŋgul	생각			T	김선기	1977ㄱ	331

표제어/어휘		의미	언어	저자	발간년도	쪽수
서까래						
tor	서까래	firewood	K	강길운	1978	43
tülege	서까래	firewood	Mo	강길운	1978	43
서녘						
syotniok	*서녘	western quarter	K	Edkins, J	1895	409
baran jug	*서녘	western quarter	Mo	Edkins, J	1895	409
parakon	*서쪽, 오른편		Mo	金澤庄三郞	1914	217
ailatxu	*서쪽	die aufmerksamkeit auf etwas richten	Mo	白鳥庫吉	1914ㄴ	155
баронта, барон	*서쪽, 오른쪽으로.		Ma	Shirokogoroff	1944	14
чувурö	*서쪽		Ma	Shirokogoroff	1944	26
[ejaкк'i	*서쪽		Ma	Shirokogoroff	1944	42
баротак'I	*서쪽으로		Ma	Shirokogoroff	1944	14
서늘하다						
sə-nʌl	서늘하다		K	김사엽	1974	434
syö-neul hă ta	*서늘하다	to be cool; to be fresh-as of the weather	K	白鳥庫吉	1915ㄴ	326
syö-neu-rop ta	*서늘하다	to be cool; to be fresh; to be refreshing	K	白鳥庫吉	1915ㄴ	326
sǫnᶙl	서늘하다		K	이숭녕	1955	6
sə-nï-i	*서늘하다		K	大野晋	1975	52
*śamiar : *śamyiar [沙熱]	*서늘한	cool	K	Christopher I. Beckwith	2004	136
singgeyen, singkeyen	*서늘하다	sharp cold; dold, frost	Ma	白鳥庫吉	1915ㄴ	326
sēn-wēn	*서늘하다	kühl	Ma	白鳥庫吉	1915ㄴ	326
서다						
syə-	서다		K	강길운	1983ㄱ	31
syə-	서다		K	강길운	1983ㄴ	108
syə-	서다		K	강길운	1983ㄴ	112
syə-	서다		K	강길운	1983ㄴ	128
sa-	*서다	to stand	K	강영봉	1991	11
tot	서다		K	김공칠	1989	8
sʌ-	서다	stand	K	김동소	1972	140
sjʌ-	서다	stand	K	김동소	1972	140
sjə	서다		K	김사엽	1974	427
sɯ	서다	staud	K	김선기	1968ㄱ	41
səi-	서다		K	박은용	1975	183
sə-	*서다		K	石井 博	1992	90
tat	서다		K	유창균	1960	23
ta-si	서다		K	유창균	1960	23
sjöm	섬		K	이숭녕	1956	110
sje	서다	stand	K	이용주	1980	101
syə˘'ə˘is-	셔어잇다	to stand	K	이용주	1980	82
sŏd-	*서다	stehen	K	Andre Eckardt	1966	237
ili-	서다	stand	Ma	김동소	1972	140
so	j3kso		Ma	김선기	1968ㄱ	41
sehe-	서다		Ma	박은용	1975	183
тоr?от	*서다.		Ma	Shirokogoroff	1944	129

표제어/어휘		의미	언어	저자	발간년도	쪽수
ilaтā, iläтi, ileтi	*서다		Ma	Shirokogoroff	1944	59

서두르다

서둘다	*서두르다	hurry	K	김선기	1978ㅁ	357
hudula-lmbi	*서두르는	hurry	Ma	김선기	1978ㅁ	357
jāpa	*서두르다, 재촉하다.		Ma	Shirokogoroff	1944	64
jopä, jāpa	*서두르다, 재촉하다.		Ma	Shirokogoroff	1944	65
oliн'ч aн	*서두르다.		Ma	Shirokogoroff	1944	101
бāнdā	*서두르다.		Ma	Shirokogoroff	1944	14
[еd'(еi)	*서두르다.		Ma	Shirokogoroff	1944	42
aliнчy	*서두르다.		Ma	Shirokogoroff	1944	5
aмapr'i	*서두르다.		Ma	Shirokogoroff	1944	6
aмap'ipy	*서두르다.		Ma	Shirokogoroff	1944	6
өгөрбэт-/ч-	*서두르다	hurry	Ma	Цинциус	1977	29
каоžи-	*서두르다	hurry	Ma	Цинциус	1977	375
эгэркāт-	*서두르다	be in a hurry	Ma	Цинциус	1977	437
экшэ-	*서두르다	hurry	Ma	Цинциус	1977	444
мэгэ-	*서두르다	hurry	Ma	Цинциус	1977	563
н'окчи-	*서두르다	be in hurry	Ma	Цинциус	1977	643
hudula-moui	*서두르는	hurry	Mo	김선기	1978ㅁ	357
ildam laidu	*서두르는	hurry	T	김선기	1978ㅁ	357

서로 묶다

kip-	*서로 묶다	zusammenbinden	K	白鳥庫吉	1914ㄷ	315
xuntar	*서로 묶다	seide	Ma	白鳥庫吉	1914ㄷ	315
jiek	*서로 묶다	zusammenbinden	T	白鳥庫吉	1914ㄷ	315

서른

sjel-hɯn	서른		K	김방한	1968	270
sjelhɯn	서른		K	김방한	1968	272
serhun	서른		K	김선기	1977	28
serhun	서른		K	김선기	1977	29
Sjəlhmn	서른		K	최학근	1971	755
gûsin	서른		Ma	김방한	1968	272
gusin	서른		Ma	김선기	1977	28
gusin	서른		Ma	김선기	1977	29
ɣučin	서른		Mo	김방한	1968	272
gacin	서른		Mo	김선기	1977	28
gacin	서른		Mo	김선기	1977	29
ɣučin	서른		Mo	최학근	1964	584
gučin	서른		Mo	최학근	1964	589
ɣučin	서른		Mo	최학근	1971	755
otuz	서른		T	김방한	1968	272
otüt	서른		T	김선기	1977	28
otos	서른		T	김선기	1977	28
otut	서른		T	김선기	1977	29
otos	서른		T	김선기	1977	29

서리

sə-li	서리		K	김사엽	1974	437
syö-ri	*서리	white frost; goar frost	K	白鳥庫吉	1915ㄴ	310
sëli	서리		K	宋敏	1969	87

표제어/어휘		의미	언어	저자	발간년도	쪽수
is̯ir	이슬	frost	K	이기문	1958	117
sẹri	서리	frost	K	이기문	1958	117
*sur (shuo)	이슬	dew, frost	K	이기문	1958	117
seri	*서리		K	長田夏樹	1966	107
kerou	*서리	Reif	Ma	白鳥庫吉	1915ㄱ	23
kerof	*서리	Reif	Ma	白鳥庫吉	1915ㄱ	23
shih-lei	이슬	dew	Ma	이기문	1958	117
silenggi	이슬	dew	Ma	이기문	1958	117
мэиктэ	*서리	hoarfrost	Ma	Цинциус	1977	564
ноӊото	*서리	frost	Ma	Цинциус	1977	606
н'аӊма	*서리	frost	Ma	Цинциус	1977	633
kirughu	*서리	geleé blanc, givre, frimas	Mo	白鳥庫吉	1915ㄱ	23
xirū	*서리	Frost	Mo	白鳥庫吉	1915ㄱ	23
kirughun	*서리	geleé blanc, givre, frimas	Mo	白鳥庫吉	1915ㄱ	23
daraxa	*서리	avoir froid	Mo	白鳥庫吉	1915ㄴ	310
dagharaxu	*서리	avoir froid, geler de froid	Mo	白鳥庫吉	1915ㄴ	310
katasˇïn	*서리	Frost, Erstarrung Erhärtung	T	白鳥庫吉	1915ㄱ	20
k̯irio	*서리	Frost	T	白鳥庫吉	1915ㄱ	23
kirau	*서리	Reif, Frost	T	白鳥庫吉	1915ㄱ	23
k̯iran	*서리	(wie oben)	T	白鳥庫吉	1915ㄱ	23
kiragu	*서리	Reif, Frost	T	白鳥庫吉	1915ㄱ	23
kar	*서리	(wie oben)	T	白鳥庫吉	1915ㄱ	23

서울

syö-ul	*서울	The capital	K	白鳥庫吉	1915ㄴ	326
syẹur	서울	capital	K	이기문	1958	105
*syẹb̯ir	서울	capital	K	이기문	1958	105
syẹv̯ir	서울	capital	K	이기문	1958	105
syo-ul	*서울	capital city	K	Edkins, J	1895	409
tîrgeň	*서울	Dorf	Mo	白鳥庫吉	1915ㄴ	326
tura	*서울	grosses Dorf, District	Mo	白鳥庫吉	1915ㄴ	326
tura	*서울	Stadt	Mo	白鳥庫吉	1915ㄴ	326
turá	*서울	Dorf	Mo	白鳥庫吉	1915ㄴ	326
tîrgeň	*서울	Dorf	Mo	白鳥庫吉	1915ㄴ	326
naisalal	*서울	capital city	Mo	Edkins, J	1895	409
turá	*서울	Stadt	T	白鳥庫吉	1915ㄴ	326
tura	*서울	Stadt	T	白鳥庫吉	1915ㄴ	326

서캐

syəkha	서캐		K	강길운	1983ㄱ	30
ӯктэ	*서캐	nit	Ma	Цинциус	1977	254

섞다

səs-	섞다		K	박은용	1975	182
sjẹkta	*섞다	to mix up	K	G. J. Ramstedt	1949	227
sasa-	섞다		Ma	박은용	1975	182
siki	*섞다	turbid/muddy (water)	Ma	G. J. Ramstedt	1949	227
cõл-	*섞다	mix	Ma	Цинциус	1977	106
валчйо-	*섞다	mix	Ma	Цинциус	1977	130
дујлэ-	*섞다	mix	Ma	Цинциус	1977	220
фумэрэ-	*섞다	mix	Ma	Цинциус	1977	302
нам-	*섞다	muddle	Ma	Цинциус	1977	313

표제어/어휘	의미		언어	저자	발간년도	쪽수
мӗри-	*섞다	spoiled	Ma	Цинциус	1977	534
муну-	*섞다	decay	Ma	Цинциус	1977	557
мэнэӡди-	*섞다	mix	Ma	Цинциус	1977	572
бав-	*섞다	mix	Ma	Цинциус	1977	61
билча-	*섞다	mix	Ma	Цинциус	1977	83
урку	*섞다, 흔들다, 비비다.		Ma	Shirokogoroff	1944	146

선

표제어/어휘	의미		언어	저자	발간년도	쪽수
sjęn	*선	a line as longitude	K	G. J. Ramstedt	1949	228
sęn	*선	a rivulet uniting a sea with another	Ma	G. J. Ramstedt	1949	228
фихуру	*선	line	Ma	Цинциус	1977	300

선골

표제어/어휘	의미		언어	저자	발간년도	쪽수
*koc'i-xa	선골		K	박은용	1974	120
goci-ka	가려낸, 선발한		Ma	박은용	1974	121

선망

표제어/어휘	의미		언어	저자	발간년도	쪽수
pɯl-(id)	선망		K	강길운	1987	27
özle-	선망		T	강길운	1987	27
pözle-	선망		T	강길운	1987	27

선택하다

표제어/어휘	의미		언어	저자	발간년도	쪽수
talpp ta	*선택하다		K	白鳥庫吉	1916ㄱ	181
hinma-	선택하다		Ma	김영일	1986	177
hinmaw-	선택되다		Ma	김영일	1986	177
silimbi	*선택하다	auswählen, nachsehen, revidiren	Ma	白鳥庫吉	1916ㄱ	181
silin	*선택하다	Kerntruppen	Ma	白鳥庫吉	1916ㄱ	181
silanambi	*선택하다	auswählen, nachsehen, revidiren	Ma	白鳥庫吉	1916ㄱ	181
соли-	*선택하다	make one's choise	Ma	Цинциус	1977	107
сонӡи-	*선택하다, 고르다	choose	Ma	Цинциус	1977	110
тал-	*선택하다, 고르다	choose	Ma	Цинциус	1977	156
šl'ixü	*선택하다	choisir	Mo	白鳥庫吉	1916ㄱ	181
šl'igdexü	*선택하다	être choisi, elu	Mo	白鳥庫吉	1916ㄱ	181
šilikü	*선택하다	choisir, élire, vanner, tamiser, cribler, laver, è	Mo	白鳥庫吉	1916ㄱ	181
talab'in	*선택하다	auswählen	T	白鳥庫吉	1916ㄱ	181
tallîrben	*선택하다	auswählen	T	白鳥庫吉	1916ㄱ	181

설

표제어/어휘	의미		언어	저자	발간년도	쪽수
sər	설		K	박은용	1975	183
설	설		K	박은용	1975	54
sar	살	age, years	K	이기문	1958	116
sẹr	살	age, years, the first day of the year	K	이기문	1958	116
se	설		Ma	박은용	1975	183
sê	살	age, years	Ma	이기문	1958	116
sê-pieh	정월	the first month of the year	Ma	이기문	1958	116
séh-kôh	살	age, years	Ma	이기문	1958	116
se biya	정월	the first month of the year	Ma	이기문	1958	116
se	살	age, years	Ma	이기문	1958	116
aniya inenggi	정월 초하루	the first day of the year	Ma	이기문	1958	116
aniya biya	정월	the first month of the year	Ma	이기문	1958	116

표제어/어휘		의미	언어	저자	발간년도	쪽수
설기						
sölk	*설기	a willow bascket	K	白鳥庫吉	1915ㄴ	313
syölk	*설기	a willow bascket	K	白鳥庫吉	1915ㄴ	313
sęrk	설기	a wicker trunk	K	이기문	1958	117
soró	*설기	Korb	Ma	白鳥庫吉	1915ㄴ	313
šulhu	*설기	Kasten	Ma	白鳥庫吉	1915ㄴ	313
šulhu	설기	a wicker trunk	Ma	이기문	1958	117
sūri	*설기	Kasten	Mo	白鳥庫吉	1915ㄴ	313
xolgho	*설기	une commode, une armoire; une cage	Mo	白鳥庫吉	1915ㄴ	313
설다						
seulu	*설다	to clear away	K	Aston	1879	24
sęl	*설다	loosely/lightly	K	G. J. Ramstedt	1949	227
sęli-, sęl-	*설다	to treat lightly/to pay no attention	Ma	G. J. Ramstedt	1949	227
설사						
jučE-	설사하다		K	강길운	1982ㄴ	21
jučE-	설사하다		K	강길운	1982ㄴ	24
jučE-	설사하다		K	강길운	1982ㄴ	36
kop	설사		K	김공칠	1989	15
учэн	*설사	diarrhea	Ma	Цинциус	1977	297
чејча	*설사	diarrhea	Ma	Цинциус	1977	387
кори	*설사	diarrhea	Ma	Цинциус	1977	415
coco	*설사(泄瀉)	diarrhea	Ma	Цинциус	1977	114
섧다						
syölp ta	*섧다	To be grived, to be sad, to be mournful	K	白鳥庫吉	1916ㄴ	325
syöl-uö-hă ta	*섧다	to grieve, to be vexed, to be sad, to mourn	K	白鳥庫吉	1916ㄴ	325
tülim	*섧다	sich quälen	Ma	白鳥庫吉	1916ㄴ	325
tülgenäp	*섧다	geplagt werden	Mo	白鳥庫吉	1916ㄴ	325
tol'enap	*섧다	geplagt werden	Mo	白鳥庫吉	1916ㄴ	325
tügenäm	*섧다	geplagt werden	Mo	白鳥庫吉	1916ㄴ	325
섬						
syöm	*섬	island	K	金澤庄三郎	1910	11
syöm	*섬	an insel	K	白鳥庫吉	1915ㄴ	325
syŭm	*섬	an island	K	Aston	1879	21
sjȩm	*섬	island	K	G. J. Ramstedt	1926	27
s'ēm	*섬	Insel	K	G. J. Ramstedt	1939ㄱ	485
syöm	*섬	island	K	Kanazawa, S	1910	9
sYyima	*섬	island	K	Martin, S. E.	1966	201
sYyima	*섬	island	K	Martin, S. E.	1966	211
sYyima	*섬	island	K	Martin, S. E.	1966	213
sYyima	*섬	island	K	Martin, S. E.	1966	223
tun	*섬	insel	Ma	白鳥庫吉	1915ㄴ	325
букачан	*강에 있는 섬.		Ma	Shirokogoroff	1944	19
бур	*섬	island	Ma	Цинциус	1977	111
тао	*섬	island	Ma	Цинциус	1977	164

표제어/어휘		의미	언어	저자	발간년도	쪽수
тиб	*섬	island	Ma	Цинциус	1977	174
цӡамбутиб	*섬	island	Ma	Цинциус	1977	373
холэфӧ	*섬	island	Ma	Цинциус	1977	470
лолофӧ	*섬	island	Ma	Цинциус	1977	503
aral	*섬	island	Mo	Poppe, N	1965	158
aral	*황야, 황무지	wilderness, island	T	Poppe, N	1965	158

섭섭하다

syəp-syəp	허무하다		K	강길운	1980	18
sabi-si	허무하다		T	강길운	1980	18

성

kor	성		K	강길운	1977	14
sero	성	castle	K	강길운	1978	41
健牟羅	성		K	강길운	1979	13
*kor	성		K	강길운	1979	9
jas	성		K	강길운	1981ㄱ	30
ka	성		K	강길운	1981ㄱ	31
jas	성		K	강길운	1982ㄴ	16
jas	성		K	강길운	1982ㄴ	30
siki	*성	castle	K	金澤庄三郎	1910	11
ki	*성	castle	K	金澤庄三郎	1910	9
siki	*성		K	金澤庄三郎	1914	220
siki	*성		K	金澤庄三郎	1914	221
kor	*성		K	金澤庄三郎	1977	122
siki	성		K	김공칠	1989	10
kul, kol	성		K	김공칠	1989	19
koui, ki	성		K	김공칠	1989	9
hol 忽	성		K	김방한	1980	10
kulu	성		K	김방한	1980	10
ki	성		K	김방한	1980	12
hol 忽	성		K	김방한	1980	13
ki	성		K	김방한	1980	13
čaj	성		K	김사엽	1974	436
čəj-h	성		K	김사엽	1974	444
čas-h	성		K	김사엽	1974	445
ki	성		K	김사엽	1974	458
재	성		K	김해진	1947	11
*hor	성		K	박은용	1974	114
*kur	성		K	박은용	1974	226
čas	*성	Castle	K	白鳥庫吉	1916ㄱ	151
kol	성		K	송민	1966	22
si	성		K	유창균	1960	16
sje	성		K	유창균	1960	16
cas	성		K	이기문	1973	13
kï	성		K	이기문	1973	14
kwi-kui	*성		K	村山七郎	1963	32
kuə?	*성		K	村山七郎	1963	32
^kɨ	*성	walled city, fort	K	Christopher I. Beckwith	2004	126
*kuru ~ ^kulu [溝漊]	*성	walled city, fort	K	Christopher I. Beckwith	2004	127
*kuər : ^xuər [忽] *성		walled city, fort	K	Christopher I.	2004	127

표제어/어휘		의미	언어	저자	발간년도	쪽수
~ ^kuər [骨]				Beckwith		
čä	*성	city, walled city, wall of city	K	G. J. Ramstedt	1949	19
čai	*성	city, walled city, wall of city	K	G. J. Ramstedt	1949	19
sjęŋ	*성	city, walled city, wall of city	K	G. J. Ramstedt	1949	19
ki	*성	castle	K	Kanazawa, S	1910	7
siki	*성	castle	K	Kanazawa, S	1910	9
gemulehe	성		Ma	강길운	1977	14
gemulehe ba	성		Ma	강길운	1979	13
golo	성(행정구역)		Ma	강길운	1979	9
holo	*성		Ma	金澤庄三郎	1977	122
hala	성		Ma	김방한	1979	20
golo	성		Ma	김방한	1980	11
hala	성		Ma	김선기	1977ㅂ	321
hoton	성		Ma	박은용	1974	113
hecen	성		Ma	박은용	1974	113
hoto	성		Ma	박은용	1974	226
dza	*성	a house	Ma	G. J. Ramstedt	1949	19
güren	나라		Mo	강길운	1979	9
jisün	*성		Mo	宮崎道三郎	1930	264
sakö	*성		Mo	金澤庄三郎	1914	220
saha	*성		Mo	金澤庄三郎	1977	120
saka	*성		Mo	金澤庄三郎	1977	120
saki	*성		Mo	金澤庄三郎	1977	120
sku	*성		Mo	金澤庄三郎	1977	120
obok	성		Mo	김선기	1977ㅂ	321
hısar	성	castle	T	강길운	1978	41
kurā	마을		T	강길운	1979	9
jyrgan	성		T	강길운	1979	9
ȝiä	*성	a house	T	G. J. Ramstedt	1949	19

성기다

səŋkɨi-	성기다		K	박은용	1975	181
syöng-keui ta	*성기다	to be wide apart; to be sepetated	K	白鳥庫吉	1915ㄴ	326
syöng keuit hǎ ta	*성기다	to be wide arart, to be seperated; to be unfriendl	K	白鳥庫吉	1915ㄴ	326
sęskji- < *sęrkji-	성기다	scattering, sparse	K	이기문	1958	116
sar-giya-	성기다		Ma	박은용	1975	181
sangka	*성기다	entfernt, von weit her, von alter Herkunft	Ma	白鳥庫吉	1915ㄴ	326
sargiyan	드문	scattering, sparse	Ma	이기문	1958	116
sungghaxu	*성기다	étendre, tendre tirer en longneur, prolonger, diff	Mo	白鳥庫吉	1915ㄴ	326
sunȝuraxu	*성기다	remonter fort loin, être extrêmement éloigné	Mo	白鳥庫吉	1915ㄴ	326
gxungaxa	*성기다	prolonger	Mo	白鳥庫吉	1915ㄴ	326

성내다

nori	성내다		K	김공칠	1989	7
nʌl-pučʰ	성내다		K	김사엽	1974	395
nʌl-pu	성내다		K	김사엽	1974	395
nʌl-u	성내다		K	김사엽	1974	395
hauloi	*성내다	zurnen	Ma	白鳥庫吉	1914ㄷ	308
hauloi	*성나있다	zurnen	Ma	白鳥庫吉	1914ㄷ	308

표제어/어휘		의미	언어	저자	발간년도	쪽수
aullén	*성나있다	zurnen	Ma	白鳥庫吉	1914ㄷ	308
xarainap	*성나있다	schrift kundiger	Mo	白鳥庫吉	1914ㄷ	308
kep	*성나있다	ähnlich	T	白鳥庫吉	1914ㄷ	322
kepit	*성내다	zurnsen	T	白鳥庫吉	1914ㄷ	322

성냥

kis	부싯깃		K	강길운	1983ㄴ	113
суидӭ	*성냥	safety match	Ma	Цинциус	1977	120
испйискэ	*성냥	match	Ma	Цинциус	1977	331

성읍

구루	성읍		K	김태중	1936	365
꾸룬	성읍		Ma	김태중	1936	365

섶

syöp	*섶	bruch wood	K	金澤庄三郞	1910	11
sjȩp	*섶	leaves used for fuel	K	G. J. Ramstedt	1949	229
sjȩp	*섶	the front part of a coat	K	G. J. Ramstedt	1949	230
syöp	*섶	bruch wood	K	Kanazawa, S	1910	9
sip-mi	*섶	to drift together in heaps	Ma	G. J. Ramstedt	1949	229
sȩp	*섶	the pocket	Ma	G. J. Ramstedt	1949	230

세다

heui ta	*세다	to be white	K	白鳥庫吉	1915ㄴ	324
syöi ta	*세다	to be white	K	白鳥庫吉	1915ㄴ	324
šaraka	*세다	bleichen, weiss	Ma	白鳥庫吉	1915ㄴ	324
sorombi	*세다	gelb werden, bleichen	Ma	白鳥庫吉	1915ㄴ	324
šaringgiyambi	*세다	bleichen	Ma	白鳥庫吉	1915ㄴ	324
člalko	*세다	weiss, glänzend	Ma	白鳥庫吉	1915ㄴ	324
šarambi	*세다	bleichen, weiss serden	Ma	白鳥庫吉	1915ㄴ	324
šáng-kiãng	*세다	weiss, glänzend	Ma	白鳥庫吉	1915ㄴ	324
šanggiyan	*세다	weiss, glänzend	Ma	白鳥庫吉	1915ㄴ	324
čaakӡ'a	*세다	weiss, glänzend	Ma	白鳥庫吉	1915ㄴ	324
čakd'à	*세다	weiss, glänzend	Ma	白鳥庫吉	1915ㄴ	324
čākӡa, čagӡán	*세다	weiss, glänzend	Ma	白鳥庫吉	1915ㄴ	324
čeke	*세다	weiss, glänzend	Ma	白鳥庫吉	1915ㄴ	324
tsagan	*세다	weiss, glänzend	Mo	白鳥庫吉	1915ㄴ	324
tsaixu	*세다	weiss oder bleich werden; das Grauwerden der Haare	Mo	白鳥庫吉	1915ㄴ	324
šira	*세다	gelb	Mo	白鳥庫吉	1915ㄴ	324
sagań	*세다	weiss, glänzend	Mo	白鳥庫吉	1915ㄴ	324
šara	*세다	gelb	Mo	白鳥庫吉	1915ㄴ	324
cagan	*세다	weiss, glänzend	Mo	白鳥庫吉	1915ㄴ	324
sagan	*세다	weiss, glänzend	Mo	白鳥庫吉	1915ㄴ	324
sârèx, sâryg,	*세다	gleb	T	白鳥庫吉	1915ㄴ	324
sari	*세다	gleb	T	白鳥庫吉	1915ㄴ	324
sańgh	*세다	gleb	T	白鳥庫吉	1915ㄴ	324
saryg	*세다	gleb	T	白鳥庫吉	1915ㄴ	324
sarèg	*세다	gleb	T	白鳥庫吉	1915ㄴ	324

표제어/어휘		의미	언어	저자	발간년도	쪽수

세다(算)

표제어/어휘		의미	언어	저자	발간년도	쪽수
hje-	계산하다	count	K	김동소	1972	137
se-	계산하다	count	K	김동소	1972	137
hə̌i-	헤다	to count	K	이용주	1980	82
hǣrəv	세다	to count	K	이용주	1980	95
tolo-	계산하다	count	Ma	김동소	1972	137
тōло-	*세다	count	Ma	Цинциус	1977	195
āx-	*세다	to count	T	Poppe, N	1965	202

셈

표제어/어휘		의미	언어	저자	발간년도	쪽수
hyöim teul ta	*셈	to reckon; to count up; to calculate	K	白鳥庫吉	1915ㄴ	323
hyöim	*셈	bumners; calculation; Reason; judgment	K	白鳥庫吉	1915ㄴ	323
hyöi ta	*셈	to calculate; to count up; to reckon up	K	白鳥庫吉	1915ㄴ	323
syöim	*셈	Judgment; sense; ability; meaning; cause; counting	K	白鳥庫吉	1915ㄴ	323
ǯonči	*셈	gedenkend	Ma	白鳥庫吉	1915ㄴ	323
ton	*셈	zahl, Summe:aufzählung, Verzeichniss	Ma	白鳥庫吉	1915ㄴ	323
ǯondembi	*셈	erwähnen, lobend, preisen, wiederholen, noch einma	Ma	白鳥庫吉	1915ㄴ	323
ǯonam, ǯônǯám, 323	*셈	denken	Ma	白鳥庫吉	1915ㄴ	
ǯombi	*셈	erwähnen, betrachten, gedenkend	Ma	白鳥庫吉	1915ㄴ	323
ǯompi	*셈	in Erinverung bringend, gedenkend	Ma	白鳥庫吉	1915ㄴ	323
toghalaxu	*셈	zählen, rechnen	Mo	白鳥庫吉	1915ㄴ	323
hananam	*셈	denken	Mo	白鳥庫吉	1915ㄴ	323
hananap	*셈	denken	Mo	白鳥庫吉	1915ㄴ	323
sanaghan	*셈	Verstand	Mo	白鳥庫吉	1915ㄴ	323
sanaxa	*셈	denken	Mo	白鳥庫吉	1915ㄴ	323
sanaxu	*셈	denken	Mo	白鳥庫吉	1915ㄴ	323
tō	*셈	zahl, Summe:aufzählung, Verzeichniss	Mo	白鳥庫吉	1915ㄴ	323
togha	*셈	die Zahl, Auzahl	Mo	白鳥庫吉	1915ㄴ	323
gxanaxa	*셈	denken	Mo	白鳥庫吉	1915ㄴ	323
sanakči	*셈	Sterndeuter	T	白鳥庫吉	1915ㄴ	323
sanamak	*셈	Zählen, achen, schätzen, erwägen, überlegen	T	白鳥庫吉	1915ㄴ	323
sâne, sane	*셈	Rechnung, Zahl	T	白鳥庫吉	1915ㄴ	323
sanîb'in	*셈	denken	T	白鳥庫吉	1915ㄴ	323
sanîrben	*셈	lesen, zählen	T	白鳥庫吉	1915ㄴ	323
sanu	*셈	Gedanke, Sinn	T	白鳥庫吉	1915ㄴ	323
sānā	*셈	denken, meinen	T	白鳥庫吉	1915ㄴ	323
son	*셈	denken, nachsinnen	T	白鳥庫吉	1915ㄴ	323
sanin	*셈	Zahl	T	白鳥庫吉	1915ㄴ	323
sog, soji	*셈	Zahl, Mass	T	白鳥庫吉	1915ㄴ	323
sagîs	*셈	sinn, berstand	T	白鳥庫吉	1915ㄴ	323
sanmak	*셈	wähnen, meinen, denken	T	白鳥庫吉	1915ㄴ	323
sana	*셈	Gedanke, Sinn	T	白鳥庫吉	1915ㄴ	323
saginmak	*셈	denken, sinnen	T	白鳥庫吉	1915ㄴ	323
sâgunerben	*셈	denken	T	白鳥庫吉	1915ㄴ	323
sâgus	*셈	Verstan, Gedächtniss	T	白鳥庫吉	1915ㄴ	323

표제어/어휘		의미	언어	저자	발간년도	쪽수
saǰi	*셈	Zahl	T	白鳥庫吉	1915ㄴ	323
san	*셈	wie oben	T	白鳥庫吉	1915ㄴ	323
sajmak	*셈	Zàhlen, beachten, berücksichtigen	T	白鳥庫吉	1915ㄴ	323
sak	*셈	Zahl, Art, Weise	T	白鳥庫吉	1915ㄴ	323
san	*셈	Zahl	T	白鳥庫吉	1915ㄴ	323
sakiš	*셈	Zahl, Rechnung, Berechnung, Gedenke	T	白鳥庫吉	1915ㄴ	323

셋

표제어/어휘		의미	언어	저자	발간년도	쪽수
ses	세개	three	K	김동소	1972	141
sei	셋		K	김방한	1968	270
sei	셋		K	김방한	1968	271
ma	셋		K	김방한	1980	13
mil	셋		K	김방한	1980	13
shes	셋		K	김선기	1968ㄴ	34
sha	세		K	김선기	1968ㄴ	34
sheog	셋		K	김선기	1968ㄴ	34
sheoi	셋		K	김선기	1968ㄴ	34
shiet	셋		K	김선기	1968ㄴ	37
ma	셋		K	김선기	1977	26
seg	셋		K	김선기	1977	26
söi	셋		K	이숭녕	1956	144
*ŋw(위첨자)ili	셋	three	K	이용주	1980	100
seix < *seri	셋	three	K	이용주	1980	100
sāi(h)	세	three	K	이용주	1980	85
sed	*셋	drei	K	Andre Eckardt	1966	238
^mir[密]	*셋	three	K	Christopher I. Beckwith	2004	110
^mir[密]	*셋	three	K	Christopher I. Beckwith	2004	114
ilan	세개	three	Ma	김동소	1972	141
ilan	셋		Ma	김방한	1968	271
jl[g]an	셋		Ma	김선기	1977	25
il[g]an	셋		Ma	김선기	1977	25
ilan	셋		Ma	김선기	1977ㅅ	337
일란	셋	three	Ma	홍기문	1934ㄱ	216
엘란	셋	three	Ma	홍기문	1934ㄱ	216
일라	셋	three	Ma	홍기문	1934ㄱ	216
ilan	*셋	three	Ma	G. J. Ramstedt	1949	77
ɣurban	셋		Mo	김방한	1968	271
gurube	셋		Mo	김선기	1977	25
guruban	셋		Mo	김선기	1977	25
gurban	셋		Mo	김선기	1977ㅅ	337
ɣurban/qurban	셋		Mo	최학근	1964	582
gurān	셋		Mo	최학근	1964	582
gurwa	셋		Mo	최학근	1964	582
gorwṇ	셋		Mo	최학근	1964	582
goarwa(ŋ)	셋		Mo	최학근	1964	582
gurbɑŋ	셋		Mo	최학근	1964	582
gurwa(ŋ)	셋		Mo	최학근	1964	582
ɣurbōn	셋		Mo	최학근	1964	582
ɣurban	셋		Mo	최학근	1964	582
gurban	셋		Mo	최학근	1964	589

표제어/어휘	의미		언어	저자	발간년도	쪽수
üč	셋		T	김방한	1968	271
jukioi	셋		T	김선기	1968ㄴ	37
uč	셋		T	김선기	1977	25
ilan	셋		T	최학근	1964	589

셔츠

šaş<ïˇ>	셔츠		K	김완진	1957	262
čamči	셔츠		Ma	김승곤	1984	252
ɼaχapa	*셔츠	shirt	Ma	Цинциус	1977	137
допто	*셔츠	shirt	Ma	Цинциус	1977	216
samča	셔츠		Mo	김승곤	1984	252
čamči	셔츠		Mo	김승곤	1984	252
pyбaxi	*셔츠.		Ma	Shirokogoroff	1944	110
[һактан'i	*셔츠.		Ma	Shirokogoroff	1944	54

소

so	*소	cow; bull	K	金澤庄三郎	1910	12
so	*소	ox; cattle; a cow; a bull	K	白鳥庫吉	1915ㄴ	312
^ʋ[烏]	*소	ox, cow, cattle	K	Christopher I. Beckwith	2004	140
so	*소	the centre, the inside -as of bread, cake, etc.	K	G. J. Ramstedt	1949	239
sōi	*소	a cowl	K	G. J. Ramstedt	1949	239
so	*소	cow; bull	K	Kanazawa, S	1910	10
инак	*소	cow	Ma	Цинциус	1977	315
üker	*소	ox	Mo	Poppe, N	1965	200
hüker	*소	ox	Mo	Poppe, N	1965	200
fuguor	*소	ox	Mo	Poppe, N	1965	200
seir, sygir	*소	Kuh	T	白鳥庫吉	1915ㄴ	312
sogór	*소	Kuh	T	白鳥庫吉	1915ㄴ	312
t'ara	*소	Ochse	T	白鳥庫吉	1915ㄴ	312
syr	*소	Kuh	T	白鳥庫吉	1915ㄴ	312
sygyr	*소	Kuh	T	白鳥庫吉	1915ㄴ	312
syer	*소	Kuh	T	白鳥庫吉	1915ㄴ	312
šur	*소	Ochse	T	白鳥庫吉	1915ㄴ	312
sir	*소	Kuh	T	白鳥庫吉	1915ㄴ	312
sigïr	*소	Kuh	T	白鳥庫吉	1915ㄴ	312
sïer, süür	*소	Kuh	T	白鳥庫吉	1915ㄴ	312
sïer	*소	Kuh	T	白鳥庫吉	1915ㄴ	312
sagar, sagyr	*소	Kuh	T	白鳥庫吉	1915ㄴ	312
öküz	*소	ox	T	Poppe, N	1965	200
văkăr	*소	ox	T	Poppe, N	1965	200
văkăr	*소	ox	T	Poppe, N	1965	58
öküz	*소	ox	T	Poppe, N	1965	58

소경

소경	소경		K	고재휴	1940ㄹ	동40.4.3
syo-kyŏng	*소경	a blind person	K	白鳥庫吉	1915ㄴ	325
dogo	*소경	blind	Ma	白鳥庫吉	1915ㄴ	325
sokor, sokoťi	*소경	blind	Ma	白鳥庫吉	1915ㄴ	325
속골	소경		Mo	고재휴	1940ㄹ	동40.4.3
gxoxor	*소경	blind	Mo	白鳥庫吉	1915ㄴ	325

표제어/어휘	의미		언어	저자	발간년도	쪽수
soxor	*소경	blind	Mo	白鳥庫吉	1915ㄴ	325
sògar	*소경	blind	T	白鳥庫吉	1915ㄴ	325
sogur	*소경	blind	T	白鳥庫吉	1915ㄴ	325
sokïr	*소경	blind	T	白鳥庫吉	1915ㄴ	325
soxxor	*소경	einängig	T	白鳥庫吉	1915ㄴ	325

소금

표제어/어휘	의미		언어	저자	발간년도	쪽수
sogom	*소금	salt	K	강영봉	1991	11
sokom	소금	salt	K	김동소	1972	140
sokïm	소금	salt	K	김동소	1972	140
so-kom	소금		K	김사엽	1974	438
tap-sùŋ	소금		K	박은용	1974	112
탑수이	소금		K	박은용	1974	112
čča ta	*짜다	to be salty; to be briny	K	白鳥庫吉	1915ㄴ	313
so-keum	*소금	salt	K	白鳥庫吉	1915ㄴ	313
sokom	소금	salt	K	이용주	1980	102
sokom	소곰	salt	K	이용주	1980	81
sokom	소금	salt	K	이용주	1980	96
dabsūn	소금	salt	Ma	김동소	1972	140
dabsun	소금		Ma	김방한	1979	21
dabsun	소금		Ma	박은용	1974	112
tak	*소금	salz	Ma	白鳥庫吉	1915ㄴ	313
таҟ	*소금	salt	Ma	Цинциус	1977	153
давасун	*소금	salt	Ma	Цинциус	1977	186
турукэ	*소금	salt	Ma	Цинциус	1977	221
тӯс	*소금	salt	Ma	Цинциус	1977	222
c \ аи	*소금	salt	Mo	金澤庄三郎	1939	3
dubsun	*소금		Ma	Shirokogoroff	1944	117
coli	*소금		Ma	Shirokogoroff	1944	135
[тус	*소금		Ma	Shirokogoroff	1944	29
давасун,	*소금		Ma	Shirokogoroff	1944	70
катаг?ан	*소금.		Ma	Shirokogoroff	1944	134
турука	*소금		Ma	Shirokogoroff	1944	134
лу шуj мукэ	*소금물	brine	Ma	Цинциус	1977	514

소나무

표제어/어휘	의미		언어	저자	발간년도	쪽수
pusa	소나무		K	송민	1966	22
pos	소나무		K	송민	1966	22
*ku : ^gu [仇]	*소나무	pine	K	Christopher I.	2004	127
ōŋган	*소나무	pine tree	Ma	Цинциус	1977	20
ӡагда	*소나무	pine	Ma	Цинциус	1977	242
hoлтiн	*소나무	pine	Ma	Цинциус	1977	332
мучуктэ	*소나무	needles	Ma	Цинциус	1977	562
[тоҥгноҥоголо	*소나무.		Ma	Shirokogoroff	1944	130
ұаргā	*소나무.		Ma	Shirokogoroff	1944	34
[ұалӡi	*소나무.		Ma	Shirokogoroff	1944	35

소리

표제어/어휘	의미		언어	저자	발간년도	쪽수
sorE	소리		K	강길운	1983ㄱ	32
sori	소리		K	강길운	1983ㄱ	32
sori	소리		K	강길운	1983ㄴ	131
sorE	소리		K	강길운	1983ㄴ	131

표제어/어휘	의미		언어	저자	발간년도	쪽수
ana	소리		K	김공칠	1989	4
so-lʌj	소리		K	김사엽	1974	468
so-răi	*소리	A sound; noise; word; speech	K	白鳥庫吉	1915ㄴ	316
so-ri	*소리	A sound; noise; word; speech	K	白鳥庫吉	1915ㄴ	316
či-ra ta	*지르다	to call laudly; to yell; to sing-high notes	K	白鳥庫吉	1915ㄴ	316
teul-nöi ta	*소리	to make a noise; to create an uproar	K	白鳥庫吉	1915ㄴ	316
sori	*소리	Laut	K	Andre Eckardt	1966	238
tûran	*소리	Stimme	Ma	白鳥庫吉	1915ㄴ	316
d'eggańe	*소리	Stimme	Ma	白鳥庫吉	1915ㄴ	316
d'ekaninu	*소리	Stimme	Ma	白鳥庫吉	1915ㄴ	316
delga	*소리	Stimme	Ma	白鳥庫吉	1915ㄴ	316
dilgan	*소리	Stimme	Ma	白鳥庫吉	1915ㄴ	316
dygganei	*소리	Stimme	Ma	白鳥庫吉	1915ㄴ	316
dylgan	*소리	Stimme	Ma	白鳥庫吉	1915ㄴ	316
gebu žilgan	*소리	Ruf, Ansehen	Ma	白鳥庫吉	1915ㄴ	316
kôh-pûh ti-léh-'án	*소리	Ruf, Ansehen	Ma	白鳥庫吉	1915ㄴ	316
surembi	*소리	Stimme	Ma	白鳥庫吉	1915ㄴ	316
tih-léh-'án	*소리	Stimme, ton	Ma	白鳥庫吉	1915ㄴ	316
želgá, d'elga, ǵelga	*소리	Stimme	Ma	白鳥庫吉	1915ㄴ	316
žilgan	*소리	Stimme, ton	Ma	白鳥庫吉	1915ㄴ	316
želgan	*소리	rufen, sprechen	Ma	白鳥庫吉	1915ㄴ	316
годон	*소리	sound	Ma	Цинциус	1977	157
дэдэв-	*소리	sound	Ma	Цинциус	1977	230
алд(ӯ)	*소리	sound	Ma	Цинциус	1977	31
hэҥкэ	*소리	sound	Ma	Цинциус	1977	367
сēсӣ(н-)	*소리	noise	Ma	Цинциус	1977	72
dûrań	*소리	Laut	Mo	白鳥庫吉	1915ㄴ	316
dûřań	*소리	Laut	Mo	白鳥庫吉	1915ㄴ	316
dūram	*소리	Stimme	Mo	白鳥庫吉	1915ㄴ	316
daghurjan	*소리	echo	Mo	白鳥庫吉	1915ㄴ	316
dîrben, sôlirben	*소리	sagen	T	白鳥庫吉	1915ㄴ	317
sumak	*소리	Gerede, Wort	T	白鳥庫吉	1915ㄴ	317
sorun, sorug	*소리	Bitte, Gebet	T	白鳥庫吉	1915ㄴ	317
sormak, soramak	*소리	anreden, aussprechen, fragen	T	白鳥庫吉	1915ㄴ	317
soragu	*소리	Bettler, d.b. Anfrager, aussprecher	T	白鳥庫吉	1915ㄴ	317
sôlirben	*소리	sagen	T	白鳥庫吉	1915ㄴ	317
sokak	*소리	Erkundigung	T	白鳥庫吉	1915ㄴ	317

소리하다

		언어	저자	발간년도	쪽수
sori	소리하다	K	박은용	1975	191
soli-	소리하다	Ma	박은용	1975	191

소매

표제어/어휘	의미	언어	저자	발간년도	쪽수
sʌ-mʌj	소매		K	김사엽	1974	430
sōmai	*소매	the sleeve	K	G. J. Ramstedt	1949	241
sōm-	*숨기다	to hide	Ma	G. J. Ramstedt	1949	241
[ohін	*소매		Ma	Shirokogoroff	1944	99
[уксö	*소매		Ma	Shirokogoroff	1944	139
сэпэj-	*소매를 걸어 붙이다	roll up one's one's sleeves	Ma	Цинциус	1977	144
сибари-	*소매를 걸어 붙이다	roll up one's one's sleeves	Ma	Цинциус	1977	74

표제어/어휘	의미		언어	저자	발간년도	쪽수
боујан	*소맷부리를 접어 뒤집은 것	cuff	Ma	Цинциус	1977	87

소변

표제어/어휘	의미		언어	저자	발간년도	쪽수
ojom/sopʰ/soma	소변		K	강길운	1981ㄱ	30
sŭ	소변		K	강길운	1981ㄴ	5
ojom	소변		K	강길운	1982ㄴ	21
soma	소변		K	강길운	1982ㄴ	21
sop'i	소변		K	강길운	1982ㄴ	21
soma	소변		K	강길운	1982ㄴ	34
sop'i	소변		K	강길운	1982ㄴ	34
эбэ-	*소변보다	urinate	Ma	Цинциус	1977	433

소부리

표제어/어휘	의미		언어	저자	발간년도	쪽수
sopuri	안장		K	박은용	1975	190
soforo	안장		Ma	박은용	1975	190

소용돌이

표제어/어휘	의미		언어	저자	발간년도	쪽수
nuj-nu-li	소용돌이		K	김사엽	1974	413
[x'eim	* (강의) 소용돌이, 심연, 깊은 곳.		Ma	Shirokogoroff	1944	53
бурук	*소용돌이	whirlpool	Ma	Цинциус	1977	114
бутуки	*소용돌이	whirlpool	Ma	Цинциус	1977	116
бэулэхэ	*소용돌이	whirlpool	Ma	Цинциус	1977	119
горгй	*소용돌이	whirlpool	Ma	Цинциус	1977	161
дау́(н-)	*소용돌이	whirlpool	Ma	Цинциус	1977	201
чоро-нй: наму́	*소용돌이	wallow	Ma	Цинциус	1977	409
путукй	*소용돌이	whirlpool	Ma	Цинциус	1977	45
хорпõ	*소용돌이	whirlpool	Ma	Цинциус	1977	472
хујлу	*소용돌이	whirlpool	Ma	Цинциус	1977	475
хулупти	*소용돌이	whirlpool	Ma	Цинциус	1977	477
уlк'іlту	*소용돌이		Ma	Shirokogoroff	1944	141
боролџ'і	*소용돌이		Ma	Shirokogoroff	1944	18
уpr'el	*소용돌이가 있다		Ma	Shirokogoroff	1944	145
сукумэ	*소용없이	it is no good	Ma	Цинциус	1977	123

소주

표제어/어휘	의미		언어	저자	발간년도	쪽수
아랑	소주		K	권덕규	1923ㄴ	127
arang	*소주		K	金澤庄三郎	1914	219
a-rang-čyu	*소주	A coarse spirit drink	K	白鳥庫吉	1916ㄴ	325
Arki	소주		Ma	권덕규	1923ㄴ	127
arki	소주		Ma	김방한	1979	21
arkí	*소주	Wein(Branntwein)	Ma	白鳥庫吉	1916ㄴ	325
araghi	*소주	Wein(Branntwein)	Ma	白鳥庫吉	1916ㄴ	325
araki	*소주	Wein(Branntwein)	Ma	白鳥庫吉	1916ㄴ	325
araki	*소주	Wein(Branntwein)	Ma	白鳥庫吉	1916ㄴ	325
arki	*소주	Branntwein	Ma	白鳥庫吉	1916ㄴ	325
aržan	*소주	aus Milch bereiteter Branntwein	Ma	白鳥庫吉	1916ㄴ	325
arčan	*소주	aus Milch bereiteter Branntwein	Ma	白鳥庫吉	1916ㄴ	325
Arihi	소주		Mo	권덕규	1923ㄴ	127
arihi	*소주		Mo	金澤庄三郎	1914	219
ariki	*소주	vin, ean de vie, boisson forte, boisson énivrante	Mo	白鳥庫吉	1916ㄴ	325
araki	*소주	vin, ean de vie, boisson forte,	Mo	白鳥庫吉	1916ㄴ	325

표제어/어휘		의미	언어	저자	발간년도	쪽수
		boisson énivrante				
argí	*소주	Branntwein	Mo	白鳥庫吉	1916ㄴ	326
arχi	*소주	Branntwein	Mo	白鳥庫吉	1916ㄴ	326
arki	*소주	Branntwein, Kumyss	Mo	白鳥庫吉	1916ㄴ	326
arki	*소주	Branntwein	Mo	白鳥庫吉	1916ㄴ	326
arke	*소주	Branntwein, Kumyss	Mo	白鳥庫吉	1916ㄴ	326
araki	*소주	Branntwein, Kumyss	Mo	白鳥庫吉	1916ㄴ	326
araχi	*소주	Branntwein, Kumyss	Mo	白鳥庫吉	1916ㄴ	326
araχi	*소주	Branntwein	Mo	白鳥庫吉	1916ㄴ	326
araža	*소주	koumis très fort, esprit de vin	Mo	白鳥庫吉	1916ㄴ	326
araki	*소주	Branntwein	Mo	白鳥庫吉	1916ㄴ	326
aražan	*소주	Wein	T	白鳥庫吉	1916ㄴ	326
aragá	*소주	Wein	T	白鳥庫吉	1916ㄴ	326
araha	*소주	Branntwein	T	白鳥庫吉	1916ㄴ	326
araga	*소주	Branntwein	T	白鳥庫吉	1916ㄴ	326
arax	*소주	Wein	T	白鳥庫吉	1916ㄴ	326
araká	*소주	Wein	T	白鳥庫吉	1916ㄴ	326
ara'k	*소주	Wein	T	白鳥庫吉	1916ㄴ	326
araky	*소주	Wein	T	白鳥庫吉	1916ㄴ	326
arakí	*소주	Wein	T	白鳥庫吉	1916ㄴ	326
araki	*소주	Wein	T	白鳥庫吉	1916ㄴ	326
örek	*소주	Wein	T	白鳥庫吉	1916ㄴ	326
arygy	*소주	Wein	T	白鳥庫吉	1916ㄴ	326
arak	*소주	Wein	T	白鳥庫吉	1916ㄴ	326

속

표제어/어휘		의미	언어	저자	발간년도	쪽수
sok	*속	inside	K	金澤庄三郎	1910	11
sok	*속	inside	K	金澤庄三郎	1910	21
sok	속		K	김계원	1967	17
sok	속		K	김사엽	1974	431
sjuh	속		K	김완진	1970	6
sok	속		K	宋敏	1969	87
sok	속		K	이숭녕	1956	160
sop	속		K	이숭녕	1956	160
sok-al-tak-či	속알딱지		K	이숭녕	1956	177
sok	속		K	이숭녕	1956	177
sok	*속	interior	K	Aston	1879	23
sõk	*속	the inside, the interior, mind, heart, disposition	K	G. J. Ramstedt	1949	239
sok	*속	inside	K	Kanazawa, S	1910	17
sok	*속	inside	K	Kanazawa, S	1910	9
tokko	*속	Mittelfinger	Ma	白鳥庫吉	1915ㄴ	313
tókkőńe	*속	Mitte	Ma	白鳥庫吉	1915ㄴ	313
loko	*속	Mitte	Ma	白鳥庫吉	1915ㄴ	313
dukóndula	*속	mitten durch	Ma	白鳥庫吉	1915ㄴ	313
doko	*속	Unterfutter	Ma	白鳥庫吉	1915ㄴ	313
tô-k'ó	*속	Unterfutter	Ma	白鳥庫吉	1915ㄴ	313
dokondu	*속	Mitten	Ma	白鳥庫吉	1915ㄴ	313
dô	*속	das Innere	Ma	白鳥庫吉	1915ㄴ	313
cô	*속	hinein	Mo	白鳥庫吉	1915ㄴ	313
sô	*속	hinein	Mo	白鳥庫吉	1915ㄴ	313
albagud	*속	the genitalia	Mo	G. J. Ramstedt	1939ㄴ	460
alpaut	*속	inside,heart	T	G. J. Ramstedt	1939ㄴ	460

표제어/어휘		의미	언어	저자	발간년도	쪽수
속도						
속도	속도		K	고창식	1976	25
н'ёма	*속도	speed	Ma	Цинциус	1977	637
속삭이다						
sok-sak-i	속삭이다		K	김사엽	1974	444
сэдинэ-	*속삭이다	whisper	Ma	Цинциус	1977	137
сумко	*속삭이다.		Ma	Shirokogoroff	1944	119
бун,ксіІцар'l	*속삭이다.		Ma	Shirokogoroff	1944	20
фучу фача	*속삭이며	whispering	Ma	Цинциус	1977	304
чучу чача	*속삭이면서	whispering	Ma	Цинциус	1977	418
속이다						
so-ki	속이다		K	김사엽	1974	425
sə-ki	속이다		K	김사엽	1974	436
so-ki	속이다		K	김사엽	1974	436
a-rait'ök	*속이다	habile	K	白鳥庫吉	1914ㄴ	161
sokil	*속이다	to deceive	K	Aston	1879	23
аι(тіра	*속이다.		Ma	Shirokogoroff	1944	3
[улек	*속이다		Ma	Shirokogoroff	1944	140
инэв-	*속이다, 거짓말하다	lie	Ma	Цинциус	1977	334
убаси	*속인	layman	Ma	Цинциус	1977	242
ради кубулин	*속임수	tricks	Ma	Цинциус	1977	49
hэнусмэт-/ч-	*속이다	cheat	Ma	Цинциус	1977	366
эјтэрэ-	*속이다	cheat	Ma	Цинциус	1977	440
хōнавлй-	*속이다	to deceive	Ma	Цинциус	1977	470
xošun	*속이다	lugen	Mo	白鳥庫吉	1914ㄷ	330
kušun	*속이다	lugen	Mo	白鳥庫吉	1914ㄷ	330
xōšūn	*속이다	lugen	Mo	白鳥庫吉	1914ㄷ	330
alt	*속이다	grossvater	T	白鳥庫吉	1914ㄴ	161
al	*속이다	betrügerisch	T	白鳥庫吉	1914ㄴ	163
ustux	*속이다	betrugen	T	白鳥庫吉	1914ㄷ	330
ustux	*속이다	steile felsspitze auf einem berge	T	白鳥庫吉	1914ㄷ	330
손						
son	*손	hand	K	강영봉	1991	9
tatirɯta	닿다		K	김공칠	1988	192
son	손	hand	K	김동소	1972	138
son	손	hand	K	김선기	1968ㄱ	21
son	*손	the hand	K	白鳥庫吉	1915ㄴ	314
son-sok	손속		K	이숭녕	1956	180
cjo-mak-son	주먹손		K	이숭녕	1956	187
sŏn	손	hand	K	이용주	1980	80
sŏn	손	hand	K	이용주	1980	95
son	손	hand	K	이용주	1980	99
*sa	손	hand	K	이용주	1980	99
son	*손	hand	K	長田夏樹	1966	82
son	*손	the hand; the arm	K	G. J. Ramstedt	1949	241
gala	손	hand	Ma	김동소	1972	138
gala	손	hand	Ma	김선기	1968ㄱ	21
hāh-lāh	*손	hand	Ma	白鳥庫吉	1914ㄷ	298
gäla	*손	hand	Ma	白鳥庫吉	1914ㄷ	298

표제어/어휘		의미	언어	저자	발간년도	쪽수
gári	*손	hand	Ma	白鳥庫吉	1914ㄷ	298
gari	*손	hand	Ma	白鳥庫吉	1914ㄷ	298
gala	*손	hand	Ma	白鳥庫吉	1914ㄷ	298
čimču	*손	Finger	Ma	白鳥庫吉	1915ㄴ	314
simhun	*손	finger; Zehe	Ma	白鳥庫吉	1915ㄴ	314
čimke	*손	Ohrfinger	Ma	白鳥庫吉	1915ㄴ	314
čūmočŏ, čúmočo	*손	Finger, Zehe	Ma	白鳥庫吉	1915ㄴ	315
č'úmočo	*손	Finger	Ma	白鳥庫吉	1915ㄴ	315
čūmka	*손	Zeigefinger	Ma	白鳥庫吉	1915ㄴ	315
čomočo	*손	Zeigefinger	Ma	白鳥庫吉	1915ㄴ	315
čñmočŏ	*손	Zeigefinger	Ma	白鳥庫吉	1915ㄴ	315
čumuču	*손	Zeigefinger	Ma	白鳥庫吉	1915ㄴ	315
gala	*손	the hand	Ma	G. J. Ramstedt	1949	83
ŋala	*손	the hand	Ma	G. J. Ramstedt	1949	83
ŋālẹ nālẹ	*손	the hand	Ma	G. J. Ramstedt	1949	83
ŋālẹ	*손	hand	Ma	Poppe, N	1965	191
ŋālẹ	*손	hand	Ma	Poppe, N	1965	198
gala	*손	hand	Ma	Poppe, N	1965	198
дикэтэгн	*손	hand	Ma	Цинциус	1977	205
gar	손	hand	Mo	김선기	1968ㄱ	21
gar	손	hand	Mo	김선기	1968ㄴ	27
baragun gar	오른손	right hand	Mo	김선기	1968ㄴ	27
adqu-	손에쥐다		Mo	김영일	1986	173
adqu	손바닥		Mo	김영일	1986	173
ghar	*손	hand	Mo	白鳥庫吉	1914ㄷ	298
gade	*손	hand	Mo	白鳥庫吉	1914ㄷ	298
gári	*손	hand	Mo	白鳥庫吉	1914ㄷ	298
gar	*손	hand	Mo	Johannes Rahder	1959	41
gar-ta	*손에	in the hand	Mo	Poppe, N	1965	188
garhā	*손에서	from the hand	Mo	Poppe, N	1965	191
gar	*손	hand	Mo	Poppe, N	1965	191
gar	*손	hand	Mo	Poppe, N	1965	198
kol	손	hand	T	김선기	1968ㄱ	21
kara	*손	hand	T	白鳥庫吉	1914ㄷ	298
kol	*손	hand	T	白鳥庫吉	1914ㄷ	298
xara	*손	hand	T	白鳥庫吉	1914ㄷ	298
kal	*손	hand	T	白鳥庫吉	1914ㄷ	298
čara	*손	hand	T	白鳥庫吉	1914ㄷ	298
t'ématak	*손	kleiner Finger	T	白鳥庫吉	1915ㄴ	315
t'emes	*손	kleiner Finger	T	白鳥庫吉	1915ㄴ	315
tèmalt'ak,	*손	kleiner Finger	T	白鳥庫吉	1915ㄴ	315

손가락

가락	손가락		K	권덕규	1923ㄴ	128
k'arag	가락	finger	K	김선기	1968ㄴ	27
kkal	손가락		K	김승곤	1984	241
ka-rang-l	*손가락	mit einzelnen oder aus gebreiteten zweigen	K	白鳥庫吉	1914ㄷ	297
karak	*손가락		K	長田夏樹	1966	107
karak	*(손)가락	finger	K	G. J. Ramstedt	1949	87
kkarak	*(손)가락	finger	K	G. J. Ramstedt	1949	87
kkal	*(손)가락	finger	K	G. J. Ramstedt	1949	87
kạrạk	*(손)가락	finger	K	G. J. Ramstedt	1949	87

표제어/어휘	의미		언어	저자	발간년도	쪽수
karak	*가락	finger, toe	K	G. J. Ramstedt	1949	96
son-kkorak	*손가락(/손고락)	finger	K	G. J. Ramstedt	1949	96
son-kkurak	*손가락(/손구락)	finger	K	G. J. Ramstedt	1949	96
Huuruk	손가락		Ma	권덕규	1923ㄴ	128
Simhun	손가락		Ma	김선기	1976ㅈ	352
nala	*손가락	finger	Ma	白鳥庫吉	1914ㄷ	298
nála	*손가락	finger	Ma	白鳥庫吉	1914ㄷ	298
gargan	*가락	finger, toe	Ma	G. J. Ramstedt	1949	96
hẹrbẹk	*손가락	finger	Ma	Poppe, N	1965	201
hими	*손가락	finger	Ma	Цинциус	1977	324
horдэву	*손가락	finger	Ma	Цинциус	1977	329
hурууун	*손가락	finger	Ma	Цинциус	1977	354
чараткӣ	*손가락	finger	Ma	Цинциус	1977	385
энкӣ	*손가락	finger	Ma	Цинциус	1977	457
Hurugu	*손가락		Mo	권덕규	1923ㄴ	128
horoku	*가락		Mo	金澤庄三郎	1914	219
hurugu	손가락		Mo	김선기	1976ㅈ	352
quruүun	*손가락		Mo	長田夏樹	1966	107
χurγun	*손가락	finger, toe	Mo	G. J. Ramstedt	1949	96
kul	*손가락	hand	T	白鳥庫吉	1914ㄷ	298
kul	*손가락	finger	T	白鳥庫吉	1914ㄷ	298
ärängäk	손가락		T	이숭녕	1956	83
ärŋäk	*손가락	finger	T	Poppe, N	1965	201

손바닥

hart'-	손바닥		K	강길운	1983ㄱ	43
son pa-tak	*손바닥	The palm of the hand	K	白鳥庫吉	1914ㄱ	169
г'огин	*손바닥	palm	Ma	Цинциус	1977	157
haнҟa	*손바닥	palm	Ma	Цинциус	1977	314
[alira	*손바닥		Ma	Shirokogoroff	1944	5
[xaҏi	*손바닥		Ma	Shirokogoroff	1944	53
[haнга, xaнга	*손바닥		Ma	Shirokogoroff	1944	55
oҏнга	*손바닥		Ma	Shirokogoroff	1944	104
[haҏa	*손바닥		Ma	Shirokogoroff	1944	54

손톱

sonttop	발톱	claw	K	김동소	1972	137
sonthop	발톱	claw	K	김동소	1972	137
tob	손톱	claw	K	김선기	1968ㄱ	22
top	손톱		K	박은용	1975	149
sonthop	*발톱	claw	K	長田夏樹	1966	82
tuma	*손톱		K	長田夏樹	1966	93
hitahūn	발톱	claw	Ma	김동소	1972	137
wasiha	짐승의 발톱	즘 의 발톱	Ma	김동소	1972	143
ošoho	짐승의 발톱	즘 의 발톱	Ma	김동소	1972	143
wasiha	발톱	톱	Ma	김동소	1972	143
ošoho	발톱	새발톱	Ma	김동소	1972	143
dube	끝		Ma	박은용	1975	149
[охто	*손톱, 발톱		Ma	Shirokogoroff	1944	99
aн,га	*손톱.		Ma	Shirokogoroff	1944	8
типа	*손톱; 발톱	nail	Ma	Цинциус	1977	185
хитахун	*손톱	nail	Ma	Цинциус	1977	466
dereb	손톱	claw	Mo	김선기	1968ㄱ	22

표제어/어휘		의미	언어	저자	발간년도	쪽수

솔

sor	*솔		K	金澤庄三郞	1914	220
sor	솔		K	박은용	1975	182
sōl	솔		K	宋敏	1969	87
sata	솔		Ma	박은용	1975	182
shur	*솔		Mo	金澤庄三郞	1914	220

솔개

sol-kai	*솔개	a kite; a hawk	K	白鳥庫吉	1915ㄴ	321
so-ri-kai	*솔개	a kite; a hawk	K	白鳥庫吉	1915ㄴ	321
su-ri	*솔개	a kite; a hawk	K	白鳥庫吉	1915ㄴ	321
syo-ro-ki	*솔개	a kite; a hawk	K	白鳥庫吉	1915ㄴ	321
syu-ri	*솔개	an eagle	K	白鳥庫吉	1915ㄴ	321
sol-gɛŋi	솔개		K	이숭녕	1956	187
ʒolodo	*솔개	Falco perignus Briss	Ma	白鳥庫吉	1915ㄴ	321
silmen	*솔개	Sperber	Ma	白鳥庫吉	1915ㄴ	321
ʒóloda	*솔개	grosser brauer Falke	Ma	白鳥庫吉	1915ㄴ	321
ʒulda	*솔개	Falco Vestirtinus L.	Ma	白鳥庫吉	1915ㄴ	321
čälkämä	*솔개	Adler	Ma	白鳥庫吉	1915ㄴ	321
šüh-múh	*솔개	Milan	Ma	白鳥庫吉	1915ㄴ	321
сʼнʼічáн	*솔개		Ma	Shirokogoroff	1944	114
тараба́зʼı	*솔개		Ma	Shirokogoroff	1944	124
џʼıгнікун	*솔개		Ma	Shirokogoroff	1944	37
гʼекʼін	*솔개		Ma	Shirokogoroff	1944	48
hиуэн	*솔개	vulture	Ma	Цинциус	1977	322

솜

so-om	솜		K	김사엽	1974	380
so-om	*솜	Cotton, wool	K	白鳥庫吉	1915ㄴ	314
so-eum	*솜	cotton	K	白鳥庫吉	1915ㄴ	314
som	*솜	Cotton, wool	K	白鳥庫吉	1915ㄴ	314
som	*솜		K	長田夏樹	1966	108
*soβym	*솜		K	長田夏樹	1966	108
soym	*솜		K	長田夏樹	1966	108
cämbä	*솜	Tuch	Ma	白鳥庫吉	1915ㄴ	314
ʒaṅta	*솜	Tuch	Ma	白鳥庫吉	1915ㄴ	314
ʒaṅkče	*솜	Tuch	Ma	白鳥庫吉	1915ㄴ	314
дʼа(1)	*솜	batt	Ma	Цинциус	1977	184
јавта	*솜	cotton	Ma	Цинциус	1977	337
јо̄хан	*솜	cotton	Ma	Цинциус	1977	346
cembe	*솜	Tuch	Mo	白鳥庫吉	1915ㄴ	314
sembe	*솜	Tuch	Mo	白鳥庫吉	1915ㄴ	314
tsembe	*솜	Tuch	Mo	白鳥庫吉	1915ㄴ	314
ʒibxum	*솜	Tuch	Mo	白鳥庫吉	1915ㄴ	314
segme	*솜	Tuch	Mo	白鳥庫吉	1915ㄴ	314

솟다

sos-	솟다		K	강길운	1983ㄱ	31
sos-	솟다		K	강길운	1983ㄴ	128
sos-	솟다		K	박은용	1975	193
sos	솟다		K	宋敏	1969	87
sos.a	솟다		K	宋敏	1969	87

표제어/어휘		의미	언어	저자	발간년도	쪽수
sucu-	부딪치다		Ma	박은용	1975	193
пэлэлэ̄-	*솟다	rise high	Ma	Цинциус	1977	47

솟대

| so ‾ | 솟대 | | K | 박은용 | 1975 | 190 |
| so | 솟대 | | Ma | 박은용 | 1975 | 190 |

송골매

măi	*송골매	A falcon	K	白鳥庫吉	1915ㄴ	315
song-k'ol mâi	*송골매	A falcon	K	白鳥庫吉	1915ㄴ	315
šēn-k'ō-'án	*송골매	Falke	Ma	白鳥庫吉	1915ㄴ	315
šongkon	*송골매	Falke	Ma	白鳥庫吉	1915ㄴ	315
šoŋxor	송골매		Mo	김승곤	1984	252
šungxor, šingxur	*송골매	gerfant(falco gryfalco)	Mo	白鳥庫吉	1915ㄴ	315
šingqor/šongqor	송골매		Mo	이숭녕	1967	289
soŋqar	송골매		T	김승곤	1984	252
schungkar	*송골매	grosse Falke die man zur Jagd abrichtet	T	白鳥庫吉	1915ㄴ	315
sunkur	*송골매	jagdfalke	T	白鳥庫吉	1915ㄴ	315
šongxar	*송골매	grosse Falke die man zur Jagd abrichtet	T	白鳥庫吉	1915ㄴ	315
sünghar	*송골매	jagdfalke	T	白鳥庫吉	1915ㄴ	315

송곳

solos	송곳		K	강길운	1982ㄴ	21
solos	송곳		K	강길운	1982ㄴ	29
*solgos	송곳		K	강길운	1982ㄴ	37
kocaŋ	송곳		K	김공칠	1989	5
song-kot	*송곳	An awl; a gimlet	K	白鳥庫吉	1915ㄴ	315
sōŋgot	*송곳	an awl, a gimlet	K	G. J. Ramstedt	1949	242
suifulembi	*송곳	Bohren	Ma	白鳥庫吉	1915ㄴ	315
suifun	*송곳	Bohrer	Ma	白鳥庫吉	1915ㄴ	315
suihon	*송곳	Ahle	Ma	白鳥庫吉	1915ㄴ	315
бургэс	*송곳	awl	Ma	Цинциус	1977	112
суjфун	*송곳	awl	Ma	Цинциус	1977	121
чивукэ	*송곳	awl	Ma	Цинциус	1977	389
пипу	*송곳	drill	Ma	Цинциус	1977	39
пухy	*송곳	awl	Ma	Цинциус	1977	43
šibüghe	*송곳	alême, percoir, vilebrequin	Mo	白鳥庫吉	1915ㄴ	315
šöbögö	*송곳	alême	Mo	白鳥庫吉	1915ㄴ	315
šübege	*송곳	alême	Mo	白鳥庫吉	1915ㄴ	315
šoŋqor	*송곳	an iron hook	Mo	G. J. Ramstedt	1949	242
šoŋxor t'ömɯr	*송곳	an iron hook	Mo	G. J. Ramstedt	1949	242
sübügäi	*송곳	Ahle	T	白鳥庫吉	1915ㄴ	315
šibke	*송곳	Ahle	T	白鳥庫吉	1915ㄴ	315
Bohrer	송곳		T	이숭녕	1956	80

송아리

| soŋari | *숭아리 | a bunch - as of grapes, flowers, etc. | K | G. J. Ramstedt | 1949 | 242 |
| soŋin | *끝 | the end, the tip (of the nose, of a rope), the clo | Ma | G. J. Ramstedt | 1949 | 242 |

표제어/어휘		의미	언어	저자	발간년도	쪽수
soŋgixa	*끝	the end, the tip (of the nose, of a rope), the clo	Ma	G. J. Ramstedt	1949	242

송아지

song-achi	*숭아지		K	金澤庄三郎	1960	2
so-a-či	*숭아지	a calf	K	白鳥庫吉	1915ㄱ	3
soŋazi	숭아지		K	이숭녕	1956	121
kaŋseŋi	숭아지		K	이숭녕	1956	122
nynákin	*숭아지	an ox	Ma	白鳥庫吉	1914ㄷ	288
гунан	*숭아지	calf	Ma	Цинциус	1977	171
тукучэн	*숭아지	calf	Ma	Цинциус	1977	210
ēвкāн	*숭아지	calf	Ma	Цинциус	1977	288
(ни)ēкэн	*숭아지	bull-calf	Ma	Цинциус	1977	320
biraɣu	*숭아지	calf	Mo	Poppe, N	1965	157
burū	*숭아지	calf	Mo	Poppe, N	1965	179
*bǐragù	*숭아지	calf	Mo	Poppe, N	1965	179
biraɣu	*숭아지	calf	Mo	Poppe, N	1965	179
bǐzaɣï	*숭아지	calf	T	Poppe, N	1965	157
păru	*숭아지	calf	T	Poppe, N	1965	157
bǐzaɣï	*숭아지	calf	T	Poppe, N	1965	179
păru	*숭아지	calf	T	Poppe, N	1965	179
bǐzaГï	*숭아지	calf	T	Poppe, N	1965	58
păru	*숭아지	calf	T	Poppe, N	1965	58
тукучан	*숭아지		Ma	Shirokogoroff	1944	133
баракчан	*숭아지		Ma	Shirokogoroff	1944	14
[тукуцан	*숭아지		Ma	Shirokogoroff	1944	133

솥

sot'	솥		K	강길운	1981ㄱ	30
sot'	솥		K	강길운	1982ㄴ	19
sot'	솥		K	강길운	1982ㄴ	28
sot	솥		K	이숭녕	1956	104
sodaŋ	*솥뚜껑		K	이숭녕	1956	104
sot	*솥	an iron rice kettle	K	G. J. Ramstedt	1949	243
xeiđī	*솥	kleiner Kessel mit Oerchen	Ma	白鳥庫吉	1915ㄱ	9
[iekä	*솥, 남비.		Ma	Shirokogoroff	1944	63
ika, īka	*솥, 냄비.		Ma	Shirokogoroff	1944	58
[ixa	*솥, 냄비		Ma	Shirokogoroff	1944	58
куllаkі	*솥, 큰 냄비.		Ma	Shirokogoroff	1944	77
даптама	*솥, 보일러	kettle, boiler	Ma	Цинциус	1977	197
йкэ̄	*솥	boiler, copper	Ma	Цинциус	1977	301
xaizun	*솥	Kessel	Mo	白鳥庫吉	1915ㄱ	9
kazan	*솥	Kessel	T	白鳥庫吉	1915ㄱ	9
saut	*그릇	vessel, receptacle, implements, kitchen or table u	T	G. J. Ramstedt	1949	243
sawyt	*그릇	vessel, receptacle, implements, kitchen or table u	T	G. J. Ramstedt	1949	243

쇠

musö	무쇠		K	강길운	1983ㄴ	115
nos	놋데야		K	강길운	1983ㄴ	115
musö	무쇠		K	강길운	1983ㄴ	127

표제어/어휘	의미		언어	저자	발간년도	쪽수
čəksö	석쇠		K	강길운	1983ㄴ	129
nos	놋쇠		K	강길운	1983ㄴ	132
soi	쇠		K	김방한	1980	13
sø	쇠		K	박은용	1975	185
soi	*쇠	Iron; metal	K	白鳥庫吉	1915ㄴ	312
soy	*쇠		K	石井 博	1992	90
sø	*쇠		K	小倉進平	1935	26
soi	*쇠		K	村山七郎	1963	27
sui	*쇠		K	村山七郎	1963	27
soi	*쇠	metal, iron	K	G. J. Ramstedt	1949	239
sele	쇠		Ma	박은용	1975	185
sele	*쇠	Eisen	Ma	白鳥庫吉	1915ㄴ	312
ʒölle	*쇠	Eisen	Ma	白鳥庫吉	1915ㄴ	312
sölö	*쇠	Eisen	Ma	白鳥庫吉	1915ㄴ	312
sélö	*쇠	Eisen	Ma	白鳥庫吉	1915ㄴ	312
sellö	*쇠	Eisen	Ma	白鳥庫吉	1915ㄴ	312
šelle	*쇠	Eisen	Ma	白鳥庫吉	1915ㄴ	312
séllä	*쇠	Eisen	Ma	白鳥庫吉	1915ㄴ	312
śéle, š'el'ó	*쇠	Eisen	Ma	白鳥庫吉	1915ㄴ	312
šele	*쇠	Eisen	Ma	白鳥庫吉	1915ㄴ	312
šela	*쇠	Eisen	Ma	白鳥庫吉	1915ㄴ	312
śelá	*쇠	Eisen	Ma	白鳥庫吉	1915ㄴ	312
selá	*쇠	Eisen	Ma	白鳥庫吉	1915ㄴ	312
séh-leh	*쇠	Eisen	Ma	白鳥庫吉	1915ㄴ	312
se á	*쇠	Eisen	Ma	白鳥庫吉	1915ㄴ	312
sälä	*쇠	Eisen	Ma	白鳥庫吉	1915ㄴ	312
hölö	*쇠	Eisen	Ma	白鳥庫吉	1915ㄴ	312
čile	*쇠	Eisen	Ma	白鳥庫吉	1915ㄴ	312
šöllo	*쇠	Eisen	Ma	白鳥庫吉	1915ㄴ	312
šéle	*쇠	Eisen	Ma	白鳥庫吉	1915ㄴ	312
śölö, śälö	*쇠	Eisen	Ma	白鳥庫吉	1915ㄴ	312
сэлэ	*쇠	iron	Ma	Цинциус	1977	140
tämür	*쇠	fer	Mo	Pelliot, P	1925	256

쇠사슬

sasʉr	쇠사슬		K	박은용	1975	186
sese	쇠사슬		Ma	박은용	1975	186
кујургэ	*쇠사슬	chain	Ma	Цинциус	1977	425

수

su	*수	male	K	金澤庄三郎	1910	11
syu	*수	The male-of animals etc.	K	白鳥庫吉	1916ㄴ	321
kəlhɐi	수		K	송민	1965	39
su	수		K	宋敏	1969	87
su	*수	male	K	Kanazawa, S	1910	9
ecýge	*수	Vater	Ma	白鳥庫吉	1916ㄴ	322
uté	*수	Vater	Ma	白鳥庫吉	1916ㄴ	322
ečíge	*수	Vater	Ma	白鳥庫吉	1916ㄴ	322
ača	*수	Vater	Ma	白鳥庫吉	1916ㄴ	322
esege	*수	Vater	Mo	白鳥庫吉	1916ㄴ	322
esegä	*수	Vater	Mo	白鳥庫吉	1916ㄴ	322
ecýge	*수	Vater	Mo	白鳥庫吉	1916ㄴ	322
ača	*수	Vater	Mo	白鳥庫吉	1916ㄴ	322

표제어/어휘		의미	언어	저자	발간년도	쪽수
ečege	*수	Vater	Mo	白鳥庫吉	1916ㄴ	322
ečige	*수	Vater	Mo	白鳥庫吉	1916ㄴ	322
ata	*수	Vater	T	白鳥庫吉	1916ㄴ	322
asïo	*수	Vater	T	白鳥庫吉	1916ㄴ	322
aču	*수	Vater	T	白鳥庫吉	1916ㄴ	322

수건
tauru	수건	towel	K	김완진	1957	262
соттор	*수건	towel	Ma	Цинциус	1977	114
хȳнку	*수건	scarf	Ma	Цинциус	1977	477

수달
tar	수달		K	박은용	1975	161
tar	수달		Ma	박은용	1975	161
дарамӣ(н-)	*수달	otter	Ma	Цинциус	1977	198
ǯукун	*수달	otter	Ma	Цинциус	1977	271
алгӣ	*수달	otter	Ma	Цинциус	1977	30
калун	*수달	otter	Ma	Цинциус	1977	369
[џеромін	*수달		Ma	Shirokogoroff	1944	37
џʼукʼін	*수달		Ma	Shirokogoroff	1944	39
[калун	*수달		Ma	Shirokogoroff	1944	67
[нʼухін	*수달		Ma	Shirokogoroff	1944	96
мудус	*수달		Ma	Shirokogoroff	1944	86
мудіje	*수달		Ma	Shirokogoroff	1944	86

수도
고마	수도		K	김태종	1936	365
꺼문	수도		Ma	김태종	1936	365

수라
슈라	임금님께 올리는 진지		K	이기문	1978	26
šülen	수라		Mo	이기문	1978	26

수렁
surəŋ	수렁		K	박은용	1975	194
sulhu-	수렁		Ma	박은용	1975	194
тэмбъγ	*수렁	quag	Ma	Цинциус	1977	233

수레
*sulgü	수레		K	강길운	1982ㄴ	18
*sulgü	수레		K	강길운	1982ㄴ	28
kama	가마		K	김승곤	1984	241
pakhoi	바퀴		K	김승곤	1984	250
talgu-ǯi	달구지		K	김승곤	1984	252
kurumu	수레		K	김완진	1957	260
surui	수레		K	박은용	1975	184
syu-röi	*수레	a cart; a charoit	K	白鳥庫吉	1915ㄴ	320
su-rǎi	*수레	a cart; a charoit	K	白鳥庫吉	1915ㄴ	320
tal-ku-či	*수레	a cart	K	白鳥庫吉	1915ㄴ	321
sul ui	*수레	a cart; a charoit	K	白鳥庫吉	1915ㄴ	321

표제어/어휘		의미	언어	저자	발간년도	쪽수
sur-ui	수레	a wagon	K	이기문	1958	118
sului	수레		K	이숭녕	1956	153
sulgi	수레		K	이숭녕	1956	153
sure	*수레	Wagen	K	Andre Eckardt	1966	238
soorai	*수레	carriage	K	Edkins, J	1895	408
soorai	*수레	carriage	K	Edkins, J	1895	409
sejen	수레		Ma	박은용	1975	184
nužan	*수레	Faust	Ma	白鳥庫吉	1915ㄴ	321
séh-čè	*수레	Wagen	Ma	白鳥庫吉	1915ㄴ	321
tolgoki	*수레	Schlitten	Ma	白鳥庫吉	1915ㄴ	321
u̯čen	*수레	Thür	Ma	白鳥庫吉	1915ㄴ	321
térga	*수레	Schlitten	Ma	白鳥庫吉	1915ㄴ	321
u̯rgä	*수레	schwer	Ma	白鳥庫吉	1915ㄴ	321
u̯žen	*수레	schwer	Ma	白鳥庫吉	1915ㄴ	321
u̯rka	*수레	Thür	Ma	白鳥庫吉	1915ㄴ	321
šerxe	*수레	Schlitten	Ma	白鳥庫吉	1915ㄴ	321
sežen	*수레	Wagen	Ma	白鳥庫吉	1915ㄴ	321
tärgä	*수레	Wagen	Ma	白鳥庫吉	1915ㄴ	321
tolgoka	*수레	Hundeschlitten	Ma	白鳥庫吉	1915ㄴ	321
nurka	*수레	Faust	Ma	白鳥庫吉	1915ㄴ	321
tolgóki	*수레	Schlitten	Ma	白鳥庫吉	1915ㄴ	321
šürun	*수레	runder Schlitten	Ma	白鳥庫吉	1915ㄴ	321
toljóki	*수레	Schlitten	Ma	白鳥庫吉	1915ㄴ	321
tolgokí	*수레	Schlitten	Ma	白鳥庫吉	1915ㄴ	321
turki	*수레	Schlitten	Ma	白鳥庫吉	1915ㄴ	321
šurde-	회전하다	to revolve	Ma	이기문	1958	118
тэргэ	*수레	cart	Ma	Цинциус	1977	238
чэ	*수레	cart	Ma	Цинциус	1977	419
terge, tergen	*수레	char, charriot	Mo	白鳥庫吉	1915ㄴ	321
tergeṅ	*수레	Wagen	Mo	白鳥庫吉	1915ㄴ	321
čirga	*수레	traineau	Mo	白鳥庫吉	1915ㄴ	321
terge	*수레	Wagen	Mo	白鳥庫吉	1915ㄴ	321
néke teŕghe	*수레	char, charriot	Mo	白鳥庫吉	1915ㄴ	321
terege	*수레	Wagen	Mo	白鳥庫吉	1915ㄴ	321
šarga, čarga	*수레	Schlitten	Mo	白鳥庫吉	1915ㄴ	321
šaraga	*수레	Schlitten	Mo	白鳥庫吉	1915ㄴ	321
tereg	*수레	carriage	Mo	Edkins, J	1895	408
tereg	*수레	carriage	Mo	Edkins, J	1895	409
šôr	*수레	Arbeitsschlitten	T	白鳥庫吉	1915ㄴ	321
sor, sör	*수레	Arbeitsschlitten	T	白鳥庫吉	1915ㄴ	321
terki	*수레	Wagen	T	白鳥庫吉	1915ㄴ	321
tirge	*수레	wagen	T	白鳥庫吉	1915ㄴ	321
sör	*수레	Arbeitsschlitten	T	白鳥庫吉	1915ㄴ	321
iš, äš	수레		T	이숭녕	1956	83
äškäk	나귀		T	이숭녕	1956	83

수리

수리	수리		K	고창식	1976	25
*kami : ^kammi	*수리	vulture	K	Christopher I.	2004	122
фу гувара	*수리부엉이	eagle-owl	Ma	Цинциус	1977	301

수박

uri	*수박	melon	K	Martin, S. E.	1966	198

표제어/어휘		의미	언어	저자	발간년도	쪽수
uri	*수박	melon	K	Martin, S. E.	1966	210
uri	*수박	melon	K	Martin, S. E.	1966	217
донａ	*수박	watermelon	Ma	Цинциус	1977	216
сйго	*수박	watermelon	Ma	Цинциус	1977	78

수소

kuji	수소	bull	K	강길운	1978	41
hukur	*수소	ox	Ma	Poppe, N	1965	161
чар	*수소	ox	Ma	Цинциус	1977	385
шаланту ихан	*수소	ox	Ma	Цинциус	1977	424
üker	수소	bull	Mo	강길운	1978	41
hüker	*수소	ox	Mo	Poppe, N	1965	161
öküz	수소	bull	T	강길운	1978	41

수수

수수	수수		K	권덕규	1923ㄴ	126
syusyu	*수수	glutinous millet	K	金澤庄三郎	1910	12
shushu	*수수		K	金澤庄三郎	1914	220
shushu	*수수		K	金澤庄三郎	1914	221
syu-syu	*수수	am african millet	K	白鳥庫吉	1915ㄴ	327
syusyu	수수		K	宋敏	1969	87
sjusju	*수수		K	長田夏樹	1966	114
syusyu	*수수	glutinous millet	K	Kanazawa, S	1910	9
SiSi	수수		Ma	권덕규	1923ㄴ	126
śusu	*수수	sorghum Vulgare L.	Ma	白鳥庫吉	1915ㄴ	327
śusī	*수수	sorghum Vulgare L.	Ma	白鳥庫吉	1915ㄴ	327
susu	*수수	am african millet	Ma	白鳥庫吉	1915ㄴ	327
Sisi	수수		Ma	이명섭	1962	6
šušu	*수수		Ma	長田夏樹	1966	114
хифэ	*수수	millet	Ma	Цинциус	1977	467
ShusShu	수수		Mo	권덕규	1923ㄴ	126
sisi	*수수		Mo	金澤庄三郎	1914	220
shushu	*수수		Mo	金澤庄三郎	1914	221
šiši	*수수	espèce de grain, en chine Kao-leang	Mo	白鳥庫吉	1915ㄴ	327
Shushu	수수		Mo	이명섭	1962	6

수컷

am	수컹		K	강길운	1983ㄱ	29
su	수컷		K	김사엽	1974	469
акйа	*수컷	male	Ma	Цинциус	1977	25
умигдэ	*수컷	dam	Ma	Цинциус	1977	268
ур	*수컷	stag	Ma	Цинциус	1977	281
моха(н-)	*수컷	male	Ma	Цинциус	1977	543
мухэти	*수컷	male	Ma	Цинциус	1977	554
нӧкэ	*수컷 (개; 여우; 늑대 등)	male (dog; fox; wolf etc)	Ma	Цинциус	1977	665
нур	*수컷 (개; 여우; 늑대 등)	male (dog; fox; wolf etc)	Ma	Цинциус	1977	667
нэн (2)	*수컷 (개; 여우; 늑대 등)	male (dog; fox; wolf etc)	Ma	Цинциус	1977	669
[мухӧ̄ti	*수컷		Ma	Shirokogoroff	1944	86
[н'амічан	*수컷		Ma	Shirokogoroff	1944	89

표제어/어휘		의미	언어	저자	발간년도	쪽수
수풀						
sup'ɯ̌r	수풀	woods	K	이용주	1980	81
sigī	*수풀	bush, thicket	Ma	Poppe, N	1965	200
sigīkāg	*수풀	thicket	Ma	Poppe, N	1965	200
уrсиктэ	*수풀	thicket	Ma	Цинциус	1977	247
숙부						
ajabi	숙부		K	강길운	1981ㄱ	29
aja-abi>ajabi	숙부		K	강길운	1981ㄴ	4
*aja-abi	숙부		K	강길운	1982ㄴ	16
ečike	*숙부		Ma	長田夏樹	1964	119
숟가락						
sul	숟가락		K	김사엽	1974	443
숫갈	숟가락		K	이원진	1940	17
숫갈	숟가락		K	이원진	1951	17
sukkal	*(숟)갈	finger	K	G. J. Ramstedt	1949	87
su-kkarak	*(숟)가락	finger	K	G. J. Ramstedt	1949	87
kanʒa	*숟가락	a spoon	K	G. J. Ramstedt	1949	94
su-karak	*숟가락		K	Hulbert, H. B.	1905	119
gargangga	*숟가락	a finger	Ma	白鳥庫吉	1914ㄷ	297
cajфи	*숟가락	spoon	Ma	Цинциус	1977	55
qašuq	*숟가락	a spoon, a ladle	T	G. J. Ramstedt	1949	89
[камбо	*숟가락.		Ma	Shirokogoroff	1944	67
уңкан, ун'кан	*숟가락		Ma	Shirokogoroff	1944	144
[омкан	*숟가락		Ma	Shirokogoroff	1944	102
[умкан	*숟가락		Ma	Shirokogoroff	1944	142
[унқан	*숟가락		Ma	Shirokogoroff	1944	144
[ун'кан	*숟가락		Ma	Shirokogoroff	1944	144
술						
araŋ-ju	술		K	강길운	1983ㄱ	29
araŋ-ču	술이름		K	강길운	1983ㄴ	131
sul	*술	Spirit; drink; Wine	K	白鳥庫吉	1915ㄴ	319
sur	술	wine	K	이기문	1958	105
sujr	술	wine	K	이기문	1958	105
*subur	술	wine	K	이기문	1958	105
sjūl	*술	brandy,sake	K	G. J. Ramstedt	1926	27
čju	*술	brandy	K	G. J. Ramstedt	1949	13
swalǧye	*술	liquor	K	Martin, S. E.	1966	211
swalǧye	*술	liquor	K	Martin, S. E.	1966	214
swalǧye	*술	liquor	K	Martin, S. E.	1966	216
bor	*술	wine	Mo	Poppe, N	1965	170
bor	*술	wine	T	Poppe, N	1965	170
술술						
sur	술술난다		K	박은용	1975	194
sur	술술난다		Ma	박은용	1975	194
숨						
sum	숨(기식)		K	강길운	1982ㄴ	18

표제어/어휘	의미		언어	저자	발간년도	쪽수
sum	숨(기식)		K	강길운	1982ㄴ	32
sum	숨		K	김사엽	1974	478
sum	*숨	Breath; resiration	K	白鳥庫吉	1915ㄴ	319
sum sui ta	*숨	to breath; to respire	K	白鳥庫吉	1915ㄴ	319
sum	*숨	breath	K	Edkins, J	1896ㄴ	367
xiwgillen	*숨	dampf, athem	Ma	白鳥庫吉	1915ㄴ	319
subbge	*숨	dampf, athem	Ma	白鳥庫吉	1915ㄴ	319
subgim, suwgin	*숨	dampf, athem	Ma	白鳥庫吉	1915ㄴ	319
sukdum	*숨	Hauch, Dunst	Ma	白鳥庫吉	1915ㄴ	319
suman	*숨	dampf, athem	Ma	白鳥庫吉	1915ㄴ	319
tènäʒe	*숨	ausruhen	T	白鳥庫吉	1915ㄴ	319
tēnanèrben	*숨	ausruhen	T	白鳥庫吉	1915ㄴ	319
tèn	*숨	ausruhen	T	白鳥庫吉	1915ㄴ	319
tén	*숨	athem	T	白鳥庫吉	1915ㄴ	319
fĭn	*숨	ausruhen	T	白鳥庫吉	1915ㄴ	319
fĭn	*숨	athem, seele, dunst	T	白鳥庫吉	1915ㄴ	319
fĭn	*숨	seele, leben, athmen	T	白鳥庫吉	1915ㄴ	319
tèistanermen	*숨	ausruhen	T	白鳥庫吉	1915ㄴ	319
tin, tem, dem	*숨	athem, seele, dunst	T	白鳥庫吉	1915ㄴ	319
fĭnabĭn	*숨	athemen	T	白鳥庫吉	1915ㄴ	319
sum swi-	호흡하다	breathe	K	김동소	1972	137
ergen gai-	호흡하다	breathe	Ma	김동소	1972	137

숨기다

kʌč'o	감추다		K	강길운	1983ㄴ	137
dali-	*숨기다	to hide	Ma	Poppe, N	1965	202
пороко	*숨기다.		Ma	Shirokogoroff	1944	109
[ɟіхо	*숨기다.		Ma	Shirokogoroff	1944	30
9ркак'i	*숨기다.		Ma	Shirokogoroff	1944	45
качав	*숨기다.		Ma	Shirokogoroff	1944	65
купто, купту	*숨기다.		Ma	Shirokogoroff	1944	78
дікі рука	*숨기다		Ma	Shirokogoroff	1944	31
симэт-/ч-	*숨기다	hide	Ma	Цинциус	1977	126
оп-	*숨기다	hide	Ma	Цинциус	1977	22
ʒaja-	*숨기다	hide, conceal	Ma	Цинциус	1977	243
улдин-	*숨기다	hide behind something	Ma	Цинциус	1977	260
умнут-/ч-	*숨기다	hide	Ma	Цинциус	1977	268
hапкон-	*숨기다	hide	Ma	Цинциус	1977	316
hуӈрут'ч-	*숨기다	hide	Ma	Цинциус	1977	349
dalda	*숨겨진	hidden	Mo	Poppe, N	1965	201
dalda	*비밀의, 숨겨진	secret, hidden	Mo	Poppe, N	1965	202

숨다

sum-	숨다		K	박은용	1975	191
sum ta	*숨다	to hide; to conceal oneself	K	白鳥庫吉	1915ㄴ	320
sum ki ta	*숨다	to hide; to conceal; to dissimulate	K	白鳥庫吉	1915ㄴ	320
sum-	숨다	to hide oneself, to conceal oneself	K	이기문	1958	117
küzü	숨다		K	이숭녕	1956	148
küzük	숨다		K	이숭녕	1956	148
somi-	숨다		Ma	박은용	1975	191
xumečirtirem	*숨다	heimlich	Ma	白鳥庫吉	1915ㄴ	320
xumeček	*숨다	heimlich	Ma	白鳥庫吉	1915ㄴ	320
šumačixandá	*숨다	heimlich	Ma	白鳥庫吉	1915ㄴ	320

표제어/어휘		의미	언어	저자	발간년도	쪽수
sumače, sumači	*숨다	verbergen, verheimlichen	Ma	白鳥庫吉	1915ㄴ	320
somimbi	*숨다	verbergen, begraben, sich verbergen, sich zurückzi	Ma	白鳥庫吉	1915ㄴ	320
sò-mĩ-piê têh-	*숨다	sich verborgen halten	Ma	白鳥庫吉	1915ㄴ	320
sumęči-yni-	숨기다	to hide	Ma	이기문	1958	117
sumači-	숨기다	to hide	Ma	이기문	1958	117
somi-	숨기다	to shelter, to hide	Ma	이기문	1958	117
sume-t-	숨기다	to hide	Ma	이기문	1958	117
дйкэ̄-	*숨다	hide oneself	Ma	Цинциус	1977	205
йд-	*숨다	hide	Ma	Цинциус	1977	297
киɳчара̄-	*숨다	hide	Ma	Цинциус	1977	396
коргода̄-	*숨다	hide	Ma	Цинциус	1977	414
кэлчэрэ-	*숨다	hide	Ma	Цинциус	1977	447
аɳ-	*숨다	disappear, hide	Ma	Цинциус	1977	45
хири-	*숨다	hide	Ma	Цинциус	1977	466
мэлтилэ̄-	*숨다	hide	Ma	Цинциус	1977	567
нйсйкла-	*숨다	hide oneself	Ma	Цинциус	1977	600
сепō-	*숨다	hide	Ma	Цинциус	1977	72
сири-	*숨다	hide	Ma	Цинциус	1977	95
sem	*숨다	en cachette, furtivement; paisiblement, silencieus	Mo	白鳥庫吉	1915ㄴ	320
semsiyekü	*숨다	cacher, tenir cacher	Mo	白鳥庫吉	1915ㄴ	320
abı-	숨다		T	김영일	1986	178
abıt-	숨기다		T	김영일	1986	178

숨쉬다

sumswi	*숨쉬다	to breathe	K	강영봉	1991	8
kim	숨쉬다		K	김공칠	1989	6
sūmsūi-	숨쉬다	to breathe	K	이용주	1980	82
фулкичи-	*숨쉬다	breath	Ma	Цинциус	1977	302
hӣpa-	*숨쉬다	breath	Ma	Цинциус	1977	327
эрй-	*숨쉬다	breathe	Ma	Цинциус	1977	464
лйфанчй-	*숨쉬다	sigh	Ma	Цинциус	1977	500
суɣина-	*숨쉬다, 호흡하다	breathe	Ma	Цинциус	1977	119

숫돌

p'jeoru	숫돌		K	김선기	1968ㄴ	27
ka-cyö-o-ka-	*숫돌	reiben	K	白鳥庫吉	1914ㄷ	302
kal-	*숫돌	schleifstein	K	白鳥庫吉	1914ㄷ	302
kilgädäm	*숫돌	aussehen	Ma	白鳥庫吉	1914ㄷ	307
[брус	*숫돌		Ma	Shirokogoroff	1944	18
аган	*숫돌		Ma	Shirokogoroff	1944	2
lokó, л9к9	*숫돌		Ma	Shirokogoroff	1944	80
л9к9	*숫돌		Ma	Shirokogoroff	1944	80
қатахй	*숫돌	slab	Ma	Цинциус	1977	384-
bilegi	숫돌	whetstone	Mo	김선기	1968ㄴ	27
xaltérnap	*숫돌	schleifstein	Mo	白鳥庫吉	1914ㄷ	307
xairegdanap	*숫돌	schleifstein	Mo	白鳥庫吉	1914ㄷ	307
kalternam	*숫돌	schleifstein	Mo	白鳥庫吉	1914ㄷ	307

숲

| tΛr | 숲 | forest | K | 강길운 | 1978 | 41 |

표제어/어휘	의미		언어	저자	발간년도	쪽수
sup'	숲		K	강길운	1982ㄴ	32
moi	숲	forest, woods	K	김공칠	1989	13
suphil	숲	woods	K	김동소	1972	141
suphul	숲	woods	K	김동소	1972	141
supʰ	숲		K	김사엽	1974	381
sup	*숲	a wood; a forest	K	白鳥庫吉	1915ㄴ	320
su-p'ul	*숲	a forest	K	白鳥庫吉	1915ㄴ	320
syu-p'ul	*숲	a forest	K	白鳥庫吉	1915ㄴ	320
su-p'ong-i	*숲	a forest; a wood	K	白鳥庫吉	1915ㄴ	320
bujan	숲	woods	Ma	김동소	1972	141
mo	숲		Ma	김승곤	1984	246
sigí	*숲	Wald	Ma	白鳥庫吉	1915ㄴ	320
čǎh-púh	*숲	Wald	Ma	白鳥庫吉	1915ㄴ	320
išig	*숲	Wald	Ma	白鳥庫吉	1915ㄴ	320
siggi	*숲	Wald	Ma	白鳥庫吉	1915ㄴ	320
supirę	*덤불	thicket, dense forest	Ma	G. J. Ramstedt	1949	245
ɣйрйа	*숲	wood	Ma	Цинциус	1977	155
hapгй	*숲	forest	Ma	Цинциус	1977	317
hyp	*숲	forest	Ma	Цинциус	1977	351
caгд̄ул	*숲	forest	Ma	Цинциус	1977	53
tayg	숲	forest	Mo	강길운	1978	41
modun	숲		Mo	김승곤	1984	246
tuṅ	*숲	Wald	Mo	白鳥庫吉	1915ㄴ	320
šiguj	*숲	Wald	Mo	白鳥庫吉	1915ㄴ	320
modonhō	*숲에서	from the forest	Mo	Poppe, N	1965	191
šugī	*숲	forest	Mo	Poppe, N	1965	200
šigui	*숲	forest	Mo	Poppe, N	1965	200
ʒaṅar	*숲	Wald	T	白鳥庫吉	1915ㄴ	320

쉬

표제어/어휘	의미		언어	저자	발간년도	쪽수
suj	쉬		K	김사엽	1974	474
sui	*쉬	the pupa of the blue-battle fly	K	白鳥庫吉	1915ㄴ	318
sere	*쉬	the pupa of the blue-battle fly	Ma	白鳥庫吉	1915ㄴ	318
sek	*쉬	the pupa of the blue-battle fly	Mo	白鳥庫吉	1915ㄴ	318

쉬다

표제어/어휘	의미		언어	저자	발간년도	쪽수
sü-	쉬다		K	강길운	1981ㄴ	9
sü-	쉬다		K	강길운	1982ㄴ	26
sü-	쉬다		K	강길운	1982ㄴ	28
suj	쉬다		K	김사엽	1974	381
suj	쉬다		K	김사엽	1974	432
suj	쉬다		K	김사엽	1974	433
sui ta	*쉬다	to rest; to refresh oneself	K	白鳥庫吉	1915ㄴ	318
sui-i	*쉬다	soon; quickly; easily	K	白鳥庫吉	1915ㄴ	318
suip ta	*쉬다	to be easy; to be feasible	K	白鳥庫吉	1915ㄴ	318
쉬다	쉬다(休)		K	이재숙	1989	155
sü-	*쉬다	ruhen	K	Andre Eckardt	1966	238
^kim [金]	*쉬다	to rest	K	Christopher I. Beckwith	2004	125
tejembi	*쉬다	ruhen, ausseruhen, aufhören	Ma	白鳥庫吉	1915ㄴ	318
tejehen	*쉬다	ruhen, ausseruhen, aufhören	Ma	白鳥庫吉	1915ㄴ	318
tęindé	*쉬다	rasten, einhalten, aussetzen, pausiren	Ma	白鳥庫吉	1915ㄴ	318

표제어/어휘		의미	언어	저자	발간년도	쪽수
tęi	*쉬다	rase, pause	Ma	白鳥庫吉	1915ㄴ	318
[äцамкӣ	*쉬다, 휴식을 취하다.		Ma	Shirokogoroff	1944	1
9pra	*쉬다.		Ma	Shirokogoroff	1944	45
[хот	*쉬다.		Ma	Shirokogoroff	1944	54
амopi	*쉬다.		Ma	Shirokogoroff	1944	7
[деiki	*쉬다		Ma	Shirokogoroff	1944	30
амурā	*쉬다		Ma	Shirokogoroff	1944	7
олго-	*쉬다	take a rest	Ma	Цинциус	1977	12
сэби-	*쉬다	take a rest	Ma	Цинциус	1977	134
шуту-	*쉬다	have rest	Ma	Цинциус	1977	430
лирō-	*쉬다	take a rest	Ma	Цинциус	1977	500
sekkikü	*쉬다	se reposer, cesser le travail pour prendre du repo	Mo	白鳥庫吉	1915ㄴ	318
sekke ugei, sek ugei	*쉬다	sans repos, sans se reposer, sans prendre du repos	Mo	白鳥庫吉	1915ㄴ	318
ting, tinč	*쉬다	sans repos, sans se reposer, sans prendre du repos	T	白鳥庫吉	1915ㄴ	318
tim	*쉬다	sans repos, sans se reposer, sans prendre du repos	T	白鳥庫吉	1915ㄴ	318
ténanerben	*쉬다	sans repos, sans se reposer, sans prendre du repos	T	白鳥庫吉	1915ㄴ	318
diñmek	*쉬다	sans repos, sans se reposer, sans prendre du repos	T	白鳥庫吉	1915ㄴ	318
tem birmek	*쉬다	sans repos, sans se reposer, sans prendre du repos	T	白鳥庫吉	1915ㄴ	318

쉰

표제어/어휘		의미	언어	저자	발간년도	쪽수
suin	쉰		K	김방한	1968	270
suin	쉰		K	김방한	1968	272
sujn	쉰		K	김사엽	1974	478
suin	쉰		K	김선기	1977	28
suin	쉰		K	김선기	1977	30
suin	*쉰	fifty	K	Edkins, J	1898	340
susai	쉰		Ma	김방한	1968	272
tuŋaza	쉰		Ma	김방한	1968	273
tunŋanmĕr	쉰		Ma	김방한	1968	273
susai	쉰		Ma	김선기	1977	28
susai	쉰		Ma	김선기	1977	30
susaj	쉰		Ma	최학근	1964	578
Susai	쉰		Ma	최학근	1964	578
sosi	쉰		Ma	최학근	1964	578
sun cha	*쉰	fifty	Ma	Edkins, J	1898	340
tabin	쉰		Mo	김방한	1968	272
abin	쉰		Mo	김선기	1977	28
tabin	쉰		Mo	김선기	1977	30
tabin	쉰		Mo	최학근	1964	584
tabin	쉰		Mo	최학근	1971	755
älig	쉰		T	김방한	1968	272
ailik	쉰		T	김선기	1977	28
bies won	쉰		T	김선기	1977	28
ailik	쉰		T	김선기	1977	30
bies won	쉰		T	김선기	1977	30
сÿсаи	*쉰. 오십	fifty	Ma	Цинциус	1977	131

표제어/어휘		의미	언어	저자	발간년도	쪽수
스러지다						
sïl	스러지다		K	김사엽	1974	473
sal-a či ta	*스러지다	to banish; to disappear; to go out- as fire	K	白鳥庫吉	1915ㄴ	307
seu-rö či ta	*스러지다	to disappear; to go gradually out of sight	K	白鳥庫吉	1915ㄴ	307
suriha	*스러지다	to disappear; to go gradually out of sight	Ma	白鳥庫吉	1915ㄴ	307
serhübe	*스러지다	to disappear; to go gradually out of sight	Mo	白鳥庫吉	1915ㄴ	307
스물						
sɯmɯl	스물		K	김방한	1968	270
sɯmul	스물		K	김방한	1968	272
sumurh	스물		K	김선기	1977	28
swmur	스물		K	김선기	1977	28
şimul	*스물	twenty	K	G. J. Ramstedt	1949	238
orin	스물		Ma	김방한	1968	272
orin	스물		Ma	김선기	1977	28
orin	스물		Ma	최학근	1971	755
simxun	*스물	the fingers anf toes-of a man	Ma	G. J. Ramstedt	1949	238
qorin	스물		Mo	김방한	1968	272
horin	스물		Mo	김선기	1977	28
qorin	스물		Mo	최학근	1964	583
xorin	스물		Mo	최학근	1964	589
qorin	스물		Mo	최학근	1971	755
jigirmi	스물		T	김방한	1968	272
iigerumō	스물		T	김선기	1977	28
suurbe	스물		T	김선기	1977	28
igerma	스물		T	김선기	1977	28
урін, ур'ін	*스물		Ma	Shirokogoroff	1944	145
[ojiн	*스물		Ma	Shirokogoroff	1944	99
스미다						
sɯmɯi-	스미다		K	김방한	1978	26
sɯmɯi-	스미다		K	김방한	1978	28
sï-mïj	스미다		K	김사엽	1974	437
sɯmɐi-	스미다		K	박은용	1975	187
sseu meui ta	*스미다	to come in-of water; to soak in	K	白鳥庫吉	1915ㄴ	307
sumui	스미다		K	宋敏	1969	88
şimi-	스미다	to soak into	K	이기문	1958	117
somy-	*스미다	soak	K	Martin, S. E.	1966	201
somy-	*스미다	soak	K	Martin, S. E.	1966	211
somy-	*스미다	soak	K	Martin, S. E.	1966	213
somy-	*스미다	soak	K	Martin, S. E.	1966	220
sime-	스미다		Ma	김방한	1978	26
sime-	스미다		Ma	박은용	1975	187
simen	*스미다	Feuchtigkeit, Saft, Speichel, Schweiss	Ma	白鳥庫吉	1915ㄴ	307
oori simen	*스미다	Feuchtigkeit, Saft, Speichel, Schweiss	Ma	白鳥庫吉	1915ㄴ	307
simemli	*스미다	anfeuchten, befruchten, durchdringen, durchdrungen	Ma	白鳥庫吉	1915ㄴ	307

표제어/어휘	의미		언어	저자	발간년도	쪽수
simehe	*스미다	Feuchtigkeit, Saft, Speichel, Schweiss	Ma	白鳥庫吉	1915ㄴ	307
sime-	스미다	to soak into	Ma	이기문	1958	117
šimekkü	*스미다	passer de part en part, pénétrer, humeetcr	Mo	白鳥庫吉	1915ㄴ	307
šimekü	*스미다	sucer, terrer, aspirer, absorber	Mo	白鳥庫吉	1915ㄴ	307

스스로

swsero	스스로		K	김공칠	1989	9
seuseuro	스스로		K	宋敏	1969	88
kuren	*스스로		Ma	宮崎道三郎	1906	7

슬기

seul-keui	*슬기	Wisdom; prudence; intelligence	K	白鳥庫吉	1915ㄴ	304
seul-keui-lop ta	*슬기	to be wise; to be intelligent; to be bright; to be	K	白鳥庫吉	1915ㄴ	304
seul-kop'ta	*슬기	to be wise; to be intelligent; to be clever	K	白鳥庫吉	1915ㄴ	304
sure	*슬기	einsichtig; vernünftig, verständig, deutlich; Vers	Ma	白鳥庫吉	1915ㄴ	304
sū-leh	*슬기	einsichtig; vernünftig, verständig, deutlich; Vers	Ma	白鳥庫吉	1915ㄴ	304
sereküi	*슬기	sensation, sensibitité, sensation, accompagnée de	Mo	白鳥庫吉	1915ㄴ	304
serekü	*슬기	s'éveiller, se réveiller, veiller; toucher, sentir	Mo	白鳥庫吉	1915ㄴ	304

슬기롭다

sar-kap-	슬기롭다	to be clever, to be intelligent	K	이기문	1958	117
sịr-kẹp-	슬기롭다	to be clever, to be intelligent	K	이기문	1958	117
sú-léh	슬기로운	clever, intelligent	Ma	이기문	1958	117
sure	슬기로운	clever, intelligent	Ma	이기문	1958	117

슬슬

sʉr	미미하다		K	박은용	1975	185
sər sər	분분		K	박은용	1975	192
söl	슬슬		K	宋敏	1969	88
sər	미미하다		Ma	박은용	1975	185
sor sar	분분		Ma	박은용	1975	192

슬퍼하다

seul-hö hă ta	*슬퍼하다	to be grieved; to be sad	K	白鳥庫吉	1915ㄴ	303
seulp-hi	*슬퍼하다	sadly, sorrowfully	K	白鳥庫吉	1915ㄴ	303
seul-p'i	*슬퍼하다	sadly, sorrowfully	K	白鳥庫吉	1915ㄴ	303
seu-ryöm	*슬퍼하다	grief; care; anxiety	K	白鳥庫吉	1915ㄴ	303
syöl-uö hă ta	*슬퍼하다	to grieve; to be vexed; to be sad; to mourn	K	白鳥庫吉	1915ㄴ	303
seulp-heu ta	*슬퍼하다	to be sorry; to grieve for; to be pitiabe	K	白鳥庫吉	1915ㄴ	303
syölp ta	*슬퍼하다	to be grieved; to be sad; to be sorrowful	K	白鳥庫吉	1915ㄴ	303

표제어/어휘		의미	언어	저자	발간년도	쪽수
suilambi	*슬퍼하다	sorgen, leiden, elend sein; sich anstrengen; ermüd	Ma	白鳥庫吉	1915ㄴ	303
suilačuka	*슬퍼하다	lästig; beschwerlich, Beschwerde	Ma	白鳥庫吉	1915ㄴ	303
gasačun	*비탄, 애도	Klage, Beschwerde, Trauerfall; Beleidigung; Hass;	Ma	白鳥庫吉	1915ㄱ	18
męrgē-	*슬프다	to be sad	Ma	Poppe, N	1965	160
[м'ерчат	*슬퍼하다.		Ma	Shirokogoroff	1944	83
н'іптуреке	*슬퍼하다.		Ma	Shirokogoroff	1944	93
кручина-	*슬퍼하다	be sad	Ma	Цинциус	1977	421
н'аӈу	*슬픔	sadness	Ma	Цинциус	1977	635
бода-бода би	*슬프다	sad	Ma	Цинциус	1977	87
gasalaxu	*슬픔	être affligé, se chagriner, se lamenter, se plain	Mo	白鳥庫吉	1915ㄱ	18
gasalal	*고통, 억울함, 분함	douleur, chagrin, affliction, peine; mal, malheur	Mo	白鳥庫吉	1915ㄱ	18
gašūdal	*괴로움, 고통	grief, affliction	Mo	白鳥庫吉	1915ㄱ	18
męrgē-	*슬프다	to be sad	Mo	Poppe, N	1965	160
enel-	*불행하다, 슬프다	to be unhappy, to be sad	Mo	Poppe, N	1965	201
acı-	슬퍼하다		T	김영일	1986	172
acı	슬픔		T	김영일	1986	172
I:-	울적하다		T	김영일	1986	174
qadГu	*슬픔	sorrow	T	Poppe, N	1965	59

시간

pam	밤		K	강길운	1983ㄴ	106
kɯje	그제		K	강길운	1983ㄴ	112
ęri	시간	time, occasion	K	이기문	1958	108
nashun	시간		Ma	김선기	1968ㄴ	30
kuppi	*시간	Zeit haben	Ma	白鳥庫吉	1915ㄱ	21
aru	*시간	Zeit	Ma	白鳥庫吉	1915ㄱ	21
erun	*시간	Zeit	Ma	白鳥庫吉	1915ㄱ	21
erún	*시간	Zeit	Ma	白鳥庫吉	1915ㄱ	21
kurṕé	*시간	Zeit finden	Ma	白鳥庫吉	1915ㄱ	21
óh-lin(厄林)	*시간	Zeit	Ma	白鳥庫吉	1915ㄱ	21
xelin	*시간	Zeit	Ma	白鳥庫吉	1915ㄱ	21
x'er	*시간	Zeit	Ma	白鳥庫吉	1915ㄱ	21
kirä	*시간	Zeit	Ma	白鳥庫吉	1915ㄱ	21
eru	*시간	Zeit	Ma	白鳥庫吉	1915ㄱ	21
erin	시간	time, season, occasion	Ma	이기문	1958	108
ê-li	시간	time, season, occasion	Ma	이기문	1958	108
ō'h-lîn	시간	time, season, occasion	Ma	이기문	1958	108
ер'ін	*시간, 한 번		Ma	Shirokogoroff	1944	43
кірä	*시간.		Ma	Shirokogoroff	1944	71
la:pr'ін	*시간.		Ma	Shirokogoroff	1944	79
фō	*시간	time	Ma	Цинциус	1977	300
эрй	*시간	time	Ma	Цинциус	1977	463
муда	*시간	time	Ma	Цинциус	1977	550
бу(2)	*시간	time	Ma	Цинциус	1977	98
tuhai	시간	time	Mo	김선기	1968ㄴ	30
xeri	*시간	Zeit	Mo	白鳥庫吉	1915ㄱ	21
xiri	*시간	Zeit	Mo	白鳥庫吉	1915ㄱ	21
korum	*시간	Zeit, Zeitalter	T	白鳥庫吉	1915ㄱ	21

표제어/어휘		의미	언어	저자	발간년도	쪽수
öt	*시간	time	T	Poppe, N	1965	163
öd	*시간	time	T	Poppe, N	1965	163

시금치

hôrenso	시금치		K	김완진	1957	257
pirim	시금치	spinach	K	이기문	1958	109
fei-lêng-(su-chi)	시금치	spinach	Ma	이기문	1958	109
fiyelen	시금치	spinach	Ma	이기문	1958	109
боцаj соги	*시금치	spinach	Ma	Цинциус	1977	97

시내

nä	시내		K	강길운	1981ㄱ	30
sinä	시내		K	강길운	1982ㄴ	17
sinä	시내		K	강길운	1982ㄴ	28
körön	작은 시내		K	이숭녕	1956	99
sinä	*시내	a brook/a stream	K	G. J. Ramstedt	1949	234
нирkэ	*시내	runlet	Ma	Цинциус	1977	327
yulaq	시내		T	이숭녕	1956	82

시다

siida	시다	to be sour	K	김공칠	1989	13
seui ta	*초(醋)	to be sour	K	白鳥庫吉	1916ㄱ	164
s<i̇>da	시다	to be sour	K	宋敏	1969	88
sui	*시다	sour	K	Aston	1879	23
sjida	*시다	to be sour	K	G. J. Ramstedt	1949	236
sɔ-	*시다	sour	K	Martin, S. E.	1966	211
sɔ-	*시다	sour	K	Martin, S. E.	1966	219
disildäm, d'isildäm	*시다	sauer warden	Ma	白鳥庫吉	1916ㄱ	164
disilgîm, disilgim	*시다	sauern	Ma	白鳥庫吉	1916ㄱ	164
žoersí	*시다	sauer, sauer werden	Ma	白鳥庫吉	1916ㄱ	164
žušembi	*시다	sauer werden, sauer aufstossen	Ma	白鳥庫吉	1916ㄱ	164
žušuhun	*시다	sauer	Ma	白鳥庫吉	1916ㄱ	164
siuktę	*시다	sour-grass/sorrel	Ma	G. J. Ramstedt	1949	236
ӡӗрипчу	*시다 (맛이)	sour	Ma	Цинциус	1977	254
боjорӣ	*시다 (맛이)	sour	Ma	Цинциус	1977	89

시들다

sidɯr-	시들다		K	강길운	1982ㄴ	28
si-tĩl	시들다		K	김사엽	1974	436
ivir- < *ibir-	시들다	to fade	K	이기문	1958	108
ebere-	약해지다	to be wearied, to decrease, to decay	Ma	이기문	1958	108
абгӯ-	*시들다	fade, wither	Ma	Цинциус	1977	5

시라소니

si-ra-son	*시라소니	wolf	K	白鳥庫吉	1915ㄴ	309
silan	*시라소니	luchs	Ma	白鳥庫吉	1915ㄴ	309
[н'вı(дамı	*시라소니		Ma	Shirokogoroff	1944	88
šilügxün	*시라소니	luynx, le loup-cerbier	Mo	白鳥庫吉	1915ㄴ	309
šülüsün	*시라소니	luynx, le loup-cerbier	Mo	白鳥庫吉	1915ㄴ	309

표제어/어휘		의미	언어	저자	발간년도	쪽수
šilüküsün,	*시라소니	luynx, le loup-cerbier	Mo	白鳥庫吉	1915ㄴ	309

시렁

*sən	시렁		K	강길운	1981ㄱ	30
sən	시렁		K	강길운	1981ㄴ	7
sən	시렁		K	강길운	1982ㄴ	22
sən	시렁		K	강길운	1982ㄴ	28
siröŋ	시렁		K	이숭녕	1956	117
sal-gaŋ	시렁		K	이숭녕	1956	186
sil göŋ	시렁		K	이숭녕	1956	186
таӽй	*시렁	shelf	Ma	Цинциус	1977	153
онараву	*시렁	shelf	Ma	Цинциус	1977	18
пēндйла	*시렁	shelf	Ma	Цинциус	1977	36
capӽу	*시렁	shelf	Ma	Цинциус	1977	66

시리다

seu-ri ta	*시리다	Cold, hands and feet	K	白鳥庫吉	1915ㄴ	306
sal-lang sal-lang	*시리다	cool	K	白鳥庫吉	1915ㄴ	306
sör.i-	시리다		K	宋敏	1969	88
serguwen	*시리다	kühl	Ma	白鳥庫吉	1915ㄴ	306
serguwešembi	*시리다	sich abkühlen	Ma	白鳥庫吉	1915ㄴ	306
sure	*시리다	sich abkühlen	Ma	白鳥庫吉	1915ㄴ	306
serigun, seregun	*시리다	frais, rafraichissant	Mo	白鳥庫吉	1915ㄴ	306
salken	*시리다	Kälte	T	白鳥庫吉	1915ㄴ	306
seréen	*시리다	Kälte	T	白鳥庫吉	1915ㄴ	306
sergun, seriün	*시리다	Kälte	T	白鳥庫吉	1915ㄴ	306
salxon	*시리다	Kälte	T	白鳥庫吉	1915ㄴ	306
salkyn	*시리다	Kälte	T	白鳥庫吉	1915ㄴ	306
salkym	*시리다	Kälte	T	白鳥庫吉	1915ㄴ	306
sürön	*시리다	kalt	T	白鳥庫吉	1915ㄴ	306
sálkan	*시리다	Kälte	T	白鳥庫吉	1915ㄴ	306

시아버지

seui-api	*시아비	husband's father	K	金澤庄三郎	1910	11
seui-api	*시아비	husband's father	K	金澤庄三郎	1910	21
seui	*시아비	husband's father	K	Kanazawa, S	1910	17
a-pöm	*시아버지	schwiegervater	K	白鳥庫吉	1914ㄴ	160
aba	*시아버지	schwiegervater	T	白鳥庫吉	1914ㄴ	160
abgha	*시아버지	älterer bruder	T	白鳥庫吉	1914ㄴ	160
abaka	*시아버지	schwiegervater,	T	白鳥庫吉	1914ㄴ	160
abaka	*시아버지	socer	T	白鳥庫吉	1914ㄴ	160

시울

si-ulk	*시울	the lips; a border: an edge	K	白鳥庫吉	1915ㄴ	310
syulk	*시울	the border; an edge; a hem-of a garment	K	白鳥庫吉	1915ㄴ	310
šala	*시울	Rand, Saum, Zipfel	Ma	白鳥庫吉	1915ㄴ	310
šalah	*시울	Lappet of a coat	Ma	白鳥庫吉	1915ㄴ	311
ʒeri	*시울	Rand	Ma	白鳥庫吉	1915ㄴ	311
ʒerin	*시울	Schneide, Rand; Ambos	Ma	白鳥庫吉	1915ㄴ	311
iri	*시울	Schneide	Mo	白鳥庫吉	1915ㄴ	311
ural	*시울	Lippe	Mo	白鳥庫吉	1915ㄴ	311

표제어/어휘		의미	언어	저자	발간년도	쪽수
urugul	*시울	lèvres	Mo	白鳥庫吉	1915ㄴ	311
jere	*시울	Schneide	Mo	白鳥庫吉	1915ㄴ	311
irghul	*시울	le bord, bordure, bordé	Mo	白鳥庫吉	1915ㄴ	311
irtala	*시울	jusqu'aux bords	Mo	白鳥庫吉	1915ㄴ	311
ire	*시울	Schneide	Mo	白鳥庫吉	1915ㄴ	311
urul	*시울	Schneide	Mo	白鳥庫吉	1915ㄴ	311
êrèn, êren	*시울	Lippe	T	白鳥庫吉	1915ㄴ	311
iren	*시울	Lippe	T	白鳥庫吉	1915ㄴ	311
îrin	*시울	Lippe	T	白鳥庫吉	1915ㄴ	311
eren	*시울	Lippe	T	白鳥庫吉	1915ㄴ	311

시원하다

표제어/어휘		의미	언어	저자	발간년도	쪽수
*śamiar[沙熱]	*시원한	cool	K	Christopher I.	2004	112
ɣaẏ-ɣaẏ	*시원하다	it is cool	Ma	Цинциус	1977	144
гэугй	*시원하다	it is cool	Ma	Цинциус	1977	183
гēp	*시원한, 선선한	cool, fresh	Ma	Цинциус	1977	147
сэрун	*시원함	coolness	Ma	Цинциус	1977	146
саӊун	*시원함	coolness	Ma	Цинциус	1977	63

시작

표제어/어휘		의미	언어	저자	발간년도	쪽수
*koru	시작		K	강길운	1982ㄱ	181
ӡоқсон	*시작, 처음, 근원	start, beginning, source	Ma	Цинциус	1977	262
сурэнму-	*시작하다	start	Ma	Цинциус	1977	131
томгй-	*시작하다	start	Ma	Цинциус	1977	196
дэрибу-	*시작하다	start	Ma	Цинциус	1977	237
моқй-	*시작하다	begin	Ma	Цинциус	1977	543
ноно-	*시작하다	start, begin	Ma	Цинциус	1977	605
туқтан	*시작	start	Ma	Цинциус	1977	209
bašla-	시작하다		T	김영일	1986	168
baš	머리,시초		T	김영일	1986	168
bašlaɣ	시작		T	이숭녕	1956	83
bašla	시작하다		T	이숭녕	1956	83
bašla-	*시작하다	to begin	T	Poppe, N	1965	195

시장

표제어/어휘		의미	언어	저자	발간년도	쪽수
jyəjä	시장		K	강길운	1980	18
čaršm	시장		T	강길운	1980	18

시치다

표제어/어휘		의미	언어	저자	발간년도	쪽수
sɯs-	시치다		K	박은용	1975	190
seut-č'ism hã ta	*시치다	to baste, to sew with long stitches	K	白鳥庫吉	1916ㄴ	323
seut ta	*시치다	To bast-clothes	K	白鳥庫吉	1916ㄴ	323
sɯs-	시치다	to baste	K	이기문	1958	117
sɯtta	*시치다	to baste - clothes	K	G. J. Ramstedt	1949	239
sise-	시치다		Ma	박은용	1975	190
sise-	시치다	to baste	Ma	이기문	1958	117
sitimnę-	*시치다	to tie together	Ma	G. J. Ramstedt	1949	239
čidür	*시치다	entraves qu'on met aux chevaux,chaine de fer qu'on	Mo	白鳥庫吉	1916ㄴ	323
tušaxu	*시치다	lier, mettre des entraves aux pieds	Mo	白鳥庫吉	1916ㄴ	323
šüdürlenäp	*시치다	festbinden	Mo	白鳥庫吉	1916ㄴ	323
šederlenäm	*시치다	festbinden	Mo	白鳥庫吉	1916ㄴ	323

표제어/어휘		의미	언어	저자	발간년도	쪽수
čödörlenep	*시치다	festbinden	Mo	白鳥庫吉	1916ㄴ	323
čidürlekü	*시치다	enchaîner, mettre des entraves aux cheveaux, mettr	Mo	白鳥庫吉	1916ㄴ	323
tuzîrben	*시치다	festbinden	T	白鳥庫吉	1916ㄴ	323
tušârmen	*시치다	festbinden	T	白鳥庫吉	1916ㄴ	323

시침질하다

seut ta	*시침질하다	to baste-clothes	K	白鳥庫吉	1915ㄴ	321
seut-č'im hă ta	*시침질하다	to baste; to sew with long stitches	K	白鳥庫吉	1915ㄴ	321
seut-č'im čil hă ta 1915ㄴ 322		*시침질하다	to to basting-of clothes	K	白鳥庫吉	
tusam	*시침질하다	binden die Vordenfüsse eines Pferdes	Ma	白鳥庫吉	1915ㄴ	322
sisembi	*시침질하다	grob zusammennähen	Ma	白鳥庫吉	1915ㄴ	322
t'idarlam	*시침질하다	binden beide Vorderfüsse und einen Hinferfuss	Ma	白鳥庫吉	1915ㄴ	322
sidekü	*시침질하다	mit veitläuftigen Nadelstichen zusammenheften	Mo	白鳥庫吉	1915ㄴ	322
čödörlenep	*시침질하다	binden beide Vorderfüsse und einen Hinferfuss	Mo	白鳥庫吉	1915ㄴ	322
tušanap	*시침질하다	binden beide Vorderfüsse und einen Hinferfuss	Mo	白鳥庫吉	1915ㄴ	322
šu̲durlenàp	*시침질하다	binden beide Vorderfüsse und einen Hinferfuss	Mo	白鳥庫吉	1915ㄴ	322
tusa	*시침질하다	Riemen für die beiden Vorderfüsse des Pferdes	Mo	白鳥庫吉	1915ㄴ	322
tušâ	*시침질하다	Riemen für die beiden Vorderfüsse des Pferdes	Mo	白鳥庫吉	1915ㄴ	322
šederlenäm	*시침질하다	binden beide Vorderfüsse und einen Hinferfuss	Mo	白鳥庫吉	1915ㄴ	322

시키다

si-kʰi-	시키다		K	김방한	1978	10
он.ото	*...에게 ...시키다; …해도 좋다	let, may	Ma	Цинциус	1977	22
hаксин-	*시키다	force	Ma	Цинциус	1977	310
hиду-	*시키다	force	Ma	Цинциус	1977	323
кэкчэ-	*시키다	make someone to do something	Ma	Цинциус	1977	445
тимулэ-	*시키다, 주문하다	order	Ma	Цинциус	1977	182

식다

č'ip ta	*식다	to be cold-as the weather; to feel cold	K	白鳥庫吉	1915ㄴ	308
sik ta	*식다	to be cool; to be cooled off	K	白鳥庫吉	1915ㄴ	308
č'a ta	*식다	to be cold	K	白鳥庫吉	1915ㄴ	308
tugani	*식다	Winter	Ma	白鳥庫吉	1915ㄴ	308
t'äh-'oh-'óh-lân	*식다	kälte	Ma	白鳥庫吉	1915ㄴ	308
tū ǎ	*식다	Winter	Ma	白鳥庫吉	1915ㄴ	308
tu, tūa	*식다	Winter	Ma	白鳥庫吉	1915ㄴ	308
tua	*식다	Winter	Ma	白鳥庫吉	1915ㄴ	308
tuga	*식다	Winter	Ma	白鳥庫吉	1915ㄴ	308
túanē	*식다	Winter	Ma	白鳥庫吉	1915ㄴ	308
tu̲gäni, tu̲gǎńi	*식다	Winter	Ma	白鳥庫吉	1915ㄴ	308
tugo	*식다	Winter	Ma	白鳥庫吉	1915ㄴ	308

표제어/어휘		의미	언어	저자	발간년도	쪽수
tugöni	*식다	kälte	Ma	白鳥庫吉	1915ㄴ	308
tuuni	*식다	Winter	Ma	白鳥庫吉	1915ㄴ	308
tuweri	*식다	kälte	Ma	白鳥庫吉	1915ㄴ	308
tuaný	*식다	Winter	Ma	白鳥庫吉	1915ㄴ	308
tue	*식다	Winter	Ma	白鳥庫吉	1915ㄴ	308
тукче	*식다		Ma	Shirokogoroff	1944	132
дагдаli, дагдаle	*식다.		Ma	Shirokogoroff	1944	27
r'ili lдi	*식다		Ma	Shirokogoroff	1944	49
[aділ	*식다		Ma	Shirokogoroff	1944	2
sowuk	*식다	kälte	T	白鳥庫吉	1915ㄴ	308
sáukh	*식다	kälte	T	白鳥庫吉	1915ㄴ	308
šiwe	*식다	kälte	T	白鳥庫吉	1915ㄴ	308
sok	*식다	kälte	T	白鳥庫吉	1915ㄴ	308
sôk	*식다	kälte	T	白鳥庫吉	1915ㄴ	308
sok, suwuk	*식다	kälte	T	白鳥庫吉	1915ㄴ	308
saukh	*식다	kälte	T	白鳥庫吉	1915ㄴ	308
sowokh	*식다	kälte	T	白鳥庫吉	1915ㄴ	308
sauk	*식다	kälte	T	白鳥庫吉	1915ㄴ	308
sowúk	*식다	kälte	T	白鳥庫吉	1915ㄴ	308
suák	*식다	kälte	T	白鳥庫吉	1915ㄴ	308
sujuk	*식다	kälte	T	白鳥庫吉	1915ㄴ	308
suok	*식다	kälte	T	白鳥庫吉	1915ㄴ	308
suwuk	*식다	kälte	T	白鳥庫吉	1915ㄴ	308
sùwuk	*식다	kälte	T	白鳥庫吉	1915ㄴ	308
souq	*식다	kälte	T	白鳥庫吉	1915ㄴ	308

식초

sui	식초		K	김공칠	1989	4
мисун	*식초	vinegar	Ma	Цинциус	1977	539

신(神)

kï	*신	god	K	大野晋	1975	55
kʌm	*신	god	K	大野晋	1975	55
эксэрй	*신	god	Ma	Цинциус	1977	444
эндур	*신	god	Ma	Цинциус	1977	453
ʋšnu	*신의 이름	name of a god	T	Poppe, N	1965	168
xormuzta	*천둥과 비를 관장하는 신	Indra(a god)	T	Poppe, N	1965	168
qudai	*신	God	T	Poppe, N	1965	169

신겁다

sjengepta	신겁다		K	김승곤	1984	252
siŋgira-	신겁다		Ma	김승곤	1984	252
sĭni	신겁다		Ma	김승곤	1984	252

신발

sin	*신	shoe	K	金澤庄三郎	1910	12
sin	*신	shoes	K	白鳥庫吉	1915ㄴ	308
sin	신발		K	김공칠	1989	10
kudu	신발	shoes	K	김공칠	1989	13
휘	신발		K	이원진	1940	17
휘	신발		K	이원진	1951	17
sin	*신	shoe	K	Kanazawa, S	1910	9

표제어/어휘		의미	언어	저자	발간년도	쪽수
sụkšildä	*신	Schneeschuh mit Felle	Ma	白鳥庫吉	1915ㄴ	309
sóxso'ta, súxsylta	*신	Schneeschuh mit Felle	Ma	白鳥庫吉	1915ㄴ	309
sóxsolta, súxsylta	*신	Schneeschuh mit Felle	Ma	白鳥庫吉	1915ㄴ	309
hukúlla	*신	Schneeschuh mit Felle	Ma	白鳥庫吉	1915ㄴ	309
дӭӈк'i	*신발		Ma	Shirokogoroff	1944	30
гочур	*신발		Ma	Shirokogoroff	1944	49
унта	*신발		Ma	Shirokogoroff	1944	144
унтi	*신발		Ma	Shirokogoroff	1944	144
суэјсу	*신발	shoes	Ma	Цинциус	1977	133
сэнтэмэ	*신발	shoes	Ma	Цинциус	1977	143
таби	*신발	shoes	Ma	Цинциус	1977	148
тавур	*신발	shoes	Ma	Цинциус	1977	149
гулха	*신발	shoes	Ma	Цинциус	1977	170
татама ота	*신발	shoes	Ma	Цинциус	1977	171
таубун	*신발	shoes	Ma	Цинциус	1977	171
тоамӳ ӳта	*신발	shoes	Ma	Цинциус	1977	189
тӭвун	*신발	footwear	Ma	Цинциус	1977	226
тэгдӣл	*신발	footwear	Ma	Цинциус	1977	226
ӟукэ	*신발	shoes	Ma	Цинциус	1977	272
унта	*신발	footwear	Ma	Цинциус	1977	275
hичӣ	*신발	shoes	Ma	Цинциус	1977	329
коӈдӣ	*신발	shoes	Ma	Цинциус	1977	412
эпчирэ	*신발	shoes	Ma	Цинциус	1977	460
lsana	*신발	shoe	Ma	Цинциус	1977	506
мӣдаҟа	*신발	shoes	Ma	Цинциус	1977	535
мурувун	*신발	shoe	Ma	Цинциус	1977	560
lsana	*신	Schneeschuh	Mo	白鳥庫吉	1915ㄴ	309
sana	*신	Schneeschuh	Mo	白鳥庫吉	1915ㄴ	309
ӡandan	*나무 신발	sandal wood	Mo	Poppe, N	1965	169
jandan	*나무 신발	sandal wood	Mo	Poppe, N	1965	169
šana	*신	Schneeschuh	T	白鳥庫吉	1915ㄴ	309
sana	*신	Schneeschuh	T	白鳥庫吉	1915ㄴ	309
čïntan	*나무 신발	sandal wood	T	Poppe, N	1965	170

신장

pəd-	키		K	강길운	1981ㄴ	8
k'oӈ-p'ʌč'	신장		K	강길운	1983ㄴ	120
шуорко	*신장	nephros	Ma	Цинциус	1977	430
босокто	*신장, 콩팔	kidney	Ma	Цинциус	1977	97

싣다

sid	싣다		K	강길운	1983ㄱ	31
sitta	*싣다	to carry on the back	K	G. J. Ramstedt	1949	144
şilda	*싣다	to attach / to take on	K	G. J. Ramstedt	1949	237
шамнит-/ч-	*싣다	load	Ma	Цинциус	1977	424
art	싣다		T	이숭녕	1956	87
yrt	싣다		T	이숭녕	1956	87
*sür, kør	*싣다		T	G. J. Ramstedt	1949	237

실

sil	실	thread	K	김공칠	1989	18

표제어/어휘		의미	언어	저자	발간년도	쪽수
sil	실		K	김사엽	1974	476
sir	실		K	박은용	1975	189
sil	*실	a thread	K	白鳥庫吉	1915ㄴ	308
sir	실	thread	K	이기문	1958	117
siran	실	thread	Ma	이기문	1958	117
siräkta	실	thread	Ma	이기문	1958	117
sir-ge	실	thread, string	Ma	이기문	1958	117
sire-	짜다	to weave a thread	Ma	이기문	1958	117
sire-n	실	thread, string	Ma	이기문	1958	117
sirukta	실	thread	Ma	이기문	1958	117
[ijéhe	*실		Ma	Shirokogoroff	1944	58
c'ірукта	*실		Ma	Shirokogoroff	1944	116
[тамкіча	*실		Ma	Shirokogoroff	1944	123
[hупöн	*실		Ma	Shirokogoroff	1944	56
томко	*실	thread	Ma	Цинциус	1977	196
ӟун тоңго	*실	thread	Ma	Цинциус	1977	275
чйва	*실	thred	Ma	Цинциус	1977	389
хупэн	*실	thread	Ma	Цинциус	1977	478
мара	*실	thread	Ma	Цинциус	1977	531
н'йти	*실	cotton	Ma	Цинциус	1977	640
širghek	*실	roide, dur; soie écrue	Mo	白鳥庫吉	1915ㄴ	308
sirkeg	실		Mo	신용태	1987	140
utasun	*실	yarn	Mo	Poppe, N	1965	200
hutasun	*실	yarn	Mo	Poppe, N	1965	200
sab	*실	zusammenbinden	T	白鳥庫吉	1914ㄷ	315

실감개

sil-kami	*실감이	a spool	K	G. J. Ramstedt	1949	91
sil-kāmgä	*실감개	a spool	K	G. J. Ramstedt	1949	91
sil-kaŋgä	*실감개	a spool	K	G. J. Ramstedt	1949	94
x'a	*실감개		Ma	Цинциус	1977	456

싫다

k'əri-	꺼리다		K	강길운	1983ㄴ	107
k'əri-	꺼리다		K	강길운	1983ㄴ	118
seul t'a	*싫다	to refuse; to dislike; no to wish	K	白鳥庫吉	1915ㄴ	306
siltha	*싫다	to refuse/to dislike	K	G. J. Ramstedt	1949	233
soroki	*싫다	verboten, zu scheuen	Ma	白鳥庫吉	1915ㄴ	306
sorombi	*싫다	verboten sein, sich enthalten	Ma	白鳥庫吉	1915ㄴ	306
soročombi	*싫다	sich schämen, empfinelich sein	Ma	白鳥庫吉	1915ㄴ	306
šel-, šẹl-	*싫다	to disdain/to despise	Ma	G. J. Ramstedt	1949	233
hймаhрй	*싫다	unpleasantly	Ma	Цинциус	1977	324
serxexü, serlexü	*싫다	s'abstenir, se retenir	Mo	白鳥庫吉	1915ㄴ	306
šôlanap, šolnap	*싫다	hassen	Mo	白鳥庫吉	1915ㄴ	306
sorghok	*싫다	tout ce qui est defendu, prohibé	Mo	白鳥庫吉	1915ㄴ	306
sorghoklaxu	*싫다	s'abstenir, se retenir, ne pas toucher	Mo	白鳥庫吉	1915ㄴ	306

싫어하다

ačүəd-	싫어하다		K	강길운	1980	18
sɯl-hʌ-	싫어하다		K	강길운	1982ㄴ	24
ačүəd-	싫어하다		K	강길운	1982ㄴ	26

표제어/어휘	의미		언어	저자	발간년도	쪽수
sɯl-hʌ-	싫어하다		K	강길운	1982ㄴ	29
sɯl-hʌ-	싫어하다		K	강길운	1982ㄴ	36
kköri	싫어하다		K	김공칠	1989	6
sïl-hʌ	싫어하다		K	김사엽	1974	475
a-čʰjə-hʌ	싫어하다		K	김사엽	1974	476
gôsolnap	*싫어하다	hassen	Mo	白鳥庫吉	1915ㄱ	18
azal	비하		T	강길운	1980	18
cil'	*싫어하다		Ma	Shirokogoroff	1944	114

심심하다

sim-sim-han	심심하다		K	宋敏	1969	88
sim-sim ha-	심심하다		K	이용주	1979	113
sim-sim han	*심심하다	lonely	K	Aston	1879	21
олбон-	*심심하다	be bored	Ma	Цинциус	1977	012
учин-	*심심하다	be bored	Ma	Цинциус	1977	297
паjχаси	*심심하다	be bored	Ma	Цинциус	1977	31
ноңрин-	*심심하다	be bored	Ma	Цинциус	1977	332
һуркэ̄-	*심심하다	be bored	Ma	Цинциус	1977	353

심장

nyəm	심장		K	강길운	1981ㄱ	31
nyəm(id)	심장		K	강길운	1983ㄱ	27
nif	심장		K	강길운	1983ㄱ	27
jʌmthoŋ	심장	heart	K	김동소	1972	138
njʌmthoŋ	심장	heart	K	김동소	1972	138
념통	심장		K	김동소	1972	144
렴통	심장		K	김동소	1972	144
nyəmt'oŋ	념통	heart	K	이용주	1980	80
simsañ	*심장	heart	K	長田夏樹	1966	82
niyaman	심장	heart	Ma	김동소	1972	138
мē̄ван	*심장	heart	Ma	Цинциус	1977	533
niyaman	*심장, 마음	heart	Ma	Poppe, N	1965	179
mēwan	*심장, 마음	heart	Ma	Poppe, N	1965	179
meawā	*심장, 마음	heart	Ma	Poppe, N	1965	179
м'ē̄ван, меван	*심장.		Ma	Shirokogoroff	1944	83

십

*alba	십		K	강길운	1979	10
*on	십		K	강길운	1979	9
エツ	십		K	김선기	1977ㅅ	332
십	*십	ten	K	大野晋	1975	57
yer	열		K	박시인	1970	95
德	십		K	辛 容泰	1987	131
十	십		K	辛 容泰	1987	131
təw	십		K	辛 容泰	1987	135
德	십		K	辛 容泰	1987	135
tək	십		K	辛 容泰	1987	135
təwə	십		K	辛 容泰	1987	135
töwö	십		K	辛 容泰	1987	135
德	십		K	辛 容泰	1987	137
tək	십		K	辛 容泰	1987	137
德	열		K	辛 容泰	1987	137

표제어/어휘		의미	언어	저자	발간년도	쪽수
tək	열		K	辛 容泰	1987	137
tẹk	십	ten	K	이기문	1963	98
*tək : ^tək[德]	*십	ten	K	Christopher I. Beckwith	2004	138
ǰuwan emu	실 일		Ma	김방한	1968	273
ǰuwan ǰuwe	십 이		Ma	김방한	1968	273
juwan	십		Ma	박시인	1970	95
џáчi	*10년.		Ma	Shirokogoroff	1944	34
[џaнрi	*10, 열		Ma	Shirokogoroff	1944	36
џ'aн	*10, 열		Ma	Shirokogoroff	1944	36
aлiн'i	*10월.		Ma	Shirokogoroff	1944	5
hōгдaрпй	*10월	October	Ma	Цинциус	1977	329
arba-n	십		Mo	강길운	1979	10
alba	크다		Mo	강길운	1979	10
on	십		T	강길운	1979	9

싱아

표제어/어휘		의미	언어	저자	발간년도	쪽수
sịlda	*싱아	to disappear/to go gradually out of sight	K	G. J. Ramstedt	1949	237
sịŋ-a	*싱아	sorrel	K	G. J. Ramstedt	1949	238
suru-	*싱아	to go away/to disappear	Ma	G. J. Ramstedt	1949	237
siŋarin, siŋama	*싱아	yelloowish/brown	Ma	G. J. Ramstedt	1949	238

싶다

표제어/어휘		의미	언어	저자	발간년도	쪽수
sipta	*싶다	to wish/to desire	K	G. J. Ramstedt	1949	235
sipku-	*싶다	to investigate	Ma	G. J. Ramstedt	1949	235

싸우다

표제어/어휘		의미	언어	저자	발간년도	쪽수
*ukyək	싸우다		K	강길운	1982ㄴ	18
tathu-	*싸우다	to fight	K	강영봉	1991	9
ssaho-	싸우다	fight	K	김동소	1972	137
ssau-	싸우다	fight	K	김동소	1972	137
ssa-hom	*싸옴, 전쟁	a battle	K	白鳥庫吉	1915ㄴ	295
ssa-hom hă ta	*싸우다	fight	K	白鳥庫吉	1915ㄴ	295
ssa-ho ta	*싸우다	fight	K	白鳥庫吉	1915ㄴ	295
sahŏ-	사호다	to fight	K	이용주	1980	83
afa-	싸우다	fight	Ma	김동소	1972	137
čŭgim	*싸우다	lärmen	Ma	白鳥庫吉	1915ㄴ	295
č áo-hāh	*군대	military	Ma	白鳥庫吉	1915ㄴ	295
čaghá	*싸우다	Heer	Ma	白鳥庫吉	1915ㄴ	295
čoxa	*싸우다	Soldat	Ma	白鳥庫吉	1915ㄴ	295
čooha	*싸우다	Soldat	Ma	白鳥庫吉	1915ㄴ	295
туркулдi	*싸우다		Ma	Shirokogoroff	1944	134
чок'i	*싸우다		Ma	Shirokogoroff	1944	25
ч'еp'irla	*싸우다		Ma	Shirokogoroff	1944	23
кус'i	*싸우다		Ma	Shirokogoroff	1944	78
куг?'i	*싸우다		Ma	Shirokogoroff	1944	76
торкулдi	*싸우다		Ma	Shirokogoroff	1944	131
[чордо	*싸우다		Ma	Shirokogoroff	1944	26
торкулди-	*싸우다	fight	Ma	Цинциус	1977	200
тэпÿ	*싸우다	quarrel	Ma	Цинциус	1977	238
тэрмэ-	*싸우다	fight	Ma	Цинциус	1977	239

표제어/어휘		의미	언어	저자	발간년도	쪽수
устун-	*싸우다	be at enmity	Ma	Цинциус	1977	291
карамачи-	*싸우다	fight	Ma	Цинциус	1977	380
қоjқаша-	*싸우다	fight	Ma	Цинциус	1977	404
куӈ-	*싸우다	fight	Ma	Цинциус	1977	433
кусй-	*싸우다	fight	Ma	Цинциус	1977	438
элгимэт-/ч	*싸우다	quarrel	Ma	Цинциус	1977	445
лэдурэ-	*싸우다	fight	Ma	Цинциус	1977	515
нэкэ	*싸우다	fight	Ma	Цинциус	1977	618
čoẋenap, coẋenap	*싸우다	schlagen	Mo	白鳥庫吉	1915ㄴ	295
sokenap	*싸우다	schlagen	Mo	白鳥庫吉	1915ㄴ	295
högänäm	*싸우다	schlagen	Mo	白鳥庫吉	1915ㄴ	295
högänäp	*싸우다	schlagen	Mo	白鳥庫吉	1915ㄴ	295
högönöp	*싸우다	schlagen	Mo	白鳥庫吉	1915ㄴ	295
sokenam	*싸우다	schlagen	Mo	白鳥庫吉	1915ㄴ	295
tsokixu	*싸우다	schlagen	Mo	白鳥庫吉	1915ㄴ	295
đâ, ťâ	*싸우다	Krieg	T	白鳥庫吉	1915ㄴ	295
sogoš	*싸우다	schlagen	T	白鳥庫吉	1915ㄴ	295
ẑenk	*싸우다	Krieg	T	白鳥庫吉	1915ㄴ	295
ẑaw	*싸우다	Schlagerei	T	白鳥庫吉	1915ㄴ	295
ẑau	*싸우다	Schlagerei	T	白鳥庫吉	1915ㄴ	295
sugyš	*싸우다	Schlagerei	T	白鳥庫吉	1915ㄴ	295
sugyš	*싸우다	schlagen	T	白鳥庫吉	1915ㄴ	295
suguš	*싸우다	Schlagerei	T	白鳥庫吉	1915ㄴ	295
čaa', šag	*싸우다	Schlagerei	T	白鳥庫吉	1915ㄴ	295
soguš	*싸우다	schlagen	T	白鳥庫吉	1915ㄴ	295
sakuš	*싸우다	schlagen	T	白鳥庫吉	1915ㄴ	295
juu	*싸우다	Schlagerei	T	白鳥庫吉	1915ㄴ	295
jun	*싸우다	Schlagerei	T	白鳥庫吉	1915ㄴ	295
jeu	*싸우다	Schlagerei	T	白鳥庫吉	1915ㄴ	295
jau	*싸우다	Schlagerei	T	白鳥庫吉	1915ㄴ	295
jag	*싸우다	Schlagerei	T	白鳥庫吉	1915ㄴ	295
šönüš	*싸우다	der Kampf	T	白鳥庫吉	1915ㄴ	295
sugyš	*싸우다	klopfen	T	白鳥庫吉	1915ㄴ	295
urun-	싸우다		T	이숭녕	1956	85

싹

um	싹		K	강길운	1982ㄴ	18
ssak	*싹	bud	K	金澤庄三郎	1910	11
sak na ta	*싹나다	a sprout	K	白鳥庫吉	1915ㄴ	297
ssak	*싹	a sprout, a bud, a shoot	K	白鳥庫吉	1915ㄴ	297
sak	*싹	a sprout, a bud, a shoot	K	白鳥庫吉	1915ㄴ	297
ssak	*싹	bud	K	Kanazawa, S	1910	9
suwärä	*싹	Ende	Ma	白鳥庫吉	1915ㄴ	297
čanka	*싹	niedreges	Ma	白鳥庫吉	1915ㄴ	297
če-kû	*싹	Getreide	Ma	白鳥庫吉	1915ㄴ	297
čöngoxto	*싹	Knospen der Bäume	Ma	白鳥庫吉	1915ㄴ	297
subehe	*싹	Spitze	Ma	白鳥庫吉	1915ㄴ	297
suihe	*싹	ähre, Ende	Ma	白鳥庫吉	1915ㄴ	297
ẑeku	*싹	Getreide	Ma	白鳥庫吉	1915ㄴ	297
śúgu	*싹	Landzunge	Ma	白鳥庫吉	1915ㄴ	297
тэпукэн	*싹	bud	Ma	Цинциус	1977	238-7
su-jo	*싹	a bud	Mo	白鳥庫吉	1915ㄴ	297

표제어/어휘		의미	언어	저자	발간년도	쪽수

쌀

표제어/어휘		의미	언어	저자	발간년도	쪽수
nak	쌀		K	강길운	1981ㄱ	32
	쌀		K	강길운	1987	23
쌀	쌀		K	고재휴	1940ㄹ	동40.4.3
psal	쌀		K	김계원	1967	17
bsar	쌀		K	김선기	1968ㄴ	29
pori	보리	barley	K	이기문	1958	106
mir	밀	wheat	K	이기문	1958	106
psạr	쌀	rice	K	이기문	1958	109
*pVsVr	쌀	rice	K	이숭녕	1956	143
psɛl	쌀		K	이숭녕	1956	154
ʔsarɛgi	쌀		K	이숭녕	1956	154
psɛl	쌀		K	이용주	1980	105
psɛr	쌀		K			
ssal < psal <	*쌀	rice	K	G. J. Ramstedt	1928	71
sira bele	*쌀	Hulledrece-uned also of millet and other grains	Ma	白鳥庫吉	1915ㄴ	299
sira	*쌀	Hulledrece-uned also of millet and other grains	Ma	白鳥庫吉	1915ㄴ	299
buda	*쌀	gekochter Reis; Mahlzeit	Ma	白鳥庫吉	1916ㄴ	321
púh-tū-kuāi	*쌀	Reis	Ma	白鳥庫吉	1916ㄴ	321
pùh-léh	쌀	rice	Ma	이기문	1958	106
bele	쌀	rice	Ma	이기문	1958	106
fei-shê- (po-lê)	기장	millet	Ma	이기문	1958	109
fisi-he	기장	millet	Ma	이기문	1958	109
po-lê	쌀	rice	Ma	이기문	1958	113
je-kta	쌀	rice	Ma	이기문	1958	113
ja-kta	쌀	rice	Ma	이기문	1958	113
bele	쌀	rice	Ma	이기문	1958	113
j'akta	쌀	rice	Ma	이기문	1958	113
канду	*쌀		Ma	Shirokogoroff	1944	68
н'еџi	*쌀		Ma	Shirokogoroff	1944	91
ӟиӈми	*쌀, 벼	rice	Ma	Цинциус	1977	258
ран х'а	*쌀, 벼	rice	Ma	Цинциус	1977	71
сосэ бэлэ	*쌀; 밥	rice	Ma	Цинциус	1977	114
ханда ӟэктэ	*쌀	rice	Ma	Цинциус	1977	461
ломи	*쌀	rice	Ma	Цинциус	1977	503
tsagan budā	*쌀	Reis	Mo	白鳥庫吉	1916ㄴ	321
budagha	*쌀	ris, gruau de ris, diner, repas	Mo	白鳥庫吉	1916ㄴ	321
*baӡala	*쌀	rice	Mo	G. J. Ramstedt	1928	71
saɕɯ	신부에게 던지는 쌀		T	강길운	1987	23

쌍

표제어/어휘		의미	언어	저자	발간년도	쪽수
cari	쌍		K	박은용	1975	207
juru	쌍		Ma	박은용	1975	207
ǰuru	*쌍	pair	Ma	Poppe, N	1965	160
ōχoma	*쌍	pair	Ma	Цинциус	1977	10
будэл	*쌍	pair	Ma	Цинциус	1977	102
дуʹдгун	*쌍	pair	Ma	Цинциус	1977	219
мали	*쌍	pair	Ma	Цинциус	1977	524
ǰūrū	*쌍	pair	Mo	Poppe, N	1965	160

표제어/어휘		의미	언어	저자	발간년도	쪽수
쌓다						
yət'u-	쌓다		K	강길운	1982ㄴ	22
nyət'u-	쌓다		K	강길운	1982ㄴ	33
sʌ	쌓다		K	김사엽	1974	419
s'ʌ	쌓다		K	김사엽	1974	419
mu-zï	쌓다		K	김사엽	1974	456
쌓-	쌓다		K	김선기	1979ㄷ	370
tap-	쌓다		K	박은용	1975	135
sah-	쌓다		K	박은용	1975	180
sa	쌓다		K	宋敏	1969	88
ssah-	쌓다	to pile up, to accumulate	K	이기문	1958	116
sah-	쌓다	to pile up, to accumulate	K	이기문	1958	116
ssatha	*쌓다	to build up	K	G. J. Ramstedt	1949	225
sahabu-nibi	쌓다		Ma	김선기	1979ㄷ	370
saha-	쌓다		Ma	박은용	1975	180
muhaliyambi	*쌓아 올리다	aufhäufen, anhäufen	Ma	白鳥庫吉	1915ㄱ	35
saha-	쌓다	to pile up, to accumulate	Ma	이기문	1958	116
Sahabumbi	쌓아 올리다		Ma	최학근	1959ㄱ	44
Saha	쌓다		Ma	최학근	1959ㄱ	44
saxa-	*쌓다	to build up	Ma	G. J. Ramstedt	1949	225
cokca	쌓다		Mo	김선기	1979ㄷ	370
tiziši	쌓다		T	김선기	1979ㄷ	370
썩다						
タイ	*썩다		K	宮崎道三郎	1906	1
チョク	*썩다		K	宮崎道三郎	1906	1
sʌk-	썩은	rotten	K	김동소	1972	140
ssʌk-	썩은	rotten	K	김동소	1972	140
kol	썩다		K	김사엽	1974	452
psək	썩다		K	김사엽	1974	453
sək-	썩다		K	송민	1973	50
*kuər : ^kuərlir [骨尸]	*썩은	rotten	K	Christopher I. Beckwith	2004	128
niyaha	썩은	rotten	Ma	김동소	1972	140
обдо-	*썩다	rot	Ma	Цинциус	1977	4-
ууӆ̄э-	*썩다	spoil	Ma	Цинциус	1977	246
акша-	*썩다	go bad, go wrong, addle	Ma	Цинциус	1977	26
hокчоро-	*썩다	addle	Ma	Цинциус	1977	332
hӯчилкэ-	*썩다	flaw	Ma	Цинциус	1977	358
чакӣ-	*썩다	flaw	Ma	Цинциус	1977	379
썰다						
sə-hïl	썰다		K	김사엽	1974	435
ssöl ta	*썰다	to cut up; to slice up	K	白鳥庫吉	1915ㄴ	313
sökö	썰다		K	宋敏	1969	88
čolimbi	*썰다	eingraben, sculptur machen, behauen; schneiden, sc	Ma	白鳥庫吉	1915ㄴ	313
čoliko	*썰다	Grabstichel, Meisel	Ma	白鳥庫吉	1915ㄴ	313
čáli	*썰다	abhauen, abhacken	Ma	白鳥庫吉	1915ㄴ	314
ӡorgum	*썰다	schnitzen	Ma	白鳥庫吉	1915ㄴ	314
cate, cālexá	*썰다	brechen	Ma	白鳥庫吉	1915ㄴ	314
поҝпӣ-	*썰다	carve	Ma	Цинциус	1977	40

표제어/어휘		의미	언어	저자	발간년도	쪽수
ʒurxu	*썰다	raboter, doler, ratisser; tirer uni ligue	Mo	白鳥庫吉	1915ㄴ	314
ʒornam	*썰다	schnitzen	Mo	白鳥庫吉	1915ㄴ	314
ʒornap	*썰다	schnitzen	Mo	白鳥庫吉	1915ㄴ	314
ʒornap	*썰다	schnitzen	Mo	白鳥庫吉	1915ㄴ	314
čil	*썰다	zerhauen	T	白鳥庫吉	1915ㄴ	314
ťülürmen	*썰다	scheeren	T	白鳥庫吉	1915ㄴ	314
torlamak	*썰다	zerbrechen, zerfallen	T	白鳥庫吉	1915ㄴ	314
torgamak	*썰다	zerstückln, zerbrechen	T	白鳥庫吉	1915ㄴ	314
fir	*썰다	durchschmeiden, spalten	T	白鳥庫吉	1915ㄴ	314
tilmek	*썰다	brechen	T	白鳥庫吉	1915ㄴ	314
dörtmek	*썰다	zerstossen	T	白鳥庫吉	1915ㄴ	314
delmek	*썰다	durchbrechen	T	白鳥庫吉	1915ㄴ	314
dällärit	*썰다	zersprengen	T	白鳥庫吉	1915ㄴ	314
čiri	*썰다	gebrechlich werden	T	白鳥庫吉	1915ㄴ	314
čürük	*썰다	gebrechlich	T	白鳥庫吉	1915ㄴ	314

썰매

표제어/어휘		의미	언어	저자	발간년도	쪽수
pal-gi	썰매	sled, sledge	K	이기문	1958	108
pal-gu	썰매	sled, sledge	K	이기문	1958	108
pal-gui	썰매	sled, sledge	K	이기문	1958	108
sẹrmẹi	썰매	sledge	K	이기문	1958	117
pal-go	썰매		K	이숭녕	1956	166
pal-ø	썰매		K	최학근	1959ㄱ	52
para	썰매	sled, sledge	Ma	이기문	1958	108
fara	썰매	sled, sledge	Ma	이기문	1958	108
šerke	썰매	sledge	Ma	이기문	1958	117
para	썰매		Ma	최학근	1959ㄱ	52
fara	썰매		Ma	최학근	1959ㄱ	52
pāra	*썰매	sledge	Ma	Poppe, N	1965	198
fara	*썰매	sledge	Ma	Poppe, N	1965	198
pāra	*썰매	sleigh	Ma	Poppe, N	1965	201
fara	*썰매	sleigh	Ma	Poppe, N	1965	201
ĵugū-	*썰매로 수송하다	to transport on sleighs	Ma	Poppe, N	1965	203
соҟсо	*썰매	sledge	Ma	Цинциус	1977	105
олок	*썰매	sledge	Ma	Цинциус	1977	16
толгокй	*썰매	sledge	Ma	Цинциус	1977	194
оҥсо	*썰매	sledge	Ma	Цинциус	1977	22
ʒўҟалў	*개썰매, 순록썰매	dogsled, deersled	Ma	Цинциус	1977	271
ʒэк	*썰매	sled	Ma	Цинциус	1977	283
hэтй	*썰매	sledge	Ma	Цинциус	1977	371
қарўмалйма	*썰매	jumper, sled	Ma	Цинциус	1977	382
чанки	*썰매	sledge	Ma	Цинциус	1977	383
чёрга	*썰매	sledge	Ma	Цинциус	1977	387
чэмпу	*썰매	sledge	Ma	Цинциус	1977	420
хончун	*썰매		Ma	Цинциус	1977	471
нāртэ	*썰매	sledge	Ma	Цинциус	1977	586
нолйма	*썰매	sledge	Ma	Цинциус	1977	604
aral	썰매		Mo	최학근	1959ㄱ	52
arys/ariš	썰매		T	최학근	1959ㄱ	52

표제어/어휘		의미	언어	저자	발간년도	쪽수
쏘다						
sso	쏘다		K	김사엽	1974	443
so	쏘다		K	김사엽	1974	475
ʔso	쏘다		K	이숭녕	1956	157
*tśü[朱]	*쏘다	to shoot with a bow	K	Christopher I. Beckwith	2004	111
*tüŋ[東]	*쏘다	to shoot with a bow	K	Christopher I. Beckwith	2004	111
*tüŋ[東]	*쏘다	shoot	K	Christopher I. Beckwith	2004	131
*tśü : ^tśü ~ ^tsú[朱]	*쏘다	to shoot with a bow	K	Christopher I. Beckwith	2004	140
ssoda	*쏘다	to shoot-with a bow	K	G. J. Ramstedt	1949	239
his-	*쏘다	to sting, to pierce through, to stab	Ma	G. J. Ramstedt	1949	239
hōда, бда	*쏘다		Ma	Shirokogoroff	1944	55
[hōdā	*쏘다		Ma	Shirokogoroff	1944	55
таҥгила-	*쏘다	shoot	Ma	Цинциус	1977	162
ōтда-	*쏘다	shoot	Ma	Цинциус	1977	28
hōда-	*쏘다	shoot	Ma	Цинциус	1977	330
쏟다						
ssot-a-či ta	*쏟다	to spill; to run out	K	白鳥庫吉	1915ㄴ	317
ssot ta	*쏟다	to throw out; to empty out	K	白鳥庫吉	1915ㄴ	317
sot-	쏟다	to throw out	K	이기문	1958	117
ssotta	*쏟다	to throw out, to empty out	K	G. J. Ramstedt	1949	243
sitembi	*쏟다	pissen	Ma	白鳥庫吉	1915ㄴ	317
suidambi	*쏟다	sprengen, sprützen	Ma	白鳥庫吉	1915ㄴ	317
čéčī	*쏟다	vergossen werden	Ma	白鳥庫吉	1915ㄴ	317
čēčē	*쏟다	pissen	Ma	白鳥庫吉	1915ㄴ	317
čačumbi	*쏟다	vergiessen, fliessen lassen, eine libation machen	Ma	白鳥庫吉	1915ㄴ	317
t'ikänäm	*쏟다	pissen	Ma	白鳥庫吉	1915ㄴ	317
sota-	흩다	to scatter about, to sprinkle	Ma	이기문	1958	117
sose-jni	*비우다	to empty out	Ma	G. J. Ramstedt	1949	243
śutxanap	*쏟다	Kugeln giessen	Mo	白鳥庫吉	1915ㄴ	317
śutkanam	*쏟다	Kugeln giessen	Mo	白鳥庫吉	1915ㄴ	317
sasanam	*쏟다	Kugeln giessen	Mo	白鳥庫吉	1915ㄴ	317
sačuxu	*쏟다	sɑen, ausstreuen	Mo	白鳥庫吉	1915ㄴ	317
sačuraxu	*쏟다	sich nach verschiedenen Richtungen ausbreiten	Mo	白鳥庫吉	1915ㄴ	317
čitxuxu	*쏟다	verser dedans, fondre, verser dehors, arroser; ref	Mo	白鳥庫吉	1915ㄴ	317
sačulaxu	*쏟다	hin und her streuen	Mo	白鳥庫吉	1915ㄴ	317
ćutxanap	*쏟다	Kugeln giessen	Mo	白鳥庫吉	1915ㄴ	317
tsatsuxu	*쏟다	streuen, säen, ein Streuopfern bfingen	Mo	白鳥庫吉	1915ㄴ	317
sačuli	*쏟다	grains qu'on répand dans le temps qu'on offre aux	Mo	白鳥庫吉	1915ㄴ	317
tat'erben	*쏟다	Kugeln giessen	T	白鳥庫吉	1915ㄴ	317
śaʒerben	*쏟다	Kugeln giessen	T	白鳥庫吉	1915ㄴ	317
saʒerben	*쏟다	Kugeln giessen	T	白鳥庫吉	1915ㄴ	317

표제어/어휘		의미	언어	저자	발간년도	쪽수
쑤시다						
psju-si	쑤시다		K	김사엽	1974	473
s'ju-si	쑤시다		K	김사엽	1974	473
susi	쑤시다		K	宋敏	1969	88
ssusi- < *susi-	쑤시다	to poke	K	이기문	1958	118
šusin	끌	a chisel	Ma	이기문	1958	118
кэклӣ-	*쑤시다, 긁다	pick	Ma	Цинциус	1977	445
лōмки-	*쑤시다, 긁다	pick	Ma	Цинциус	1977	503
쓰다						
čəg-	적다		K	강길운	1983ㄴ	136
sseu ta	*쓰다	to wirte	K	白鳥庫吉	1915ㄴ	304
ʒûrûm	*쓰다	Striche machen, zeichene	Ma	白鳥庫吉	1915ㄴ	304
дукӯ-	*쓰다	write	Ma	Цинциус	1977	221
бал'чі-	*쓰다	write	Ma	Цинциус	1977	71
бичи-	*쓰다	write	Ma	Цинциус	1977	86
suruk	*쓰다	Schrift, Brief, Buch	T	白鳥庫吉	1915ㄴ	305
sʃir	*쓰다	zeichnen, schreiben	T	白鳥庫吉	1915ㄴ	305
biti-	*쓰다	to write	T	Poppe, N	1965	165
쓰다(用)						
sseu ta	*사용하다	to use; to make use of;	K	白鳥庫吉	1915ㄴ	307
ssida	*사용하다	to use	K	長田夏樹	1966	113
psida	*사용하다	to use	K	長田夏樹	1966	113
ta	*쓰다	machen, thun	Ma	白鳥庫吉	1915ㄴ	307
tãore	*쓰다	arbeiten, sich beschäftigen	Ma	白鳥庫吉	1915ㄴ	307
쓸개						
sseul-köi	*쓸개	the gall; the bile	K	白鳥庫吉	1915ㄴ	304
sseul-kǎi	*쓸개	the gall; the bile	K	白鳥庫吉	1915ㄴ	304
psjrkẹi	쓸개	the gall	K	이기문	1958	117
šïh-lï-hī	쓸개	the gall	K	이기문	1958	117
ssjrke	쓸개	the gall	K	이기문	1958	117
psül-göi	쓸개		K	이숭녕	1956	167
ssilkäi	*쓸개	the gall	K	G. J. Ramstedt	1928	74
ssilkē, ssilge, ssīgē	*쓸개	the gall	K	G. J. Ramstedt	1928	74
xi	*쓸개	Galle	Ma	白鳥庫吉	1915ㄴ	304
sīlla, sil'lé	*쓸개	Galle	Ma	白鳥庫吉	1915ㄴ	304
silhi	*쓸개	Galle und Leber	Ma	白鳥庫吉	1915ㄴ	304
šïh-li-hī	*쓸개	Galle	Ma	白鳥庫吉	1915ㄴ	304
d'e	*쓸개	Galle	Ma	白鳥庫吉	1915ㄴ	304
silhi	쓸개	the gall	Ma	이기문	1958	117
sil, sī	*쓸개	the gall	Ma	G. J. Ramstedt	1928	74
silhi	*쓸개	the gall	Ma	G. J. Ramstedt	1928	74
sölösö	*쓸개	bile	Mo	白鳥庫吉	1915ㄴ	304
süsün	*쓸개	bile	Mo	白鳥庫吉	1915ㄴ	304
hölöhṅ	*쓸개	Galle	Mo	白鳥庫吉	1915ㄴ	304
hölöhön	*쓸개	Galle	Mo	白鳥庫吉	1915ㄴ	304
gxülün	*쓸개	Galle	Mo	白鳥庫吉	1915ㄴ	304
gxölögxön	*쓸개	bile	Mo	白鳥庫吉	1915ㄴ	304
xelýx	*쓸개	Leber	Mo	白鳥庫吉	1915ㄴ	304

표제어/어휘		의미	언어	저자	발간년도	쪽수
쓸다						
sseul t'a	*쓸다	to rub; to rasp; to polish; to file	K	白鳥庫吉	1915ㄴ	305
sseu ta	*쓸다	to sleek; to smooth; sweep	K	白鳥庫吉	1915ㄴ	305
seul-ččyök seul-ččyök	*쓸다	rubbing, rasping; grating; little by little	K	白鳥庫吉	1915ㄴ	305
sal-keun-kö-ri ta	*쓸다	to wear; to go softly; to be gentle	K	白鳥庫吉	1915ㄴ	305
sseul-li ta	*쓸다	to be rubbed; to be polished	K	白鳥庫吉	1915ㄴ	305
ssịlda	*쓸다	to sweep/to clean up	K	G. J. Ramstedt	1949	237
ssịltha	*쓸다	to swwep/to clean up	K	G. J. Ramstedt	1949	238
sīrū	*쓸다	Feile	Ma	白鳥庫吉	1915ㄴ	305
iragó	*쓸다	Feile	Ma	白鳥庫吉	1915ㄴ	305
irägä	*쓸다	Feile	Ma	白鳥庫吉	1915ㄴ	305
iräghä	*쓸다	Feile	Ma	白鳥庫吉	1915ㄴ	305
[атnyji	*쓸다, 청소하다.		Ma	Shirokogoroff	1944	11
тilna	*쓸다, 청소하다.		Ma	Shirokogoroff	1944	127
коре	*쓸다, 청소하다.		Ma	Shirokogoroff	1944	74
дэрпусин-	*쓸다, 청소하다	sweep out	Ma	Цинциус	1977	237
ахи́ри́-	*쓸다	sweep	Ma	Цинциус	1977	25
сиппиј-	*쓸다	sweep	Ma	Цинциус	1977	93
sürči-	*쓸다	to rub on	Mo	G. J. Ramstedt	1949	238
sör	*쓸다	to sweep away	T	G. J. Ramstedt	1949	237
*sür	*쓸다	to sweep away	T	G. J. Ramstedt	1949	237
씨						
s'i	씨		K	강길운	1982ㄴ	21
ssi	씨앗	seed	K	김동소	1972	140
pus-ki	씨		K	김사엽	1974	426
psi	씨	seed	K	김선기	1968ㄱ	34
busg	씨	seed	K	김선기	1968ㄱ	34
bus	씨	seed	K	김선기	1968ㄱ	34
si	씨	seed	K	김선기	1968ㄱ	34
ssi-at čil hă ta	*씨	to separate the seeds from raw cotton-with a cotto	K	白鳥庫吉	1915ㄴ	307
ssi at	*씨	seed	K	白鳥庫吉	1915ㄴ	307
ssi	씨	seed	K	이기문	1958	110
psi	씨	seed, a thing which propagates	K	이기문	1958	110
psĭ	ㅂ시	seed	K	이용주	1980	81
psĭ	씨	seed	K	이용주	1980	95
psi	*씨앗	seed	K	長田夏樹	1966	113
ssi	*씨앗	seed	K	長田夏樹	1966	113
ssi/씨	*씨		K	Arraisso	1896	21
ssi	*씨	seed	K	G. J. Ramstedt	1949	231
use	씨앗	seed	Ma	김동소	1972	140
usím	*씨	Frucht, Ernte	Ma	白鳥庫吉	1915ㄴ	307
ganže usíni	*씨	senftorn	Ma	白鳥庫吉	1915ㄴ	307
usí	*씨	Korm in	Ma	白鳥庫吉	1915ㄴ	307
usĭ	*씨	Garten, Küchengarten	Ma	白鳥庫吉	1915ㄴ	307
usin	*씨	Frucht, Ernte	Ma	白鳥庫吉	1915ㄴ	308
wúh-šĭh-yīn	*씨	Frucht, Ernte	Ma	白鳥庫吉	1915ㄴ	308
fisi-he	기장	millet	Ma	이기문	1958	110
fisixe	*씨	millet	Ma	G. J. Ramstedt	1949	231
бэлгэ	*씨, 종자	seed	Ma	Цинциус	1977	123
уси	*씨	seed	Ma	Цинциус	1977	290

표제어/어휘	의미		언어	저자	발간년도	쪽수
bacin	씨	seed	Mo	김선기	1968ㄱ	34
eši	*씨	tuyau	Mo	白鳥庫吉	1915ㄴ	308

씨름

si-lʌm	씨름		K	김사엽	1974	433
ssi-reum hǎ ta	*씨름	to wrestle	K	白鳥庫吉	1915ㄴ	310
ssireum	씨름		K	宋敏	1969	88
sorimbi	*씨름	Kämpfen, Gefecht	Ma	白鳥庫吉	1915ㄴ	310
sorre	*씨름	streit	Ma	白鳥庫吉	1915ㄴ	310
só-li-tū-mān	*씨름	Kämpfen, Gefecht	Ma	白鳥庫吉	1915ㄴ	310
sorimači	*씨름	streit	Ma	白鳥庫吉	1915ㄴ	310
sóri, sorre	*씨름	streiten, sich widersetzen	Ma	白鳥庫吉	1915ㄴ	310
tserik	*씨름	une armée, les troupes, forces	Mo	白鳥庫吉	1915ㄴ	310
širel	*씨름	streit	Mo	白鳥庫吉	1915ㄴ	310
sërëk, serek	*씨름	une armée	Mo	白鳥庫吉	1915ㄴ	310
serik	*씨름	une armée	Mo	白鳥庫吉	1915ㄴ	310

씹다

nəhɯr-	씹다		K	강길운	1982ㄴ	22
*nəkɯr-	씹다		K	강길운	1982ㄴ	37
sip	씹다		K	김사엽	1974	435
ssip ta	*씹다	to chew	K	白鳥庫吉	1915ㄴ	309
saimbi	*씹다	beissen	Ma	白鳥庫吉	1915ㄴ	309
šǎm	*씹다	kauen	Ma	白鳥庫吉	1915ㄴ	309
síkpandí	*씹다	beisst	Ma	白鳥庫吉	1915ㄴ	309
šufambi	*씹다	beissen	Ma	白鳥庫吉	1915ㄴ	309
yjaшa-	*씹다	chew	Ma	Цинциус	1977	251
нана-	*씹다	chew	Ma	Цинциус	1977	583
аш̌у-	*씹다	chew	Ma	Цинциус	1977	60
cē-	*씹다	chew	Ma	Цинциус	1977	69
ʒūnam	*씹다	beissen	Mo	白鳥庫吉	1915ㄴ	309
ʒúnap	*씹다	beissen	Mo	白鳥庫吉	1915ㄴ	309
ǯunap	*씹다	beissen	Mo	白鳥庫吉	1915ㄴ	309

씻다

ssi s	*씻다	wash	K	金澤庄三郎	1910	11
ppal-	씻다	wash	K	김공칠	1988	83
ir-	씻다	to wash	K	김공칠	1989	18
sis-	씻다	wash	K	김동소	1972	141
ssis-	씻다	wash	K	김동소	1972	141
ssit ta	*씻다	to wash	K	白鳥庫吉	1915ㄴ	310
sisa-l	씻다	to wash	K	宋敏	1969	88
sis-	싯다	to wash	K	이용주	1980	83
sisal	*씻다	to wash	K	Aston	1879	23
ssi s	*씻다	wash	K	Kanazawa, S	1910	9
obo-	씻다	wash	Ma	김동소	1972	141
tǎšim	*씻다	reinigen	Ma	白鳥庫吉	1915ㄴ	310
оҟтӣ-	*씻다	wash	Ma	Цинциус	1977	011

한국어와 알타이어
비교어휘(1)

〈참고문헌〉 및 〈찾아보기〉

〈참고문헌〉

강길운(1962) "한일양국어의 비교언어학적 고찰"

姜吉云(1975) "三韓語, 新羅語는 土耳其語族에 屬한다 –數詞·季節語·方位語의 體系的 比較–"《국어국문학》 68·69:1-34. 국어국문학회.

姜吉云(1976) "韓國語와 土耳其語의 名詞形成接尾辭의 比較"《論文集》 3.2:5-30. 忠南大學校 人文科學研究所.

姜吉云(1977) "百濟語의 系統論(1)"《百濟研究》 8:45-61. 忠南大學校 百濟研究所.

姜吉云(1978) "百濟語의 研究(系統論)에 대하여 II"《百濟研究》 9:41-85. 忠南大學校 百濟研究所.

姜吉云(1979) "韓國語의 形成과 系統 –韓民族의 起源–"《국어국문학》 79·80:5-20. 국어국문학회.

姜吉云(1980) "日本語의 系統論小攷"《언어》 1:3-28. 忠南大學校 語學研究所.

姜吉云(1981ㄱ) "古朝鮮三國에 對한 比較言語學的 考察 –韓民族의 뿌리–"《언어》 2:25-40. 忠南大學校 附設 言語訓練院.

姜吉云(1981ㄴ) "國語系統論散攷"《국어국문학》 85:3-36. 국어국문학회.

姜吉云(1982ㄱ) "伽耶語와 드라비다語와의 比較(I)"《언어》 3:173-183. 忠南大學校 附設 言語訓練院.

姜吉云(1982ㄴ) "韓國語와 Ainu語와의 比較(I)"《語文研究》 11:15-50. 語文研究會.

姜吉云(1983ㄱ) "길약語와 韓國語의 比較研究(I)"《韓國語系統論訓民正音研究》 21-49. 集文堂.

姜吉云(1983ㄴ) "한국어와 길약어는 동계이다 I"《한글》 182:103-143. 한글학회.

姜吉云(1984) "길약語와 韓國語의 比較研究(II)"《論文集》 2:75-100. 水原大學.

姜吉云(1985ㄱ) "伽倻語와 드라비어語와의 比較(III)"《語文論志》 321-362. 忠南大學校 國語國文學科.

姜吉云(1985ㄴ) "言語上으로 본 伽耶와 日本 皇室 –'沸流 百濟와 日本의 國家起源'의 批判–"《論文集》 3:13-31. 水原大學.

姜吉云(1986) "沸流百濟와 日本의 國家起源의 비판 –比較言語學的 考察–"《丹齋申采浩先生殉國50周年追慕論叢 申采浩의 思想과 民族獨立運動》 607-634. 螢雪出版社.

姜吉云(1987) "韓國語는 알타이語가 아니다"《于亭 朴恩用 博士 回甲紀念論叢 韓國語 學과 알타이語學》 23-41. 曉星女子大學校出版部.

姜吉云(1988)《韓國語系統論 –槪說·文法比較論–》螢雪出版社.

姜吉云(1992)《韓國語系統論 –語源·語彙比較篇–》螢雪出版社.

강영봉(1991) "耽羅語硏究 −古代 日本語와의 比較 第2部 耽羅語와 古代 日本語−"≪논문
　　　집≫ 32 (인문・사회과학편) 23-39. 제주대학교.

姜憲圭(1988) "韓國語 語源硏究의 方向模索"≪국어국문학≫ 100:75-82. 국어국문학회.

高松茂(1980) "韓國語와 '터키'系 言語들과의 接觸에 對하여"≪言語와 言語學≫ 6:55-61.
　　　韓國外國語大學校 言語硏究所.

高在烋(1940) "「담사리」(雇傭人)에對하여"≪正音≫35. 조선어학연구회 p. 40.

高在烋(1940ㄱ) "比較言語硏究草(一)"≪正音≫ 34. 조선어학연구회. 5-12.

高在烋(1940ㄴ) "比較言語硏究草(二)"≪正音≫ 36. 조선어학연구회. 17-19.

高在烋(1940ㄷ) "比較言語學的硏究材②" 東亞日報 1940.3.31.

高在烋(1940ㄹ) "比較言語學的硏究材③" 東亞日報 1940.4.3.

高在烋(1940ㅁ) "比較言語學的硏究材④" 東亞日報 1940.4.5.

高在烋(1940ㅂ) "比較言語學的硏究材⑤" 東亞日報 1940.4.9.

高在烋(1940ㅅ) "比較言語學的硏究材⑥" 東亞日報 1940.4.12.

高在烋(1940ㅇ) "比較言語學的硏究材⑦" 東亞日報 1940.4.13.

高在烋(1940ㅈ) "比較言語學的硏究材⑧" 東亞日報 1940.4.14.

高昌植(1976) "韓國語가 日本語 形成에 미친 影響 −日本語의 語源硏究를 中心으로−"
　　　≪先淸語文≫7:1-36. 서울大學校 師範大學 國語敎育科.

宮崎道三郞(1906) "日韓兩國語の比較硏究"≪史學雜誌≫ 17.7.

宮崎道三郞(1907ㄱ) "日韓兩國語の比較硏究"≪史學雜誌≫ 18.4.

宮崎道三郞(1907ㄴ) "日韓兩國語の比較硏究"≪史學雜誌≫ 18.10.

宮崎道三郞(1907ㄷ) "日韓兩國語の比較硏究"≪史學雜誌≫ 18.11.

宮崎道三郞(1930) Les Mots Mongols Dans Le 高麗史

權悳奎(1923ㄱ) "言語와 古代文化"≪朝鮮語文經緯≫ 廣文社 pp. 119-123. 趙恒範 編 (19
　　　94: 59-61)에 재수록.

權悳奎(1923ㄴ) "朝鮮語와 姉妹語의 비교"≪朝鮮語文經緯≫ 廣文社 pp. 126-129.

김계원(1967) "대마도(Tsushima)의 본이름 살피기"≪한글≫ 139:11-18. 한글학회.

김공칠(1980) "원시 한・일어의 연구 −공통기어 설정을 위한−"≪한글≫ 168:79-117. 한글
　　　학회

金公七(1986) "韓國語と日本語との同系論" 馬淵和夫 編(1986: 21-51).

金公七(1988) "韓日語의 共通語彙硏究 −共通語彙의 對照−"≪論文集≫ 27(인문사회과학편)
　　　81-111. 제주대학교.

김공칠(1989) "한・일어의 공통 어휘 연구 −공통 어휘의 발견과 설명−"≪한글≫ 203:189-
　　　212. 한글학회.

金東昭(1972) "國語와 滿洲語의 基礎語彙 比較硏究"≪常山李在秀博士 還曆紀念論文集≫:
　　　133-156.螢雪出版社.

金東昭(1975) "滿洲文語 音素排列論 −韓國語와의 比較−" ≪국어교육연구≫ 7:75-91. 경북 대학교 사범대학 국어교육연구회

김동소(1981) "'둘'의 어원학" ≪語文學≫ 41:15-25. 韓國語文學會.

김동소(1982) 국어의 계통 연구에 대하여 − 그 방법론적 반성 −

金芳漢(1958) "알타이語-人稱代名詞考" ≪서울大學校論文集≫ 7

金芳漢(1966) "국어의 계통연구에 있어서 몇 가지 문제점" ≪震檀學報≫ 29·30:339-349. 震檀學會.

金芳漢(1968) "國語의 系統研究에 관하여 −그 方法論的 反省−" ≪東亞文化≫ 8:249-275. 서울大學校 文理科大學 東亞文化研究所.

金芳漢(1976) "한국어 계통연구의 문제점−方法論과 非알타이語 要素−" ≪언어학≫ 1:3-24. 한국언어학회.

金芳漢(1977) "韓國語 語彙比較의 問題點" ≪朝鮮學報≫ 83:1-22. 朝鮮學會.

金芳漢(1978) "알타이諸語와 韓國語" ≪東亞文化≫ 15:1-52. 서울大學校 人文大學 東亞文 化研究所.

金芳漢(1979) "길리야크(Gilyak)어에 관하여" ≪한글≫ 163:3-25. 한글학회.

金芳漢(1980) "原始韓半島語 −日本語와 관련해서−" ≪韓國文化≫ 1:1-25. 서울大學校 韓國 文化研究所.

金芳漢(1986ㄱ) "韓國語と日本語の關係" 馬淵和夫 編(1986: 1-19).

金芳漢(1986ㄴ) "韓國語の系統研究に關する諸問題" ≪朝鮮學報≫ 118:19-33. 朝鮮學會.

金芳漢(1988) "韓·日兩言語의 系統研究에 관한 問題點" ≪日本學≫ 7:1-23. 東國大學校 日 本學研究所.

金思燁(1973) "朝鮮語と日本語" 江上波夫·大野晉 編 ≪古代日本語の謎≫ 81-115. 每日新聞社.

金思燁(1974) ≪古代朝鮮語と日本語≫ 講談社(改訂增補版 1981).

金思燁(1975) "高句麗·百濟·新羅の言語" 大野晉 編 ≪日本古代語と朝鮮語≫ (1975: 37-60). 東京: 每日新聞社.

김선기(1968ㄱ) "한·일·몽 단어 비교-계통론의 긴돌" ≪한글≫ 142:7-51. 한글학회.

김선기(1968ㄴ) "A Compartive Study of Numerals of Korean, Japanese and Altaic Languages" ≪明大論文集≫ 1:11-57. 明知大學.

김선기(1976ㄱ) "가라말의 덜(韓國語의 語源)①" ≪現代文學≫ 254:323-329. 現代文學社 (1976.2).

김선기(1976ㄴ) "가라말의 덜(韓國語의 語源)②" ≪現代文學≫ 255:322-329. 現代文學社 (1976.3).

김선기(1976ㄷ) "가라말의 덜(韓國語의 語源)③" ≪現代文學≫ 257:335-341. 現代文學社 (1976.5).

김선기(1976ㄹ) "가라말의 덜(韓國語의 語源)④" ≪現代文學≫ 258:327-333. 現代文學社

(1976.6).

김선기(1976ㅁ) "가라말의 덜(韓國語의 語源)⑤" ≪現代文學≫ 259:329-335. 現代文學社 (1976.7).

김선기(1976ㅂ) "가라말의 덜(韓國語의 語源)⑥" ≪現代文學≫ 260:331-337. 現代文學社 (1976.8).

김선기(1976ㅅ) "가라말의 덜(韓國語의 語源)⑦" ≪現代文學≫ 262:341-348. 現代文學社 (1976.10).

김선기(1976ㅇ) "가라말의 덜(韓國語의 語源)⑧" ≪現代文學≫ 263:353-360. 現代文學社 (1976.11)

김선기(1976ㅈ) "가라말의 덜(韓國語의 語源)⑨" ≪現代文學≫ 264:346-353. 現代文學社 (1976.12).

김선기(1977) "가랏 셈 말의 덜" ≪明大論文集≫ 10:9-38. 明知大學.

김선기(1977ㄱ) "가라말의 덜(韓國語의 語源) ⑩" ≪現代文學≫ 265:326-332. 現代文學社 (1977.11).

김선기(1977ㄴ) "가라말의 덜(韓國語의 語源)⑪" ≪現代文學≫ 266:376-383. 現代文學社 (1977.2).

김선기(1977ㄷ) "가라말의 덜(韓國語의 語源)⑫" ≪現代文學≫ 267:351-359. 現代文學社 (1977.3).

김선기(1977ㄹ) "가라말의 덜(韓國語의 語源)⑬" ≪現代文學≫ 268:352-359. 現代文學社 (1977.4).

김선기(1977ㅁ) "가라말의 덜(韓國語의 語源)⑭" ≪現代文學≫ 269:351-359. 現代文學社 (1977.5).

김선기(1977ㅂ) "가라말의 덜(韓國語의 語源)15" ≪現代文學≫ 270:318-324. 現代文學社 (1977.6).

김선기(1977ㅅ) "가라말의 덜(韓國語의 語源)16" ≪現代文學≫ 271:332-337. 現代文學社 (1977.7).

김선기(1977ㅇ) "가라말의 덜(韓國語의 語源) 17" ≪現代文學≫ 273:328-335. 現代文學社 (1977.9).

김선기(1977ㅈ) "가라말의 덜(韓國語의 語源) 19" ≪現代文學≫ 275:326-331. 現代文學社 (1977.11).

김선기(1978ㄱ) "가라말의 덜(韓國語의 語源) 20" ≪現代文學≫ 276:324-331. 現代文學社 (1979.12).

김선기(1978ㄴ) "가라말의 덜(韓國語의 語源) 23 –뒤움말(동사)과 그림말(형용사)–" ≪現代文學≫ 279:320-327. 現代文學社(1978.9).

김선기(1978ㄷ) "가라말의 덜(韓國語의 語源) 25 –그림말들–" ≪現代文學≫ 281:338-345.

現代文學社(1978.6).

김선기(1978ㄹ) "가라말의 덜(韓國語의 語源) 27 -빛깔그림말-" 《現代文學》 283:350-359. 現代文學社(1978.7).

김선기(1978ㅁ) "가라말의 덜(韓國語의 語源) 28 -그림말(형용사)-" 《現代文學》 285:351-359. 現代文學社(1978.9).

김선기(1978ㅂ) "가라말의 덜(韓國語의 語源) 29 -뮈윰말(동사)-" 《現代文學》 286:350-359. 現代文學社(1978.10).

김선기(1978ㅅ) "가라말의 덜(韓國語의 語源) 30 -뮈윰말(동사)2-" 《現代文學》 287:344-351. 現代文學社(1978.11).

김선기(1979ㄱ) "가라말의 덜(韓國語의 語源) 31 -뮈윰말(동사)3-" 《現代文學》 289:365-373. 現代文學社(1979.1).

김선기(1979ㄴ) "가라말의 덜(韓國語의 語源) 32 -뮈윰말(동사)4-" 《現代文學》 290:370-375. 現代文學社(1979.2).

김선기(1979ㄷ) "가라말의 덜(韓國語의 語源) 33 -뮈윰말(동사)5-" 《現代文學》 291:368-372. 現代文學社(1979.3).

김승곤(1984) 《한국어의 기원》 건국대학교출판부.

金完鎭(1957) "濟州島方言의 日本語語詞 借用에 對하여" 《국어국문학》 18:112-131. 국어국문학회

金完鎭(1965) "原始國語 母音論에 關係된 數三의 課題" 《震檀學報》 28:75-96. 震檀學會.

金完鎭(1970) "이른 時期에 있어서의 韓中 言語 接觸의 一斑에 對하여" 《語學研究》 6.1:1-16. 서울大學校 語學研究所. 《國語音韻體系의 研究》, 一潮閣, 1971, pp. 96-114에 재수록.

김영일(1983) "국어와 터키어의 어휘 비교를 위한 기초 연구(I)" 《論文集》 19.1:1-19. 釜山敎育大學.

김영일(1985) "국어와 터키어의 음운 비교 시론" 《素堂千時權博士華甲紀念 國語學論叢》: 577-593. 螢雪出版社.

김영일(1986) "한국어와 알타이어의 동사형성 접미사 비교" 《한글》 193:163-183. 한글학회.

김용태(1990) "한국의 몸말[人體語] -Drividia말과의 비교를 중심으로-" 《부산한글》 9:5-27. 한글학회 부산지회

김원표(1948) "벼(稻)와 쌀(米)의 語源에 關한 考察" 《한글》 13.2:19-22. 조선어 학회.

김원표(1949) "보리(麥)의 어원(語源)과 그 유래(由來)" 《한글》 14.1:31-34. 조선어 학회

김원표(1962) "古書에 보이는 '兎'의 語源考 -語源學上에서 본 '阿斯達'과 '吐含山'의 地名-" 《한글》 130:40-52. 한글학회.

김태종(1936) "역사에 나타난 어원" 《한글》 4-6. 조선어학회 p. 12.

김해진(1947) "梵語와 우리 말" 《한글》 12.3:9-13. 조선어 학회

金澤庄三郎(1904) "郡村の語源に就きて" ≪史學雜誌≫ 13.11.

金澤庄三郎(1910) ≪日韓兩國語同系論≫, 三省堂書店, 大野晋 編(1980: 43-64)에 재수록.

金澤庄三郎(1914) "言語學上으로 본 朝鮮과 滿洲와 蒙古와의 關係"

金澤庄三郎(1915) "朝鮮語と滿洲語蒙古語との關係" ≪朝鮮彙報≫10. 朝鮮總督府. pp. 198-202.

金澤庄三郎(1929), ≪日鮮同祖論≫, 刀江書院.

金澤庄三郎(1937) "言語上から見たる鮮滿蒙の關係" ≪朝鮮≫ 265. 朝鮮總督府. pp. 58-61.

金澤庄三郎(1939) "言語上으로 본 鮮滿蒙의 關係" ≪正音≫ 31. 조선어연구회. pp. 1-3. 趙恒範 編(1994: 548-552)에 재수록.

金澤庄三郎(1960) "日鮮兩語の比較につきて" ≪國學院雜誌≫ 61.12:1-2. 國學院大學.

金澤庄三郎(1977) "地名からみた朝鮮と日本 −日鮮同祖論より− ≪東アジアの古代文化≫ 13:99-124. 大和書房

金澤庄三郎(1978)≪日鮮同祖論−ヤマト?カラ交流の軌跡−≫(新版) 東アジア叢書 6.成甲書房 (初版: 1929年).

金亨柱(1984) "韓國語와 滿洲語와의 接尾辭 比較研究" ≪東亞論叢(人文科學篇)≫ 21:83-106. 東亞大學校.

金炯秀(1982) ≪韓國語와 蒙古語와의 接尾辭比較研究≫ 螢雪出版社.

大野晋 編(1975) "日本古代語と朝鮮語" 每日新聞社.

大野晋(1980) "日本語の系統論の新しい展開" ≪言語≫ 9.1 大修館書店(1980). 大野晋 編 ≪日本語の系統≫(1980. 4-33)에 재수록.

文和政(1981) "한국어 일본어가 지니는Altai어적 특성과 그 음성적 규칙성에 관한 비교연구" ≪論文集≫ 14-1 청주대. p165-195.

朴時仁(1970) ≪알타이 人文研究≫ 서울大學校 出版部.

朴恩用(1974) "韓國語와 滿洲語와의 比較研究(上)" ≪研究論文集≫ 14·15:101-282. 曉星女子大學.

朴恩用(1975) "韓國語와 滿洲語와의 比較研究(中)" ≪研究論文集≫ 16·17:131-207. 曉星女子大學.

朴恩用(1976) "說話와 言語를 通해본 朱蒙의 語源에 對하여" ≪神父全碩在博士還曆 紀念論文集≫:199-229. 효성여자대학출판부.

박은용(1980) "마마와 그 語意 變遷에 對한 比較" ≪女性問題研究≫ 9:215-225. 曉星女子大學附設 韓國女性問題研究所

방종현(1939) "言語片感" ≪문장≫ 4, 趙恒範 編(1994: 527-529)에 재수록.

白鳥庫吉(1914ㄱ) "朝鮮語とUral-Altai語との比較研究" ≪東洋學報≫ 4.1, 東洋文庫

白鳥庫吉(1914ㄴ) "朝鮮語とUral-Altai語との比較研究" ≪東洋學報≫ 4.3, 東洋文庫, pp. 283-330.

白鳥庫吉(1914ㄷ) "朝鮮語とUral-Altai語との比較研究"≪東洋學報≫ 4.2, 東洋文庫, pp. 143-183.

白鳥庫吉(1915ㄱ) "朝鮮語とUral-Altai語との比較研究"≪東洋學報≫ 5.1, 東洋文庫, pp. 1-40.

白鳥庫吉(1915ㄴ) "朝鮮語とUral-Altai語との比較研究"≪東洋學報≫ 5.3, 東洋文庫, pp. 291-327.

白鳥庫吉(1916ㄱ) "朝鮮語とUral-Altai語との比較研究"≪東洋學報≫ 6.2, 東洋文庫, pp. 141-184.

白鳥庫吉(1916ㄴ) "朝鮮語とUral-Altai語との比較研究"≪東洋學報≫ 6.3, 東洋文庫, pp. 289-328.

徐廷範(1985) "國語의 語源 研究(一) –Vm(ㅁ)接尾辭語를 中心으로–"≪于雲朴炳采敎授 還曆紀念論叢≫:235-255. 高麗大學校 國語國文學會.

石井博(1992) "韓國語와 日本語間 두세 가지 對應音則"≪國語學研究百年史≫ 1:88-95. 一潮閣.

成百仁(1980) "討論 韓國語의 系統"≪民族文化의 源流≫ 55-57. 韓國精神文化研究院,

小倉進平(1934) ≪朝鮮語と日本語≫ 國語科學講座 VI, 明治書院, 京都大學文學部國語學國文學研究室 編(1975), ≪小倉進平博士著作集(四)≫, 京都大學國文學會, pp. 315-377에 재수록.

小倉進平(1935) "朝鮮語の系統" 岩波講座 ≪東洋思潮≫ 7, 京都大學文學部國語學國文學研究室 編(1975), ≪小倉進平博士著作集(四)≫, 京都大學國文學會, pp. 379-432에 재수록.

小倉進平(1950) 稻と菩薩.

宋敏(1965) "韓日兩國語 音韻對應 試考 –國語 ~l~과 ~o~를 中心으로–"≪文理大學報≫ 12.1:36-46. 서울大學校 文理科大學學生會.

宋敏(1966) "韓日語 比較 可能性에 關한 研究 –特히 國語史의 立場에서–" 서울大學校 碩士學位論文.

宋敏(1966) "高句麗語의 Apocope에 對하여"≪聖心語文論集≫ 1:17-22. 聖心女子大學 國語國文學科.

宋敏(1969) "韓日兩國語 比較研究史"≪論文集≫ 1:5-93. 聖心女子大學.

宋敏(1973) "古代日本語에 미친 韓語의 影響"≪日本學報≫ 1:29-57. 韓國日本學會.

宋敏(1974) "最近의 日本語系統論에 대하여"≪日本學報≫ 2:3-20. 韓國日本學會.

辛容泰(1985) "韓國語 殷(商)語 日本語의 單語族 研究序說 –韓日語의 祖語를 探索하기 위한–>"≪국어교육≫ 51-52:401-421. 한국국어교육연구회.

신용태(1987) "한국어의 어원 연구(IV) –알(卵)사이(間)다(消燒)고구려 지명 '達'에 관하여–"≪열 므나 이 응호 박사 회갑 기념 논문집≫:151-167. 한샘.

辛容泰(1987) "高句麗の地名に殘る日本語の數詞 –日本語 韓國語 殷語 <古アジア語> 脈絡が見えるその語源的解明–"≪言語≫ 別冊 16.7:130-144. 大修館書店.

俞昌均(1960) "日本語와 比較될 수 있는 古地名"《國語國文學硏究》 4:13-23. 靑丘大學國語國文學會.

이규창(1979) "韓日語에 나타난 漢字語 考察"《韓國言語文學》 17·18. 韓國言語文學會.

이근수(1982) "고구려어와 신라어는 다른 언어인가"《한글》 177:39-60. 한글학회.

이기문(1958) "A Comparative study of Manchu and Korean" *Ural- Altaische Jahrbuecher*, Band XXX, Heft 1-2:104-120. Wiesbaden: Otto Harrassowitz.

이기문(1963) "A Genetic View of Japanese" *Chosen Gakuho* 27:94-105, Chosen Gakkai.

이기문(1975) "Remarks on the Comparative Study of Korean and Altaic,*" Proceedings of the International Symposium Commemorating the 30th Anniversary of Korean Liberation*:3-35. Republic of Korea: National Academy of Sciences, 서울대 언어학과 편《알타이어학 논문선(I)》에 재수록.

李基文(1971) "語源 數題"《金亨奎博士 頌壽紀念 論文集》 李基文(1991: 67-74)에 재수록.

李基文(1973) "韓國語와 日本語의 語彙比較에 대한 再檢討"《語學硏究》 9.2:1-19. 서울大學校 語學硏究所.

李基文(1978) "語彙 借用에 관한 一考察"《언어》 3.1:19-31

李基文(1985) "'祿大'와 '加達'에 대하여",《國語學》 14:9-18, 國語學會

李男德(1977) "韓日語比較方法에 있어서의 同根派生語硏究에 대하여"《李崇寧先生古稀紀念 國語國文學論叢》:197-220. 塔出版社.

李明燮(1962) "韓日兩國語의 比較言語學的 考察"《韓日文化》 1.1:1-16. 釜山大學校 韓日文化硏究所.

李丙燾(1956) "高句麗國號考 –高句麗名稱의 起源과 그 語義에 對하여–"《서울大學校 論文集 人文社會科學》 3:1-14. 서울大學校.

李崇寧(1953) "람스테트博士와 그의 業績 –特히 國語中心의 比較硏究를 보고–"《思想界》 1953년 9월호, 李崇寧(1955),《音韻論硏究》:521-572, 民衆書館에 재수록.

李崇寧(1955) "韓日兩語의 語彙比較試考 –糞尿語를 中心으로 하여–"《學術院會報》 1:1-19. 大韓民國學術院.

李崇寧(1956) "接尾辭, ~k(g), ~ŋ에 對하여 –特히 古代土耳其語와의 比較에서–"《서울大學校 論文集 人文社會科學》 4:77-200. 서울大學校.

李崇寧(1967) "韓國語發達史 下 語彙史"《韓國文化史大系 Ⅴ 言語?文學史(上)》:263-321. 高麗大學校 民族文化硏究所.

李庸周(1979) "日本語起源論과 韓日語 比較에 대하여(I)" –限界性을 中心으로–《師大論叢》 20:109-128. 서울大學校 師範大學.

李庸周(1980) "日本語起源論과 韓日語 比較에 대하여(II) –基礎語彙의 確率統計的 硏究를 中心으로–"《師大論叢》 21:71-106. 서울大學校 師範大學.

李源鎭(1940) "朝鮮語와 琉球語比較資料" ≪正音≫ 34, 조선어학연구회. pp. 13-18.

이재숙(1989) ≪ 한일 양국어의 동계론 −직렬비교법에 의한− ≫ 과학사.

李鐸(1946ㄱ) "언어상으로 고찰한 선사시대의 환하문화의 관계(1)" ≪한글≫ 11.3:8-12. 조선어학회.

李鐸(1946ㄴ) "언어상으로 고찰한 선사시대의 환하문화의 관계(2)" ≪한글≫ 11.4:10-19. 조선어학회.

李鐸(1946ㄷ) "언어상으로 고찰한 선사시대의 환하문화의 관계(3)" ≪한글≫ 11.5:12-21. 조선어학회.

이탁(1949) "언어상으로 고찰한 선사시대의 환하문화의 관계(6)" ≪한글≫ 13.4:4-24. 조선어학회.

이탁(1964) "A New Etymological Study of the English Word Eleven, Twelve Antagonist and Language" *The Education of Korean Language*:149-161. The Education of Korean Language Research Institute.

長田夏樹(1964) "日鮮兩語親族語彙對應不對應の問題 − アルタイ比較民族言語學の立場から −" ≪朝鮮學報≫ 32:119-120. 朝鮮學會.

長田夏樹(1966) "朝鮮語一音節名詞の史的比較言語學的考察" ≪朝鮮學報≫ 39·40:74-120. 朝鮮學會.

村山七郎(1963) "高句麗語と朝鮮語との關係に關する考察" ≪朝鮮學報≫ 26:25-34. 朝鮮學會.

村山七郎(1967) "古代の日本語と朝鮮語" ≪コトバの宇宙≫ 2.4.

村山七郎(1974) ≪日本語の語源≫ 東京: 弘文堂.

최기호(1995) "알타이어족설의 문제점" ≪한글≫ 227:71-106. 한글학회.

최남선(1929) "조선어 남녀근 명칭고" ≪괴기≫ 1.2, 동명사.

최학근(1959ㄱ) "동사 "붓도도다"(培)의 어원론적 고찰(語源論的考察) −아울러 국어와 Altai어족 사이에 존재하는 [p~f~h/x~o]음운대응(音韻對應)에 대하여−" ≪한글≫ 124:42-52. 한글학회.

최학근(1959ㄴ) "G. J. Ramstedt씨의 한국어 어원 연구" ≪한글≫ 125:97-101. 한글학회.

崔鶴根(1964) "國語數詞와 Altai語族數詞와의 어느 共通點에 對하여" ≪陶南趙潤濟博士 回甲 紀念論文集≫:569-599. 新雅社.

崔鶴根(1971) "On the Numeral Terms of Korean Language" ≪金亨奎博士 頌壽紀念論叢≫:751-756. 一潮閣.

崔鶴根(1981) "韓國語의 系統論에 關한 研究(其一)" ≪東亞文化≫ 19:3-80. 서울大學校 人文大學 東亞文化研究所.

최현배(1927) "언어상으로 본 조선어" ≪한글(동인지)≫ 4-1, 조선어학회. pp. 4-6.

洪起文(1934ㄱ) "數詞의 諸 形態 研究(三) −通古斯語系 數詞의 比較表−" 朝鮮日報 1934.4.11, 趙恒範 編(1994: 215-219)에 재수록.

洪起文(1934ㄴ) "數詞의 諸 形態 研究(八) –朝鮮語와 다른 言語의 비교–" 朝鮮日報 1934.4.17, 趙恒範 編(1994: 232-234)에 재수록.

洪起文(1934ㄷ) "親族名稱의 研究(1) –아버지, 어머니, 어버이–" 朝鮮日報 1934.5.27, 趙恒範 編(1994: 238-240)에 재수록.

洪起文(1934ㄹ) "親族名稱의 研究(6) –언니, 아우, 오래비, 누의–" 朝鮮日報 1934.6.2, 趙恒範 編(1994: 253-255)에 재수록.

Arraisso. (1896), "Kinship of the English and Korean Languages", *The Korean Repository* 3.1, The Trilingual Press, pp. 20-21

Aston, W. G. (1879), "A Comparative Study of Japanese and Korean Languages," *Journal of the Royal Asiatic Society of Great Britain and Irland*, New Series, 11.3, 李基文 編(1977), 《國語學論文選 10, 比較研究》, 民衆書館, pp. 9-66에 재수록.

Christopher I. Beckwith (2004) *Koguryo The Language of Japan's Continental Relatives*

Eckardt, A.(1966) "Koreanisch und Indogermanisch" *Untersuchungen Ueber die Zugehoerigkeit des koreanischen zur indogermanischen Sprachfamilie*, Heidelberg.

Edkins, J. (1895), "Relationship of the Tartar Languages," *Korean Repository* 2.11, The Trilingual Press, pp. 405-411.

Edkins, J. (1896ㄱ) "Korean Affinities," *Korean Repository* 3.6, The Trilingual Press, pp. 230-232.

Edkins, J. (1896ㄴ) "Monosyllabism of the Korean type of language," *Korean Repository* 3.9, The Trilingual Press, pp. 365-367.

Edkins, J. (1898), "Etymology of Korean Numerals," *The Korean Repository* 5.9, The Trilingual Press, pp. 339-341.

Fujiwara, Akira (1974) "A Comparative Vocabulary of Parts of the Body of Japanese and Uralic Languages, with the Backing up of Altaic Languages, Kokuryoan, and Korean," *Gengo Kenkyu* 65:74-79. The Linguistic Society of Japan,

Hulbert, H. B. (1905), *A Comparative Grammar of the Korean Language and the Dravidian Languages of India*, Seoul.

Kanazawa, S. (1910), *The Common Origin of the Japanese and Korean Languages*, 2nd ed., Tokyo.

Kho, Songmoo (1977) "On the Contacts between Korean and the Turkic Languages (I)," *Mēmoires de la Sociēt Finno-Ougrienne* 158:139-142. Helsinki: Suomalais-ugrilainen Seura.

Martin, S. E. (1966) "Lexical Evidence relating Korean to Japanese Language" 42.2:185-251. Linguistic Society of America

Martin, S. E. (1975) "韓國語와 日本語의 先史的 關係樹立에 있어서의 諸問題" ≪光復30 周年紀念 綜合學術會議論文集≫:107-126. 大韓民國 學術院.

Miller, R. A. (1980) "Origins of the Japanese Language" *Seattle and London*. University of Washington Press, 金芳漢 譯(1985), ≪日本語의 起源≫, 民音社.

Pelliot, P. (1925), "Les mot mongols dans le Koryesă," *Jounal Asiatique* 217

Polivanov, E. D. (1927) "K voprosu, o rodstvennyx otnošenijax korejskogo i 'altajskix' jazykov," *Izvestija Akademii nauk SSSR* VI, XXI, 15-17, trans. Armstrong, D., "Toward the Question of the Kinship Relations of Korean and the "Altaic" Languages," *E. D. Polivanov Selected Works Articles on General Linguistics*, comp. A. A. Leont'ev, The Hague·Paris: Mouton, 1974, pp. 149-158, 村山七郎 譯, <朝鮮語と「アルタイ」諸語との親緣關係>, ≪日本語研究≫, 弘文堂, pp. 174-183.

Poppe. N (1965) *Introduction Altai Linguistics*

Rahder, J. (1956) "Etymological Vocabulary of Chinese, Japanese, Korean and Ainu, Part 1" *Monumenta Nipponica, Monograph* 16, Tokyo: Sophia University.

Rahder, J. (1959) "Etymological Vocabulary of Chinese, Japanese, Korean and Ainu (3)," *The Journal of Asiatic Studies* 2.1:317-416, Asiatic Research Center, Korea University

Ramstedt, G. J. (1926) "Two Words of Korean-Japanese," *Journal de la Société Finno -Ougrienne* 55, 1951, pp. 25-30.

Ramstedt, G. J. (1928), "Remarks on the Korean Language," *Mémoires de la Société Finno-Ougrienne* LVIII, Helsinki: Suomalais-Ugrilainen Seura, pp. 441-453, 李基文 編(1977: 67-82)에 재수록.

Ramstedt, G. J. (1939ㄱ) "Über die Stellung des Koreanischen," *Journal de la Société Finno-Ougrienne* 55, 1951, Helsinki: Suomalais-Ugrilainen Seura, pp. 47-58.

Ramstedt, G. J. (1939ㄴ) "Über die Struktur der altaischen Sprachen," *Journal de la Société Finno-Ougrienne* 55, 1951, Helsinki: Suomalais-Ugrilainen Seura, pp. 87 -97.

Ramstedt, G. J. (1943) "Über die Kasusformen des objects im Tnungusischen," *Journal de la Société Finno-Ougrienne* 55, 1951, Helsinki: Suomalais-Ugrilainen Seura, pp.83-86.

Ramstedt, G. J. (1949) "Studies in Korean Etymology" *Mēmoires de la Sociēt Finno-Ougrienne* XCV:1-292. Helsinki: Suomalais-Ugrilainen Seura, (ed. P. Aalto(1953:1-64)에 재수록)

Ramstedt, G. J. (1952) "Einfuehrung in die altaische Sprachwissenschaft II" bearbeitet und herausgegeben von P. Aalto, Mémoires de la Sociét Finno-Ougrienne

104.2:15-262. Helsinki: Suomalais-Ugrilainen Seura,

Ramstedt, G. J. (1954)"Additional Korean Etymologies" Collected and Edited by P. Aalto, Journal de la Sociĕt Finno-Ougrienne 57.3:1-23. Helsinki: Suomalais-Ugrilainen Seura.

Shirokogoroff(1944) *A Tungus Dictionary*.

Цинциус, В. И. (ред.) (1977) Исследования в области этимологии алтайских языко в, Ленинград: Наука.

〈찾아보기〉

【ㄱ】

【ㄷ】

【ㅂ】

【ㅅ】

한국어와 알타이어 비교어휘(1)

초판인쇄 2008년 8월 10일
초판발행 2008년 8월 25일

입력 및 편집자들
정 광 김동소 양오진 정승혜 배성우 김양진 이상혁 장향실 김유정
김일환 서형국 신은경 황국정 이화숙 최정혜 박미영 김현주 최창원

발행 제이앤씨 ㅣ 등록 제7-220호

132-040
서울特別市 道峰區 倉洞 624-1 北漢山 現代home city 102-1206
TEL (02)992-3253(代) ㅣ FAX (02)991-1285
e-mail, jncbook@hanmail.net ㅣ URL http://www.jncbook.co.kr

ISBN 978-89-5668-638-7 93810 ㅣ 정가 36,000원